Simone de Beauvoir

Sie kam und blieb

Simone de Beauvoir

Sie kam und blieb

Aus dem Französischen
von Eva Rechel-Mertens

Verlag Klaus Wagenbach Berlin

Die französische Originalausgabe erschien 1943 unter dem Titel *L'Invitée* bei Éditions Gallimard in Paris.
Die erste deutsche Ausgabe erschien 1953 im Rowohlt Verlag in Hamburg.

Wagenbachs Taschenbuch 466
1. Auflage 2003

Lizenzausgabe mit freundlicher Genehmigung der Rowohlt GmbH

Umschlaggestaltung Birgit Thiel und Julie August unter Verwendung eines Bildes von premium. Reihenkonzept: Rainer Groothuis.
Die Karnickel auf Seite 1 zeichnete Horst Rudolph.
Gedruckt und gebunden bei Pustet, Regensburg

ISBN 3 8031 2466 2

Für Olga Kosakievicz

«Ebenso muß jedes Bewußtsein
auf den Tod des anderen gehen.»

Hegel

Erster Teil

Erstes Kapitel

Françoise blickte auf. Gerberts Finger tanzten über die Tasten, er stierte wild auf das Manuskript; offenbar war er müde; auch Françoise hätte schlafen mögen, aber ihre eigene Müdigkeit war etwas Vertrautes, Behagliches; die schwarzen Ringe um Gerberts Augen wollten ihr nicht gefallen; sein Gesicht war glanzlos und hart, man sah ihm seine Zwanzig fast an.

– Wollen wir lieber Schluß machen? fragte sie.

– Nein, nein, es geht noch, gab Gerbert zurück.

– Es handelt sich auch nur noch um eine Szene, die ich ins reine bringen muß, bemerkte Françoise.

Sie wendete die Seite um. Es hatte eben zwei geschlagen. Gewöhnlich war um diese Zeit keine lebende Seele mehr im Theater; heute nacht aber lebte es; die Schreibmaschine klapperte, die Lampe goß über die Wände einen rosigen Schein. Ich bin da, mein Herz schlägt. Das Theater hat heute nacht ein lebendiges Herz.

– Ich arbeite gern bei Nacht, sagte sie.

– Ja, meinte Gerbert, es ist dann still.

Er gähnte. Der Aschenbecher war mit Enden von englischen Zigaretten gefüllt, zwei Gläser und eine leere Flasche standen auf einem Seitentisch. Françoise ließ den Blick über die Wände ihres kleinen Arbeitsraumes gleiten, die rosig durchhauchte Luft strahlte von Wärme und menschlicher Gegenwart. Da draußen war das seelenlose schwarze Theater mit seinen verlassenen Korridoren und der großen Höhlung mittendrin.

– Wollen Sie nicht noch etwas trinken? fragte sie.

– Da sage ich nicht nein, meinte er.

– Ich gehe in Pierres Garderobe und hole noch eine Flasche.

Sie verließ das Studio. Auf den Whisky war sie gar nicht so wild, die dunklen Korridore zogen sie an. Wenn sie nicht da war, existierte alles das, der Staub, das Halbdunkel, die trostlose Öde für niemand, es existierte überhaupt nicht. Aber nun war sie da, und das Rot des Teppichs drang durch das Dunkel wie ein schüchternes Nachtlicht. Solche Macht hatte sie: ihre Gegenwart riß die Dinge aus ihrem Nichtsein heraus, gab ihnen Farbe und Duft. Sie ging die Treppe hinunter und betrat den Zuschauerraum; es war wie eine Sendung, die ihr zuteil geworden war, sie mußte diesen verlassenen, nachterfüllten Raum zur Existenz erwecken. Der eiserne Vorhang war heruntergelassen, die Wände rochen nach frischer Farbe; die roten Plüschsessel warteten reglos aufgereiht. Eben noch warteten sie auf nichts. Jetzt war sie da, und sie streckten ihr die Arme entgegen. Sie blickten auf die eisenverkleidete Bühne, sie riefen nach Pierre, nach Rampenlicht und einer andächtig lauschenden Menge. Man sollte immer dableiben und diesem einsamen Warten ewige Dauer verleihen; aber dann müßte man auch noch gleichzeitig in der Requisitenkammer, in den Garderoben und im Erfrischungsraum sein, überall zugleich. Sie ging durchs Proszenium auf die Bühne; sie öffnete die Tür zum Foyer und stieg hinunter in den Hof, auf dem die alten Versatzstücke schimmelten. Sie war die einzige, für die jetzt diese verlassenen Stätten, diese verschlafenen Dinge einen Sinn besaßen; sie war da, sie gehörten ihr. Die Welt gehörte ihr.

Sie trat durch die kleine Eisentür vor dem Bühnenausgang auf den dahinterliegenden Platz. Alles ringsum schlief, die Häuser, das Theater waren in Schlaf versunken; ein einziges Fenster war rosig erhellt. Sie setzte sich auf eine Bank, der Himmel strahlte von Schwärze über den Kastanien. Hier fühlte man sich wie im Herzen einer ruhigen Provinzstadt. In diesem Augenblick bedauerte sie nicht, daß Pierre nicht bei ihr war, es gab Freuden, die sie in seiner Gegenwart nicht erlebte: alle Freuden der Einsamkeit; seit acht Jahren schon lebte sie ohne sie, und manchmal tat es ihr leid. Sie lehnte sich an das harte Holz der Bank; ein rascher Schritt hallte auf dem Asphalt des Gehsteigs; in der Allee fuhr ein Lastwagen vorbei. Es gab nur dies: das Geräusch der Bewegung, den Himmel, das schlummernde Laub und ein beleuchtetes Fenster in einer schwarzen Hauswand; keine Françoise mehr; niemand mehr.

Françoise sprang auf; es war seltsam, wieder jemand zu werden, nur einfach eine Frau, eine Frau, die Eile hat, weil eine dringende Arbeit auf sie wartet, und dieser Augenblick war nur ein Augenblick ihres Lebens wie alle anderen. Sie legte die Hand auf den Türgriff und drehte sich noch einmal mit verkrampftem Herzen um. Es war eine Flucht, war Verrat. Die Nacht würde nun von neuem diesen kleinen, kleinstädtischen Platz überfluten; der rosige Schein im Fenster würde vergebens schimmern, er leuchtete für niemand mehr. Die Süße dieser Stunde war dann für immer verloren. Soviel Süße verloren für die ganze Welt. Sie durchschritt den Hof und stieg die grüne Holzstiege hinauf. Diese Art von Trauer hatte sie sich längst abgewöhnt. Es gab nichts Wirkliches außer dem eigenen Leben. Sie trat in Pierres Garderobe, nahm eine Flasche Whisky aus dem Schrank und lief schnell in ihr Studio hinauf:

– Das gibt uns neue Kraft, sagte sie. Wie wollen Sie ihn haben, mit Wasser oder pur?

– Pur, sagte Gerbert.

– Können Sie dann nachher auch noch allein nach Hause gehen?

– O ja! Ich fange jetzt an, gab Gerbert würdevoll zurück, Whisky zu vertragen.

– Sie fangen an . . . meinte Françoise.

– Wenn ich erst einmal reich bin und allein wohne, habe ich bestimmt immer eine Flasche Vat 69 im Schrank, sagte Gerbert.

– Mit Ihrer Karriere wird es dann aus sein, meinte Françoise. Sie blickte ihn beinahe zärtlich an. Er hatte jetzt die Pfeife hervorgeholt und stopfte sie mit größter Aufmerksamkeit. Es war seine erste Pfeife. Jeden Abend, wenn sie mit ihrer Flasche Beaujolais fertig waren, legte er sie auf den Tisch und sah sie mit den Augen eines Kindes an; er rauchte zu einem Cognac oder Marc. Und dann gingen sie durch die Straßen, mit von der Tagesarbeit, von Wein und schärferen Drinks noch etwas benommenen Köpfen. Gerbert nahm lange Schritte, das schwarze Haar fiel ihm ins Gesicht, die Hände hatte er in den Taschen. Das war jetzt zu Ende; sie würde ihn noch oft wiedersehen, aber nur noch mit Pierre, mit all den anderen; sie würden wieder wie zwei Fremde sein.

– Für eine Frau können Sie übrigens auch gut Whisky vertragen, stellte Gerbert unparteiisch fest.

Er sah Françoise prüfend an: – Sie haben heute zuviel gearbeitet, Sie sollten ein bißchen schlafen. Wenn Sie wollen, wecke ich Sie.

– Nein, ich möchte lieber fertig werden, sagte Françoise.

– Haben Sie keinen Hunger? Soll ich nicht ein paar Brote holen gehen?

– Danke, sagte Françoise. Sie lächelte ihm zu. Er war so zuvorkommend, so aufmerksam; immer, wenn sie mutlos wurde, brauchte sie nur seine heitern Augen anzusehen, und schon kehrte ihr Vertrauen zurück. Sie hätte gern Worte gefunden, ihm zu danken.

– Es ist beinahe schade, sagte sie, daß wir fertig sind; ich hatte mich so an die Zusammenarbeit mit Ihnen gewöhnt.

– Aber das Einstudieren wird ja erst recht amüsant, meinte Gerbert. Seine Augen blitzten, seine Wangen hatten Farbe bekommen durch den Alkohol.

– Wie schön zu denken, daß in drei Tagen alles wieder losgeht. Ich schwärme immer für den Saisonbeginn!

– Ja, es macht Spaß, sagte Françoise. Sie zog ihre Papiere wieder zu sich heran. Diese zehn Tage des ausschließlichen Beisammenseins sah er offenbar ohne Bedauern zu Ende gehen; an sich war es natürlich, auch sie würde ihnen nicht nachtrauern; schließlich konnte sie nicht verlangen, daß nur Gerbert etwas dabei empfand.

– Jedesmal, sagte Gerbert, wenn ich durch dies totenstille Theater muß, verspüre ich etwas wie Grauen; es ist so ein düsterer Vorgeschmack. Ich habe doch tatsächlich geglaubt, diesmal würde es das ganze Jahr geschlossen bleiben.

– Es hat nicht viel gefehlt, sagte Françoise.

– Wenn es nur anhält, meinte Gerbert.

– Sicherlich, entschied Françoise.

Sie hatte niemals an Krieg geglaubt; der Krieg, das war wie Tuberkulose oder ein Eisenbahnunglück; mir kann das nicht passieren; so etwas kommt nur bei anderen vor.

– Können Sie sich vorstellen, daß ein wirklich großes Unglück Sie selber treffen könnte?

Gerbert verzog das Gesicht.

– Nur zu gut, meinte er.

– Ich nicht, sagte Françoise. Es lohnte sich gar nicht, darüber nachzudenken. Mit Gefahren, gegen die man machtlos ist, mußte man natürlich rechnen, aber Krieg war etwas, was sich jedem menschlichen Maßstab entzog. Wenn er eines Tages ausbrach, hatte nichts mehr Bedeutung, nicht einmal, ob man lebte oder starb.

– Aber er wird nicht kommen, wiederholte sich Françoise. Sie beugte sich über das Manuskript; die Schreibmaschine klapperte, das Zimmer roch nach englischen Zigaretten, nach Tinte und nach Nacht. Draußen, vor dem Fenster, schlief der kleine Platz in gesammelter Ruhe unter dem schwarzen Himmel; mitten durch die einsame Landschaft rollte irgendwo ein Zug. Ich bin da. Für mich, die ich da bin, existiert der Platz und der fahrende Zug. Ganz Paris, und die ganze Erde in dem verschatteten rosigen Licht dieses kleinen Büros. Und diese Minute enthält alle langen Jahre des Glücks. Ich bin da, im Herzen meines Lebens.

– Schade, daß man schlafen muß, meinte Françoise.

– Leider, meinte Gerbert, merkt man nicht, wenn man schläft. Sobald man es merkt, wacht man auch schon auf. Man hat nichts Rechtes davon.

– Aber finden Sie es nicht fabelhaft, wenn man wach ist, und alle andern schlafen? Françoise legte ihren Füllfederhalter hin und lauschte. Kein Geräusch war zu hören, der Platz war schwarz, das Theater schwarz.

– Ich würde mir gern vorstellen, alles schliefe, und nur Sie und ich wären lebendig auf Erden.

– Da überläuft es mich eher, meinte Gerbert. Er warf die lange schwarze Haarsträhne zurück, die ihm in die Augen fiel. Das ist, wie wenn ich an den Mond denke: Eisberge und Gletscherspalten und nirgends eine Menschenseele. Wer sich da zum ersten Male hinauftraut, dem graut wirklich vor nichts.

– Ich würde nicht nein sagen, wenn man mich ließe, sagte Françoise. Sie blickte Gerbert an. Gewöhnlich lebten sie so nebeneinander her, und sie war zufrieden damit, ihn nahe bei sich zu fühlen, ohne daß sie miteinander redeten. Heute aber hatte sie Lust, mit ihm zu sprechen.

– Es ist doch komisch, meinte sie, sich die Dinge vorzustellen, wie sie sind, wenn man nicht da ist.

– Ja, komisch, antwortete er.

– Es ist so, als wenn man sich vorstellen will, man sei tot, aber man kann es nicht, weil man doch immer dabei voraussetzt, daß man noch in einer Ecke steht und alles mit ansieht.

– Zu dumm, was man alles nie sehen wird, sagte Gerbert.

– Früher hat es mich ganz unglücklich gemacht, zu denken, daß ich immer nur ein armseliges Stückchen von der Welt sehen würde. Sie auch?

– Vielleicht, gab Gerbert zu.

Françoise lächelte. Wenn man mit Gerbert sprach, stieß man oft auf

Widerstand, aber es war schwer, ihm eine positive Äußerung zu entlokken.

– Jetzt aber bin ich ganz ruhig, denn ich bin zu der Überzeugung gekommen, daß die Welt mir überallhin folgt, wohin ich mich auch begebe. Seitdem bin ich sicher davor, etwas zu bedauern.

– Was zu bedauern? fragte Gerbert.

– Daß ich immer in meiner eigenen Haut bleiben muß auf dieser weitläufigen Erde.

– Ja, besonders, wo Ihr Leben eigentlich schon so geordnet ist.

– Er war immer so diskret. Diese Andeutung einer Frage war für seine Verhältnisse schon geradezu kühn. Fand er, daß ihr Leben schon allzu geordnet sei? Kritisierte er sie? Ich frage mich, was er von mir denkt. Dies Studio, das Theater, mein Hotelzimmer, Bücher, Papiere, meine Tätigkeit. Ein geordnetes Dasein.

– Ich bin zu der Einsicht gekommen, daß man resignieren und sich für eine Sache entscheiden muß.

– Ich mag nicht wählen, warf Gerbert ein.

– Anfangs ist es mir auch schwergefallen, aber jetzt macht es mir nichts mehr, denn jetzt kommt es mir so vor, als ob die Dinge, die für mich nicht mehr existieren, überhaupt nicht mehr existieren.

– Wie meinen Sie das? fragte Gerbert.

Françoise zögerte. Sie spürte das selber sehr stark; die Korridore, der Zuschauerraum, die Bühne verschwanden zwar nicht, wenn sie die Tür hinter sich schloß; aber sie existierten doch nur hinter der Tür und gewissermaßen von ferne. In der Ferne auch rollte der Eisenbahnzug durch die Felder, in denen sich im Dunkel der Nacht das trauliche Leben in dem kleinen Studio fortsetzte.

– Das ist so wie mit den Mondlandschaften, meinte Françoise. Es hat keine Wirklichkeit. Es ist nur vom Hörensagen da. Fühlen Sie das nicht?

– Nein, sagte Gerbert, ich glaube nicht.

– Stört es Sie denn nicht, daß Sie immer nur eine Sache auf einmal sehen können?

Gerbert dachte nach.

– Was mich stört, sagte er, das sind die andern Menschen; es ist mir grauenhaft, wenn man zu mir von jemandem spricht, und noch dazu mit Bewunderung. Da lebt so ein Kerl, irgendwo, und weiß überhaupt nicht, daß es mich gibt.

Es war selten, daß er soviel über sich selber sagte. Spürte auch er diese aufregende Intimität – eine Intimität, die noch alles offenließ – der letzten gemeinsamen Stunden? Sie allein lebten in diesem warmen Lichtkreis. Für beide dasselbe Licht und dieselbe Nacht. Françoise betrachtete Gerberts schöne grüne Augen unter den gebogenen Wimpern, seinen lebendigen Mund. – Wenn ich gewollt hätte . . . Es war vielleicht noch nicht einmal zu spät. Aber was konnte sie wollen?

– Ja, es tut weh, sagte sie.

– Sobald man ihn dann kennt, wird es besser, meinte Gerbert.

– Man kann sich gar nicht vorstellen, daß die anderen auch ein Bewußtsein haben und sich selbst von innen heraus begreifen, genauso wie man selber es tut, sagte Françoise. Ich bin immer erschrocken, wenn mir das einmal aufgeht. Man hat dann ein Gefühl, als sei man ein Bild im Gehirn eines anderen. Aber es kommt ja fast niemals vor, und auch niemals so, daß es einem ganz deutlich wird.

– Es stimmt aber, fiel Gerbert lebhaft ein, und deshalb ist es mir auch so unangenehm, wenn jemand zu mir von mir selber spricht, auch wenn er es freundlich meint. Es kommt mir dann jedesmal vor, als maße der andere sich eine Überlegenheit an.

– Mir ist es gleichgültig, meinte Françoise, was die Leute von mir denken.

– Ja, man kann allerdings nicht sagen, daß Eigenliebe Ihre Stärke ist.

– Es geht mir mit ihren Gedanken ebenso wie mit ihren Äußerungen und ihren Gesichtern: das sind alles nur Stücke meiner eigenen Welt. Elisabeth wundert sich immer, daß ich nicht ehrgeizig bin, aber das kommt eben auch daher. Ich habe nicht nötig, mir in der Welt eine bevorzugte Stellung zu verschaffen, es kommt mir vielmehr so vor, als hätte ich schon so ganz gut darin Fuß gefaßt.

Sie blickte ihn lächelnd an:

– Und Sie? Sie sind ja auch nicht ehrgeizig.

– Nein, sagte Gerbert, wozu auch? Er zögerte. Dennoch würde ich gern eines Tages ein guter Schauspieler sein.

– So, wie ich gern ein gutes Buch schreiben würde. Die Arbeit, die man macht, macht man eben gern gut. Aber nicht wegen Ruhm und Ehre.

– Nein, gab Gerbert zu.

Ein Milchwagen fuhr unterm Fenster vorbei. Durch Châteauroux war der Zug bereits durch, bald würde er in Vierzon sein. Gerbert gähnte, und seine Augen waren leicht gerötet wie bei einem schlummernden Kind.

– Sie sollten schlafen gehen, sagte Françoise.

Gerbert rieb sich die Augen.

– Wenn wir es Labrousse zeigen wollen, muß es ganz fertig sein, beharrte er eigensinnig. Er griff zur Flasche und goß sich einen tüchtigen Schluck Whisky ein.

– Außerdem bin ich nicht schläfrig, sondern habe Durst! Er trank und stellte das Glas wieder hin. Dann überlegte er:

– Vielleicht bin ich im Grunde doch müde.

– Müde oder durstig, das müssen Sie selber wissen, meinte Françoise vergnügt.

– Ich weiß das niemals so genau, stellte Gerbert fest.

– Wissen Sie was? sagte Françoise. Ich bin mir jetzt klar, was Sie tun müssen. Sie legen sich auf den Diwan und schlafen. Inzwischen gehe ich die letzte Szene noch einmal durch. Sie tippen sie dann, während ich zum Bahnhof gehe und Pierre abhole.

– Und Sie selbst? fragte Gerbert.

– Wenn ich fertig bin, schlafe ich auch. Auf dem Diwan ist Platz, Sie stören mich nicht. Nehmen Sie sich ein Kissen, und decken Sie sich gut zu.

– Schön, sagte Gerbert.

Françoise dehnte sich einen Augenblick und griff dann wieder zur Feder. Gleich darauf sah sie sich um. Gerbert lag mit geschlossenen Augen auf dem Rücken; gleichmäßige Atemzüge kamen aus seinen Lippen hervor. Er schlief bereits. Er war schön. Lange blickte sie ihn an, dann ging sie an die Arbeit. Da drüben, im fahrenden Zug, schlief auch Pierre, den Kopf ans Lederkissen gelehnt, mit unschuldsvollem Gesicht. Er wird aus dem Abteil springen und sich recken mit seiner kleinen Gestalt; und dann wird er über den Bahnsteig gelaufen kommen und meinen Arm nehmen.

– So! sagte Françoise. Befriedigt prüfte sie das Manuskript. Wenn er es doch gut finden möchte. Ich glaube, er findet es gut. Sie schob den Sessel zurück. Ein rosiger Schein stieg am Himmel auf. Sie zog die Schuhe aus und ließ sich neben Gerbert unter die Decke gleiten. Er seufzte, sein Kopf wendete sich auf dem Kissen von einer Seite zur andern und blieb an ihrer Schulter liegen.

– Armer kleiner Gerbert, dachte sie, wie müde er schon war. Sie zog die Decke ein bißchen herauf, dann lag sie unbeweglich mit offenen Augen da. Auch sie war voller Müdigkeit, doch wollte sie noch nicht schlafen. Sie blickte auf Gerberts frische Augenlider, die langen Mädchenwimpern; er schlief, wunschlos, entspannt. Sie fühlte am Hals das Schmeicheln seines weichen schwarzen Haars.

– Das ist alles, was ich jemals von ihm haben werde, dachte sie.

Es gab Frauen, die diese schönen Haare streichelten – Haare, die an chinesische Damen erinnerten – und die ihre Lippen auf diese kindlichen Lider drückten, die diesen langen schmalen Körper in die Arme schlossen. Eines Tages würde er zu einer von ihnen sagen: Ich liebe dich.

Françoise fühlte, wie ihr Herz sich zusammenzog. Noch war Zeit. Sie konnte ihre Wange an seine lehnen und ganz laut die Worte sagen, die ihr auf die Lippen kamen.

Sie schloß die Augen. Sie konnte nicht sagen: Ich liebe dich. Sie konnte es nicht denken. Sie liebte Pierre. In ihrem Leben war kein Raum für eine andere Liebe.

Und doch würde es Freuden geben, die diesen ähnlich wären, dachte sie mit einer Art von Angst. Der Kopf lag schwer auf ihrer Schulter. Was aber Wert gehabt hätte, war nicht diese drückende Last, sondern Gerberts Zärtlichkeit, sein Vertrauen, seine Selbstaufgabe, Liebe, mit der sie selbst ihn überschüttete. Nur, daß Gerbert schlief und daß Liebe und Zärtlichkeit Traumgebilde waren. Wenn sie ihn in den Armen hielte, könnte sie vielleicht weiterträumen; aber durfte man unternehmen, eine Liebe zu träumen, die man nicht ernstlich leben will?

Sie blickte Gerbert an. Sie war frei in Worten und Gebärden. Pierre ließ sie vollkommen frei. Aber Gebärden und Worte würden nur Lügen sein, so, wie schon das Gewicht dieses Kopfes an ihrer Schulter lügenhaft war. Gerbert liebte sie nicht; sie konnte nicht wünschen, daß er sie liebte.

Der Himmel rötete sich hinter dem Fenster. Françoise fühlte in ihrem Herzen eine Traurigkeit, die herb und rosig war wie diese frühe Stunde. Dennoch bedauerte sie nichts; sie hatte nicht einmal ein Recht auf die Melancholie, die lastend auf ihren müden Gliedern lag. Es war ein endgültiger, ein unbelohnter Verzicht.

Zweites Kapitel

Im Hintergrund des maurischen Cafés auf rauhen Wollkissen sitzend sahen Françoise und Xavière der arabischen Tänzerin zu.

– So möchte ich tanzen können, bemerkte Xavière; ihre Schultern zuckten, ein Wiegen ging durch ihren Leib. Françoise blickte sie lächelnd an; es tat ihr leid, daß der Tag sich schon seinem Ende zuneigte; Xavière war reizend gewesen.

– Im Eingeborenenviertel von Fes haben Labrousse und ich Nackttänzerinnen gesehen, sagte sie, aber das sah denn doch gar zu sehr nach anatomischem Anschauungsunterricht aus.

– Was du schon alles gesehen hast! meinte Xavière mit einem Anflug von Neid.

– Das wirst du alles auch noch sehen, begütigte Françoise.

– Ach, meinte Xavière, wer weiß.

– Du wirst ja nicht dein Leben lang in Rouen bleiben wollen.

– Was soll ich denn machen? gab Xavière niedergeschlagen zurück. Nachdenklich blickte sie auf ihre Hände, es waren die roten Hände eines Landmädchens, die zu den schmalen Handgelenken nicht paßten. Vielleicht kann ich auf den Strich gehen, aber dafür bin ich noch nicht abgebrüht genug.

– Das ist allerdings ein angreifendes Metier, weißt du, fiel Françoise lachend ein.

– Es ist nichts weiter dazu nötig, als daß man keine Angst vor den Leuten hat, meinte Xavière nachdenklich; sie warf den Kopf zurück. Ich mache schon Fortschritte. Wenn mir einer auf der Straße zu nahe kommt, schreie ich nicht mehr.

– Und du gehst auch bereits allein ins Café; das ist schon sehr schön, fügte Françoise hinzu.

Xavière sah sie etwas zweifelnd an: – Ja, aber ich habe dir nicht alles gesagt. In dem kleinen Dancing, in dem ich gestern war, hat mich ein

Matrose zum Tanzen aufgefordert, und ich habe gedankt. Ich habe rasch meinen Calvados ausgetrunken und bin feige davongelaufen. Sie schnitt ein Gesicht. Calvados schmeckt abscheulich.

– Das wird ein schöner Rachenputzer gewesen sein, meinte Françoise. Ich glaube, du hättest ruhig mit deinem Matrosen tanzen können. Ich habe in meiner Jugend einen Haufen derartiger Dummheiten gemacht, und es ist niemals schlecht ausgegangen.

– Nächstes Mal sage ich ja, meinte Xavière.

– Hast du keine Angst, daß deine Tante einmal nachts aufwacht? Ich kann mir vorstellen, daß das doch leicht passieren könnte.

– Sie würde nicht wagen, meinte Xavière überlegen, zu mir hereinzukommen. Sie lächelte und wühlte in ihrer Handtasche: Ich habe eine kleine Zeichnung für dich gemacht.

Eine Frau, die Françoise etwas ähnlich sah, stand an einen Bartisch gelehnt; ihre Wangen waren grün und ihr Kleid gelb angetuscht. Darunter hatte Xavière mit großen violetten Buchstaben geschrieben: Der Weg des Lasters.

– Du mußt mir eine Widmung daraufschreiben, sagte Françoise.

Xavière sah erst auf Françoise, dann auf die Zeichnung. Schließlich schob sie sie von sich fort.

– Das ist zu schwierig, meinte sie.

Die Tänzerin bewegte sich jetzt nach der Mitte des Saales zu; ihre Hüften wogten, ihr Leib erbebte im Rhythmus des Tamburins.

– Es sieht aus, meinte Xavière, als habe sie einen Teufel im Leib, der von ihr ausfahren möchte. Fasziniert beugte sie sich vor. Françoise fand, es sei ein guter Einfall von ihr gewesen, hierher zu gehen; niemals hatte Xavière so lange von sich gesprochen; sie hatte eine reizende Art, Geschichten zu erzählen. Françoise rückte sich behaglich in den Kissen zurecht; auch sie war sehr empfänglich für diesen gefälligen Flitter hier; aber was sie besonders entzückte, war, daß sie diese kleine traurige Existenz an sich geheftet hatte; denn jetzt gehörte ihr Xavière, wie ihr Gerbert und Ines und die Canzetti gehörten; nichts gab Françoise ein solches Gefühl von Freude wie diese Art des Besitzens; Xavière folgte aufmerksam den Bewegungen der Tänzerin, sie konnte ihr eigenes Gesicht nicht sehen, das von Leidenschaft verschönt war, ihre Hand spürte die Konturen der Tasse, um die sie sich fest geschlossen hatte, aber nur Françoise hatte ein Gefühl für die Umrisse dieser Hand: Xavières Gebärden, ihr Gesicht, ihr Leben brauchten Françoise, um zu existieren. In sich selbst betrachtet war Xavière in diesem Augenblick nur ein Geschmack von Kaffee, eine aufpeitschende Musik, ein Tanz, ein flüchtiges Wohlgefühl; für Françoise aber ergaben Xavières Kindheit, ihre leeren Tage, ihr Überdruß eine romantische Geschichte, die ebenso wirklich war wie die zärtliche Modellierung ihrer Wangen; und diese Geschichte endete genau hier, unter diesen bizarren Draperien, in dieser Minute ihres Lebens, da Françoise sich nach Xavière umwandte und sie betrachtete.

– Es ist schon sieben, sagte Françoise. Es war sterbenslangweilig, daß sie den Abend mit Elisabeth verbringen mußte, aber es ging nicht anders. Gehst du heut abend mit Ines aus?

– Ich werde wohl müssen, meinte Xavière ohne Begeisterung.

– Wie lange bleibst du noch in Paris?

– Ich fahre morgen. Xavière sah wütend aus. Morgen ist das alles noch da, und ich bin in Rouen.

– Warum machst du nicht einen Stenographiekursus mit, wie ich dir geraten hatte? sagte Françoise. Ich würde eine Stellung für dich finden.

Xavière hob mutlos die Achseln.

– So etwas kann ich nicht, sagte sie.

– Aber bestimmt, das ist doch nicht schwer, meinte Françoise.

Meine Tante hat nochmals versucht, mir das Stricken beizubringen, sagte Xavière, aber mein letzter Strumpf war eine Katastrophe. Sie blickte Françoise düster und irgendwie herausfordernd an. Sie hat recht: es wird nie was aus mir.

– Sicher keine gute Hausfrau, warf Françoise heiter hin. Aber es geht ja auch ohne das.

– Es ist nicht wegen des Strumpfes, fuhr Xavière mit unglücklicher Miene fort, aber es ist ein Symbol.

– Du verlierst zu schnell den Mut, meinte Françoise. Du möchtest doch aber gern fort aus Rouen? Hält dich nichts dort fest?

– Ich hasse sie alle, erklärte Xavière. Ich hasse diese schmutzige Stadt und die Männer auf den Straßen mit ihren klebrigen Blicken.

– Es wird ja nicht mehr lange dauern, meinte Françoise beschwichtigend.

– Das dauert, sagte Xavière. Sie stand auf. Ich gehe jetzt nach Hause.

– Warte, ich komme mit, sagte Francoise.

– Nein, bitte, laß dich nicht stören. Ich habe dir schon den ganzen Nachmittag weggenommen.

– Du hast mir nichts weggenommen, erwiderte Françoise. Wie komisch du bist! Verwundert musterte sie Xavières mürrische Miene; man wurde wirklich nicht klug aus dieser jungen Person; mit dem kleinen Béret, unter dem sich ihre blonden Haare versteckten, sah sie fast wie ein Junge aus, und doch war es ein Jungmädchengesicht, das Françoise ein halbes Jahr zuvor so gut gefallen hatte. Das Schweigen zwischen ihnen hielt an.

– Sei bitte nicht böse, sagte Xavière. Ich habe scheußliches Kopfweh. Mit gequälter Miene tupfte sie auf ihre Schläfen. Es muß an dem Rauch liegen; hier tut es weh, und da.

Ihre untern Augenlider waren geschwollen, sie sah gelblich aus; tatsächlich konnte man kaum noch atmen in der von schwerem Weihrauchduft und Tabakrauch durchzogenen Luft. Françoise rief nach der Bedienung.

– Schade, sagte sie, wenn du nicht so müde wärest, hätte ich dich heute abend in die Tanzbar mitgenommen.

– Ich denke, du willst eine Freundin besuchen, sagte Xavière.

– Die wäre mitgekommen, es ist die Schwester von Labrousse, so eine Rothaarige mit Herrenschnitt, du mußt sie bei der hundertsten Aufführung von «Philoktet» gesehen haben.

– Ich erinnere mich nicht, sagte Xavière. Ihr Blick belebte sich. Ich erinnere mich nur an dich; du hattest einen langen, ganz engen schwarzen Rock an, eine Hemdbluse aus Silberlamé und ein silbernes Netz im Haar; du warst schön.

– Françoise lächelte; sie war nicht schön, aber ihr Gesicht gefiel ihr, es war ihr jedesmal eine angenehme Überraschung, wenn sie ihm im Spiegel begegnete. In der übrigen Zeit dachte sie gar nicht darüber nach.

– Und du trugst ein bezauberndes blaues Plisseekleid, sagte sie, und hattest einen Schwips.

– Das Kleid habe ich bei mir, sagte Xavière. Ich ziehe es dann heute abend an.

– Ist das auch klug, wenn du Kopfschmerzen hast?

– Ich habe keine mehr, sagte Xavière. Es muß nur so ein Anfall gewesen sein. Ihre Augen blitzten, und ihre Haut hatte wieder den schönen Perlmutterton.

– Dann also abgemacht, sagte Françoise; sie gingen jetzt durch die Tür. Ich denke mir nur, Ines wird böse sein, wenn sie auf dich gerechnet hat.

– Dann ist sie eben böse, meinte Xavière mit hochmütig schmollendem Gesicht.

Françoise hielt ein Taxi an.

– Ich setze dich jetzt bei ihr ab, und um halb zehn treffen wir uns im ‹Dôme›. Du brauchst auf dem Boulevard Montparnasse nur immer geradeaus zu gehen.

– Ich weiß Bescheid, sagte Xavière.

Françoise setzte sich im Taxi neben sie und schob ihren Arm unter den ihren.

– Ich bin froh, daß wir noch ein paar gute Stunden vor uns haben.

– Ich bin auch froh, stimmte Xavière leise ein.

Das Taxi hielt an der Ecke der Rue de Rennes. Xavière stieg aus, und Françoise fuhr weiter zum Theater. Pierre war in seiner Garderobe, er saß im Schlafrock da und aß ein Schinkenbrot.

– Wie war die Probe? Gut? fragte Françoise.

– Gute Arbeit, ja, sagte Pierre. Er zeigte auf das Manuskript, das auf dem Schreibtisch lag.

– Das ist jetzt fein so. Ausgezeichnet sogar.

– Wirklich? Da bin ich aber froh! Es hat mir ein bißchen weh getan, den Tod des Lucilius zusammenzustreichen, aber offenbar mußte es sein.

– Es mußte sein, sagte Pierre. Der Akt bekommt einen ganz anderen

Rhythmus dadurch. Er biß in sein Sandwich. Hast du zu Abend gegessen? Willst du ein Sandwich haben?

– Gern, sagte Françoise; sie nahm eines und sah Pierre vorwurfsvoll an. Du ernährst dich nicht richtig, du siehst ja ganz elend aus.

– Ich will nicht dick werden, sagte Pierre.

– Cäsar war nicht mager, sagte Françoise; sie lächelte. Und wenn du die Hausmeistersfrau mal anriefest, sie soll uns eine Flasche Château-Margaux besorgen?

– Das ist kein schlechter Gedanke, bemerkte Pierre. Er nahm den Hörer ab, während Françoise es sich auf dem Diwan bequem machte; dort schlief Pierre, wenn er die Nacht nicht bei ihr verbrachte; sie hatte diese Garderobe gern.

– Kommt gleich, bemerkte Pierre.

– Ich bin so froh, sagte Françoise. Ich hatte schon Angst, ich käme mit dem dritten Akt nie zu Rande.

– Du hast es ganz großartig gemacht, sagte Pierre. Er beugte sich über sie und küßte sie. Françoise schlang die Arme um seinen Hals. Das alles verdanke ich dir, sagte sie. Weißt du noch, was du damals auf Delos zu mir sagtest? Du wolltest dem Theater etwas vollkommen Neues bringen? Nun, siehst du, diesmal ist es da.

– Meinst du wirklich? fragte Pierre.

– Du etwa nicht?

– Doch, beinahe.

Françoise mußte lachen.

– Natürlich glaubst du es, du siehst ja ganz verzückt aus. Ach, Pierre! Wenn wir nicht zuviel Geldsorgen haben, wird es ein himmlisches Jahr!

– Sowie wir ein bißchen reicher sind, kaufen wir einen neuen Mantel für dich.

– Ich habe mich an den alten so gewöhnt.

– Das sieht man nur zu deutlich, meinte Pierre. Er setzte sich auf einen Sessel dicht zu Françoise.

– Hast du dich mit der Kleinen gut unterhalten?

– Sie ist nett. Schade, daß sie in Rouen verkommt.

– Hat sie dir viele Geschichten erzählt?

– O ja, alles mögliche. Ich erzähle dir ein andermal.

– Dann bist du also zufrieden? Es war kein verlorener Tag?

– Ich höre gern zu, wenn jemand erzählt, sagte Françoise.

Es klopfte, und die Tür ging auf. Die Pförtnerin brachte feierlich ein Tablett mit zwei Gläsern und einer Flasche Wein.

– Danke, sagte Françoise. Sie schenkte ein.

– Und bitte schön, sagte Pierre, ich bin für niemand da.

– Gewiß, Herr Labrousse, sagte die Frau und ging. Françoise griff nach ihrem Glas und biß in das zweite Schinkenbrot.

– Ich will Xavière heute abend mitnehmen, sagte sie. Wir wollen irgendwo tanzen gehen. Das macht mir Spaß. Ich hoffe, sie neutralisiert Elisabeth ein bißchen für mich.

– Sie muß ja selig sein, meinte Pierre.

– Das arme Mädel, sie bricht mir das Herz. Es ist ihr so furchtbar, daß sie wieder nach Rouen muß.

– Kann man sie denn gar nicht da herausholen? meinte Pierre.

– Nicht so leicht, antwortete Françoise. Sie ist so schlapp, so entschlußlos; sie hat gar keinen Trieb, irgend etwas zu lernen; ihr Onkel aber hat mit ihr nichts anderes im Sinne als eine Heirat mit einem frommen Mann und eine große Familie.

– Du solltest sie in die Hand nehmen, meinte Pierre.

– Wie soll ich das denn machen? Ich sehe sie einmal im Monat.

– Warum läßt du sie nicht nach Paris kommen, fragte Pierre. Dann könntest du sie im Auge behalten und zum Arbeiten bringen; sie soll doch Schreibmaschine lernen; irgendwo unterbringen wird man sie dann schon.

– Das erlaubt ihre Familie niemals, sagte Françoise.

– Dann soll sie es eben ohne Erlaubnis tun. Ist sie noch nicht mündig?

– Doch, sagte Françoise. Aber da liegt nicht die eigentliche Schwierigkeit. Ich kann mir nicht denken, daß sie ihr die Polizei auf den Hals schikken würden.

Pierre lächelte.

– Wo liegt dann die Schwierigkeit?

Françoise zögerte; wenn sie ehrlich war, hatte sie niemals geglaubt, daß eine Schwierigkeit bestände.

– Also du stellst dir ernstlich vor, daß wir sie hier in Paris auf unsere Kosten leben lassen, bis sie etwas findet?

– Warum nicht? meinte Pierre. Man muß es ihr so hinstellen, als borgten wir ihr das Geld.

– Ja, natürlich, sagte Françoise. Sie wunderte sich immer wieder, wie Pierre es verstand, mit drei Worten tausend unerwartete Lösungen zu schaffen; wo andere unüberwindliche Schwierigkeiten sahen, entdeckte Pierre ein Neuland von Möglichkeiten, mit denen er völlig nach Belieben schaltete. Das war das Geheimnis seiner Kraft.

– Wir haben im Leben soviel Glück gehabt, sagte Pierre. Wir sollten keine Gelegenheit versäumen, andere daran teilnehmen zu lassen.

Françoise starrte etwas fassungslos auf den Grund ihres Glases.

– Einerseits, sagte sie, lockt mich das ja sehr. Aber ich müßte mich dann wirklich mit ihr beschäftigen, und ich habe doch gar keine Zeit.

– Du kleine Arbeitsbiene, du, sagte Pierre zärtlich.

Françoise errötete leicht.

– Du weißt, sagte sie, mir bleibt wirklich nicht viel Muße.

– Ich weiß, sagte Pierre. Aber weißt du, es ist komisch, wie du dich immer vor allem Neuen zurückziehst.

– Das einzige Neue, das mich interessiert, ist unsere gemeinsame Zukunft, antwortete Françoise. Was willst du, ich bin halt zu glücklich so! Das ist nur deine Schuld.

– Oh, das soll auch kein Tadel sein, sagte Pierre; im Gegenteil, du bist eben eine viel geschlossenere Persönlichkeit als ich. Bei dir gibt es keinen falschen Ton.

– Du legst eben nicht soviel Wert auf dein Leben an sich. Bei dir zählt nur die Arbeit, sagte Françoise.

– Das stimmt, gab Pierre zu; ratlos biß er an seinem Nagel herum. Abgesehen von meinen Beziehungen zu dir, gehe ich völlig planlos und leichtfertig damit um.

Er biß sich weiter auf den Finger; er würde erst Ruhe geben, wenn er Blut fließen sah.

– Aber sobald ich mit der Canzetti endgültig auseinander bin, hat das auch ein Ende.

– Das sagst du so, meinte Françoise.

– Ich werde es durch die Tat beweisen, sagte Pierre.

– Du hast Glück, deine Geschichten gehen immer so glatt aus.

– Das kommt nur daher, meinte Pierre, daß alle diese Frauenzimmer gar nicht wirklich Wert auf mich legen.

– Ich glaube nicht, daß die Canzetti irgendwie berechnend ist, hielt ihm Françoise entgegen.

– Nein, um eine Rolle zu bekommen, tut sie es wohl nicht; aber sie hält mich für einen großen Mann und meint, daß das Genie ihr auf diesem Wege ins Gehirn steigen könnte.

– Auch das, rief Françoise lachend, kommt vor.

– Mir machen diese Geschichten keinen Spaß mehr, sagte Pierre. Wenn ich noch von Natur ein so großer Liebhaber wäre; aber nicht einmal die Entschuldigung habe ich. Er blickte Françoise verlegen an. Woran mir liegt, das ist jedesmal der Anfang. Kannst du das verstehen?

– Vielleicht, sagte Françoise, aber mich selbst würde niemals ein Abenteuer interessieren, das nicht irgendwie weitergeht.

– Nein? sagte Pierre.

– Nein, gab sie zurück, ich kann einfach nicht; ich bin treu von Natur.

– Zwischen uns beiden, sagte Pierre, kann weder von Treue noch von Untreue die Rede sein; er zog Françoise an sich heran; wir beide sind einfach eins; du weißt, das ist wahr, man kann einen von uns ohne den anderen gar nicht richtig beschreiben.

– Das liegt nur an dir, sagte Françoise. Sie nahm Pierres Gesicht in die Hände und bedeckte seine Wangen, auf denen sich der Pfeifengeruch mit einem völlig unerwarteten, kindlichen Duft von frischem Backwerk mischte, mit Küssen. Wir sind nur eins, wiederholte sie bei sich selbst. Solange sie irgend etwas, was geschehen war, Pierre noch nicht erzählt hatte, war es nicht ganz wahr; es schwebte dann noch reglos und ungewiß in einer Art von Nimbus umher. Früher, als Pierre ihr noch scheue Bewunderung einflößte, gab es eine Menge Dinge, die sie auf diese Weise einfach verschwinden ließ: fragwürdige Gedanken, unüberlegte Handlungen; wenn sie nicht davon sprach, war es beinahe so, als wäre es nicht geschehen; das ergab unterhalb der eigentlichen Existenz ein dichtes Gestrüpp von schamhaft verborgenen Dingen, in dem man ganz allein war und zu ersticken drohte. Dann, ganz allmählich, hatte sie sich daran gewöhnt, alles mitzuteilen; es gab für sie nun kein Alleinsein mehr, aber sie fühlte sich dafür aus diesem unterirdischen Dickicht erlöst. Alle Momente ihres Lebens, die sie Pierre anvertraute, gab er ihr hell durchleuchtet, geglättet, abgerundet zurück, und es wurden nun Augenblicke ihres gemeinsamen Daseins daraus. Sie wußte, daß sie für ihn die gleiche Rolle spielte; er war ohne Winkelzug, ohne Scham, nicht ganz offen einzig, wenn er unrasiert war oder kein frisches Hemd angezogen hatte; dann konnte er so tun, als sei er erkältet, und behielt hartnäckig den Seidenschal um den Hals. Er wirkte dann wie vor der Zeit vergreist.

– Jetzt werde ich dich verlassen müssen, stellte sie mit Bedauern fest. Willst du nachher hier schlafen, oder kommst du zu mir?

– Ich komme zu dir, sagte Pierre. Ich möchte dich so früh wie möglich wiedersehen.

Elisabeth wartete schon im ‹Dôme›, Sie rauchte und starrte ins Leere. Irgend etwas stimmt nicht, dachte Françoise. Sie war sorgfältig zurechtgemacht, aber ihr Gesicht sah verquollen und müde aus. Als sie Françoise bemerkte, schien sie mit einem Lächeln rasch ihre Gedanken fortzuscheuchen.

– Guten Tag, sagte sie, wie bin ich froh, dich zu sehen.

– Ich freue mich auch, sagte Françoise. Sag, es macht dir doch nichts, wenn wir die kleine Pagès mitnehmen? Sie möchte für ihr Leben gern einmal in ein Dancing gehen; wir können uns ja unterhalten, während sie tanzt, sie wird uns nicht lästig fallen.

– Ich habe, sagte Elisabeth, seit Ewigkeiten keinen Jazz mehr gehört, es wird mir Vergnügen machen.

– Ist sie denn noch nicht da? Françoise blickte sich fragend um. Das wundert mich eigentlich. Sie wandte sich zu Elisabeth. Wie wird es denn mit der Reise? fragte sie heiter. Du fährst sicher morgen schon ab?

– Du stellst dir das so einfach vor, gab Elisabeth mit unangenehmem Lachen zurück. Offenbar könnte Suzanne sich Kummer machen deswegen, und Suzanne ist doch vom September her noch so mitgenommen.

Das also war es . . . Françoise blickte Elisabeth mit empörtem Mitleid an, Claude benahm sich wirklich unglaublich ihr gegenüber.

– Als wenn du nicht auch mitgenommen wärest.

– Ja, aber ich bin eine klarblickende, tapfere Person, erklärte Elisabeth ironisch. Die Frau, die niemals Szenen macht.

– Jedenfalls, bemerkte Françoise, macht sich Claude aus Suzanne nichts mehr. Sie ist alt und verspießt.

– Er macht sich nichts mehr aus ihr, gab Elisabeth zu. Aber Suzanne ist eine Art Aberglauben bei ihm. Er ist überzeugt, daß er ohne sie zu nichts kommen wird. Elisabeth schwieg einen Augenblick und sah angestrengt dem Rauch ihrer Zigarette nach. Sie bewahrte stets Haltung, aber wie düster mochte es in ihrem Herzen aussehen! Sie hatte soviel von dieser Reise erhofft: vielleicht würde dies lange Zusammensein zu zweien endlich dazu führen, daß Claude sich zur Trennung von seiner Frau entschlösse. Françoise war skeptisch geworden. Seit zwei Jahren wartete Elisabeth jetzt auf die entscheidende Stunde. Aber sie spürte Elisabeths Enttäuschung mit einem gespannten Gefühl im Herzen, als sei sie selbst daran schuld.

– Man muß zugeben, daß Suzanne nicht untüchtig ist, sagte Elisabeth. Sie blickte Françoise voll ins Gesicht. Jetzt bemüht sie sich, Claudes Stück bei Nanteuil unterzubringen. Das ist auch einer der Gründe, weshalb er noch in Paris bleiben will.

– Nanteuil, antwortete Elisabeth zerstreut. So eine komische Idee. Unruhig blickte sie nach der Tür. Warum nur Xavière nicht kam?

– Natürlich ist es dumm. Elisabeth fuhr mit Entschiedenheit fort: Es ist ja vollkommen klar, daß nur Pierre «Die Teilung» auf die Bühne bringen kann. Er selber würde als Ahab einfach fabelhaft sein.

– Ja, das ist eine schöne Rolle, meinte Françoise.

– Meinst du, das könnte ihn locken? fragte Elisabeth. Ihre Stimme hatte jetzt den Ton eines angstvollen Appells.

– «Die Teilung» ist ein sehr interessantes Stück, sagte Françoise. Nur liegt es so gar nicht auf der Linie dessen, was Pierre mit seiner Bühne vorhat. Weißt du was? fuhr sie eifrig fort. Warum versucht es Claude mit seinem Stück nicht einmal bei Berger? Soll Pierre vielleicht ein Wort an ihn schreiben?

Elisabeth schluckte schwer.

– Du bist dir vielleicht nicht ganz klar darüber, was es für Claude bedeuten würde, wenn Pierre sein Stück nähme. Er zweifelt neuerdings so sehr an sich selbst. Nur Pierre könnte ihm da helfen.

Françoise blickte zur Seite. Battiers Stück war schauderhaft. Es anzunehmen kam gar nicht in Frage. Aber sie wußte, welche Hoffnungen Elisabeth auf diese letzte Chance setzte; mit ihrem verfallenen Gesicht vor Augen fühlte sie etwas wie Gewissensbisse. Sie täuschte sich nicht darüber, wie sehr ihre Existenz und ihr Beispiel auf Elisabeths Dasein lasteten.

– Offen gesagt, ich glaube nicht, daß daraus etwas wird, sagte sie.

– Aber «Lucius und Armanda» war doch ein schöner Erfolg, meinte Elisabeth.

– Gerade deswegen, gab Françoise zurück. Nach «Julius Cäsar» will

Pierre jemand Unbekannten bringen.

Françoise hielt inne. Mit Erleichterung stellte sie fest, daß Xavière soeben kam. Sie war sorgfältig frisiert, eine leichte Puderschicht überdeckte ihre etwas starken Backenknochen und ließ die fleischige Nase feiner erscheinen.

– Ihr kennt euch ja, sagte sie. Lächelnd begrüßte sie Xavière. Du kommst aber spät. Sicher hast du noch nicht zu Abend gegessen. Iß doch hier etwas.

– Nein, danke, ich habe keinen Hunger, sagte Xavière. Sie setzte sich und hielt den Kopf gesenkt; sie schien sich nicht ganz behaglich zu fühlen. Ich habe mich verlaufen, sagte sie.

Elisabeth ließ den Blick forschend auf ihr ruhen; offenbar schätzte sie sie ab.

– Verlaufen? fragte sie. Woher kommen Sie denn?

Xavière blickte hilfesuchend auf Françoise.

– Ich weiß auch nicht, sagte sie, wie es möglich war. Ich bin den Boulevard entlanggegangen, er nahm und nahm kein Ende, und auf einmal war ich in einer stockdunklen Straße mit Bäumen. Ich muß am ‹Dôme› vorbeigelaufen sein, ohne ihn zu sehen.

Elisabeth lachte leise auf.

– Dazu gehört schon viel guter Wille, sagte sie.

Xavière warf ihr einen düstern Blick zu.

– Hauptsache, du bist da, bemerkte Françoise. Wollen wir in die ‹Prärie› gehen? Es ist nicht mehr, was es früher war, aber immer noch nett.

– Ganz wie du willst, sagte Elisabeth.

Sie verließen das Café. Auf dem Boulevard Montparnasse fegte ein mächtiger Wind die Platanenblätter von den Bäumen; Françoise ließ sie unter ihren Füßen rascheln, es erinnerte an trockene Nüsse und Glühwein.

– Ich bin jetzt mindestens seit einem Jahr nicht in der ‹Prärie› gewesen, sagte sie.

Niemand bemerkte etwas dazu. Xavière schlug fröstelnd den Mantelkragen hoch. Elisabeth hatte ihren Schal in der Hand behalten, sie schien weder die Kälte zu spüren noch irgend etwas zu sehen.

– Wie voll das heute schon ist, sagte Françoise. Alle Barstühle waren besetzt; sie entschied sich für einen Tisch, der etwas abseits stand.

– Für mich einen Whisky, sagte Elisabeth.

– Zwei Whisky, sagte Françoise. Und du?

– Dasselbe wie du, sagte Xavière.

– Drei Whisky, sagte Françoise. Der Geruch nach Alkohol und Rauch erinnerte sie an ihre Jugendtage; sie hatte immer die Jazzmusik, das gelbe Licht und das Gewimmel in solchen Nachtlokalen geliebt. Wie leicht war es, in einem Gefühl der Fülle zu leben, wenn man sich an einem Ort bewegte, der gleichzeitig die Ruinen von Delphi, die kahlen Höhen der Provence und diese menschliche Fauna aufwies! Lächelnd blickte sie zu Xavière hinüber.

– Sieh mal da an der Bar die Blonde mit der Stupsnase: sie wohnt in meinem Hotel; stundenlang läuft sie auf dem Flur auf und ab mit nichts als einem hellblauen Nachthemd an; ich glaube, sie hat es auf den Neger abgesehen, der das Zimmer über mir hat.

– Sie ist nicht hübsch, stellte Xavière fest; dann riß sie plötzlich die Augen weit auf. Aber daneben die Brünette ist schön. Mein Gott, ist die fabelhaft!

– Dann laß dir sagen, daß sie einen Catchchampion zum Freunde hat; man sieht sie hier überall zusammen herumlaufen, sie halten sich immer beim kleinen Finger.

– Oh! rief Xavière in empörtem Ton.

– Ich kann nichts dafür, sagte Françoise.

Xavière stand auf; zwei junge Leute waren offenbar in der Absicht, die Damen aufzufordern, an den Tisch getreten.

– Nein, ich tanze nicht, sagte Françoise.

Nach kurzem Zögern erhob sich auch Elisabeth.

– In diesem Augenblick haßt sie mich, dachte Françoise. Am Nebentisch hielten sich eine etwas mitgenommene Blonde und ein sehr junger Mann zärtlich bei den Händen; der junge Mann sprach mit leidenschaftlicher Stimme leise auf sie ein; die Frau lächelte mit aller Vorsicht so, daß kein Fältchen die Maske auf ihrem nicht mehr ganz frischen Gesicht zerstörte; die kleine Hotelhure tanzte mit einem Matrosen, mit halbgeschlossenen Augen drängte sie sich dicht an ihn; die dunkle Schöne saß auf einem Barhocker und verzehrte gelangweilt Bananenscheiben. Françoise lächelte hochmütig; alle diese Männer und Frauen waren völlig davon in Anspruch genommen, einen Augenblick ihrer kleinen privaten Biographie zu durchleben; Xavière tanzte, und eine Welle von Zorn und Verzweiflung durchflutete Elisabeth. Aber hier mitten in dieser Tanzbar bin ich selbst, unpersönlich und frei. Ich sehe alle diese Existenzen, alle diese Gesichter nebeneinander vor mir. Wenn ich mich von ihnen abwendete, würden sie auf der Stelle auseinanderfallen wie eine Landschaft, in der niemand lebt.

Elisabeth kam wieder an den Tisch.

– Du weißt, sagte Françoise, es tut mir leid, aber das läßt sich nicht arrangieren.

– Ja natürlich! sagte Elisabeth, ich verstehe ... Ihr Gesicht verlor den strengen Ausdruck; sie konnte nicht lange zornig bleiben, vor allem nicht, wenn andere Menschen da waren.

– Will es mit Claude im Augenblick nicht recht gehen? fragte Françoise.

Elisabeth schüttelte den Kopf; ihr Gesicht verzog sich so stark, daß Françoise schon glaubte, sie werde zu weinen anfangen; aber sie faßte sich wieder.

– Claude ist mitten in einer Krise, sagte sie. Er sagt, er kann nicht arbeiten, solange sein Stück nicht angenommen ist und er sich nicht wirklich frei davon fühlt. Wenn er solche Zustände hat, ist er fürchterlich.

– Aber du, gab Françoise zu bedenken, kannst doch nichts dafür.

– Aber auf mich fällt immer alles zurück, sagte Elisabeth. Ihre Lippen fingen von neuem zu zittern an. Weil ich doch eine starke Frau bin. Er kann sich nicht vorstellen, daß eine starke Frau ebensosehr leidet wie eine andere, sagte sie in einem Ton leidenschaftlichen Mitleids mit sich selbst.

Sie brach in Schluchzen aus.

– Meine arme Elisabeth! sagte Françoise und faßte sie bei der Hand.

So von Tränen überströmt bekam Elisabeths Gesicht etwas Kindliches.

– Es ist zu dumm, sagte sie; sie tupfte sich die Augen ab. So kann es ja nicht weitergehen, immer mit Suzanne zwischen uns.

– Was möchtest du? fragte Françoise. Daß er sich scheiden läßt?

– Er läßt sich niemals scheiden. Elisabeth weinte jetzt offenbar aus Wut. Liebt er mich denn überhaupt? Selbst ich weiß ja nicht einmal mehr, ob ich ihn eigentlich liebe. Sie blickte Françoise verstört an. Seit zwei Jahren kämpfe ich um diese Liebe, ich gehe dabei zugrunde, ich habe alles geopfert und weiß jetzt nicht einmal, ob wir uns lieben.

– Sicher liebst du ihn, behauptete Françoise; sie war sich dabei ihrer Feigheit bewußt. Im Augenblick bist du böse auf ihn, da fühlst du natürlich nichts, aber das hat doch nichts zu sagen. Sie mußte Elisabeth unter allen Umständen beruhigen; was sie entdecken würde, wenn sie eines Tages bis zum Letzten ehrlich mit sich war, würde fürchterlich sein; offenbar fürchtete auch sie sich davor, ihre klare Einsicht machte immer zur rechten Zeit Halt.

– Ich weiß es nicht mehr, beharrte Elisabeth.

Françoise drückte stärker ihre Hand, sie war wirklich bewegt.

– Claude ist schwach, das ist alles, aber er hat doch tausendmal bewiesen, daß er an dir hängt. Sie hob den Kopf. Xavière war an den Tisch getreten und betrachtete die Szene mit einem sonderbaren Lächeln.

– Setz dich doch, sagte Françoise etwas verlegen.

– Nein, ich gehe noch wieder tanzen, antwortete Xavière; auf ihrem Gesicht war Verachtung und etwas wie Bosheit zu lesen. Françoise empfand diese kalte Kritik wie einen Schlag.

Elisabeth hatte sich gefaßt; sie puderte ihr Gesicht.

– Man muß Geduld haben, sagte sie. Sie hatte ihre Stimme wieder in der Gewalt. Es kommt auch darauf an, wie man ihn nimmt. Ich habe vor Claude immer meine Karten zu offen aufgedeckt, und damit imponiert man ihm nicht.

– Hast du ihm jemals klar und deutlich gesagt, daß du diese Situation nicht ertragen kannst?

– Nein, sagte Elisabeth. Man muß noch warten damit. Sie hatte jetzt wieder den kundigen, harten Ausdruck im Gesicht.

Liebte sie Claude? Sie hatte sich ihm nur an den Hals geworfen, um auch ihrerseits eine große Liebe zu haben; die Bewunderung, die sie ihm entgegenbrachte, war nur eine Art, sich vor Pierre zu schützen. Um ihn litt sie in einer Weise, an der weder Françoise noch Pierre etwas ändern konnten.

– Was für ein Durcheinander, dachte Françoise mit einem Gefühl der Beängstigung.

Elisabeth hatte den Tisch verlassen, sie tanzte jetzt mit geschwollenen Augen und schmerzlich verzogenem Mund. Françoise verspürte etwas wie Neid. Elisabeths Gefühle mochten zwar falsch sein, ihre Berufung nicht echt, ihr Leben in seiner Gesamtheit nicht wahr, aber jedenfalls war ihr Schmerz im Augenblick ein starker, ein wirklicher Schmerz. Françoise sah sich nach Xavière um. Sie tanzte mit etwas zurückgeworfenem Kopf und ekstatischem Gesichtsausdruck; sie hatte noch kein eigenes Leben, für sie war alles noch möglich, und dieser zauberhafte Abend war unbekannter Verheißungen voll. Für das junge Mädchen wie für die Frau mit dem schweren Herzen hatte dieser Augenblick einen intensiven, unvergeßlichen Geschmack. Und ich? fragte sich Françoise. Sie war Zuschauerin. Aber diese Jazzmusik, der Whiskygeschmack und das orangefarbene Licht war doch nicht nur ein Schauspiel, man mußte doch irgend etwas finden, was man daraus machen konnte. Aber was? In Elisabeths scheuer, gequälter Seele nahm die Musik ganz allmählich die Farbe der Hoffnung an; Xavière verwandelte sie in leidenschaftliche Erwartung. Nur Françoise fand nichts in sich, was zu der aufwühlenden Stimme des Saxophons passen wollte. Sie suchte nach einer Sehnsucht, nach etwas Verlorenem; aber hinter ihr, vor ihr, lag nichts als helles, unfruchtbares Glück. Pierres Name würde niemals in ihr Schmerz hervorrufen können. Und Gerbert? Um Gerbert regte sie sich nicht auf. Es gab für sie kein Wagnis, weder Hoffnung noch Furcht; nur dies Glück, auf das sie selbst keinen Einfluß hatte; zwischen ihr und Pierre war kein Mißverständnis möglich. Was auch der eine oder andere tat, nichts war unwiderruflich schlimm. Wenn sie eines Tages versuchen würde zu leiden, würde er sie so gut verstehen, daß das Glück sich gleich wieder narbenlos über ihr schließen würde. Sie zündete sich eine Zigarette an. Nein, sie fand nichts anderes als die gegenstandslose Klage, daß eigentlich nichts zu beklagen sei. Ihr Hals war wie zugeschnürt, ihr Herz schlug rascher als sonst, aber sie konnte nicht einmal glauben, daß sie ernstlich des Glückes müde sei; dieses Unbehagen brachte ihr keine aufrührende Enthüllung; es war nur ein zufälliger Zustand wie viele andere, eine kurze und keineswegs ungewöhnliche Stimmung, die sich in eitel Frieden auflösen würde. Sie ließ sich nie mehr von der Macht des Augenblicks erschüttern, sie wußte zu genau, daß keiner mehr etwas Entscheidendes bedeutete. ‹Gefangen im Glück›, murmelte sie; aber sie spürte, wie etwas in ihrem Innern dazu lächelte.

Françoise blickte matt auf die leeren Gläser und den Aschenbecher, der die vielen Zigarettenenden nicht mehr aufnehmen konnte; es war vier Uhr morgens, Elisabeth war schon lange fort, aber Xavière hatte noch immer vom Tanzen nicht genug; Françoise tanzte nicht, und um die Zeit totzuschlagen, hatte sie zuviel getrunken und zuviel geraucht; der Kopf wurde ihr schwer, und ihr Körper schmerzte vor Müdigkeit.

– Ich glaube, jetzt wäre es Zeit, aufzubrechen, meinte Françoise.

– Schon! rief Xavière. Enttäuscht sah sie Françoise an. Bist du müde?

– Etwas, sagte Françoise; sie zögerte. Du könntest ja noch ohne mich bleiben, fügte sie hinzu. Du bist ja auch sonst schon allein in einem Tanzlokal gewesen.

– Wenn du gehst, erklärte Xavière, gehe ich mit dir.

– Aber ich möchte dich nicht zwingen, nach Hause zu gehen, meinte Françoise.

Xavière zuckte mit ergebener Miene die Achseln.

– Oh, ich kann auch nach Hause gehen, sagte sie.

– Nein, es wäre doch zu schade, entschied Françoise; sie lächelte. Also, bleiben wir noch ein bißchen. Xavières Antlitz hellte sich auf.

– Es ist hier so fabelhaft, findest du nicht? Sie lächelte einen jungen Mann an, der sich vor ihr verbeugte, und folgte ihm auf die Tanzfläche.

Françoise zündete sich eine neue Zigarette an; schließlich zwang sie ja nichts, ihre Arbeit gleich morgen wiederaufzunehmen; es war ja freilich eigentlich sinnlos, hier die Stunden zu vergeuden, wo sie nicht einmal tanzte, aber wenn man sich erst einmal darauf eingestellt hatte, hatte auch dies langsame Versinken im Nichtstun seinen Reiz; seit Jahren war es nicht vorgekommen, daß sie nur so dasaß in Tabak- und Alkoholgeruch und Träumereien und Überlegungen nachhing, die zu gar nichts führten.

Xavière kam an ihren Platz neben Françoise zurück.

– Warum tanzt du nicht? fragte sie.

– Ich tanze schlecht, sagte Françoise.

– Dann langweilst du dich sicher? fragte Xavière in kläglichem Ton.

– Aber gar nicht. Ich sehe gern zu. Ich finde es sehr reizvoll, der Musik zuzuhören und die Leute anzuschauen.

Sie lächelte; sie hatte es Xavière zu verdanken, daß sie diese Stunde, diese Nacht verbrachte; warum sollte sie ablehnen, ihrem Leben soviel jugendfrischen Überschwang zuzuführen, wie er sich ihr hier bot? Ein junges Wesen in ihrem Leben mit ganz neuen Bedürfnissen, einem scheuen Lächeln und unerwarteten Reaktionen?

– Doch, ich kann mir denken, sagte Xavière, daß das nicht amüsant für dich ist. Ihr Gesicht verdüsterte sich von neuem; auch sie sah im Grunde müde aus.

– Aber ich sage dir doch, daß ich ganz zufrieden bin, wiederholte Françoise; sie strich leicht über Xavières Handgelenk. Ich bin doch gern mit dir.

Xavière lächelte unüberzeugt; Françoise blickte sie freundschaftlich an; sie begriff nicht mehr, weshalb sie Pierre einen gewissen Widerstand entgegengesetzt hatte; gerade das unbestimmte Gefühl von Wagnis und Geheimnis machte ihr jetzt auf die Sache Lust.

– Weißt du, fing sie unvermittelt an, was ich gedacht habe heute nacht? Du wirst doch niemals zu etwas kommen, wenn du in Rouen bleibst. Es gibt nur eine Lösung für dich: du ziehst ganz nach Paris.

– Hierher ziehen? Hier leben? fragte Xavière erstaunt. Ach, ich möchte gern!

– Ich sage das nicht nur so, erklärte Françoise; sie zögerte, weil sie plötzlich Bedenken hatte, Xavière könne sie aufdringlich finden. Du könntest es doch so machen, daß du vorerst einmal herkommst, in mein Hotel, wenn du willst; ich würde dir die Mittel vorstrecken, und du könntest irgendwas lernen, Stenographie zum Beispiel; oder ich weiß noch was Besseres: eine Freundin von mir leitet ein Schönheitsinstitut; sie könnte dich anstellen, sowie du die Prüfung abgelegt hast.

Xavières Miene verfinsterte sich.

– Mein Onkel, sagte sie, wird das niemals erlauben.

– Dann verzichtest du eben auf seine Erlaubnis. Hast du etwa Angst vor ihm?

– Nein, antwortete Xavière. Sie blickte aufmerksam auf ihre spitzen Nägel; mit ihrem blassen Teint, ihren langen, blonden Haarsträhnen, die vom Tanzen aufgelöst waren, sah sie jammervoll aus wie eine auf dem Trockenen gestrandete Medusa.

– Nun also? fragte Françoise.

– Entschuldige mich, sagte Xavière. Sie stand auf, weil einer ihrer Tänzer ihr ein Zeichen machte, und sah gleich wieder animierter aus. Françoise sah ihr verwundert nach; Xavière war so merkwürdig sprunghaft in ihren Stimmungen; es war doch sonderbar, daß sie sich nicht einmal die Mühe genommen hatte, den Vorschlag, den Françoise ihr machte, etwas genauer zu prüfen. Und doch war dieser Plan das einzig Vernünftige. Sie wartete mit einiger Ungeduld auf die Rückkehr Xavières.

– Nun? fragte sie. Was hältst du von meinem Plan?

– Welcher Plan? fragte Xavière zurück. Sie schien aufrichtig erstaunt.

– Daß du ganz nach Paris kommst, sagte Françoise.

– O Paris! antwortete Xavière.

– Aber es ist ganz ernst gemeint, sagte Françoise. Es kommt mir vor, als hältst du das für bloße Phantasterei.

Xavière zuckte die Achseln.

– Aber das geht doch nicht, sagte sie.

– Du mußt es nur wollen, sagte Françoise. Was hindert dich denn daran?

– Es ist undurchführbar, meinte Xavière mit verdrießlicher Miene. Sie blickte um sich. Es wird hier jetzt trist, oder findest du nicht? Die Leute sehen alle aus, als fallen ihnen die Augen zu; sie hocken hier nur noch herum, weil sie nicht mehr die Kraft haben, sich endlich aufzuraffen.

– Gut, gehen wir! sagte Françoise. Sie ging durch das Lokal zur Tür; die erste Morgendämmerung brach gerade an. Wir könnten ein bißchen gehen, schlug sie vor.

– Ja, das könnten wir, meinte Xavière; sie zog ihren Mantel fest um den Hals und ging mit raschen Schritten voraus. Weshalb wollte sie, dachte Françoise, ihr Angebot nicht ernstlich in Erwägung ziehen? Es störte sie, neben sich dies kleine Menschenwesen voll feindseliger, eigensinniger Gedanken zu spüren.

– Ich muß sie überzeugen, dachte Françoise. Bislang waren die Unterredung mit Pierre, die unbestimmten Träumereien des Morgens, der Anfang ihrer Unterhaltung darüber nur ein Spiel gewesen; doch jetzt bekam alles Wirklichkeit: der Widerstand Xavières war etwas Wirkliches, etwas, womit Françoise fertig werden mußte. Etwas in ihr lehnte sich dagegen auf; sie hatte so ganz unter dem Eindruck gestanden, Xavière zu beherrschen, sie bis in ihre Vergangenheit und bis in die unvorhergesehensten Wendungen ihrer Zukunft hinein als ihr Eigentum betrachten zu können! Und nun stieß sie auf diesen eigensinnigen Widerstand, an dem ihr eigener Wille zerbrach.

Xavière ging immer schneller und zog dabei schmerzlich die Augenbrauen zusammen; es war nicht möglich, sich zu unterhalten. Françoise schritt eine kurze Weile schweigend hinter ihr her, dann verlor sie die Geduld.

– Ist es dir auch nicht unangenehm, wenn wir noch etwas gehen? fragte sie.

– Nein, gar nicht, sagte Xavière; eine tragische Grimasse entstellte ihr Gesicht. Ich hasse nur die Kälte.

– Das hättest du doch sagen sollen, rief Françoise. Wir gehen ins erste beste Café, das wir geöffnet finden.

– Nein, nein, wir wollen ruhig spazierengehen, wenn du nun einmal Lust dazu hast, sagte Xavière mit standhafter Selbstverleugnung.

– Ich habe gar nicht mehr solche Lust, sagte Françoise. Ich tränke gern einen heißen Kaffee.

Sie verlangsamten jetzt den Schritt; in der Nähe vom Bahnhof Montparnasse, Ecke Rue d'Odessa, drängten sich Menschen an der Theke eines Café Biard. Françoise ging hinein und setzte sich ganz hinten in eine Ecke.

– Zwei Kaffee, bestellte sie.

An einem der Tische schlief, völlig vornübergesunken, eine Frau; Handkoffer und Bündel bedeckten den Boden; an einem anderen Tisch saßen drei bretonische Bauern und schlürften bedächtig ihren Calvados. Françoise blickte auf Xavière.

– Ich verstehe dich nicht, sagte sie.

Xavière warf ihr einen beunruhigten Blick zu.

– Ärgerst du dich über mich?

– Ich bin enttäuscht, sagte Françoise. Ich hatte geglaubt, du würdest den Mut finden, meinen Vorschlag anzunehmen.

Xavière zögerte mit der Antwort; gequält schaute sie sich nach allen Seiten um.

– Ich will keine Gesichtsmassagen machen, stieß sie schließlich gequält hervor.

Françoise mußte lachen.

– Aber niemand zwingt dich dazu. Ich könnte auch eine andere Beschäftigung für dich finden, als Mannequin zum Beispiel; oder am besten lernst du wirklich Stenographie.

– Ich will aber nicht Stenotypistin oder Mannequin werden, erklärte Xavière aufgebracht.

Françoise war jetzt wirklich mit ihrer Weisheit zu Ende.

– Ich habe mir vorgestellt, daß das nur ein Anfang sein sollte. Wenn du erst einmal irgendeine Stelle hättest, könntest du ja immer noch sehen. Was würde dich denn tatsächlich interessieren? Studieren oder Zeichnen oder Theaterspielen?

– Ich weiß nicht, meinte Xavière. Überhaupt nichts Bestimmtes. Muß man denn absolut etwas tun? fragte sie nicht ohne Überheblichkeit.

– Ein paar Stunden langweilige Arbeit scheint mir doch kein zu hoher Preis für deine Selbständigkeit, sagte Françoise.

Xavières Miene drückte tiefen Widerwillen aus.

– Ich hasse diese Art von Rechnung, sagte sie; wenn man nicht leben kann, wie man möchte, soll man überhaupt nicht leben.

– In Wirklichkeit wirst du dich nie umbringen, sagte Françoise nachgerade etwas weniger freundlich. Da könntest du ebensogut versuchen, zu leben wie andere Leute auch.

Sie nahm einen Schluck von dem Kaffee; es war so richtig ein Kaffee der ersten Morgenstunden, bitter und stark gezuckert, von der Art, wie man ihn auf dem Bahnsteig nach einer durchreisten Nacht oder in einem Landgasthaus vor dem Warten auf den ersten Omnibus bekommt. Der fade Erdgeschmack stimmte Françoise etwas nachsichtiger.

– Wie müßte denn dein Leben sein, damit es dir selbst gefiele? fragte sie wesentlich freundlicher.

– Wie es war, als ich klein war, sagte Xavière.

– So, daß die Dinge an dich herankommen, ohne daß du sie aufsuchen mußt? Wie früher, als dein Vater dich auf seinem großen Pferd mitnahm?

– Ach, ich denke noch an viele andere Augenblicke, meinte Xavière. Wenn er mich früh um sechs mit auf Jagd nahm, und auf dem Gras waren ganz frische Spinnweben. Das war wunderbar.

– Aber in Paris, sagte Françoise, würdest du ebenso starke Freuden finden. Denke doch, Musik, Theater, Tanzen.

– Und ich müßte es machen wie deine Freundin: aufpassen, wieviel ich trinke, und immer auf die Uhr sehen, weil ich am nächsten Morgen wieder an die Arbeit muß.

Françoise fühlte sich verletzt; auch sie hatte auf die Uhr gesehen. ‹Es ist, als wäre sie böse auf mich; aber warum denn nur?› dachte sie. Diese neue Xavière, mißmutig und unberechenbar, interessierte sie.

– Schließlich findest du dich jetzt mit einer Existenz ab, die viel kümmerlicher ist als die ihrige, sagte sie. Und zehnmal weniger frei. Im Grunde ist es einfach so, daß du Angst hast; vielleicht nicht einmal vor deinen Angehörigen; aber du hast Angst, deine kleinen Gewohnheiten aufzugeben, Angst vor der Freiheit.

Xavière senkte schweigend den Kopf.

– Was ist nur mit dir? fragte Françoise mit sanfter Stimme. Du bist ja nichts als lauter Widerstand. Hast du denn kein Vertrauen mehr zu mir?

– Aber doch, antwortete Xavière ohne alle Wärme.

– Woran liegt es denn? beharrte Françoise.

– Es macht mich ganz verrückt, an mein Leben zu denken, sagte Xavière.

– Aber das kann es ja allein nicht sein, sagte Françoise. Du bist ja den ganzen Abend schon komisch gewesen. Sie lächelte. Hat es dich gestört, daß Elisabeth mit uns war? Du magst sie offenbar nicht?

– Wieso denn, meinte Xavière; etwas steif fügte sie hinzu: Ich bin sicher, sie ist jemand sehr Interessantes.

– Hat es dich peinlich berührt, daß sie vor allen Leuten geweint hat? sagte Françoise. Gestehe es nur, über mich warst du auch entsetzt; du hast mich sicher kleineleutehaft rührselig gefunden?

Xavière sah sie mit blauen, unschuldsvollen Kinderaugen an.

– Es kam mir allerdings seltsam vor, warf sie harmlos hin.

Sie blieb auch weiter verschanzt; es hatte keinen Zweck, in sie dringen zu wollen. Françoise unterdrückte ein Gähnen. Ich glaube, sagte sie, ich gehe jetzt heim. Und du mußt zu Ines, nicht wahr?

– Ja. Ich werde meine Sachen nehmen und verschwinden, ohne sie aufzuwecken, sagte Xavière. Sonst springt sie mir an den Hals.

– Ich denke, du magst Ines gern?

– Aber ja, ich mag sie auch gern, sagte Xavière. Nur ist sie eine von den Personen, in deren Gegenwart man nicht ein Glas Milch trinken kann, ohne ein schlechtes Gewissen zu haben. Galt der scharfe Ton in ihrer Stimme Ines oder Françoise? Auf alle Fälle war es klüger, der Sache nicht weiter nachzugehen.

– Gut! Gehen wir! sagte Françoise; sie legte Xavière die Hand auf die Schulter. Es tut mir leid, daß du nicht einen netteren Abend gehabt hast.

Xavières Gesicht verfiel mit einem Male, alle ihre Härte schmolz dahin; verzweifelt blickte sie zu Françoise empor.

– Aber es war doch ein netter Abend, rief sie aus; sie senkte den Kopf und fügte rasch hinzu: Nur für dich muß es nicht sehr unterhaltend gewesen sein, mich wie einen Pudel spazierenzuführen.

Françoise lächelte. Aha! dachte sie, sie hat geglaubt, ich gehe aus purem Mitleid mit ihr aus. Liebevoll blickte sie auf diese mißtrauische kleine Person herab.

– Ich war im Gegenteil sehr froh, dich bei mir zu haben, sagte sie, sonst hätte ich es dir gar nicht vorgeschlagen. Wie kommst du denn darauf?

Xavière sah sie mit zärtlich vertrauender Miene an.

– Dein Dasein ist so ausgefüllt, sagte sie. Du hast so viele Freunde und soviel Wichtiges zu tun. Ich fühle mich so winzig daneben.

– Das ist aber dumm von dir, sagte Françoise. Es war doch erstaunlich zu denken, daß Xavière auf Elisabeth eifersüchtig sein konnte. Da hast du also, als ich davon sprach, dich nach Paris kommen zu lassen, geglaubt, ich wollte dir eine Art Almosen damit geben?

– Ein bißchen schon, gab Xavière demütig zu verstehen.

– Und hast mich deswegen gehaßt, fügte Françoise hinzu.

– Ich habe dich nicht gehaßt. Ich habe nur mich selbst gehaßt.

– Das ist dasselbe, sagte Françoise. Ihre Hand glitt von Xavières Schulter herab und ihren Arm entlang. Ich habe dich doch so gern, sagte sie. Ich wäre sehr glücklich, wenn ich dich immer um mich haben könnte.

Entzückt und ungläubig starrte Xavière sie an.

– War es nicht schön heute nachmittag, mit uns beiden? fragte Françoise.

– Doch, antwortete Xavière verwirrt.

– Wir könnten es doch noch oft wieder so haben! Lockt dich das nicht?

Xavière drückte heftig Françoises Hand.

– O doch! Das möchte ich gern! rief sie mit Wärme aus.

– Wenn du willst, sagte Françoise, ist es abgemacht. Ich lasse dir durch Ines einen Brief schicken, in dem sie dir mitteilt, sie habe eine Stelle für dich. Sowie du dich entschieden hast, brauchst du nur zu schreiben: Ich komme; und dann bist du da. Sie streichelte die warme Hand, die vertrauensvoll in der ihren ruhte. Und dann wirst du sehen, du hast hier einen kleinen Himmel auf Erden.

– O ja, ich will! sagte Xavière; sie ließ sich mit ihrem ganzen Gewicht an Françoises Schulter gleiten; eine Weile saßen sie so da, unbeweglich aneinandergelehnt; Xavières Haare streiften an die Wange von Françoise; sie hielten einander bei den Händen.

– Ich bin traurig, daß du fort mußt, sagte Françoise.

– Ich auch, gab Xavière leise zurück.

– Meine kleine Xavière, murmelte Françoise; mit glänzenden Augen und halbgeöffneten Lippen sah Xavière zu ihr auf, schmelzend, hingegeben, vollkommen in ihrer Hand. Françoise würde künftig diejenige sein, die sie durchs Leben trug.

– Ich werde sie glücklich machen, sagte sie sich voller Zuversicht.

Drittes Kapitel

Unter Xavières Tür drang Lichtschein hervor. Françoise hörte leises Klappern und ein Rascheln von Kleidern. Sie klopfte. Sofort war alles still.

– Wer ist da? rief Xavière.

– Ich bin es, antwortete Françoise. Ich glaube, es ist Zeit, daß wir gehen.

Seitdem Xavière im Hotel Bayard gelandet war, hatte sich Françoise bereits abgewöhnt, unerwartet an ihre Tür zu klopfen oder bei einer Verabredung früher als ausgemacht zu erscheinen; dennoch rief ihr Kommen jedesmal eine rätselhafte Verwirrung hervor.

– Kannst du noch einen Augenblick warten? Ich komme gleich zu dir herauf.

– Gut, ich warte, sagte Françoise.

Sie ging wieder nach oben. Xavière war für das Zeremonielle; sie öffnete niemals ihre Tür, ohne für den Empfang in großer Form gerüstet zu sein. Bei ihren kleinen täglichen Verrichtungen betroffen zu werden, wäre ihr indezent erschienen.

– Selbst wenn alles gut geht heute abend, dachte Françoise, sind wir doch nie und nimmer in drei Tagen soweit. Sie setzte sich auf den Diwan und griff nach einem der auf ihrem Nachttisch aufgehäuften Manuskripte; Pierre hatte ihr die Aufgabe übertragen, die Theaterstücke zu lesen, die ihm eingereicht wurden; es war eine Arbeit, die ihr im allgemeinen Spaß machte. «Marsyas» oder «Die ungewisse Verwandlung». Mutlos blickte Françoise auf den Titel. Heute nachmittag hatte nichts geklappt; alle waren total fertig gewesen, Pierre konnte mit den Nerven nicht mehr, seit acht Tagen hatte er kein Auge zugetan. Wenn nicht mindestens hundert Vorstellungen bei ausverkauftem Haus zustande kamen, waren die Kosten nicht gedeckt.

Sie warf das Manuskript wieder hin und stand auf; sie hatte genügend Zeit, sich noch einmal herzurichten, aber sie war zu aufgeregt dazu. Sie zündete sich eine Zigarette an und lächelte. Im Grunde liebte sie nichts so sehr wie dies Lampenfieber; sie wußte ja, daß im gegebenen Moment doch alles fertig sein würde; in drei Tagen konnte Pierre Wunder vollbringen. Mit dieser Quecksilberbeleuchtung würde man auch noch zu Rande kommen. Wenn nur Tedesco sich entschließen würde, mehr aus einem Guß zu spielen . . .

– Kann ich hereinkommen? fragte draußen eine schüchterne Stimme.

– Ja, komm nur, rief Françoise.

Xavière trug einen derben Mantel und die häßliche kleine Kappe, auf ihrem kindlichen Gesicht lag ein zerknirschtes Lächeln.

– Hab ich dich warten lassen?

– Nein, nein, es geht noch gut; wir sind nicht spät dran, beeilte Françoise sich zu behaupten. Man mußte vermeiden, daß Xavière sich irgendwie schuldbewußt fühlte, sonst wurde sie mißmutig und schwierig. Ich bin sogar noch nicht mal ganz fertig.

Aus Prinzip tat Françoise noch etwas Puder auf ihr Gesicht, dann wendete sie sich rasch vom Spiegel ab; auf ihr Gesicht heute abend kam es nicht an, es war für sie gar nicht da, und sie hegte die unklare Hoffnung, daß es für alle anderen unsichtbar sein würde. Sie nahm den Schlüssel, die Handschuhe und schloß hinter sich die Tür.

– Warst du im Konzert? fragte sie. War es schön?

– Nein, ich war gar nicht mehr fort, sagte Xavière. Es war zu kalt, ich hatte keine Lust.

Françoise hängte sich bei ihr ein.

– Und was hast du den ganzen Tag gemacht? Erzähle.

– Es gibt doch nichts zu erzählen, stieß Xavière in flehentlichem Ton hervor.

– Das antwortest du mir jedesmal, sagte Françoise. Dabei habe ich dir doch erklärt, daß es mir solches Vergnügen machen würde, mir deine Existenz in allen Einzelheiten vorzustellen. Lächelnd und prüfend blickte sie sie an. Du hast dir das Haar gewaschen.

– Ja, sagte Xavière.

– Du hast es dir wunderbar eingelegt, nächster Tage muß ich mich mal von dir frisieren lassen. Und was noch? Hast du gelesen? Geschlafen? Wo hast du gegessen?

– Ich habe gar nichts getan, antwortete Xavière. Es gab eine Art von Vertrautheit, die man mit ihr nicht haben konnte. Es kam ihr ebenso unpassend vor, von ihren kleinen alltäglichen Beschäftigungen zu sprechen wie von ihren körperlichen Funktionen; und da sie kaum je ihr Zimmer verließ, hatte sie selten etwas zu berichten. Françoise war über ihren Mangel an Neugier enttäuscht; man konnte ihr die verlockendsten Film- oder Konzertprogramme oder Spaziergänge vorschlagen, sie blieb immer eigensinnig zu Hause. Der kurze Rausch, der Françoise damals in der frühen Morgenstunde in dem Café am Montparnasse erfaßt hatte, als sie glaubte, die Hand auf eine erlesene Beute gelegt zu haben, hatte sich als völlig trügerisch erwiesen. Xavières Anwesenheit hatte ihr nichts Neues gebracht.

– Nun, ich habe einen wohlgefüllten Tag gehabt, erklärte Françoise in fröhlichem Ton. Heute früh habe ich dem Theaterfriseur meine Meinung gesagt, er hatte noch nicht die Hälfte der Perücken geliefert, und dann habe ich alle Läden für Bühnenbedarf durchstöbert. Man findet so schwer, was man braucht, man kommt sich wie ein Goldgräber vor; wenn du wüßtest, wie amüsant es ist, in diesen komischen Theatersachen zu wühlen; du mußt mal mitkommen.

– Das täte ich gern, sagte Xavière.

– Am Nachmittag hatten wir eine lange Probe, und ich selbst habe mich ganz groß gefühlt, denn ich mußte die Kostüme korrigieren; sie lachte; wir haben da einen dicken Schauspieler, der hatte sich einen Cul de Paris statt des Bauches vorgebunden; du hättest sehen sollen, wie er aussah damit.

Xavière drückte Françoise sanft die Hand.

– Du darfst dich nicht zu sehr abhetzen; wenn du nun krank würdest.

Mit plötzlich aufwallender Zärtlichkeit blickte Françoise in das ängstliche kleine Gesicht; es gab Augenblicke, in denen Xavières Zurückhaltung dahinschmolz; dann war sie nur noch ein liebendes, wehrloses kleines Mädchen, dessen perlmutterzarte Wangen man hätte abküssen mögen.

– Es ist ja nicht mehr für lange, beruhigte Françoise. Auf die Dauer, weißt du, könnte ich ja dies Leben nicht führen, aber wenn es nur für ein paar Tage ist und man außerdem hofft, daß es zu etwas führt, lebt man gern auch mal über seine Kräfte.

– Du bist so tätig, sagte Xavière.

Françoise lächelte ihr zu.

– Ich denke, heute abend wird es interessant. Immer in letzter Minute hat Labrousse seine besten Einfälle.

Xavière gab keine Antwort, sie wirkte immer befangen, wenn Françoise von Labrousse sprach, obwohl sie eine große Bewunderung für ihn an den Tag legte.

– Es langweilt dich doch hoffentlich nicht, zur Probe mitzukommen? fragte Françoise.

– Es macht mir großen Spaß, versicherte Xavière. Zögernd setzte sie hinzu: Natürlich wäre mir lieber, wir könnten so zusammen sein.

– Mir auch, sagte Françoise ohne rechte Überzeugung. Sie haßte die verschleierten Vorwürfe, die Xavière von Zeit zu Zeit an sie ergehen ließ; tatsächlich blieb ihr nicht sehr viel Zeit für sie, aber sie konnte ihr doch wirklich nicht die wenigen Stunden opfern, die sie für ihre persönliche Arbeit hatte.

Sie kamen beim Theater an. Mit einer Art von Zärtlichkeit betrachtete Françoise das alte Gebäude, dessen Fassade mit Rokokogirlanden geschmückt war; es sah so rührend vertraut und verschwiegen aus; in ein paar Tagen würde es in vollem Glanze, in strahlendem Licht erscheinen; heute abend war es in Dunkel getaucht. Françoise lenkte ihre Schritte zum Bühneneingang.

– Es kommt mir ganz komisch vor, bemerkte Xavière, daß du alle Tage hierher gehst wie in ein Büro; für mich ist das Innere eines Theaters etwas Geheimnisvolles.

– Ich weiß noch, in der Zeit, als ich Labrousse noch nicht kannte, sagte Françoise, hat mich Elisabeth immer mit der feierlichen Miene einer Novizin hinter die Kulissen geführt; ich war dann selber riesig stolz. Sie lächelte; das Geheimnis war freilich fort; aber dennoch hatte dieser mit alten Versatzstücken vollgestellte Hof auch jetzt, wo er zu einem ganz vertrauten Anblick geworden war, nichts von seiner Poesie eingebüßt; eine kleine Holztreppe, grün wie eine Gartenbank, führte zum Aufenthaltsraum der Künstler; Françoise blieb einen Augenblick stehen, um auf die Bühnengeräusche zu lauschen. Wie immer, wenn sie Pierre gleich wiedersehen würde, fing ihr Herz zu klopfen an.

– Mach keinen Lärm jetzt, flüsterte sie, wir müssen hinten über die Bühne. Sie nahm Xavière bei der Hand, und auf Zehenspitzen schlichen sie hinter den Kulissen vorbei; in dem mit grünen und purpurroten Büschen bepflanzten Garten schritt Tedesco mit gequälter Miene auf und ab; seine Stimme klang heute abend sonderbar belegt.

– Setz dich irgendwohin, ich komme gleich, sagte Françoise. Es saßen viele Menschen im Zuschauerraum; wie üblich hatten die Schauspieler und Statisten die hintersten Reihen besetzt; Pierre saß ganz allein gleich hinter dem Orchesterraum. Françoise drückte im Vorbeigehen Elisabeth, die neben einem kleinen Schauspieler saß, von dem sie seit ein paar Tagen unzertrennlich war, die Hand.

– Ich komme gleich zu dir, sagte sie. Sie lächelte Pierre wortlos zu; er saß ganz in sich selbst versunken da; sein Kopf verschwand fast in einem großen roten Foulard; er sah keineswegs zufrieden aus.

– Diese Gebüsche sind völlig verfehlt, dachte Françoise. Das muß man unbedingt ändern. Besorgt schaute sie auf Pierre, der eine Bewegung ohnmächtiger Ablehnung machte: noch nie war Tedesco so schlecht gewesen. Sollten sie sich so sehr in ihm getäuscht haben?

Tedescos Stimme brach jetzt völlig zusammen, er fuhr sich mit der Hand über die Stirn.

– Entschuldige, sagte er, ich weiß nicht, was mit mir ist. Ich glaube, es ist besser, ich ruhe mich einen Augenblick aus; in einer Viertelstunde geht es bestimmt wieder besser.

Ein tödliches Schweigen folgte.

– Gut, sagte Pierre. In der Zwischenzeit werde ich die Beleuchtung probieren. Ruft mal einer Vuillemin und Gerbert; die Dekoration muß auch noch einmal vorgenommen werden. Dann mit leiser Stimme: Wie fühlst du dich? Allem Anschein nach nicht sehr gut.

– Es geht, sagte Françoise. Du schaust auch nicht gerade großartig aus. Mach heute um Mitternacht Schluß; wir sind ja alle erledigt und halten sonst nicht bis Freitag durch.

– Ich weiß, ich weiß, sagte Pierre. Er wendete sich um. Du hast Xavière mitgebracht?

– Ja, ich muß mich ja schließlich irgendwie um sie kümmern. Françoise zögerte einen Augenblick. Weißt du, was ich gedacht habe? Wir könnten doch vielleicht zu dritt irgendwo etwas trinken gehen, wenn hier Schluß ist. Wäre es dir recht?

Pierre mußte plötzlich lachen.

– Das habe ich dir noch gar nicht erzählt: heute morgen, als ich die Treppe hinaufging, sah ich sie gerade herunterkommen; sie ist wie ein Hase getürmt und hat sich im Klo eingeschlossen.

– Ich weiß, sagte Françoise. Sie hat furchtbare Angst vor dir. Gerade deshalb möchte ich, daß du einmal mit ihr zusammenkommst. Wenn du ein bißchen nett zu ihr bist, kommt das gleich in Ordnung.

– An mir soll es nicht liegen, sagte Pierre. Ich finde sie nur etwas sonderbar. Ah, da bist du ja! Wo ist Gerbert?

– Ich habe ihn überall gesucht, sagte Vuillemin, der außer Atem herbeigelaufen kam. Ich weiß nicht, wo er steckt.

– Ich habe ihn zuletzt um halb sieben im Magazin gesehen, mischte Françoise sich ein, er sagte mir, er wolle versuchen zu schlafen. Mit erhobener Stimme rief sie dann: Regis, sehen Sie doch mal zu, ob Sie Gerbert irgendwo in den Ateliers finden können.

– Das ist ja ein furchtbares Ding, das du mir da hingestellt hast, sagte Pierre. Ich habe dir schon tausendmal gesagt, daß ich keine gemalte Dekoration haben will. Du mußt das noch mal machen, bau aber irgendwas auf.

– Und dann geht auch die Farbe nicht, gab Françoise zu bedenken. Diese Büsche könnten sehr hübsch sein, aber so, wie sie jetzt sind, wirken sie schmutzigrot.

– Das läßt sich leicht machen, sagte Vuillemin.

Gerbert kam über die Bühne gelaufen und sprang hinunter in den Zuschauerraum; unter dem ledernen Lumberjack trug er ein kariertes Hemd; er war mit Staub bedeckt.

– Sei mir nicht böse, sagte Gerbert, ich habe totenähnlich geschlafen. Er fuhr sich mit der Hand durch seinen wirren Schopf; seine Gesichtsfarbe wirkte bleiern, und um seine Augen lagen schwarze Ringe. Während Pierre mit ihm sprach, betrachtete Françoise mit Rührung sein abgespanntes Gesicht; er sah wie ein kranker Affe aus.

– Du verlangst zuviel von ihm, sagte Françoise, als Vuillemin und Gerbert gegangen waren.

– Er ist der einzige, gab Pierre zurück, auf den ich mich verlassen kann. Vuillemin macht noch einmal irgendeinen Mist, wenn man nicht achtgibt auf ihn.

– Ja, ich weiß, sagte Françoise, aber er hält eben nicht soviel aus wie wir. Sie stand auf. Bis gleich.

– Wir wollen jetzt hintereinander die Beleuchtung probieren, sagte Pierre mit lauter Stimme. Gebt mal die Nacht; das Blau im Hintergrund allein.

Françoise setzte sich neben Xavière.

– Ich bin doch dafür noch nicht alt genug, dachte sie. Es ließ sich nicht leugnen, sie hatte für Gerbert mütterliche Gefühle; mütterlich, aber ein kleines bißchen inzesthaft dabei; sie hätte diesen müden Kopf an ihrer Schulter fühlen mögen.

– Interessiert dich das? fragte sie Xavière.

– Ich verstehe nicht viel davon, sagte Xavière.

– Es ist jetzt Nacht; Brutus ist in seinen Garten hinuntergegangen, um nachzudenken, er hat von allen Seiten Botschaften bekommen mit der Aufforderung, sich gegen Cäsar aufzulehnen; er haßt die Tyrannei, aber er liebt Cäsar. Er ist ratlos.

– Dann ist der da in der schokoladenfarbenen Weste Brutus? fragte Xavière.

– Wenn er seine schöne weiße Toga anhat und geschminkt ist, sieht er sehr viel mehr wie Brutus aus.

– So habe ich es mir nicht vorgestellt, sagte Xavière mit trauriger Miene.

Plötzlich blitzten ihre Augen.

– Oh! Was für eine schöne Beleuchtung!

– Findest du? Das freut mich, sagte Françoise. Wir haben wie die Neger geschafft, um diese Stimmung im Morgengrauen herauszubekommen.

– Morgengrauen? fragte Xavière. Es ist doch aber so grell. Dies Licht kommt mir eher so vor ... sie zögerte, sagte es dann aber rasch heraus: wie ein Licht gleich nach Erschaffung der Welt, als Sonne, Mond und Sterne noch gar nicht existierten.

– Guten Tag, Fräulein Françoise, sagte jemand mit rauher Stimme. Die Canzetti lächelte mit schüchterner Koketterie; zwei große schwarze Lokken umrahmten ihr reizendes Zigeunergesicht; Mund und Wangen waren lebhaft geschminkt.

– Ist meine Frisur jetzt richtig so?

– Ich finde, sie steht Ihnen wundervoll, meinte Françoise.

– Ich bin Ihrem Rat gefolgt, sagte die Canzetti zärtlich schmollend.

Ein kurzes Pfeifen ertönte, gefolgt von Pierres Stimme.

– Wir nehmen noch einmal die Szene ganz von vorn mit Beleuchtung und dann gleich weiter. Ist alles da?

– Alles da, sagte Gerbert.

– Auf Wiedersehen, Fräulein Françoise, ich danke Ihnen sehr, sagte die Canzetti, ehe sie ging.

– Sie ist nett, nicht wahr? meinte Françoise.

– Ja, sagte Xavière und fügte dann lebhaft hinzu: Ich kann diese Art von Gesichtern nicht leiden, und dann finde ich auch, sie sieht schmutzig aus.

Françoise lachte.

– Das heißt, du findest sie gar nicht nett.

Xavière runzelte die Brauen und schnitt eine greuliche Fratze.

– Ich würde mir lieber einzeln die Nägel ausreißen lassen, als je mit jemandem so zu sprechen, wie sie mit dir spricht; sie kriecht ja förmlich vor dir.

– Sie war Lehrerin in der Gegend von Bourges, sagte Françoise, und hat alles aufgegeben, um ihr Glück beim Theater zu versuchen; hier in Paris hungert sie sich durch. Amüsiert blickte Françoise in Xavières verschlossenes Gesicht; alle Leute, die mit Françoise in nähere Berührung kamen, haßte Xavière offenbar; ihre Schüchternheit Pierre gegenüber war mit Haß gemischt.

Seit ein paar Minuten schritt Tedesco von neuem auf der Bühne auf und ab; unter weihevollem Schweigen der andern fing er zu sprechen an; er schien jetzt wieder Herr seiner Mittel zu sein.

– Ganz, wie es sein soll, ist es noch nicht, dachte Françoise besorgt. In drei Tagen. Es würde ebenso dunkel sein im Zuschauerraum, das gleiche Licht würde die Bühne erhellen, und die gleichen Worte würden im Raume schweben; aber anstatt auf tiefe Stille wie jetzt würden sie auf einen Chor von Geräuschen stoßen: Sitze würden klappen, unaufmerksame Hände das Programm zerknittern, alte Leute würden hartnäckig zu husten anfangen. Durch ein wahres Dickicht von Gleichgültigkeit würden die wohlabgewogenen Sätze sich ihren Weg bis zu dem blasierten und unbelehrbaren Publikum bahnen müssen. Alle diese Leute, die an ihre Verdauung, ihren Hals, ihre schönen Kleider, ihre häuslichen Sorgen dachten, die gelangweilten Kritiker, übelwollende Freunde – es war wirklich Glückssache, ob es gelang, sie für die Nöte des Brutus hinlänglich zu interessieren; man mußte sie überrumpeln, gegen ihren Willen mitreißen: das abgemessene, glanzlose Spiel Tedescos genügte dafür sicherlich nicht.

Pierre hatte den Kopf gesenkt, Françoise bedauerte, daß sie nicht zurückgegangen war und sich zu ihm gesetzt hatte; was mochte er wohl denken? Es war das erste Mal, daß er seine ästhetischen Prinzipien im Großen und in dieser Ausschließlichkeit anwendete; er selber hatte alle Schauspieler geformt, Françoise das Stück nach seinen Direktiven eingerichtet, der Bühnenbildner sogar hatte seine Weisungen befolgt. Wenn er Erfolg hätte, würde er sich mit seiner Auffassung von der Kunst des Theaters durchsetzen. Françoise fühlte, wie Schweißtropfen aus ihren zusammengepreßten Händen drangen.

– Wir haben doch wirklich weder Arbeit noch Geld gespart, dachte sie, während ihr die Kehle trocken wurde. Im Falle einer Niederlage wären sie auf lange Zeit nicht imstande, wieder von vorn anzufangen.

– Halt, rief Pierre auf einmal zur Bühne hinauf. Er selbst stieg auf die Bretter. Tedesco blieb regungslos stehen.

– Es ist gut, wie du es machst, sagte Pierre, im Prinzip ganz richtig; nur, weißt du, du spielst die Worte und nicht genug die Situation; ich möchte, daß du dich mit den gleichen Nuancen auf eine etwas andere Ebene stellst.

Pierre lehnte sich an die Wand und schloß die Augen. In Françoise ließ die Erstarrung nach. Pierre verstand nicht sehr gut mit den Schauspielern zu reden, er fühlte sich gehemmt durch die Notwendigkeit, sich auf ihr Niveau herabzulassen; aber wenn er eine Rolle markierte, war er fabelhaft. «Er muß sterben, ich habe gar nichts gegen ihn, doch das Gemeinwohl . . .»

Françoise erlebte das Wunder jedesmal wieder mit neuem Staunen;

Pierre paßte äußerlich gar nicht für die Rolle, er war zu untersetzt, seine Züge nicht markant genug, und doch, wenn er den Kopf hob, war er Brutus, der sein zerquältes Antlitz zum Himmel hebt.

Gerbert beugte den Kopf zu Françoise, er hatte sich hinter sie gesetzt, ohne daß sie es merkte.

– Je schlechter er gelaunt ist, desto fabelhafter ist er, raunte er ihr zu. Im Augenblick zerspringt er fast vor Wut.

– Er hat ja auch allen Grund dazu, meinte Françoise. Meinen Sie, daß Tedesco jemals über seiner Rolle stehen wird?

– Er ist schon dabei, sagte Gerbert. Er muß nur erst in Zug kommen, dann folgt das andere ganz von selbst.

– Du siehst, sagte Pierre, den Ton mußt du erst mal treffen, und dann kannst du so verhalten spielen, wie du willst, man spürt dann doch die Bewegung in dir; ist die Bewegung nicht da, dann ist alles zum Teufel.

Tedesco stand mit gesenktem Kopf an der Wand.

«Es muß durch seinen Tod geschehn. Ich habe für *mein* Teil
keinen Grund ihn wegzustoßen, als fürs gemeine Wohl.»

Françoise lächelte Gerbert triumphierend zu; es schien so einfach zu sein; und doch wußte sie, daß nichts schwerer war, als in einem Schauspieler diese plötzliche Erleuchtung zu bewirken. Sie blickte auf Pierres Nakken; nie würde sie es müde werden, ihn bei der Arbeit zu sehen; unter allen den Glücksumständen, zu denen sie sich gratulierte, stand die Zusammenarbeit mit ihm obenan; ihre gemeinsame Ermüdung, ihr gleiches Bemühen vereinte sie stärker, als eine Umarmung es tat; kein einziger Augenblick dieser anstrengenden Proben, der nicht ein Akt der Liebe war.

Die Verschworenenszene war ohne Anstoß verlaufen; Françoise stand auf.

– Ich werde mal Elisabeth guten Tag sagen, raunte sie Gerbert zu. Wenn ich gebraucht werde – ich bin in meinem Studio; ich halte es hier nicht länger aus; Pierre muß ja auch noch Portia vornehmen. Sie zögerte; es war nicht sehr nett von ihr, Xavière allein zu lassen, aber sie hatte Elisabeth seit Ewigkeiten nicht gesehen; es grenzte schon an Unhöflichkeit.

– Gerbert, ich vertraue Ihnen meine Freundin Xavière an, sagte sie, Sie sollten während des Dekorationswechsels einmal mit ihr hinter die Kulissen gehen; sie weiß noch gar nicht, was ein Theater ist.

Xavière sagte nichts; seit Beginn der Probe trug sie einen Ausdruck der Mißbilligung zur Schau.

Françoise legte Elisabeth die Hand auf die Schulter.

– Und du kommst jetzt mit mir eine Zigarette rauchen, sagte sie.

– Mit Vergnügen, es ist wirklich drakonisch, das Rauchen zu verbieten. Ich muß mal mit Pierre darüber reden, sagte Elisabeth komisch indigniert.

Françoise blieb noch einmal auf der Schwelle stehen; der Zuschauerraum war vor ein paar Tagen frisch mit gelber Farbe gestrichen, wodurch er etwas Ländliches und Anheimelndes bekam; ein leichter Terpentingeruch lag noch in der Luft.

– Ich hoffe, wir geben dies alte Theater niemals auf, sagte Françoise, als sie die Treppe hinaufgingen.

– Ob ich noch irgend etwas zu trinken finde? meinte sie, als sie das Studio betraten; sie öffnete einen Schrank, der zur Hälfte mit Büchern gefüllt war, und untersuchte die Flaschen auf dem obersten Brett.

– Nur noch ein Rest Whisky. Wie wäre es damit?

– Es könnte gar nichts Besseres sein, sagte Elisabeth.

Françoise reichte ihr ein Glas und hatte ein warmes Gefühl im Herzen, wie eine Welle von Sympathie stieg es in ihr auf; es war die gleiche Stimmung von unbefangener Kameradschaft wie einst, wenn sie nach einem interessanten, aber schweren Vortrag Arm in Arm aus dem Hof des Lyzeums kamen.

Elisabeth zündete sich eine Zigarette an und schlug die Beine übereinander.

– Was war nur mit Tedesco los? Guimiot behauptet, er kokst, glaubst du das?

– Ich habe keine Ahnung, antwortete Françoise; mit Genuß trank sie ein großes Glas Whisky aus.

– Hübsch ist sie nicht, deine kleine Xavière, fuhr Elisabeth fort. Was hast du mit ihr vor? Hat es sich mit der Familie gemacht?

– Ich weiß gar nichts darüber, sagte Françoise. Der Onkel kann jeden Tag erscheinen und einen Riesenkrach schlagen.

– Nimm dich nur in acht, sagte Elisabeth, du könntest dir da etwas einbrocken.

– Wieso? fragte Françoise.

– Hast du eine Beschäftigung für sie gefunden?

– Nein, sie muß sich erst einmal akklimatisieren.

– Ist sie für etwas Bestimmtes begabt?

– Ich glaube nicht, daß sie jemals viel leisten wird.

Nachdenklich blies Elisabeth den Rauch ihrer Zigarette vor sich hin.

– Was sagt denn Pierre dazu?

– Sie haben sich noch nicht viel gesehen; aber er findet sie nett.

Dieses Verhör fing an ihr auf die Nerven zu fallen; es klang, als betrachte Elisabeth sie als Angeklagte; sie wechselte rasch das Thema.

– Sag mal, du scheinst dir da jemand Neuen zugelegt zu haben, sagte sie.

Elisabeth lachte kurz auf.

– Guimiot? Er hat sich neulich während der Probe zu mir gesetzt. Ist er nicht schön?

– Sehr schön sogar; deshalb ist er ja engagiert worden. Ich kenne ihn gar nicht. Ist er nett?

– Ein guter Liebhaber jedenfalls, sagte Elisabeth gleichmütig.

– Du scheinst ja keine Zeit verloren zu haben, gab Françoise etwas erstaunt zurück. Elisabeth hatte immer gleich, wenn ihr jemand gefiel, davon gesprochen, daß sie gern etwas mit ihm haben würde. Tatsächlich aber war sie Claude zwei Jahre lang treu geblieben.

– Du kennst ja meine Grundsätze, fuhr sie jetzt munter fort. Ich bin keine Frau, die sich nehmen läßt, sondern eine, die nimmt. Gleich am ersten Abend habe ich ihm vorgeschlagen, er solle die Nacht bei mir bleiben. Er war im siebenten Himmel.

– Weiß es Claude? fragte Françoise.

Elisabeth streifte mit einer trotzigen Bewegung die Asche von ihrer Zigarette ab. Immer, wenn sie verlegen war, bekamen ihre Bewegungen etwas Hartes, Entschiedenes.

– Noch nicht, sagte sie. Ich warte erst einen günstigen Augenblick ab. Sie zögerte. Das ist alles sehr kompliziert.

– Wie steht es denn mit dir und Claude? Du hast mir so lange nichts erzählt.

– Immer dasselbe, sagte Elisabeth. Sie zog die Mundwinkel herab. Nur ich bin nicht mehr dieselbe.

– Die große Aussprache vorigen Monat hat nichts Neues gebracht?

– Er sagt mir immer wieder: Du hast das bessere Teil. Diese Sprüche hab ich jetzt endgültig satt. Beinahe hätte ich gesagt: Ja, es ist viel zu gut für mich; ich würde mich ganz gern mit dem andern begnügen.

– Du bist sicher zu gutmütig gewesen, sagte Françoise.

– Ja, ich glaube, gab Elisabeth zu. Ein unangenehmer Zug trat in ihr Gesicht; er denkt, ich schlucke alles, sagte sie. Aber er wird sich wundern.

Françoise sah sie jetzt mit wirklichem Interesse an; diesmal posierte sie offenbar nicht.

– Willst du Schluß machen mit ihm? fragte sie.

In Elisabeths Züge kam ein weicherer Ausdruck. Sie sah jetzt wieder ganz vernünftig aus.

– Claude ist viel zu liebenswert, sagte sie, als daß ich ihn missen möchte. Was ich erreichen will, ist, daß ich selbst weniger Wert auf ihn lege. Sie kniff die Augen zusammen und blinzelte Françoise mit einer Art von stummem Einverständnis zu, wie es jetzt nur noch selten zwischen ihnen bestand.

– Wie haben wir uns immer über die Frauen lustig gemacht, die sich als Opfer hergaben. Ich jedenfalls bin nicht aus diesem Holz geschnitzt.

Françoise gab Elisabeths Lächeln zurück. Sie hätte gern einen Rat für sie gewußt, aber das hielt schwer; dazu hätte Elisabeth Claude nicht lieben dürfen.

– Mit einem nur innerlichen Bruch, meinte sie schließlich, kommt man nicht weit. Ich frage mich, ob du ihn nicht ganz rücksichtslos vor die Wahl stellen solltest.

– Jetzt ist nicht der Augenblick, fiel Elisabeth lebhaft ein. Ich bin der Meinung, daß ich einen guten Schritt weiter sein werde, wenn ich meine Selbständigkeit im Inneren wiedergefunden habe. Die erste Voraussetzung dafür aber ist, daß ich bei Claude den Liebhaber vom Menschen trenne.

– Willst du nicht mehr mit ihm zu Bett gehen? fragte Françoise.

– Ich weiß nicht; aber sicher ist, daß ich mit andern zu Bett gehen werde. Sexuelle Treue, setzte sie herausfordernd hinzu, führt zur Sklaverei. Ich verstehe nicht, wie du das für dein Teil aushältst.

– Aber ich schwöre dir, sagte Françoise, daß ich mich nicht als Sklavin fühle. Elisabeth konnte nicht anders, sie mußte einem immer Konfidenzen machen, aber hinterher wurde sie jedesmal aggressiv.

– Komisch, äußerte Elisabeth langsam und in einer Weise, als verfolge sie mit ehrlichem Staunen einen längeren Gedankengang, so wie du mit zwanzig Jahren warst, hätte ich niemals vermutet, daß du einmal einem einzigen Mann gehören würdest. Das ist um so seltsamer, als ja Pierre seinerseits allerlei Seitensprünge macht.

– Das hast du mir schon gesagt, antwortete Françoise. Ich werde mir aber deswegen doch keinen Zwang antun.

– Aber geh doch, sagte Elisabeth. Du wirst mir doch nicht einreden wollen, daß du niemals inzwischen auf jemanden Lust gehabt hast. Du bist wie alle Leute, die Vorurteile haben: sie tun, als folgen sie einer persönlichen Neigung, aber das ist ja alles Quatsch.

– Bloße Sinnlichkeit, sagte Françoise, hat mich niemals interessiert. Was soll das überhaupt heißen: bloße Sinnlichkeit.

– Wieso denn nicht? Es ist doch sehr angenehm, sagte Elisabeth mit gezwungenem Lachen.

Françoise stand auf.

– Ich glaube, wir können jetzt wieder gehen, die Bühne ist sicher inzwischen umgestellt.

– Weißt du, dieser kleine Guimiot ist nämlich wirklich reizend, sagte Elisabeth, als sie das Studio verließen. Er verdiente etwas Besseres, als nur Statist zu sein. Er könnte guter Nachwuchs für euch werden. Ich muß mal mit Pierre reden.

– Sprich nur mit ihm, sagte Françoise. Mit einem raschen Lächeln verabschiedete sie sich von Elisabeth.

– Bis nachher, sagte sie.

Der Vorhang war noch heruntergelassen. Auf der Bühne wurde gehämmert, schwere Schritte wuchteten umher. Françoise trat auf Xavière zu, die gerade mit Ines sprach. Ines errötete und stand auf.

– Bleiben Sie doch, sagte Françoise.

– Ich wollte sowieso gerade aufbrechen, sagte sie; sie reichte Xavière die Hand. Wann sehe ich dich wieder?

Xavière machte eine Bewegung, die nichts Bestimmtes besagte.

– Ich weiß noch nicht, ich rufe dich an.

Mit unglücklicher Miene stand Ines noch immer vor Xavière. Françoise hatte sich schon oft gefragt, wie wohl der Gedanke, Theater zu spielen, in dem Hirn dieser derben Normannin hatte entstehen können. Seit vier Jahren arbeitete sie jetzt wie ein Pferd und hatte bislang nicht den geringsten Fortschritt gemacht. Pierre hatte ihr aus Mitleid eine Rolle von einem Satz gegeben.

– Morgen, sagte Xavière. Aber ich rufe lieber an.

– Sie werden sehen, sagte Françoise in ermunterndem Ton, es geht sicher gut; wenn Sie nicht aufgeregt sind, sprechen Sie ausgezeichnet.

Ines lächelte dünn und entfernte sich.

– Du rufst sie sicher nicht an? meinte Françoise.

– Unter keinen Umständen, gab Xavière gereizt zur Antwort; daß ich zwei- oder dreimal bei ihr übernachtet habe, ist doch kein Grund, daß ich sie mein Leben lang wiedersehen muß.

Françoise blickte sich um; Gerbert war verschwunden.

– Hat dich Gerbert nicht mit hinter die Kulissen genommen?

– Er hat es mir angeboten, sagte Xavière.

– Und du hattest keine Lust?

– Es schien ihm, sagte Xavière, eher peinlich zu sein. Sie starrte jetzt Françoise mit unverhohlenem Groll ins Gesicht. Ich dränge mich nicht gern auf, setzte sie heftig hinzu.

Françoise kam sich wie ertappt vor; es war taktlos von ihr gewesen, Xavière Gerbert zu überlassen, aber sie war doch erstaunt über den Ton, den Xavière anschlug; sollte Gerbert zu Xavière unhöflich geworden sein? Das war doch sonst nicht seine Art.

– Sie nimmt alles gleich tragisch, dachte sie ärgerlich bei sich.

Aber sie war ein für allemal entschlossen, sich durch Xavières kindisches Schmollen die Stimmung nicht verderben zu lassen.

– Wie war denn Portia? fragte sie.

– Die dicke Schwarze? Herr Labrousse hat sie zwanzigmal den gleichen Satz sprechen lassen, und jedesmal hat sie es falsch gemacht. Xavières Gesicht flammte vor Verachtung. Kann man denn, wenn man so blöd ist, ernstlich Schauspielerin sein?

– Es gibt solche und solche, meinte Françoise.

Xavière war außer sich vor Zorn, das war deutlich zu spüren. Zweifellos fand sie, daß sich Françoise nicht genügend um sie kümmerte; das würde ihr noch vergehen. Ungeduldig blickte Françoise auf den Vorhang. Das Umbauen dauerte viel zu lange; mindestens fünf Minuten mußten herausgeholt werden.

Der Vorhang ging auf; Pierre lehnte halb sitzend auf Cäsars Ruhestatt; ihr Herz begann schneller zu schlagen; sie kannte Pierres Tonfall bei jedem Satz und jede seiner Gebärden, sie sah sie derart sicher voraus, daß es ihr schien, als entsprängen sie ihrem eigenen Wollen, und dennoch spielten sie sich außerhalb von ihr auf der Bühne ab. Es war fast beängstigend, denn für das geringste Versagen fühlte sie sich verantwortlich und konnte doch keinen Finger rühren, um etwas dagegen zu tun.

– Es ist wirklich so, daß wir nur eins sind, dachte sie in einer Aufwallung von Liebe. Es war Pierre, der sprach, seine Hand, die sich hob, doch seine Gesten und seine Betonung waren ein Teil ihres Lebens so gut wie des seinigen; oder vielmehr war da eben nur *ein* Leben, dessen Träger ein Wesen war, von dem man nicht ‹ich› und nicht ‹du›, sondern nur ‹wir› sagen konnte.

Pierre stand auf der Bühne, sie saß im Saal, aber für beide ging das gleiche Stück im gleichen Theater in Szene. Ihr Leben war ein und dasselbe; sie sahen es nicht immer unter dem gleichen Blickpunkt; durch seine Wünsche, Launen und Stimmungen gewann jedes von ihnen einen andern Aspekt davon, aber nichtsdestoweniger war es das gleiche Leben. Weder Zeit noch Entfernung konnten es auseinandertrennen; sicherlich gab es Straßen, Ideen und Gesichter, die zuerst für Pierre, und andere, die zuerst für Françoise ins Dasein traten, doch diese Augenblicke der Trennung knüpften sie jeweils treulich an ein gemeinsames Ganzes an, in dem das Mein und das Dein nicht mehr zu unterscheiden war. Keiner von beiden brachte davon jemals das kleinste Teil für sich auf die Seite; das wäre der schlimmste Verrat gewesen, der einzige, der zwischen ihnen überhaupt auszudenken war.

– Morgen um zwei probieren wir den dritten Akt ohne Kostüme, sagte Pierre. Morgen abend lassen wir das Ganze durchlaufen mit Kostümen.

– Ich gehe jetzt, sagte Gerbert. Braucht ihr mich morgen früh?

Françoise zögerte; wenn Gerbert dabei war, wurden die ärgsten Schindereien beinahe amüsant; der Vormittag ohne ihn würde wüstenhaft öde sein; aber der Anblick seines entsetzlich müden Gesichtes schnitt einem tatsächlich ins Herz.

– Ach nein, es fehlt ja nicht mehr viel, meinte sie.

– Ist das wahr? fragte Gerbert.

– Absolut wahr. Schlafen Sie sich ruhig aus.

Elisabeth trat zu Pierre.

– Weißt du, dein Julius Cäsar ist wirklich etwas ganz Einzigartiges, sagte sie mit eiferheißer Miene. Er ist vollkommen persönlich durchlebt und doch ganz realistisch dabei. Dies Schweigen in dem Augenblick, wo du die Hand erhebst, dies ganz besondere Schweigen . . . Es ist fabelhaft.

– Du bist sehr freundlich, murmelte Pierre.

– Ich sage dir mit Sicherheit voraus, es wird ein großer Erfolg, fügte sie mit allem Nachdruck hinzu. Mit einem amüsierten Blick fixierte sie Xavière.

– Diese junge Dame hat offenbar nicht viel übrig fürs Theater? Etwa schon so blasiert?

– Ich hatte es mir so nicht vorgestellt, erklärte Xavière verachtungsvoll.

– Was hatten Sie sich denn gedacht? fragte Pierre.

– Die sehen ja alle wie kleine Ladenjünglinge aus und benehmen sich wie eifrige Schulbuben.

– Ich finde das immer ergreifend, sagte Elisabeth. All dieses tastende Sichbemühen, aus dem schließlich etwas Großes entsteht.

– Ich finde es ekelhaft, sagte Xavière. Der Zorn in ihr fegte jetzt alle Hemmungen hinweg; sie blickte Elisabeth finster an. Es ist nie angenehm zu sehen, wie sich jemand plagt, und wenn es dann auch noch schlecht ausgeht, dann ... fuhr sie mit höhnischem Auflachen fort, ist es einfach grotesk.

– Das ist nun einmal so in der Kunst, sagte Elisabeth. Schöne Dinge kommen niemals ohne Mühe zustande, je köstlicher sie sind, um so größere Arbeit setzen sie voraus. Sie werden das noch lernen.

– Was ich kostbar nenne, sagte Xavière, ist das, was wie Manna vom Himmel auf einen niederfällt. Was man erkaufen muß, ist Ware wie alles andere und interessiert mich nicht.

– Sie kleine Romantikerin, meinte Elisabeth mit einem kühlen Lächeln.

– Ich verstehe, was sie meint, sagte Pierre. Was wir da zusammenbrauen, macht einem wirklich kaum Appetit.

Elisabeth wandte ihm ihr Gesicht mit fast aggressivem Ausdruck zu.

– Sieh da, das ist ja das Neueste! Du glaubst wohl jetzt an die Macht der Inspiration?

– Nein, aber richtig ist, daß unsere Arbeitsweise nichts besonders Anziehendes hat. Es ist alles nur Stückwerk.

– Ich habe auch nicht gesagt, verbesserte sich Elisabeth, daß alles nur gut und schön sei. Natürlich weiß auch ich, daß Schönheit einzig dem fertigen Werk vorbehalten ist; aber für mich hat der Übergang vom noch Ungeformten zur vollendeten, reinen Form etwas ungemein Packendes.

Françoise warf Pierre einen flehenden Blick zu; Diskussionen mit Elisabeth arteten immer aus; wenn sie nicht das letzte Wort hatte, fühlte sie sich in den Augen der anderen zurückgesetzt. Um Achtung und Liebe zu gewinnen, kämpfte sie mit gehässiger Unsachlichkeit gegen alle an; das ging manchmal stundenlang so.

– Ja, sagte Pierre, doch um das zu goutieren, muß man eben vom Bau sein.

Einen Augenblick lang herrschte Schweigen.

– Ich glaube, das beste wäre, sagte Françoise, wir gingen jetzt allmählich.

Elisabeth blickte auf die Uhr.

– Mein Gott, stellte sie mit Bestürzung fest, ich werde bestimmt meine letzte Metro versäumen; also ich stürze fort. Bis morgen!

– Wir können dich doch begleiten, erbot sich Françoise, freilich etwas lau.

– Nein, nein, ihr würdet mich nur aufhalten, sagte Elisabeth; sie ergriff Tasche und Handschuhe, lächelte flüchtig ins Leere und verschwand.

– Wir könnten irgendwo noch etwas trinken gehen, sagte Françoise.

– Wenn ihr nicht zu müde seid? fragte Pierre.

– Ich habe noch keine Lust, schlafen zu gehen, antwortete Xavière.

Françoise schloß die Tür hinter sich ab, und sie verließen das Theater. Pierre winkte ein Taxi herbei.

– Wohin gehen wir? fragte er.

– In den ‹Nordpol›, da können wir ruhig sitzen, sagte Françoise.

Pierre gab dem Chauffeur die Adresse an. Françoise schaltete die Dekkenbeleuchtung ein und puderte sich leicht das Gesicht; sie fragte sich, ob es ein guter Einfall von ihr gewesen sei, diesen gemeinsamen Ausgang vorzuschlagen; Xavière saß übellaunig da, und das Schweigen hatte nachgerade etwas Peinliches.

– Geht nur schon hinein, wartet nicht auf mich, sagte Pierre, der nach Kleingeld suchte, um den Chauffeur zu bezahlen.

Françoise hob den ledernen Vorhang auf.

– Würde dir der Tisch dort in der Ecke gefallen? fragte sie.

– Sehr gut; es ist hübsch hier, sagte Xavière; sie legte den Mantel ab.

– Entschuldige mich einen Augenblick, ich muß mich etwas herrichten, und ich mache mir das Gesicht nicht gern vor allen Leuten zurecht.

– Was soll ich für dich bestellen? fragte Françoise.

– Etwas Kräftiges, sagte Xavière.

Françoise folgte ihr mit dem Blick.

– Sie hat das mit Absicht gesagt, weil ich mich im Taxi frisch gepudert habe, dachte sie. Wenn Xavière auf diese diskrete Weise überlegen tat, so schäumte sie innerlich vor Wut.

– Wo ist deine kleine Freundin geblieben? fragte Pierre.

– Sie stellt gerade ihre Schönheit wieder her; mir scheint, sie ist heute abend etwas schwierig aufgelegt.

– Ich finde sie wirklich allerliebst, sagte Pierre. Was nimmst du?

– Einen Aquavit, sagte Françoise. Du kannst gleich zwei bestellen.

– Zwei Aquavit, sagte Pierre. Aber vom echten, bitte. Und einen Whisky.

– Du bist wirklich lieb, sagte Françoise. Das letzte Mal hatten sie ihr einen schlechten Phantasieschnaps gebracht, es war schon zwei Monate her, aber Pierre hatte es nicht vergessen; er vergaß nichts, was sie betraf.

– Weshalb ist sie schlecht gelaunt? fragte Pierre.

– Sie findet, daß ich mich nicht genug um sie kümmere. Es ist wirklich ärgerlich, ich verliere meine Zeit mit ihr, und sie ist nicht mal zufrieden.

– Wenn man der Wahrheit die Ehre gibt, sagte Pierre, siehst du sie wirklich nicht sehr oft.

– Wenn ich noch mehr Zeit auf sie verwendete, fiel ihm Françoise lebhaft ins Wort, bliebe mir keine Minute für mich.

– Ich verstehe, sagte Pierre. Nur kannst du von ihr nicht verlangen, daß sie es auch so sieht. Sie hat hier weiter niemand als dich, und sie hängt an dir. Das mag für sie nicht gerade erfreulich sein.

– Das behaupte ich auch nicht, entgegnete Françoise. Sie ging vielleicht mit Xavière etwas rücksichtslos um; der Gedanke war ihr unangenehm; sie hatte nicht gern, wenn sie sich auch nur den geringsten Vorwurf machen mußte. Da ist sie, sagte sie.

Ihre Augen ruhten mit Staunen auf ihr. Das blaue Kleid schmiegte sich an einen schlanken und doch voll entwickelten Körper, und das wohlgekämmte Haar umrahmte ein feines Jungmädchengesicht; diese sehr weibliche und geschmeidige Xavière hatte sie seit ihrer ersten Begegnung niemals wiedergesehen.

– Ich habe einen Aquavit für dich bestellt, sagte Françoise.

– Was ist das? fragte Xavière.

– Kosten Sie, sagte Pierre und schob das Glas vor sie hin.

Behutsam führte Xavière die klare Flüssigkeit an die Lippen.

– Es schmeckt schlecht, sagte sie und lächelte dabei.

– Wollen Sie etwas anderes?

– Nein, Schnaps schmeckt immer schlecht, sagte sie in verständigem Ton, aber man muß ihn trinken. Sie lehnte den Kopf zurück und führte mit halbgeschlossenen Lidern das Glas noch einmal an den Mund.

– Es brennt in der Kehle, sagte sie; sie ließ ihre Fingerspitzen über ihren schönen schlanken Hals gleiten; langsam führte sie ihre Hand dann weiter an ihrem Körper hinunter. Hier hat es auch gebrannt, und da ... Es ist komisch. Es kam mir vor, als machte jemand in meinem Innern Licht.

– Waren Sie heute zum erstenmal bei einer Probe dabei? fragte Pierre.

– Ja, sagte Xavière.

– Und Sie sind enttäuscht?

– Etwas schon.

– Denkst du das wirklich, was du zu Elisabeth gesagt hast, fragte Françoise, oder hast du es nur gesagt, weil sie dir auf die Nerven ging?

– Sie ging mir auf die Nerven, sagte Pierre; er holte ein Paket Tabak aus der Tasche und begann, sich eine Pfeife zu stopfen. Tatsächlich muß es einem reinen, unvoreingenommenen Gemüt lächerlich vorkommen, mit welchem tödlichen Ernst wir nach genau der richtigen Nuance für lauter Dinge suchen, die es gar nicht gibt.

– Das muß doch sein, da man sie ja eben erst zum Leben erwecken will, sagte Françoise.

– Wenn einem das wenigstens beim ersten Male gelänge, gleichsam spielend, aber nein, man muß schwitzen und stöhnen. Soviel leidenschaftliche Kraftverschwendung, um lediglich Schein zu erzeugen ... Er blickte lächelnd zu Xavière hinüber. Sie sehen darin nichts weiter als komischen

Eigensinn?

– Ich selber, äußerte sie in aller Bescheidenheit, habe niemals Lust, mir irgendwie Mühe zu geben.

Françoise war einigermaßen erstaunt, daß Pierre diese kindischen Ausfälle so ernst zu nehmen schien.

– Aber damit stellst du die Kunst überhaupt in Frage, wenn du es so siehst, sagte sie.

– Ja, warum nicht? meinte Pierre. Denke doch einmal nach. In diesem Augenblick gärt es überall in der Welt, in einem halben Jahr haben wir vielleicht Krieg. Er hatte fast die Hälfte seiner linken Hand zwischen die Zähne geschoben. Und was tue ich? Ich zerbreche mir den Kopf, wie man auf der Bühne Morgengrauen nachmacht.

– Was soll man tun? sagte Françoise. Sie fühlte sich völlig verwirrt; gerade Pierre hatte sie davon überzeugt, daß es auf Erden nichts Besseres zu tun gäbe, als schöne Dinge zu schaffen; ihrer beider Leben war ganz und gar auf diesem Glaubenssatz aufgebaut. Er hatte kein Recht, seine Meinung zu ändern, ohne ihr etwas zu sagen.

– Natürlich will ich, daß «Julius Cäsar» ein Erfolg werden soll, aber ich komme mir selber vor wie ein Insekt.

Seit wann dachte er so? Lag hier wirklich für ihn ein Problem, oder handelte es sich nur um einen jener blitzartigen Einfälle, die bei ihm kamen und dann auch wieder spurlos verschwanden? Françoise hatte nicht den Mut, die Unterhaltung fortzusetzen. Xavière schien sich nicht zu langweilen, aber ihr Blick war halb gesenkt.

– Wenn Elisabeth dich hörte, sagte Françoise.

– Ja, die Kunst. Das ist wie mit Claude, man darf nicht daran rühren, sonst . . .

– Sonst löst es sich gleich in Nichts auf, ergänzte Françoise, man sollte meinen, sie fühlt es voraus. Sie wendete sich zu Xavière. Claude ist der Mann, weißt du, der neulich abend mit ihr im Café de Flore gesessen hat.

– Dieser gräßliche Dunkle! sagte Xavière.

– So häßlich ist er eigentlich nicht, protestierte Françoise.

– Ein sogenannter schöner Mann, sagte Pierre.

– Und ein sogenanntes Genie, setzte Françoise hinzu.

Xavières Blick hellte sich auf.

– Was würde sie tun, wenn ihr ihr sagtet, daß er eigentlich dumm und häßlich ist? fragte sie interessiert.

– Sie würde es nicht glauben, meinte Françoise; sie dachte nach. Ich glaube, sie würde mit uns brechen und Battier mit Haß bedenken.

– So sehr gut, warf Pierre heiter ein, scheinen Sie auf Elisabeth nicht zu sprechen zu sein.

– Nicht sehr gut, nein, gab Xavière etwas verlegen zu; sie schien ganz aufgelegt, sich Pierre gegenüber liebenswürdig zu zeigen, vielleicht um Françoise zu bedeuten, daß ihre schlechte Laune einzig auf sie gemünzt sei; vielleicht auch schmeichelte es ihr, daß Pierre ihr vorhin recht gegeben hatte.

– Was genau werfen Sie ihr vor? fragte Pierre.

Xavière zögerte.

– Alles ist künstlich an ihr, ihre Krawatte, ihre Stimme, die Art, wie sie die Zigarette auf den Tisch stupft, alles kommt mir absichtlich vor. Sie zuckte die Achseln. Und sie macht es noch dazu schlecht. Ich bin sicher, sie hat den groben Tabak im Grunde gar nicht gern, sie weiß nicht einmal, wie man raucht.

– Seit sie achtzehn ist, arbeitet sie, sagte Pierre.

Xavière lächelte flüchtig, als teile sie ein Geheimnis gleichsam nur mit sich selbst.

– Ich bin nicht unbedingt dagegen, sagte sie, daß man sich vor den andern verstellt. Aber was einen bei dieser Frau so reizt, das ist, daß sie wahrscheinlich auch, wenn sie ganz allein ist, mit entschlossenem Schritt einhergeht und eigensinnige Mundbewegungen macht.

In ihrer Stimme schwang so viel Härte, daß Françoise es verletzend fand.

– Ich kann mir vorstellen, sagte Pierre, daß Sie selber gern eine Maske tragen. Ich frage mich, wie Ihr Gesicht ohne diese Ponyfransen und die Wellen aussieht, die es halb verdecken. Ihre Schrift verstellen Sie auch, nicht wahr?

– Ich habe meine Schrift immer verstellt, erklärte Xavière nicht ohne Stolz. Lange Zeit habe ich die Buchstaben rund geschrieben, so. Mit der Fingerspitze malte sie Zeichen in die Luft. Jetzt schreibe ich spitz, das sieht vornehmer aus.

– Schlimmer ist bei Elisabeth, fing Pierre noch einmal an, daß auch an ihren Gefühlen etwas Falsches ist; im Grunde macht sie sich gar nichts aus der Malerei; sie ist Kommunistin, aber sie gibt zu, daß die Proletarier ihr völlig gleichgültig sind.

– Die Lüge stört mich nicht, sagte Xavière, aber furchtbar finde ich, wie man über sich selbst in dieser Weise befinden kann. Zu denken, daß sie alle Tage zur festgesetzten Stunde malt, ohne daß sie Lust dazu hat; sie geht und trifft ihren jungen Mann, ob es ihr Spaß macht oder nicht ... Ihre Oberlippe hob sich in einer Grimasse der Verachtung. Wie kann man es über sich gewinnen, nach einem festen Programm zu leben, mit genauer Zeiteinteilung und täglichen Schulaufgaben, als wäre man noch im Internat! Lieber will ich vor die Hunde gehen.

Sie hatte ihren Zweck erreicht. Françoise fühlte sich durch diese Beschreibung getroffen. Gewöhnlich ließen sie Xavières Anspielungen kalt, doch heute abend war das nicht der Fall; die Aufmerksamkeit, die Pierre Xavières Äußerungen schenkte, gab ihnen mit einem Male Gewicht.

– Und du, du triffst Verabredungen und hältst sie nicht ein, sagte

Françoise; das mag noch hingehen, wenn es sich um Ines handelt, aber richtige Freundschaften gehen bei solchen Gewohnheiten mit Bestimmtheit kaputt.

– Bei Leuten, auf die ich Wert lege, sagte Xavière, werde ich immer meine Verabredungen einhalten.

– Das ist noch gar nicht gesagt, meinte Françoise.

– Und wennschon! rief Xavière; hochmütig schob sie die Unterlippe vor; ich habe mich bislang noch immer mit allen Leuten verzankt.

– Aber mit Ines, warf Pierre ein, ist das doch ganz unmöglich. Sie sieht ja aus wie ein Lamm.

– Oh, darauf darf man sich nicht verlassen, rief Xavière.

– Tatsächlich? fragte Pierre; er kniff vergnügt die Augen zusammen, die Sache machte ihm Spaß. Ines mit ihrem dicken gutmütigen Gesicht sollte beißen können? Was hat sie Ihnen denn getan?

– Sie hat nichts getan, gab Xavière reserviert zurück.

– Ach, kommen Sie, erzählen Sie doch, bat Pierre jetzt mit seiner einschmeichelndsten Stimme; ich wüßte wirklich wahnsinnig gern, was sich auf dem Grunde dieses stillen Wassers verbirgt.

– Ach, gar nichts, Ines ist doch weich wie Wachs, antwortete Xavière. Es ist nur so, daß ich es nun einmal nicht mag, wenn jemand glaubt, er habe Rechte auf mich. Sie lächelte, und in Françoise nahm das Unbehagen eine bestimmtere Form an; wenn Xavière mit ihr allein war, ließ sie Abneigung, Freude, Zärtlichkeit hemmungslos auf ihrem Gesicht erscheinen, das dann wie ein Kinderantlitz schien; jetzt aber fühlte sie sich als Frau einem Mann gegenüber, und auf ihren Zügen drückte sich genau das Maß von Vertrauen oder Reserve aus, das sie beschlossen hatte, nach außen zu offenbaren.

– Ihre Zuneigung hat sicher etwas Bedrückendes, meinte Pierre mit einer harmlos verständnisvollen Miene, durch die Xavière sich täuschen ließ.

– Genau so! rief sie strahlend aus. Einmal habe ich ihr in der letzten Minute abgesagt, an dem Abend damals, wo wir in die ‹Prärie› gegangen sind; da hat sie doch gleich ein ellenlanges Gesicht gezogen ...

Françoise lächelte.

– Ja, fuhr Xavière lebhaft fort, ich war ein bißchen grob zu ihr, aber sie hat sich auch ganz ungehörige Bemerkungen erlaubt; sie errötete und setzte hinzu: über eine Sache, die sie gar nichts angeht.

Das war es also; Ines hatte Xavière wahrscheinlich über ihre Beziehungen zu Françoise befragt und vielleicht mit ihrer ganzen normannischen Schwerfälligkeit sich darüber lustig gemacht. Sicherlich lag hinter Xavières Launen eine ganze Welt von verborgenen, eigenwilligen Gedanken; sich das vorzustellen war etwas beunruhigend.

Pierre fing zu lachen an.

– Ich kenne jemanden, die kleine Eloy, wenn einer von unsern Leuten ihr absagt, antwortet sie immer gleich: Ich war gerade auch nicht mehr frei. Aber nicht jeder hat soviel Takt.

Xavière zog die Brauen zusammen.

– Ines jedenfalls nicht, sagte sie. Sie spürte offenbar, daß darin irgend etwas von Ironie enthalten war, denn sie trug jetzt wieder ihre verschlossene Miene zur Schau.

– Die Frage ist kompliziert, fing Pierre noch einmal ernsthafter an. Ich verstehe sehr gut, daß Sie eine Abneigung dagegen haben, Verabredungen einzuhalten; aber andererseits kann man doch nicht völlig nur im Augenblick leben.

– Warum nicht? fragte Xavière. Warum muß man denn immer einen Haufen altes Eisen hinter sich herschleppen?

– Sehen Sie, sagte Pierre, die Zeit besteht ja nicht aus lauter kleinen Einzelabschnitten, in denen man nacheinander lebt; auch wenn Sie nur in der Gegenwart und aufs Geratewohl zu existieren glauben, haben Sie schon eine Entscheidung für die Zukunft getroffen.

– Das verstehe ich nicht, sagte Xavière ohne jede Spur von Liebenswürdigkeit.

– Ich will versuchen, sagte Pierre, es Ihnen zu erklären. Wenn er sich für jemand interessierte, konnte er stundenlang ganz treuherzig und mit Engelsgeduld weiterdiskutieren. Es war eine der Formen seiner Großherzigkeit. Françoise gab sich fast niemals Mühe, ihre Gedanken andern auseinanderzusetzen.

– Nehmen Sie einmal an, sagte Pierre, Sie hätten vor, ins Konzert zu gehen; in dem Augenblick, wo Sie aufbrechen müßten, ist Ihnen der Gedanke, aus dem Hause zu gehen und sich in die Metro zu setzen, schlechterdings unerträglich; da erklären Sie sich selbst an Ihren Entschluß nicht gebunden und bleiben einfach daheim; das läßt sich natürlich machen; wenn Sie dann aber zehn Minuten darauf in Ihrem Sessel sitzen und sich langweilen, sind Sie gar nicht mehr frei, sondern müssen die Folgen Ihrer Handlungsweise auf sich nehmen.

Xavière lachte nur spöttisch.

– Das ist auch so eine von diesen großartigen Erfindungen, ein Konzert. Daß es Menschen gibt, die zur festgesetzten Zeit Lust auf Musik haben können! Das ist doch wirklich zu verrückt! Fast haßerfüllt setzte sie hinzu: Hat Ihnen Françoise erzählt, daß ich heute in ein Konzert gehen sollte?

– Nein, ich weiß nur so ganz allgemein, daß Sie sich niemals zum Ausgehen entschließen können. Es ist doch schade, in Paris zu sein und wie eine Gefangene zu leben.

– Solch ein Abend wie der heutige wird mich sicher nicht veranlassen, meine Gewohnheiten zu ändern, meinte Xavière in wegwerfendem Ton.

Pierres Miene verfinsterte sich.

– Sie versäumen auf die Weise eine Menge nie wiederkehrender Gelegenheiten.

– Immer diese Angst, man könnte etwas versäumen! Das kommt mir unsagbar schäbig vor! Was hin ist, ist hin, und damit gut!

– Ist Ihr Leben wirklich eine einzige Folge heldenhafter Verzichte? fragte Pierre in sarkastischem Ton.

– Sie meinen, ich sei feige? Wenn Sie wüßten, wie gleichgültig mir das ist, sagte Xavière mit ganz sanfter Stimme, wobei sie die Oberlippe etwas in die Höhe zog.

Sie schwiegen jetzt. Pierre sowohl wie Xavière hatten eigensinnig verschlossene Mienen.

– Wir täten besser, schlafen zu gehen, dachte Françoise.

Am meisten ärgerte sie, daß sie selbst Xavières schlechte Laune nicht mehr mit ebendemselben Gleichmut ertrug wie während der Probe. Xavière zählte auf einmal, ohne daß man recht wußte, weshalb.

– Siehst du die Person da gegenüber von uns? sagte Françoise. Sie weiht jetzt schon die ganze Zeit ihren Begleiter in die Geheimnisse ihres Seelenlebens ein.

Es war eine junge Frau mit schweren Augenlidern; sie fixierte ihren Nachbar mit magnetischem Blick.

– Ich habe mich niemals, sagte sie, den Regeln des Flirts unterworfen. Ich vertrage nicht, daß man mich anrührt, das ist krankhaft bei mir.

In einer andern verborgenen Ecke blickte eine junge Person mit grünen und blauen Federn auf dem Kopf unschlüssig auf eine kräftige Männerhand, die sich über die ihre gelegt hatte.

– Hier sind immer viele Pärchen, sagte Pierre.

Wieder schwiegen sie. Xavière hatte ihren Arm bis zur Höhe ihres Mundes erhoben und blies leicht über den feinen Flaum, der ihrer Haut den zarten Schimmer verlieh. Man sollte sich etwas einfallen lassen, was man sagen könnte, aber alles klang schon im voraus falsch.

– Habe ich dir vor heute abend schon einmal von Gerbert erzählt? fragte Françoise.

– Nur sehr wenig, sagte Xavière. Du hast mir gesagt, er sei nett.

– Er hat eine merkwürdige Jugend gehabt. Er stammt aus einer Arbeiterfamilie, die in den traurigsten Verhältnissen lebte. Die Mutter ist wahnsinnig geworden, als er noch ganz klein war, der Vater war arbeitsscheu; der Junge hat mit Zeitungsverkauf ein paar Groschen verdient; eines schönen Tages hat ein Freund ihn mitgenommen, sie wollten sich als Statisten melden, und richtig, man hat alle beide dabehalten. Er war damals etwa zehn Jahre alt, sehr graziös, und er fiel auf dadurch. Er bekam erst kleinere Rollen und dann auch größere; schließlich hat er ein schönes Geld verdient, das sein Vater großzügig unter die Leute brachte. Françoise blickte mit Unbehagen auf einen riesigen weißen Kuchen, der mit Früchten und Tragant verziert nebenan auf eine Anrichte gestellt wurde, schon bei dem bloßen Anblick fühlte man sich im Innern verklebt. Niemand hörte ihr richtig zu. Dann fingen Leute an, sich für ihn zu interessieren; Péclard hat ihn so quasi adoptiert, er wohnt noch heute bei ihm. Er hat zeitweilig sechs Adoptivväter gehabt, die ihn in Cafés und Nachtbars mitnahmen, die Frauen dort strichen ihm über das Haar. Auch Pierre war einer davon, er beriet ihn bei seiner Arbeit und bei seiner Lektüre. Sie lächelte, doch ihr Lächeln zerstob; Pierre saß ganz in sich versunken da und rauchte seine Pfeife; Xavière blickte gerade eben noch höflich drein. Françoise kam sich lächerlich vor, doch mit beharrlicher Munterkeit fuhr sie fort. Der Junge bekam eine merkwürdige Erziehung. Mit dem Surrealismus war er bis ins letzte vertraut, noch ehe er einen einzigen Vers von Racine gelesen hatte; es war rührend, wie er sich bemühte, die Lücken auszufüllen, indem er als braver kleiner Autodidakt in die Bibliotheken lief und Geographie- und Arithmetikbücher wälzte. Dann kam für ihn eine schwere Zeit; er wuchs heran, und man konnte nicht mehr mit ihm wie mit einem gelehrigen Äffchen spielen; seine Beschäftigung beim Film hörte auf, und seine Adoptivväter ließen ihn einer nach dem andern im Stich. Péclard gab ihm zu essen und kleidete ihn, wenn es ihm gerade einfiel, aber das war auch alles. Damals hat ihn dann Pierre in die Hand genommen und ihm zugeredet, zum Theater zu gehen. Jetzt hat er einen guten Start gemacht; es fehlt ihm noch die handwerkliche Routine, aber er hat Talent und viel Sinn für die Bühne. Er wird es zu etwas bringen.

– Wie alt ist er? fragte Xavière.

– Man sollte meinen sechzehn, aber er ist schon zwanzig.

Pierre lächelte schwach.

– Du verstehst es wirklich, eine Unterhaltungslücke auszufüllen, meinte er.

– Ich freue mich sehr, daß du mir diese Geschichte erzählt hast, fiel Xavière lebhaft ein. Ich finde es riesig amüsant, mir diesen kleinen Jungen vorzustellen und all diese Arrivierten, die ihm herablassend auf die Schulter klopfen und sich dabei groß und gut und als Beschützer fühlen.

– Sie sehen mich wohl gern in dieser Rolle, nicht wahr? fragte Pierre etwas säuerlich.

– Sie? Wieso? Nicht lieber als andere, gab Xavière naiv zur Antwort; sie blickte Françoise mit betonter Zärtlichkeit an: Ich mag immer so gern, wenn du etwas erzählst.

Offenbar schlug sie jetzt zum Zweck der Umgruppierung Françoise ein Bündnis vor. Die Frau mit den grünen und blauen Federn sagte mit tonloser Stimme:

– . . . ich habe mich nur ganz kurz dort aufgehalten, aber als kleine Stadt betrachtet ist es riesig malerisch. Sie hatte sich damit abgefunden, ihren nackten Arm auf dem Tisch ruhen zu lassen, und da lag er nun, vergessen, unbeachtet; die Hand des Mannes umklammerte ein Stück Körperlichkeit, das zu niemand gehörte.

– Wie komisch das ist, sagte Xavière, wenn man sich an die Wimpern faßt; man berührt sich und berührt sich auch nicht, es ist, als wenn man sich aus der Entfernung berührt.

Sie sprach zu sich selbst, und niemand antwortete.

– Hast du gesehen, wie hübsch diese grün und goldenen Fenster sind? fragte Françoise.

– Im Speisezimmer in Lubersac, sagte Xavière, gab es auch solche bunten Fenster, aber sie waren nicht bleichsüchtig wie diese hier, sondern hatten schöne kräftige Farben. Wenn man den Park durch die gelben Scheiben betrachtete, so lag er in Gewitterstimmung da; durch die blauen und grünen hindurch sah er aus wie eine Art Paradies mit Bäumen aus Edelsteinen und Rasenflächen aus Brokat; wenn ich ihn aber durch die roten sah, kam ich mir vor wie im Innern der Erde.

Pierre gab sich sichtlich Mühe, guten Willen zu zeigen.

– Und was hat Ihnen am besten gefallen?

– Natürlich das Gelbe, sagte Xavière; sie ließ ihren Blick wie schwebend in der Ferne ruhen. Es ist schrecklich, wie einem die Dinge abhanden kommen, wenn man älter wird.

– Können Sie sich nicht mehr an alles erinnern? sagte Pierre.

– Ach, darum, sagte Xavière verächtlich, handelt es sich nicht; ich vergesse nichts; nur erinnere ich mich eben, wie schöne Farben zum Beispiel mich früher entzücken konnten; jetzt ... sie lächelte blasiert, macht es mir höchstens Vergnügen.

– Ja, freilich, wenn man älter wird, ist das immer so, stimmte Pierre freundlich zu. Dafür aber entdeckt man andere Dinge; jetzt verstehen Sie etwas von Büchern und Bildern und Theaterstücken, die Ihnen in Ihrer Kindheit nichts gesagt haben würden.

– Aber ich mache mir gar nichts daraus, nur mit dem Kopf etwas zu verstehen, rief Xavière mit jäher Heftigkeit; ihr Gesicht wirkte dabei nahezu verkrampft. Ich bin ja doch keine Intellektuelle, Gott sei Dank.

– Warum sind Sie so unausstehlich? fragte Pierre direkt.

Xavière riß die Augen weit auf.

– Ich bin doch nicht unausstehlich.

– Doch. Und Sie wissen es ganz genau; jeder Vorwand ist Ihnen recht, um mir gehässige Sachen zu sagen; ich kann mir übrigens denken, warum.

– Und was denken Sie? fragte Xavière.

Ihre Wangen hatten sich vor Zorn etwas rosig gefärbt: ihr Gesicht war verführerisch, es war so reich an Nuancen, so wechselnd, daß es kaum noch körperhaft schien; es bestand aus Verzückung, aus Haß und aus Traurigkeiten, die auf geheimnisvolle Weise dem Betrachtenden sichtbar wurden; doch waren bei aller sonstigen ätherischen Transparenz Mund und Nase in ihrer Zeichnung von breiter Sinnlichkeit bestimmt.

– Sie haben geglaubt, ich wollte Ihre Art zu leben kritisieren, sagte Pierre, und damit haben Sie mir unrecht getan; ich habe mit Ihnen diskutiert, wie ich es mit Françoise und mit mir selbst getan hätte, und zwar gerade deswegen, weil Ihre Sehweise mich interessierte.

– Natürlich, meinte Xavière, legen Sie alles möglichst übelwollend aus. Ich bin kein empfindliches kleines Mädchen; wenn Sie meinen, ich sei schlapp und launenhaft und ich weiß nicht, was sonst noch alles, können Sie es mir sagen.

– Ich finde im Gegenteil, sagte Pierre, überaus beneidenswert, wie stark Sie alles empfinden, und ich verstehe auch, daß Sie das vor allem festhalten wollen.

Wenn er sich in den Kopf gesetzt hatte, Xavières Gunst zurückzuerobern, so war es damit noch nicht geschafft.

– Ja, gab Xavière mit düsterer Miene zu; dann blitzte es in ihren Augen auf; es ist mir grauenhaft, daß Sie das von mir denken; es ist nicht wahr, ich bin nicht ‹böse› mit Ihnen wie ein Kind.

– Aber sehen Sie doch selbst, sagte Pierre in versöhnlichem Ton, Sie haben die Unterhaltung völlig lahmgelegt, und von dem Augenblick an waren Sie gar nicht mehr nett.

– Das habe ich nicht gemerkt, behauptete Xavière.

– Versuchen Sie nur einmal, sich zurückzuerinnern, dann merken Sie es schon.

Xavière zögerte.

– Aber nicht aus dem Grund, den Sie annehmen.

– Warum dann?

Xavière machte eine Bewegung, als schüttle sie heftig etwas ab.

– Nein, das ist ja dumm. Es führt auch zu nichts. Warum soll man wieder aufrühren, was vergangen ist? Es ist eben jetzt vorbei.

Pierre saß aufgepflanzt vor Xavière. Er würde eher die ganze Nacht so sitzen als die Partie verloren geben. Diese Zähigkeit kam Françoise zuweilen indiskret vor, aber Indiskretion war etwas, was Pierre nicht fürchtete; rücksichtsvoll war er immer nur in kleinen Dingen. Was wollte er eigentlich von Xavière? Höfliche Begegnungen auf der Treppe des Hotels? Oder ein Abenteuer, Liebe, Freundschaft vielleicht?

– Es hätte gar keine Bedeutung, sagte Pierre, wenn wir uns niemals wiedersähen. Aber das wäre doch schade: glauben Sie nicht, daß wir sehr nette Beziehungen zueinander haben könnten? In seiner Stimme klang jetzt eine zutuliche Schüchternheit auf. Er beherrschte so vollkommen seine Züge und die leisesten Schwingungen seines Tonfalls, daß es geradezu beunruhigend war.

Xavière warf ihm einen herausfordernden und doch fast zärtlichen Blick zu.

– Doch, das glaube ich, sagte sie.

– Dann wollen wir auch alles klarstellen, sagte Pierre. Also? Was werfen Sie mir vor? Sein Lächeln ließ bereits ein geheimes Einverständnis durchblicken.

Xavière zerrte an einer Strähne ihres Haars; während sie mit den Blikken der langsamen, gleichmäßigen Bewegung ihrer Finger folgte, sagte sie:

– Ich hatte plötzlich den Eindruck, daß Sie nur Françoise zuliebe freundlich zu mir wären, und das ärgerte mich. Sie warf die goldene Strähne zurück. Ich habe noch niemals jemand gebeten, freundlich zu mir zu sein.

– Wie sind Sie denn auf diesen Gedanken gekommen? fragte Pierre. Er kaute auf dem Stiel seiner Pfeife herum.

– Ich weiß nicht, sagte Xavière.

– Sie haben gewiß gefunden, daß ich zu rasch zu Ihnen gesprochen habe wie ein alter Bekannter? Und das hat Sie verstimmt, gegen mich und auch gegen Sie selbst, nicht wahr? Und dann sind Sie aus dieser Verstimmung heraus zu dem Schluß gekommen, daß meine Liebenswürdigkeit nur geheuchelt sei.

Xavière antwortete nicht.

– Ist es so? fragte Pierre in ermunterndem Ton.

– Ungefähr so, sagte Xavière mit einem gleichzeitig geschmeichelten und verlegenen Lächeln. Von neuem faßte sie nach ihrem Haar und versuchte eine Strähne glattzuziehen, wobei sie kindisch nach ihrer Nase schielte. Hatte sie sich wirklich soviel dabei gedacht? Zweifellos hatte Françoise aus Trägheit Xavière zu einfach gesehen; sie fragte sich sogar mit einem gewissen Unbehagen, wieso sie sie während der letzten Wochen als unbedeutendes kleines Mädchen hatte behandeln können; aber machte nicht wiederum Pierre sich ein Vergnügen daraus, sie zu kompliziert zu nehmen? Auf alle Fälle betrachteten sie sie nicht mit den gleichen Augen; so gering diese Disharmonie auch war, Françoise empfand sie doch.

– Wenn ich keine Lust gehabt hätte, Sie zu sehen, konnte ich ja ganz einfach gleich nach Hause gehen, sagte Pierre.

– Vielleicht hatten Sie nur aus Neugier Lust, sagte Xavière, das wäre ja ganz natürlich gewesen, wo Sie und Françoise doch sonst immer alles gemeinsam haben.

Eine ganze Welt von geheimem Groll eröffnete sich durch diese kleine, nachlässig hingeworfene Bemerkung.

– Haben Sie geglaubt, wir hätten uns verabredet, sagte Pierre, Ihnen ins Gewissen zu reden? Aber das wäre doch absurd.

– Sie sahen aus wie zwei Erwachsene, die ein Kind zur Vernunft bringen wollen, antwortete Xavière, die nur noch um des Ansehens willen etwas zu schmollen schien.

– Aber ich habe ja gar nichts gesagt, warf Françoise ein.

Xavière nahm eine überlegene Miene an. Pierre blickte sie mit ernstem Lächeln unverwandt an.

– Wenn Sie uns öfter zusammen gesehen haben, werden Sie merken, daß Sie uns unbesorgt als zwei getrennte Wesen betrachten können. Ich könnte Françoise ebensowenig daran hindern, freundschaftliche Gefühle für Sie zu haben, wie sie mich dazu zwingen könnte, Ihnen welche zu bezeigen, wenn mir nicht danach zumute wäre. Er wendete sich zu Françoise. Nicht wahr?

– Gewiß, pflichtete Françoise mit einem Eifer bei, der nicht einmal falsch zu klingen schien; ihr Herz hatte sich einen Augenblick zusammengezogen; wir sind nur eins, sehr schön; aber Pierre nahm für sich Selbständigkeit in Anspruch, natürlich waren sie in gewissem Sinne auch zwei, das wußte sie so gut wie er.

– Sie haben beide so völlig die gleichen Gedanken, sagte Xavière, daß man manchmal nicht mehr weiß, mit wem man spricht und wer Antwort gibt.

– Wäre es Ihnen dann so schrecklich, zu denken, fragte Pierre, daß ich für Sie eine ganz persönliche Sympathie haben könnte?

Xavière hob zögernd den Blick zu ihm auf.

– Es gibt doch gar keinen Grund dafür; ich habe nichts Interessantes zu sagen, und Sie, Sie sind ... Sie haben doch über alles so viele Ideen.

– Sie wollen sagen, ich bin schon so alt, sagte Pierre. Sie sind diejenige, die die Dinge übelwollend beurteilt: Sie halten mich für einen Wichtigtuer.

– Wie können Sie das denken! rief Xavière.

Pierre sprach jetzt mit ernster, etwas einstudiert wirkender Stimme.

– Wenn ich Sie nur für eine reizende kleine Person ohne jede Bedeutung gehalten hätte, wäre ich höflicher zu Ihnen gewesen; ich wollte aber etwas anderes zwischen uns herstellen als nur förmliche Beziehungen der Höflichkeit, gerade weil ich große Hochachtung vor Ihnen habe.

– Sie haben unrecht damit, sagte Xavière ohne Überzeugung.

– Und völlig von mir aus möchte ich Ihre Freundschaft gewinnen. Wollen Sie mit mir einen ganz persönlichen Freundschaftspakt schließen?

– Gern, sagte Xavière. Sie öffnete weit und unschuldsvoll ihre Augen mit einem bezaubernden Lächeln des Einvernehmens, dem Lächeln einer Liebenden fast. Françoise blickte in dies unbekannte Gesicht voller Vorbehalte und geheimer Verheißungen und dachte an ein anderes, kindliches, hilfloses, das einmal in grauer Morgenstunde an ihrer Schulter lehnte; sie hatte es nicht festzuhalten vermocht, es war jetzt verwischt, vielleicht für immer verloren. Und plötzlich empfand sie mit einem Gefühl der Reue und des dumpfen Grolls, wie sehr sie es hätte lieben können.

– Also, schlagen Sie ein, sagte Pierre; er legte seine geöffnete Hand auf den Tisch, er hatte angenehme, trockene, feingliedrige Hände. Xavière aber streckte die Hand nicht aus.

– Ich mag das nicht, sagte sie etwas kühl, es sieht mir zu brav und bieder aus.

Pierre zog die Hand zurück; wenn ihm etwas gegen den Strich ging, schob er die Oberlippe vor, er wirkte dann steif und sogar etwas schulmeisterhaft. Sie schwiegen jetzt beide.

– Sie kommen doch zur Generalprobe? fragte Pierre.

– Bestimmt, ich freue mich doch darauf, Sie als Geist zu sehen, sagte Xavière eifrig.

Das Restaurant war jetzt beinahe leer; nur an der Bar hielten sich noch ein paar halbbetrunkene Skandinavier auf; die Männer hatten rote Köpfe, die Frauen aufgelöstes Haar, alle küßten einander.

– Ich glaube, wir müssen nach Hause, sagte Françoise.

Pierre wandte sich besorgt nach ihr um.

– Es ist wahr, du stehst ja schon so früh auf. Wir hätten eher gehen sollen. Du bist doch auch nicht zu müde geworden?

– Nicht mehr als natürlich, sagte Françoise.

– Wir wollen ein Taxi nehmen.

– Schon wieder ein Taxi? meinte sie.

Ja, macht nichts, du mußt doch schlafen.

Sie traten ins Freie, und Pierre hielt ein Taxi an; er nahm auf einem der Sitze gegenüber von Françoise und Xavière Platz.

– Sie sehen auch müde aus, stellte er freundlich fest.

– Ja, ich bin schläfrig, sagte Xavière. Ich werde mir Tee machen.

– Tee! sagte Françoise. Es wäre besser, du gingest schlafen, es ist ja schon drei Uhr.

– Ich hasse es, schlafen zu gehen, sagte Xavière, als brächte sie eine Entschuldigung vor, wenn ich vor Müdigkeit umfalle.

– Sie warten lieber, bis Sie wieder ganz wach geworden sind? fragte Pierre amüsiert.

– Es ist mir zuwider, gab Xavière würdevoll zurück, natürlichen Bedürfnissen bei mir Rechnung zu tragen. Sie stiegen aus dem Taxi aus und gingen die Treppe hinauf.

Gute Nacht, sagte Xavière; sie öffnete ihre Zimmertür, ohne die Hand auszustrecken. Pierre und Françoise gingen ein Stockwerk höher hinauf; Pierres Garderobe im Theater war zur Zeit vollkommen durcheinandergewühlt; da schlief er jetzt immer bei Françoise.

– Ich glaubte schon, ihr würdet euch noch einmal zanken, sagte Françoise, nämlich, als sie sich weigerte, in deine Hand einzuschlagen.

Pierre hatte sich auf den Bettrand gesetzt.

– Ich glaubte auch erst, sie wolle wieder die vornehm Zurückhaltende spielen, und das ärgerte mich, sagte er; aber bei näherer Betrachtung schien mir ihr Verhalten eher aus einer guten Regung zu kommen; sie wollte nicht, daß ein Pakt, mit dem es ihr wirklich ernst war, als Spaß behandelt würde.

– Das würde ihr allerdings ähnlich sehen, meinte Françoise; sie verspürte im Munde einen merkwürdig unangenehmen Geschmack, der nicht fortgehen wollte.

– Ein kleiner Teufel an Hochmut, sagte Pierre; anfangs war sie mir wohlgesinnt, aber kaum erlaubte ich mir auch nur den Schatten einer Kritik, so hat sie mich auch schon gehaßt.

– Du hast dich ja auf soviel Erklärungen mit ihr eingelassen, sagte Françoise; war das nur aus Höflichkeit?

– Ach, es ging viel in ihrem Kopf vor heute abend, sagte Pierre. Er sprach nicht weiter, sondern schien in Gedanken verloren. Und in seinem Kopf, was spielte sich da denn ab? Sie forschte in seinem Gesicht, aber es war ihr zu vertraut, es sprach nicht mehr zu ihr; sie brauchte nur die Hand auszustrecken, um ihn zu berühren, aber auch diese Nähe noch machte ihn unsichtbar, man konnte nur an ihn denken. Es war nicht einmal ein Name da, mit dem sie ihn nennen konnte. Pierre oder Labrousse nannte Françoise ihn nur, wenn sie mit anderen sprach; solange sie allein mit ihm war, gab sie ihm keinen Namen. Er war ihr so vertraut wie sie selbst und ebenso unergründlich; wäre er ein Fremder, so hätte sie sich wenigstens über ihn eine Meinung bilden können.

– Was willst du denn alles in allem von ihr? fragte sie.

– Ehrlich gesagt, frage ich mich das selbst, sagte Pierre. Sie ist nicht wie die Canzetti, man kann sich kein Abenteuer von ihr versprechen. Wenn man etwas mit ihr erleben wollte, müßte man sich viel weiter darauf einlassen, und dazu habe ich weder Zeit noch Lust.

– Warum keine Lust? fragte Françoise. Es war ja unsinnig, daß plötzlich etwas wie eine flüchtige Angst sie durchzuckte; sie sagten sich alles, niemals verbarg der eine irgend etwas vor dem anderen.

– Es ist zu kompliziert, sagte Pierre. Ich bin es schon leid, noch ehe es angefangen hat. Außerdem hat sie noch irgend etwas von einem Kind an sich, was mich abstößt an ihr; es ist um sie eine Atmosphäre von Milch und Fencheltee. Mir liegt nur daran, daß sie mich nicht verabscheut und daß man sich von Zeit zu Zeit mit ihr unterhalten kann.

– Ich glaube, sagte Françoise, das hast du schon erreicht.

Pierre blickte sie zweifelnd an.

– Es war dir doch nicht unangenehm, daß ich ihr eine persönliche Beziehung zwischen uns vorgeschlagen habe?

– Aber bestimmt nicht, sagte Françoise. Wieso?

– Ich weiß nicht, du kamst mir ein bißchen verändert vor. Du hängst an ihr. Es könnte doch sein, daß du allein in ihrem Leben eine Rolle spielen möchtest.

– Du weißt gut, daß sie mir eher ein bißchen lästig fällt, sagte Françoise.

– Ich weiß vor allem gut, gab Pierre lächelnd zurück, daß du auf mich nie eifersüchtig bist. Wenn es aber doch mal passierte, müßtest du es mir sagen. Auch in dieser Hinsicht komme ich mir vor wie ein Insekt, ich meine mit diesem Bedürfnis, zu erobern, und dabei zählt das so wenig bei mir.

– Natürlich, antwortete Françoise, würde ich es sagen. Sie zögerte. Dies Unbehagen heute abend verdiente vielleicht den Namen Eifersucht; sie hatte nicht gern gesehen, daß Pierre Xavière derart ernst genommen hatte; das Lächeln, das Xavière mehrfach an Pierre gewendet hatte, war ihr peinlich gewesen; es handelte sich offenbar um eine vorübergehende Verstimmung, bei der die Müdigkeit eine große Rolle spielte. Sprach sie zu Pierre davon, so wurde aus einer flüchtigen Laune eine beunruhigende, zäh haftende Wirklichkeit; er würde gezwungen sein, dieser Wirklichkeit Rechnung zu tragen, auch wenn sie selbst gar keinen Wert mehr darauf legte. Aber das gab es ja gar nicht, eifersüchtig war sie nicht.

– Du darfst dich sogar in sie verlieben, wenn du willst, sagte sie.

– Davon ist gar keine Rede, sagte Pierre achselzuckend. Ich bin nicht einmal sicher, ob sie mich jetzt nicht noch mehr haßt als zuvor.

Er ließ sich unter die Decke gleiten. Françoise streckte sich neben ihm aus und küßte ihn.

– Schlaf gut, sagte sie liebevoll.

– Schlaf gut, sagte Pierre. Er küßte sie auch.

Françoise drehte sich zur Wand um. In dem Zimmer unter ihnen trank Xavière ihren Tee; sie hatte sich eine Zigarette angezündet, sie war frei, die Stunde zu wählen, wo sie schlafen gehen wollte, allein in ihrem Bett, fern jeder fremden Gegenwart; sie war völlig frei in ihren Gefühlen und in ihren Gedanken; und sicher berauschte sie sich in dieser Minute an ihrer Freiheit und benutzte sie, um Françoise zu verurteilen; sie sah Françoise an Pierres Seite ausgestreckt, halbtot vor Müdigkeit, und gefiel sich in hochmütiger Verachtung. Françoise lehnte sich dagegen auf, aber sie konnte nicht mehr einfach die Augen schließen und Xavières Bild verschwinden lassen. Xavière war den ganzen Abend über immer mehr gewachsen, sie füllte das Denken mit der Massivität des riesigen Kuchens im ‹Nordpol› aus. Ihre Ansprüche, ihre Eifersucht, ihre Überheblichkeiten konnte man nicht mehr ignorieren, da Pierre sich darauf einließ, ihnen einen Wert beizumessen. Diese schwierige und lastende Xavière, die sich da neuerdings offenbart hatte, lehnte Françoise mit allen Kräften, beinahe feindselig ab. Doch es half nichts, es gab kein Mittel mehr, es ungeschehen zu machen. Xavière war nun einmal da.

Viertes Kapitel

Elisabeth schaute ratlos in ihren Kleiderschrank; natürlich konnte sie das graue Tailleur anbehalten, man war immer richtig damit, darum hatte sie es gewählt; aber wenn sie nun schon einmal einen Abend ausging, hätte sie sich gern einmal anders angezogen. Mit einem andern Kleid wurde man eine andere Frau. Elisabeth fühlte sich dabei heute abend hingebungsvoll, kapriziös, berauschend. Das habe ich gern, eine Bluse ‹für alle Gelegenheiten›, das sind so Sparideen, wie Millionäre sie haben.

Hinten im Schrank hing ein altes schwarzes Seidenkleid, das Françoise zwei Jahre zuvor sehr hübsch gefunden hatte; es war noch nicht allzu unmodern. Elisabeth machte sich das Gesicht frisch zurecht und schlüpfte in das Kleid; im Spiegel betrachtete sie sich zweifelnd; sie wußte nicht recht, woran es lag, auf alle Fälle ging die Frisur nicht mehr; sie lockerte die Haare mit der Bürste auf. Deine Haare aus dunklem Gold. Sie hätte ein anderes Leben haben können, sie bedauerte nichts, sie hatte sich dafür entschieden, ihr Leben der Kunst zu opfern. Ihre Nägel waren häßlich, richtige Malernägel, auch wenn sie sie noch so kurz schnitt, blieb immer etwas Blau oder Indigo daran, glücklicherweise gab es jetzt einen Lack, der vollkommen deckte. Elisabeth setzte sich an den Toilettentisch und behandelte ihre Nägel mit einem cremigen rosa Lack.

– Ich könnte wirklich raffiniert wirken, dachte sie, raffinierter als Françoise, sie sieht aus, als sei sie nicht ganz fertig geworden.

Das Telefon läutete. Elisabeth steckte sorgfältig den kleinen feuchten Pinsel in den Flakon und stand auf.

– Ist dort Elisabeth?

– Am Apparat.

– Hier ist Claude, wie geht es dir? Du weißt doch, heut abend klappt es. Soll ich zu dir kommen?

– Nein, nicht zu mir, wehrte Elisabeth lebhaft ab; sie lachte vor sich hin. Ich möchte einmal anderswohin. Diesmal würde sie ihm wirklich die Wahrheit sagen, aber nicht hier; sonst würde alles wiederum werden wie im vorigen Monat.

– Wie du willst. Wohin möchtest du? Topsy, Maisonette?

– Nein, wir wollen doch einfach in den ‹Nordpol› gehen. Da kann man am besten reden.

– Okay. Halb eins im ‹Nordpol›. Bis gleich.

– Bis gleich.

Er erwartete einen idyllischen Abend, aber Françoise hatte recht; wenn bei einem Bruch, den man in sich selbst vollzogen hatte, etwas herauskommen sollte, mußte man ihn auch nach außen demonstrieren. Elisabeth setzte sich und nahm ihre mühsame Kleinarbeit wieder auf. Der ‹Nordpol› war sehr gut; die Lederpolster erstickten den Klang der Stimmen, und das gedämpfte Licht ließ die Verheerungen im Gesicht nicht so deutlich erkennen. Wenn sie an all die Versprechungen dachte, die Claude ihr gegeben hatte! Und immer blieb alles beim alten; ein Augenblick der Schwäche hatte genügt, ihn völlig sicher zu machen. Die Röte stieg Elisabeth ins Gesicht; welche Schande! Einen Moment lang hatte er gezaudert mit der Klinke in der Hand; sie hatte ihn mit nicht wiedergutzumachenden Worten von ihrer Schwelle verjagt, es blieb ihm nichts als zu gehen; aber ohne ein Wort zu sagen, war er wieder zu ihr getreten. Bei der Erinnerung überlief es sie so siedend heiß, daß sie die Augen schloß; von neuem fühlte sie diesen Mund, der so heiß war, daß sie wider Willen die Lippen geöffnet hatte, sie fühlte auf ihren Brüsten seine drängenden, schmeichelnden Hände; ihre Brust hob sich, und sie seufzte, wie sie im Rausch der Niederlage damals aufgeseufzt hatte. Wenn jetzt die Tür aufginge, und er träte ein ... Elisabeth führte rasch ihre Hand zum Munde und vergrub die Zähne im Handgelenk.

– So leicht bekommt man mich nicht, sagte sie ganz laut, ich bin kein gefügiges Weibchen. Sie hatte sich nicht weh getan, doch mit Befriedigung stellte sie fest, daß ihre Zähne auf der Haut kleine weiße Spuren zurückgelassen hatten; sie sah auch, daß auf drei von ihren Fingern der frisch aufgetragene Lack von den Nägeln abgeblättert war; am Nagelbett war ein kleiner blutroter Rand entstanden.

– Bin ich dumm! murmelte sie. Halb neun; Pierre war schon angezogen; Suzanne legte ihr Nerzcape über ihr untadeliges Kleid, ihre Nägel glänzten. Hastig griff Elisabeth nach der Flasche mit dem Nagellackentferner; es gab ein klingendes Geräusch und auf dem Boden eine gelbe Lache, die nach englischen Drops roch und in der Scherben schwammen.

Elisabeth kamen die Tränen in die Augen; um nichts in der Welt würde sie mit diesen wie in Blut getauchten Händen zur Generalprobe gehen, eher ginge sie auf der Stelle zu Bett. Ohne Geld war es ein fast unmögliches Unterfangen, elegant sein zu wollen; sie warf rasch den Mantel um und lief in Sprüngen die Treppe hinab.

– Hotel Bayard, Rue Cels, rief sie dem Taxichauffeur zu.

Bei Françoise würde sie das Unheil wiedergutmachen können. Sie zog die Puderdose hervor; auf ihren Wangen war zuviel Rouge, und das Lippenrot war schlecht aufgetragen. Nein, im Taxi darf man nichts anrühren, man verdirbt sonst alles; die Fahrt muß man dazu benutzen, sich völlig zu entspannen; Taxi und Lift sind die kurzen Ruheorte überanstrengter Frauen; andere liegen auf Ruhebetten mit Leinenbandagen um den Kopf wie auf den Reklameprospekten von Elizabeth Arden, und weiche Hände machen ihnen eine Gesichtsmassage; weißes Leinen in weißen Räumen, und hinterher haben sie frische, ausgeruhte Gesichter, und Claude, naiv wie Männer nun einmal sind, wird sagen:

– Jeanne Harbley ist eine fabelhafte Frau.

Wenn wir mit Pierre waren, haben wir sie Frauen aus Seidenpapier genannt, in dieser Hinsicht kann man mit ihnen eben nicht konkurrieren. Sie stieg aus dem Taxi. Einen Augenblick blieb sie vor der Fassade des Hotels unbeweglich stehen; es war ärgerlich, niemals konnte sie sich ohne Herzklopfen in die Nähe einer Stätte begeben, an der Françoise einen Teil ihres Lebens verbrachte. Die Mauer war grau, etwas abgeblättert. Es war ein bescheidenes Hotel wie viele andere auch; dabei hatte sie doch genügend Geld, um sich ein schickes Studio zu leisten. Sie drückte die Klinke nieder.

– Ich möchte in das Zimmer von Mademoiselle Miquel.

Der Hausdiener reichte ihr den Schlüssel; sie stieg die Treppe hinauf, die weithin von Kohldunst durchzogen war; hier war sie mitten im Lebenszentrum von Françoise, aber für Françoise verbargen diese Gerüche und das Knarren der Treppe kein Geheimnis mehr; ohne auch nur hinzusehen, schritt sie durch diese Kulisse, die in Elisabeths fieberhaft gesteigerter Phantasie aufregende Züge bekam.

– Ich sollte mir vorstellen, daß ich hier wie jeden Tag zu mir nach Hause komme, sagte Elisabeth zu sich selbst, als sie den Schlüssel im Schloß umdrehte. Sie blieb auf der Schwelle stehen; das Zimmer hatte eine häßliche graue Tapete mit großem Blumenmuster; Kleider lagen auf allen Stühlen umher, Bücher und Papiere waren über den Schreibtisch verstreut. Elisabeth schloß die Augen; sie war jetzt Françoise, die aus dem Theater kam und an die Probe von morgen dachte; dann machte sie die Augen wieder auf. Über dem Waschbecken war ein Anschlag befestigt:

Unsere verehrl. Gäste werden gebeten,
nach zehn Uhr abends für Ruhe zu sorgen.
Wäsche waschen in den Zimmern
nicht gestattet.

Elisabeth warf einen Blick auf die Chaiselongue, den Schrank mit dem eingelassenen Spiegel, die Napoleonbüste auf dem Kamin zwischen einer Flasche Kölnisch Wasser, Bürsten und zusammengerollten Strümpfen. Wieder schloß sie die Augen, und wieder öffnete sie sie: es war unmöglich, sich vorzustellen, daß dies ihr Zimmer sei; unweigerlich kam es ihr immer wieder wie ein fremdes vor.

Elisabeth trat vor den Spiegel, der so viele Male schon Françoise ihre Gestalt vor Augen geführt hatte, und sah ihr eigenes Gesicht. Ihre Wangen glühten; sie hätte wenigstens das graue Jackenkleid anbehalten sollen, auf alle Fälle stand es ihr gut. Jetzt war nichts mehr zu machen gegen dies ungewohnte Bild ihrer selbst, es war das Bild, das alle Leute heute abend von ihr mitnehmen würden. Sie griff nach den Flaschen mit dem Entferner und dem Nagellack und ließ sich am Schreibtisch nieder.

Der Band Shakespeare-Dramen war noch an der Stelle aufgeschlagen, wo Françoise gerade beim Lesen angekommen war, als sie mit rascher Entschlossenheit den Stuhl zurückgeschoben hatte; sie hatte ihren Morgenrock aufs Bett geworfen, und die ungeordneten Falten dieses Kleidungsstücks trugen noch die Spur ihrer nachlässigen Bewegung an sich: die Ärmel sahen noch so gerundet aus, als umschlössen sie Geisterarme. Diese umherliegenden Dinge waren als Abbild von Françoise viel schwerer zu ertragen als ihre leibliche Gegenwart. Wenn Françoise bei ihr war, hatte Elisabeth ein Gefühl des Friedens: Françoise zeigte zwar nicht ihr wahres Gesicht, aber während sie liebenswürdig lächelte, war ihr wahres Gesicht wenigstens nirgendwo vorhanden. Hier hatte Françoises wahres Gesicht seine Spur hinterlassen, und dies Gesicht war unentzifferbar. Wenn sich Françoise, allein mit sich selbst, an diesen Schreibtisch setzte, blieb sie dann die Frau, die von Pierre geliebt wurde? Was wurde aus ihrem Glück, ihrem ruhigen Stolz, ihrer Entschiedenheit?

Elisabeth zog die mit Notizen bedeckten Blätter näher an sich heran, es waren lose Aufzeichnungen, mit Tintenflecken übersäte Skizzen. Flüchtig hingeschrieben, von Korrekturen durchsetzt, verloren die von Françoise hingeworfenen Einfälle das Endgültige, das sie sonst an sich hatten; aber noch die Schrift selbst und die Verbesserungen von ihrer eigenen Hand waren Zeugnisse ihrer nicht wegzuleugnenden Existenz. Mit einer heftigen Bewegung schob Elisabeth die Papiere von sich fort; es hatte ja alles keinen Sinn; sie konnte Françoise nicht werden, noch auch sie vernichten.

– Zeit! sagte sie zu sich selbst in leidenschaftlichem Ton, ich brauche nur Zeit! Dann werde auch ich jemand sein, von dem man spricht.

Eine Menge Autos standen auf dem kleinen Platz; Elisabeth warf einen Künstlerblick auf die gelbe Fassade des kleinen Theaters, die durch die kahlen Zweige leuchtete; wie hübsch das war, diese wie mit schwarzer Tusche gezogenen Linien auf dem strahlenden Hintergrund. Ein richtiges Theater wie das ‹Châtelet› oder ‹Gaieté lyrique›, die wir früher so bestaunten; es war doch immerhin fabelhaft zu denken, daß der große Schauspieler, der große Regisseur, von dem ganz Paris sprach, Pierre war; um ihn zu sehen, drängte sich diese Menge geräuschvoller, parfümierter Menschen in der Vorhalle; wir waren anders als andere Kinder, wir hatten uns geschworen, wir wollten berühmt werden, ich habe auch immer an ihn geglaubt. Und nun ist es ernstlich soweit, dachte sie voller Entzücken. Ernstlich und wahrhaftig; heute abend Generalprobe der ‹Spielbühne›, Pierre Labrousse als Julius Cäsar.

Elisabeth versuchte, diesen Satz auszusprechen wie irgendeine beliebige Pariserin und sich dann auf einmal zu sagen: ‹Und das ist mein Bruder›, aber es gelang ihr nur schlecht. Es war ärgerlich, es gab so viele Freuden, die einem als Möglichkeit vorschwebten, aber nicht greifbar wurden.

– Was machen Sie denn? fragte Luvinsky. Man sieht Sie ja überhaupt nicht mehr.

– Ich arbeite, sagte Elisabeth. Sie müssen einmal kommen und meine Bilder ansehen.

Sie hatte diese Abende, an denen die Generalproben stattfanden, schrecklich gern. Es war vielleicht kindisch, aber es machte ihr großes Vergnügen, allen diesen Schriftstellern und Künstlern die Hände zu drücken; sie brauchte für ihr Selbstbewußtsein immer ein sympathisches Milieu. Solange man malt, fühlt man nicht, daß man Maler ist, es ist eine undankbare, entmutigende Tätigkeit. Hier aber war sie eine junge Künstlerin kurz vor dem Erfolg, die leibliche Schwester von Labrousse. Sie lächelte Moreau zu, der ihr bewundernd nachblickte; er war immer ein bißchen verliebt in sie gewesen. Zur Zeit, als noch sie und Françoise sich im ‹Dôme› mit Anfängerinnen, die keine Zukunft hatten, und gescheiterten alten Leuten trafen, hätte sie mit neidvollen Augen auf diese junge, gleichzeitig männlich selbständige und weiblich reizvolle Person geblickt, die ohne alle Befangenheit mit diesen Arrivierten sprach.

– Wie geht es Ihnen? fragte Battier; er war sehr schön in seinem dunklen Anzug. Die Eingänge werden hier wirklich vorzüglich bewacht, setzte sie mit leisem Ingrimm hinzu.

– Wie geht es Ihnen? sagte Elisabeth und reichte Suzanne die Hand. Haben Sie Schwierigkeiten gehabt?

– Ach ja, dieser Kontrolleur, sagte Suzanne; er überprüft alle Eingeladenen, als ob sie Verbrecher wären. Unsere Karten hat er fünf Minuten lang hin und her gedreht.

Sie sah gut aus, klassisch, ganz in Schwarz; aber sie wirkte jetzt unbedingt wie eine ältere Dame, man konnte sich wirklich kaum vorstellen, daß Claude noch etwas mit ihr haben sollte.

– Man muß tatsächlich sehr aufpassen, sagte Elisabeth. Sehen Sie mal den Kerl da, wie er sich die Nase an der Scheibe plattdrückt; viele versuchen, eine bereits benutzte Einladung zu ergattern; bei uns heißen sie ‹Schwalben›.

– Ein poetischer Name, gab Suzanne zurück. Sie lächelte höflich und wendete sich dann zu Battier: Ich glaube, wir sollten jetzt hineingehen. Meinst du nicht?

Elisabeth trat nach ihnen ein. Einen Augenblick lang blieb sie unbeweglich hinten im Zuschauerraum stehen; Claude half Suzanne beim Ablegen des Nerzcapes und setzte sich dann neben sie; sie beugte sich zu ihm und legte ihre Hand auf seinen Arm. Ein schneidender Schmerz durchfuhr Elisabeth. Sie mußte an den Dezemberabend denken, als sie trunken vor Freude durch die Straßen gegangen war, weil Claude zu ihr gesagt hatte: ‹Du bist die Frau, die ich liebe.› Als sie damals heimging, um sich schlafen zu legen, hatte sie einen großen Rosenstrauß gekauft. Er liebte sie, aber nichts hatte sich geändert. Sein Herz schlug im Verborgenen; aber die Hand auf seinem Arm lag sichtbar für alle Augen da, und alle fanden, daß das ihr natürlicher Platz war. Ein offizielles, ein sachlich befestigtes Band war eben doch die einzige Wirklichkeit, deren man sicher sein konnte; die Liebe zwischen uns beiden – für wen besteht sie denn? In diesem Augenblick glaubte sie gar nicht daran, es war überhaupt nichts davon da.

– Ich habe es satt! dachte sie; diesen ganzen Abend würde sie wieder nur leiden, sie spürte alles voraus, die kalten Schauer, das Fieber, die feucht gewordenen Hände, das Brausen in den Ohren; es war ihr im voraus schon schlecht davon.

– Guten Tag, sagte sie zu Françoise, du siehst großartig aus.

Sie war wirklich schön heute abend mit einem hohen Kamm im Haar und einem Kleid, auf dem eigenartige Stickereien leuchteten. Viele Blicke galten ihr, ohne daß sie es zu bemerken schien. Es war ein Vergnügen, sich als Freundin einer so glänzenden, selbstsicheren jungen Person zu fühlen.

– Auch du bist schön, sagte Françoise. Dies Kleid steht dir so gut.

– Es ist schon alt, sagte Elisabeth.

Sie setzte sich rechts neben Françoise. Xavière auf der anderen Seite wirkte unbedeutend in ihrem blauen Fähnchen. Elisabeth rieb den Stoff ihres Rockes zwischen den Fingern. Wenige Stücke nur, aber beste Qualität; das war schon immer ihr Prinzip.

– Wenn ich Geld hätte, dachte sie, würde ich genau wissen, wie man sich anzuziehen hat. Mit etwas vermindertem Unbehagen blickte sie auf Suzannes gepflegten Haaransatz; Suzanne gehörte zur Klasse der Opfer; sie nahm von Claude einfach alles hin; wir aber, wir gehören einer anderen Rasse an; sie waren stark und frei und lebten ihr eigenes Leben; die Qualen der Liebe lehnte auch Elisabeth aus Großherzigkeit nicht ab, aber sie brauchte Claude nicht, sie war keine alternde Frau. Ich werde ihm ganz sanft und ganz bestimmt sagen: Ich habe nachgedacht, Claude, siehst du, ich glaube, wir sollten unsere Beziehungen auf eine andere Basis stellen.

– Hast du Marchand und Saltrel gesehen? fragte Françoise. Sie sitzen in der dritten Reihe links. Saltrel hustet schon, er übt sich. Castier wartet, bis der Vorhang aufgeht, um seinen Spucknapf hervorzuholen. Du weißt, er hat ihn immer bei sich, so eine Art Dose, ein sehr geschmackvolles kleines Ding.

Elisabeth warf einen Blick auf die Kritiker, aber sie war nicht darauf gestimmt, sich über sie zu amüsieren. Françoise hatte offenbar ihre Gedanken nur bei dem Erfolg der Aufführung; es war ja auch natürlich, von ihr jedenfalls war keine Hilfe zu erwarten.

Der Kronleuchter erlosch, und in das Schweigen hinein ertönten drei metallische Schläge. Elisabeth fühlte, wie sie ganz weich in den Knien wurde; wenn mich das Stück doch fesseln würde, dachte sie, aber sie kannte es zu gut. Die Dekoration machte sich sehr hübsch; die Kostüme auch; ich bin sicher, ich könnte es ebensogut, aber mit Pierre ist es wie mit den eigenen Eltern, die Familie nimmt einen niemals ernst, er müßte meine Entwürfe mal sehen, ohne zu wissen, daß sie von mir sind. Ich habe keine Stellung nach außen hin, schade, man muß den Leuten immer Sand in die Augen streuen. Wenn Pierre mich nicht als die unbedeutende kleine Schwester behandelte, wäre ich Claude bedeutend und gefährlich erschienen.

Die bekannte Stimme brachte Elisabeth zum Erbeben.

‹Calpurnia . . .
 Stellt dem Antonius grad Euch in den Weg . . .›

Pierre war wirklich ganz fabelhaft als Julius Cäsar, man hätte unendlich viel sagen können über sein Spiel.

– Er ist der größte Schauspieler seiner Zeit, sagte Elisabeth zu sich selbst.

Guimiot kam eilends auf die Bühne gelaufen, sie sah es mit einem gelinden Schreck: zweimal hatte er bei den Proben die Cäsarbüste umgeworfen;

er überquerte stürmisch die Szene und umkreiste die Büste, ohne anzustoßen, er hielt eine Peitsche in der Hand und war fast nackt, nur mit einer winzigen Dreieckshose bekleidet.

– Er ist phantastisch gut gebaut, sagte Elisabeth zu sich selbst, aber es gelang ihr nicht, sich dabei zu erwärmen; eine Liebesstunde mit ihm war reizend, aber wenn es vorüber war, dachte man nicht mehr daran, es wog so leicht wie Eiweißschnee; hingegen Claude . . .

– Ich bin vollkommen erledigt, dachte sie, ich kann mich nicht konzentrieren.

Sie zwang sich, auf die Bühne zu blicken. Die Canzetti sah hübsch aus mit ihren schwarzen Ponyfransen auf der Stirn. Guimiot behauptet, Pierre bekümmere sich um sie nicht mehr viel, sie mache Tedesco Avancen; ich weiß es nicht, mir sagt ja keiner was. Sie blickte Françoise prüfend von der Seite an, in ihrem Gesicht hatte sich seit dem Aufgehen des Vorhangs keine Miene bewegt, sie starrte wie gebannt auf Pierre; was für ein hartes Profil! Man müßte sie einmal sehen, wenn sie zärtlich wäre, verliebt, aber sie war imstande und behielt auch dann noch diese Olympiermiene bei. Wie glücklich war sie daran, daß sie sich so ganz dem Augenblick hingeben konnte, alle diese Leute waren glücklich dran. Elisabeth fühlte sich verloren unter diesem Publikum, das sich gefügig mit Bildern und Worten füttern ließ; in sie selbst drang nichts ein, das Schauspiel existierte nicht für sie, es gab nur Minuten, die langsam vorüberzogen; der Tag war mit der Erwartung dieser Stunden hingegangen, und nun liefen sie vollkommen leer, sie waren selbst auch nur ein Warten. Und auch wenn Claude ihr gegenübersäße, das wußte Elisabeth, würde sie weiter warten, warten auf das Versprechen oder die Drohung, die dem Warten von morgen die Farbe von Furcht oder Hoffnung gab; es war ein Wettlauf ohne Ziel, immer wieder fühlte man sich auf die Zukunft verwiesen; sobald sie zur Gegenwart wurde, war man schon auf der Flucht vor ihr; solange Suzanne Claudes Frau blieb, konnte die Gegenwart niemals einigermaßen erträglich sein.

Beifallklatschen erhob sich. Françoise war aufgestanden, auf ihren Wangen zeigte sich jetzt ein erhöhtes Rot.

– Tedesco hat nicht versagt, alles ist gut gegangen, sagte sie erregt; ich gehe jetzt und sehe nach Pierre; sei doch so lieb und komm erst in der nächsten Pause, in dieser ist die Zeit so knapp.

Auch Elisabeth stand auf.

– Wir könnten draußen im Gang spazierengehen, sagte sie zu Xavière, dann hören wir, was die Leute sagen, das ist amüsant.

Xavière ging gehorsam mit. Was könnte ich nur zu ihr sagen? fragte sich Elisabeth; sie war ihr nicht sympathisch.

– Eine Zigarette?

– Danke, sagte Xavière.

Elisabeth hielt ihr Feuer hin.

– Gefällt Ihnen die Aufführung?

– O ja, sie gefällt mir, sagte Xavière.

Wie lebhaft Pierre neulich für sie eingetreten war! Er neigte immer dazu, einer Neuen eine Chance zu geben; diesmal aber hatte er keinen guten Geschmack bewiesen.

– Würden Sie selber gern zum Theater gehen? fragte Elisabeth.

Sie suchte nach einer entscheidenden Frage, auf die hin Xavière Farbe bekennen müßte.

– Ich habe nie daran gedacht, sagte Xavière.

Sicherlich sprach sie mit Françoise in einem anderen Ton und mit anderer Miene; aber niemals zeigten sich Françoises Freunde Elisabeth gegenüber so, wie sie waren.

– Welche Seite des Lebens interessiert Sie denn? fragte Elisabeth.

– Alles interessiert mich, gab Xavière höflich zurück.

Elisabeth fragte sich, ob Françoise wohl mit Xavière von ihr gesprochen hätte. Wie sprach man wohl hinter ihrem Rücken von ihr?

– Sie haben keine besondere Vorliebe?

– Ich glaube nicht, sagte Xavière.

Sie zog eifrig an ihrer Zigarette. Sie hatte ihr Geheimnis nicht preisgegeben; auch die Geheimnisse von Françoise waren stets gut verwahrt. Am anderen Ende des Foyers stand Claude und lächelte Suzanne zu; auf seiner Miene malte sich zärtliche Unterwürfigkeit.

– Er lächelt genauso wie bei mir, dachte Elisabeth, und ein Gefühl von heftigem Haß stieg in ihr auf. Keine Milde, sie würde im Gespräch mit ihm keine Milde walten lassen. Sie würde den Kopf an die Kissen lehnen und höhnisch auflachen.

Es schellte jetzt; Elisabeth warf einen Blick in den Spiegel, sie sah ihre roten Haare und ihren bittern Mund; es war etwas Bitteres und Heftiges in ihr; ihr Entschluß war gefaßt, der heutige Abend mußte die Entscheidung bringen. Er war manchmal ganz außer sich über Suzanne und manchmal von törichtem Mitleid erfüllt, er kam eben nicht von ihr los. Es wurde dunkel im Zuschauerraum; eine Vorstellung zuckte durch Elisabeths Hirn, etwas mit einem Revolver oder Dolch oder einem Fläschchen mit einem Totenkopf darauf. Claude? Suzanne? Sie selbst? Das war im Grunde ganz gleich, das düstere Verlangen nach Mord schlechthin erfüllte auf einmal ihr Herz. Sie seufzte tief auf, sie war nicht mehr in dem Alter, wo man sich durch solche Gewaltakte befreit, so einfach war das nicht. Nein. Was nottat, war, ihn eine Zeitlang von sich fernzuhalten, seine Lippen, seinen Hauch, seine Hände, nach denen es sie so sehr verlangte, nach denen sie vor Sehnsucht verging, eine Zeitlang nicht zu spüren. Dort unten auf der Bühne wurde Cäsar ermordet; Pierre lief schwankend durch den Senat, mich aber bringen sie wirklich um, dachte sie verzweiflungsvoll. Es war wie eine Beleidigung, diese unnütze Aufregung zwischen den Pappkulissen, während sie selber die Todesqual in ihrem Leibe, in ihrem Blute trug und keine Auferstehung möglich war.

Obwohl Elisabeth erst noch eine ganze Weile am Boulevard Montparnasse auf und ab ging, war es doch erst zwölf Uhr fünfundzwanzig, als sie den ‹Nordpol› betrat; es gelang ihr niemals, vorsätzlich zu spät zu kommen; und doch war sie sicher, daß Claude nicht pünktlich sein würde, denn jedesmal hielt Suzanne ihn absichtlich auf und rechnete sich jede Minute als einen Gewinnpunkt an. Elisabeth entzündete eine Zigarette; es lag ihr nicht einmal soviel daran, daß Claude da war, aber der Gedanke, daß er anderswo sei, war unerträglich für sie.

Sie spürte im Herzen einen leichten Schlag; das war jedesmal so; wenn sie ihn in Fleisch und Blut erscheinen sah, befiel sie eine sinnlose Angst. Er war da, und er hielt Elisabeths Glück in den Händen; er selber kam ganz gleichgültig daher, ohne zu ahnen, daß jede seiner Gebärden eine Drohung enthielt.

– Ich bin so froh, dich zu sehen, sagte Claude, endlich haben wir mal einen richtigen Abend für uns! Er lächelte sie beflissen an. Was trinkst du? Diesen Aquavit? Ich kenne das Zeug, es ist grauenhaft. Mir geben Sie einen Gin Fizz.

– Du bist froh, aber du teilst dir deine Vergnügungen sehr maßvoll zu, sagte Elisabeth. Es ist nämlich schon eins.

– Sieben bis eins, mein Kind.

– Sieben bis eins, wenn du willst, gab sie achselzuckend zu.

– Du weißt, ich kann nichts dafür, sagte Claude.

– Natürlich, antwortete Elisabeth.

Claudes Miene verdüsterte sich.

– Ich bitte dich, Liebe, Gute, mach nicht so ein böses Gesicht. Suzanne hat mich schon mit Trauermiene entlassen, wenn du nun auch noch schlecht aufgelegt bist, ist wirklich alles aus. Ich habe mich so auf dein liebes Lächeln gefreut.

– Ich kann nicht immer lächeln, sagte Elisabeth gekränkt; Claude war wirklich von einer erstaunlichen Ahnungslosigkeit.

– Schade, es steht dir so gut, sagte Claude; er zündete sich eine Zigarette an und blickte gutgelaunt um sich. Es ist nicht übel hier, ein bißchen trist vielleicht, findest du nicht?

– Das hast du mir schon neulich gesagt. Aber wenn ich dich endlich einmal sehe, möchte ich nicht einen Schwarm von Leuten um mich haben.

– Sei doch nicht so empfindlich, sagte Claude; er legte seine Hand auf die Elisabeths, aber er schien verstimmt; sie zog ihre Hand gleich wieder zurück; es war ein ungeschickter Start; eine große Aussprache sollte nicht mit kleinlichen Nadelstichen beginnen.

– Alles in allem, sagte Claude, war es ein Erfolg. Aber mich selber hat es freilich nicht einen Augenblick richtig gepackt. Ich finde, Labrousse weiß nicht recht, was er will; er schwankt zwischen letzter Stilisierung und schlichtem Realismus hin und her.

– Was er will, ist wohl gerade, sagte Elisabeth, dieser Übergang vom

Realismus zum Stil.

– Aber nein, das ist eben überhaupt kein Stil, versetzte Claude in scharf ablehnendem Ton, sondern es ist nur eine Reihe von Widersprüchen. Die Ermordung Cäsars wirkte wie ein Trauerballett, und der Abend in Brutus' Zelt war so, daß man sich ins ‹Théâtre libre› zurückversetzt fühlte.

Claude hatte nicht bedacht, mit wem er sprach; bei Elisabeth war es nicht möglich, so einfach jede Diskussion auszuschalten; mit Befriedigung stellte sie fest, wie glatt ihr die Entgegnung jetzt von der Zunge ging.

– Das hängt doch jeweils ganz von der Situation ab, warf sie lebhaft ein; ein Mord muß eben in irgendeiner Weise transponiert werden, wenn nicht eine Moritat daraus werden soll, und eine phantastische Szene muß gerade um des Gegensatzes willen so realistisch wie möglich gespielt werden; das ist doch sonnenklar.

– Das sage ich ja gerade, es gibt etwas ganz Uneinheitliches; die Ästhetik von Labrousse besteht in einem gewissen Opportunismus.

– Aber gar nicht, widersprach Elisabeth; natürlich richtet er sich nach dem Text; du bist komisch, bei anderer Gelegenheit hast du ihm vorgeworfen, er würde die Inszenierung als Selbstzweck betrachten; was willst du nun eigentlich?

– Er selbst weiß nicht, was er will, sagte Claude; ich wünschte nur, er würde endlich einmal seinen Plan ausführen und selber ein Stück schreiben; dann würde man ja sehen.

– Das tut er sicher, sagte Elisabeth, ich glaube sogar, schon nächstes Jahr.

– Darauf bin ich gespannt. Aufrichtig gesagt, du weißt ja, wie sehr ich Labrousse bewundere, aber ich verstehe ihn nicht.

– Das ist doch aber ganz einfach, sagte Elisabeth.

– Du würdest mir einen Gefallen tun, wenn du es mir erklärtest, meinte Claude.

Elisabeth pochte umständlich mit ihrer Zigarette auf den Tisch; Pierres Ästhetik hatte keine Geheimnisse für sie, sie inspirierte sich sogar daraus für ihre Malerei, aber die Worte fehlten ihr; sie sah wieder den Tintoretto vor sich, den Pierre so besonders liebte; er hatte ihr alles Mögliche über die Stellungen der Figuren erklärt, aber sie wußte nicht mehr, wie es war; sie dachte an die Stiche Dürers, an ein Marionettentheater, an das Russische Ballett, an alte Stummfilme, die Idee war da, vertraut und augenscheinlich, es war wirklich zu ärgerlich.

– So einfach ist es natürlich nicht, daß man ohne weiteres ein Etikett wie Realismus, Impressionismus, Verismus darauf kleben kann, wenn du das meinst, sagte sie.

– Warum so verletzend ohne allen Grund? fragte Claude. Ich werfe doch auch sonst nicht mit solchen Ausdrücken um mich.

– Bitte schön, du hast selbst von Stilisierung, von Opportunismus gesprochen; aber verteidige dich nur nicht, es ist komisch, was für eine

Angst du hast, nur ja nicht wie ein Professor zu reden.

Claude fürchtete mehr als alles andere, für jemand zu gelten, der gern doziert; wenn man ihm Gerechtigkeit widerfahren ließ, mußte man zugeben, daß davon gar keine Rede war.

– Ich kann dir heilig versichern, bemerkte er kühl, daß ich da für mich keine Gefahr sehe. Viel eher bringst du so etwas wie deutsche Gründlichkeit in unsere Diskussionen.

– Gründlichkeit . . . sagte Elisabeth; ich weiß schon, du findest mich pedantisch, sooft ich dir widerspreche. Du bist sonderbar, du verträgst keinen Widerspruch; was du unter geistiger Zusammenarbeit verstehst, ist bewunderndes Hinnehmen aller deiner Meinungen; das kannst du von Suzanne verlangen, aber nicht von mir; ich habe leider Verstand und benutze ihn auch.

– Da siehst du! Gleich wirst du heftig, meinte Claude.

Elisabeth bezwang sich; es war abscheulich, immer fand er Mittel und Wege, sie ins Unrecht zu setzen.

– Ich bin vielleicht heftig, sagte sie mit eisiger Ruhe, aber du solltest dich nur einmal selber reden hören. Es klingt genauso, als wenn du zu deiner Klasse sprichst.

– Wir werden uns doch nicht wieder streiten, bat Claude jetzt in versöhnlichem Ton.

Grollend schaute sie ihn an; er war heute abend offenbar entschlossen, sie glücklich zu machen; er fühlte sich zärtlich, großherzig und charmant; aber er sollte mal sehen . . . Sie räusperte sich, um ihre Stimme frei zu machen.

– Sag mal ganz offen, Claude, findest du, sagte sie, daß das Experiment dieses Monats glücklich ausgegangen ist?

– Welches Experiment, fragte er?

Elisabeth stieg das Blut in die Wangen, und ihre Stimme war nicht mehr ganz fest.

– Wenn wir nach unserer Auseinandersetzung im vorigen Monat unsere Beziehungen aufrechterhalten haben, so war es doch als Versuch gedacht, hast du das vergessen?

– Ach so! ja . . . sagte Claude.

Er hatte die Idee eines Bruches nicht ernst genommen; natürlich hatte sie ihre Position dadurch verdorben, daß sie noch am gleichen Abend wieder mit ihm zu Bett gegangen war. Einen Augenblick wußte sie nicht, was sie sagen sollte.

– Gut, also ich persönlich komme zu der Überzeugung, daß die Situation unmöglich ist, sagte sie.

– Unmöglich? Warum denn auf einmal unmöglich? Was ist denn inzwischen passiert?

– Eben nichts, sagte Elisabeth.

– Da mußt du dich näher erklären, ich verstehe kein Wort.

Sie zögerte; allerdings hatte er niemals davon gesprochen, daß er seine Frau verlassen wolle, er hatte niemals etwas versprochen, in gewissem Sinne konnte man ihm nichts anhaben.

– Wirklich, und du bist glücklich so? fragte sie. Ich hatte von unserer Liebe eine höhere Meinung. Was verbindet uns eigentlich? Wir sehen uns in Restaurants, in Bars und schließlich noch im Bett. Das sind die Begegnungen mit dir; ich aber wollte mit dir ein gemeinsames Leben führen.

– Aber Liebling, du weißt ja nicht, was du sprichst, sagte Claude. Was uns verbindet, fragst du? Aber es gibt doch keinen Gedanken in mir, den ich nicht mit dir teile; du verstehst mich so wundervoll.

– Ja, ich habe den besten Teil von dir, stieß Elisabeth hervor. Im Grunde, siehst du, hätten wir bei dem bleiben sollen, was du vor zwei Jahren als Ideenfreundschaft bezeichnet hast; mein Unrecht war, dich zu lieben.

– Aber ich liebe dich doch auch, sagte Claude.

– Ja, sagte sie; es war zu dumm, man konnte ihm keinen ausgesprochenen Vorwurf machen, ohne kleinlich zu wirken.

– Also, was dann? fragte Claude.

– Also nichts, sagte Elisabeth. Sie hatte eine unendliche Trauer in diese Worte gelegt, aber Claude wollte es nicht bemerken; er warf einen lächelnden Blick in die Runde, er war erleichtert und wollte bereits von etwas anderem reden, als sie hastig hinzufügte:

– Bei dir ist alles so einfach; niemals hast du dir klargemacht, daß ich nicht glücklich bin.

– Du quälst dich ja absichtlich, sagte Claude.

– Vielleicht, sagte Elisabeth träumerisch, liebe ich dich zu sehr. Ich habe dir mehr geben wollen, als du annehmen kannst. Wenn man ganz ehrlich ist, muß man zugeben, daß auch Schenken eine Art des Forderns ist. Alles ist meine Schuld, kommt mir vor.

– Aber wir wollen doch nicht jedesmal, wenn wir uns sehen, unsere Liebe in Frage stellen, sagte Claude. Ich finde diese Debatten wirklich vollkommen müßig.

Elisabeth blickte ihn zornig an; er war gar nicht imstande, die tragische Illusionslosigkeit zu bemerken, die ihr in diesem Augenblick etwas so Ergreifendes gab; wozu dann noch? Sie fühlte, wie sie ohne Übergang hart und zynisch wurde.

– Hab keine Angst; wir werden unsere Liebe nicht mehr in Frage stellen, sagte sie. Gerade das wollte ich dir sagen; von jetzt an werden wir unsere Beziehungen auf eine andere Basis stellen.

– Eine andere Basis? Auf was für einer Basis befinden sie sich denn zur Zeit? Claude schien jetzt ernstlich sehr verstimmt.

– Ich will mit dir nichts mehr haben als eine ruhige Freundschaft, sagte sie. Ich bin all diese Komplikationen leid. Ich hatte nur geglaubt, ich könnte nicht aufhören, dich zu lieben.

– Und jetzt hast du aufgehört? fragte Claude in ungläubigem Ton.

– Kommt dir das so unwahrscheinlich vor? fragte Elisabeth. Versteh mich recht, ich werde immer zu dir halten; aber ich erwarte nichts mehr von dir und werde auch selbst wieder jede Freiheit für mich in Anspruch nehmen. Du findest doch auch, daß das besser ist?

– Du bist ja von Sinnen, sagte Claude.

Elisabeths Antlitz färbte sich rot.

– Nein, du bist verrückt! Ich sage dir, ich liebe dich nicht mehr! So etwas kann sich doch ändern, so ein Gefühl; du hast nicht einmal mehr gemerkt, daß ich mich verändert habe.

Claude sah sie jetzt wirklich betreten an.

– Seit wann hast du aufgehört, mich zu lieben? Du hast doch eben noch gesagt, du liebtest mich zu sehr?

– Früher habe ich dich zu sehr geliebt. Sie zögerte. Ich weiß auch nicht, wie es kam, aber es ist nun mal so; jedenfalls nicht mehr wie früher. Zum Beispiel ... sie sprach jetzt sehr rasch und mit etwas erstickter Stimme: früher hätte ich nicht mit einem andern Mann etwas haben können.

– Und jetzt hast du etwas mit einem andern Mann?

– Hast du etwas dagegen?

– Wer ist es? Claude schien jetzt wirklich gespannt.

– Wozu denn, du glaubst mir ja doch nicht.

– Wenn es wahr wäre, hättest du den Anstand gehabt, es mir mitzuteilen.

– Das tue ich ja gerade, sagte Elisabeth. Hiermit teile ich es dir mit. Du hättest ja wohl nicht auch noch verlangt, daß ich dich vorher frage?

– Wer ist es? wiederholte Claude.

Sein Gesicht hatte sich verändert, Elisabeth hatte plötzlich Angst; wenn es ihm weh täte, würde sie selber leiden.

– Guimiot, brachte sie mit unsicherer Stimme hervor. Du weißt, der Läufer im ersten Akt.

Jetzt war es geschehen, jetzt war es unwiderruflich da; auch wenn sie nun noch wieder leugnete, würde Claude ihr nicht glauben. Sie hatte keine Zeit mehr zum Nachdenken, sie mußte jetzt einfach weiter, mit geschlossenen Augen; im Dunkel erhob sich etwas fürchterlich Drohendes.

– Du hast keinen schlechten Geschmack, sagte Claude. Wann hast du seine Bekanntschaft gemacht?

– Vor zehn Tagen etwa. Er hat sich gleich wahnsinnig in mich verliebt.

Claude saß mit undurchdringlicher Miene da. Er war oft ganz augenscheinlich mißtrauisch und eifersüchtig gewesen, doch ohne es einzugestehen; er würde sich lieber in Stücke zerhauen lassen, als ihr einen Vorwurf machen; doch dadurch wurde es nicht besser.

– Immerhin ist das eine Lösung, sagte er. Ich habe schon oft gedacht, es sei für einen Künstler schade, sich an eine einzige Frau zu binden.

– Du wirst bald, sagte Elisabeth, die verlorene Zeit wieder eingeholt haben. Zum Beispiel, die kleine Chanaud wünscht sich nichts sehnlicher, als dir in die Arme zu sinken.

– Die kleine Chanaud . . . Claude schob verächtlich die Unterlippe vor. Jeanne Harbley wäre mir lieber.

– Daraus wird aber nichts, sagte Elisabeth.

Sie zerknüllte ihr Taschentuch in den feuchten Händen; jetzt erkannte sie die Gefahr, aber es war zu spät, sie konnte nicht mehr zurück. Sie hatte nur an Suzanne gedacht, aber es gab ja noch alle die anderen Frauen, junge und schöne Frauen, die Claude lieben würden und denen es sicher gelänge, von ihm geliebt zu werden.

– Glaubst du, ich hätte da keine Chancen? fragte Claude.

– Gerade zuwider bist du ihr sicherlich nicht, sagte Elisabeth.

Es war ja Wahnsinn, da saß sie und gab groß an, und bei jedem Wort, das sie sagte, sank sie tiefer ins Bodenlose ein. Könnte man doch nur wieder zurück von diesem leichtfertigen Ton! Sie schluckte.

– Ich möchte nicht, daß du denkst, brachte sie mühsam hervor, ich sei nicht vollkommen aufrichtig mit dir.

Er blickte sie fest an; sie errötete, sie wußte nicht mehr weiter.

– Es hat mich selber ganz plötzlich gepackt; ich wollte es längst schon sagen.

Wenn er sie weiter so ansah, würde sie zu weinen anfangen; das durfte sie auf keinen Fall, es würde feige sein; mit solchen weiblichen Waffen durfte sie nicht kämpfen. Und doch würde alles dadurch soviel einfacher sein; er würde sie in den Arm nehmen und sie säße schluchzend an ihn gelehnt, und alles wäre wieder gut.

– Du hast mich zehn Tage lang angelogen, sagte Claude. Mir wäre es unmöglich gewesen, dich auch nur eine Stunde lang anzulügen. Ich hatte von unserer Beziehung eine so hohe Meinung.

Er sprach mit der tragischen Würde des Gerechten, so daß Elisabeth eine Regung der Auflehnung verspürte.

– Aber du hast dich nicht loyal mir gegenüber verhalten. Du hast mir das Beste deines Lebens versprochen, und niemals habe ich dich für mich gehabt. Immer hast du Suzanne gehört.

– Du wirst mir doch nicht vorwerfen wollen, sagte Claude, daß ich mich Suzanne gegenüber korrekt benommen habe. Nur Mitleid und Dankbarkeit haben mein Verhalten ihr gegenüber bestimmt, das weißt du ganz genau.

– Ich weiß nichts. Ich weiß einzig, daß du sie niemals meinetwegen verlassen wirst.

– Davon ist ja auch nie die Rede gewesen, sagte Claude.

– Aber wenn ich die Frage stellte?

– Dann hättest du den Augenblick dafür etwas seltsam gewählt, gab er hart zurück.

Elisabeth schwieg; niemals hätte sie von Suzanne sprechen sollen; sie verlor die Herrschaft über sich, und er nutzte das aus; sie sah ihn schonungslos, wie er war: schwach, egoistisch und durch kleinliche Eigenliebe bestimmt; er wußte sich im Unrecht, aber er bestand unerbittlich und gegen seine Überzeugung darauf, ihr ein makelloses Bild seiner selbst vorzuhalten; er war unfähig zu jeder großherzigen und aufrichtigen Regung; sie haßte ihn deshalb.

– Suzanne nützt dir in deiner Karriere, sagte sie. Dein Werk, deine Gedanken, deine Laufbahn! Niemals hast du an mich gedacht.

– Das ist gemein! rief Claude. Ich bin also ein Streber, wie? Wenn du das denkst, wieso hast du dann überhaupt jemals etwas an mir finden können?

Man hörte helles Lachen und Schritte, die auf dem dunklen Fliesenboden widerhallten; Françoise und Pierre hatten Xavière von beiden Seiten eingehakt, alle drei schienen in übermütiger Stimmung zu sein.

– So findet man sich wieder! rief Françoise.

– Es ist aber auch ein angenehmes Lokal, sagte Elisabeth. Sie hätte gern ihr Gesicht versteckt; sie hatte das Gefühl, daß ihre ganze Haut bis zum Zerreißen gespannt war, es zerrte sie unter den Augen, um den Mund herum, und das Fleisch darunter schien wie aufgeschwollen. – Nun, habt ihr noch die öffentliche Meinung zu beeinflussen versucht?

– Ja, es ist ganz gut abgelaufen, antwortete Françoise.

Warum war Gerbert nicht mit ihnen? Hatte Pierre Angst vor seinem Charme? Oder fürchtete Françoise die Konkurrenz Xavières? Xavière sagte nichts, sondern lächelte mit engelhafter, aber höchst eigensinniger Miene.

– Es war ein glatter Erfolg, sagte Claude; die Kritik ist sicher streng, aber das Publikum ist wundervoll mitgegangen.

– Ja, es ging eher gut, sagte Pierre. Er lächelte freundlich. Wir sollten uns mal sehen in den nächsten Tagen, wir haben jetzt wieder etwas mehr Zeit.

– Ja, ich würde auch gern, sagte Claude, über ein paar Sachen mit dir reden.

Eine Vision des Leidens tat sich plötzlich vor Elisabeth auf; sie sah ihr leeres Atelier, in dem sie keinen Anruf mehr zu erwarten hatte, das leere Fach in der Portierloge, das leere Restaurant, alle Straßen leer. Es war unmöglich; sie wollte ihn nicht verlieren; er mochte schwach, egoistisch, hassenswert sein, das alles machte nichts aus, sie brauchte ihn, um zu leben; sie würde alles hinnehmen, wenn sie ihn nur behielte.

– Nein, unternimm noch nichts bei Berger, sagte Pierre, bevor du nicht von Nanteuil Antwort hast; das wäre undiplomatisch. Aber ich bin sicher, daß er Interesse zeigen wird.

– Rufen Sie doch einmal nachmittags an, sagte Françoise. Dann können wir etwas verabreden.

Sie verschwanden im Hintergrund des Raumes.

– Da drüben wollen wir uns hinsetzen, das sieht ja wie eine kleine

Kapelle aus, hörte man Xavière sagen. Diese übertrieben süße Stimme wirkte auf die Nerven, wie wenn man mit dem Fingernagel auf Seide kratzte.

– Ein hübsches Mädel, die Kleine, sagte Claude. Ist das die Neueste von Labrousse?

– Vermutlich. Er, der es sonst so haßt, irgendwo aufzufallen! Heute ist ja ihr Auftritt eher lärmend gewesen.

Sie schwiegen beide.

– Wir wollen hier nicht bleiben, stieß Elisabeth schließlich nervös hervor. Es ist mir grauenhaft, sie im Rücken zu spüren.

– Sie kümmern sich nicht um uns, sagte Claude.

– All diese Leute sind grauenhaft, wiederholte Elisabeth. Ihre Stimme zerbrach; sie fühlte Tränen in ihren Augen aufsteigen, lange konnte sie sie nicht mehr zurückhalten. Wir wollen zu mir gehen, sagte sie.

– Wie du willst, meinte Claude. Er rief den Kellner, und Elisabeth setzte vor dem Spiegel ihren Hut auf. Ihr Gesicht war verwüstet. In der Tiefe des Spiegels entdeckte sie die andern, Xavière sprach mit vielen Handbewegungen, und Françoise und Pierre sahen ihr verzückt zu. Sie waren doch wirklich furchtbar oberflächliche Menschen; da vergeudeten sie ihre Zeit mit irgendeiner gleichgültigen Person, und ihr, Elisabeth, gegenüber waren sie taub und blind. Wenn sie bereit gewesen wären, Claude in ihre Gemeinschaft aufzunehmen, wenn sie sein Stück angenommen hätten ... Sie waren an allem schuld. Elisabeth bebte vor Zorn, sie erstickte beinahe daran. Sie waren glücklich; sie lachten: ob sie wohl immer glücklich sein würden mit ihrer überlegenen Vollkommenheit? Würden nicht eines Tages auch sie in die Tiefen dieses schmutzigen Infernos hinuntermüssen? Zitternd abwarten, vergebens um Hilfe rufen, allein sein in Reue, in Angst, in Selbsthaß ohne Ende. So selbstsicher, stolz, unverwundbar saßen sie da. Gab es denn kein Mittel, ihnen etwas anzuhaben, wenn man ernstlich wollte?

Schweigend stieg Elisabeth in Claudes Wagen ein; bis zur Haustür wechselten sie kein Wort.

– Ich glaube nicht, daß wir uns noch irgend etwas zu sagen haben, meinte Claude, als er den Wagen zum Halten gebracht hatte.

– Aber man kann doch so nicht auseinandergehen, sagte Elisabeth. Komm eine Minute mit hinauf.

– Wozu? gab Claude zurück.

– Komm. Wir haben uns doch noch nicht richtig ausgesprochen.

– Du liebst mich nicht mehr, du denkst beleidigende Dinge von mir; da gibt es nichts mehr auszusprechen, sagte Claude.

Es war ganz einfach Erpressung, aber es war ihr nicht möglich, ihn gehen zu lassen; wann würde er wiederkommen?

– Ich hänge doch an dir, Claude, sagte Elisabeth. Bei diesen Worten kamen ihr die Tränen in die Augen; er folgte ihr. Von Schluchzen geschüttelt stieg sie die Treppe hinauf, sie versuchte nicht länger, sich zu beherrschen; sie schwankte etwas, doch er stützte sie nicht. Als sie im Atelier angekommen waren, schritt Claude mit finsterem Blick auf und ab.

– Es steht dir frei, sagte er, mich nicht mehr zu lieben, aber zwischen uns bestand noch etwas anderes als Liebe, und das solltest du zu retten versuchen. Er warf einen Blick auf den Diwan. War das hier, wo du es mit diesem Kerl getrieben hast?

Elisabeth war in einen Sessel gesunken.

– Ich dachte nicht, daß du mir böse wärst, Claude. Ich möchte dich nicht verlieren wegen so einer Geschichte.

– Ich bin nicht eifersüchtig auf einen kleinen Komödianten, sagte er; was ich dir übelnehme, ist, daß du mir nichts gesagt hast; du hättest vorher mit mir darüber sprechen müssen. Und außerdem hast du heute abend Dinge gesagt, die eine Freundschaft zwischen uns ganz unmöglich machen.

Eifersucht, weiter war es nichts; sie hatte ihn in seinem Stolz als Mann verwundet, und nun hatte er seinerseits das Bedürfnis, sie zu quälen. Sie war sich vollkommen klar darüber, aber das hinderte nicht, daß seine schneidende Stimme ihr im Innersten weh tat.

– Ich will dich nicht verlieren, beharrte sie. Sie schluchzte jetzt hemmungslos.

Die Regeln beobachten, ein faires Spiel spielen, das alles war einfach dumm, niemand dankte es einem. Man hegte da so einen Wahn, daß eines Tages alle verborgenen Leiden, alles aufgewendete Zartgefühl und die inneren Kämpfe offen vor seinen Augen liegen würden und daß er dann von Bewunderung und Reue überwältigt sein müßte; aber nein, das alles war verlorene Liebesmüh.

– Du weißt, daß ich selbst nicht mehr kann, sagte Claude. Ich befinde mich in einer seelischen und geistigen Krise, die mich vollkommen aufreibt; ich hatte keinen anderen Halt als dich, und diesen Augenblick suchst du dir ausgerechnet aus.

– Du bist ungerecht, Claude, brachte sie schwächlich hervor. Ihr Schluchzen nahm noch einmal zu; es war stärker als ihr Widerstand dagegen, und Würde und Schamgefühl waren nur mehr Worte, ebensogut konnte sie nun auch alles sagen. Ich habe dich zu sehr geliebt, Claude, sagte sie, und weil ich dich zu sehr liebte, wollte ich loskommen von dir. Sie verbarg ihr Gesicht in den Händen; dies leidenschaftliche Geständnis rief jetzt sicher Claude an ihre Seite zurück; wenn er sie nur in die Arme schlösse und alles vergessen wäre; nie würde sie sich mehr beklagen.

Sie hob den Kopf, er stand an die Wand gelehnt, seine Mundwinkel zuckten nervös.

– Sage doch etwas zu mir, flehte sie. Er blickte bös auf den Diwan, es war nicht schwer zu erraten, was er dort im Geiste sah. Sie hätte ihn nicht heraufbringen sollen, die Bilder drängten sich hier allzu kraß auf.

– Hör doch auf zu weinen, sagte er; wenn du es hast probieren müssen mit diesem kleinen Schwulen, dann ist das deine Sache. Du wirst ja wissen, was du daran hast.

Elisabeth stockte der Atem; sie hatte das Gefühl, einen Stoß vor die Brust bekommen zu haben. Grobheit konnte sie nicht vertragen, das war rein physisch bei ihr.

– Ich verbiete dir, in solchem Ton mit mir zu reden, stieß sie heftig hervor.

– Ich spreche, wie es mir paßt, sagte Claude mit erhobener Stimme, ich finde es unglaublich, daß du jetzt auch noch das arme Opfer spielen willst.

– Schrei nicht, befahl Elisabeth; sie zitterte jetzt am ganzen Leib, es war ihr, als höre sie ihren Großvater, wenn ihm die Adern an der Stirn dick und violett hervortraten. Ich dulde nicht, daß du hier so schreist.

Claude versetzte dem Kamin einen Fußtritt.

– Soll ich dich vielleicht lieb bei den Händen fassen? sagte er.

– Jedenfalls schrei nicht, sagte Elisabeth mit gedämpfter Stimme; ihre Zähne schlugen aufeinander, die Nervenkrise stand dicht bevor.

– Ich schreie nicht, ich gehe, sagte Claude. Bevor sie noch eine Bewegung machen konnte, war er draußen. Sie stürzte ihm in den Vorplatz nach.

– Claude, rief sie, Claude.

Er wandte den Kopf nicht um, sie sah ihn verschwinden, die Wohnungstür schlug zu. Sie kehrte ins Atelier zurück und zog sich mechanisch aus; sie zitterte nicht mehr. Ihr Kopf war bis zum Zerplatzen mit Dunkel und Tränen gefüllt, er wurde so riesengroß und so schwer, daß er sie in den Abgrund zog; Schlaf oder Tod oder Wahnsinn, ein bodenloser Abgrund, in den sie für immer stürzte. Sie warf sich auf das Bett.

Als Elisabeth die Augen wieder öffnete, war das Zimmer voll Licht; im Munde verspürte sie einen salzigen Geschmack; sie machte keine Bewegung. Aus dem Brennen ihrer Lider, dem schwachen Pochen in ihren Schläfen gestaltete sich ein Gefühl von Schmerz, doch noch durch Fieber und Schlaf gedämpft; wenn es ihr nur gelänge, bis zum nächsten Tage durchzuschlafen. Nichts entscheiden, nichts denken. Wie lange würde es ihr wohl möglich sein, in diesem barmherzigen Dämmern zu verharren? Wie eine Tote daliegen, wie ein Stück Holz; aber schon wurde es ihr schwer, einfach die Lider zu schließen und nichts sehen zu wollen; sie wikkelte sich fester in das feuchtwarme Leintuch ein; sie glitt dem Vergessen wieder zu, als die Schelle ertönte.

Sie sprang aus dem Bett, und ihr Herz begann sofort heftig zu schlagen. War das etwa schon Claude? Was würde er zu ihr sagen? Sie warf einen Blick in den Spiegel, sie sah nicht einmal zu mitgenommen aus, aber die Zeit war zu kurz, sich eine Haltung zurechtzulegen. Einen Augenblick verspürte sie Lust, gar nicht aufzumachen, dann würde er glauben, sie sei tot oder verschwunden, und jedenfalls hätte er Angst; sie horchte. Von der andern Seite der Tür vernahm sie nichts, keinen Atemzug; am Ende war er schon wieder seiner Wege gegangen; er stieg jetzt vielleicht die Treppe hinab, und sie blieb allein zurück, wach und allein. Sie stürzte zur Tür und öffnete. Guimiot stand vor ihr.

– Ich störe? fragte er lächelnd.

– Nein, kommen Sie nur herein, sagte Elisabeth. Mit einem Gefühl des Grauens sah sie ihn vor sich. Wie spät ist es denn?

– Etwa zwölf Uhr, glaube ich; haben Sie geschlafen?

– Ja, sagte Elisabeth; sie zog die Decken glatt und klopfte auf das Plumeau; alles in allem war es besser, es war jemand da. Geben Sie mir eine Zigarette, sagte sie, und setzen Sie sich.

Er fiel ihr auf die Nerven, wie er katzengleich zwischen ihren Möbeln einherglitt, er spielte gern mit seinem Körper; sein Gang war geschmeidig und gleitend, seine Bewegungen voller Anmut, doch machte er zuviel Gebrauch davon.

– Ich komme nur auf einen Sprung vorbei, ich will Sie nicht stören, sagte er. Auch mit seinem Lächeln trieb er Mißbrauch, es war ein ganz kleines Lächeln, bei dem er die Augenwinkel hob. Schade, daß Sie gestern abend nicht frei waren; wir haben Sekt getrunken bis morgens um fünf. Meine Freunde sagten mir, ich hätte großen Eindruck gemacht. Was hält Herr Labrousse davon?

– Es war sehr gut, sagte Elisabeth.

– Es scheint, daß Roseland mich kennenlernen möchte. Er fand meinen Kopf so interessant. Er bringt nächstens ein neues Stück heraus.

– Glauben Sie wirklich, daß er es auf Ihren Kopf abgesehen hat? sagte Elisabeth. Roseland machte kein Hehl aus seinen Neigungen.

Guimiot rieb seine feuchten Lippen aneinander; seine Lippen, seine Augen mit ihrem etwas nassen Blau, alles erinnerte an einen regnerischen Vorfrühlingstag.

– Ist etwa mein Kopf nicht interessant? fragte er kokett. Ein kleiner Schwuler und ein Gigolo obendrein, das war Guimiot.

– Haben Sie nicht irgendeine Kleinigkeit zu essen?

– Sehen Sie selbst in der Küche nach, riet ihm Elisabeth. ‹Le souper, le gîte et le reste›, dachte sie mit grimmiger Klarheit. Seine Besuche trugen ihm immer etwas ein: eine Mahlzeit, eine Krawatte, etwas Geld, das er sich lieh und nicht wiedergab. Sie war heute nicht geneigt, es lächelnd hinzunehmen.

– Wollen Sie weichgekochte Eier? rief Guimiot.

– Nein, ich will nichts, sagte sie. Von der Küche her hörte man Wasser laufen und Kochgeschirr klappern. Sie hatte nicht einmal den Mut, ihn vor die Tür zu setzen; wenn er gegangen wäre, würde sie denken müssen.

– Ich habe etwas Wein gefunden, sagte Guimiot; auf einer Ecke des Tisches deckte er auf: einen Teller, ein Glas, ein Besteck. Brot ist nicht zu finden, aber ich mache wachsweiche Eier; wachsweiche Eier kann man doch ohne Brot essen, nicht wahr?

Er setzte sich auf den Tisch und ließ die Beine baumeln.

– Meine Freunde sagen, es sei schade, daß ich nur eine so kleine Rolle habe. Meinen Sie nicht, Herr Labrousse könnte mir wenigstens eine zweite Besetzung geben?

– Ich habe schon ein Wort deswegen zu Françoise Miquel gesagt, antwortete Elisabeth. Die Zigarette hatte einen scharfen Geschmack, und der Kopf tat ihr weh. Es war wie nach einer durchtobten Nacht.

– Und was hat Fräulein Miquel gesagt?

– Sie würden sehen.

– Die Leute sagen immer, sie werden mal sehen, gab Guimiot geziert zurück. Das Leben ist schwierig. Dann war er mit einem Satz an der Küchentür. Ich glaube, das Wasser kocht.

Er ist mir nachgelaufen, weil ich die Schwester des berühmten Labrousse bin, dachte Elisabeth; es war nichts Neues für sie, sie hatte es diese ganzen zehn Tage schon gewußt; jetzt aber sprach sie es sich selbst gegenüber aus; sie fügte sogar noch hinzu: es ist mir ganz gleichgültig. Ohne Sympathie sah sie ihm zu, wie er den Kochtopf auf den Tisch stellte und zierlich das Ei aufschlug.

– Da war gestern abend eine dicke Dame, ältlich und sehr schick, die mich im Auto nach Hause bringen wollte.

– Eine Blonde mit vielen Löckchen? fragte Elisabeth.

– Ja. Aber ich wollte nicht, wegen meiner Freunde. Sie schien Herrn Labrousse zu kennen.

– Das ist unsere Tante, sagte Elisabeth. Wo haben Sie mit Ihren Freunden denn zu Abend gegessen?

– Im ‹Topsy›, und dann sind wir am Montparnasse herumgezogen. An der Theke vom ‹Dôme› haben wir den kleinen Regisseur getroffen, der völlig betrunken war.

– Gerbert? Wer war denn bei ihm?

– Tedesco und die kleine Canzetti und Sazelat und noch jemand. Ich glaube, die Canzetti ist mit Tedesco gegangen. Er klopfte das zweite Ei auf.

– Interessiert sich der kleine Regisseur für Männer?

– Nicht daß ich wüßte, sagte Elisabeth. Wenn er Ihnen Avancen gemacht hat, war er sicher blau.

– Er hat mir keine Avancen gemacht, antwortet Guimiot entsetzt. Meine Freunde fanden ihn nur so schön. Er lächelte Elisabeth auf einmal vertraulich zu. Weshalb ißt du nicht?

– Ich habe keinen Hunger. Lange konnte es nicht mehr dauern, bald würde sie leiden, sie spürte es schon.

– Ein hübsches Kleidungsstück, sagte er und strich mit seiner weiblich zarten Hand über die Seide des Schlafanzugs; allmählich ging die Bewegung in einen weichen Druck über.

– Nein, laß, wehrte Elisabeth müde ab.

– Was ist denn? Liebst du mich nicht mehr? fragte Guimiot; sein Ton unterstellte ein Einverständnis zwischen ihnen, an dem irgend etwas Ordinäres war, aber Elisabeth leistete keinen Widerstand mehr; er küßte sie auf den Nacken, aufs Ohr; es waren komische kleine Küsse, als weidete er auf ihr herum. Immerhin schob es den Augenblick weiter hinaus, wo sie denken mußte.

– Wie kalt du bist, meinte er etwas argwöhnisch; seine Hand war unter den Pyjama geglitten; er sah sie jetzt zwischen halbgeschlossenen Lidern an; Elisabeth bot ihm ihren Mund und schloß die Augen, sie konnte diesen Blick nicht ertragen, den Blick des Professionals; als seine Finger über ihren Körper einen Schauer flaumiger Zärtlichkeiten rieseln ließen, hatte sie das Gefühl, daß es die Hände eines Spezialisten waren, genauso gut ausgebildet wie die eines Masseurs, eines Friseurs, eines Zahnarztes; Guimiot kam gewissenhaft seiner Mannesaufgabe nach, wie konnte sie nur diese ironisch erwiesene Gefälligkeit annehmen?

Sie machte eine Bewegung, um sich zu befreien; aber alles in ihr war schon so schwer und schlaff, daß sie, ehe sie sich noch aufgerichtet hatte, bereits Guimiots nackten Körper dicht an dem ihren fühlte. Auch das war offenbar ein Teil seiner Berufsausbildung, daß er so schnell aus den Kleidern kam. Es war ein beweglicher, zärtlicher Körper, der sich allzuleicht ganz dem ihrigen anpaßte. Wenn sie an die schwerfälligen Küsse Claudes, an den harten Druck seiner Arme dachte . . . sie öffnete die Augen einen Spalt. Die Lust verzerrte Guimiots Mund, seine Augen sahen wie schräge Schlitze aus; jetzt dachte er mit einer Art von Profitgier nur noch an sich selbst. Sie schloß wieder die Augen; sie fühlte sich von dem Bewußtsein einer brennenden Schmach verzehrt. Sie hatte es jetzt eilig damit, nur zu Ende zu kommen.

Mit einer schmeichelnden Bewegung lehnte Guimiot seine Wange an Elisabeths Schulter. Sie preßte den Kopf fest ins Kissen hinein. Aber sie wußte, daß es nun vorbei war mit dem Schlaf. Jetzt war es da, es gab keine Hilfe mehr; es blieb ihr nichts, als zu leiden.

Fünftes Kapitel

– Drei Kaffee, sagte Pierre. Aber in Tassen, bitte.

– Du bist eigensinnig, sagte Gerbert. Neulich, als wir mit Vuillemin hier waren, haben wir gemessen. In den Gläsern ist genausoviel.

– Den Kaffee nach dem Essen trinkt man aus einer Tasse, sagte Pierre in einem Ton, der keinen Widerspruch vertrug.

– Er behauptet, der Geschmack sei nicht der gleiche, sagte Françoise.

– Ja, er ist ein gefährlicher Träumer, meinte Gerbert. Er dachte einen Augenblick nach. Allerhöchstens könnte man zugeben, daß er in der Tasse nicht so schnell kalt wird.

– Warum sollte er weniger schnell kalt werden? fragte Françoise.

– Die Verdunstungsfläche ist nicht so groß, gab Pierre prompt zurück.

– Diesmal bist du auf dem Holzweg, entgegnete Gerbert. Es kommt daher, daß Porzellan besser die Wärme hält.

Sie waren immer sehr komisch, wenn sie physikalische Phänomene diskutierten. Alles, was sie sagten, war meist freie Erfindung.

– Er wird in beiden ganz gleichmäßig kalt, behauptete Françoise.

– Hast du das gehört? fragte Pierre.

Gerbert legte übertrieben diskret den Finger an die Lippen, Pierre schüttelte vielsagend mit dem Kopf; das war ihre übliche Mimik, um ein aufreizendes Einverständnis auszudrücken, aber heute wirkten diese Gesten nicht recht überzeugend. Das Mittagessen hatte sich ohne Heiterkeit hingeschleppt; Gerbert war wie erloschen; lange hatten sie die Forderungen Italiens diskutiert; es kam selten vor, daß die Unterhaltung in solchen allgemeinen Themen versickerte.

– Hast du die Kritik von Soudet heut morgen gelesen? fragte Françoise. Er schreckt vor nichts zurück: diesmal behauptet er, es sei Verrat am Text, wenn man ihn ungekürzt übersetzt.

– Diese alten Schwachköpfe! rief Gerbert. Sie wagen nur nicht zuzugeben, daß Shakespeare selbst sie ankotzt.

– Das macht aber nichts, sagte Françoise. Wir haben die Stimme des Publikums für uns, und darauf kommt es an.

– Fünf Hervorrufe gestern abend, sagte Gerbert; ich habe gezählt.

– Ich bin wirklich froh, sagte Françoise. Ich war sicher, daß man an die Leute herankommt, auch wenn man kein Zugeständnis macht. Heiter wendet sie sich zu Pierre. Jetzt müssen alle einsehen, daß du nicht nur Theoretiker bist oder jemand, der hinter verschlossenen Türen experimentiert, kein Ästhet für einen kleinen Kreis von Anbetern. Der Kellner im Hotel hat mir gesagt, er habe weinen müssen, als man dich ermordete.

– Ich habe immer gemerkt, daß er etwas von einem Dichter hat, sagte Pierre. Er lächelte etwas matt; Françoise fühlte ihre Begeisterung in sich zusammenfallen. Als sie vor vier Tagen aus der Generalprobe kamen, war Pierre von einem wahren Freudentaumel erfaßt gewesen, und sie hatten mit Xavière einen tollen Abend verbracht; aber am folgenden Tage war nichts mehr von diesem Triumphgefühl da. So war er nun einmal: eine Niederlage nahm er sich furchtbar zu Herzen, aber ein Erfolg war für ihn immer nur eine unbedeutende Etappe auf dem Wege zu schwierigeren Zielen, die er sich alsbald setzte. Er verfiel niemals in den Fehler der Eitelkeit, aber er kannte auch nicht die geruhige Freude am wohlvollendeten Werk. Er warf einen fragenden Blick auf Gerbert: Was sagt die Clique um Péclard dazu?

– Oh, du liegst natürlich gar nicht auf ihrer Linie, sagte Gerbert. Du weißt ja, sie sind für die Rückkehr zum Menschlichen und all diesen Quatsch. Immerhin wüßten sie sehr gern, was eigentlich in dir steckt.

Françoise war sicher, daß sie sich nicht täuschte; Gerberts herzlicher Ton hatte etwas Gezwungenes.

– Sie werden nächstes Jahr schön auf der Lauer liegen, wenn du dein Stück herausbringst, meinte sie; vergnügt setzte sie hinzu: Jetzt, nach dem Erfolg von «Julius Cäsar» können wir sicher sein, daß das Publikum mitgeht; das ist doch immerhin etwas.

– Es wird gut sein, wenn Sie Ihr Buch zur gleichen Zeit herausbringen, meinte Gerbert.

– Du wirst dann nicht nur bekannt sein, sondern richtig berühmt, meinte Françoise.

Pierre lächelte schwach.

– Wenn uns inzwischen nicht die Hunde beißen, sagte er.

Die Worte trafen Françoise wie ein kalter Wasserstrahl.

– Du glaubst doch nicht, daß es wegen Dschibuti zum Kriege kommen wird? fragte sie.

Pierre zuckte mit den Achseln.

– Ich glaube jedenfalls, daß wir uns über München zu früh gefreut haben; bis zum nächsten Jahr kann allerlei passieren.

Sie schwiegen einen Augenblick.

– Bring dein Stück im März heraus, sagte Gerbert.

– Das ist ein schlechter Zeitpunkt, meinte Françoise, und es ist bis dahin auch sicher nicht richtig fertig.

– Es geht ja nicht darum, sagte Pierre, daß ich mein Stück um jeden Preis auf die Bühne bringe, sondern man müßte wissen, wieweit es dann überhaupt noch Sinn hat, Theaterstücke zu spielen.

Françoise sah ihn mit Unbehagen an; vor acht Tagen, als er sich im ‹Nordpol› – damals war Xavière dabei – mit einem beharrlichen Insekt verglichen hatte, glaubte sie darin nur einen seiner Ausfälle gegen sich selbst zu sehen; aber es schien in ihm eine wirkliche Unruhe zu stecken.

– Im September hast du gesagt, man müsse weiterleben, selbst wenn ein Krieg kommen sollte.

– Sicher, aber wie? Pierre blickte unentschlossen auf seine Hände. Schreiben, Inszenieren, das alles kann ja doch nicht Selbstzweck sein.

Er wußte wirklich nicht recht ein und aus, und Françoise war ihm beinahe böse deswegen. Sie hatte es so nötig, in aller Ruhe an ihn glauben zu können.

– Wenn du es so nimmst, was ist dann überhaupt ein Selbstzweck? fragte sie.

– Das ist gerade der Punkt, an dem alles so schwierig wird, meinte Pierre. Sein Gesicht war jetzt von einem dumpfen, beinahe dummen Ausdruck beherrscht; so sah er morgens aus, wenn er mit schlafgeröteten Lidern überall im Zimmer verzweifelt nach seinen Strümpfen suchte.

– Halb drei, sagte Gerbert, ich muß fort.

Sonst brach er nie als erster auf. Auf nichts legte er so großen Wert wie auf die mit Pierre verbrachten Augenblicke.

– Xavière wird wieder zu spät kommen, sagte Françoise. Es ist wirklich zu dumm. Die Tante hält doch so darauf, daß wir zum Eröffnungscocktail um Punkt drei Uhr zur Stelle sind.

– Sie wird sich totlangweilen, sagte Pierre, wir hätten sie erst hinterher irgendwo treffen sollen.

– Sie will durchaus sehen, wie es bei einer ‹Vernissage› zugeht, sagte Françoise. Ich weiß nicht, was sie sich darunter vorstellt.

– Da werdet ihr was erleben, meinte Gerbert.

– Da stellt mal wieder so ein Schützling von Pierres Tante aus, sagte Françoise, wir müssen unbedingt hin. Ich war schon beim vorigen Cocktail nicht da, das hat sie, scheint's, übel vermerkt.

Gerbert stand auf und empfahl sich mit einem leichten Gruß zu Pierre hin.

– Bis heute abend.

– Auf bald, sagte Françoise mit Wärme. Sie sah ihm nach, wie er in seinem großen Mantel, der ihm bis auf die Füße reichte, davonging, es war ein alter Mantel von Péclard. Großartig war das heute nicht, sagte sie.

– Er ist reizend, aber man hat sich nicht besonders viel mit ihm zu sagen, meinte Pierre.

– Aber so wie heute war es nie; er schien mir irgendwie bedrückt. Vielleicht ist es, weil wir ihn am Freitagabend versetzt haben, aber es klang doch sehr einleuchtend, daß wir gleich schlafen gehen wollten, wir waren ja wirklich halbtot.

– Vielleicht hat uns jemand gesehen, sagte Pierre.

– Wir sind doch geradenwegs zum ‹Nordpol› gefahren und nachher gleich wieder in ein Taxi gestiegen; es käme nur Elisabeth in Frage, aber ich hatte es ihr extra eingeschärft. Françoise strich sich über ihr Nackenhaar. Es wäre recht ärgerlich, setzte sie hinzu. Nicht so sehr die Tatsache selbst, aber daß wir gelogen haben; es würde ihn furchtbar verletzen.

Gerbert hatte von seiner Kindheit her eine große Empfindlichkeit bewahrt; mehr als alles fürchtete er, er könnte lästig fallen, Pierre war der einzige Mensch, der ihm wirklich etwas bedeutete; ihm gegenüber störte es ihn nicht, eine Verpflichtung zu spüren, aber doch nur unter der Bedingung, daß sich Pierre nicht nur aus einer Art von Verantwortungsgefühl um ihn kümmerte.

– Nein, da besteht wirklich keine Gefahr; übrigens war er gestern abend noch sehr heiter und nett.

– Er hat vielleicht privaten Ärger, meinte Françoise. Es betrübte sie, daß Gerbert vielleicht bekümmert war und sie nichts für ihn tun konnte; sie wußte ihn so gern glücklich; sein nettes, rundes Dasein gefiel ihr immer so gut. Er arbeitete mit Freudigkeit und mit Erfolg und hatte Kameraden, deren verschiedene Talente ihn begeisterten. Da war Mollier, der so gut Banjo spielte, Barrison, der den Argot fabelhaft beherrschte, Castier, der mühelos sechs Pernods bewältigte; abends saß er oft mit ihnen in einem der Cafés am Montparnasse zusammen und übte sich mit ihnen darin, Pernod zu vertragen: mit Banjospielen hatte er mehr Erfolg. In der übrigen Zeit war er gern allein. Er ging ins Kino, er las, er durchstreifte Paris und dachte dabei an seine bescheidenen, aber zäh verfolgten kleinen Wunschträume.

– Wo bleibt denn dieses Mädchen? sagte Pierre.

– Sie schläft vielleicht noch, meinte Françoise.

– Aber nicht doch; gestern abend ist sie noch bei meiner Garderobe vorbeigekommen und hat gesagt, sie würde sich wecken lassen. Vielleicht ist sie krank, aber dann hätte sie doch telefoniert.

– Das bestimmt nicht, sie hat eine furchtbare Angst vor dem Telefon, sie hält es für ein unheilbringendes Instrument, sagte Françoise. Ich glaube sehr viel eher, daß sie einfach vergißt, nach der Uhr zu sehen.

– Das vergißt sie niemals, wenn sie es nicht mit Absicht tut, meinte Pierre, und ich sehe nicht ein, wieso sie plötzlich anders gestimmt sein sollte.

– Das kommt aber bei ihr vor, daß sie ihre Stimmung wechselt, ohne allen Grund.

– So etwas hat immer Gründe, sagte Pierre, nachgerade etwas nervös. Es ist eher so, daß du manchmal keine Lust hast, darüber nachzudenken. Sein Ton mißfiel Françoise; sie konnte ja schließlich nichts dafür.

– Wir wollen sie abholen, schlug Pierre vor.

– Das wird sie aufdringlich finden, gab Françoise zu bedenken. Vielleicht behandelte sie Xavière zu sehr wie einen Mechanismus, aber immerhin war sie darauf bedacht, das empfindliche Räderwerk nach Möglichkeit zu schonen. Es wäre sehr unangenehm, wenn man Tante Christine wieder von neuem verstimmte, aber andererseits würde Xavière es sehr übel vermerken, wenn man einfach zu ihr ins Zimmer käme.

– Aber schließlich ist sie es ja, die sich nicht richtig verhält, meinte Pierre. Françoise stand auf. Möglich war es ja doch, daß Xavière sich nicht wohl fühlte. Seit der Aussprache mit Pierre vor acht Tagen hatte sie nicht die geringste Launenhaftigkeit mehr an den Tag gelegt; die Nacht, die sie zu dreien am Freitag nach der Generalprobe verbracht hatten, war wolkenlos heiter verlaufen.

Das Hotel war ganz nahe gelegen, so daß sie mit ein paar Schritten dort waren. Es war nachgerade drei Uhr und keine Minute zu verlieren. Als Françoise im Treppenhaus verschwand, rief die Besitzerin ihr nach.

– Mademoiselle Miquel, gehen Sie zu Mademoiselle Pagès?

– Ja, warum? fragte Françoise etwas von oben herab; diese ewig lamentierende Alte fiel ihr sonst weiter nicht lästig, aber zuweilen zeigte sie eine unangebrachte Neugier.

– Ich wollte Ihnen ein Wort sagen ihretwegen; die Alte stand zögernd an der Schwelle des kleinen Salons, aber Françoise folgte ihr nicht dorthin. Fräulein Pagès hat sich vorhin beklagt, ihr Waschbecken sei verstopft; da habe ich sie darauf aufmerksam gemacht, daß sie Tee und Wattetampons und schmutziges Wasser hineingeschüttet hat. Ihr Zimmer, fügte sie noch hinzu, ist ja immer in einem Zustand! In allen Ecken Zigarettenstummel und Obstkerne, und die Bettdecke hat lauter Brandflecke.

– Wenn Sie über Fräulein Pagès zu klagen haben, antwortete Françoise, so sagen Sie es ihr doch selbst.

– Das habe ich ja getan, sagte die Besitzerin, und sie hat mir erklärt, keinen Tag länger bliebe sie hier, ich glaube, sie ist beim Packen. Sie wissen ja, ich kann meine Zimmer jeden Tag vermieten, die Leute laufen mir das Haus danach ein; und auf eine solche Mieterin verzichte ich wirklich gern; die ganze Nacht läßt sie das Licht brennen, Sie glauben gar nicht, wie teuer mich das kommt. Mit freundlicherer Miene setzte sie hinzu: Nur weil sie eine Freundin von Ihnen ist, möchte ich ihr keine Verlegenheit bereiten; ich wollte Ihnen nur sagen, wenn sie sich doch noch anders besinnt, mache ich auch keine Schwierigkeiten.

Solange Françoise in diesem Hause gewohnt hatte, war sie immer mit ganz besonderer Aufmerksamkeit behandelt worden. Sie hatte der Alten unzählige Male Freikarten geschenkt und ihr damit geschmeichelt; vor allem hatte sie stets regelmäßig ihre Miete bezahlt.

– Ich werde es ihr sagen, antwortete Françoise. Danke schön. Entschlossen stieg sie die Treppe hinauf.

– Diese alte Wühlmaus soll bloß nicht denken, daß sie uns dumm kommen kann, meinte Pierre. Es gibt noch andere Hotels am Montparnasse.

– Ich habe mich aber immer sehr wohl in diesem hier gefühlt, antwortete Françoise. Es war gut geheizt, und die Lage war angenehm; Françoise hatte selbst für die in allen Farben spielenden Bewohner und die häßlichen Blumentapeten eine gewisse Vorliebe gefaßt.

– Ob wir klopfen? fragte Françoise zögernd. Pierre klopfte an; es wurde ungewöhnlich rasch aufgemacht, und Xavière erschien mit ungekämmtem Haar und hochrot im Gesicht in der Tür; sie hatte die Ärmel ihrer Bluse aufgekrempelt, und ihr Rock war vollgestaubt.

– Ach, ihr seid es! rief sie sehr erstaunt.

Es hatte gar keinen Zweck, sich im voraus vorzustellen, wie Xavière einen empfangen würde, es war jedesmal ganz anders. Françoise und Pierre blieben wie angewurzelt stehen.

– Was machen Sie denn da? fragte Pierre.

Xavières Brust hob sich vor Aufregung.

– Ich ziehe um, stieß sie tragisch hervor. Der Anblick war niederschmetternd. Françoise hatte eine unbestimmte Vorstellung von Tante Christine, die wahrscheinlich gerade anfing, säuerlich die Lippen aufeinanderzupressen, aber neben der Verwüstung in Xavières Zimmer und auf ihrem

Gesicht wurde alles andere vollkommen bedeutungslos. Drei Koffer standen weit geöffnet mitten im Raum; die Wandschränke hatten ihren Inhalt in Gestalt von verdrückten Kleidern, Papieren, Toilettegegenständen auf den Boden ergossen.

– Und Sie meinen, Sie werden bald fertig sein? fragte Pierre, der ohne Wohlwollen auf dies verwüstete Sanktuarium blickte.

– Ich werde niemals fertig! rief Xavière; sie ließ sich in einen Sessel fallen und preßte die Hände an die Schläfen. Diese alte Hexe ...

– Sie hat eben mit mir gesprochen, sagte Françoise, sie hat mir gesagt, du könntest diese Nacht noch bleiben, wenn es dir angenehmer ist.

– Ach! meinte Xavière, und ein Schimmer von Hoffnung flackerte in ihren Blicken auf, erlosch aber gleich darauf wieder. Nein, nein, ich muß auf der Stelle fort.

Françoise bekam Mitleid mit ihr.

– Aber du wirst ja heute abend gar kein Zimmer mehr finden.

– Nein, sicher nicht, sagte Xavière; sie beugte den Kopf und saß eine Weile zusammengesunken da; wie fasziniert ließen Françoise und Pierre ihre Blicke auf dem goldenen Scheitel ruhen.

– Also, geben Sie es auf, riet Pierre, der auf einmal wieder in die Wirklichkeit zurückkehrte. Morgen begeben wir uns zusammen auf die Suche.

– Das alles hier liegenlassen? sagte Xavière. Aber ich kann ja keine Stunde in dieser Wüste leben.

– Ich räume heute abend mit dir zusammen auf, sagte Françoise. Xavière warf ihr einen Blick gerührter Dankbarkeit zu. Hör zu, du ziehst dich jetzt an und wartest im ‹Dôme› auf uns. Wir beide gehen jetzt so schnell wie möglich zur Eröffnung der Ausstellung und sind in anderthalb Stunden zurück.

Xavière sprang auf die Füße und riß verzweifelt an ihren Haaren.

– Oh! Und ich wäre so gern mitgegangen! In zehn Minuten bin ich fertig, ich muß mir nur noch rasch das Haar überbürsten.

– Deine Tante wird jetzt schon toben! meinte Françoise.

Pierre zuckte die Achseln.

– Zum Cocktail kommen wir auf alle Fälle zu spät, stellte er mißmutig fest. Da lohnt es auch nicht mehr, vor fünf dort zu sein.

– Wie du willst, sagte Françoise. Aber sie schiebt es sicher wieder auf mich.

– Das kann dir ja schließlich gleich sein, meinte Pierre.

– Du lächelst sie recht gewinnend an, riet Xavière.

– Gut, sagte Françoise. Du mußt dir eine Entschuldigung ausdenken.

– Ich werde es versuchen, brummte Pierre.

– Also, dann erwarten wir dich in meinem Zimmer, schlug Françoise vor.

Sie gingen die Treppe hinauf.

– Ein verlorener Nachmittag, sagte Pierre, wir haben keine Zeit mehr, irgendwo hinzugehen nach der Ausstellung.

– Ich habe dir ja gesagt, daß nicht mit ihr auszukommen ist; sie stellte sich vor den Spiegel; mit diesem hinten hochgekämmten Haar war es schwer, im Nacken immer ganz ordentlich auszusehen. Wenn sie nur nicht ernstlich ausziehen will.

– Du brauchst das ja nicht mitzumachen, meinte Pierre gereizt; da er sich Françoise gegenüber immer nur von seiner freundlichen Seite gezeigt hatte, war sie sich kaum noch bewußt gewesen, daß er eigentlich eher schwierig war; dabei genossen seine Zornausbrüche im Theater einen sagenhaften Ruf. Wenn er diese Sache jetzt als persönliche Kränkung auffaßte, verlief der Nachmittag sicher grauenhaft.

– Das tue ich natürlich doch, wie du wohl weißt; sie wird nicht darauf bestehen, aber sie würde sicher vollkommen verzweifelt sein.

Françoise sah sich in ihrem Zimmer um.

– Mein liebes kleines Hotel; nur gut, daß man mit ihrer Unentschlossenheit rechnen kann.

Pierre machte sich mit den Manuskripten auf dem Tisch zu schaffen.

– Weißt du, sagte er, ich glaube, ich werde «Der Herr Wind» behalten; dieser Bursche interessiert mich, man muß ihn ermutigen. Ich werde ihn nächstens zum Abendessen einladen, dann siehst du ihn dir auch mal an.

– Ich muß dir auch ‹Hyazinth› geben, sagte Françoise. Mir scheint, es ist etwas dran.

– Zeig her, antwortete Pierre; er begann in dem Manuskript zu blättern, und Françoise las, ihm über die Achsel schauend, mit. Sie fühlte sich verstimmt; sie und Pierre allein hätten diese Sache mit der Eröffnung rasch hinter sich gebracht, aber mit Xavière wurde alles zu einer Angelegenheit; man hatte das Gefühl, mit einem Kilo Lehm an den Sohlen durch das Leben zu stapfen. Pierre hätte nicht den Vorschlag machen sollen, daß sie auf sie warteten; er selber sah auch so aus, als sei er mit dem linken Fuß zuerst aufgestanden. Mehr als eine halbe Stunde verging, bis Xavière an die Zimmertür klopfte. Endlich eilten sie die Treppe hinab.

– Wohin wollt ihr gehen? fragte Françoise.

– Mir ist es gleich, antwortete Xavière.

– Für diese eine Stunde, meinte Pierre, die wir noch vor uns haben, gehen wir halt am besten zum ‹Dôme›.

– Ist das kalt, sagte Xavière und preßte ihren Schal fest an ihr Gesicht.

– Es sind nur zwei Schritte, sagte Françoise.

– Wir haben nicht den gleichen Entfernungsbegriff, meinte Xavière mit verkrampftem Gesicht.

– Den gleichen Zeitbegriff auch nicht, warf Pierre trocken ein.

Françoise begann jetzt in Xavière sehr viel klarer zu lesen; Xavière wußte, daß sie sich ins Unrecht gesetzt hatte, sie nahm an, daß man ihr deshalb böse wäre, und schaffte sich gleich ein Handikap; außerdem war sie erschöpft von ihrer Umzugsangelegenheit. Françoise wollte ihren Arm nehmen: neulich am Freitagabend waren sie immer eingehakt und im gleichen Schritt miteinander gegangen.

– Nein, laß, sagte Xavière, einzeln geht man schneller.

Pierres Miene verdüsterte sich noch mehr; Françoise bekam Angst, er könnte ernstlich böse werden. Sie setzten sich in den Hintergrund des Cafés.

– Mach dich gefaßt darauf, sagte Françoise, eigentlich interessant wird die Eröffnung nicht sein; die Schützlinge von Tante Christine haben niemals einen Schatten von Talent, darin hat sie eine ganz sichere Hand.

– Das ist mir ganz gleich, sagte Xavière. Ich hätte die Zeremonie nur gern mit angesehen; Bilder langweilen mich ohnehin.

– Das kommt nur daher, sagte Françoise, daß du dir noch niemals welche angesehen hast. Wenn du zu Ausstellungen gingest, oder gar in den Louvre . . .

– Das würde nichts ändern, fiel ihr Xavière ins Wort; sie machte ein geradezu angewidertes Gesicht. Bilder lassen mich kalt; alles ist ja nur Fläche.

– Wenn du dich ein bißchen besser damit auskenntest, hättest du gewiß Freude daran; da bin ich ganz sicher, sagte Françoise.

– Das heißt, ich würde verstehen, entgegnete Xavière, weshalb ich Freude daran haben sollte. Ich selber könnte mich damit nicht begnügen; wenn ich nun einmal nichts fühle, suche ich auch nicht nach Gründen, weshalb ich etwas fühlen sollte.

– Was du fühlen nennst, sagte Françoise, ist im Grunde bereits eine Art von Verstehen; du liebst ja auch Musik – siehst du wohl!

Aber Xavière gab nicht nach.

– Du weißt ja, sobald von guter und schlechter Musik die Rede ist, komme ich nicht mit, sagte sie mit einer Art von aggressiver Bescheidenheit. Ich verstehe gar nichts davon. Ich liebe die Töne, wie sie sind, gerade nur den Klang, das genügt mir schon. Sie schaute Françoise in die Augen. Geistige Genüsse – so etwas ist mir grauenhaft.

Wenn Xavière so störrisch war, hatte es gar keinen Zweck, mit ihr streiten zu wollen. Françoise blickte vorwurfsvoll zu Pierre hinüber. Er war es ja, der auf Xavière absolut hatte warten wollen, nun dürfte er sich wenigstens an der Unterhaltung beteiligen, anstatt sich hinter einem sardonischen Lächeln zu verschanzen.

– Ich sage dir nur schon im voraus, daß diese Zeremonie, wie du es nennst, alles andere als unterhaltsam ist. Es sind ja nur eine Menge Leute, die sich Artigkeiten sagen.

– Ach ja, aber wenigstens ist doch etwas los, entgegnete Xavière in einem Ton leidenschaftlichen Verlangens.

– Hast du auf einmal Lust nach Zerstreuungen?

– Und ob ich Lust habe! rief Xavière.

In ihren Augen blitzte es ungestüm auf.

– Wenn man von morgens bis abends in seinem Zimmer hockt, wird man ja verrückt, ich halte es nicht mehr aus; ihr könnt euch gar nicht vorstellen, wie wohl mir ist, daß ich aus dieser Bude herauskomme.

– Aber wer hindert Sie denn, öfter auszugehen? fragte Pierre.

– Du sagst, diese Dancings, das sei nicht amüsant, wenn man nur mit weiblichen Wesen hingeht; aber Begramian oder Gerbert würden dich gern begleiten, sie tanzen alle beide sehr gut, sagte Françoise.

Xavière schüttelte den Kopf.

– Wenn man sich vornimmt, man will sich um jeden Preis amüsieren, wird es nie etwas Rechtes, meinte sie.

– Du willst, daß dir alles in den Schoß fällt, sagte Françoise; du selbst willst keinen Finger rühren, und nachher sind die anderen schuld. Offenbar...

– Es muß doch Länder geben – Xavière blickte träumerisch vor sich hin – warme Länder: Griechenland, Sizilien, wo man nicht nötig hat, einen Finger zu rühren.

Sie runzelte die Brauen.

– Hier muß man mit beiden Händen zupacken, und was bekommt man schon?

– Das mußt du da unten auch.

Xavières Augen fingen zu leuchten an.

– Wo ist diese Insel, die ganz rot und von brodelndem Wasser umgeben daliegt? fragte sie eiferheiß.

– Du meinst Santorin, das ist in Griechenland, antwortete Françoise. Aber so habe ich es eigentlich nicht gesagt. Nur die Steilküsten schimmern rot, und das Wasser brodelt nur zwischen zwei kleinen schwarzen Inselchen, die ein Vulkan ins Meer hinausgeschleudert hat. O ja, ich erinnere mich, setzte sie lebhafter werdend hinzu, es gibt da einen Schwefelsee zwischen Lavagestein, er ist ganz gelb und von einer Landzunge begrenzt, die schwarz ist wie Anthrazit; und gleich auf der anderen Seite dieses schwarzen Streifens sieht man das leuchtend blaue Meer.

Xavières Blicke hingen mit glühender Aufmerksamkeit an Françoise.

– Wenn ich denke, was du alles gesehen hast, sagte sie vorwurfsvoll.

– Sie finden das unverdient, meinte Pierre.

Xavière warf ihm einen strengen Blick zu, dann zeigte sie auf die Bänke mit den fleckigen Lederpolstern und auf die Tische von zweifelhafter Sauberkeit.

– Daß du dich nach dem allen noch wieder hierher setzen magst.

– Was würde es denn nützen, wenn man sich in Sehnsucht verzehren wollte? meinte Françoise.

– Natürlich, sagte Xavière, du willst dich nach nichts zurücksehnen, denn du willst ja glücklich sein um jeden Preis.

Sie starrte vor sich ins Leere.

– Ich hingegen bin nicht zur Resignation geschaffen.

Françoise fühlte sich an einer empfindlichen Stelle getroffen. Diesen Willen zum Glück, dessen Berechtigung ihr so unbestreitbar schien, konnte man den auch verächtlich ablehnen? Zu Recht oder Unrecht betrachtete sie Xavières Worte nun nicht mehr als eine Eingebung des Augenblicks; es handelte sich da offenbar vielmehr um ein ganzes Wertsystem, das dem ihren entgegengesetzt war; es half nichts, daß sie es nicht anerkannte, sein bloßes Vorhandensein störte schon.

– Das ist doch keine Resignation, gab sie lebhaft zurück. Wir lieben eben Paris, diese Straßen hier, diese Cafés.

– Wie kann man schmutzige Orte, häßliche Dinge und greuliche Menschen lieben? Xavière legte einen Ton abgrundtiefen Abscheus in jedes einzelne Beiwort.

– Uns interessiert eben die Welt als Ganzes, sagte Françoise. Du hingegen bist eine kleine Ästhetin, du willst überall Schönheit in Reinkultur antreffen, aber das ist als Gesichtspunkt sehr eng.

– Dann müßte ich mich also für diese Untertasse hier interessieren, nur weil sie sich zu existieren erlaubt? fragte Xavière.

Gereizt starrte sie die Untertasse an.

– Es ist schon gerade genug, daß es so etwas gibt.

Mit gewollter Naivität setzte sie hinzu:

– Ich habe immer gemeint, gerade Künstler müßten für das Schöne sein.

– Das kommt darauf an, was man schön nennt, sagte Pierre.

Xavière musterte ihn eingehend.

– Sieh einmal an, meinte sie mit liebenswürdigem Staunen, Sie hören ja sogar zu. Ich glaubte Sie tief in Gedanken versunken.

– Ich habe alles gehört, sagte Pierre.

– Aber Sie sind nicht gut gelaunt, meinte sie immer noch lächelnd.

– Ich bin, gab Pierre zurück, hervorragend gut gelaunt: Ich finde, wir verbringen einen entzückenden Nachmittag. Jetzt fahren wir zur Eröffnung der Ausstellung, und wenn wir dann zurückkommen, haben wir gerade noch Zeit, ein Butterbrot zu essen. Das haben wir uns doch glänzend arrangiert.

– Und nach Ihrer Meinung bin ich schuld daran? fragte Xavière mit einem Lächeln, das ihre Zähne bloßlegte.

– Ich jedenfalls nicht, sagte Pierre.

Also um zu Xavière unangenehm zu sein, hatte er Wert darauf gelegt, recht bald wieder mit ihr zusammenzukommen. Er hätte sich auch ein bißchen in meine Lage versetzen dürfen, dachte Françoise mit leisem Groll; die Situation war für sie nicht eben angenehm.

– Es ist wahr, sagte Xavière, ausgerechnet, wo Sie einmal eine freie Minute haben – ihr Lächeln verzerrte sich noch mehr – ist es natürlich ein großes Unglück, daß alles so schlecht klappt.

Françoise war über diesen Vorwurf erstaunt. Hatte sie wiederum Xavières Regungen falsch gedeutet? Seit Freitag waren erst vier Tage vergangen, und noch gestern abend im Theater hatte Pierre sich Xavière gegenüber durchaus freundlich benommen; wenn sie sich jetzt vernachlässigt fühlte, mußte sie bereits großen Wert auf ihn legen.

Xavière wandte sich jetzt an Françoise.

– Ich habe mir das Leben der Schriftsteller und Künstler ganz anders vorgestellt, erklärte sie in weltgewandtem Ton. Ich hatte nicht geglaubt, daß alles so nach dem Glockenschlag ginge.

– Aha, du hattest gedacht, sie laufen mit wehenden Haaren im Sturm herum, sagte Françoise, die unter Pierres spöttischem Blick ihre Geisteskräfte völlig erlahmen fühlte.

– Nein, Baudelaire zum Beispiel, sagte Xavière, hatte kein wehendes Haar.

Etwas gemäßigter fuhr sie dann fort:

– Wenn man von ihm und Rimbaud absieht, sind die Künstler genau wie Beamte.

– Weil wir eine geregelte Arbeitszeit einhalten? fragte Françoise.

Xavière blickte kindlich schmollend zu ihr auf.

– Und außerdem achtet ihr darauf, daß ihr genügend schlaft, ihr eßt zweimal am Tage richtig, ihr macht Besuche und geht niemals einer ohne den andern spazieren. Offenbar muß es wohl so sein . . .

– Aber du findest es fürchterlich? fragte Françoise mit einem etwas gezwungenen Lächeln. Das Bild, das Xavière von ihnen entwarf, war nicht gerade schmeichelhaft.

– Es ist doch komisch, wenn man sich jeden Tag an den Schreibtisch setzt, sagte Xavière, um Sätze aneinanderzureihen. Ich verstehe, daß man schreibt; Worte sind etwas Angenehmes; aber doch nur, wenn man Lust dazu hat.

– Man kann doch auf ein Werk als Ganzes Lust haben, antwortete Françoise; sie spürte ein gewisses Bedürfnis, sich in Xavières Augen zu rechtfertigen.

– Ich bewundere das hohe Niveau eurer Unterhaltungen, meinte Pierre. Sein mißbilligendes Lächeln umfaßte Françoise so gut wie Xavière, Françoise war sprachlos darüber: Konnte er sie denn von außen her beurteilen wie eine Fremde, sie, die außerstande war, sich auch nur im geringsten von ihm zu distanzieren? Sein Verhalten war wirklich nicht loyal.

Xavière zuckte nicht mit der Wimper.

– Da wird ja eine Schulaufgabe daraus, sagte sie.

Sie lächelte nachsichtig.

– Aber das ist ja nun einmal deine Art. Du machst dir aus allem eine Verpflichtung.

– Aber was soll man denn tun? fragte Françoise. Ich kann dir versichern, daß ich mich selbst keineswegs irgendwie geknechtet fühle.

Ja, sie würde sich jetzt ein für allemal mit Xavière aussprechen und ihr sagen, was sie von ihr hielt; es war natürlich nett und freundlich gewesen, ihr in allen möglichen Dingen eine kleine Überlegenheit zuzugestehen, aber Xavière trieb es wirklich zu weit.

– Da sind zum Beispiel eure Beziehungen zu andern Leuten. Xavière zählte an den Fingern auf: Elisabeth, Tante Christine, Gerbert und alle die anderen. Ich würde lieber allein auf der Welt leben und meine Freiheit haben.

– Du verstehst eins nicht, nämlich daß es noch keine Sklaverei bedeutet, wenn man ein gewisses gleichmäßiges Betragen den andern gegenüber einhält, sagte Françoise nunmehr etwas gereizt. Es ist unser freier Entschluß, wenn wir versuchen, etwa Elisabeth nach Möglichkeit etwas zu schonen.

– Ihr gesteht ihnen ein Recht über euch zu, behauptete Xavière in einem Ton der Verachtung.

– Durchaus nicht, sagte Françoise. Bei der Tante handelt es sich um eine ganz zynische Rechnung, denn sie gibt uns Geld. Elisabeth nimmt, was sie bekommen kann, und Gerbert sehen wir, wenn es uns paßt.

– Oh, er zum Beispiel glaubt aber sehr, daß er ein Recht auf euch hat, sagte Xavière äußerst bestimmt.

– Niemand pocht weniger als Gerbert auf Rechte, warf Pierre in ruhigem Tone ein.

– Das meinen Sie, sagte Xavière. Ich aber weiß das Gegenteil.

– Was kannst denn du schon wissen? fragte Françoise, die nun doch neugierig wurde. Du hast ja kaum zwei Worte mit ihm gewechselt.

Xavière zögerte.

– Das sind solche geheimen Intuitionen, die einem edlen Herzen vorbehalten sind, meinte Pierre.

– Also, wenn ihr's schon wissen wollt, stieß Xavière gereizt hervor, er hat ausgesehen wie ein gekränkter Pascha, als ich ihm gestern abend erzählt habe, daß ich Freitagabend mit euch ausgegangen bin.

– Das haben Sie ihm gesagt! rief Pierre.

– Wir hatten dich doch gebeten, sagte Françoise, nicht darüber zu sprechen.

– Ach, das habe ich vergessen, meinte Xavière in wegwerfendem Ton. Ich bin an solche Winkelzüge eben nicht gewöhnt.

Françoise wechselte mit Pierre einen betroffenen Blick. Sicher hatte Xavière es mit Absicht getan, aus primitiver Eifersucht. Sie war so gar nicht spontan und hatte sich nur ganz kurz im Künstlerzimmer aufgehalten.

– Da haben wir's, sagte Françoise. Wir hätten ihm nicht die Unwahrheit sagen sollen.

– Wie konnten wir denn das ahnen? meinte Pierre.

Er biß an seinen Nägeln herum und schien äußerst besorgt. Für Gerbert war das sicher ein Schlag gewesen, von dem sein blindes Vertrauen zu Pierre sich niemals erholen würde. Françoise fühlte, wie sich ihr Herz bei dem Gedanken an dies ratlose Menschenkind zusammenkrampfte, das jetzt Paris durchirrte.

– Wir müssen etwas tun, äußerte sie nervös.

– Ich werde mich heute abend mit ihm aussprechen, sagte Pierre. Aber was soll ich ihm sagen? Daß wir ihn dieses eine Mal abgehängt haben, geht noch an, aber es war so überflüssig, ihn deshalb anzulügen.

– Es war immer überflüssig, sobald es herauskommt, meinte Françoise.

Mit schonungsloser Strenge blickte Pierre auf Xavière.

– Was haben Sie ihm genau gesagt?

– Er hat mir erzählt, wie sie sich am Freitagabend mit Tedesco und der Canzetti betrunken hätten und wie amüsant es gewesen sei; ich sagte darauf, es tät mir leid, daß wir sie nicht getroffen hätten, aber wir hätten den ganzen Abend im ‹Nordpol› gesessen und nichts gesehen, gestand Xavière unwillig ein.

Was sie sagte, klang um so unfreundlicher, als sie ja selbst darauf bestanden hatte, den ganzen Abend im ‹Nordpol› zu bleiben.

– Ist das auch alles, was Sie gesagt haben? forschte Pierre.

– Aber ja, das ist alles, gab Xavière mißgelaunt zurück.

– Dann läßt sich die Sache vielleicht noch wieder in Ordnung bringen, meinte Pierre, sah aber dabei nur Françoise an; ich werde ihm sagen, wir seien entschlossen gewesen, nach Hause zu gehen, aber dann habe Xavière in letzter Minute so gejammert, daß wir wohl oder übel noch ausgegangen wären.

Xavière verzog die Lippen.

– Wenn er es glaubt, meinte Françoise.

– Ich werde es so machen, daß er es glaubt, sagte Pierre. Wir haben immerhin den Vorteil, daß wir ihn bisher noch nie angelogen haben.

– Das ist wahr, meinte Françoise. Du verstehst ja immer, mit Engelszungen zu reden. Versuche doch, ihn gleich irgendwo aufzutreiben.

– Und die Tante? Gut, die Tante soll sehen, wo sie bleibt!

– Wir gehen dann eben um sechs vorbei, sagte Françoise nervös. Eins steht fest, wir müssen hin, sonst verzeiht sie uns nie.

Pierre stand auf.

– Ich werde ihn bei sich zu Hause anrufen, sagte er.

Er ging. Françoise zündete sich eine Beruhigungszigarette an; innerlich bebte sie vor Zorn, es war abscheulich zu denken, daß Gerbert unglücklich war, und zwar durch Pierres und ihre Schuld.

Xavière zerrte schweigend an ihren Locken.

– Er wird ja nicht gleich daran sterben, der arme Kleine, meinte sie mit etwas forcierter Selbstsicherheit.

– Ich möchte dich einmal an seiner Stelle sehen, gab Françoise mit einiger Schärfe zurück.

Mit Xavières Gelassenheit war es auf einmal vorbei.

– Ich dachte nicht, daß das so schwerwiegend sei, klagte sie.

– Wir hatten es dir ja gesagt, antwortete Françoise.

Eine Weile saßen sie schweigend da. Mit einer Art von Grauen musterte Françoise diese fleischgewordene Katastrophe, die sich da hinterlistig in ihr Leben einschlich; Pierre, mit seiner Rücksichtnahme, seiner Achtung hatte die Dämme niedergebrochen, die Françoise um sie errichtet hatte. Wie weit mochte sie noch gehen, nun da sie losgelassen war? Die Bilanz dieses Tages war immerhin beachtlich; die verärgerte Wirtin, die bereits mehr als versäumte Ausstellung, Pierres nervöse Gereiztheit und der Bruch mit Gerbert. Françoise selbst verspürte in sich ein Unbehagen, das wohl nun seit acht Tagen schon in ihr geschwelt haben mochte; das vor allem gab ihr zu denken.

– Bist du jetzt böse? fragte Xavière. Ihre niedergeschlagene Miene stimmte Françoise nicht um.

– Warum hast du das getan? fragte sie.

– Ich weiß nicht, gab Xavière mit leiser Stimme zurück; sie beugte den Kopf. Es ist ganz recht so, setzte sie dann noch tonloser hinzu, jetzt wißt ihr wenigstens, wie ich bin, ihr werdet genug von mir haben; es ist wirklich ganz recht so.

– Daß wir genug von dir haben?

– Ja. Ich verdiene nicht, daß man sich Mühe mit mir gibt, stieß Xavière mit verzweifelter Heftigkeit hervor. Jetzt kennt ihr mich ja nun. Ich habe ja gleich gesagt, ich tauge zu nichts. Ihr hättet mich in Rouen lassen sollen.

Alle Vorwürfe, die Françoise auf die Lippen kamen, verblaßten angesichts solcher leidenschaftlichen Selbstbezichtigung. Also schwieg sie lieber. Das Café war jetzt voll von Menschen und Rauch; ein ganzer Tisch war von deutschen Emigranten besetzt, die aufmerksam einer Schachpartie folgten; an einem Nachbartisch saß eine offenbar Verrückte, die, allein hinter einem Café-Crème installiert, einem unsichtbaren Gesprächspartner holdselig zulächelte.

– Er war nicht da, sagte Pierre.

– Du warst lange fort, stellte Françoise fest.

– Ich habe die Gelegenheit benutzt, ein paar Schritte zu gehen; ich hatte auf einmal ein Bedürfnis nach frischer Luft.

Er setzte sich und zündete seine Pfeife an; er schien jetzt ruhiger.

– Ich gehe jetzt lieber, sagte Xavière.

– Ja, es wäre Zeit zum Aufbruch, sagte Françoise.

Aber niemand machte Anstalten dazu.

– Ich möchte nur wissen, sagte Pierre, weshalb Sie ihm das gesagt haben?

Er musterte Xavière mit so lebhaftem Interesse, daß sein Zorn darüber völlig verschwunden schien.

– Ich weiß nicht, wiederholte Xavière. Aber Pierre gab nicht so schnell auf.

– Doch, Sie wissen es, beharrte er mit sanfter Unnachgiebigkeit.

Xavière zuckte traurig die Achseln.

– Ich konnte nicht anders, sagte sie.

– Sie hatten irgend etwas im Sinne dabei, sagte Pierre. Aber was, frage ich mich?

Er lächelte.

– Wollten Sie durchaus etwas tun, was uns ärgern würde?

– Wie können Sie das denken?! rief Xavière.

– Oder kam es Ihnen so vor, als habe Gerbert durch seine harmlose Unkenntnis etwas vor Ihnen voraus?

In Xavières Augen glomm ein Funken von Mißbilligung auf.

– Es ist mir stets zuwider,.sagte sie, wenn ich etwas verbergen soll.

– War es wirklich das? fragte Pierre.

– Ach nein. Es hat sich nur so ergeben, ich sagte es ja schon, stieß sie gequält hervor.

– Sie haben doch eben selbst gesagt, daß dieses Geheimnis Sie drückte.

– Aber das hat nichts damit zu tun, behauptete Xavière.

Françoise blickte ungeduldig auf die Uhr; die Gründe, die Xavière gehabt haben mochte, spielten keine Rolle; ihr Verhalten war bodenlos.

– Ihnen war die Vorstellung zuwider, daß wir irgend jemandem Rechenschaft schulden könnten; das verstehe ich; man hat es nicht gern, daß die Menschen einem nicht völlig frei gegenübertreten, sagte Pierre.

– Ja, erstens das, gab Xavière zu, und dann ...

– Und dann was? fragte Pierre nunmehr in freundlich zuredendem Ton. Er schien jetzt ganz bereit, Xavière recht zu geben.

– Nein, nein, das ist furchtbar, sagte Xavière. Sie verbarg das Gesicht in den Händen.

– Ich bin eine schreckliche Person. Achten Sie nicht auf mich.

– Aber das alles ist doch nicht schrecklich, sagte Pierre. Ich möchte Sie nur verstehen. Nach kurzem Zögern fuhr er fort: War es vielleicht eine kleine Rache, weil Gerbert neulich abend nicht sehr liebenswürdig zu Ihnen war?

Xavière nahm die Hände vom Gesicht. Sie schien jetzt ganz erstaunt.

– Aber er war doch ganz liebenswürdig, auf jeden Fall nicht weniger als ich.

– Also war es nicht, um ihn zu kränken? sagte Pierre.

– Bestimmt nicht. Sie zögerte einen Augenblick. Dann machte sie ein Gesicht, als entschlösse sie sich, kopfüber ins Wasser zu springen: Ich wollte nur sehen, was daraus wird.

Françoise sah dem Vorgang mit wachsender Unruhe zu. Pierres Antlitz spiegelte eine Neugier wider, die in ihrer Heftigkeit fast wie Zärtlichkeit wirkte; gestand er Xavière diese Eifersucht, die Perversität, die Ichsucht zu, die sie in kaum verhüllter Form zugegeben hatte? Hätte Françoise in sich selbst den leisesten Ansatz zu solchen Gefühlen entdeckt, würde sie mit aller Entschiedenheit dagegen angekämpft haben. Pierre aber lächelte.

– Warum wollen Sie, brach Xavière plötzlich los, daß ich das alles sage? Nur um mich mit um so größerem Recht daraufhin verachten zu können? Aber Sie werden mich niemals so sehr verachten, wie ich selbst mich verachte!

– Wie können Sie sich einbilden, ich verachtete Sie! sagte Pierre.

– Doch, Sie verachten mich, beharrte Xavière, und Sie haben ganz recht. Ich weiß mich nicht zu benehmen! Ich richte überall Unheil an. Oh, stöhnte sie verzweifelt auf, es liegt ein Fluch auf mir!

Sie legte den Kopf gegen die Rückenlehne und wandte ihr Gesicht zur Decke des Raumes empor, damit die Tränen ihr nicht übers Gesicht laufen konnten; ihr Hals schwoll von krampfhaftem Schluchzen an.

– Ich bin sicher, lenkte Pierre ein, daß sich diese Geschichte wieder in Ordnung bringen läßt. Regen Sie sich doch nicht so auf.

– Es ist ja nicht nur das, sagte Xavière, sondern ... einfach alles.

Sie starrte wild ins Leere und setzte mit leiser Stimme hinzu:

– Ich bin mir selbst ein Greuel. Ich verabscheue mich.

Wohl oder übel fühlte sich Françoise von diesen Tönen berührt; man spürte, daß Xavières Worte nicht erst auf ihren Lippen entstanden, sondern daß sie aus ihrem Innersten kamen; stundenlang in schlaflosen Nächten hatte sie sich offenbar in Bitternis immer das gleiche vorgesagt.

– So sollten Sie nicht sprechen, meinte Pierre. Wir, die wir Sie so schätzen ...

– Doch aber jetzt nicht mehr, hauchte Xavière.

– Doch, natürlich, sagte Pierre, ich kann mir so gut vorstellen, daß Sie da plötzlich eine Art Schwindel erfaßt hat.

Françoise verspürte ein Gefühl der Auflehnung in sich; sie schätzte Xavière nicht besonders; sie hatte für diesen ‹Schwindel› keine Entschuldigung; Pierre hatte nicht das Recht, in ihrem Namen zu sprechen. Er ging seinen Weg, ohne sich nach ihr umzusehen, und hinterher tat er so, als sei sie ihm gefolgt; das ging wirklich zu weit. Sie fühlte sich bleischwer am ganzen Leib; diese Trennung war grausam, aber um keinen Preis würde auch sie sich dieser trügerischen Strömung anvertrauen, die sie alle wer weiß welchen Schiffbrüchen entgegentrieb.

– Schwindel, Schlaffheit, sagte Xavière. Zu weiterem tauge ich nicht.

Aus ihrem Gesicht war alle Farbe gewichen, und lila Schatten zeichneten sich um ihre Augen ab; sie war erstaunlich häßlich mit ihrer geröteten Nase und den herunterhängenden Haaren, die auf einmal allen Glanz verloren zu haben schienen. Man konnte nicht mehr zweifeln, daß sie wirklich innerlich aufgewühlt war; aber es wäre doch zu bequem, wenn mit ein bißchen Reue alles abgetan wäre, dachte Françoise.

In einförmig klagendem Ton fuhr Xavière jetzt fort:

– Solange ich in Rouen war, gab es für mich vielleicht noch eine Entschuldigung, aber was habe ich getan, seitdem ich nach Paris gekommen bin?

Wieder begann sie zu weinen.

– Ich fühle nichts mehr, ich bin nichts mehr.

Sie sah aus, als quäle sie sich mit einem körperlichen Leiden ab, dessen schuldloses Opfer sie geworden sei.

– Das wird wieder anders, sagte Pierre, haben Sie nur Mut, wir helfen Ihnen doch.

– Mir kann niemand helfen, rief Xavière in einem Ausbruch kindlicher Verzweiflung, ich bin eben gezeichnet! Schluchzen erstickte ihre Stimme; aufrecht sitzend, mit zerwühltem Gesicht, ließ sie jetzt ihren Tränen freien Lauf, und Françoise spürte, wie angesichts von soviel entwaffnender Naivität ihr Herz zu schmelzen begann; sie hätte gern eine Bewegung, ein Wort gefunden, aber das war nicht so leicht, sie kam von zu weit her zurück. Lastendes Schweigen senkte sich über sie herab; zwischen den gelblichen Fensterscheiben ging ein müder Tag schleppend seinem Ende zu; die Schauspieler saßen noch immer in genau der gleichen Haltung da wie zuvor; neben die Verrückte hatte sich jetzt ein Herr gesetzt; nun, da ihr Partner Gestalt angenommen hatte, schien sie viel weniger verrückt.

– Ich bin so feige, sagte Xavière. Ich sollte mich umbringen, lange schon. Ihr Gesicht verkrampfte sich. Und ich werde es auch tun, stieß sie trotzig hervor.

Pierre blickte verstört und zerknirscht auf sie hin; dann wendete er sich aufgeregt an Françoise.

– Aber so tu doch etwas! Du siehst doch, in welchem Zustand sie ist! Versuche sie zu beruhigen, sagte er vorwurfsvoll.

– Was soll ich denn tun? sagte Françoise, deren Mitleid sogleich verging.

– Du hättest sie schon längst in die Arme nehmen und ihr etwas sagen sollen . . . einfach irgend etwas, stotterte er.

In Gedanken umfing also Pierre nunmehr Xavière mit den Armen, in der Wirklichkeit wurde er nur durch äußere Rücksichten und irgendwelche Tabus daran gehindert; einzig durch das Medium von Françoise konnte er seinem heißen Mitleid körperlich Ausdruck geben. Regungslos, wie erstarrt saß Françoise und machte keinen Versuch; Pierres gebieterische Stimme hatte jede Willensregung in ihr erstickt, aber mit Anspannung aller Muskeln lehnte sie diesen Einbruch fremder Kräfte dennoch ab. Auch Pierre, wiewohl von ratlosem Mitleid überflutet, raffte sich zu gar nichts auf. Einen Augenblick lang ging Xavières Verzweiflung in tiefem Schweigen unter.

– Beruhigen Sie sich, redete endlich Pierre wieder sanft auf sie ein. Haben Sie doch mehr Selbstvertrauen. Bislang haben Sie nur so drauflos gelebt, aber eine Existenz ist eben eine sehr ernste Sache. Wir werden zusammen nachdenken und planen.

– Man kann nichts planen, stieß Xavière düster hervor. Nein, ich muß nur nach Rouen zurück, das wird das beste sein.

– Nach Rouen zurück! Das wäre wirklich schlau, sagte Pierre. Sie sehen doch, daß wir Ihnen nicht böse sind.

Er warf Françoise einen ungeduldigen Blick zu.

– Sage ihr wenigstens, daß du ihr nicht böse bist.

– Gewiß, ich bin dir nicht böse, sprach Françoise etwas teilnahmslos nach.

Wem war sie eigentlich böse? Sie hatte ein unangenehmes Gefühl von Zerrissenheit sich selber gegenüber. Es war inzwischen sechs Uhr geworden, doch im Augenblick war es unmöglich, etwas von Aufbruch zu sagen.

– Jetzt werden Sie nicht so tragisch, sagte Pierre, wir wollen vernünftig reden.

Er strömte eine solche Ruhe und Festigkeit aus, daß Xavière sich tatsächlich etwas zu fassen schien; sie blickte ihn beinahe gefügig an.

– Was Ihnen am meisten abgeht, sagte Pierre, ist eine Tätigkeit.

Xavière versuchte seine Worte mit einer Bewegung abzutun.

– Natürlich nicht nur so Sachen zum Zeitvertreib; ich verstehe, daß Sie zu anspruchsvoll sind, um sich mit Dingen abzugeben, die nur die Leere zudecken; mit bloßen Zerstreuungen wissen Sie sicher nichts anzufangen. Es müßte etwas sein, was Ihrem Leben Sinn gibt.

Mit Unbehagen spürte Françoise nebenher eine Kritik von seiten Pierres; sie hatte Xavière immer nur Zerstreuung vorgeschlagen, wieder einmal hatte sie sie nicht ernst genommen; und nun suchte Pierre über ihren Kopf hinweg mit Xavière zu einem Einverständnis zu gelangen.

– Aber ich sage Ihnen doch, ich tauge zu nichts, sagte Xavière.

– Sie haben es ja bislang noch mit nichts versucht, sagte Pierre. Er lächelte: Ich habe eine Idee.

– Was denn? fragte sie gespannt.

– Weshalb sollten Sie nicht Theater spielen?

Xavière machte große Augen.

– Theater?

– Warum nicht? Sie haben eine gute Erscheinung und ein sicheres Gefühl für Gesten und Mienenspiel. Das bedeutet noch nicht unbedingt, daß Sie auch Talent haben, aber hoffen läßt es sich doch immerhin.

– Das kann ich niemals, sagte Xavière.

– Lockt es Sie denn nicht?

– Natürlich, sagte Xavière. Aber das nützt doch nichts.

– Sie haben eine Lebhaftigkeit des Gefühls und eine Intelligenz, wie sie nicht jedem gegeben sind, sagte Pierre. Das sind schon ebenso viele Trümpfe in Ihrer Hand.

Er sah ihr ernst ins Gesicht.
– Arbeiten müssen Sie natürlich! Sie nehmen an den Kursen der Schauspielschule teil. Zwei davon halte ich selber ab, und Bahin und Rambert sind denkbar liebenswürdig.
Ein Hoffnungsschimmer zeigte sich in den Blicken Xavières.
– Ich werde es niemals schaffen, sagte sie.
– Ich werde Ihnen selbst noch Stunden geben, damit Sie besser vorankommen; ich schwöre Ihnen, wenn Sie auch nur einen Schatten von Talent haben, hole ich ihn aus Ihnen heraus.
Xavière schüttelte den Kopf.
– Das ist ein schöner Traum, sagte sie.
Françoise bot all ihren guten Willen auf. Möglicherweise war Xavière ernstlich begabt, auf jeden Fall aber wäre es ein wahrer Segen, wenn es gelänge, sie für irgend etwas zu interessieren.
– Das hast du auch gemeint, sagte sie, als es darum ging, nach Paris zu kommen, und siehst du, jetzt bist du einfach hier.
– Das stimmt, sagte Xavière.
Françoise lächelte.
– Du lebst so sehr im Augenblick, daß dir jede Zukunft wie ein Traum erscheint; die Zeit an sich kommt dir wie etwas höchst Unsicheres vor.
Xavière ließ sich zu einem kleinen Lächeln herbei.
– Es ist doch auch alles unsicher, sagte sie.
– Bist du jetzt, fragte Françoise, in Paris oder nicht?
– Ja, aber das ist auch etwas anderes, sagte Xavière.
– Nach Paris brauchten Sie nur ein einziges Mal zu kommen, warf Pierre heiter ein, und hier allerdings werden Sie sich immer von neuem bemühen müssen. Aber verlassen Sie sich auf uns; wir haben Energie für drei.
– Ich weiß, sagte Xavière, man bekommt ordentlich Angst davor.
Pierre nahm seinen Vorteil wahr.
– Gleich Montag gehen wir zu den Improvisationsübungen. Sie werden sehen, das ist genau wie gewisse Spiele, die Sie zum Vergnügen als Kind getrieben haben. Sie werden da aufgefordert, sich vorzustellen, daß Sie mit einer Freundin zu Mittag essen oder daß Sie bei einem Ladendiebstahl ertappt werden; Sie müssen die Szene gleichzeitig selbst erfinden und spielen.
– Das muß Spaß machen, sagte Xavière.
– Als nächstes suchen Sie sich eine Rolle aus, und die studieren Sie dann, mindestens zum Teil.
Pierre blickte fragend zu Françoise hinüber.
– Was könnte man ihr da raten?
Françoise besann sich einen Augenblick.
– Etwas, was nicht allzuviel Routine verlangt, woran sie aber doch schon etwas mehr wenden muß als nur ihren natürlichen Charme. «Die Gelegenheit» von Mérimée zum Beispiel.

Der Gedanke machte ihr Spaß; vielleicht würde aus Xavière eine Schauspielerin werden; auf alle Fälle wäre ein Versuch interessant.

– Gar nicht übel, meinte Pierre.

Xavière blickte strahlend zu ihnen auf.

– Ich würde so gern Schauspielerin werden! Könnte ich dann auf einer richtigen Bühne auftreten, wie bei euch zum Beispiel?

– Sicher, sagte Pierre, vielleicht schon nächstes Jahr in einer kleinen Rolle.

– Oh! rief Xavière in heller Begeisterung. Paßt auf, ihr werdet sehen, wie ich arbeiten kann.

Alles an ihr war unvorhersehbar, vielleicht würde sie wirklich arbeiten; Françoise fand jetzt wieder ein Vergnügen daran, sich Xavières Zukunft auszumalen.

– Morgen ist Sonntag, da kann ich nicht, sagte Pierre, aber Donnerstag werde ich Ihnen eine erste Phonetikstunde geben. Ist es Ihnen recht, wenn Sie jeden Montag und Donnerstag von drei bis vier in meine Garderobe kommen?

– Aber da störe ich Sie doch sicher, meinte Xavière.

– Im Gegenteil, das macht mir doch Spaß.

Xavière hatte ihre Heiterkeit wiedergefunden, und Pierre saß strahlend da; man mußte zugeben, daß er ein wirkliches Kunststück fertiggebracht hatte, indem er Xavière aus ihrer bodenlosen Verzweiflung wieder zu dieser Stufe des Selbstvertrauens und der Freude emporgehoben hatte. Gerbert und die Ausstellung waren ihm darüber ganz aus dem Sinn gekommen.

– Du solltest Gerbert noch einmal anrufen, sagte Françoise. Es wäre besser, wenn du ihn noch vor der Vorstellung sprechen könntest.

– Meinst du? sagte Pierre.

– Du etwa nicht? fragte Françoise in etwas nüchternem Ton zurück.

– Ja, antwortete Pierre, wenn auch widerstrebend. Ich gehe schon.

Xavière blickte auf die Uhr an der Wand.

– Ach, jetzt habe ich euch um die Eröffnung gebracht, sagte sie schuldbewußt.

– Das macht nichts, meinte Françoise.

Es machte im Gegenteil sehr viel; sie mußte morgen der Tante einen Entschuldigungsbesuch machen, und die Tante würde die Entschuldigung nicht gelten lassen.

– Ich schäme mich so, setzte Xavière mit leiser Stimme hinzu.

– Das hast du nicht nötig, sagte Françoise.

Xavières Gewissensbisse und ihre Entschließungen hatten sie tatsächlich gerührt; man konnte eben keinen Allerweltsmaßstab an sie anlegen. Ihre Hand ruhte jetzt auf der Xavières.

– Du wirst sehen, alles wird gut.

Xavière blickte einen Augenblick lang verehrungsvoll zu ihr auf.

– Wenn ich mich ansehe, und dann dich, stieß sie leidenschaftlich hervor, muß ich mich ja schämen!

– Das ist Unsinn, antwortete Françoise.

– Du bist ohne Fehl, sagte Xavière in pathetischem Ton.

– Oh! Durchaus nicht, sagte Françoise.

Früher hätte sie über solche Worte nur gelächelt, doch heute war sie unangenehm davon berührt.

– Manchmal nachts, wenn ich an dich denke, sagte Xavière, kommt mir alles unwirklich vor, ich kann mir dann gar nicht vorstellen, daß es dich wirklich gibt.

Sie lächelte.

– Und dann gibt es dich doch, setzte sie mit bezaubernder Herzlichkeit hinzu.

Françoise wußte wohl, daß die Liebe, die Xavière ihr entgegenbrachte, etwas war, dem sie nur in ihrer stillen Kammer und in der Tiefe der Nacht huldigte; dann konnte ihr niemand das Bild in ihrem Herzen streitig machen, und wenn sie mit in die Ferne gerichtetem Blick in ihrem Sessel saß, gab sie sich in Verzückung seiner Betrachtung hin. Der Frau aus Fleisch und Blut aber, die Pierre, den anderen und sich selbst angehörte, wurde nur ein schwacher Abglanz dieses sorglich gehüteten Kultes zuteil.

– Ich verdiene nicht, daß du so denkst, entgegnete Françoise mit so etwas wie schlechtem Gewissen.

Pierre kam vergnügt zurück.

– Er war da, ich habe ihm gesagt, er solle schon um acht im Theater sein, ich hätte mit ihm zu reden.

– Und was hat er gesagt?

– Er hat geantwortet: Gut.

– Du mußt jede nur mögliche Ausrede gebrauchen, sagte Françoise.

– Verlaß dich auf mich, sagte Pierre.

Lächelnd zu Xavière gewendet fügte er hinzu:

– Wie wäre es, wenn wir im ‹Nordpol› etwas tränken, bevor wir auseinandergehen?

– O ja, gehen wir zum ‹Nordpol›, antwortete Xavière in ganz weichem Ton.

Dort hatten sie ihre Freundschaft besiegelt, und die Stätte war nun schon legendär und symbolisch geworden; als sie das Café verließen, hängte Xavière sich von selbst bei Pierre und Françoise ein, und in gleichem Schritt und Tritt pilgerten sie zur Bar.

Xavière wollte sich von Françoise beim Aufräumen ihres Zimmers nicht helfen lassen, zunächst wohl aus Rücksicht nicht, dann aber auch, weil sie nicht mochte, daß irgend jemand, und sei es eine Gottheit, an ihre Habseligkeiten rührte. Françoise ging also in ihr Zimmer hinauf, zog einen Morgenrock an und breitete auf dem Tisch ihre Schreibsachen aus. Gewöhnlich beschäftigte sie sich gerade um diese Stunde, wenn Pierre auf der Bühne stand, mit ihrem Roman; sie fing damit an, daß sie die am Vortage geschriebenen Seiten noch einmal las, aber es gelang ihr nur schwer, sich zu konzentrieren. Im Nachbarzimmer erteilte der Neger der blonden Hure eine Lektion im Steppen; außerdem war noch eine kleine Spanierin bei ihnen, die als Barmaid im ‹Topsy› wirkte; Françoise erkannte die Stimmen. Sie nahm eine Feile aus ihrer Handtasche und begann, sich die Nägel zu glätten. Würde nicht, selbst wenn es Pierre gelänge, Gerbert zu überzeugen, doch ein Schatten zwischen ihnen bestehenbleiben? Was für ein Gesicht würde Tante Christine morgen machen? Es gelang ihr nicht, sich diese lästigen kleinen Gedanken aus dem Sinn zu schlagen. Vor allem aber wurde sie nicht damit fertig, daß Pierre und sie den Nachmittag in Uneinigkeit verbracht hatten; sicher würde sich, sobald sie noch einmal mit ihm gesprochen hätte, dieser peinliche Eindruck verwischen, aber bis dahin lag die Erinnerung ihr doch schwer auf der Seele. Sie blickte auf ihre Nägel. Es war dumm von ihr; sie hätte einer leichten Mißstimmung nicht soviel Gewicht beilegen sollen; es war nicht richtig, daß sie es gleich so schwernahm, wenn einmal Pierre nicht völlig ihrer Meinung war.

Ihre Nägel waren nicht gut geschnitten; sie wollten nicht gleichmäßig werden. Françoise griff noch einmal zur Feile. Ihr Unrecht bestand darin, daß sie sich mit solcher Ausschließlichkeit allein auf Pierre verließ; das war ein wirklicher Fehler, sie durfte nicht einem anderen die Verantwortung für sich selbst aufladen. Ungeduldig klopfte sie die feinen weißen Späne von ihrem Morgenrock ab. Um wieder auf sich selbst zu stehen, hätte ein bloßer Entschluß von ihrer Seite genügt; aber im Grunde wollte sie nicht. Selbst bei dieser Rüge, die sie sich eben erteilte, hatte sie das Bedürfnis, Pierres Zustimmung einzuholen; alles, was sie dachte, dachte sie mit ihm und für ihn; einen Denkakt, den sie ganz allein und ohne Beziehung auf ihn vollzogen, der eine echte Unabhängigkeit etabliert hätte, gab es nicht für sie. Es machte im übrigen gar nichts aus, denn niemals würde sie sich ja gegen Pierre und auf sich selbst stellen müssen.

Françoise warf die Feile hin. Es war wirklich sinnlos, mit solchen Spitzfindigkeiten drei kostbare Arbeitsstunden zu vergeuden. Es war schon früher vorgekommen, daß Pierre sich sehr lebhaft für andere Frauen interessierte; warum fühlte sie sich diesmal verletzt? Beunruhigend war einzig die kalte Feindseligkeit, die sie in sich selbst entdeckt hatte und die noch nicht völlig verflogen war. Sie zögerte; einen Augenblick lang fühlte sie sich versucht, ihr Unbehagen bis in alle Winkel aufzuspüren; dann aber überfiel sie eine Art Lässigkeit. Sie beugte sich über die Blätter.

Es war kaum später als Mitternacht, als Pierre aus dem Theater kam; sein Gesicht war von der Kälte gerötet.

– Hast du Gerbert gesprochen? fragte Françoise voller Unruhe.

– Ja, das ist alles in Ordnung, gab Pierre vergnügt zurück; er legte Schal und Mantel ab.

– Zuerst hat er gesagt, es sei doch ganz unwichtig und er wolle keine Erklärung; aber ich ließ nicht locker; ich habe ihm gesagt, wir hätten ihn doch nie mit Glacéhandschuhen angefaßt und würden ihm auch neulich ganz offen gesagt haben, wenn wir ohne ihn hätten ausgehen wollen. Er war noch immer etwas zurückhaltend, aber wohl mehr wegen der Form.

– Du verfügst wirklich, sagte Françoise, über die goldene Zunge der Überredung; etwas wie Groll mischte sich gleichwohl in ein Gefühl der Erleichterung; es ärgerte sie, daß sie sich als geheime Bundesgenossin Xavières gegen Gerbert fühlen sollte, und sie hätte gern gesehen, wenn auch Pierre eine ähnliche Regung verspürt hätte, anstatt sich nur in naiver Freude die Hände zu reiben. Wenn man die Dinge einmal ein bißchen anders darstellte, hatte das nichts zu sagen; aber genau vereinbarte Lügen vorzubringen wirkte immer verderblich auf die Beziehungen.

– Es ist aber doch merkwürdig unfair, was Xavière da gemacht hat, sagte sie.

– Ich fand, du warst ein bißchen streng; Pierre lächelte. Wie hart du erst sein wirst, wenn du älter bist!

– Zu Anfang, sagte Françoise, bist du der Strengere gewesen; du warst unausstehlich.

Mit leiser Angst im Herzen gestand sie sich ein, daß es gar nicht so leicht sein werde, durch eine freundschaftliche Aussprache die Mißverständnisse des Tages aus der Welt zu schaffen; sobald sie sich daran erinnerte, stieg eine Welle von Angriffslust in ihr auf.

Pierre band sich die Krawatte ab, die er zu Ehren der «Vernissage» angelegt hatte.

– Ich fand es unverantwortlich leichtsinnig, daß sie eine Verabredung mit uns vergessen hatte, sagte er in gekränktem Ton, aber mit einem Lächeln, das nachträglich seiner eigenen Überschätzung der Sache galt. Dann aber, als ich einen kleinen Beruhigungsspaziergang gemacht hatte, erschienen mir die Dinge in einem andern Licht.

Seine sorglos gute Laune fiel Françoise erst recht auf die Nerven.

– Ich habe es wohl bemerkt; ihr Verhalten Gerbert gegenüber hat dich dann erst zur Nachsicht gestimmt; es fehlte nur noch, daß du ihr deinen Glückwunsch dazu ausgesprochen hättest.

– Die Sache wurde jetzt zu ernst, um sie als Leichtsinn abzutun, sagte Pierre; ich habe mir gesagt, daß alles das, ihre Nervosität, ihr Zerstreuungsbedürfnis, die vergessene Verabredung und der Verrat von gestern abend irgendwie zusammengehören und ein und denselben Grund haben müßten.

– Sie hat dir den Grund gesagt, erinnerte Franŋoise.

– Man darf ihr nicht glauben, was sie sagt, wenn ihr nur daran liegt, eigentlich nichts zu sagen, meinte Pierre.

– Dann lohnt es sich aber auch wirklich nicht, so sehr darauf einzugehen, meinte Françoise, die grollend an die endlosen Verhöre zurückdachte.

– Es ist natürlich auch wieder nicht alles aus der Luft gegriffen. Man muß zwischen den Zeilen lesen, sagte Pierre.

Das klang ja wirklich, als sei von einer Pythia die Rede.

– Was bezweckst du eigentlich damit? fragte Françoise nachgerade etwas ungeduldig.

Pierre lächelte versteckt.

– Ist dir nicht aufgefallen, daß sie mir im Grunde zum Vorwurf macht, ich hätte mich seit Freitag nicht wieder nach ihr umgeschaut?

– Ja, sagte Françoise; das beweist, daß sie anfängt, Wert auf dich zu legen.

– Bei diesem Mädchen bedeutet, glaub ich, sagte Pierre, Anfangen und Bis-ans-Ende-Gehen dasselbe.

– Wie meinst du das?

– Ich glaube, sie ist mir sehr zugetan, sagte Pierre mit der Miene halb und halb gespielter Eitelkeit, die aber doch eine gewisse Genugtuung widerspiegelte. Françoise war betroffen darüber; gewöhnlich amüsierte sie sich über Pierres oft von ihm angedeutete Illusionslosigkeit Frauen gegenüber; aber Pierre schätzte Xavière, die Zuneigung, die im ‹Nordpol› deutlich aus seinen Zügen gesprochen hatte, war sicherlich nicht geheuchelt; um so rätselhafter war dieser zynische Ton.

– Ich frage mich, inwieweit diese Gewogenheit eine Entschuldigung für Xavières Verhalten sein soll, sagte sie.

– Man muß sich in sie hineinversetzen, sagte Pierre. Sie ist ein leidenschaftliches, aber stolzes Geschöpf; ich biete ihr etwas pompös meine Freundschaft an; aber gleich beim erstenmal, wo ich sie wiedersehen soll, tue ich, als müßte ich Berge versetzen, um ein paar Stunden für sie frei zu sein. Das hat sie eben verletzt.

– Anfänglich aber offenbar nicht, sagte Françoise.

– Gewiß nicht, antwortete Pierre. Aber es ist ihr doch nachgegangen, und da sie mich auch an den folgenden Tagen nicht beliebig treffen konnte, wurde eine wirklich ernste Angelegenheit daraus. Nimm noch hinzu, daß am Freitag vor allem du Schwierigkeiten wegen Gerbert gemacht hast: sie mag dich noch so sehr lieben, aber für ihre kleine besitzhungrige Seele bist du nun doch einmal das Haupthindernis zwischen ihr und mir; in unserem Bedürfnis nach Heimlichtuerei hat sie eine Art Wink des Schicksals gesehen und es dann wie ein Kind gemacht, das die Karten durcheinanderwirft, wenn es sieht, daß es verlieren wird.

– Du denkst aber viel in sie hinein, meinte Françoise.

– Und du zu wenig, gab Pierre sichtlich ungeduldig zurück; es war heute nicht das erste Mal, daß er wegen Xavière diesen scharfen Ton anschlug.

– Ich will nicht behaupten, daß sie sich selbst das alles wörtlich so zurechtgelegt hat, aber das ist der Sinn ihres Verhaltens gewesen.

– Vielleicht, meinte Françoise.

Wenn man Pierre glauben wollte, betrachtete Xavière sie also als eine unerwünschte Erscheinung, auf die sie eifersüchtig war; Françoise dachte jetzt mit Unbehagen an ihre Gefühle angesichts von Xavières verehrungsvoll ihr zugewandtem Gesicht zurück; jetzt kam ihr das alles wie eine Komödie vor.

– Das ist eine sehr geistreiche Erklärung, meinte sie, aber ich glaube nicht, daß bei Xavière jemals etwas endgültig zu erklären ist; sie folgt viel zu sehr ihren Launen.

– Aber gerade ihre Launen haben ein doppeltes Gesicht, sagte Pierre; glaubst du, sie hätte wegen einer Waschtoilette einen Wutanfall gehabt, wäre sie nicht schon vorher außer sich gewesen? Dieser Umzug war eine Flucht, und ich bin sicher, daß sie vor mir fliehen wollte, denn sie war wütend auf sich selbst, daß sie Wert auf mich legte.

– Im Grunde meinst du also, daß es zu allen ihren Handlungen einen Schlüssel gibt und daß dieser Schlüssel in einer jäh aufflammenden Leidenschaft für dich besteht?

Pierres Lippe schob sich etwas vor.

– Ich sage nicht, daß es gerade eine Leidenschaft ist, meinte er.

Was Françoise da sagte, ärgerte ihn; tatsächlich hatte sie diesmal die Dinge so kraß herausgestellt, wie sie beide es sonst bei Elisabeth tadelten.

– Einer wirklichen Liebe, sagte Françoise, halte ich Xavière überhaupt nicht für fähig. Sie dachte einen Augenblick nach. Verhimmelung, Habenwollen, Trotz, Ansprüche an jemand, vielleicht; aber das grundsätzliche Geltenlassen, das nötig ist, damit alle diese Erfahrungen zu einem verläßlichen Gefühl zusammenwachsen, wird man nie bei ihr finden, glaube ich.

– Das wird die Zukunft zeigen, sagte Pierre, dessen Profil noch strenger geworden war.

Er zog den Rock aus und verschwand hinter dem Wandschirm. Françoise fing mit Auskleiden an. Sie hatte gesagt, was sie empfand. Pierre gegenüber tat sie sich niemals Zwang an, es gab bei ihm nichts, was man nicht berühren oder erwähnen, keine Sache, der man sich nur auf Zehenspitzen nähern durfte; aber sie hatte unrecht gehabt. An diesem Abend mußte man offenbar die Worte sorgfältig wägen, ehe man sprach.

– Jedenfalls steht fest, daß sie dich noch nie so angeschaut hat wie heute im ‹Nordpol›, sagte sie.

– Du hast es auch gemerkt? fragte Pierre.

Françoise verspürte ein Würgen an der Kehle; dieser Satz war absichtlich so formuliert gewesen, als gälte er einem Fremden, und hatte seinen Zweck erreicht. Hinter dem Wandschirm stand ein Fremder und putzte sich die Zähne. Ein Gedanke fuhr ihr durch den Kopf. Hatte nicht vielleicht Xavière ihre Hilfe nur abgelehnt, damit sie um so rascher mit Pierres Bild wieder allein sein konnte? Es war gut möglich, daß er tatsächlich die Wahrheit erraten hatte; den ganzen Tag hatten die beiden eigentlich ein

Zwiegespräch gehalten; Xavière hatte sich lieber Pierre überlassen, und zwischen ihnen beiden war eine Art Einvernehmen entstanden. Gut! Das paßte ausgezeichnet; auf diese Weise wurde sie die ganze Geschichte los, die bedenklich auf ihr zu lasten begann. Pierre hatte Xavière bereits sehr viel mehr adoptiert, als Françoise jemals zu tun willens gewesen wäre; sie gab sie gern an ihn ab. Xavière gehörte jetzt Pierre.

Sechstes Kapitel

– So guten Kaffee wie hier gibt es nirgends sonst, sagte Françoise und stellte die Tasse auf die Untertasse zurück.

Madame Miquel lächelte.

– Sicherlich nicht in deinen billigen Restaurants.

Sie blätterte in einem Modejournal, Françoise ließ sich auf der Lehne eines Sessels nieder. Herr Miquel las den ‹Temps› in der Ecke am Kamin, in dem ein Holzfeuer brannte. Hier hatte sich seit zwanzig Jahren beinahe nichts verändert, es war wirklich bedrückend. Wenn Françoise in diese Wohnung zurückkehrte, schien es ihr, als habe sie gar nichts erreicht in allen diesen Jahren: wie ein lauer stagnierender Teich stand die Zeit hier still. Leben hieß alt werden, weiter nichts.

– Der Daladier hat wirklich gut gesprochen, meinte Herr Miquel; fest und durchaus würdig; der gibt sicher keinen Fingerbreit nach.

– Bonnet hingegen, heißt es, sei zu Konzessionen bereit, sagte Françoise, es wird sogar behauptet, er habe angefangen, hintenherum Verhandlungen wegen Dschibuti zu führen.

– Man muß bedenken, daß die italienischen Forderungen an sich nicht einmal so sehr übertrieben sind, sagte Herr Miquel, aber der Ton ist unannehmbar; auf keinen Fall kann man sich auf Kompromisse einlassen, nachdem sie uns mit einer solchen Drohung gekommen sind.

– Du würdest doch aber auch nicht dafür sein, daß man wegen einer Prestigefrage einen Krieg beginnt?

– Wir können uns aber andererseits auch nicht damit zufriedengeben, eine zweitrangige Nation zu werden, die sich hinter ihre Maginotlinie verkriecht.

– Nein, gab Françoise zu, es ist wirklich schwierig.

Dadurch, daß sie es stets vermied, prinzipielle Fragen aufs Tapet zu bringen, kam sie immer leicht mit ihren Eltern aus.

– Meinst du, daß so etwas mir stehen würde? fragte die Mutter.

– Aber sicher, Mama, du bist doch so schlank.

Sie schaute auf die Wanduhr; Pierre saß jetzt schon bei seinem schlechten Kaffee; Xavière war die beiden ersten Male so spät zu ihrer Stunde gekommen, daß sie beschlossen hatten, sich eine Stunde vorher im ‹Dôme› zu treffen, damit sie dann wenigstens bestimmt zur festgesetzten Zeit anfangen könnten; vielleicht war sie schon da, man wußte ja nie bei ihr.

– Für die hundertste Aufführung von «Julius Cäsar» brauche ich ein kleines Abendkleid, sagte Françoise, ich weiß noch gar nicht recht, was.

– Das hat ja noch Zeit, meinte Madame Miquel.

Herr Miquel ließ seine Zeitung sinken.

– Du rechnest auf hundert Aufführungen?

– Mindestens. Es ist ja jeden Abend ausverkauft.

Sie reckte die Glieder und trat vor den Spiegel. Sie erstickte in dieser Luft.

– Ich muß jetzt fort, sagte sie, ich bin verabredet.

– Schön finde ich diese hutlose Mode nicht, meinte Madame Miquel; sie befühlte den Mantel, den Françoise trug. Warum hast du dir keinen Pelz gekauft, wie ich dir geraten hatte? Dies hier kann ja gar nicht warm halten.

– Magst du diese dreiviertellangen Mäntel nicht? Ich finde ihn so hübsch, sagte Françoise.

– Es ist ein Übergangsmantel, meinte ihre Mutter; sie zuckte die Achseln: ich weiß wirklich nicht, was du mit deinem Geld machst.

– Wann kommst du wieder? fragte Herr Miquel. Mittwoch abend haben wir Maurice und seine Frau da.

– Dann komme ich Donnerstag, sagte Françoise, ich sehe euch lieber allein.

Sie ging langsam die Treppe hinunter und trat auf die Rue de Médicis hinaus; die Luft war drückend und feucht; aber sie fühlte sich hier draußen wohler als in der warmen Bibliothek; die Zeit kam langsam wieder in Gang; sie würde jetzt Gerbert wiedersehen, das gab den leeren Minuten wenigstens einen Sinn.

– Jetzt ist Xavière sicher dort, dachte Françoise mit einem leisen Ziehen im Herzen. Xavière würde ihr blaues Kleid anhaben oder die hübsche rote Bluse mit den weißen Streifen; weiche Wellen umrahmten ihr Gesicht, und sie lächelte; wie mochte dies ihr unbekannte Lächeln beschaffen sein? Wie blickte wohl Pierre sie an? Françoise blieb am Rand des Bürgersteigs stehen; sie hatte das peinigende Gefühl, in der Verbannung zu sein. Gewöhnlich war für sie jeweils die Stelle, wo sie sich befand, der Mittelpunkt von Paris. Heute war alles anders. Der Mittelpunkt von Paris war jetzt das Café, in dem Pierre und Xavière zusammen an einem Tisch saßen, sie selber irrte an irgendeiner Peripherie umher.

Françoise setzte sich neben ein Kohlenbecken vor die ‹Deux Magots›. Heute abend würde ihr Pierre alles erzählen, aber seit einiger Zeit brachte sie seinen Worten nicht mehr volles Vertrauen entgegen.

– Einen schwarzen Kaffee, bestellte sie bei dem Kellner.

Ein Gefühl von Angst beschlich sie; es war kein deutlich spürbarer Schmerz, sie mußte weit zurückgehen in ihrem Dasein, um auf etwas Ähnliches zu stoßen. Dann aber kam ihr eine Erinnerung: Das Haus war leer, die Fensterläden wegen der Sonne geschlossen, und es dunkelte; auf dem Vorplatz im ersten Stock stand ein kleines Mädchen fest an die Wand gedrückt und hielt den Atem an. Es war merkwürdig, dort so allein zu sein, während alle andern im Garten saßen, merkwürdig, und es machte ihr Angst; die Möbel sahen wie immer aus und wirkten dennoch verändert, dichter, schwerer, geheimnisvoll; unter den Bücherregalen und der Marmorkonsole lagerte tiefe Finsternis. Es war einem nicht gerade nach Davonlaufen zumute, aber doch eng ums Herz.

Der alte Männerrock hing über einer Stuhllehne: sicher hatte Tante Anna ihn mit Benzin geputzt, oder sie hatte ihn aus dem Mottenschrank genommen, und nun sollte der Naphthalingeruch auslüften; er war sehr alt, er sah müde aus. Er war alt und müde, aber er konnte sich nicht beklagen, wie Françoise es tat, sobald sie sich weh getan hatte, er konnte sich auch nicht sagen: ‹Ich bin ein müder alter Rock.› Es war doch sonderbar; Françoise versuchte sich vorzustellen, wie es wäre, wenn sie sich nicht selber sagen könnte: ‹Ich bin Françoise, ich bin sechs Jahre alt, ich bin bei der Großmama›, ja, wenn sie überhaupt nichts zu sich selbst sagen könnte; sie machte die Augen zu. Es war, als existierte man nicht; und doch würden andere Leute kommen, sie sehen und von ihr sprechen. Sie machte die Augen wieder auf; sie sah den Rock, er war da und wußte es doch nicht, es lag etwas Verwirrendes, Beängstigendes darin. Wozu existiert er denn, wenn er es nicht weiß? Sie dachte nach. Vielleicht gab es doch eine Möglichkeit. Wo ich doch ‹ich› sagen kann, sollte ich es vielleicht für ihn sagen? Es blieb aber eher enttäuschend; sie konnte ihn noch so lange ansehen und gar nichts anderes mehr sehen als ihn und dabei ganz rasch sagen: ‹Ich bin alt und müde›, es geschah einfach nichts; der Rock hing weiter da, gleichgültig und fremd, und sie blieb immer Françoise. Außerdem, wenn sie, Françoise, wirklich zu dem alten Rock würde, wüßte sie ja nichts mehr davon. In ihrem Kopf begann sich alles zu drehen, und sie lief rasch in den Garten hinab.

Françoise trank in einem Zug ihre Tasse Kaffee aus, er war nahezu kalt; es hatte ja gar keinen Sinn, weshalb mußte sie an alles das zurückdenken? Sie blickte zum trüben Himmel auf. Was im Augenblick bestand, war die Tatsache, daß die gegenwärtige Welt für sie nicht erreichbar war; sie war nicht nur aus Paris verbannt, sondern aus der ganzen Welt. Die Menschen, die mit ihr vor dem Café saßen, die auf der Straße vorübergingen, schwebten wesenlos im Raum, sie waren bloße Schatten. Auch Gerbert, der lächelnd auf sie zukam, war zu einem leichten, bezaubernden Schatten geworden. Die Häuser waren nur eine flächige Dekoration ohne Erhebung und Tiefe.

– Grüß dich, sagte sie.

Er trug einen weiten, hellbraunen Mantel, ein Hemd mit kleinen gelben und braunen Karos und eine gelbe Krawatte, die seinen mattbraunen Teint unterstrich. Er zog sich immer sehr reizvoll an. Françoise freute sich, daß er kam, aber es wurde ihr gleich klar, daß sie auf ihn nicht rechnen konnte, um ihren Platz in der Welt wieder einzunehmen; er würde gerade nur ein netter Exilgenosse sein.

– Wollen wir doch zum Flohmarkt gehen, trotz des abscheulichen Wetters? fragte Françoise.

– Es nieselt nur, sagte Gerbert, es regnet nicht eigentlich.

Sie überquerten den Platz und stiegen die Treppe zur Metro hinab.

– Was soll ich nur den ganzen Tag mit ihm reden? fragte sich Françoise.

Es war seit langem das erste Mal, daß sie mit ihm allein ausging, und sie hatte das Bedürfnis, sehr liebenswürdig zu sein, um die letzten Schatten auszulöschen, die von der Aussprache mit Pierre noch zurückgeblieben sein könnten. Aber womit? Sie arbeitete, und Pierre arbeitete auch. Ein Beamtenleben, sagte Xavière.

– Ich habe schon geglaubt, ich käme überhaupt nicht mehr fort, sagte Gerbert. Es waren eine Menge Leute zum Mittagessen da: Michel und Lermière, die Adelsons, die ganze ‹Crème›, wie Sie sehen; Sie können sich denken, was für eine Unterhaltung das gab – ein wahres Feuerwerk; aber für mich nicht angenehm. Péclard hat ein neues Chanson gemacht – gegen den Krieg – für Dominique Oryol; nicht übel, alles was recht ist. Nur führt das zu gar nichts, diese Chansons.

– Chansons und Reden, sagte Françoise; noch niemals hat man so viel mit Worten um sich geworfen.

– Oh, und was sich erst die Zeitungen augenblicklich leisten, rief Gerbert mit strahlendem Gesicht; bei ihm nahm die Empörung immer die Form der Heiterkeit an.

– Was sie uns da zu erzählen wagen über eine Zusammenfassung aller Kräfte in Frankreich! Und alles das nur, weil Italien sie etwas weniger schmiert als Deutschland.

– In Wirklichkeit, meinte Françoise, wird man niemals wegen Dschibuti Krieg führen.

– Mir ist es recht, sagte Gerbert, aber ob es nun in zwei Jahren oder in sechs Monaten ist, irgendwann muß man doch da hindurch, was nicht gerade ermutigend ist.

– Das ist noch sehr gelinde ausgedrückt, seufzte Françoise. Mit Pierre war sie immer viel sorgloser gestimmt; was geschehen würde, würde eben geschehen. Auch Gerbert gegenüber war ihr unbehaglich zumute; es war nicht gerade erheiternd, in diesen Zeiten jung zu sein. Besorgt blickte sie ihn an. Was dachte er wohl im Grunde? Über sich, sein Leben, über die Welt? Er ließ niemals etwas heraus. Sie würde einmal versuchen, ernsthaft mit ihm zu reden, im Augenblick aber verstand man sich zu schwer bei dem Metrolärm. Sie heftete ihre Augen auf ein gelbes Plakat an der schwarzen Tunnelwand. Selbst ihre Neugier war heute lahm. Es war ein farbloser Tag, ein Tag, der ganz umsonst verrann.

– Wissen Sie, daß ich eine schwache Aussicht auf eine Filmrolle habe? In «Sintflut»? fragte Gerbert. Es ist nur ein Schatten von einer Hoffnung, aber was man da wohl bekommt? Er runzelte die Brauen. Sobald ich ein paar Groschen habe, kaufe ich mir einen alten Schlitten; gebrauchte kosten so gut wie nichts.

– Das wäre fein, sagte Françoise. Sie würden mich zwar bestimmt zu Tode fahren, aber ich käme doch mit.

Sie stiegen aus der Metro aus.

– Oder aber, sagte Gerbert, ich würde mit Mullier zusammen ein Marionettentheater aufmachen. Begramian soll uns zwar lange schon mit der ‹Bilderbühne› in Verbindung bringen, aber er redet sich immer heraus.

– Marionetten sind etwas Nettes, meinte Françoise.

– Ja, aber einen Saal dafür zu bekommen, und die Bühne selbst ... da zahlt man sich allein schon tot, meinte Gerbert.

– Vielleicht wird es doch einmal, sagte Françoise.

Gerberts Zukunftspläne amüsierten sie heute nicht; sie fragte sich, weshalb sein Dasein sonst immer einen gewissen Zauber für sie hatte. Er war da, er kam von einem langweiligen Mittagessen bei Péclard, heute abend würde er zum zwanzigsten Male als der junge Cato auftreten, das alles war eigentlich nichts besonders Aufregendes. Françoise blickte sich um; sie hätte gern etwas entdeckt, was irgendwie ihr Gefühl ansprach, aber auch diese Großstadtstraße mit Bäumen sagte ihr heute nichts. Am Rande des Gehsteigs standen nebeneinander kleine Wagen, an denen nur trübselig ernste Dinge verkauft wurden: Baumwollstoffe, Strümpfe, Waschseife.

– Wir wollen in eine von den kleinen Seitenstraßen gehen, schlug sie vor.

Hier lagen alte Schuhe, Grammophonplatten, brüchig gewordene Seidenstoffe, Emailleschüsseln, angeschlagenes Porzellan unmittelbar auf dem schmutzigen Boden; dunkelhäutige Frauen, die mit bunten Lumpen bekleidet waren, saßen an Bretterzäune gelehnt auf Zeitungen oder alten Teppichen. Auch das berührte sie weiter nicht.

– Sehen Sie nur, sagte Gerbert, hier würde man sicher etwas fürs Theater finden.

Françoise schaute ohne Begeisterung auf das Gerümpel zu ihren Füßen; sicherlich hatte all dies schmutzige Zeug eine merkwürdige Geschichte hinter sich; was man aber sah, waren Armbänder, zerbrochene Puppen, verblichene Stoffe, aus denen nichts zu entziffern war. Gerbert streichelte eine Glaskugel, in der bunte Papierstückchen tanzten.

– Es sieht aus, als könne man die Zukunft daraus lesen, sagte er.

– Ein Briefbeschwerer, sagte Françoise.

Die Händlerin beobachtete sie aus dem Augenwinkel; sie war eine dikke, geschminkte Person mit gewelltem Scheitel; ihr Körper verschwand in Wollschals, und ihre Beine waren mit alten Zeitungen umwickelt; auch sie war ohne Geschichte, ohne Zukunft, nur ein vor Kälte zitternder Klumpen Fleisch. Die Bretterzäune, die Wellblechbaracken, die armseligen Gärten, in denen Schrotthaufen lagen, alles das bildete nicht wie sonst ein zwar schmutziges, aber anziehendes Durcheinander; es lag nur wirr aufgehäuft, kraftlos, gestaltlos da.

– Was ist das für eine Geschichte, fragte Gerbert, mit dieser angeblichen Tournee? Bernheim spricht davon, als sei es für nächstes Jahr abgemacht.

– Das ist eine Idee von Bernheim, sagte Françoise. Natürlich, ihn interessiert bei allem nur, wieviel man daran verdient; Pierre will aber absolut nicht; wir haben im nächsten Jahr so viel anderes zu tun.

Sie machte einen großen Schritt über eine Pfütze hinweg. Es war genau wie früher im Hause ihrer Großmutter, wenn sie aus der Süße des Abends und aus den duftenden Gebüschen heimkehrte und die Tür hinter sich schloß; da draußen spielte sich jetzt ein großes Geschehen ab in der Welt, und sie war für immer ausgeschlossen davon. Anderswo lebte etwas weiter, für sich selbst, ohne sie, und auf einmal war das das einzige, was überhaupt wichtig war. Diesmal aber konnte man nicht sagen: Das weiß ja gar nicht, daß es existiert, es existiert ja nicht. Diesmal hatte es sehr wohl ein Bewußtsein von sich. Pierre ließ sich kein Lächeln von Xavière entgehen, und Xavière lauschte mit bezaubernder Aufmerksamkeit jedem Worte, das Pierre zu ihr sprach; gemeinsam spiegelten ihre Blicke Pierres Garderobe wider mit dem Shakespeare-Bild an der Wand; ob sie wohl arbeiteten? Oder ruhten sie sich aus und plauderten von Xavières Vater, der Voliere voller Vögel und davon, wie es im Pferdestall roch?

– Hat denn Xavière etwas gekonnt in den phonetischen Übungen gestern? fragte Françoise.

Gerbert lachte:

– Rambert hat von ihr verlangt, sie solle ihm solche Sätze nachsprechen wie: ‹Die Katze tritt die Treppe krumm, die Treppe tritt die Katze krumm.› Sie ist ganz rot geworden, hat auf ihre Füße geschaut und keinen Ton gesagt.

– Halten Sie sie für begabt? fragte Françoise.

– Für schlau jedenfalls, gab Gerbert zurück.

Er faßte Françoise am Ellbogen.

– Kommen Sie, das müssen wir sehen, sagte er eifrig; er bahnte sich einen Weg durch die Menge; die Leute umstanden im Kreise einen aufgespannten Regenschirm, der auf dem lehmigen Boden lag; ein Mann verteilte gerade Spielkarten auf die schwarze Seide.

– Zweihundert Francs, sagte eine alte Frau mit grauem Haar und völlig verstörtem Blick, zweihundert Francs! Ihre Lippen bebten; jemand stieß sie heftig zurück.

– Das sind Spitzbuben, stellte Françoise fest.

– Aber das weiß man doch, meinte Gerbert.

Neugierig blickte Françoise auf den Bauernfängertyp, der mit den flinken Händen eines Taschenspielers rasch die drei schmutzigen Pappstücke auf der Seide des Regenschirms durcheinanderwirbeln ließ.

– Zweihundert Francs auf diese hier, sagte ein Mann und legte zwei Scheine auf eine der Karten; er zwinkerte schlau mit den Augen: die eine Ecke war etwas umgeknickt, man sah, daß es der Herzkönig war.

– Wer setzt hundert Francs dazu? fragte ein Mann.

– Hundert Francs, hier sind hundert Francs, rief jemand aus der Menge.

– Gewonnen, sagte der Bauernfänger und warf vier zerknitterte Scheine hin. Er ließ sie bestimmt mit Absicht gewinnen, damit das Publikum Mut bekam. Jetzt wäre der Moment zum Setzen gewesen; es war nicht schwer, Françoise wußte immer genau, wo der Herzkönig war. Es war sinnverwirrend, den umherwirbelnden Karten mit dem Blick zu folgen; sie glitten, sprangen nach rechts, nach links, in die Mitte und wieder nach links.

– Das ist ja ganz blöd, sagte Françoise. Man sieht ihn jedesmal.

– Da ist er, rief ein Mann.

– Vierhundert Francs, sagte der Taschenspieler.

Der Mann wandte sich an Françoise.

– Ich habe nur zweihundert, aber da ist er. Geben Sie noch zweihundert dazu, drängte er.

Links, Mitte, links, da war er. Françoise setzte zwei Scheine auf die Karte.

– Treff sieben, sagte der Gaukler und strich die Scheine ein.

– So etwas Dummes, meinte Françoise.

Sie stand jetzt so verdutzt da wie die Alte vorhin; eine Handbewegung nur, es war einfach nicht möglich, daß das Geld so schnell hin war, man konnte doch sicher noch zurück. Beim nächstenmal mußte man eben achtgeben ...

– Kommen Sie, sagte Gerbert, die stecken alle unter einer Decke. Kommen Sie, Sie werden sonst noch Ihre letzten Groschen los.

Françoise ging hinter ihm her.

– Und dabei weiß ich doch, daß man niemals gewinnt, schalt sie sich ärgerlich selbst.

Es paßte gut zu diesem Tag, daß sie auch noch solche Dummheiten machte, alles war vollkommen sinnlos: dieser Ort, diese Leute, alles, was gesagt worden war. Und so eiskalt noch dazu! Ihre Mutter hatte recht, der Mantel war viel zu dünn.

– Wenn wir etwas tränken, schlug sie vor.

– Gern, sagte Gerbert, wir gehen da drüben in das große Konzertcafé.

Es fing schon an, dunkel zu werden; die Stunde war zu Ende, aber sicherlich hatten sie sich noch nicht getrennt; wo mochten sie wohl sein? Vielleicht würden sie jetzt schon wieder im ‹Nordpol› sitzen; wenn Xavière ein Lokal gefiel, wurde sie gleich Stammgast darin. Françoise versuchte sich die Lederbänke mit den großen Kupfernägeln und die bunten Glasfenster vorzustellen, dazu die rot und weiß gewürfelten Lampenschirme; aber es gelang ihr nur schlecht: die Gesichter und Stimmen und der künstliche Honiggeschmack der Cocktails, alles hatte einen geheimnisvollen Sinn bekommen; aber mit Françoises Eintreten hätte er sich bestimmt verflüchtigt. Beide würden sie ihr dann freundlich entgegenlächeln; Pierre würde ihr letztes Gespräch wiederholen, und sie würde mit einem Strohhalm etwas aus einem Glase trinken; aber niemals, nicht einmal von ihnen selbst würde sie das Geheimnis erfahren können, das hinter diesem Beisammensein lag.

– Dies Café hier meine ich, sagte Gerbert.

Es war eine Art von riesigem Schuppen, der durch enorme offene Kohlenöfen erwärmt wurde und von Menschen wimmelte; ein Orchester begleitete lärmend einen Sänger in Soldatenuniform.

– Ich nehme einen Marc, sagte Françoise, davon wird einem warm.

Dies klamme Nieselwetter war ihr bis ins Innerste der Seele gedrungen; sie wußte nicht, wohin mit ihrem Körper und mit ihren Gedanken. Sie schaute sich die Frauen in Gummischuhen und Wolltüchern an, die an der Theke standen und Kaffee mit einem Schnaps darin tranken; warum müssen solche wollenen Tücher immer lila sein? fragte sie sich. Der Soldat hatte ein kräftig rot geschminktes Gesicht, er schlug neckisch in die Hände, obwohl er noch nicht beim unanständigen Schlußteil seiner Darbietung angekommen war.

– Möchten Sie bitte gleich zahlen, sagte der Kellner. Françoise führte ihr Glas an die Lippen, ein Geschmack von Brennspiritus und etwas Gärigem füllte ihren Mund. Gerbert brach auf einmal in lautes Lachen aus.

– Was ist denn? fragte Françoise. Er sah jetzt aus, als sei er zwölf Jahre alt.

– Ich muß immer lachen, sagte Gerbert verlegen, wenn es unanständig wird.

– Welches Wort kam Ihnen denn so besonders komisch vor?

– Schnalzen! sagte Gerbert.

– Schnalzen? wunderte sich Françoise.

– Ach ja, es klingt so komisch, meinte er.

Das Orchester setzte jetzt zu einem Paso doble an; auf der Estrade, neben dem Handharmonikaspieler, saß eine große Puppe mit einem Sombrero auf dem Kopf, die wie lebend wirkte. Sie schwiegen beide.

– Jetzt wird er wieder glauben, dachte Françoise, er sei uns langweilig geworden. Große Spesen hatte Pierre nicht gemacht, um Gerberts Vertrauen zurückzugewinnen; auch an die aufrichtigste Freundschaft wendete er so wenig von sich selbst! Françoise machte einen Versuch, die Erstarrung von sich abzuschütteln; sie mußte Gerbert einmal erklären, wie es gekommen war, daß Xavière in ihrer beider Leben einen so großen Raum einnahm.

– Pierre glaubt, aus Xavière könne eine Schauspielerin werden, sagte sie.

– Ja, ich weiß, sagte Gerbert mit etwas befangener Miene, es scheint, er hat eine große Meinung von ihr.

– Sie ist eine merkwürdige Person, fuhr Françoise fort. Es ist nicht immer leicht, mit ihr auszukommen.

– Man erstarrt in ihrer Gegenwart, sagte Gerbert, man weiß nicht, was man zu ihr sagen soll.

– Sie lehnt jede bloße Höflichkeitsbezeigung ab, sagte Françoise, das ist sehr charaktervoll, aber unbequem.

– In der Schauspielschule spricht sie mit niemandem ein Wort; sie sitzt nur mit gesenktem Kopf in irgendeiner Ecke herum.

– Was sie am meisten aufregt, ist, sagte Françoise, daß wir beide, Pierre und ich, immer freundlich zueinander sind.

Gerbert machte eine Geste des Erstaunens.

– Sie weiß doch aber, wie Sie miteinander stehen?

– Ja, aber sie möchte, daß man auch seinen Gefühlen gegenüber sich alle Freiheit wahrt; Beständigkeit ist in ihren Augen nur um den Preis von Kompromiß und Lüge möglich zu machen.

– Das ist aber wirklich blöd! Sie müßte doch sehen, daß Sie beide so etwas nicht nötig haben, meinte Gerbert.

– Natürlich nicht, sagte Françoise.

Etwas verstimmt blickte sie zu Gerbert hinüber. So einfach, wie er dachte, war Liebe ja nun freilich nicht. Sie war zwar stärker als die Zeit, aber sie lebte in der Zeit, und Augenblick für Augenblick ergaben sich Beunruhigung, Verzicht, manch kleiner Anlaß zur Traurigkeit. Sicher wog alles nicht so schwer, aber doch nur darum nicht, weil man es einfach nicht aufkommen lassen wollte; manchmal freilich gehörte ein großes Maß an Überwindung dazu.

– Geben Sie mir eine Zigarette, sagte sie. Das schafft so eine Illusion von Wärme.

Gerbert hielt ihr lächelnd seine Packung hin. Dies Lächeln war reizend und weiter nichts; aber man hätte eine bestürzende Grazie darin entdecken können; Françoise konnte sich gut vorstellen, wie zauberhaft diese grünen Augen ihr erschienen wären, hätte sie ihn geliebt; auf alle diese Köstlichkeiten verzichtete sie nun, ohne sie je gekannt zu haben, und sie würde sie auch niemals kennenlernen. Nicht daß sie ihnen nachtrauerte, aber sie hätten es vollauf verdient.

– Es ist zu komisch, was Labrousse mit der kleinen Pagès aufstellt, sagte Gerbert. Er führt einen wahren Eiertanz auf.

– Ja; gewöhnlich interessieren ihn die Menschen, weil er bei ihnen soviel Ehrgeiz, Appetit und Unternehmungslust antrifft; dies ist mal etwas anderes für ihn, meinte Françoise. Niemand kann weniger auf irgend etwas im Leben aus sein als sie.

– Legt er wirklich großen Wert auf sie? fragte Gerbert.

– Bei Pierre kann man gar nicht so genau definieren, wo für ihn das

‹Wertlegen› anfängt; zweifelnd schaute sie auf das glühende Ende ihrer Zigarette. Früher hatte sie, wenn sie etwas über Pierre sagen wollte, in sich selbst hineingeblickt; jetzt mußte sie, um seine Züge zu erkennen, etwas Abstand nehmen von ihm. Es war fast unmöglich, Gerbert eine Antwort zu geben: Pierre war ja niemals der gleiche, der er eben noch war; von jeder Minute verlangte er einen Fortschritt, und mit dem Eifer des Renegaten brachte er jedesmal seine Vergangenheit der Gegenwart als Brandopfer dar. Man glaubte, er sei mit einem selbst zusammen in eine dauernde Leidenschaft aus Zärtlichkeit, Aufrichtigkeit und Leiden gebannt, und schon schwebte er wie ein Fabelwesen am andern Ende der Zeit dahin; er ließ einem nur ein Trugbild in der Hand, das er von der Höhe seiner neu gewonnenen Tugend mit aller Strenge verdammte. Schlimmer war, daß er den Menschen, die er auf diese Weise narrte, auch noch böse war, daß sie sich mit einem trügerischen Schein begnügen konnten, der noch dazu bereits verflogen war. Sie drückte das Zigarettenende in dem Aschbecher aus; früher hatte sie amüsant gefunden, daß sich Pierre niemals an den Augenblick gebunden fühlte. Aber wieweit war denn sie selbst vor diesem Ausweichen und Entweichen geschützt? Gewiß hätte Pierre mit niemand anderem sich gegen sie verbündet. Aber mit sich selbst vielleicht doch? Es war zwischen ihnen ausgemacht, daß er kein Privatleben habe, aber schließlich gehörte eine gewisse Bereitwilligkeit dazu, das vollkommen zu glauben. Françoise spürte, wie Gerbert sie von der Seite beobachtete, und sie nahm sich zusammen.

– Auf alle Fälle beunruhigt sie ihn irgendwie.

– Wieso das? fragte Gerbert.

Er war ehrlich erstaunt; auch ihm schien Pierre so ausgefüllt, so fest, so völlig in sich geschlossen; man konnte sich gar nicht vorstellen, daß da ein Spalt sein sollte, durch den eine Beunruhigung hätte eindringen können. Und dennoch hatte Xavière in diese Ruhe eine Bresche zu schlagen vermocht. Oder hatte sie eben nur einen unmerklichen Riß entdeckt?

– Ich habe Ihnen ja schon oft gesagt, fuhr Françoise fort, wenn Pierre so ganz auf das Theater, auf die Kunst im allgemeinen setzt, tut er das durch eine Art von Entschluß. Und wenn man anfängt, einen Entschluß wieder in Frage zu stellen, hat das immer etwas Beunruhigendes. Sie lächelte. Xavière aber ist ein wandelndes Fragezeichen.

– Er ist doch in diesem Punkt eher eigensinnig, warf Gerbert ein.

– Gerade deshalb. Es reizt ihn, wenn dann jemand behauptet, es sei eine ebenso große Angelegenheit, einen Café-crème zu trinken wie «Julius Cäsar» zu schreiben.

Françoise spürte, wie ihr Herz sich zusammenkrampfte; konnte sie wohl wirklich behaupten, daß in allen diesen Jahren Pierre von keinem Zweifel berührt worden sei? Oder hatte sie nur einfach keine Notiz davon nehmen wollen?

– Was halten denn Sie davon? fragte Gerbert.

– Wovon?

– Von der Wichtigkeit der Tasse Kaffee?

– Oh, ich! meinte Françoise; sie sah Xavières gewisses Lächeln vor sich. Ich will unbedingt glücklich sein, warf sie verachtungsvoll hin.

– Ich sehe nicht, sagte Gerbert, was das miteinander zu tun hat.

– Es ist auch zu mühsam, sagte sie, darüber nachzudenken. Und gefährlich obendrein.

Im Grunde machte sie es genau wie Elisabeth; sie hatte für alle Zeiten ihr Credo abgelegt und sich von da an auf augenscheinlichen Gegebenheiten, die schon weit zurücklagen, endgültig zur Ruhe gesetzt. Sie sollte eigentlich alles von Grund auf noch einmal in Frage stellen, aber das hätte eine übermenschliche Kraft erfordert.

– Und Sie? fragte sie. Was halten Sie davon?

– Oh, sagte Gerbert, das kommt darauf an, ob man gerade mehr Lust zum Trinken oder zum Schreiben hat.

Françoise schaute ihn an.

– Ich habe mich oft gefragt, sagte sie, was Sie von Ihrem Leben erwarten.

– Zunächst, meinte er, möchte ich einmal sicher sein, daß man es mir überhaupt noch ein Weilchen zu lassen gedenkt.

Françoise lächelte.

– Das ist allerdings ein berechtigter Gesichtspunkt; aber setzen wir einmal voraus, daß Ihnen das wenigstens glückt.

– Weiter weiß ich nicht, sagte Gerbert; er dachte nach: wenn andere Zeiten wären, wüßte ich es vielleicht.

Françoise machte ein möglichst unbeteiligtes Gesicht; je weniger Gerbert das Gefühl hatte, daß es um eine wichtige Frage ging, desto eher würde er ihr vielleicht eine Antwort geben.

– Sind Sie denn so, wie es jetzt ist, zufrieden oder nicht?

– Es gibt gute Tage und weniger gute, sagte er.

– Ja, meinte Françoise enttäuscht. Wenn das alles ist, sieht es aber doch trübselig aus.

– Es kommt auf den Tag an, sagte Gerbert; er gab sich einen Ruck. Alles, was man über sein Leben sagen kann, sind ja doch nur Worte.

– Glücklichsein oder Unglücklichsein – sind das nur Worte für Sie?

– Ja; sie haben für mich keinen Sinn.

– Aber Sie sind doch von Natur eher lustig, meinte Françoise.

– Ich bin oft niedergeschlagen, gestand Gerbert ein.

Er hatte es ganz ruhig gesagt. Es schien ihm offenbar normal, daß man lange Perioden der Niedergeschlagenheit hatte, die von kleinen Heiterkeitsblitzen aufgehellt wurden. Gute Augenblicke, andere waren weniger gut. Hatte er nicht im Grunde recht? War alles andere nicht Selbsttäuschung und Literatur? Sie saßen auf einer harten Bank aus Holz; es war kalt, Soldaten mit ihren Familien gruppierten sich um die Tische herum.

Pierre saß an einem anderen Tisch mit Xavière, sie hatten Zigaretten geraucht, getrunken und Worte gesagt: diese Geräusche und dieser Rauch hatten sich nicht zu geheimnisgeladenen Stunden verdichtet, deren verbotenen Reiz Françoise neidvoll betrachten konnte; sie würden auseinandergehen, und nirgends bestand ein Band, das sie beide umschlang. Es gab nirgends etwas, was Neid oder Bedauern oder Furcht verdiente. Vergangenheit, Zukunft, Liebe, Glück, alles war nur ein leerer Schall, den man mit dem Mund erzeugte. Nichts existierte wirklich als die Musikanten in karminroten Blusen und die Puppe in Schwarz mit dem roten Tuch um den Hals und den Röcken, die sich über einem weiten gestickten Unterkleid hoben, das ihre dünnen Beine sehen ließ. Sie war da; sie war genug, um den Blick zu füllen, der eine ewige Gegenwart lang auf ihr ausruhen konnte.

– Gib mir deine Hand, schöne Frau, ich will dir die Zukunft sagen. Françoise fuhr zusammen und hielt mechanisch ihre Hand einer schönen, in Gelb und Violett gekleideten Zigeunerin hin.

– Es geht für dich nicht alles so gut, wie du es dir wünschst, aber hab nur Geduld, du wirst bald etwas erfahren, was dir Glück bringt, erklärte die Frau auf den ersten Blick. Du hast Geld, aber nicht soviel, wie die Leute meinen, du bist stolz und hast deshalb Feinde, aber du wirst schließlich doch alle Widerwärtigkeiten überwinden. Wenn du mitkommst, meine Schöne, will ich dir ein kleines Geheimnis verraten.

– Gehen Sie doch mit, flüsterte Gerbert ihr eifrig zu.

Françoise folgte der Zigeunerin, die ein Stückchen helles Holz aus der Tasche zog.

– Ich sage dir hier das Geheimnis; da ist ein dunkler junger Mann, du liebst ihn sehr, aber du bist nicht glücklich mit ihm wegen eines blonden jungen Mädchens. Dies hier ist ein Amulett, das mußt du in dein Taschentuch tun und es drei Tage auf dem Körper tragen, dann wirst du glücklich mit deinem jungen Mann. Ich gebe es sonst niemand, es ist das allerkostbarste Amulett; dir aber gebe ich es für hundert Francs.

– Danke, sagte Françoise. Ich will kein Amulett. Nehmen Sie das hier für Ihren Rat.

Die Frau nahm das Geldstück an sich.

– Hundert Francs für dein Glück ist doch nichts; wieviel gibst du dafür, zwanzig Francs?

– Gar nichts, sagte Françoise.

Sie kam wieder an den Tisch und setzte sich neben Gerbert.

– Was hat sie Ihnen noch gesagt? fragte er.

– Nur Geschwätz, gab Françoise zurück; sie lächelte. Sie bot mir das Glück an für zwanzig Francs, aber ich finde das zu teuer, wenn es, wie Sie sagen, doch nichts weiter ist als ein Wort.

– Das habe ich nicht gemeint! rief Gerbert aus; er war erschrocken, daß er mit seiner Behauptung so weit gegangen sein sollte.

– Vielleicht ist es aber wahr, meinte Françoise, wenn man mit Pierre ist, spielt man immer mit Worten; aber was bedeuten sie schon?

Sie fühlte sich plötzlich von einer so heftigen Angst gepackt, daß sie am liebsten geschrien hätte; es war, als wäre die Welt mit einem Male leer; es gab nichts zu fürchten mehr, aber auch nichts mehr zu lieben. Es gab überhaupt nichts mehr. Sie würde Pierre wieder treffen, sie würden Sätze miteinander sprechen und sich dann verlassen; wenn die Freundschaft zwischen Pierre und Xavière nur ein leeres Trugbild war, so hatte doch auch die Liebe zwischen Françoise und Pierre keine größere Wirklichkeit. Sie bestand nur aus einer unendlichen Anhäufung gleichgültiger Augenblikke; sie war nichts als ein ungeordnetes Durcheinander von Körperlichkeit und von Denken, und hinter allem stand der Tod.

– Wir wollen gehen, sagte sie kurz.

Pierre kam niemals zu spät zu einem Rendezvous; als Françoise das Restaurant betrat, saß er bereits an ihrem gewohnten Tisch; sie empfand bei seinem Anblick etwas wie Freude, aber gleich darauf dachte sie: wir haben nur zwei Stunden vor uns, und ihre Freude schwand.

– Hast du einen netten Nachmittag gehabt? fragte Pierre in herzlichem Ton; ein breites Lächeln ließ sein Gesicht runder erscheinen und verlieh seinen Zügen eine Art von Kindlichkeit.

– Wir sind auf dem Flohmarkt gewesen, sagte Françoise, Gerbert war sehr nett, nur das Wetter war unangenehm. Ich habe zweihundert Francs beim Glücksspiel verloren.

– Wie hast du das gemacht? fragte Pierre. Daß du so dumm sein kannst! Er reichte ihr die Karte. Was nimmst du?

– Einen Welsh-Rarebit, sagte Françoise.

Pierre studierte sorgfältig das Menü.

– Russische Eier gibt es nicht, sagte er; sein ratloses, enttäuschtes Gesicht konnte Françoise heute nicht rühren; sie stellte nur sachlich fest, daß es ein rührendes Gesicht war.

– Also dann zwei Welsh, sagte Pierre.

– Interessiert dich, was wir gesprochen haben? fragte Françoise.

– Aber natürlich, behauptete Pierre mit Wärme, natürlich interessiert mich das.

Sie warf ihm einen mißtrauischen Blick zu; früher hätte sie einfach gedacht: ‹Das interessiert ihn›, und hätte alles erzählt; sobald Pierres Worte, Pierres Lächeln an sie gerichtet waren, waren sie sonst schon Pierre selbst für sie; auf einmal aber kamen sie ihr wie bloße Zeichen vor, die man verschieden auslegen konnte; Pierre brachte sie bewußt hervor; er versteckte sich hinter ihnen; mit Sicherheit wußte man nur: ‹Er sagt, es interessiert ihn›, sonst nichts.

Sie legte die Hand auf Pierres Arm.

– Erzähle du zuerst, sagte sie. Was hast du mit Xavière gemacht? Habt ihr diesmal endlich gearbeitet?

Pierre sah sie etwas kleinlaut an.

– Kaum, gab er zu.

– Nein, so was! rief Françoise, ohne ihren Verdruß zu verbergen; Xavière mußte einfach arbeiten zu ihrem eigenen Besten und zum Besten von Pierre und Françoise; sie konnte doch nicht jahrelang so als Drohne dahinleben.

– Drei Viertel des Nachmittags, sagte Pierre, haben wir damit zugebracht, uns gegenseitig anzuschreien.

Françoise spürte, daß sie ihre Züge mühsam beherrschte, ohne daß sie eigentlich wußte, was sie sich nicht anmerken lassen wollte.

– Weswegen denn? fragte sie.

– Eben wegen ihrer Arbeit, sagte Pierre; er blickte lächelnd ins Weite. Heute morgen hat in den Improvisationsübungen Bahin von ihr verlangt, sie solle im Walde spazierengehen und Blumen pflücken; sie hat mit allen Zeichen des Abscheus geantwortet, sie hasse Blumen, es war einfach nichts zu machen. Sie hat es mir auch noch ganz stolz erzählt, und da bin ich wütend geworden.

Mit friedlicher Miene goß Pierre englische Sauce auf seinen dampfenden Toast mit Käse.

– Und dann? drängte Françoise; er ließ sich Zeit, er merkte nicht, wie wichtig es für sie war, alles genau zu erfahren.

– Na ja, das ergab sich dann so! sagte Pierre. Sie war völlig verstockt; sie erschien, ganz Lächeln und Sanftmut, und erwartete, ich solle ihr Kränze flechten, und statt dessen habe ich sie gehörig heruntergemacht! Sie hat mir mit geballten Fäusten, gleichzeitig aber mit dieser gewissen perfiden Höflichkeit, die du ja an ihr kennst, erklärt, wir seien schlimmer als Bourgeois, weil wir auf unseren seelischen Komfort versessen wären. Es war gar nicht so unrichtig, aber ich habe mich in einen fürchterlichen Zorn hineingeredet; dann haben wir uns eine Stunde im ‹Dôme› gegenübergesessen, ohne den Mund aufzumachen.

Ewig diese Theorien über die Hoffnungslosigkeit des Lebens, die Eitelkeit allen Strebens, es fing ja wirklich an, einem über zu werden. Doch Françoise hielt an sich: sie wollte ja schließlich nicht ihre Zeit damit zubringen, Xavière zu kritisieren.

– Das muß ja erheiternd gewesen sein! meinte sie. Es war doch zu dumm, daß ihr irgend etwas in der Kehle saß und sie am offenen Sprechen hinderte; sie würde ja wohl nicht anfangen, mit Pierre höfliche Redensarten auszutauschen.

– Es ist gar nicht so unangenehm, einmal richtig zu kochen vor Zorn, sagte Pierre, ich glaube, sie hat es auch ganz gern; aber sie hält es nicht so lange aus wie ich, sie wird schließlich weich; den Augenblick habe ich ersehen, um wieder einen Annäherungsversuch zu machen. Es war gar nicht einfach, sie hatte sich in ihren Haß verbissen, aber schließlich habe ich es doch erreicht. Mit Genugtuung fügte er hinzu: Wir haben feierlich Frieden geschlossen, und um den Pakt zu besiegeln, hat sie mich eingeladen, mit ihr in ihrem Zimmer Tee zu trinken.

– In ihrem Zimmer? fragte Françoise; schon lange hatte Xavière sie nicht mehr in ihrem Zimmer empfangen, ein Gefühl der Auflehnung nahm von ihr Besitz.

– Hast du sie schließlich dazu gebracht, einen wirklichen Entschluß zu fassen?

– Wir haben von anderm gesprochen, sagt Pierre. Ich habe ihr von unseren Reisen erzählt, und wir haben uns vorgestellt, wir machten zusammen eine.

Er lächelte.

– Wir haben eine Reihe von kleinen Szenen improvisiert; eine Begegnung mitten in der Wüste zwischen einer englischen Ausflüglerin und einem großen Abenteurer, du kannst dir sicher schon denken. Sie hat Phantasie, nur muß sie noch lernen, etwas daraus zu machen.

– Man müßte sie fest bei der Stange halten, meinte Françoise mit leisem Vorwurf im Ton.

– Das tue ich schon, schilt mich nicht, sagte Pierre.

Er lächelte auf eine komische, demütige und zerknirschte Art.

– Auf einmal hat sie zu mir gesagt: ‹Mit Ihnen ist es ganz großartig.›

– Immerhin! sagte Françoise. Das ist ja ein Erfolg. Mit Ihnen ist es ganz großartig . . . Sie hatte sicher dagestanden, die Blicke ins Weite gerichtet, oder hatte sie am Fußende ihres Diwans gesessen, Auge in Auge mit Pierre? Es lohnte sich nicht, danach zu fragen; wie sollte man sich die genaue Schwingung ihrer Stimme vorstellen oder den Duft, der in jenem Augenblick in ihrem Zimmer schwebte? Worte konnten einen höchstens näher an das Geheimnis heranbringen, undurchdringlich blieb es doch: und es warf dann nur auf das Herz einen um so kälteren Schatten.

– Ich sehe nicht ganz klar, sagte Pierre nachdenklich, was sie eigentlich für mich fühlt; immerhin mache ich Fortschritte, kommt mir vor; aber der Boden, den ich gewinne, scheint mir Flugsand zu sein.

– Aber du kommst doch täglich weiter, sagte Françoise.

– Als ich aufbrach, war sie wieder in düsterer Stimmung, sagte er. Sie war böse auf sich selbst, daß sie jetzt wieder keine Stunde genommen hätte, sie hatte einen ihrer Anfälle von Selbstbezichtigung.

Er blickte Françoise ernst ins Gesicht.

– Du mußt jetzt gleich recht nett zu ihr sein.

– Ich bin immer nett zu ihr, sagte Françoise etwas steif; sie spürte jedesmal einen Widerstand in sich, wenn Pierre ihr ihr Verhalten Xavière gegenüber zudiktieren wollte; sie hatte gar keine Lust, zu Xavière zu gehen und nett zu ihr zu sein, nachdem ihr eine Art Pflicht daraus gemacht wurde.

– Diese Selbstbezogenheit ist etwas Schreckliches an ihr! sagte sie. Sie muß ganz sicher sein, daß sie einen sofortigen und unbestrittenen Erfolg hat, um überhaupt etwas zu wagen.

– Das ist nicht nur Eigenliebe, meinte Pierre.

– Sondern?

– Sie hat schon hundertmal gesagt, es sei ihr widerwärtig, sich zu erniedrigen und sich auf all diese Berechnung, dies geduldige Abwarten einzulassen.

– Empfindest du das denn als eine Erniedrigung? fragte Françoise.

– Ach, ich bin ein unmoralischer Mensch, sagte Pierre.

– Sag mal aufrichtig, glaubst du, daß es sich bei ihr um moralische Grundsätze handelt?

– Aber ja, sagte Pierre in etwas gereiztem Ton, in gewissem Sinne schon. Sie hat eine sehr klare Haltung dem Leben gegenüber und schließt keinen Kompromiß; das nenne ich Moral. Sie trachtet nach Vollkommenheit; das ist eine Forderung, die wir immer sehr geachtet haben.

– Bei ihr spricht aber auch viel Trägheit mit, meinte Françoise.

– Trägheit? sagte Pierre, was heißt das schon? Es ist eine Art, in der Gegenwart zu leben; nur darin findet sie Erfüllung; bietet ihr die Gegenwart nichts, dann verkriecht sie sich ins Gebüsch wie ein krankes Tier; aber du mußt zugeben, wenn man die Passivität so weit treibt, wie sie es tut, dann paßt der Name Trägheit nicht mehr dafür, sondern es wird daraus eine Art von positiver Kraft. Weder du noch ich brächten es fertig, achtundvierzig Stunden in einem Zimmer zu bleiben, ohne jemand zu sehen oder irgend etwas zu tun.

– Das behaupte ich auch nicht, sagte Françoise, sie verspürte plötzlich fast schmerzhaft das Bedürfnis, Xavière zu sehen; eine ungewohnte Wärme klang in Pierres Stimme auf: Bewunderung war dabei, eine Regung, von der er immer behauptet hatte, sie sei ihm unbekannt.

– Umgekehrt, sagte Pierre, wenn eine Sache ihr nahegeht, dann ist es ganz rührend zu sehen, wie sehr sie darin leben kann; ich komme mir dann ganz blutlos vor gegen sie; es demütigt mich beinahe.

– Das wäre allerdings das erste Mal in deinem Leben, bemerkte Françoise mit einem Versuch, heiterer zu sein.

– Als ich ging, habe ich ihr gesagt, sie sei eine kleine schwarze Perle, sagte Pierre ganz ernst. Sie hat die Achseln gezuckt, aber es ist mir ganz ernst damit. Alles ist so rein und so heftig an ihr.

– Wieso schwarz? fragte Françoise.

– Wegen dieser gewissen Perversität, die sie an sich hat. Man hat das Gefühl, daß sie augenblicksweise das Bedürfnis hat, etwas Böses anzurichten, sich selber weh zu tun und Haß auf sich zu ziehen.

Er blickte träumerisch vor sich hin.

– Es ist merkwürdig, weißt du, oft, wenn man ihr sagt, man habe Achtung vor ihr, wehrt sie sich dagegen, als mache es ihr Angst; sie fühlt sich irgendwie dadurch gebunden, daß man ihr Achtung entgegenbringt.

– Und dann hat sie es eilig damit, diese Fessel wieder loszuwerden, meinte Françoise.

Sie war unschlüssig; beinahe hatte sie Lust, an diese anziehende Gestalt zu glauben; wenn sie sich jetzt oft von Pierre getrennt fühlte, so gewiß deshalb, weil sie ihn allein auf diesen Pfaden liebevoller Bewunderung hatte vorausschreiten lassen; ihre Augen waren nicht mehr mit den gleichen Bildern angefüllt; sie sah nur ein launenhaftes Kind, wo Pierre eine anspruchsvolle, von leidenschaftlicher Scheu erfüllte Seele sah; wenn sie sich jetzt zu ihm gesellte, diesen eigensinnigen Widerstand aufgab ...

– An alledem ist etwas Wahres, sagte sie, ich habe auch oft das Gefühl, daß etwas an ihr tragisch und rührend ist.

Aber gleichzeitig sträubte sie sich auch schon wieder mit ihrer ganzen Natur; diese anziehende Maske war eine List, und sie war entschlossen, der Behexung zu widerstehen; sie hatte keine Vorstellung, was geschehen würde, wenn sie nachgab: sie wußte sich nur von einer Gefahr bedroht.

– Aber Freundschaft mit ihr ist unmöglich, setzte sie bitter hinzu. Sie ist von einem geradezu gigantischen Egoismus; es ist nicht einmal so, daß sie sich wichtiger nimmt als andere Menschen, aber sie hat absolut kein Gefühl dafür, daß sie auch existieren.

– Sie liebt dich dabei so sehr, meinte Pierre etwas vorwurfsvoll, und du gehst ziemlich rauh mit ihr um, wie du weißt.

– Es ist eine Art von Liebe, die nicht angenehm ist, sagte Françoise. Sie behandelt mich gleichzeitig wie ein Idol und wie einen Strohwisch. Im Innersten ihrer Seele versenkt sie sich vielleicht anbetungsvoll in mein Wesen; aber meine arme Person in Fleisch und Blut fordert sie zu einer oft geradezu empörenden Rücksichtslosigkeit heraus. Man kann das ganz gut verstehen: ein Idol hat nie Hunger, braucht keinen Schlaf, hat nie Kopfweh, man kann es verehren, ohne zu fragen, ob der Kult ihm gefällt, den man ihm erweist.

Pierre mußte lachen.

– Ganz unrecht hast du damit nicht; aber – auf die Gefahr hin, daß du mich für voreingenommen hältst – gerade diese Unfähigkeit, normale Beziehungen zu andern Menschen zu unterhalten, hat etwas Rührendes für mich.

Françoise lächelte zurück.

– Etwas voreingenommen finde ich dich schon, sagte sie.

Sie verließen gemeinsam das Restaurant; bislang war von nichts anderem als von Xavière die Rede gewesen; soweit sie ihre Zeit nicht mit ihr zusammen verlebten, brachten sie sie damit zu, über sie zu sprechen, es war eine Art von Besessenheit. Françoise ließ ihren Blick voller Traurigkeit über Pierre gleiten: er hatte keine Frage gestellt, hatte sich ganz gleichgültig dagegen gezeigt, was Françoise im Laufe des Tages gedacht haben mochte; soweit er ihr mit sichtbarem Interesse zugehört hatte, war es auch vielleicht nur aus Höflichkeit gewesen? Sie schmiegte ihren Arm fest an den seinen, um wenigstens nicht ganz den Kontakt mit ihm zu verlieren. Pierre drückte leicht ihre Hand.

– Weißt du, es tut mir doch ein bißchen leid, daß ich nicht mehr bei dir im Hotel schlafe.

– Aber deine Garderobe, sagte Françoise, ist ja jetzt wirklich sehr schön, seitdem sie neu hergerichtet ist.

Es hatte etwas Erschreckendes. In dem zärtlichen kleinen Satz, der liebevollen Gebärde sah sie nur seine Absicht, nett zu ihr zu sein; es war keine Gebärde, die aus überströmender Fülle kam. Sie erschauerte. Es hatte irgendeine Kontaktstörung in ihr gegeben, und seitdem das einmal angefangen hatte, gab es keine Möglichkeit mehr, den Zweifel auszulöschen.

– Verbring einen schönen Abend, sagte Pierre freundlich zu ihr.

– Danke; bis morgen, sagte Françoise.

Sie sah, wie er in der kleinen Tür des Theaters verschwand, und spürte einen durchdringenden Schmerz. Was stand hinter diesen Äußerungen und Bewegungen? ‹Wir sind eins.› Dieser bequemen Begriffsverschleierung zuliebe hatte sie immer vermieden, sich um Pierre zu sorgen; aber das waren nur Worte; sie waren eben doch zwei. Sie hatte es eines Abends im ‹Nordpol› gespürt, und sie hatte es auch Pierre ein paar Tage später zum Vorwurf gemacht. Sie wollte damals nur dies Gefühl der Entfremdung nicht weiter einreißen lassen und hatte sich in offenen Zorn geflüchtet, um die Wahrheit nicht zu sehen: aber es lag nicht an Pierre, er hatte sich nicht verändert. Sie selber hatte jahrelang den Irrtum begangen, ihn nur als Rechtfertigung für ihr eigenes Dasein zu betrachten; nun endlich wurde sie sich bewußt, daß er für sich selbst existierte, und büßte jetzt dadurch für ihr blindes Vertrauen, daß sie sich auf einmal einem Unbekannten gegenüber fand. Sie beschleunigte ihren Schritt. Die einzige Art, Pierre näher sein, bestand darin, zu Xavière zu gehen und den Versuch zu machen, sie so zu sehen, wie er sie sah. Wie weit zurück lag jetzt die Zeit, da Françoise in Xavière nur ein Stück ihres eigenen Lebens gesehen hatte. Jetzt eben eilte sie in einer sinn- und mutlosen Angst einer fremden Welt entgegen, die sich ihren Blicken kaum einen Spalt breit öffnete.

Einen Augenblick blieb Françoise regungslos vor der Tür stehen: dies Zimmer schüchterte sie neuerdings ein; es war wirklich eine heilige Stätte; mehr als ein Kult vollzog sich hier, aber die oberste Gottheit, zu der der Rauch des blonden Tabaks emporstieg, mit dem Duft von Tee und Lavendel gemischt, das war Xavière, so wie sie selber sich sah.

Françoise klopfte vorsichtig an.

– Herein, rief eine muntere Stimme.

Etwas verwundert öffnete Françoise die Tür, Xavière stand lächelnd da in ihrem weiß-grünen Morgenrock, sie schien im voraus amüsiert durch das Staunen, auf das sie gerechnet hatte. Eine verschleierte Lampe durchflutete den Raum mit ihrem blutroten Schein.

– Ist es dir recht, wenn wir heute abend hier bei mir bleiben? fragte Xavière. Ich habe etwas zum Abendessen gerichtet.

Neben dem Waschbecken summte der Wasserkessel auf einem Spirituskocher, und im Halbdunkel bemerkte Françoise zwei Teller mit vielfarbigen Brötchen; es war ganz unmöglich, die Einladung abzulehnen: unter dem äußeren Schein der Schüchternheit waren Xavières Einladungen immer strikte Befehle.

– Wie hübsch du aussiehst! sagte Françoise. Wenn ich gewußt hätte, daß heute ein Galaabend ist, hätte ich mich auch schön gemacht.

– Du bist sehr schön, wie du bist, war Xavières leutselige Antwort. Mach dir's recht bequem; da schau, ich habe grünen Tee gekauft, die kleinen Blätter scheinen noch ganz frisch, und du wirst sehen, wieviel Aroma er hat.

Sie blies die Backen auf und löschte mit aller Macht die Flamme des Spirituskochers aus. Françoise schämte sich der hämischen Genugtuung, mit der sie ihr dabei zusah.

– Ich bin wirklich hart, dachte sie. Ich fange gewiß jetzt an, eine säuerliche ältere Person zu werden.

Wie scharf war ihr Ton eben bei dem Gespräch mit Pierre gewesen! Die aufmerksame Miene, mit der Xavière in ihre Teekanne schaute, hatte gleichwohl etwas Entwaffnendes.

– Magst du gern roten Kaviar? fragte sie.

– O ja, gern, sagte Françoise.

– Dann ist es gut, ich fürchtete schon, daß du ihn nicht magst.

Françoise betrachtete nicht ohne Mißtrauen die Brötchen; rund, viereckig oder rautenförmig geschnittene Scheiben aus Roggenbrot waren mit einer Art von mehrfarbiger Paste bestrichen; hier und da schaute eine Sardelle, eine Olive, eine Scheibe von roten Rüben hervor.

– Sie sind alle verschieden, erklärte Xavière nicht ohne Stolz, während sie den dampfenden Tee in die Tassen goß. Ich habe immer hier und da ein bißchen Tomatensauce dazwischen tun müssen, fügte sie rasch hinzu, es sah soviel hübscher aus. Du schmeckst es aber sicher nicht.

– Sie sehen ganz köstlich aus, bemerkte Françoise, in ihr Schicksal ergeben; sie konnte Tomaten nicht sehen. Sie wählte eines der Brötchen aus, die am wenigsten rot aussahen; es schmeckte etwas sonderbar, aber nicht einmal schlecht.

– Hast du schon gesehen, daß ich neue Fotos habe? fragte Xavière.

Auf die Tapete mit den roten und grünen Zweigen, die die Wände bedeckte, hatte sie eine Menge künstlerischer Aktfotografien geheftet; Françoise betrachtete aufmerksam alle die langen gebeugten Rücken und dem Beschauer dargebotenen Brüste.

– Ich glaube nicht, meinte Xavière mit schmollend verzogenem Mund, daß Herr Labrousse sie schön gefunden hat.

– Die Blonde ist vielleicht ein klein bißchen zu dick, bemerkte Françoise. Aber da die kleine schwarzhaarige Person ist wirklich allerliebst.

– Sie hat so eine schöne lange Nackenlinie, ähnlich wie die deine, sagte Xavière mit einschmeichelnder Stimme. Françoise schaute lächelnd zu ihr hin, sie fühlte sich auf einmal befreit: die ganzen trüben Phantasmagorien des Tages flogen einfach davon. Sie blickte auf den Diwan und die Sessel mit ihrem Harlekinmuster aus gelben, grünen und roten Rauten; sie liebte das Spiel dieser kühnen, doch nun verblaßten Farben, das etwas schwüle Licht und den Duft nach welken Blumen und lebendigem Fleisch, der Xavière immer umgab; Pierre wußte sicher von diesem Zimmer nicht mehr als sie, und Xavière hatte ihm bestimmt kein beseelteres Antlitz zugekehrt als jetzt eben ihr, Françoise; aus ihren reizenden Zügen formte sich ein unbefangenes Kindergesicht und nicht die Unheilsmaske einer Zauberin.

– Iß noch ein paar Brötchen, redete Xavière ihr zu.

– Ich habe wirklich keinen Hunger mehr, sagte Françoise.

– Oh! bedauerte Xavière mit tief unglücklichem Gesicht, sicher schmekken sie dir nicht.

– Aber doch, sie schmecken sehr gut, antwortete Françoise und streckte die Hand nach dem Teller aus; sie kannte gut diese zärtliche Tyrannei. Es kam Xavière nicht darauf an, den andern Freude zu machen, sondern sie berauschte sich egoistisch an der Freude, andere zu erfreuen. Sollte man sie deswegen tadeln? War dieser Zug nicht liebenswert? Mit vor Genugtuung blitzenden Augen sah sie zu, wie Françoise einen dicken Klecks Tomatenpüree herunterschluckte; man hätte aus Stein sein müssen, um von ihrer Freude nicht gerührt zu sein.

– Mir ist eben ein großes Glück begegnet, sagte Xavière in vertraulichem Ton.

– Was denn? fragte Françoise.

– Der schöne Negertänzer! sagte Xavière. Er hat mich angesprochen.

– Nimm dich nur in acht, rief Françoise, daß die Blonde dir nicht die Augen auskratzt.

– Ich bin ihm auf der Treppe begegnet, als ich mit meinem Tee und all meinen kleinen Paketen hinaufging. Xavières Augen leuchteten. Und wie nett er war! Er hatte einen ganz hellen Mantel an und auf dem Kopf einen hellgrauen Hut, das sah so hübsch aus zu seiner dunklen Haut. Die Pakete sind mir aus den Händen gefallen. Er hat sie mir mit einem breiten Lächeln aufgehoben und gesagt: ‹Guten Abend, Mademoiselle, und guten Appetit.›

– Und was hast du geantwortet? fragte Françoise.

– Nichts! antwortete Xavière mit entsetzter Miene. Ich bin davongerannt.

Sie lächelte.

– Er hat die Anmut einer Katze, und er sieht ebenso falsch und unbekümmert aus.

Françoise hatte sich diesen Neger nie sehr genau angesehen; neben Xavière kam sie sich trostlos unaufgeschlossen vor: wieviel Erinnerungen hätte Xavière vom Flohmarkt mitgebracht; sie selbst aber hatte nichts gesehen als schmutzige Lumpen und Baracken, in die es hineinregnete.

Xavière goß Françoise eine neue Tasse Tee ein.

– Hast du heute morgen gut gearbeitet? fragte sie liebevoll besorgt. Françoise lächelte; das war ganz offenbar ein Entgegenkommen von Xavières Seite; im allgemeinen haßte sie diese Arbeit, auf die Françoise den besten Teil ihrer Zeit verwendete.

– Ganz gut, antwortete sie. Aber ich mußte gegen Mittag fort, weil ich zum Essen bei meinen Eltern war.

– Bekomme ich dein Buch eines Tages zu lesen? fragte Xavière. Sie schob dabei den Mund in kokettem Schmollen vor.

– Aber sicher, sagte Françoise. Ich zeige dir gern die ersten Kapitel, sobald du einmal magst.

– Wovon handelt es? fragte Xavière.

Mit untergeschlagenen Beinen setzte sie sich auf ein Kissen und kühlte durch Blasen ihren glühendheißen Tee. Françoise blickte mit einer Art von Reue zu ihr herab, sie war gerührt, welch Interesse Xavière ihr heute bezeugte; sie hätte eben öfter versuchen sollen, zu einer richtigen Unterhaltung mit ihr zu kommen.

– Es handelt von meiner Jugend, sagte Françoise; ich möchte darin zeigen, weshalb man sich oft als junges Mädchen so schwer tut.

– Findest du, man tut sich schwer? fragte Xavière.

– Du nicht, antwortete Françoise. Du bist halt gut geraten.

Sie dachte einen Augenblick nach.

– Siehst du, solange man ein Kind ist, findet man sich ganz leicht damit ab, daß man nicht besonders beachtet wird; aber das wird anders, wenn man siebzehn ist. Man möchte nun wirklich ernstlich existieren, und da man sich innerlich immer als das gleiche Wesen fühlt, versucht man es dummerweise mit Garantien von außen her.

– Wie meinst du das? fragte Xavière.

– Man trachtet nach Anerkennung, man schreibt seine Gedanken nieder, man vergleicht sie mit bewährten Modellen. Sieh dir zum Beispiel einmal Elisabeth an. In gewisser Hinsicht hat sie dieses Stadium niemals überwunden. Sie ist eine ewige Jugendliche geblieben.

Xavière mußte lachen.

– Du warst aber sicher niemals wie Elisabeth, meinte sie.

– Gewissermaßen doch, meinte Françoise. Elisabeth macht uns ungeduldig, Pierre und mich, weil sie uns so gefügig lauscht und weil sie sich immer irgendwie unnatürlich gibt. Versucht man ihr aber etwas mehr Verständnis entgegenzubringen, so erkennt man in dem allen einen ungeschickten Versuch, ihrem Leben und ihrer Person einen Wert zu geben, den ihr niemand nehmen kann. Selbst noch ihre Hochachtung vor den von der Gesellschaft geschaffenen Formen, wie Ehe, öffentliches Ansehen, ist eine Form dieses Strebens.

Über Xavières Gesicht legte sich ein leiser Schatten.

– Elisabeth ist eine arme eitle Pute, sagte sie. Das ist alles.

– Nein, sagte Françoise, das ist eben nicht alles. Man muß nur verstehen, weshalb sie so ist.

Xavière zuckte die Achseln.

– Wozu soll man denn versuchen, Leute zu verstehen, bei denen es sich gar nicht lohnt.

Françoise unterdrückte eine Regung von Ungeduld; Xavière fühlte sich immer gleich verletzt, wenn man von jemand anderem sprach als von ihr, und noch dazu mit Nachsicht oder auch nur ohne Voreingenommenheit.

– In gewissem Sinne lohnt es sich bei jedem, sagte sie zu Xavière, die ihr mit verdrossener Aufmerksamkeit zuhörte. Elisabeth ist verstört, wenn sie in ihr Inneres schaut, weil sie da nichts weiter als gähnende Leere entdeckt; sie macht sich nicht klar, daß das bei allen so ist; die andern aber sieht sie von außen her durch das Medium der Worte, Gebärden und Mienen, die eine Fülle vortäuschen. Dadurch entsteht bei ihr ein ganz falsches Bild.

– Komisch, sagte Xavière. Gewöhnlich hast du nicht so viele Entschuldigungen für sie bereit.

– Aber es handelt sich hier weder um Entschuldigung noch um Ablehnung, sagte Françoise.

– Ich habe schon gemerkt, versetzte Xavière, du und Herr Labrousse, ihr legt immer so viel in die Leute hinein. Sie sind viel einfacher, als ihr denkt.

Françoise lächelte; es war der Vorwurf, den sie Pierre einmal gemacht hatte, daß er nämlich, nur weil es ihm Spaß machte, Xavière komplizierter sähe, als sie sei.

– Sie sind einfach, wenn man nur ihre Oberfläche sieht, sagte sie.

– Vielleicht, antwortete Xavière in einem Tone höflicher Gleichgültigkeit, mit dem sie die Unterhaltung entschieden beendete. Sie setzte ihre Tasse nieder und lächelte Françoise gewinnend zu.

– Weißt du, was mir das Zimmermädchen erzählt hat? In Zimmer neun wohnt ein Wesen, das gleichzeitig Mann und Frau ist.

– Nummer neun? sagte Françoise. Aha, daher hat sie immer dieses strenge Gesicht und eine so harte Stimme. Denn angezogen ist sie doch wie eine Frau, nicht wahr?

– Ja, aber sie heißt wie ein Mann. Er ist Österreicher, und bei seiner Geburt hat es Zweifel gegeben; schließlich hat man ihn zum Jungen erklärt; dann ist ihm mit fünfzehn Jahren etwas spezifisch Weibliches passiert, aber die Eltern haben auf dem Standesamt keine Änderung vornehmen lassen. Mit gesenkter Stimme fügte Xavière hinzu: außerdem hat er Haare auf der Brust und auch noch sonstige Eigenheiten. In seiner Heimat war er berühmt, man hat Filme über ihn gemacht, er verdiente viel Geld.

– Das kann ich mir vorstellen, meinte Françoise. In der Glanzzeit der Psychoanalyse und der Sexualwissenschaft war es ja dort eine große Chance, Hermaphrodit zu sein.

– Ja, aber als dann diese politischen Geschichten kamen, drückte Xavière sich etwas unbestimmt aus, hat er fortgehen müssen. Da hat er sich hierher geflüchtet; jetzt hat er oder sie keinen Pfennig und fühlt sich todunglücklich, weil ihr Herz sie zu den Männern zieht, und die wollen nichts von ihr wissen.

– Die Arme! meinte Françoise; das ist wahr; selbst für Päderasten ist das sicherlich nichts.

– Sie weint unaufhörlich, sagte Xavière mit mitleidsvoller Miene; sinnend blickte sie auf Françoise. Und dabei kann sie doch nichts dafür; wieso kann man aus einem Lande verjagt werden, nur weil man so oder so beschaffen ist? Dazu hat doch niemand das Recht.

– Regierungen haben immer das Recht, das sie sich selber nehmen, sagte Françoise.

– Das verstehe ich nicht, bemerkte Xavière tadelnd. Gibt es denn kein Land, in dem man tun kann, was man will?

– Nein, keines.

– Dann sollte man auf eine einsame Insel auswandern, meinte Xavière.

– Auch die einsamen Inseln, sagte Françoise, gehören heute irgendwem. Es gibt keinen Ausweg mehr.

Xavière schüttelte den Kopf.

– Oh, ich werde schon einen finden, sagte sie.

– Das glaube ich nicht, gab Françoise zurück. Du wirst dich wie alle andern Menschen mit einer Menge Dinge abfinden müssen, die dir nicht gefallen.

Sie lächelte.

– Das ist eine Vorstellung, die dich empört, nicht wahr?

– Ja, sagte Xavière.

Von der Seite her schielte sie zu Françoise hinüber.

– Hat Herr Labrousse dir gesagt, daß er mit meiner Arbeit nicht zufrieden ist?

– Er hat nur gesagt, daß ihr lange darüber diskutiert habt. Mit heiterer Miene setzte Françoise hinzu: er hat sich recht geschmeichelt gefühlt, daß du ihn auf dein Zimmer eingeladen hast.

– Oh, das ergab sich so, gab Xavière zur Antwort.

Sie wendete sich ab, um Wasser in den Kochtopf zu füllen. Ein kurzes Schweigen trat ein. Pierre täuschte sich, wenn er glaubte, Xavière habe ihm verziehen. Der letzte Eindruck war bei ihr niemals der richtige. Wahrscheinlich hatte sie mit Ingrimm an den Nachmittag zurückgedacht und sich besonders über die Versöhnung am Schluß geärgert.

Françoise sah sie lange prüfend an. Sollte dieser reizende Empfang nicht vielleicht so etwas wie ein Exorzismus sein? War sie noch einmal Xavière ins Garn gegangen? Der Tee, die Brötchen, das schöne grüne Gewand waren nicht als Ehrung für sie gedacht, sondern hatten nur den Sinn, Pierre ein leichtsinnig gewährtes Privileg wieder zu entziehen. Sie verspürte ein

Würgen im Hals. Nein, es war nicht möglich, sich dieser Freundschaft harmlos zu überlassen. Man hatte immer gleich darauf einen falschen Geschmack im Mund wie von Eisenspänen.

Siebtes Kapitel

– Sie nehmen sicher einen Früchtebecher, sagte Françoise; sie gebrauchte die Ellbogen, um Jeanne Harbley einen Weg zum Büfett zu bahnen. Tante Christine wich nicht vom Tisch, anbetungsvoll lächelte sie Guimiot zu, der mit einer Art von Herablassung ein Mokkaeis verspeiste. Mit einem raschen Blick stellte Françoise fest, daß die Teller mit Brötchen und Petits fours noch präsentabel aussahen; es waren noch einmal soviel Leute da wie bei der Weihnachtsgesellschaft im vorigen Jahr.

– Das ist ja entzückend dekoriert, sagte Jeanne Harbley.

Zum zehntenmal erteilte Françoise die gleiche Auskunft.

– Begramian hat es gemacht, er hat eben Geschmack.

Es war tatsächlich nicht so einfach gewesen, ein römisches Schlachtfeld in diesem Tempo in einen Tanzsaal zu verwandeln, aber Françoise selbst war von dem Übermaß an Stechpalmen, Misteln und Tannenzweigen nicht so besonders entzückt. Sie sah sich nach neuen Gesichtern um.

– Nein, wie reizend, daß Sie gekommen sind! Labrousse wird sich schrecklich freuen.

– Wo ist denn der teure Meister?

– Er steht da drüben mit Berger, er hat es nötig, daß ihr ihn ein bißchen auf andere Gedanken bringt.

Blanche Bouguet war kaum viel amüsanter als Berger, aber immerhin würde es eine Abwechslung sein. Pierre sah nicht sehr festfreudig aus; von Zeit zu Zeit reckte er sichtlich beunruhigt den Hals; er machte sich Sorgen, daß Xavière zuviel trinken oder davonlaufen könnte. Im Augenblick saß sie mit Gerbert am Rande des Proszeniums; sie ließen die Beine ins Leere hängen und schienen sich enorm zu langweilen. Das Grammophon spielte einen Rumba, aber es war zum Tanzen zu voll.

– Da kann ich Xavière nicht helfen! dachte Françoise; der Abend war so schon anstrengend genug, er würde vollends unerträglich werden, müßte man auch noch auf ihre Kritik und Laune Rücksicht nehmen.

– Ich kann ihr nicht helfen, sagte sich Françoise noch einmal mit etwas weniger Entschiedenheit.

– Sie gehen schon? Wie schade!

Befriedigt folgte sie der Silhouette Abelsons mit dem Blick; wenn erst einmal alle prominenten Gäste aufgebrochen wären, würde man nicht mehr so viel Spesen machen müssen. Françoise ging auf Elisabeth zu; sie stand jetzt schon seit einer halben Stunde rauchend an einem Pfeiler, mit starrem Blick und ohne mit jemand zu reden; aber der Weg über die Bühne wurde zu einer mühseligen Wanderung.

– Wie nett, daß Sie gekommen sind! Labrousse wird sich so sehr freuen! Er ist Blanche Bouguet in die Hände gefallen, versuchen Sie ihn loszueisen!

Wieder drang Françoise ein paar Schritte weiter vor.

– Sie sehen bezaubernd aus, Marie-Ange, dies Blau und Violett ist einfach fabelhaft.

– Ein kleines Ensemble von Lanvin; hübsch, nicht wahr?

Noch hier und da ein Händedruck, ein Lächeln, und Françoise war bei Elisabeth angelangt.

– Das ist jetzt Schwerarbeit, seufzte sie emphatisch auf. Sie fühlte sich wirklich erschöpft, sie war häufig in letzter Zeit am Ende ihrer Kräfte.

– Heut sieht man wirklich viel Eleganz, meinte Elisabeth; all diese Bühnengrößen, aber hast du bemerkt, wie schlecht ihre Haut oft ist?

Auch Elisabeths Haut war nicht schön; aufgeschwemmt und gelblich; ‹sie läßt sich gehen›, dachte Françoise; es war schwer, sich vorzustellen, daß sie sechs Wochen zuvor bei der Premiere als gute Erscheinung aufgefallen war.

– Das macht die Schminke, sagte Françoise.

– In der Gestalt sind sie ja fabelhaft, stellte Elisabeth unparteiisch fest. Wenn man denkt, daß Blanche Bouguet über Vierzig ist!

Die Körper wirkten jung, ebenso die Haare in den zu ausgesprochenen Farben und sogar die feste Umrißlinie der Gesichter, aber diese Jugend hatte keine lebendige Frische, sie war wie einbalsamiert; weder Runzeln noch Krähenfüße hatten diesem wohlmassierten Fleisch ihren Stempel aufgedrückt; der verlebte Zug um die Augen war um so auffallender. Sie alterten von innen heraus; das konnte noch eine ganze Weile so gehen, ohne daß der Firnis Risse bekam; dann allerdings würde eines Tages diese glänzende Schale, die dünn geworden war wie Seidenpapier, plötzlich in Staub zerfallen und eine vollkommen fertige Greisin erscheinen mit allem Zubehör: Runzeln, fleckige Haut, hervortretende Adern und knotige Fingergelenke.

– Gut konservierte Frauen, sagte Françoise; eigentlich ein schrecklicher Ausdruck; ich denke immer an Dosenhummer, und wie der Kellner einem sagt: ‹Er ist ebenso gut wie frischer, gnädige Frau.›

– Ich bin gar nicht so furchtbar für die Jugend eingenommen, meinte Elisabeth. Diese kleinen Mädchen sind miserabel angezogen, sie kommen gar nicht zur Geltung.

– Aber findest du nicht, daß die Canzetti reizend aussieht mit ihrem großen Zigeunerinnenrock? meinte Françoise. Und sieh dir nur die kleine Eloy und die Chanaud an; natürlich, glänzend im Schnitt ist das alles nicht.

Diese mittelmäßig sitzenden Kleider besaßen die ganze Anmut der noch unfertigen Existenzen, deren Ehrgeiz, Träume, Schwierigkeiten und Möglichkeiten sie zum Ausdruck brachten; der breite gelbe Gürtel der Canzetti, die Stickereien, mit denen das Mieder der Eloy übersät war, gehörten so eng zur Person der Trägerin wie das Lächeln auf ihrem Gesicht. So hatte auch Elisabeth sich einstmals angezogen.

– Ich gebe dir mein Wort darauf, daß diese jungen Dinger viel darum geben würden, wie die Harbley auszusehen oder wie Blanche Bouguet, meinte Elisabeth etwas säuerlich.

– Natürlich, und wenn sie erst Erfolg haben, werden sie auch genau aussehen wie die anderen, sagte Françoise.

Mit einem Blick umfaßte sie den Bühnenraum: die schönen Stars, die Anfängerinnen, bescheidene Nichtarrivierte, eine Fülle von Einzelschicksalen, aus denen dies wirre Gewimmel bestand, es schwindelte einem dabei. In gewissen Momenten hatte Françoise das Gefühl, daß alle diese Lebenswege ausdrücklich ihretwegen sich gerade an dem Punkt der Zeit und des Raumes schnitten, an dem sie selbst sich befand. Die Menschen waren wie hingestreut, aber jeder für sich.

– Xavière sieht ja merkwürdig unvorteilhaft aus heute abend, sagte Elisabeth. Diese Blumen, die sie sich da ins Haar gesteckt hat, das ist ja furchtbar geschmacklos!

Françoise hatte lange damit zugebracht, diesen schüchternen kleinen Strauß für Xavière zu arrangieren, aber sie wollte Elisabeth nicht in Verlegenheit bringen; es lag in ihrem Blick schon genügend Angriffslust, wenn man gleicher Meinung mit ihr war.

– Die beiden sind komisch, sagte Françoise.

Gerbert war gerade dabei, Xavières Zigarette anzuzünden, aber sorgfältig vermied er dabei, ihrem Blick zu begegnen; er sah steif und unnatürlich aus in einem eleganten dunklen Anzug, der ganz offenbar von Péclard ausgeliehen war. Xavière blickte beharrlich auf die Spitzen ihrer kleinen Schuhe.

– Solange ich sie beobachte, haben sie noch kein Wort miteinander geredet, sagte Elisabeth, sie sind schüchtern wie ein Liebespaar.

– Sie schüchtern sich gegenseitig ein, sagte Françoise; schade, sie könnten doch gute Freunde werden.

Elisabeths Perfidie berührte sie nicht, ihre Gefühle für Gerbert waren über jede Eifersucht erhaben; aber dieser deutlich spürbare Haß war nicht angenehm, ein fast offen eingestandener Haß; nie mehr weihte Elisabeth sie in ihre Geheimnisse ein; ihre Worte und selbst ihr Schweigen waren ein einziger Vorwurf.

– Bernheim hat mir gesagt, ihr ginget sicher nächstes Jahr auf Tournee, meinte Elisabeth. Ist das wahr?

– Ach wo, das ist nicht wahr, sagte Françoise; er hat sich in den Kopf gesetzt, daß Pierre schließlich nachgeben wird, aber da täuscht er sich. Im nächsten Winter will Pierre sein Stück zur Aufführung bringen.

– Fangt ihr die Saison damit an? fragte Elisabeth.

– Ich weiß noch nicht, antwortete Françoise.

– Es wäre doch schade, wenn ihr die Tournee machtet, meinte Elisabeth in Gedanken verloren.

– Das finde ich auch, sagte Françoise.

Sie fragte sich mit einiger Verwunderung, ob Elisabeth noch etwas von Pierre erhoffte; vielleicht plante sie für den nächsten Oktober einen neuen Vorstoß zu Battiers Gunsten.

– Es wird schon etwas leerer, sagte sie.

– Ich muß jetzt Lise Malan suchen, sagte Elisabeth. Sie will mir offenbar etwas Wichtiges sagen.

– Und ich muß Pierre Hilfestellung geben, sagte Françoise.

Pierre drückte allen warm die Hand, aber er mochte tun, was er wollte, es gelang ihm einfach nicht mehr, in sein Lächeln irgendeine Herzlichkeit zu legen; das war eine Kunst, die Madame Miquel ihrer Tochter nachhaltig beigebracht hatte.

– Ich frage mich, sagte Françoise zu sich selbst, während sie nach allen Seiten Abschiedsworte und bedauernde Floskeln austeilte, wie sie mit Battier jetzt steht. Elisabeth hatte Guimiot unter dem Vorwand, er stehle ihre Zigaretten, den Laufpaß gegeben und sich wieder mit Claude ausgesöhnt, aber offenbar klappte es nicht; sie war jetzt verdüsterter als je zuvor.

– Sag, wo steckt Gerbert? fragte Pierre.

Xavière stand mit hängenden Armen ganz allein mitten auf der Bühne.

– Warum wird nicht getanzt? fuhr er fort. Es gibt doch jetzt genug Platz. In seiner Stimme lag Nervosität. Mit bedrücktem Herzen blickte Françoise in dies Gesicht, das sie so lange in blinder Ruhe geliebt hatte; sie verstand sich auf seine Entzifferung; heute abend verhieß es nichts Gutes; je gespannter und starrer es schien, um so empfindlicher war es.

– Zwei Uhr zehn, sagte er, jetzt kommt niemand mehr.

Pierre war nun einmal so, daß er wenig Vergnügen aus den Augenblikken zog, in denen Xavière liebenswürdig zu ihm war; hingegen genügte ein Stirnrunzeln von ihr, daß er sich innerlich von Zorn oder Reue zerrissen fühlte. Er brauchte Macht über sie, um mit sich selbst in Frieden zu sein. Wenn andere Menschen zwischen ihr und ihm standen, war er stets unruhig und gereizt.

– Langweilst du dich auch nicht allzusehr? fragte Françoise.

– Nein, sagte Xavière. Es ist nur ärgerlich, so gute Jazzmusik zu hören und nicht tanzen zu können.

– Aber jetzt kann man doch sehr gut tanzen, sagte Pierre.

Ein kurzes Schweigen entstand; sie lächelten alle drei, aber es fiel ihnen nichts Rechtes ein.

– Ich werde dir gleich zeigen, wie man Rumba tanzt, sagte Xavière etwas übereifrig zu Françoise.

– Ich bleibe lieber beim Slowfox, sagte Françoise; für Rumba bin ich zu alt.

– Wie kannst du das sagen, widersprach Xavière; bittend blickte sie zu Pierre hinüber. Sie würde so gut tanzen, wenn sie nur wollte.

– Du bist nicht die Spur alt, sagte Pierre.

Kaum hatte er sich Xavière zugewandt, so waren seine Miene und seine Stimme wie elektrisiert; er beherrschte die winzigsten Nuancen in einer beunruhigenden Art; offenbar war er aufs höchste gespannt, in seinem Innern war nichts von jener schwebenden, zärtlichen Heiterkeit, die seine Blicke verklärte.

– Genauso alt wie Elisabeth, sagte Françoise. Ich habe sie eben gesehen, es war nicht sehr tröstlich für mich.

– Was? Elisabeth? sagte Pierre. Du schaust dich wohl selbst nie an!

– Sie schaut sich auch niemals an, warf Xavière bedauernd ein. Man müßte eine Filmaufnahme von ihr machen, ohne daß sie es weiß, und sie ihr dann überraschend vorführen; wenn sie sich dann selber sähe, wäre sie sicher erstaunt.

– Sie stellt sich gern vor, sie sei eine dickliche Dame in reiferem Alter, sagte Pierre. Wenn du wüßtest, wie jung du wirkst.

– Aber ich habe keine Lust zu tanzen, sagte sie. Es war ihr unbehaglich zumute bei diesem Rührungsduett.

– Wie wär's mit uns beiden? sagte Pierre.

Françoise sah ihnen nach; sie waren hübsch anzusehen; Xavière tanzte leicht wie ein Hauch, sie schwebte über dem Boden; Pierre hatte an sich einen schweren Körper, aber es sah aus, als höben unsichtbare Fäden ihn über die Gesetze der Schwerkraft hinaus; er hatte die rätselhafte natürliche Vollkommenheit einer Marionette.

– Ich wünschte, ich könnte tanzen, dachte Françoise.

Sie hatte es vor zehn Jahren aufgegeben, und nun war es zu spät, um wieder anzufangen. Sie hob einen Vorhang auf und zündete sich im Dunkel der Kulissen eine Zigarette an; hier wenigstens war sie einigermaßen für sich. Zu spät. Niemals würde sie eine Frau sein, die wirklich ihren Körper beherrschte; was sie jetzt noch erreichen könnte, wäre nicht interessant, es würde äußerlich aufgesetzt bleiben wie ein Aufputz, ein Schnörkel. Das bedeutete es, wenn man dreißig war: man war eine fertige Frau. In alle Ewigkeit würde sie eine Frau sein, die nicht tanzen konnte, eine Frau, die in ihrem Leben nur eine einzige Liebe gehabt hatte, eine Frau, die niemals in einem Kanu den Grand Cañon hinuntergefahren oder zu Fuß über die Hochebene von Tibet gewandert war. Diese dreißig Jahre bildeten nicht nur eine Vergangenheit, die sie hinter sich herschleppte, sondern sie hatten sich völlig um sie herumgelegt, sie ruhten in ihr selbst, sie waren ihre Gegenwart und ihre Zukunft sogar. Kein Heroismus, kein törichter Entschluß konnten daran etwas ändern. Gewiß, sie hatte vor dem Tode noch genügend Zeit, Russisch zu lernen, Dante zu lesen, Brügge oder Konstantinopel zu besuchen; sie konnte noch hier und da in ihr Leben unvorhergesehene Zwischenfälle einstreuen, neue Talente entfalten; aber deswegen würde es doch bis ans Ende eben dies Leben sein und kein anderes; ihr Leben aber war eins mit ihr selbst. Mit schmerzlicher Hellsichtigkeit fühlte sich Françoise von mitleidslosem weißem Licht, das keiner Hoffnung eine Zuflucht beließ, bis ins Letzte durchleuchtet; einen Augenblick blieb sie regungslos stehen und sah, wie in der Dunkelheit das kleine rote Ende ihrer Zigarette leuchtete. Ein leichtes Lachen, gedämpftes Flüstern rissen sie aus ihrer Erstarrung heraus: diese dunklen Korridore waren immer sehr beliebt. Sie entfernte sich lautlos und kehrte auf die Bühne zurück; die Leute schienen sich jetzt sehr gut zu amüsieren.

– Woher kommst denn du? fragte Pierre. Wir haben eben ein Weilchen mit Paule Berger geplaudert; Xavière findet sie sehr schön.

– Ich habe sie auch gesehen, sagte Françoise, und sie sogar eingeladen, bis zum Morgen zu bleiben.

Sie hatte freundschaftliche Gefühle für Paule; es war nur schwierig, sie ohne ihren Mann und die ganze übrige Truppe zu Gesicht zu bekommen.

– Sie sieht fabelhaft aus, sagte Xavière, nicht wie alle diese Mannequins hier.

– Mir sieht sie zu sehr nach Nonne oder Missionspredigerin aus, meinte Pierre.

Paule sprach gerade mit Ines; sie trug ein langes hochgeschlossenes Kleid aus schwarzem Samt; blondrote Scheitel umrahmten ihr Gesicht mit der glatten Stirn, den tiefen Augenhöhlen.

– Um die Wangen, sagte Françoise, hat sie etwas Asketisches; aber ihr großer Mund sieht nach Leben und Lebenlassen aus, und auch ihre Augen haben etwas Lebendiges.

– Es sind durchsichtige Augen, sagte Pierre mit einem Blick und Lächeln für Xavière. Ich liebe Augen, die schwer von Geheimnis sind.

Es war etwas treulos von Pierre, in diesem Ton von Paule Berger zu sprechen; im allgemeinen schätzte er sie sehr; er fand ein böses Vergnügen darin, sie ganz unnötigerweise Xavière zum Opfer zu bringen.

– Sie ist wundervoll, wenn sie tanzt, sagte Françoise; was sie macht, ist mehr Mimus als Tanz; ihre Technik ist nicht sehr entwickelt, aber sie drückt einfach alles aus.

– Ich möchte sie tanzen sehen! rief Xavière.

Pierre blickte zu Françoise hin.

– Du solltest sie darum bitten, sagte er.

– Ich fürchte, es würde ein bißchen aufdringlich sein, meinte Françoise.

– Gewöhnlich läßt sie sich nicht lange bitten, sagte Pierre.

– Ich fühle mich ihr gegenüber immer schüchtern, sagte Françoise.

Paule Berger war zu allen Leuten tadellos liebenswürdig, aber man wußte nie, was sie dachte.

– Haben Sie Françoise schon einmal schüchtern gesehen? rief Pierre lachend aus. Für mich wäre es das erste Mal!

– Es wäre so nett! drängte Xavière.

– Gut, ich gehe, sagte Françoise.

Lächelnd trat sie auf Paule Berger zu. Ines sah erschöpft aus; sie hatte ein auffallendes Kleid aus rotem Moiré an und ein Goldnetz in ihrem goldgelben Haar; Paule blickte ihr in die Augen und sprach dabei in ermutigendem, etwas mütterlichem Ton auf sie ein. Lebhaft drehte sie sich zu Françoise um.

– Ist es nicht wirklich so, daß einem beim Theater alle Begabung nichts nützt, wenn man nicht Mut und Zuversicht hat?

– Aber sicher, sagte Françoise.

Das Problem lag nicht eigentlich da, und Ines wußte es, aber sie sah dennoch etwas getroster aus.

– Ich habe eine große Bitte, sagte Françoise; sie fühlte, wie sie errötete, und spürte etwas wie Zorn gegen Pierre und Xavière.

– Wenn es Ihnen im geringsten lästig ist, sagen Sie es mir offen, aber wir würden uns so sehr freuen, wenn Sie für uns tanzten.

– Aber gern, sagte Paule. Nur habe ich leider meine Musik und meine Requisiten nicht da.

Mit einem Lächeln der Entschuldigung fuhr sie fort:

– Ich tanze jetzt mit einer Maske und einem langen Kleid.

– Das muß sehr schön sein, sagte Françoise.

Paule blickte zweifelnd zu Ines hinüber.

– Du könntest den «Tanz der Maschinen» für mich begleiten, sagte sie, und die «Stundenfrau» tanze ich ohne Musik. Aber das kennen Sie schon.

– Das macht nichts, ich würde es gern noch einmal sehen, sagte Françoise. Es ist reizend von Ihnen. Ich will nur das Grammophon abstellen.

Xavière und Pierre warteten komplicenhaft lächelnd auf sie.

– Sie tut es, sagte Françoise.

– Du bist eine gute Diplomatin, meinte Pierre.

Er sah so naiv glücklich aus, daß es Françoise erstaunte. Die Blicke starr auf Paule Berger geheftet, stand Xavière in verzückter Erwartung da. Diese kindliche Freude strahlten Pierres Züge offenbar zurück.

Paule trat bis zur Mitte der Bühne vor. Sie war dem großen Publikum noch nicht sehr bekannt, doch hier bewunderten alle ihre Kunst. Die Canzetti hockte sich auf den Boden, ihr großer mauvefarbener Rock lag rings um sie ausgebreitet, die Eloy lagerte sich katzengleich, ein paar Schritte von Tedesco entfernt. Tante Christine war jetzt fort, und Guimiot schlug kokett lächelnd die Augen zu Antonius auf, der neben ihm stand. Alle schienen überaus interessiert. Ines schlug die ersten Akkorde auf dem Flügel an. Langsam belebten sich die Arme Paules, die Maschine, die stillgestanden hatte, kam wieder in Bewegung. Der Rhythmus belebte sich nach und nach, aber Françoise sah keine Kurbelstangen und Walzen, nicht bewegten Stahl, sondern einzig Paule. Eine Frau ihrer Generation, eine

Frau, die ebenfalls eine Geschichte, eine Arbeit, ein Leben besaß; eine Frau, die tanzte, ohne von Françoise Notiz zu nehmen, und wenn sie ihr gleich darauf zulächeln würde, so gälte das nur einer Zuschauerin unter anderen; Françoise war für sie nur ein Stück der Dekoration.

– Wenn man nur mit Bestimmtheit wüßte, daß man mehr ist als sie, dachte Françoise mit einem Gefühl von Angst.

In diesem Augenblick gab es Tausende von Frauen auf Erden, die den erregten Schlag ihrer Herzen verspürten. Jede das ihre und jede für sich. Wie konnte sie glauben, daß sie sich in einem bevorzugten Zentrum der Welt befände? Da waren Paule und Xavière und so viele andere. Man konnte sich nicht einmal mit den andern vergleichen.

Langsam ließ Françoise ihre Hand an ihrem Kleid niedergleiten.

– Was bin ich? fragte sie sich; sie schaute Paule an, und dann Xavière, deren Gesicht hemmungslose Bewunderung widerspiegelte; von diesen Frauen wußte man, wer sie waren; sie hatten bestimmte Erinnerungen, sie hatten Neigungen und Ideen, durch die sie gekennzeichnet waren, deutlich umrissene Charaktere, von denen die Züge ihres Gesichtes deutlich Kunde gaben; der Lichtschein, der sie soeben durchzuckt hatte, hatte ihr nichts als Leere enthüllt. ‹Sie schaut sich niemals an›, hatte Xavière gesagt; das stimmte; Françoise gab auf ihr Gesicht nicht acht, außer um es zu pflegen wie einen fremden Gegenstand; sie suchte in ihrer Erinnerung Landschaften, Menschen, doch niemals sich selbst; ihre Gedanken und Neigungen schufen ihr kein Gesicht, sondern ihre Züge waren nur der Reflex von Wahrheiten, die sich ihr enthüllt hatten, aber wie die Mistel- und Stechpalmenzweige, die an der Decke hingen, gehörten sie weiter nicht zu ihr.

– Ich bin niemand, dachte Françoise; oft hatte sie Stolz darauf empfunden, daß sie sich nicht in die engen Grenzen des Individuums eingeschlossen fühlte; erst neulich, als sie mit Elisabeth und Xavière in der Prärie-Bar saß. Ein nacktes Bewußtsein im Antlitz der Welt, so dachte sie sich selbst. Sie berührte ihr Gesicht: es war für sie nur eine unbeschriebene Maske. Nur eines: alle andern sahen es, und wohl oder übel war auch sie in der Welt, ein Stückchen dieser Welt; sie war eine Frau unter anderen, und diese Frau hatte sie aufwachsen lassen, wie sie wollte, ohne ihr feste Wesensumrisse zu geben; sie war außerstande, über diese Unbekannte irgendein Urteil zu fällen. Und dennoch beurteilte Xavière sie, sie verglich sie jetzt wohl mit Paule; welche von ihnen zog sie vor? Und Pierre? Wenn er sie anschaute, was sah er wohl vor sich? Sie wendete den Blick zu Pierre, aber Pierre schaute nicht hin.

Er blickte auf Xavière, die mit halb geöffnetem Munde und verschwimmendem Blick, mühsam atmend, dastand, als wüßte sie nicht mehr, wo sie war; sie schien ganz außer sich. Françoise wandte schamhaft die Augen ab, Pierres Hingegebenheit an diesen Anblick kam ihr zudringlich vor, fast obszön; dies Antlitz einer Besessenen war nichts für fremde Augen. Das wenigstens wußte Françoise von sich, zu einer solchen Verzückung war sie nicht imstande. Was alles sie nicht war, konnte sie mit großer Sicherheit bestimmen, aber es war doch schmerzlich, sich selber nur als einen Ablauf von Verneinungen zu begreifen.

– Hast du Xavières Gesicht gesehen? fragte Pierre.

– Ja, sagte Françoise.

Er hatte diese Worte gesprochen, ohne Xavière aus den Augen zu lassen.

– Es ist schon so, dachte Françoise; ebensowenig wie für sich selbst hatte sie in seinen Augen unterscheidende Züge; unsichtbar, gestaltlos, bildete sie auf eine undefinierbare Weise einen Teil von ihm; er sprach zu ihr wie zu sich selbst, aber sein Blick hing an Xavière. Xavière war schön in diesem Augenblick mit ihren schwellenden Lippen und den beiden vereinzelten Tränen, die über ihre blassen Wangen flossen.

Es wurde Beifall geklatscht.

– Man muß Paule danken, dachte Françoise; und weiter: ‹Ich selbst fühle nichts›; sie hatte dem Tanz kaum zugesehen, sie hatte sich immer die gleichen Gedanken, die sie verfolgten, wiederholt, wie alte Frauen es tun.

Paule nahm die Komplimente, die man ihr machte, mit viel Grazie entgegen; Françoise bewunderte, wie vollkommen sie sich immer benahm.

– Ich habe die größte Lust, sagte sie, mir mein Kleid, meine Platten und Masken aus meiner Wohnung holen zu lassen; sie blickte dabei Pierre mit großen, arglosen Augen an.

– Ich wüßte so gern, was Sie davon halten.

– Es wäre mir lieb, zu sehen, entgegnete Pierre, in welcher Richtung Sie gearbeitet haben; in dem, was Sie uns vorgeführt haben, deuten sich viele verschiedene Möglichkeiten an.

Das Grammophon spielte jetzt einen Paso doble, und von neuem fanden sich die Paare zusammen.

– Tanzen Sie mit mir, sagte Paule zu Françoise in einem Ton, der keinen Widerspruch duldete.

Françoise ließ sich von ihr führen; sie hörte noch, wie Xavière mißlaunig zu Pierre sagte:

– Ich? Nein, ich möchte nicht tanzen.

Einen Augenblick lang spürte sie etwas wie Verdruß. Jetzt hatte sie es also wieder falsch gemacht. Xavière war wütend, und Pierre würde sicher ihr deswegen böse sein. Aber Paule führte so gut, daß es ein Vergnügen war; Xavière konnte es längst nicht so gut.

Etwa fünfzehn Paare bewegten sich auf der Bühne; andere hatten sich zwischen den Kulissen, in die Logen verstreut; eine Gruppe hatte sich in den Proszeniumslogen häuslich niedergelassen. Plötzlich tauchte Gerbert mit puckartigen Sprüngen aus einem Eingang vor der Bühne auf; Antonius folgte seinen Spuren, indem er ihn mit einem ausdrucksvoll gespielten Verführungstanz umkreiste; er war ein Mann von etwas dicklicher Gestalt, aber voller Leben und mit großer Leichtigkeit der Bewegung. Gerbert schien ein ganz klein wenig betrunken zu sein, seine schwarze Stirnlocke fiel ihm ins Gesicht; er blieb kokett zögernd stehen, dann entzog er sich mit schamhaft zur Schulter gewandtem Gesicht; er floh und kehrte schüchtern, wie magisch angelockt zurück.

– Sie machen das reizend, sagte Paule.

– Das Pikante daran ist, sagte Françoise, daß Ramblin tatsächlich solche Neigungen hat; er gesteht es selbst offen ein.

– Ich habe mich auch schon gefragt, sagte Paule, ob der gewisse weibische Zug, den er seinem Antonius gibt, ein natürlicher oder ein künstlerischer Effekt ist.

Françoise warf einen Blick zu Pierre hinüber; er redete angeregt auf Xavière ein, die kaum auf ihn zu hören schien; mit einem komisch begehrlichen und verzauberten Ausdruck sah sie Gerbert zu. Françoise fühlte sich durch diesen Blick verletzt, er war wie eine überlegene, hinterhältige Art von Besitzergreifung.

Die Musik hörte auf, und Françoise trennte sich von Paule.

– Mit mir kannst du auch tanzen, sagte Xavière und faßte Françoise um die Taille; sie umschlang sie mit aller Macht, Françoise mußte beinahe lächeln, als sie die kleine Hand so krampfhaft zupackend an ihrem Körper fühlte; mit einem Gefühl von Zärtlichkeit atmete sie den Duft von Tee, von Honig und Körperfrische ein, der für Xavière charakteristisch war.

– Wenn ich sie für mich haben könnte, würde ich sie lieben, dachte sie.

Dies kleine herrschsüchtige Geschöpf war auch nichts anderes und nicht mehr als ein Stückchen der animalisch warmen und hilflos preisgegebenen Welt.

Aber Xavières Energie ließ nach; wie gewöhnlich tanzte sie bald wieder mehr für sich selbst, als daß sie sich um Françoise kümmerte; es gelang Françoise nicht, sich ihr anzupassen.

– Es geht nicht sehr gut, sagte Xavière in einem Ton, als wenn sie es aufgeben möchte. Ich sterbe vor Durst, setzte sie hinzu. Du auch?

– Am Büfett ist Elisabeth, stellte Françoise fest.

– Das macht doch nichts, meinte Xavière. Ich möchte etwas trinken.

Elisabeth sprach mit Pierre; sie hatte viel getanzt und schien jetzt weniger düster gestimmt; sie lächelte im Augenblick wie jemand, der mit Behagen einen Klatsch genießt.

– Ich erzähle gerade Pierre, daß die kleine Eloy den ganzen Abend hinter Tedesco her war, sagte sie; die Canzetti tobt.

– Die Eloy sieht heute gut aus, meinte Pierre, vorteilhaft verändert durch die neue Frisur; sie kann aus ihrem Äußern mehr machen, als ich geglaubt hätte.

– Guimiot hat mir gesagt, fuhr Elisabeth fort, daß sie sich jedem an den Hals wirft.

– An den Hals, das ist wohl nicht ganz wörtlich zu nehmen, meinte Françoise.

Es war ihr so herausgefahren; Xavière hatte nicht mit der Wimper gezuckt, sie hatte vielleicht nicht verstanden. Wenn die Unterhaltung mit Elisabeth nicht gespannt war, bekam sie leicht einen Stich ins Derbe. Es war nicht angenehm, diese junge Tugendwächterin dabei dicht neben sich zu fühlen.

– Sie behandeln sie alle wie eine kleine Betthure, sagte Françoise. Das Komische dabei ist nur, sie ist ganz unberührt und denkt es auch zu bleiben.

– Ist das ein Komplex bei ihr? fragte Elisabeth.

– Sie tut es wegen ihres Teints, gab Françoise lachend zurück.

Sie biß sich auf die Lippen; Pierre machte ein gequältes Gesicht.

– Wollen Sie nicht noch einmal tanzen? drängte er Xavière.

– Ich bin müde, sagte sie.

– Interessiert Sie das Theaterspielen? fragte Elisabeth in ihrem freundlichsten Ton. Fühlen Sie sich berufen?

– Du weißt ja, meinte Françoise, zu Anfang ist es eher entmutigend.

Sie schwiegen. Xavière sah aus wie die personifizierte Mißbilligung. Alles bekam ein fürchterliches Gewicht in ihrer Gegenwart, es war niederziehend.

– Arbeitest du zur Zeit? fragte Pierre.

– Ja, ein bißchen, antwortete Elisabeth; möglichst unbefangen setzte sie hinzu: Lise Malan hat für Dominique bei mir vorgefühlt wegen der Innenausstattung ihres Kabaretts; vielleicht mache ich es.

Françoise hatte den Eindruck, daß sie eigentlich nicht davon hatte reden wollen, aber nun doch dem Wunsche nachgab, ihnen zu imponieren.

– Mach es unbedingt, sagte Pierre; diese Sache hat Zukunft; Dominique wird noch sehen, was das für eine Goldgrube ist.

– Ausgerechnet diese kleine Dominique, meinte Elisabeth mit einem kurzen Auflachen. Bei ihr waren alle Menschen ein für allemal klassifiziert. In ihrem starren Weltbild, in dem sie streng auf definitive Kennzeichnung hielt, ließ sie keine Veränderung zu.

– Sie hat viel Talent, meinte Pierre.

– Sie ist immer, sagte Elisabeth, reizend zu mir gewesen, sie bewundert mich von jeher enorm. Ihr Ton war ganz objektiv.

Françoise fühlte, wie Pierre seinen Fuß so nachdrücklich auf den ihren setzte, daß er ihr damit weh tat.

– Du mußt jetzt unbedingt dein Versprechen halten, sagte er, du wirst mir zu faul; Xavière tanzt jetzt diesen Rumba mit dir.

– Also los! sagte Françoise in ergebenem Ton; sie zog Xavière mit sich fort.

– Es ist nur, um Elisabeth loszuwerden, erklärte sie; wir brauchen nur ein paarmal hin und her zu tanzen.

Pierre lief geschäftig über die Bühne.

– Ich warte in deinem Büro auf dich, sagte er. Wir trinken da oben in aller Ruhe noch eins.

– Wollen wir Paule und Gerbert einladen? fragte Françoise.

– Nein. Warum? Wir sind doch zu dreien genug, meinte Pierre etwas kurz.

Er verschwand. Françoise und Xavière gingen ihm bald nach. Auf der Treppe stießen sie auf Begramian, der die kleine Chanaud temperamentvoll umarmte; eine Reihe von Leuten, die sich an den Händen hielten, lief durch das Foyer im ersten Rang.

– Hier werden wir endlich etwas Ruhe haben, sagte Pierre.

Françoise holte eine Flasche Sekt aus ihrem Schrank; es war ein guter Champagner, der nur ausgewählten Gästen vorgesetzt wurde; es gab auch Sandwiches und Petits fours, die erst am frühen Morgen vorm Nachhausegehen gereicht werden sollten.

– Komm, mach die Flasche auf, sagte sie zu Pierre; es ist fürchterlich, was man auf der Bühne Staub schluckt; das macht die Kehle trocken.

Pierre ließ geschickt den Pfropfen herausspringen und goß die Gläser voll.

– Ist der Abend auch schön für Sie? fragte er Xavière.

– Himmlisch! antwortete Xavière; sie leerte ihr Glas in einem Zug und fing zu lachen an.

– Mein Gott! Sie können sich gar nicht vorstellen, wie achtunggebietend Sie am Anfang waren, als Sie mit dem Dicken sprachen. Ich glaubte, ich sähe meinen Onkel vor mir!

– Und jetzt? fragte Pierre.

Die Zärtlichkeit, die über seine Züge glitt, war noch verhalten und wie von Schleiern bedeckt; eine Mundbewegung hätte genügt, um ohne Übergang die Maske glatter Gleichgültigkeit herzustellen.

– Jetzt sind Sie wieder Sie selbst, stellte Xavière fest, indem sie die Lippen etwas vorschob.

Pierres Gesicht gab sein Innerstes preis; Françoise sah es nicht ohne Sorge; früher, wenn sie Pierre angeschaut hatte, war ihr die ganze Welt in seiner Gestalt sichtbar; jetzt aber sah sie nur ihn. Pierre befand sich ausschließlich da, wo sein Körper war, dieser Körper, den man mit einem Blick völlig einfangen konnte.

– Der Dicke? sagte Pierre, wissen Sie auch, wer das ist? Berger, Paule Bergers Mann.

– Ihr Mann? Eine Sekunde lang schien Xavière fassungslos, dann meinte sie mit großer Entschiedenheit: Den liebt sie aber nicht.

– Sie hängt ganz überraschend an ihm, sagte Pierre. Sie war verheiratet mit irgendeinem jungen Burschen, hat sich aber von ihm scheiden lassen, um Berger zu heiraten, was dramatische Folgen hatte, denn sie ist aus einer streng katholischen Familie. Haben Sie niemals die Romane von Masson gelesen? Das ist ihr Vater. Sie ist auch ganz typisch die Tochter eines großen Mannes.

– Sie ist sicher nicht verliebt in ihn, sagte Xavière. Die Leute verwechseln das immer! setzte sie mit blasiert ablehnender Miene hinzu.

– Ich bewundere, aus welchem reichen Schatz der Erfahrung Sie schöpfen, fiel ihr Pierre amüsiert ins Wort; er blickte lächelnd zu Françoise hinüber. Du hättest sie eben hören sollen: dieser kleine Gerbert, das ist einer von den Menschen, die sich so maßlos selber lieben, daß sie sich nicht mehr die Mühe machen, anderen zu gefallen ...

Er ahmte ausgezeichnet Xavières Stimme nach, und sie warf ihm daraufhin einen gleichzeitig belustigten und gekränkten Blick zu.

– Ja, und noch dazu hat sie sehr oft recht, meinte Françoise.

– Sie ist eine kleine Hexe, erklärte Pierre in liebevollem Ton.

Xavière lachte etwas einfältig, wie immer, wenn sie sehr zufrieden war.

– Ich glaube, das Genre von Paule Berger, sagte Françoise, ist die kalte Leidenschaft.

– Ausgeschlossen, die ist nicht kalt, protestierte Xavière. Der zweite Tanz hat mir riesig gefallen; wenn sie am Schluß vor Müdigkeit schwankt, ist das eine Art von Erschöpfung, die geradezu wollüstig wirkt.

Langsam formten ihre Lippen dies Wort.

– Sie versteht, die Sinne zu wecken, sagte Pierre; doch glaube ich nicht, daß sie selber sinnlich ist.

– Sie ist eben eine Frau, sagte Xavière mit dem Lächeln einer Eingeweihten, die ihren Körper leibhaftig spürt.

– Ich spüre meinen Körper nicht auf diese Weise, dachte Françoise; es war wieder eine richtige Beobachtung, aber es führte zu nichts, das Negativbild ihrer selbst unaufhörlich mit neuen Zügen auszustatten.

– In ihrem langen schwarzen Kleid, sagte Xavière, und wenn sie so unbeweglich dasteht, sieht sie wie die strenglinigen Jungfrauengestalten des Mittelalters aus, aber sowie sie sich bewegt, ist sie ein Bambusrohr.

Françoise schenkte ihr Glas noch einmal voll; ihre Gedanken waren nicht bei der Unterhaltung; auch sie hätte Vergleiche anstellen können mit Bezug auf Paules Haar, ihre geschmeidige Gestalt, die Beugung ihrer Arme, aber sie wäre allein damit geblieben, denn Pierre und Xavière waren völlig in ihre eigenen Bemerkungen vertieft. Ein Augenblick völliger Leere trat ein, in dem Françoise den phantasievollen Arabesken nicht folgte, die ihrer beider Rede in der Luft beschrieb; dann hörte sie wieder Pierres Stimme.

– Paule Berger, sagte er gerade, stellt das Ergreifende dar, und das Ergreifende liegt im unaufhörlichen sich beugenden Nachgeben. Reine Tragik aber, wie ich sie verstehe, lag auf Ihrem Gesicht, als Sie dem Tanz zusahen.

Xavière errötete.

– Ich habe mich zur Schau gestellt, sagte sie.

– Niemand hat es bemerkt, sagte Pierre. Ich beneide Sie darum, daß Sie die Dinge so stark fühlen.

Xavière blickte auf den Grund ihres Glases.

– Die Menschen sind so komisch, brachte sie naiv hervor. Sie haben Beifall geklatscht, aber niemand schien tiefer berührt zu sein. Das kommt vielleicht daher, daß Sie alle hier so viele Dinge kennen, aber auch bei Ihnen hat man den Eindruck, daß Sie keinen Sinn für Unterschiede haben.

Sie schüttelte den Kopf und fuhr mit einer gewissen Strenge fort.

– Es ist sonderbar. Sie haben zu mir von Paule Berger gesprochen, aber so beiläufig, wie Sie zum Beispiel von Jeanne Harbley sprechen; und zu diesem Abend haben Sie sich hergeschleppt, als wenn es zu Ihrer Arbeit ginge. Ich selber habe mich noch nie so gut unterhalten.

– Das ist wahr, sagte Pierre, ich mache vielleicht nicht genug Unterschiede.

Er hielt inne; es klopfte jemand an die Tür.

– Ich bitte um Verzeihung, sagte Ines, ich wollte Ihnen nur Bescheid sagen; Lise Malan wird jetzt ihre neuesten Chansons singen, und dann tanzt Paule noch einmal; ich habe ihr ihre Platten und ihre Masken geholt.

– Wir kommen gleich, sagte Françoise; Ines schloß wieder die Tür.

– Es war so nett hier, schmollte Xavière.

– Ich interessiere mich nicht die Spur für Lises Chansons, erklärte Pierre; wir gehen eben erst in einer Viertelstunde.

Niemals gab er sonst solche Beschlüsse kund, ohne Françoise zu fragen; sie fühlte, wie ihr das Blut in die Wangen stieg.

– Das ist aber nicht sehr nett, sagte sie.

Ihre Stimme schien ihr unfreundlicher, als sie eigentlich wollte, aber sie hatte zuviel getrunken, um sich noch ganz in der Gewalt zu haben. Es war ein unmögliches Verhalten, wenn sie jetzt nicht gingen; sie würden ja wohl nicht anfangen, Xavières Launen auch noch mitzumachen.

– Sie merken gar nicht, wenn wir nicht da sind, entschied Pierre.

Xavière lächelte ihm zu; jedesmal, wenn man ihr etwas oder noch lieber jemanden zum Opfer brachte, breitete sich auf ihrem Antlitz ein Ausdruck engelhafter Sanftmut aus.

– Man müßte für alle Zeiten hier oben bleiben können, sagte sie.

Sie lachte.

– Wir würden die Tür zuschließen und bekämen unsere Mahlzeiten nur durch ein Schiebefenster hereingereicht.

– Und Sie würden mich lehren, wie man Unterschiede macht, sagte Pierre.

Er lächelte Françoise gewinnend zu.

– Diese kleine Hexe, sagte er. Sie sieht alle Dinge mit ganz neuen Augen an, und auf einmal beginnen sie auch für uns genau auf die Weise zu existieren, wie sie ihr erscheinen. Früher haben wir Händedrücke ausgeteilt, und man hat auf alle möglichen kleinen Dinge achtgegeben; dank ihr erleben wir in diesem Jahr einen richtigen Weihnachtsabend!

– Ja, sagte Françoise.

Pierres Worte waren nicht an sie gerichtet und eigentlich auch nicht an Xavière; Pierre hatte zu sich selbst gesprochen. Das war die größte Veränderung: vordem lebte er für das Theater, für Françoise, für bestimmte Ideen, es gab immer eine Zusammenarbeit mit ihm; aber an diesem Versunkensein in sich selbst konnte niemand teilhaben. Françoise leerte ihr Glas. Es war jetzt soweit, daß sie allen Veränderungen einmal ins Auge blicken mußte; schon tagelang hatten alle ihre Gedanken einen Beigeschmack geheimer Bitternis; so mußte es im Innern von Elisabeth aussehen. Aber man durfte es nicht so machen wie Elisabeth.

– Ich will klarsehen, sagte Françoise zu sich selbst.

Sie hatte das Gefühl, daß in ihrem Kopf dunkelrote Kreise schmerzende Bahnen zogen.

– Wir müssen jetzt gehen, erklärte sie kurz.

– Ja, jetzt müssen wir, sagte Pierre.

Xavière verzog das Gesicht.

– Aber ich will erst meinen Sekt austrinken, erklärte sie.

– Dann mach schnell, sagte Françoise.

– Aber ich will nicht schnell trinken; ich will trinken und dabei meine Zigarette aufrauchen.

Sie lehnte sich entschlossen zurück.

– Ich will nicht hinuntergehen.

– Sie wollten doch selbst Paule so gern tanzen sehen, hielt ihr Pierre entgegen. Kommen Sie, wir müssen jetzt fort.

– Dann gehen Sie ohne mich, sagte Xavière; sie drückte sich fest in ihren Sessel und wiederholte in eigensinnigem Ton:

– Ich will meinen Sekt austrinken.

– Also dann bis nachher, sagte Françoise und öffnete die Tür.

– Sie wird sämtliche Flaschen austrinken, äußerte Pierre besorgt.

– Sie ist unerträglich mit ihren Launen, antwortete Françoise.

Das war keine Laune, bemerkte Pierre etwas scharf. Sie war nur so froh, uns endlich ein Weilchen für sich zu haben.

Seitdem Xavière auf ihn Wert zu legen schien, fand er offenbar alles an ihr gut; Françoise war nahe daran, es ihm zu sagen, aber dann schwieg sie doch; sie hatte sich neuerdings angewöhnt, viele Überlegungen für sich selbst zu behalten.

– Habe ich mich vielleicht geändert? fragte sie sich.

Gleich darauf war sie entsetzt bei dem Gedanken, wie feindselig ihre Gefühle eben gewesen waren.

Paule trug eine Art Burnus aus weißer Wolle; in der Hand hielt sie eine Maske, die aus einem feinmaschigen Netz bestand.

– Sie müssen wissen, sagte sie lächelnd, daß ich etwas ängstlich bin.

Es waren jetzt nicht mehr viel Menschen auf der Bühne; Paule bedeckte ihr Gesicht mit der Maske, eine heftige Musik klang in der Kulisse auf, und sie begann zu rasen; sie stellte einen Sturm dar; sie war ganz allein in einem entfesselten Orkan. Ihre Gebärden wurden von den abgehackten, schneidenden Rhythmen einer Musik untermalt, die sich an Hinduorchestern inspiriert haben mochte. Françoise fühlte, wie in ihrem Kopf der Nebelschleier zerriß; sie sah jetzt klar, was sich zutrug zwischen Pierre und ihr; sie hatten schöne, makellose Bauwerke errichtet, in deren Schatten sie lebten, ohne je danach zu fragen, was sie enthalten mochten; Pierre sagte sicher noch zu sich selbst: ‹Wir sind nur eins›, und doch hatte sie die Entdeckung gemacht, daß er für sich selber lebte; ohne ihre vollkommene Form einzubüßen, hatten sich ihre Liebe, ihr Leben langsam von ihrer Substanz entleert wie die großen, von einer unverwüstlichen Schale umschlossenen Mollusken, die in ihrem weichen Fleisch winzige Würmer bergen, deren unermüdlichem Zerstörungswerk sie erliegen.

– Ich muß mit ihm reden, dachte Françoise. Sie fühlte sich erleichtert; es bestand da eine Gefahr, aber gemeinsam würden sie sich dagegen wehren; man mußte nur sorgsamer als bisher auf jeden Augenblick achtgeben. Sie wendete sich wieder Paule zu und gab sich Mühe, ihren schönen Gebärden mit dem Blick zu folgen, ohne sich durch etwas anderes davon ablenken zu lassen.

– Sie müssen sobald wie möglich, riet ihr Pierre, einen Tanzabend geben.

– Ich weiß nicht; soll ich? fragte Paule zweifelnd. Berger meint, das sei keine Kunst, die sich selbst genügt.

– Sie sind sicher müde, fiel Françoise ein. Ich habe oben einen ganz passablen Sekt, den könnten wir im Foyer trinken, da haben wir es behaglicher als hier.

Die Bühnenfläche war jetzt zu groß für die wenigen Übriggebliebenen, und außerdem war sie mit Zigarettenenden, Obstkernen und Papierfetzen übersät.

– Bringt doch bitte ihre Platten und die Gläser mit, sagte Françoise zu der Canzetti und zu Ines.

Sie zog Pierre zur Schalttafel hin und dämpfte die Beleuchtung.

– Ich möchte, daß wir bald Schluß machen und daß wir beide allein noch ein paar Schritte gehen, sagte sie.

– Aber gern, sagte Pierre; er sah sie etwas befremdet an. Fühlst du dich nicht wohl?

– Doch, ganz wohl, sagte Françoise; ihre Stimme klang etwas gereizt: Pierre schien sich nicht vorstellen zu können, daß sie noch auf andere als nur körperliche Weise verletzlich war.

– Ich möchte dich nur einen Augenblick sehen. Solche Abende haben etwas Deprimierendes.

Sie gingen jetzt die Treppe hinauf, und Pierre nahm ihren Arm.

– Es kam mir schon so vor, sagte er, als sähest du traurig aus.

Sie zuckte die Achseln; in ihrer Stimme war ein leichtes Beben.

– Wenn man das Leben der andern betrachtet, Paule, Elisabeth, Ines, kommt man auf dumme Gedanken; man fragt sich, wie einem das eigene von außen her vorkommen würde.

– Bist du mit deinem nicht zufrieden? fragte Pierre besorgt.

Françoise lächelte; es war ja alles nicht ernst; sobald sie sich mit Pierre erst ausgesprochen hätte, würde der ganze Spuk wie weggeblasen sein.

– Es ist eben so, fing sie wieder an, daß man keine Beweise hat. Man muß blindlings glauben.

Sie hielt inne; mit einem fast schmerzlich angespannten Ausdruck starrte Pierre auf die Tür oben an der Treppe, hinter der sie Xavière zurückgelassen hatten.

– Sie ist jetzt sicher stockbetrunken, sagte er.

Im gleichen Augenblick ließ er ihren Arm fahren und stürzte die letzten Stufen hinauf.

– Man hört nichts.

Einen Moment stand er regungslos da; die Unruhe, die sich jetzt in seinen Zügen malte, war nicht wie die durch Françoise in ihm erzeugte mit stiller Ergebung gemischt, sondern sie nagte offenbar an ihm.

Françoise fühlte, wie das Blut aus ihrem Antlitz wich; wenn er sie unvermutet geschlagen hätte, konnte der Schock nicht heftiger sein; niemals würde sie vergessen, wie dieser Arm, der so freundschaftlich in ihrem geruht hatte, sie mit einemmal fahrenließ.

Pierre stieß die Tür auf; auf dem Boden am Fenster lag Xavière wie eine Kugel zusammengerollt und schlief fest. Pierre beugte sich über sie. Françoise nahm aus dem Schrank einen Karton mit Kuchen, einen Korb Wein und ging wortlos hinaus; sie hatte das Bedürfnis, irgendwohin zu fliehen und, wenn es möglich wäre, sich ihren Gedanken hinzugeben und sich auszuweinen. So weit also war es gekommen: Xavières schlechte Laune zählte mehr als ihre innere Ratlosigkeit; und dennoch behauptete Pierre noch immer, er liebe sie.

Das Grammophon spielte einen melancholischen alten Schlager; die Canzetti nahm Françoise den Korb mit den Flaschen ab und installierte sich hinter der Bar; sie reichte Ramblin und Gerbert, die sich zusammen mit Tedesco auf den Hockern niedergelassen hatten, die Flaschen zu. Paule Berger, Ines, die Eloy und die Chanaud saßen in den Fensternischen.

– Ich möchte Sekt, sagte Françoise.

Ihre Schläfen hämmerten; sie hatte das Gefühl, irgend etwas in ihr, eine Ader, oder die Rippen, oder ihr Herz sei dem Zerspringen nahe. Sie war nicht gewöhnt zu leiden; es war einfach unerträglich für sie. Die Canzetti kam und hielt vorsichtig ein volles Glas in der Hand; ihr langer Rock gab ihr die majestätische Würde einer Priesterin; auf einmal trat auch die kleine Eloy mit einem Glas hastig zwischen sie und Françoise. Nach einer Sekunde des Zögerns nahm Françoise das Glas aus ihrer Hand.

– Danke, sagte sie und lächelte der Canzetti wie zur Entschuldigung zu.

Die Canzetti warf einen höhnischen Blick auf die Eloy.

– Man rächt sich halt, wie man kann, murmelte sie zwischen den Zähnen; und auf dieselbe Weise gab die Eloy etwas zur Antwort, was Françoise nicht verstand.

– Das wagst du, schrie die Canzetti, und noch dazu vor Fräulein Miquel!

Ihre Hand fuhr klatschend über die rosige Wange der Eloy nieder; die stand einen Augenblick völlig verstört da, dann warf sie sich auf die Gegnerin; sie packten sich bei den Haaren und wirbelten verbissen herum. Paule Berger warf sich zwischen sie.

– Aber was denkt ihr euch denn? rief sie und legte ihre schönen Hände der Eloy auf die Schultern.

Ein scharfes Lachen klang auf; Xavière erschien, mit starrem Blick und kreideweiß im Gesicht. Pierre folgte ihr auf dem Fuße. Alle Gesichter wandten sich den beiden zu. Xavières Lachen brach jäh ab.

– Das ist ja eine schauderhafte Musik, sagte sie; mit finsterer Entschlossenheit trat sie zum Grammophon.

– Warten Sie, rief Pierre, ich lege eine andere Platte auf.

Erstaunt und schmerzlich berührt blickte Françoise ihn an. Wenn sie bislang gedacht hatte: ‹Wir sind voneinander getrennt›, so war ihr diese Trennung bisher noch immer wie ein gemeinsames Unglück erschienen, das sie zusammen betroffen hatte und das sie auch zusammen von sich abwenden würden. Jetzt aber begriff sie: Getrenntsein hieß die Trennung allein erleben.

Die Stirn an die Fensterscheibe gepreßt schluchzte die Eloy so heftig, daß kleine Stöße ihre Schultern hoben. Françoise legte ihren Arm um sie; dieser rundliche kleine Körper, der schon soviel erlebt hatte und der doch noch immer intakt war, widerstand ihr im Grunde, aber in diesem Augenblick hatte die Geste für sie den Wert eines Alibis.

– Sie dürfen nicht weinen, sagte Françoise völlig gedankenlos; diese Tränen, dieses lauwarme Fleisch hatten etwas an sich, was sie beschwichtigte. Xavière tanzte mit Paule, Gerbert mit der Canzetti; ihre Gesichter waren erloschen, ihre Bewegungen fieberhaft; für alle war diese Nacht nun schon eine Sache, die in Ermüdung und Enttäuschung oder Reue unterging, die ihnen dumpf auf dem Herzen lag; man spürte, daß sie den Augenblick des Aufbruchs fürchteten, aber auch am Verweilen kein Vergnügen mehr fanden; sie hatten alle Lust, sich zusammenzurollen und auf dem Boden zu schlafen, wie es Xavière gemacht hatte. Auch Françoise hatte keinen anderen Wunsch. Draußen zeichneten sich schon leise am blasser werdenden Himmel die schwarzen Silhouetten der Bäume ab.

Françoise schrak zusammen. Pierre stand neben ihr.

– Wollen wir vor dem Aufbruch noch einmal einen Rundgang machen? sagte er. Kommst du mit?

– Ja, ich komme, sagte Françoise.

– Und dann bringen wir Xavière nach Hause und gehen beide in den ‹Dôme›, da ist es so nett gegen Morgen.

– Ja, sagte Françoise.

Er hatte gar nicht nötig, so freundlich zu ihr zu sein; was sie von ihm gewollt hätte, wäre nur gewesen, daß er auch ihr einmal dieses ganz unkontrollierte Gesicht zuwandte, mit dem er sich über die schlafende Xavière gebeugt hatte.

– Was ist denn? fragte Pierre.

Der Saal war jetzt in Dunkel getaucht, und er konnte nicht sehen, daß ihre Lippen zitterten; dann bezwang sie sich wieder.

– Nichts. Was soll denn sein? Ich bin nicht krank, der Abend ist gut verlaufen; alles in bester Ordnung.

Pierre faßte sie beim Handgelenk, doch sie machte sich frei.

– Vielleicht habe ich zuviel getrunken, brachte sie mit einem etwas gezwungenen Lachen hervor.

– Setz dich doch, sagte Pierre; er selbst ließ sich neben ihr in der ersten Orchesterreihe nieder. Und sage mir, was du eigentlich hast. Es sieht aus, als seist du mir böse? Was habe ich denn getan?

– Du hast nichts getan, gab sie mit einem zärtlichen Klang in der Stimme zurück; sie ergriff Pierres Hand, es war ungerecht von ihr, daß sie ihm böse war, sein Verhalten ihr gegenüber war völlig einwandfrei. Natürlich hast du nichts getan, wiederholte sie mit erstickter Stimme; sie ließ seine Hand wieder los.

– Es ist doch nicht wegen Xavière? Du weißt, daß das zwischen uns nichts ändern kann; aber du weißt auch, daß du nur ein Wort zu sagen brauchst, wenn dir diese Geschichte im geringsten mißfällt.

– Das kommt gar nicht in Frage, fiel sie lebhaft ein.

Nicht durch Opfer würde er ihr ihre Freude zurückgeben können; gewiß, in seinen bewußten Handlungen stellte er stets Françoise über alles andere; aber heute wollte sie es nicht mit diesem von einer Schicht aus moralischen Bedenken und wohlüberlegter Zärtlichkeit eingehüllten Menschen zu tun haben; sie hätte ihn gern da berührt, wo er hüllenlos war, jenseits von Fragen der Achtung, der Stufenordnung der Werte und der Meinung, die er selbst von sich hegte. Sie hielt mit Gewalt die Tränen zurück.

– Ich habe nur eben den Eindruck, sagte sie, daß unsere Liebe alt zu werden beginnt. Kaum hatte sie diese Worte gesagt, als ihre Tränen flossen.

– Alt zu werden? fragte Pierre ganz bestürzt. Aber meine Liebe zu dir ist niemals so stark gewesen wie jetzt; wie kommst du denn darauf?

Natürlich versuchte er sofort, sie zu beruhigen und auch sich selbst zu beruhigen.

– Du hast es noch gar nicht gemerkt, sagte sie, das wundert mich auch nicht. Du legst solchen Wert auf diese Liebe, daß du sie irgendwo sicher abgestellt hast, außerhalb von der Zeit, vom Leben, so daß niemand daran rühren kann; dann und wann denkst du mit Befriedigung daran, aber was in Wirklichkeit aus ihr geworden ist, darüber denkst du gar nicht nach.

Sie schluchzte jetzt hörbar auf.

– Ich aber muß klarsehen, sagte sie, gegen die Tränen ankämpfend.

– So beruhige dich doch, sagte Pierre und drückte sie an sich, ich glaube, du phantasierst.

Sie stieß ihn von sich; er täuschte sich, sie sprach nicht, um von ihm eingelullt zu werden; es wäre allzu einfach, wenn er ihren Gedanken dadurch den Stachel nehmen könnte.

– Ich phantasiere nicht, sagte sie; weil ich zuviel getrunken habe, finde ich vielleicht den Mut, heut abend mit dir zu sprechen, aber ich denke das alles seit Tagen schon.

– Dann hättest du es mir eher sagen sollen, meinte Pierre etwas streng. Ich verstehe dich nicht. Was wirfst du mir vor?

Er war jetzt in Verteidigungsstellung; es war ihm immer sehr gegen den Strich, sich im Unrecht zu fühlen.

– Ich werfe dir gar nichts vor, sagte Françoise, du kannst in deinem Gewissen ganz beruhigt sein. Aber ist denn das alles, worauf es ankommt? schrie sie heftig heraus.

– Das hat ja weder Hand noch Fuß, sagte Pierre. Ich liebe dich, das solltest du wirklich wissen; wenn es dir aber Spaß macht, zu zweifeln, weiß ich wirklich nicht, wie ich den Gegenbeweis erbringen soll.

– Glauben, immer glauben, sagte Françoise. So glaubt Elisabeth wahrscheinlich immer noch, daß Battier sie liebt, und vielleicht, daß sie selber ihn liebt. Natürlich gibt das Sicherheit. Du hast das Bedürfnis, von deinen Gefühlen immer das gleiche Bild zu behalten. Du möchtest sie gern rund um dich her aufgereiht sehen, unveränderlich, und wenn auch nichts dahinter ist, das ist dir ganz egal. Sie sind wie die übertünchten Gräber in der Heiligen Schrift, außen glänzt alles und wirkt solide und zuverlässig, man kann sie sogar in gewissen Abständen durch schöne Reden wieder mit frischem Weiß überziehen.

Ein neuer Tränenstrom brach hervor.

– Nur darf man nicht dahinterschauen, denn inwendig sind sie voller Asche und Staub.

Sie wiederholte:

– Asche und Staub. Sie sah es vor sich in seinem ganzen Grauen. Oh! machte sie und verbarg das Gesicht in der Beugung ihres Armes.

Pierre ließ die Hände sinken.

– Hör auf zu weinen, sagte er; wir wollen vernünftig reden.

Er würde jetzt lauter schöne Gegengründe vorbringen, und es würde so bequem sein, darauf einzugehen. Françoise aber wollte sich nicht belügen wie Elisabeth; sie sah zu klar; sie schluchzte unbeirrt weiter.

– Aber geh, das ist doch nicht ernst, sagte Pierre jetzt ganz sanft; er strich mit leichter Hand über ihr Haar; aber sie bäumte sich auf.

– Doch ist es ernst, wandte sie ein; ich weiß genau, was ich sage; deine Gefühle sind unveränderlich, sie können ohne weiteres Jahrhunderte überstehen, denn sie sind mumifiziert. Sie sind wie all diese Weiber da, rief sie in grauenvollem Gedenken an das Gesicht von Blanche Bouguet, da bewegt sich nichts, sie sind einbalsamiert.

– Du bist wirklich gar nicht nett, sagte Pierre; weine oder streite mit mir, aber nicht beides zugleich.

Mit beherrschter Stimme fuhr er fort:

– Höre, ich gerate selten in Verzückung, verliebtes Herzklopfen kenne ich kaum, das ist wahr; aber besteht denn darin etwa die Wirklichkeit einer Liebe? Weshalb bist du heute auf einmal darüber so aufgebracht? Du hast doch immer gewußt, wie ich bin.

– Sieh mal, sagte Françoise, mit deiner Freundschaft mit Gerbert ist es ja ebenso; du siehst ihn fast nie mehr, bist aber empört, wenn ich sage, daß deine Neigung für ihn nachgelassen hat.

– Ich habe nicht das Bedürfnis, die Leute so oft zu sehen, das stimmt, sagte Pierre.

– Du hast nach nichts ein Bedürfnis, antwortete Françoise, dir ist das alles egal.

Sie schluchzte verzweifelt; es graute ihr vor dem Augenblick, wo sie auf die Tränen verzichten würde, um in eine Welt beschwichtigender Täuschungen einzutreten; man hätte ein Zauberwort wissen sollen, um diesem Augenblick Ewigkeit zu verleihen.

– Ach, hier sind Sie, sagte jemand.

Françoise richtete sich auf; es war erstaunlich, wie schnell diese unwiderstehliche Tränenflut nun doch zum Stillstand kam. Ramblins Silhouette löste sich aus dem Türrahmen heraus; lachend kam er näher.

– Ich werde verfolgt, sagte er; die kleine Eloy hat mich in einen dunklen Winkel geschleppt, sie wollte mich über die Verruchtheit der Welt aufklären, hat mir aber dann ganz offen Gewalt anzutun versucht.

Er bedeckte sich mit der schamhaften Geste der Mediceischen Venus.

– Ich habe mit größter Mühe meine Tugend verteidigt.

– Die Eloy hat heute abend kein Glück, sagte Pierre; vorher hat sie ihre Verführungskünste vergebens an Tedesco versucht.

– Ich weiß nicht, sagte Françoise, was ohne die Anwesenheit der Canzetti passiert wäre.

– Ich habe gewiß keine Vorurteile, bemerkte Ramblin von neuem, aber diese Manieren finde ich einfach ungesund.

Er horchte.

– Hören Sie?

– Nein, sagte Françoise. Was gibt es denn zu hören?

– Jemand atmet hier.

Ein leichtes Geräusch kam von der Bühne, es schien sich allerdings jemand dort aufzuhalten.

– Wer mag das sein? fragte Ramblin.

Sie stiegen auf das Plateau hinauf; es war stockdunkel dort.

– Mehr nach rechts, sagte Pierre.

Eine menschliche Gestalt lag hinter dem Samtvorhang; sie beugten sich herunter.

– Guimiot! Ich habe mich schon gewundert, daß er gegangen sein sollte, bevor die letzte Flasche ausgetrunken ist.

Guimiot lag selig lächelnd da, den Kopf auf den Arm gelehnt; er war wirklich sehr hübsch.

– Ich werde ihn wachrütteln, sagte Ramblin. Ich schaffe ihn dann schon herauf.

– Wir machen jetzt sowieso Schluß, sagte Pierre.

Das Künstlerzimmer war leer; Pierre schloß die Tür hinter sich.

– Ich möchte gern, daß wir uns aussprechen, sagte er. Es ist mir schrecklich, daß du an unserer Liebe zweifeln kannst.

Er sah jetzt ehrlich bekümmert aus, und Françoise fühlte bei seinem Anblick, wie sie schwach wurde.

– Ich meine nicht, daß du aufgehört hast mich zu lieben, sagte sie.

– Aber du sagst, wir schleppen einen Leichnam hinter uns her; das ist so ungerecht! Erstens ist das bei dir etwas anderes; ich habe schon das Bedürfnis dich zu sehen, ich fühle mich öde, sobald du nicht da bist, aber nie, wenn ich dich bei mir habe; alles, was mir zustößt, möchte ich dir am liebsten gleich sagen, es stößt von vornherein eigentlich uns allen beiden zu; du bist mein Leben und weißt es. Sicher, ich gerate nicht dauernd außer mir deinetwegen, aber das kommt daher, weil wir glücklich sind; wenn du krank wärest oder irgendwelche Geschichten machtest, wäre ich schon außer mir.

Diese letzten Worte sagte er mit einer so überzeugten und seelenruhigen Miene, daß er Françoise damit ein zärtliches Lachen entlockte; sie nahm seinen Arm, und zusammen stiegen sie zu den Logen hinauf.

– Ich bin dein Leben, sagte Françoise, aber siehst du, was ich heute abend so lebhaft empfinde, das ist, daß unser Leben fast gegen unseren Willen, ohne daß man wählen kann, von außen her entsteht. Mich aber wählst du schon gar nicht mehr. Du bist eben nicht mehr frei, mich etwa nicht zu lieben.

– Tatsache ist, daß ich dich liebe, sagte Pierre. Glaubst du wirklich, die Freiheit bestehe darin, daß man die Dinge jede Minute von neuem in Frage stellt? Wir haben ja oft schon mit Bezug auf Xavière gesagt, daß man dann zum Sklaven seiner Launen wird.

– Ja, sagte Françoise.

Sie war zu müde, um sich in ihren eigenen Gedanken noch gut zurechtzufinden, aber sie sah Pierres Gesicht, als er ihren Arm losgelassen hatte: das war ein unleugbarer Augenschein gewesen.

– Und doch ist das Leben aus Augenblicken gemacht, gab sie leidenschaftlich zurück. Wenn jeder einzelne leer ist, kannst du mich nicht überzeugen, daß das ein volles Ganzes ergibt.

– Aber ich habe mit dir doch so viele erfüllte Augenblicke, sagte Pierre. Merkt man das denn nicht? Du sprichst, als wäre ich ein stumpfer Klotz.

Françoise berührte ihn am Arm.

– Du bist so lieb, sagte sie. Nur, mußt du verstehen, man kann die leeren Momente von den vollen gar nicht unterscheiden, weil du dich immer in gleicher Weise tadelfrei hältst.

– Woraus du den Schluß ziehst, sagte Pierre, daß sie alle leer sind! Eine schöne Logik ist das! Gut, ich werde nun also künftig mehr meine Launen zeigen; willst du das?

Er sah Françoise dabei vorwurfsvoll an.

– Warum bist du so schwierig, wo ich dich doch so sehr liebe?

Françoise wandte den Kopf zur Seite.

– Ich weiß nicht; es kam so über mich. Sie zögerte. Es ist zum Beispiel so: du hörst mir immer sehr höflich zu, wenn ich von mir spreche, ob es dich interessiert oder nicht; dann frage ich mich natürlich, wie oft würdest du mir jetzt zuhören, wenn du weniger höflich wärest?

– Es interessiert mich immer, gab Pierre verständnislos zurück.

– Aber niemals stellst du von dir aus Fragen.

– Ich denke mir, wenn du mir etwas zu sagen hast, sagst du es mir schon, sagte Pierre.

Er blickte sie besorgt und unsicher an.

– Wann ist das zum Beispiel vorgekommen?

– Was? fragte Françoise.

– Daß ich dich nicht gefragt habe?

– Manchmal in letzter Zeit, sagte Françoise und versuchte zu lachen. Du sahst so abwesend aus.

Sie zögerte, ihrer selbst nicht mehr sicher. Sie schämte sich angesichts des Vertrauens, das Pierre ihr entgegenbrachte; jedes Schweigen, mit dem sie ihm begegnet war, war ein Hinterhalt gewesen, in den er arglos hineintappte; er ahnte nicht, daß sie ihm Fallen stellte. Hatte nicht sie sich gewandelt? War sie es nicht, die die Unwahrheit sprach, wenn sie von wolkenloser Zuneigung redete, von Glück, von überwundener Eifersucht? Ihre Worte, ihr Verhalten entsprachen in keiner Weise den Regungen ihres Herzens; er aber glaubte ihr noch. War es Glaube oder Gleichgültigkeit?

Die Logen und Gänge waren jetzt leer; alles schien in Ordnung. Schweigend kehrten sie ins Künstlerfoyer und auf die Bühne zurück; Pierre setzte sich an den Proszeniumsrand.

– Ich glaube, ich bin dir gegenüber in letzter Zeit etwas nachlässiger gewesen, sagte er. Ich sage mir, wenn ich mich wirklich tadellos verhalten hätte, dann würde diese Tadellosigkeit dich nicht beunruhigt haben.

– Vielleicht, meinte Françoise; aber man kann sogar nicht einmal von Nachlässigkeit sprechen.

Sie schluckte einen Augenblick, um ihre Stimme zu festigen.

– Ich hatte den Eindruck, daß ich in den Momenten, in denen du dich einfach gehenließest, für dich im Grunde ohne Bedeutung war.

– Anders ausgedrückt, griff er ihren Vorwurf auf, ich bin also nur aufrichtig, wenn ich es an etwas fehlen lasse? Wenn ich mich gut betrage dir gegenüber, so liegt eine Willensanstrengung vor? Siehst du nicht selbst, was für eine Logik das ist?

– Man könnte das begründen, meinte Françoise.

– Sicher, da meine Aufmerksamkeit dir gegenüber ebenso verdammenswert ist wie meine Ungeschicklichkeit; wenn du davon ausgehst, wird mein Verhalten deinen Vorwurf immer rechtfertigen.

Pierre faßte Françoise bei der Schulter.

– Das ist falsch, sagte er. Es ist falsch und lächerlich; mein Grundgefühl dir gegenüber ist nicht eine fundamentale Gleichgültigkeit, die von Zeit zu Zeit zum Vorschein kommt; ich hänge an dir, und wenn ich es zufällig einmal, weil mich irgend etwas beschäftigt, fünf Minuten lang etwas weniger empfinde, dann sagst du selbst, daß man es gleich merkt.

Er sah sie an.

– Du glaubst mir nicht?

– Ich glaube dir, sagte Françoise.

Sie glaubte ihm; aber darum ging es nicht eigentlich. Sie wußte selbst nicht mehr, um was es eigentlich ging.

– Du bist lieb, sagte Pierre. Aber nun fang auch nicht wieder an.

Er drückte ihr die Hand.

– Ich glaube, ich verstehe ganz gut, wie es gekommen ist. Wir haben versucht, unsere Liebe außerhalb der Zeit aufzubauen, aber nur der Augenblick gibt völlige Sicherheit; für die übrige Zeit ist man auf Glauben angewiesen; ist solcher Glaube nun träges Beharren oder aber Mut?

– Das habe ich mich eben auch gefragt, sagte Françoise.

– Ich frage es mich manchmal wegen meiner Arbeit, sagte Pierre. Es verstimmt mich, wenn Xavière sagt, daß ich mich nur aus Neigung zu moralischer Sicherheit daran klammere; oder hat sie doch recht?

Françoise fühlte, wie ihr Herz sich zusammenzog; was sie am wenigsten vertragen konnte, war Pierres Zweifel an seinem Werk.

– In meinem Falle, sagte Pierre, liegt blinder Eigensinn vor; er lächelte. Du weißt ja, wenn man ein Loch in die Bienenwaben bohrt, dann füllen die Bienen doch mit gleichem beseligtem Eifer ihren Honig hinein; so ähnlich komme auch ich mir vor.

– Du meinst das doch nicht wirklich? fragte Françoise.

– Oder manchmal auch wie ein tapferer junger Held, der unbeirrt seinen Weg durch die Finsternis geht, sagte Pierre und runzelte dabei auf eine fast stur entschlossene Weise die Stirn.

– Ja, du bist ein junger Held, bekräftigte lachend Françoise.

– Ich würde das gern von mir glauben, sagte Pierre.

Er war aufgestanden und stand jetzt unbeweglich an einen der Träger gelehnt. Oben spielte das Grammophon einen Tango; die tanzten immer noch; sie mußten jetzt unbedingt zu den andern zurück.

– Es ist komisch, sagte Pierre, sie macht mir wirklich zu schaffen, diese Kreatur mit ihrer Moral, bei der man natürlich immer den kürzeren zieht. Ich glaube, wenn sie mich liebte, würde ich meiner selbst wieder so sicher sein wie zuvor; ich hätte dann das Bewußtsein, sie zur Anerkennung meiner Person gezwungen zu haben.

– Was du dir denkst! meinte Françoise. Sie kann dich doch lieben und gleichzeitig mißbilligen.

– Das wäre dann aber nur eine theoretische Mißbilligung, sagte Pierre. Wenn ich sie dazu bringe, daß sie mich liebt, dann zwinge ich mich ihr auf, ich dränge mich ein in ihre Welt und triumphiere dort also auch nach ihren eigenen Wertmaßstäben.

Er lächelte.

– Du weißt ja, wie versessen ich auf diese Art von Triumphen bin.

– Ich weiß es, sagte Françoise.

Pierre sah ihr ernst in die Augen.

– Nur will ich nicht, daß diese Art von Manie zwischen uns irgend etwas verdirbt.

– Du hast ja selbst gesagt, meinte Françoise, daß sie da nichts verderben kann.

– Nichts Wesentliches jedenfalls, sagte Pierre; aber tatsächlich ist es freilich so, daß ich, wenn ich mich um sie bekümmere, dir gegenüber nachlässiger bin; wenn ich sie anschaue, schaue ich dich nicht an.

Es war etwas Dringliches in seinem Ton.

– Ich frage mich, ob ich nicht besser täte, diese ganze Geschichte noch wieder abzubrechen; ich liebe sie ja nicht, es ist eher Aberglaube dabei; wenn sie sich sträubt, bestehe ich eigensinnig darauf, aber sobald ich mich ihrer sicher fühle, wird sie mir gleichgültig; und sollte ich jetzt beschließen, daß ich sie nicht mehr sehen will, so weiß ich, daß ich von einer Minute zur anderen nicht mehr an sie denken werde.

– Aber dafür liegt doch gar kein Grund vor, sagte Françoise.

Sicherlich würde sie es nicht bedauern, wenn die Initiative zum Bruch von Pierre selber käme; das Leben würde dann wieder so weitergehen, wie es vor Xavières Auftauchen war. Mit Verwunderung stellte Françoise fest, daß diese Gewißheit in ihr nur eine Art von Enttäuschung hervorrief.

– Du weißt ja, sagte Pierre mit einem Lächeln, ich kann von niemandem etwas annehmen. Xavière hat mir nichts gebracht. Du brauchst kein Bedenken zu haben.

Er wurde wieder ernst.

– Überlege es gut, es ist ernst. Wenn du meinst, daß da irgendeine Gefahr für unsere Liebe bestehen könnte, so mußt du es mir sagen: dieses Risiko möchte ich um keinen Preis auf mich nehmen.

Sie schwiegen jetzt beide; Françoise war der Kopf schwer geworden; sie fühlte sich nur noch als Kopf, sie hatte keinen Körper mehr; auch ihr Herz schwieg still. Es war, als sei es durch dicke Schichten von Müdigkeit und Indifferenz von ihr selbst getrennt. Ohne Eifersucht, ohne Liebe, alters- und namenlos stand sie ihrem eigenen Leben als ruhiger, kühler Beobachter gegenüber.

– Es ist gut überlegt, sagte sie, das kommt gar nicht in Frage.

Pierre legte Françoise zärtlich den Arm um die Schulter, und so gingen sie wieder zum ersten Stock hinauf. Es war jetzt hell geworden, alle sahen übernächtig aus. Françoise öffnete die Glastüren und trat auf die Terrasse hinaus; die Kälte überfiel sie; ein neuer Tag brach an.

– Und was wird jetzt geschehen? dachte sie.

Aber was auch geschehen mochte, sie hatte nicht anders entscheiden können, als sie eben getan. Sie hatte es immer abgelehnt, in Träumereien zu leben, aber sie würde sich auch nicht damit abfinden, in einer künstlich eingeschränkten Welt zu existieren. Xavière war nun einmal da, und man mußte alle Gefährdungen auf sich nehmen, die ihre Existenz mit sich bringen konnte.

– Komm wieder herein, sagte Pierre; es ist viel zu kalt.

Sie schloß die Glastür. Das Morgen würde vielleicht Kummer und Tränen bringen, aber sie hatte kein Mitleid mit jener leidenden Frau, die sie selbst vielleicht sehr bald war. Sie blickte hinüber zu Paule, zu Gerbert, Pierre und Xavière und verspürte nichts als eine unpersönliche und so heftige Neugier, daß ihr warm davon wurde wie von einer Freude.

Achtes Kapitel

– Natürlich, sagte Françoise, kommt die Rolle noch nicht ganz heraus, du spielst noch zu sehr nach innen; aber du hast dich gut eingefühlt, und alle Nuancen sitzen.

Sie ließ sich vorn auf dem Diwan nieder und faßte Xavière um die Schultern.

– Ich schwöre dir bei allem, was du willst, daß du die Szene Labrousse ruhig vorspielen kannst; es ist gut, kannst du glauben, es ist wirklich gut.

Es war schon ein Erfolg, daß Xavière sich bereit erklärt hatte, ihren Monolog vor ihr zu rezitieren; eine Stunde lang hatte sie in sie dringen müssen, Françoise war ganz erschöpft davon; aber das half auch noch nichts, wenn sie sie nicht jetzt auch dazu brachte, bei Pierre weiter daran zu arbeiten.

– Ich wage es nicht! stieß Xavière völlig mutlos hervor.

– Vor Labrousse brauchst du doch keine Angst zu haben, meinte Françoise lächelnd.

– O doch! sagte Xavière. Als Lehrer macht er mir Angst.

– Und wenn schon, entgegnete Françoise, jetzt plagst du dich seit vier Wochen mit dieser Szene herum, das grenzt ja an Hysterie, du mußt das überwinden.

– Ich will ja gern, sagte Xavière.

– Hör, verlaß dich auf mich, sprach Françoise mit Wärme auf sie ein. Ich würde dir selber nicht zureden, dich dem Urteil von Labrousse auszusetzen, wenn ich fände, daß du noch nicht fertig bist. Aber ich gebe dir mein Wort darauf.

Sie blickte Xavière in die Augen.

– Oder glaubst du mir nicht?

– Ich glaube dir, sagte Xavière, aber es ist ein schreckliches Gefühl, wenn jemand einen kritisch unter die Lupe nimmt.

– Wenn man etwas leisten will, muß man die Eigenliebe über Bord werfen, sagte Françoise. Sei mutig, mach es gleich zu Anfang deiner Stunde.

Xavière war jetzt ganz gefaßt.

– Ja, ich werde es tun, sagte sie überzeugt; ihre Lider zuckten. Es liegt mir so sehr daran, daß du mit mir zufrieden bist.

– Ich bin sicher, daß eine wirkliche Schauspielerin aus dir wird, gab Françoise liebevoll zurück.

– Das war ein guter Einfall von dir, meinte Xavière mit immer heitererer Miene. Der ganze Schluß geht viel besser, wenn ich stehend spreche.

Sie stand auf und sprach lebhaft vor sich hin:

– Wenn dieser Zweig Blätter in gerader Zahl hat, so übergebe ich den Brief ... Elf, zwölf, dreizehn, vierzehn ... gerade.

– Genauso ist es recht, rief Françoise erfreut.

Tonfall und Mienenspiel waren bei Xavière erst in der Anlage da, aber schon einfallsreich und voll Reiz; wenn man ihr nur etwas mehr Willenskraft eingeben könnte, dachte Françoise; es war eine ermüdende Vorstellung, daß man sie immer weiter in dieser Weise zum Erfolg würde schleppen müssen.

– Da kommt Labrousse, sagte Françoise. Er ist immer auf die Minute pünktlich.

Sie öffnete die Tür, sie hatte seinen Schritt erkannt. Pierre lächelte froh.

– Schönsten guten Tag, sagte er.

Er ertrank fast in einem dicken Kamelhaarmantel, in dem er aussah wie ein Teddybär.

– O Gott, war das langweilig; fast den ganzen Tag habe ich mit Bernheim zusammen Berechnungen aufgestellt.

– Laß nur, auch wir haben unsere Zeit nicht verloren, sagte Françoise. Xavière hat mir ihre Szene aus der «Gelegenheit» vorgespielt; du wirst sehen, wie gut sie gearbeitet hat.

Pierre sandte Xavière einen ermutigenden Blick zu.

– Ich stehe ganz zu Diensten, sagte er.

Xavière hatte solche Angst, sich in die feindliche Außenwelt hineinzubegeben, daß sie schließlich wenigstens eingewilligt hatte, die Stunden auf ihrem Zimmer zu nehmen; jetzt aber rührte sie sich nicht.

– Nicht gleich, sagte sie in flehendem Ton. Wir können doch gut noch einen Augenblick bleiben.

Pierre sah Françoise fragend an.

– Behältst du uns noch ein bißchen da?

– Bis halb sieben, sagte Françoise.

– Ja, nur noch ein halbes Stündchen, bat Xavière, indem sie abwechselnd Françoise und Pierre anschaute.

– Du siehst müde aus, sagte Pierre.

– Ich glaube, ich bekomme eine Grippe, meinte Françoise. Es ist jetzt so die Jahreszeit.

Es lag an der Jahreszeit, aber auch am fehlenden Schlaf; Pierre hatte eine eiserne Gesundheit, und Xavière holte das Versäumte im Laufe des Tages nach; alle beide machten sich diskret über Françoise lustig, wenn sie darauf bestand, vor sechs Uhr früh schlafen zu gehen.

– Was hat denn Bernheim gewollt? fragte sie.

– Er ist auf dies Projekt mit der Tournee zurückgekommen, sagte Pierre; er zögerte; die Zahlen sprechen natürlich sehr dafür.

– Aber mehr Geld brauchen wir doch im Augenblick gar nicht, fiel Françoise lebhaft ein.

– Eine Tournee? rief Xavière. Wohin?

– Nach Griechenland, Ägypten, Marokko, sagte Pierre; er lächelte. Wenn etwas daraus wird, nehmen wir Sie mit.

Françoise erschrak; es war nur so obenhin gesagt, aber es gab ihr einen Stich, daß Pierre auf den Gedanken gekommen war; er war mit seiner Großherzigkeit immer leicht bei der Hand. Wenn diese Reise jemals stattfände, so war sie eisern entschlossen, sie allein mit ihm zu machen; man schleppte natürlich die Truppe mit sich herum, aber das zählte nicht.

– Bis dahin ist ja noch lange Zeit, sagte sie.

– Meinst du, fragte Pierre in gewinnendem Ton, es wäre so schlimm, wenn wir uns ein bißchen Ferien gönnten?

Diesmal war es ein wahrer Tornado, was sich in Françoise erhob und sie von Kopf bis Fuß erschütterte; niemals hatte Pierre auch nur im entferntesten diese Möglichkeit ins Auge gefaßt; er war jetzt so gut im Zuge. Im nächsten Winter sollten seine Stücke gebracht werden, und sie hatten allerlei Pläne für die Schauspielschule gehabt. Es war Françoise so eilig damit, daß er auf die Höhe seines Ruhmes gelangte und endlich seinem Werke die entscheidende Formung gab. Sie vermochte kaum das Beben in ihrer Stimme zu meistern.

– Aber doch jetzt nicht, sagte sie. Du weißt doch, wie wichtig beim Theater immer der Zeitpunkt ist; nach «Julius Cäsar» ist alles gespannt, was du in der neuen Saison bringen wirst. Wenn du jetzt ein Jahr verstreichen läßt, denken die Leute bis dahin an etwas anderes.

– Deine Rede ist Gold wie immer, sagte Pierre mit leisem Bedauern im Ton.

– Wie vernünftig ihr seid! rief Xavière; auf ihrem Gesicht lag ein Ausdruck von Bewunderung und Mißbilligung.

– Oh, aber eines Tages, sagte Pierre, wird sicher etwas daraus. Das wird so schön, wenn wir dann in Athen, in Algier an Land gehen und uns in diesen kleinen Mottenkisten von Theatern installieren. Nach der Vorstellung sitzen wir dann anstatt im ‹Dôme› auf Matten im Hintergrund eines maurischen Kaffeehauses und rauchen Kiff aus Pfeifen.

– Was ist das, Kiff? fragte Xavière mit verzücktem Blick.

– Eine opiumartige Pflanze, die dort angebaut wird; sie soll einem märchenhafte Träume eingeben; enttäuscht setzte er hinzu: ich allerdings habe niemals geträumt.

– Das wundert mich bei Ihnen nicht, meinte Xavière in zärtlich-nachsichtigem Ton.

– Es wird aus allerliebsten kleinen Pfeifen geraucht, die einem die Kaufleute nach Maß anfertigen, sagte Pierre. Sie wären doch sicher stolz darauf, Ihre eigene Pfeife zu haben!

– Und Visionen hätte ich sicher auch, meinte Xavière.

– Erinnerst du dich noch an Moulay Idriß? fragte Pierre mit einem lächelnden Blick auf Françoise; wir haben da aus einer Pfeife geraucht mit Arabern, die sicher mit Syphilis verseucht waren, und sie ging von Mund zu Mund.

– Ich weiß es noch gut, sagte Françoise.

– Du hast es nicht lange mitgemacht, meinte Pierre.

– Du warst auch nicht wild darauf, sagte Françoise.

Sie brachte die Worte mit Mühe hervor, so beklommen war ihr zumute. Und doch handelte es sich um noch in weiter Ferne liegende Pläne, die Pierre ganz sicher nicht ohne ihre Zustimmung entscheiden würde. Sie würde ganz einfach nein sagen, es lag gar kein Grund zur Beunruhigung vor. Nein. Nein, sie würden nicht im nächsten Winter fort sein; nein, und Xavière käme sicher nicht mit. Nein. Sie zitterte; sie hatte offenbar Fieber, ihre Hände waren feucht, und ihr Körper glühte.

– Jetzt müssen wir arbeiten, sagte Pierre.

– Ich will auch arbeiten, sagte Françoise; sie zwang sich zu einem Lächeln; sie hatten wahrscheinlich gemerkt, daß etwas Ungewöhnliches in ihr vorging; es hatte etwas wie eine Spannung in der Luft gelegen. Gewöhnlich gelang es ihr, sich besser zu beherrschen.

– Wir haben noch fünf Minuten, sagte Xavière mit schmollender Miene. Sie seufzte: nur fünf Minuten noch.

Wieder hob sie den Blick zu Françoise empor und senkte ihn auf deren Hände mit den schmalen Nägeln; früher wäre Françoise von diesem Blick heimlicher glühender Bewunderung gerührt gewesen, aber Pierre hatte sie darauf aufmerksam gemacht, daß Xavière dies Alibi gern benutzte, um ihre zärtlichen Gefühle ihm gegenüber zu kaschieren.

– Noch drei Minuten, sagte Xavière; ihre Augen waren jetzt starr auf den Wecker geheftet; unter ihrem Bedauern trat fast offen ein leiser Vorwurf zutage; ‹Ich geize doch sonst nicht so mit mir›, dachte Françoise; mit Pierre verglichen freilich kam sie sich kleinlich pedantisch vor; er schrieb zur Zeit überhaupt nicht, sondern gab sich nur sorglos aus; sie konnte sich mit ihm nicht messen und wollte es auch nicht. Von neuem lief eine Art von glühendem Schauer über sie hin.

Pierre stand auf.

– Treffe ich dich hier um zwölf?

– Ja, ich gehe nicht fort, sagte Françoise, ich warte mit dem Nachtmahl auf dich.

Lächelnd schaute sie zu Xavière hinüber.

– Nur Mut, es geht schnell vorbei.

Xavière seufzte tief.

– Bis morgen, sagte sie.

– Bis morgen, sagte Françoise.

Sie setzte sich an ihren Tisch und blickte ohne Freude auf die weißen Blätter; der Kopf war ihr schwer, Nacken und Rücken waren steif und schmerzten; sie wußte, daß sie schlecht mit der Arbeit vorankommen würde. Xavière hatte sie auch noch wieder eine halbe Stunde gekostet, es war furchtbar, wieviel Zeit sie verschlang. Man hatte niemals mehr Muße, nie war man allein, niemals kam man zur Ruhe; sie würde ‹nein› sagen, mit allen Kräften sich wehren; und Pierre hörte sicher auf sie.

Françoise fühlte, wie etwas in ihr nachgab und ins Gleiten geriet; Pierre würde leicht auf diesen Reiseplan verzichten, er hing im Grunde gar nicht daran; aber dann? Was würde besser dadurch? Beängstigend war, daß er selbst sich nicht dagegen geäußert hatte; gab er schon so wenig auf sein Werk? War er von einer gewissen Ratlosigkeit bereits zur Gleichgültigkeit übergegangen? Es hatte gar keinen Sinn, ihm noch von außen her den Schein eines Glaubens aufdrängen zu wollen, den er selbst nicht mehr hegte; wozu etwas wollen für ihn, wenn es doch ohne ihn und gegen ihn geschah? Die Entscheidungen, die Françoise sich von ihm versprach, konnte sie ja doch nur von seinem eigenen Willen erwarten: ihr ganzes Glück beruhte auf dem freien Willen Pierres, also gerade auf dem, worüber sie keine Macht besaß.

Sie zuckte zusammen; schnelle Schritte kamen die Treppe herauf, es wurde kräftig an die Tür gepocht.

– Herein, rief Françoise.

Die beiden Gesichter erschienen zusammen im Türrahmen, beide lächelten. Xavière hatte eine derbe schottische Kapuze über ihr Haar gezogen; Pierre hielt die Pfeife in der Hand.

– Findest du es sehr schlimm, wenn wir unsere Unterrichtsstunden durch einen Schneespaziergang ersetzen? fragte er.

In Françoise kehrte sich etwas um; sie hatte sich so auf Pierres überraschtes Staunen, auf Xavières Genugtuung gefreut, daß er sie loben würde; sie war mit ganzer Seele dabei gewesen, Xavière zur Arbeit zu bringen; aber sie war ja wirklich naiv, niemals verliefen die Stunden in ernsthafter Form, und nun wollten sie auch noch ihr die Verantwortung für ihre Trägheit aufladen.

– Das müßt ihr selbst mit euch abmachen, sagte sie; mich geht es ja nichts an.

Das Lächeln auf den Gesichtern verschwand; ein so ernster Ton war in diesem Spiel freilich nicht vorgesehen.

– Du findest es also doch schlimm? fragte Pierre einigermaßen verdutzt.

Er schaute Xavière an, die seinen Blick unsicher erwiderte; sie sahen wie zwei Ertappte aus. Zum ersten Male standen sie gerade wegen dieser Gemeinsamkeit der Schuld, die ihnen Françoise bekräftigte, als zusammengehöriges Paar vor ihr; sie spürten es selbst und fühlten sich dadurch befangen ihr gegenüber.

– Aber nein doch, sagte Françoise. Hoffentlich wird der Spaziergang recht nett.

Sie machte die Tür etwas zu schnell wieder zu und blieb an die Wand gelehnt stehen; die beiden gingen schweigend die Treppe hinunter, sie konnte sich ihre bestürzten Mienen gut vorstellen; sie würden deswegen auch nicht mehr arbeiten, nur hatte sie ihnen auch noch ihren Spaziergang verdorben; sie verspürte ein Würgen im Hals; was hatte das nun genützt? Sie hatte damit nur erreicht, ihnen die Freude zu vergällen und in ihren eigenen Augen als unangenehme Person dazustehen. Sie konnte nicht wollen an ihrer Statt, es war reiner Zufall, wie sich die beiden entschieden. Mit einem Ruck warf sie sich aufs Bett, und ihre Tränen strömten; dieser verkrampfte Wille in ihr, an dem sie so hartnäckig festhielt, wurde ihr zur Qual; sie tat besser daran, alles gehenzulassen, wie es eben wollte; man würde dann schon sehen, was daraus wird.

– Man wird schon sehen, was daraus wird, wiederholte sich Françoise; sie war am Ende ihrer Kraft; wonach sie einzig verlangte, das war der selige Friede, der sich mit den weißen Flocken auf den ermüdeten Fußgänger senkt; sie mußte eben auf alles verzichten, auf die Zukunft Xavières, auf Pierres Lebenswerk, auf das eigene Glück, dann würde sie Ruhe finden, dann endlich sicher sein vor dem Zittern im Herzen, dem würgenden Gefühl im Hals und dem trockenen Brennen in den Augenhöhlen. Es bedurfte ja nur einer kleinen Bewegung der Hände, ein Öffnen und Fahrenlassen; sie hob eine Hand und bewegte die Finger; sie gaben ihr folgsam und ahnungslos nach; schon das war ja ein Wunder, dies Sichunterordnen von tausend kleinen Muskeln, von denen man selbst nichts weiß; wozu noch mehr verlangen? Sie zögerte; loslassen also; schon verspürte sie keine Angst mehr vor dem, was morgen kommen konnte; es gab gar kein ‹Morgen› mehr; aber rings um sich her sah sie eine so nackte, eine so eisige Gegenwart, daß das Herz ihr sank. Es war wie in dem großen Konzertcafé, das sie mit Gerbert besucht hatte, ein Ablauf von Augenblicken, ein Wimmeln von Gesten und Bildern ohne Zusammenhang; mit einem Satz sprang Françoise auf die Füße; es war nicht zu ertragen. Jede Art von Leiden war besser als solche hoffnungslose Selbstaufgabe inmitten von Chaos und Leere.

Sie schlüpfte in den Mantel und zog eine Pelzkappe tief über die Ohren; sie mußte sich wiederfinden, sie hatte das Bedürfnis, sich mit sich selbst zu beraten; sie hätte es längst tun sollen, statt sich in die Arbeit zu stürzen, sobald sie eine freie Minute hatte. Die Tränen hatten ihre Lider aufgeweicht und die Ringe um die Augen vertieft; es wäre leicht zu beheben gewesen, aber es lohnte sich nicht; von jetzt bis Mitternacht würde sie ja niemanden sehen, und alle diese Stunden hindurch wollte sie einmal zur Genüge Einsamkeit in sich hineintrinken. Einen Augenblick blieb sie vor dem Spiegel stehen und schaute ihr Antlitz an, ein Gesicht, das nichts sagte. Es war vorn auf den Kopf geklebt wie ein Etikett, wie eine Aufschrift: Françoise Miquel. Das Gesicht Xavières hingegen war ein nie versiegendes Raunen; wahrscheinlich lächelte sie sich deshalb so geheimnisvoll im Spiegel zu. Françoise verließ ihr Zimmer und ging die Treppe hinab. Die Gehwege waren mit Schnee bedeckt, die Luft war schneidend kalt. Sie stieg in einen Autobus. Wenn sie sich selbst, ihre Freiheit in der Einsamkeit wiederfinden wollte, mußte sie fort aus dieser Gegend der Stadt.

Mit der flachen Hand wischte Françoise die beschlagene Scheibe ab; beleuchtete Schaufenster, Straßenlaternen, Passanten tauchten aus der Dunkelheit auf; aber sie hatte nicht das Gefühl, sich vorwärtszubewegen, alle diese Erscheinungen folgten aufeinander, ohne daß sie sich rührte; es war eine Reise in der Zeit, außerhalb des Raumes; sie machte die Augen zu. Sich sammeln, sich fassen. Pierre und Xavière waren vor sie hingetreten, sie wollte jetzt auch hintreten vor sie; sich fassen, sich fassen? Ihre Gedanken verschwammen. Sie fand einfach nichts, woran sie denken konnte.

Der Bus hielt an der Ecke der Rue Damrémont, und Françoise stieg aus; die Straßen von Montmartre lagen in weißem Schweigen da; von soviel Freiheit überwältigt wußte Françoise nicht, wohin; sie konnte nach jeder beliebigen Seite gehen und hatte doch keine Lust, überhaupt zu gehen. Mechanisch lenkte sie ihre Schritte zur ‹Butte›; der Schnee bildete unter den Füßen zunächst einen leichten Widerstand, dann gab er mit seidengleichem Zerreißen nach; man fühlte sich unangenehm enttäuscht, wenn man das Hindernis schon weichen fühlte, bevor man sich noch darum bemühte. Der Schnee, die Cafés, die Treppen, die Häuser ... was geht mich das alles an? dachte Françoise mit einem Gefühl von dumpfer, dunkler Leere; sie war von einer so tödlichen Unlust heimgesucht, daß ihr Schritt fast stockte. Was bedeuteten denn für sie all diese fremden Dinge? Sie waren in einer gewissen Entfernung aufgebaut, hatten so gar nichts mit jener schwindelnden Leere zu tun, in deren Sog sie wie in einen Mahlstrom geraten war. In einer Spirale ging es immer tiefer hinunter, es schien so, als würde sie schließlich unten irgend etwas finden müssen: Ruhe, Verzweiflung, auf alle Fälle etwas Entscheidendes; aber stets blieb sie auf gleicher Höhe, immer am Rande des Nichts. Françoise schaute hilfesuchend um sich, als sei sie in einer Not; nein, niemand konnte ihr helfen. In sich selbst hätte sie eine Wallung von Stolz, von Mitleid mit ihrem Leiden, von Weichheit finden müssen. Die Schläfen, der Rücken taten ihr weh; doch selbst dieser Schmerz kam ihr fremd vor. Es hätte jemand da sein müssen, der sagte: Ich bin müde, ich bin unglücklich, dann hätte dieser unklar umrissene, schwächliche Augenblick seinen Platz im Leben mit Würde einnehmen können. Aber niemand war da.

– Ich selbst bin schuld, dachte Françoise, als sie langsam eine Treppe erstieg. Sie war schuld daran, Elisabeth hatte recht, schon seit Jahren hatte sie aufgehört, selber jemand zu sein; sie hatte nicht einmal mehr ein Gesicht. Die enterbteste der Frauen konnte wenigstens noch liebevoll ihre eigene Hand berühren, sie aber betrachtete ihre Hände mit einem befremdeten Gefühl. Unsere Vergangenheit, unsere Zukunft, unsere Ideen, unsere Liebe . . . niemals sagte sie ‹Ich›. Und dennoch verfügte Pierre über seine eigene Zukunft, über sein eigenes Herz; er zog sich an die Grenzen seines eigenen Daseins zurück. Sie aber blieb, wo sie war, getrennt von ihm, getrennt von allen und ohne Verbindung zu ihrem eigenen Selbst; verlassen und in dieser Verlassenheit doch niemals wirklich allein.

Sie lehnte sich an das Geländer und blickte auf einen weit ausgedehnten, blauen, eiskalten Nebel hinab: Paris; er breitete sich vor ihr aus mit verletzender Gleichgültigkeit. Françoise riß sich los; was sollte sie hier in dieser Kälte mit den weißen Kuppeln zu ihren Häupten und zu Füßen den Abgrund, der sich hohl vor ihr dehnte, bis er wieder zu den Sternen stieß? Sie lief eilig die Stufen hinab; sie mußte ins Kino gehen, mit jemandem telefonieren.

– Es ist fürchterlich, murmelte sie.

Die Einsamkeit war nicht wie eine lockere Masse, die sich in kleinen Brocken verzehren ließ; es war eine kindliche Vorstellung von ihr gewesen; sie würde ganz und gar auf sie verzichten müssen, solange sie sie nicht ganz und gar zurückgewonnen hätte.

Ein schneidender Schmerz nahm ihr den Atem fort; sie blieb stehen und preßte die Hände an die Seiten:

– Was ist mit mir?

Ein Schauer durchlief sie von Kopf bis Fuß; sie war in Schweiß gebadet, es brauste in ihrem Kopf:

– Ich bin krank, dachte sie beinahe mit einem Gefühl von Erleichterung.

Sie winkte ein Taxi heran. Sie konnte nichts mehr tun als nach Hause gehen, sich zu Bett legen und zu schlafen versuchen.

Eine Tür auf dem gleichen Stockwerk fiel zu, jemand schlurfte über den Korridor; sicher war es die blonde Hure, die ihr Lager verließ; durch die Zimmerdecke erklang das Grammophon des Negers, das leise «Solitude» spielte. Françoise schlug die Augen auf, es war schon beinahe dunkel; jetzt ruhte sie schon seit achtundvierzig Stunden in ihren warmen Decken; was da in ihrer Nähe leicht atmete, war Xavière, die seit Pierres Weggang sich nicht aus dem großen Armsessel fortgerührt hatte. Françoise versuchte tief zu atmen: die schmerzende Stelle war noch da, sie war fast froh darüber, so hatte sie wenigstens die Gewißheit, wirklich krank zu sein; das gab ihr eine solche Ruhe; sie brauchte sich um nichts zu kümmern, nicht einmal sprechen mußte sie. Wäre ihr Schlafanzug nicht völlig durchnäßt gewesen, weil sie wie in Schweiß gebadet war, hätte sie sich ganz wohl gefühlt; aber er klebte am Körper; auf ihrer rechten Seite war ein großer brennender Fleck; der Doktor war empört gewesen, daß man die Kompressen so heiß aufgelegt hatte, aber er war selbst daran schuld, er hätte sich deutlicher ausdrücken sollen.

Jemand klopfte leise an die Tür.

– Herein, rief Xavière.

Der Kopf des Etagenkellners erschien im Türrahmen.

– Brauchen die Damen irgend etwas?

Er näherte sich schüchtern dem Bett: jede Stunde einmal kam er mit einer wahren Unglücksmiene seine Dienste anzubieten.

– Danke, sagte Françoise; sie konnte gar nicht sprechen, das Atmen fiel ihr schwer.

– Der Doktor sagt, morgen früh muß die Dame unbedingt in die Klinik; soll ich nicht irgendwohin telefonisch Nachricht geben?

Françoise schüttelte den Kopf.

– Ich gehe nicht fort, sagte sie.

Ein Blutstrom schoß ihr ins Gesicht, und ihr Herz fing heftig zu klopfen an, weshalb hatte der Arzt die Leute im Hotel alarmiert? Sie würden es Pierre sagen, auch Xavière würde es ihm erzählen; sie selber wußte auch, daß sie nicht imstande wäre, ihm etwas vorzulügen. Pierre würde sie zwingen, in die Klinik zu gehen. Sie wollte nicht, immerhin konnte man sie nicht gegen ihren Willen wegschaffen. Sie sah, wie die Tür sich wieder hinter dem Hausbedienten schloß, und ihre Blicke irrten durch den Raum. Alles sah nach Krankheit aus; seit zwei Tagen war weder das Bett gemacht noch sonst etwas aufgeräumt, ja, nicht einmal das Fenster war geöffnet worden. Auf dem Kamin hatten Pierre, Xavière und Elisabeth vergebens verlockende Eßwaren angehäuft: der Schinken war hart geworden, die Aprikosen weich, die ‹Crème renversèe› war in einem Meer von Karamelsoße ertrunken. Es sah wie in der Behausung einer Sequestrierten aus, die niemals ihr Zimmer verläßt, aber es war ihr Zimmer, und Françoise wollte es nicht verlassen; sie liebte die abgeblätterten Chrysanthemen auf der Tapete, den abgenutzten Teppich und die Geräusche des Hotels. Es war ihr Zimmer, ihr Leben; sie wollte passiv ausgestreckt darin liegenbleiben, nicht aber sich zwischen weiße, anonyme Klinikwäsche verbannen lassen.

– Ich möchte nicht von hier fort, sagte sie mit erstickter Stimme; von neuem durchfuhr es sie glühendheiß, und Tränen der Nervosität rannen ihr aus den Augen.

– Sei doch nicht traurig, sagte Xavière in leidenschaftlich beschwörendem Ton. Du bist ja bald wieder gesund.

Sie warf sich mit einer heftigen Bewegung über das Bett, preßte ihre kühle Wange an die glühende von Françoise; sie drängte sich dicht an sie.

– Liebe kleine Xavière, murmelte Françoise bewegt; sie schlang ihre Arme um die schmiegsame, warme Gestalt. Xavière drängte sich mit aller Macht an sie heran, sie konnte nicht mehr atmen, aber sie wollte sie auch nicht von sich fortlassen; eines Morgens hatte sie sie ja auch so an ihr Herz gedrückt: warum hatte sie sie denn nicht zu behalten gewußt? Und doch, wie sehr liebte sie dies besorgte und von Tränen der Zärtlichkeit überschwemmte Gesicht!

– Liebe kleine Xavière, wiederholte sie; ein Schluchzen stieg in ihrer Kehle auf; nein, sie wollte nicht fort. Es hatte ein Mißverständnis gegeben, aber nun würde alles ganz von vorn anfangen. In ihrer Mutlosigkeit hatte sie geglaubt, Xavière entferne sich von ihr, aber diese spontane Bewegung, mit der sie sich jetzt in ihre Arme warf, konnte nicht trügerisch sein; niemals würde Françoise die von Sorge verschatteten Augen und die fieberhaft umhegende Liebe vergessen, mit der Xavière nun seit zwei Tagen schon immer um sie war.

Xavière machte sich sanft von Françoise los und stand auf.

– Ich gehe jetzt lieber, sagte sie, ich höre Labrousse auf der Treppe.

– Ich bin sicher, sagte Françoise nervös, er will mich in die Klinik schikken.

Pierre klopfte und trat ein; seine Miene war besorgt.

– Wie geht es dir? fragte er und nahm ihre Hand mit warmem Druck in die seine; dann lächelte er Xavière zu: War sie auch brav?

– Es geht schon, sagte Françoise mit leiser Stimme, ich habe nur so ein Gefühl, als müßte ich ersticken.

Sie wollte sich etwas höher setzen, aber ein scharfer Schmerz fuhr schneidend durch ihre Brust.

– Bitte, sagte Xavière mit einem liebenswürdigen Blick zu Pierre hin, klopfen Sie doch bei mir an, wenn Sie gehen. Ich komme dann gleich wieder her.

– Das ist nicht nötig, sagte Françoise, geh lieber ein bißchen spazieren.

– Bin ich etwa keine gute Krankenpflegerin? fragte Xavière in vorwurfsvollem Ton.

– Die beste, die man sich denken kann, gab Françoise zärtlich zurück.

Xavière schloß lautlos die Tür hinter sich, und Pierre ließ sich auf dem Bettrand nieder.

– Nun, war der Doktor da?

– Ja, sagte Françoise mit mißtrauischer Reserve; sie verzog das Gesicht; sie wollte durchaus nicht weinen, aber sie spürte, wie sie die Herrschaft über sich verlor.

– Laß eine Pflegerin kommen, sagte sie, aber laß mich hier.

– Höre, sagte Pierre und legte ihr die Hand auf die Stirn. Sie haben mir da unten gesagt, du müßtest sorgfältige Pflege haben; es ist nichts Schlimmes, aber sobald die Lunge angegriffen ist, ist es immer ernst. Du brauchst Spritzen, viel Pflege und einen Arzt, der immer zur Stelle ist. Einen guten Arzt, nicht diesen alten Trottel hier.

– Besorge einen andern Arzt und eine Pflegerin, sagte sie.

Ihre Tränen brachen hervor; mit allen kümmerlichen Kräften, über die sie verfügte, setzte sie ihren Widerstand fort; sie gab nicht nach, sie würde sich nicht aus diesem Zimmer, ihrer Vergangenheit, ihrem Leben herausreißen lassen; aber sie hatte kein Mittel mehr zu ihrer Verteidigung, selbst ihre Stimme sank zu einem Flüstern herab.

– Ich will bei dir bleiben, sagte sie und weinte nun doch; sie war ganz den andern preisgegeben, nur ein von Fieberschauern heimgesuchter Leib, ohne Kraft, ohne Redevermögen und sogar ohne Gedanken.

– Ich würde auch dort den ganzen Tag bei dir sein, sagte Pierre. Es kommt auf dasselbe heraus.

Sie blickte flehend und bestürzt zu ihm auf.

– Nein, es ist nicht dasselbe, sagte sie. Schluchzen erstickte ihre Stimme. Es ist alles aus.

Sie war zu müde, um deutlich zu erfassen, was in dem gelblichen Licht des Zimmers soeben zu Ende ging, aber sie wollte und konnte sich nicht darüber trösten. Sie hatte so lange gekämpft; seit langem schon fühlte sie sich bedroht; in wirrem Durcheinander sah sie die Tische im ‹Nordpol›, die Lederbänke im ‹Dôme›, Xavières Zimmer, ihr eigenes Zimmer; sie sah sich selbst, wie sie gespannt, verkrampft über etwas wachte, von dem sie nicht wußte, was es war. Jetzt war der Augenblick gekommen; auch wenn sie die Hände geschlossen hielt und sich mit einem letzten Aufbäumen anklammerte, würden sie sie doch holen; sie konnte nichts mehr dagegen tun, es blieb ihr keine andere Abwehr dagegen als Tränen.

Françoise fieberte die ganze Nacht; erst im Morgengrauen schlief sie ein. Als sie die Augen wieder aufschlug, erhellte blasser Wintersonnenschein das Zimmer; Pierre beugte sich über sie.

– Der Krankenwagen ist da, sagte er.

– Oh! machte Françoise.

Sie erinnerte sich, daß sie am Abend vorher geweint hatte, aber sie wußte nicht mehr, warum; es war nur noch Leere in ihr, sie war jetzt vollkommen ruhig.

– Ich muß Verschiedenes mitnehmen, sagte sie.

Xavière lächelte.

– Wir haben gepackt, während du schliefest. Pyjamas, Taschentücher, Eau de Cologne. Ich glaube nicht, daß wir etwas vergessen haben.

– Du kannst ganz ruhig sein, meinte Pierre vergnügt. Sie hat den großen Koffer vollgepackt.

– Ihr hättet sie ja wie ein Waisenkind fortgehen lassen, sagte Xavière, nur mit einer Zahnbürste in einem Taschentuch. Sie trat dicht zu Françoise und starrte sie ängstlich an. Wie fühlst du dich? Wird es auch nicht zu anstrengend für dich sein?

– Ich fühle mich sehr gut, sagte Françoise.

Etwas hatte sich zugetragen, während sie schlafend lag; niemals seit langen Wochen hatte sie solchen Frieden verspürt. Xavières Gesicht zuckte; sie faßte Françoise bei der Hand und drückte sie fest.

– Ich höre sie kommen, sagte sie.

– Kommt mich alle Tage besuchen, sagte Françoise.

– O ja, alle Tage, versprach Xavière. Sie beugte sich über Françoise und küßte sie, in ihren Augen standen Tränen; Françoise lächelte ihr zu; sie wußte noch, wie man lächelte, aber sie wußte schon nicht mehr, wie man durch Tränen gerührt sein konnte, überhaupt über irgend etwas gerührt. Gleichgültig sah sie die beiden Krankenträger eintreten, die sie aufhoben und auf die Bahre betteten. Ein letztes Mal lächelte sie Xavière zu, die wie versteinert neben dem leeren Bett stehenblieb, und dann schloß sich die Tür über Xavière, über ihrem Zimmer, über ihrer Vergangenheit. Françoise war nur noch eine willenlose Masse, nicht einmal ein Körper, der noch Macht hatte über sich selbst; man brachte sie die Treppe hinunter, den Kopf voran, die Füße in der Luft, wie irgendeine Last, mit der die Bahrenträger nach den Gesetzen der Schwerkraft und ihrer persönlichen Bequemlichkeit verfuhren.

– Auf bald, Fräulein Miquel, werden Sie schnell wieder gesund.

Die Inhaberin des Hotels, der Hausdiener und seine Frau standen auf dem Gang Spalier.

– Auf bald, sagte Françoise.

Ein eiskalter Hauch, der schneidend ihr Gesicht berührte, machte sie vollends wach. Ein Haufen Leute stand vor der Tür. Eine Kranke, die in einen Krankenwagen geschafft wurde. Françoise hatte das in Paris schon viele Male gesehen.

– Aber diesmal bin *ich* die Kranke, dachte sie verwundert; sie glaubte nicht so recht daran. Krankheit, ein Unfall, alle diese Geschichten, die sich tausendmal wiederholten, hatte sie immer für etwas gehalten, was sie nicht betreffen könnte; sie hatte sich das gleiche in bezug auf den Krieg gesagt; solche unpersönlichen, anonymen Katastrophen konnten ihr nicht begegnen. Wie ist es möglich, daß plötzlich ich irgend jemand Beliebiger sein kann? Und doch lag sie da in dem Wagen, der sich mit einem Ruck in Bewegung setzte; Pierre saß neben ihr. Krank. Nun war es doch geschehen. War sie nun irgend jemand geworden? Fühlte sie sich deshalb so gewichtlos, so von sich selbst und der ganzen erdrückenden Last der Freuden und Sorgen befreit? Sie machte die Augen zu; lautlos rollte der Wagen, und die Zeit glitt dahin.

Der Krankenwagen hielt vor dem Tor eines großen Gartens; Pierre wikkelte die Decke fester um Françoise herum, und nun wurde sie durch eisige Alleen und linoleumbelegte Korridore getragen. Sie wurde auf einem großen Bett niedergelegt, und mit Entzücken fühlte sie an der Wange und am ganzen Körper die Kühle des frischen Linnens. Alles war sauber hier, alles lud zu völligem Ausruhen ein. Eine kleine Krankenschwester mit olivenfarbenem Gesicht kam und klopfte die Kissen zurecht, während sie leise mit Pierre ein paar Worte sprach.

– Ich lasse dich jetzt allein, sagte Pierre. Der Arzt wird gleich kommen. Ich bin sofort wieder da.

– Bis nachher, sagte Francoise.

Sie ließ ihn ohne Bedauern gehen; sie brauchte ihn nicht mehr; auch den Arzt und die Krankenschwester brauchte sie nicht mehr; sie war irgendeine Kranke, Nummer 31, irgendein beliebiger Fall von Lungenentzündung. Die Bettücher waren kühl, die Wände weiß, und sie fühlte ein ungeheures Wohlbehagen in sich; man mußte nur nachgeben, sich fallen lassen, es war so einfach, warum hatte sie so lange dazu gebraucht? Anstatt des ewigen Geschwätzes auf den Straßen, anstatt der Gesichter, ihres eigenen Gesichts, war jetzt nur Schweigen um sie, und sie wünschte sich weiter nichts. Draußen knarrte ein Zweig im Wind: in dieser vollkommenen Leere setzte sich das geringste Geräusch in breiten Wellen fort, die man fast sehen und berühren konnte; bis in alle Unendlichkeit wurde es zurückgeworfen in tausend Vibrationen, die im Äther schwebend verharrten, außerhalb der Zeit, und das Herz mehr als Musik berauschten. Auf das Tischchen neben dem Bett hatte die Krankenschwester eine Karaffe mit durchsichtig rosiger Orangeade gestellt; es kam Françoise vor, als könne sie niemals müde werden, darauf hinzuschauen; sie war da; das Wunder bestand darin, daß etwas wirklich da war, mühelos, diese schmeichelnde Kühle oder was sonst auch immer; es war da ohne Unruhe und ohne Verdruß und wurde nicht müde zu sein; warum sollten die Augen jemals aufhören, sich daran zu berauschen? Ja, das war gerade das, was Françoise nicht zu wünschen gewagt hatte, noch vor drei Tagen nicht: befreit und völlig beglückt ruhte sie im Schoße friedlicher Augenblicke, die sich über ihr schlossen, glatt und rund wie ein fugenloses Gestein.

– Können Sie sich etwas aufrichten? fragte der Arzt; er half ihr dabei. Danke, das genügt, es wird nicht lange dauern.

– Bitte tief atmen, sagte er.

Françoise atmete tief; es kostete sie Mühe, ihr Atem war so kurz, sobald sie tiefer zu atmen versuchte, durchfuhr sie ein heftiger Schmerz.

– Jetzt bitte zählen: eins, zwei, drei, sagte der Arzt.

Er beklopfte den Rücken und pochte mehrmals kurz auf den Brustkorb, so wie im Film der Mann von der Polizei eine verdächtige Wand untersucht. Gehorsam zählte, hustete, atmete Françoise.

– So, das ist alles, sagte der Arzt; er schob Françoise das Kissen unter den Kopf und blickte sie wohlwollend an.

– Eine kleine Lungeninfektion; Sie bekommen gleich ein paar Spritzen fürs Herz.

– Wird es lange dauern? fragte Françoise.

– Normalerweise rechnet man neun Tage; aber Sie brauchen eine längere Rekonvaleszenz. Haben Sie schon einmal mit der Lunge zu tun gehabt?

– Nein, sagte Françoise. Warum? Meinen Sie, ich hätte etwas daran?

– Man kann nie wissen, drückte sich der Arzt etwas undeutlich aus; er klopfte Françoise auf die Hand. Sobald es Ihnen besser geht, werden wir Sie röntgen, und dann sehen wir, was getan werden muß.

– Wollen Sie mich in ein Sanatorium schicken?

– Das ist noch nicht heraus, meinte der Arzt lächelnd. So schrecklich wäre es ja auch noch nicht, wenn Sie sich einmal ein paar Monate Ruhe gönnten. Aber jetzt beunruhigen Sie sich vor allem nicht.

– Ich beunruhige mich nicht, sagte Françoise.

Die Lunge angegriffen. Monatelang im Sanatorium, oder auch Jahre vielleicht. Wie seltsam das alles war. Alle diese Dinge können also passieren. Wie fern lag nun schon der Weihnachtsabend, als sie sich in ein allzu fertig eingerichtetes Leben eingeschlossen fühlte; noch gar nichts war ausgemacht. Die Zukunft breitete sich vor ihr aus, fernhingestreckt, glatt und weiß wie die Leintücher, wie die Wände, eine lange, lautlose Abfahrt im Schnee. Françoise befand sich an einem ganz wesenlosen Ort, und etwas ganz Wesenloses war plötzlich möglich geworden.

Françoise schlug die Augen auf; sie hatte diese Art von Erwachen gern, bei der man nicht aus der Ruhe gerissen wurde, sondern nur eine bezaubernde Bewußtheit davon bekam; sie hatte nicht einmal nötig, ihre Lage zu ändern, denn sie saß schon beinahe; sie hatte sich daran gewöhnt, in dieser Haltung zu schlafen; der Schlaf war für sie nicht mehr ein Vorgang, bei dem man sich wohlig und scheu ins Nichts vergrub, sondern er war zu einer Tätigkeit unter andern geworden, die man auch in der gleichen Haltung wie die andern vollzog. Ruhig schweifte ihr Blick über die Orangen, die Bücher, die Pierre auf ihrem Nachttisch aufgehäuft hatte; ein ruhiger Tag in behaglicher Muße dehnte sich vor ihr aus.

– Jetzt werden sie gleich die Röntgenaufnahme machen, dachte sie. Das war das zentrale Ereignis, um das alle anderen sich gruppierten; gleichgültig stand sie dem Ergebnis der Untersuchung gegenüber. Was sie interessierte, war nur, wann sie die Schwelle dieses Raumes, in dem sie seit nunmehr drei Wochen lag, würde überschreiten können. Es kam ihr heute vor, als sei sie wieder ganz gesund; sicher könnte sie ohne Anstrengung auf sein und sogar gehen.

Der Morgen verging sehr schnell; während sie ihr bei der Toilette half, hielt ihr die magere, dunkle junge Krankenschwester einen langen Vortrag über das Los der modernen Frau und die Schönheit der Bildung; dann folgte die Arztvisite. Madame Miquel erschien gegen zehn; sie brachte zwei frisch gebügelte Schlafanzüge, eine rosa Bettjacke aus Angorawolle, Mandarinen, Eau de Cologne; sie blieb zum Mittagessen und überhäufte die Pflegerin mit Lob. Als sie sich zurückgezogen hatte, streckte Françoise die Beine aus, und fast waagerecht auf dem Rücken liegend ließ sie die Welt um sich langsam in Dunkel versinken; sie selbst glitt auch hinab, kam dann aber wieder ans Licht zurück mit einem sanften Schaukeln. Auf einmal hörte das Schaukeln auf. Xavière neigte sich über das Bett.

– Hast du eine gute Nacht gehabt? fragte sie.

– Nach den Tropfen da schlafe ich immer gut, antwortete Françoise.

Mit zurückgeworfenem Kopf und einem vagen Lächeln auf den Lippen löste Xavière das Seidentuch, das sie über dem Haar trug; sobald sie sich mit sich selbst beschäftigte, hatten ihre Bewegungen etwas Rituelles und Geheimnisvolles; das Seidentuch glitt herunter, und sie stieg wieder zur Erde zurück. Mit Kennermiene griff sie nach dem Fläschchen.

– Man darf sich aber nicht daran gewöhnen, sagte sie. Sonst kannst du nachher ohne das nicht mehr schlafen; dann bekommst du starre Augen und scharfe Nasenflügel, und man kriegt Angst vor dir.

– Und du würdest mit Labrousse konspirieren, um alle meine Fläschchen vor mir zu verbergen, sagte Françoise. Aber ich würde euch auf die Schliche kommen.

Sie mußte husten, das Reden strengte sie an.

– Ich bin die ganze Nacht nicht zu Bett gewesen, erklärte Xavière voller Stolz.

– Das mußt du mir genau erzählen, sagte Françoise.

Xavières Worte waren in ihr Bewußtsein gedrungen wie der Bohrer des Zahnarztes in einen Zahn, an dem der Nerv getötet ist; sie fühlte nichts als den ausgesparten Raum für eine Angst, die es nicht mehr gab. Pierre überanstrengt sich, Xavière bringt es nie zu etwas: die Gedanken waren noch da, aber unwirksam, stumpf.

– Ich habe dir etwas mitgebracht, sagte Xavière.

Sie legte ihren Regenmantel ab und nahm aus ihrer Tasche einen kleinen Karton, um den eine grüne Schleife gebunden war. Françoise zog die Schleife auf und hob den Deckel ab; in Watte und Seidenpapier gehüllt fand sie einen kleinen Schneeglöckchenstrauß.

– Wie hübsch, sagte Françoise. Sie sehen zugleich natürlich und künstlich aus.

Xavière blies leicht auf die weißen Blütenkelche.

– Sie waren auch die ganze Nacht unterwegs, sagte sie, aber heute morgen habe ich sie einer Kur unterzogen; jetzt geht es ihnen wieder gut.

Sie stand auf, goß Wasser in ein Glas und stellte die Blumen hinein. Ihr schwarzes Samtkostüm ließ ihre biegsame Gestalt besonders schlank erscheinen; sie hatte jetzt gar nichts mehr von einem kleinen Bauernmädchen, sondern war zu einer jungen Frau geworden, die sicher und selbstbewußt in ihrer Anmut war. Sie zog einen Sessel dicht ans Bett.

– Wir haben eine tolle Nacht hinter uns, sagte sie.

Fast jede Nacht holte sie Pierre am Theaterausgang ab, es bestand jetzt zwischen ihnen keine Trübung mehr; aber noch nie hatte Françoise auf ihrem Gesicht einen so konzentrierten Ausdruck innerer Bewegtheit gesehen; ihre Lippen hatten etwas Schwellendes, und ihre Augen lächelten. Unter Seidenpapier, in Watte gehüllt, sorgfältig in eine gutschließende Schachtel verpackt, hatte Pierres Andenken vor ihr gelegen, über das Xavières Lippen und Augen schmeichelnd geglitten waren.

– Du weißt ja, sagte Xavière, ich wollte schon längst einmal einen Zug durch Montmartre machen; aber es kam immer nicht dazu.

Françoise lächelte; um die Gegend von Montparnasse lag für Xavière eine Art magischer Kreis, den sie sich niemals zu überschreiten entschloß; Kälte und Müdigkeit hielten sie immer sofort zurück, und sie flüchtete lieber in den ‹Dôme› oder ‹Nordpol›.

– Doch gestern abend, fuhr Xavière fort, hat Labrousse Gewalt angewendet; er hat mich in einem Taxi entführt und erst an der Place Pigalle abgesetzt. Wir wußten nicht recht, wohin wir gehen sollten, und haben aufs Geratewohl eine Entdeckungsreise gemacht.

Sie lächelte.

– Offenbar aber wurden wir von einem guten Geist geleitet, denn nach fünf Minuten standen wir vor einem kleinen roten Haus mit zahllosen winzigen Fenstern und roten Vorhängen dahinter; es sah gleichzeitig intim und ein bißchen fragwürdig aus. Ich traute mich nicht hinein, aber Labrousse hat einfach die Tür aufgemacht; drinnen war es ganz warm und voll; mit Mühe haben wir einen Tisch in einer Ecke bekommen; alles war rosa gedeckt mit ganz kleinen Servietten, die aussahen wie Brusttaschentücher für junge Leute, die nicht ganz ernst zu nehmen sind. Da haben wir uns hingesetzt. Xavière machte eine kleine Pause. Und dann haben wir Sauerkraut gegessen.

– Du hast Sauerkraut gegessen? staunte Françoise.

– Jawohl, sagte Xavière, stolz auf die Wirkung, die sie erzielte. Und ich habe es großartig gefunden.

Françoise konnte sich vorstellen, mit welch unerschrocken strahlendem Blick Xavière gesagt haben mochte: Für mich auch Sauerkraut.

Es war eine mystische Kommunion, die sie Pierre angeboten hatte. Sie saßen nebeneinander, etwas getrennt von den übrigen; sie schauten erst die Leute an und blickten sich dann mit einem glücklichen und freundschaftlichen Einverständnis in die Augen. An diesen Bildern war nichts Beunruhigendes. Françoise beschwor sie in aller Ruhe herauf. Alles das hatte sich jenseits der weißen Mauern und des Klinikgartens zugetragen, in einer Welt, die ebenso unwirklich war wie die schwarz-weiße Welt des Films.

– Ein komisches Publikum war da, sagte Xavière und verzog den Mund in gespielter Sittsamkeit. Kokainschmuggler sicher und entlassene Strafgefangene. Der Wirt ist so ein großer, blasser, schwarzer Typ mit dicken roten Lippen; er sah wie ein Gangster aus. Ich meine, nicht so ein Rohling, sondern ein Gangster, der zugleich raffiniert und grausam ist.

Wie zu sich selbst fügte sie hinzu:

– So einen Mann möchte ich mal verführen.

– Und was hättest du davon? fragte Françoise.

Xavière schob die Lippen etwas zurück, so daß man ihre weißen Zähne sah.

– Ich würde ihn quälen, meinte sie genießerisch.

Françoise blickte sie mit einem gewissen Unbehagen an; angesichts dieser strengen und engen Tugend war es ihr immer wie ein Sakrileg erschienen, sich Xavière als eine Frau mit den Wünschen einer Frau vorzustellen; aber wie dachte Xavière selbst darüber? Welche Träume von sinnlichen Freuden und von Siegen der Koketterie mochten ihre Nasenflügel und Lippen erbeben machen? Welchem Bilde ihrer selbst mochte sie zulächeln insgeheim? Xavière war sich in diesem Augenblick ihres Körpers bewußt, sie fühlte sich als Frau, und Françoise hatte den Eindruck, als würde sie von einer Unbekannten unter vertrauten Zügen genarrt.

Das Lächeln verschwand, und Xavière setzte kindlich harmlos hinzu:

– Und dann würde er mich in Opiumhöhlen mitnehmen, und ich würde die Verbrecherwelt kennenlernen.

Sie blickte einen Augenblick träumerisch vor sich hin.

– Wenn man alle Abende hinginge, meinte sie, würden sie einen vielleicht als ihresgleichen anerkennen. Wir haben schon angefangen, Bekanntschaften zu machen, zwei Frauen, die total betrunken an der Bar saßen.

Vertraulich setzte sie hinzu:

– Päderasten.

– Du meinst wohl Lesbierinnen? sagte Françoise.

– Ist das nicht dasselbe? fragte Xavière mit hochgezogenen Brauen.

– Päderasten sagt man nur von Männern, erklärte Françoise.

– Auf alle Fälle waren sie ein Paar, fuhr Xavière sichtlich ungeduldig fort; ihre Züge belebten sich. Die eine hatte ganz kurz geschnittenes Haar und sah wirklich wie ein junger Mann aus, ein reizender junger Mann sogar, der einmal auf Abwege gehen möchte; die andere war die Frau, sie war ein bißchen älter und trug ein schwarzes Seidenkleid mit einer roten

Rose am Gürtel. Weil mir der junge Mann so gut gefiel, hat Labrousse mir geraten, ich solle ihn doch mal zu verführen versuchen. Ich habe ihm also feurige Blicke zugeworfen, und da ist sie an unsern Tisch gekommen und wollte, daß ich aus ihrem Glase tränke.

– Wie machst du denn das mit den Blicken? fragte Françoise.

– So, antwortete Xavière; gleichzeitig warf sie dem Orangeadeglas einen abgründig aufreizenden Blick zu; von neuem fühlte Françoise sich peinlich berührt; nicht daß Xavière über diese Gabe verfügte, machte sie stutzig, wohl aber, daß sie es selbst mit solchem Behagen genoß.

– Und dann? fragte Françoise.

– Dann haben wir sie eingeladen, sich zu uns zu setzen, sagte Xavière.

Die Tür ging lautlos auf; die junge Krankenschwester mit dem olivenfarbenen Gesicht trat ans Bett.

– Es ist Zeit für die Spritze, sagte sie in gewinnendem Ton.

Xavière stand auf.

– Sie brauchen nicht zu gehen, sagte die Schwester, während sie die Spritze mit einer grünen Flüssigkeit füllte. Es dauert nur einen Augenblick.

Xavière warf Françoise einen unglücklichen Blick zu, in dem etwas wie ein Vorwurf lag.

– Ich schreie nicht einmal, setzte Françoise lächelnd hinzu.

Xavière ging zum Fenster und preßte ihre Stirn an die Scheiben. Die Krankenschwester schlug die Decke zurück und machte eine Stelle am Schenkel frei; die Haut war dort schon ganz marmoriert, und überall fühlte man kleine harte Erhebungen darunter; mit sicherer Bewegung machte sie den Einstich; sie war geschickt, es tat gar nicht weh.

– So, das wäre gemacht, sagte sie; sie sah Françoise mit leiser Mißbilligung an. Sie dürfen nicht soviel reden, Sie ermüden sich zu sehr.

– Ich spreche gar nicht, sagte Françoise.

Die Pflegerin lächelte ihr zu und ging wieder hinaus.

– Das ist ja eine gräßliche Person, sagte Xavière.

– Sie ist nett, sagte Françoise. Sie war voll willenloser Nachsichtigkeit diesem geschickten und zuvorkommenden jungen Mädchen gegenüber, das sie so gut pflegte.

– Wie kann man bloß Krankenschwester werden! meinte Xavière; gleichzeitig angstvoll und angewidert blickte sie auf Françoise.

– Hat sie dir weh getan?

– Ach wo, ich habe gar nichts gespürt.

Ein Schauer überrann Xavière; sie hatte die Gabe, beim bloßen Gedanken an etwas sichtbar zu schaudern.

– Wenn ich mir vorstelle, es stäche jemand mit einer Nadel in mich hinein, ich könnte das nicht ertragen.

– Wenn du zum Beispiel Morphinistin wärest . . . meinte Françoise.

– Oh, dann würde ich es mir ja selber machen. Ich selbst kann alles mit mir tun.

Françoise kannte gut diesen Ton aus Überlegenheit und Groll an ihr. Xavière beurteilte die Leute viel mehr nach ihren Handlungen als nach den Situationen, in denen sie sich, und sei es auch ohne ihr Zutun, befanden. Sie war gewiß bereit, ein Auge zuzudrücken, da es sich um Françoise handelte, aber Kranksein war eben doch eine schwere Verfehlung, auf einmal fiel es ihr wieder ein.

– Du müßtest es trotzdem ertragen, sagte Françoise; etwas rachsüchtig fügte sie hinzu: Das kann auch dir jeden Tag passieren.

– Niemals, sagte Xavière; ich würde lieber sterben, als einen Arzt an mich heranlassen.

Ihre Moral untersagte ihr, zur Medizin ihre Zuflucht zu nehmen; es zeugte von Kleinlichkeit, sich an das Leben anzuklammern, wenn es sich einem entzog; sie empfand jede Art von Kampf als Mangel an Unbekümmertheit und Stolz.

Sie würde sich genau wie jede andere pflegen lassen, stellte Françoise bei sich selbst mit einem Gefühl des Verdrusses fest; aber das war ein schwacher Trost. Im Augenblick jedenfalls stand Xavière frisch und frei vor ihr in ihrem schwarzen Kostüm; eine schottische Bluse mit strengem Kragen ließ den leuchtenden Glanz ihres Gesichts noch mehr hervortreten, ihre Haare schimmerten. Françoise aber lag hilflos da, dem Gutdünken von Ärzten und Krankenschwestern überlassen; sie war abgemagert, häßlich, schwach und kaum imstande zu reden. Auf einmal empfand sie ihre Krankheit wie eine demütigende Verunreinigung.

– Willst du nicht weitererzählen, ermunterte sie Xavière.

– Kommt uns nicht gleich wieder jemand stören? fragte Xavière in mißgelauntem Ton. Die klopft ja nicht einmal an.

– Ich glaube nicht, daß sie noch einmal kommt, meinte Françoise.

– Also gut! Sie hat dann ihrer Freundin ein Zeichen gemacht, fuhr Xavière mit Überwindung fort, und sie haben sich beide an unseren Tisch gesetzt; die jüngere hat ihren Whisky ausgetrunken, und auf einmal ist sie mit nach vorn ausgestreckten Armen über den Tisch gesunken, das Gesicht hat sie auf den Ellbogen gelegt wie ein kleines Kind; sie lachte und weinte zugleich; ihre Haare standen wie Borsten ab, Schweißtropfen hingen an ihrer Stirn, und doch sah sie irgendwie frisch und sauber aus.

Xavière schwieg, sie ließ die ganze Szene in Gedanken noch einmal an sich vorüberziehen.

– Ich finde immer großartig, wenn jemand einmal wirklich etwas bis zum Äußersten treibt, sagte sie; einen Augenblick starrte sie ins Leere, dann fuhr sie eifrig fort: die andere hat sie geschüttelt, sie wollte sie absolut nicht allein zurücklassen; sie spielte die gewisse mütterliche Hurenart, du weißt schon, die Sorte, die gleichzeitig aus Eigennutz, aus Besitzinstinkt und einer Art von schmutzigem Mitleid ihren kleinen jungen Mann nicht in die Fallstricke der Verderbnis fallen lassen will.

– Ich kann es mir vorstellen, sagte Françoise.

Man hätte meinen sollen, Xavière habe Jahre ihres Lebens in der Unterwelt zugebracht.

– Hat nicht jemand geklopft? fragte sie und horchte. Rufe doch herein.

– Herein, rief Xavière mit heller Stimme; ein Schatten von Verdruß huschte über ihr Gesicht.

Die Tür ging auf.

– Guten Tag, sagte Gerbert; etwas verlegen reichte er Xavière die Hand.

– Guten Tag, wiederholte er; er trat ans Bett.

– Wie nett von Ihnen, daß Sie gekommen sind, sagte Françoise.

Sie hatte nicht daran gedacht, sich seinen Besuch zu wünschen, aber sie war freudig überrascht, daß er gekommen war; es war, als sei ein frischer Wind zur Tür hereingedrungen und habe die Atmosphäre von Krankheit und fader Schwüle hinweggefegt.

– Sie sehen ja komisch aus, meinte Gerbert mit teilnehmendem Lachen. Wie ein Siouxhäuptling. Aber es geht jetzt besser?

– Ich bin wieder gesund, sagte Françoise. Bei diesen Sachen gibt es nach neun Tagen eine Krisis, entweder man stirbt, oder das Fieber läßt nach. Setzen Sie sich doch.

Gerbert nahm seinen Schal ab, ein leuchtend weißes Tuch mit großen Rippen; er setzte sich auf einen Hocker, der mitten im Zimmer stand, und schaute abwechselnd Françoise und Xavière mit scheuen Blicken an.

– Ich habe kein Fieber mehr, sagte Françoise, aber etwas wackelig fühle ich mich noch. Jetzt soll gleich eine Röntgenaufnahme gemacht werden; ich glaube, es wird mir noch komisch vorkommen, wenn ich die Beine einmal wieder aus dem Bett herausbringen soll. Sie wollen meine Lunge gründlich untersuchen, ob auch alles in Ordnung ist. Der Arzt hat mir gesagt, als ich hier eingeliefert worden bin, habe meine rechte Lunge wie ein Stück Leber ausgesehen; und die andere fing auch schon gerade an, zu Leber zu werden.

Ein Hustenanfall unterbrach ihre Rede.

– Ich hoffe, sie haben jetzt wieder eine normale Konsistenz. Stellt euch nur mal vor, ich müßte ein paar Jahre im Sanatorium verbringen.

– Das wäre kein Vergnügen, meinte Gerbert; seine Augen suchten das Zimmer nach einem Gesprächsstoff ab. Wieviel Blumen Sie hier haben! Es sieht wie bei einer Hochzeit aus!

– Der Korb da ist von den Zöglingen der Theaterschule, sagte Françoise. Die Azalee von Tedesco und Ramblin; Paule Berger hat Anemonen geschickt.

Erneutes Husten schüttelte sie.

– Siehst du, jetzt hustest du, sagte Xavière mit übertriebenem Mitgefühl, die Schwester hat dir doch gesagt, daß du nicht sprechen sollst.

– Du paßt wirklich gut auf mich auf, meinte Françoise. Ich schweige schon.

Einen Augenblick lang sagte niemand ein Wort.

– Und was ist dann aus den Frauenzimmern geworden? fragte sie.

– Sie sind gegangen, das ist alles, warf Xavière nachlässig hin.

Mit einem heroischen Entschluß warf Gerbert die Haarsträhne zurück, die sein Gesicht halb verdeckte.

– Ich wünschte, Sie würden bald genug gesund, um meine Marionetten zu sehen, sagte er, die Sache läuft schon, müssen Sie wissen, und in vierzehn Tagen findet die erste Aufführung statt.

– Aber Sie machen doch dann weitere im Laufe des Jahres? fragte Françoise.

– Ja, jetzt, wo wir einen Raum dafür haben; sie sind nette Leute, ich meine die vom «Guckkasten»; ich mache mir nichts aus ihren Sachen, aber sie sind wirklich sehr entgegenkommend.

– Sie sind überhaupt zufrieden?

– Begeistert, gab Gerbert zurück.

– Xavière sagt, Ihre Puppen seien so hübsch.

– Zu dumm, meinte Gerbert, ich hätte Ihnen doch eine mitbringen können; die anderen haben Marionetten an Drähten, wir aber haben so eine Art von Kasperlepuppen, die mit der Hand bewegt werden, das ist ulkiger. Sie sind aus Wachstuch und haben ganz weite Röcke, so daß der Arm darin verschwinden kann. Sie werden wie Handschuhe angezogen.

– Haben Sie sie selbst gemacht? fragte Françoise.

– Mollier und ich; aber die Ideen waren von mir, antwortete Gerbert ohne falsche Bescheidenheit. Er war so erfüllt von seinem Gegenstand, daß er alle Schüchternheit verlor.

– Sie sind nicht ganz leicht zu handhaben, wissen Sie; die Bewegungen müssen Rhythmus und Ausdruckskraft haben; aber ich kann es jetzt schon ganz gut. Sie können sich gar nicht vorstellen, was da alles für Regieprobleme auftauchen. Sie müssen es sich so denken – er streckte beide Hände in die Luft –: auf jeder Hand haben Sie eine Puppe. Wenn man die eine ans andere Ende der Bühne versetzen will, muß man einen Vorwand erfinden, damit man die andere auch weiter hinüber bewegen kann. Das braucht allerlei Erfindungsgeist.

– Ich wäre so gern bei einer Probe dabei, sagte Françoise.

– Im Augenblick proben wir alle Tage von fünf bis acht, sagte Gerbert. Wir führen ein Stück mit fünf Personen auf und dann drei kurze Einakter. Ich hatte das alles schon längst im Kopf.

Er wendete sich an Xavière.

– Wir hatten eigentlich auf Sie gerechnet, würde Sie das nicht interessieren?

– Warum denn nicht? Natürlich interessiert mich das, antwortete Xavière gekränkt.

– Da kommen Sie doch gleich mit, schlug Gerbert vor. Gestern hat die Chanaud die Rolle gelesen, aber es war fürchterlich, sie spricht wie auf einer Bühne. Es ist sehr schwer, den passenden Ton zu finden, meinte er zu Françoise gewendet, die Stimme muß ja so klingen, als ob sie von den Puppen kommt.

– Ich habe Angst, ich kann das nicht, sagte Xavière.

– Sicher können Sie; die vier Repliken, die Sie neulich hatten, waren gerade, wie wir es brauchen.

Gerbert lächelte ihr gewinnend zu.

– Die Einnahmen werden unter die Mitspielenden verteilt; wenn Sie Glück haben, bekommen Sie einen Anteil von fünf bis sechs Francs.

Françoise lehnte sich in ihre Kissen zurück; sie war froh, daß die beiden sich jetzt allein unterhielten, sie wurde schon wieder müde; sie hätte gern die Beine ausgestreckt, aber jede Bewegung erforderte einen wohldurchdachten Plan; sie saß auf einem mit Talkum bestreuten Gummiring, auch unter den Fersen war Gummi, und ein Reifen aus Rohr hielt das Bettuch über ihren Knien fest, sonst hätte die ständige Reibung ihre Haut gereizt. Es gelang ihr, sich auszustrecken; gleich wenn sie fort waren, würde sie, falls Pierre nicht gerade käme, etwas zu schlafen versuchen, ihr Kopf begann schon zu schwimmen. Sie hörte noch, wie Xavière sagte:

– Die dicke Frau verwandelte sich plötzlich in einen Luftballon, die Röcke gingen unten zusammen und bildeten eine Art Gondel, und dann flog sie davon.

Sie sprach von einer Marionettenaufführung, die sie auf einem Jahrmarkt in Rouen gesehen hatte.

– Ich, sagte Françoise, habe in Palermo eine Aufführung des «Orlando furioso» mit Marionetten gesehen.

Aber sie sprach nicht weiter; sie hatte keine Lust zum Erzählen. Es war in einer ganz kleinen Straße gewesen in der Nähe von einem Weintraubenstand; Pierre hatte eine enorme Muskatellertraube für sie gekauft, die recht klebrig war; es kostete fünf Centesimi pro Platz, und nur Kinder waren im Zuschauerraum. Die Breite der Bänke war auch nur für ihre kleinen Sitzflächen berechnet; in den Pausen ging ein Mensch mit einem Tablett voll Wassergläser herum und verkaufte das frische Wasser für einen Centesimo das Glas; dann setzte er sich auf eine Bank neben der Bühne; er hatte eine lange Gerte in der Hand, und wenn Kinder darunter waren, die während der Vorstellung lärmten, teilte er ihnen kräftige Schläge damit aus. An den Wänden hingen Bilder nach Art der Bilderbogen von Epinal, die die Geschichte Rolands darstellten; die Puppen waren prächtig, sie standen ganz steif in ihren Ritterrüstungen da. Françoise schloß die Augen. Es war erst zwei Jahre her, aber es kam ihr jetzt vor, als sei es vor undenklichen Zeiten gewesen; alles war inzwischen so problematisch geworden, die Gefühle, das Leben, und Europa dazu; ihr selbst war das alles gleich, weil sie sich wie Strandgut dahintreiben ließ, aber schwarze Klippen lauerten überall am Horizont; sie schwamm auf einem grauen Ozean dahin, rings um sie wogten bleischwarze und schwefelfarbene Fluten, sie aber fühlte sich nur wie eine treibende Planke, für die es nichts zu denken, zu fürchten oder zu wünschen gab. Sie schlug die Augen wieder auf.

Die Unterhaltung war zum Erliegen gekommen; Xavière schaute auf ihre Füße, und Gerbert blickte ängstlich fragend den Azaleentopf an.

– Was für eine Rolle, fragte er schließlich, studieren Sie zur Zeit?

– «Die Gelegenheit» von Merimée, sagte sie.

Sie hatte sich noch immer nicht entschlossen, ihre Szene Pierre vorzuspielen.

– Und Sie? fragte sie zurück.

– Den Octave in den «Caprices de Marianne»; aber das ist nur, damit die Canzetti einen Partner hat.

Dann trat wieder Schweigen ein; ein unangenehmer Ausdruck trat in Xavières Gesicht.

– Ist die Canzetti gut als Marianne?

– Ich finde, sagte Gerbert, es ist keine Rolle für sie.

– Sie ist gewöhnlich, behauptete Xavière.

Sie schwiegen verlegen.

Mit einer Kopfbewegung warf Gerbert noch einmal die Haare aus der Stirn zurück.

– Wissen Sie schon, daß ich vielleicht eine Marionettennummer bei Dominique Oryol bringen werde? Das wäre fabelhaft, der Laden geht anscheinend gut.

– Elisabeth hat etwas davon gesagt, meinte Françoise.

– Ja, sie hat mich eingeführt. Sie ist allmächtig dort.

Mit gleichzeitig neugierig entzückter und moralisch entrüsteter Miene führte er die Hand an den Mund.

– Nein, aber mit was sie da jetzt herumzieht, das ist kaum zu glauben!

– Sie ist jetzt ganz obenauf, man spricht von ihr; da langweilt sie sich wenigstens nicht, meinte Françoise. Sie ist ja fabelhaft elegant geworden.

– Ich mag nicht, wie sie sich anzieht, sagte Gerbert strikt ablehnend.

Komisch, daß in Paris die Tage nicht einer wie der andere vergingen; es tat sich etwas, es gab Bewegung und Wechsel. Aber all dies ferne Brandungrauschen, dieses wirre Geflatter erweckte in Françoise keinen Neid.

– Ich muß um fünf Uhr, sagte Gerbert, in der Impasse Jules-Chaplin sein. Es ist Zeit, ich muß springen.

Er sah nach Xavière hin.

– Kommen Sie mit? Sonst gibt die Chanaud die Rolle nicht wieder her.

– Ich komme, sagte Xavière. Sie zog den Regenmantel an und knotete sorgfältig das Seidentuch unter ihrem Kinn.

– Bleiben Sie noch lange hier? fragte Gerbert.

– Ich hoffe, sagte Françoise, nur eine Woche noch. Dann gehe ich wieder nach Hause.

– Auf Wiedersehen, bis morgen, sagte Xavière ein wenig kühl.

– Bis morgen, sagte auch Françoise.

Sie lächelte Gerbert zu, und er winkte noch einmal mit der Hand. Er machte die Tür auf und ließ Xavière mit ängstlicher Miene vorgehen; wahrscheinlich fragte er sich, was er mit ihr reden sollte; Françoise sank auf ihre Kissen zurück; sie freute sich bei dem Gedanken, daß Gerbert an ihr hing; natürlich machte sie sich aus ihm viel weniger als aus Labrousse, aber sie spürte doch bei ihm eine ganz persönliche Sympathie, die ihr selber galt; auch sie ihrerseits war ihm zugetan. Es ließ sich ja gar keine nettere Beziehung denken als eine solche Freundschaft, die nichts verlangte und ihre Erfüllung schon in sich selber trug. Sie schloß wieder die Augen; ihr war wohl; ein paar Jahre in einem Sanatorium . . . selbst bei dieser Vorstellung rebellierte nichts in ihr. Nicht lange, dann würde sie wissen: sie fühlte sich völlig bereit, was über sie befunden wurde, ruhig hinzunehmen.

Leise öffnete sich die Tür.

– Wie geht es dir? fragte Pierre.

Das Blut schoß Françoise ins Gesicht. Pierres Kommen bedeutete mehr als nur eine Freude für sie. Nur in seiner Gegenwart ließ ihre starre Gleichgültigkeit nach.

– Es geht mir immer besser, sagte sie und hielt Pierres Hand in der ihren fest.

– Jetzt gleich wollen sie ja wohl diese Röntgenaufnahme machen?

– Ja, aber du weißt ja, der Arzt meint, die Lunge ist wieder ganz in Ordnung.

– Hoffentlich strengt es dich nicht zu sehr an, meinte Pierre.

– Ich bin heute ganz munter, sagte sie. Das Herz schwoll ihr förmlich von Zärtlichkeit. Wie unrecht hatte sie gehabt, Pierres Liebe mit einem übertünchten Grab zu vergleichen! Dank dieser Krankheit hatte sie sie noch einmal in ihrer ganzen Fülle an sich erfahren. Nicht nur für seine ständige Gegenwart, seine Telefonanrufe, die vielen Aufmerksamkeiten wußte sie ihm Dank: was für sie ein Eindruck von unvergänglicher Süße gewesen war, das war die leidenschaftliche Angst, die sie, jenseits aller eingestandenen Zärtlichkeit, in überströmendem Maße und ihm selber unbewußt bei ihm beobachtet hatte; auch in diesem Augenblick wandte er ihr ein Antlitz zu, dessen Züge offen vor ihr lagen; man konnte ihm noch so oft sagen, daß es sich nur noch um eine Formalität handelte, er war von Sorge gequält. Er legte einen Stoß Bücher auf das Bett.

– Schau dir an, was ich ausgesucht habe. Gefällt es dir auch?

Françoise warf einen Blick auf die Titel: zwei Kriminalromane, ein amerikanischer Roman und ein paar Zeitschriftenhefte.

– Das will ich meinen, sagte sie, daß mir das gefällt; wie nett von dir!

Pierre legte den Mantel ab.

– Draußen im Garten sind mir Gerbert und Xavière begegnet.

– Er hat sie zu einer Probe mit seinen Marionetten mitgenommen, sagte Françoise. Sie sind furchtbar komisch miteinander, entweder gesprächig wie ein Wasserfall oder stumm wie die Fische.

– Ja, meinte Pierre, sie sind komisch.

Er machte einen Schritt nach der Tür.

– Ich glaube, sie holen dich jetzt.

– Vier Uhr; ja, das kann sein.

Im Gefühl ihrer Wichtigkeit vor zwei Krankenträgern herschreitend, die einen geräumigen Sessel trugen, trat die Schwester ein.

– Wie finden Sie unsere Patientin? fragte sie. Ich hoffe, sie wird den kleinen Ausflug brav über sich ergehen lassen.

– Sie sieht gut aus, meinte Pierre.

– Ich fühle mich großartig, sagte Françoise.

Die Schwelle dieses Zimmers nach den langen Tagen der Eingeschlossenheit zu überschreiten, hatte etwas Aufregendes. Sie wurde in die Höhe gehoben, in Decken eingewickelt und in den Sessel gesetzt; es war sonderbar, wieder richtig zu sitzen, ganz anders als das Sitzen im Bett; es schwindelte einem etwas dabei.

– Geht es? fragte die Schwester, indem sie bereits die Tür öffnete.

– Es geht gut, sagte Françoise.

Mit scheuem Staunen schaute sie auf die Tür, die sich nach draußen hin öffnete; normalerweise tat sie sich nur auf, um Leute hereinzulassen; auf einmal bekam sie einen anderen Sinn, sie wurde zu einer Ausgangstür; auch das Zimmer veränderte sich auf eine beunruhigende Weise; mit dem leeren Bett war es nicht mehr das Herz der Klinik, in das Korridore und Treppen mündeten; nun war der mit einem die Schritte dämpfenden Linoleum belegte Gang zum Lebensnerv des ganzen Baues geworden; eine nicht klar überblickbare Reihe von kleinen Zellen mündete darauf. Françoise hatte den Eindruck, als sei sie auf die andere Seite der Welt gelangt, es war fast ebenso seltsam, als wenn man durch einen Spiegel schritte.

Der Sessel wurde in einem gekachelten, mit komplizierten Apparaten angefüllten Raum abgesetzt; es war unglaublich heiß. Françoise senkte die Augenlider, diese Reise ins Jenseits hatte sie angestrengt.

– Können Sie sich zwei Minuten auf den Füßen halten? fragte der Arzt, der soeben eingetreten war.

– Ich will es versuchen, sagte Françoise; sie verließ sich nicht mehr so sehr auf sich.

Kräftige Arme richteten sie auf und führten sie mitten zwischen die Instrumente; der Boden drehte sich unter ihren Füßen, sie wurde von Übelkeit erfaßt. Niemals hätte sie geglaubt, daß Gehen eine solche Arbeit sei, der Schweiß rann ihr in dicken Tropfen über die Stirn.

– Stehen Sie möglichst still, sagte eine Stimme.

Man stellte sie dicht vor einen Apparat, ein Brett wurde an ihre Brust gepreßt; es war ihr zum Ersticken zumute, niemals würde sie das zwei Minuten aushalten, ohne nach Luft zu ringen. Dunkel und Schweigen umfingen sie; man hörte nichts mehr als das kurze, hastig pfeifende Geräusch ihres eigenen Atems; dann klickte etwas, es gab ein knackendes Geräusch, und alles um sie her versank. Als sie wieder zu sich kam, befand sie sich in dem Sessel; der Arzt beugte sich teilnehmend über sie, und die Schwester trocknete ihr die Stirn.

– Wir sind fertig, sagte er. Ihre Lungen sind prima; Sie können ruhig schlafen.

– Ist Ihnen jetzt besser? fragte die Pflegerin.

Françoise nickte schwach mit dem Kopf; sie war erschöpft, es schien ihr, daß sie niemals wieder zu Kräften kommen, daß sie liegend den Rest ihres Lebens verbringen würde. Sie lehnte sich matt an den Sesselrücken und ließ sich über die Flure zurücktragen; der Kopf war ihr müde und leer. Sie sah Pierre, wie er vor der Tür des Krankenzimmers auf und ab ging. Ängstlich lächelte er ihr entgegen.

– Es geht schon, murmelte sie.

Er wollte auf sie zugehen.

– Einen Augenblick noch, bitte, sagte die Schwester.

Françoise wandte den Kopf zurück, und als sie ihn so fest auf seinen Beinen stehen sah, überkam sie ein Gefühl der Verzweiflung; wie schwach und ohnmächtig war sie selbst, nur eine willenlose Last, die man aufhob und von einer Stelle zur andern trug.

– Jetzt müssen Sie sich gut ausruhen, sagte die Schwester; sie schüttelte die Kissen auf und zog die Bettücher glatt.

– Danke, sagte Françoise und streckte sich mit einem Gefühl tiefen Behagens aus. Wollen Sie bitte draußen sagen, daß der Herr kommen kann?

Die Schwester verließ das Zimmer; hinter der Tür fand eine kurze Besprechung statt, dann trat Pierre herein. Françoise folgte neidvoll seinen Bewegungen; es schien ihm etwas ganz Natürliches zu sein, sich so durch den Raum zu bewegen.

– Ich bin so froh, sagte er. Du scheinst ja kerngesund zu sein.

Er beugte sich über sie und küßte sie; die Freude, die in seinem Lächeln aufstrahlte, erwärmte Françoise das Herz; er erfand sie nicht erst, um sie ihr darzubringen, sondern er selbst erlebte sie für sich und ganz aus sich heraus; seine Liebe war wieder zu einer strahlenden Selbstverständlichkeit geworden.

– Wie verängstigt du aussahst, sagte er mit weicher Stimme, als sie dich herausgetragen haben.

– Mir ist fast schlecht geworden, antwortete Françoise.

Pierre zog eine Zigarette aus der Tasche.

– Du kannst ruhig Pfeife rauchen, sagte sie.

– Unter keinen Umständen, sagte Pierre; sehnsüchtig schaute er die Zigarette an. Schon das hier sollte ich nicht.

– Ach was, meine Lunge ist doch gesund, gab Françoise fröhlich zurück.

Pierre zündete sich seine Zigarette an.

– Und jetzt holen wir dich bald wieder heim; du sollst sehen, was für eine feine Rekonvaleszenz du haben wirst; ich werde dir ein Grammophon und viele Platten besorgen, du bekommst Besuch und wirst dich als Hahn im Korbe fühlen.

– Morgen frage ich den Arzt, sagte Françoise, wann ich nach Hause kann. Sie seufzte: aber ich habe das Gefühl, ich werde überhaupt nicht wieder gehen können.

– Oh, das kommt schnell wieder, meinte Pierre; erst setzen wir dich jeden Tag ein Weilchen in den Sessel, dann darfst du ein paar Minuten aufstehen, und schließlich kannst du wieder richtig spazierengehen.

Françoise lächelte vertrauensvoll.

– Gestern scheint ihr einen großartigen Abend verbracht zu haben, Xavière und du, sagte sie.

– Wir haben da so einen komischen Laden entdeckt, meinte Pierre.

Seine Miene verfinsterte sich; Françoise hatte den Eindruck, sie habe ihn mit einem Male in eine ganze Welt von unangenehmen Vorstellungen zurückgetaucht.

– Sie hat mir ganz hingerissen davon erzählt, meinte sie enttäuscht.

Pierre zuckte die Achseln.

– Was ist denn? fragte sie. Woran denkst du?

– Ach, es ist weiter nichts, meinte Pierre mit reserviertem Lächeln.

– Wie komisch du bist, sagte Françoise etwas beklommen. Mich interessiert doch alles.

Pierre zögerte.

– Nun? ermunterte ihn Françoise; sie schaute ihn an. Ich bitte dich, sage mir, was dir durch den Kopf geht.

Pierre wollte noch immer nicht recht mit der Sprache heraus, dann aber faßte er einen Entschluß.

– Ich frage mich, ob sie nicht in Gerbert verliebt ist.

Françoise starrte ihn überrascht an.

– Was willst du damit sagen?

– Genau, was ich sage, antwortete Pierre. Es wäre doch eigentlich ganz natürlich. Gerbert ist schön, er hat Charme; er hat die Art von Anmut, für die Xavière so schwärmt. Er schaute nachdenklich zum Fenster. Es ist sogar mehr als wahrscheinlich, fügte er hinzu.

– Aber Xavière ist doch viel zu sehr mit dir beschäftigt, meinte Françoise. Sie schien noch ganz aufgelöst von dem fabelhaften Abend, den ihr zusammen verbracht habt.

Pierres Lippe schob sich vor, und Françoise erkannte mit Unbehagen das scharfe, etwas strenge Profil wieder, das sie jetzt lange nicht gesehen hatte.

– Natürlich, erklärte er herablassend, bringe ich es immer noch fertig, jemandem einen großartigen Abend zu verschaffen, wenn ich mir Mühe gebe. Doch was beweist das schon?

– Ich verstehe nicht, wie du darauf kommst, sagte Françoise.

Pierre schien sie kaum zu hören.

– Es handelt sich um Xavière und nicht um eine Person wie Elisabeth, sagte er; sicher geht von mir in ihren Augen eine gewisse intellektuelle Verführung aus; aber ebenso sicher begeht sie nicht den Fehler, sich darüber zu täuschen, daß das zweierlei ist.

Françoise verspürte eine jähe Regung des Unbehagens; durch den Zauber seines Intellekts hatte Pierre auch sie seinerzeit gewonnen.

– Sie ist eine sinnliche Natur, fuhr er fort, und ihre Sinnlichkeit ist ganz unverfälscht. Sie liebt die Unterhaltung mit mir; aber im Grunde wünscht sie sich, von einem schönen jungen Mann geküßt zu werden.

Das Unbehagen in Françoise nahm klarere Gestalt an; sie ließ sich von Pierre gern küssen. Verachtete er sie etwa deshalb? Aber es ging ja gar nicht um sie.

– Ich bin sicher, daß Gerbert ihr nicht den Hof macht, sagte sie. Zunächst einmal weiß er genau, daß du dich für sie interessierst.

– Er weiß gar nichts, sagte Pierre, er weiß immer nur, was man ihm sagt. Außerdem ist davon ja überhaupt keine Rede.

– Aber hast du denn irgend etwas zwischen ihnen bemerkt? fragte Françoise.

– Als ich sie eben im Garten traf, ist es mir auf einmal wie eine Erleuchtung gekommen, sagte Pierre, der anfing, an einem seiner Nägel herumzubeißen. Du hast nie darauf geachtet, wie sie ihn anschaut, wenn sie sich nicht beobachtet glaubt; als wolle sie ihn auffressen.

Françoise erinnerte sich an einen gewissen verlangenden Blick, den sie am Abend der Weihnachtsfeier aufgefangen hatte.

– Ja, sagte sie, aber sie war ja auch ganz außer sich über Paule Berger; das sind solche Momentaufnahmen der Leidenschaft, das ergibt noch kein Gefühl.

– Und erinnerst du dich nicht mehr, wie wütend sie war, als wir einmal über Tante Christine und Gerbert unsere Späße gemacht haben, sagte Pierre; er würde sich noch den Finger bis auf den Knochen zerbeißen, wenn er so weitermachte.

– Das war an dem Tage, sagte Françoise, wo sie seine Bekanntschaft gemacht hatte; du willst doch nicht behaupten, daß sie ihn da schon liebte?

– Warum nicht? meinte Pierre. Er hat ihr sofort gefallen.

Françoise dachte nach; sie hatte Xavière an jenem Abend mit Gerbert allein gelassen, und als sie wieder zurückkam, war Xavière auffallend verärgert gewesen; Françoise hatte sich gefragt, ob er unartig zu ihr gewesen sei, aber vielleicht war Xavière im Gegenteil ihm böse gewesen, weil er ihr zu gut gefallen hatte. Dann, ein paar Tage darauf, hatte sie diese merkwürdige Indiskretion begangen . . .

– Woran denkst du denn? fragte Pierre nervös.

– Ich habe versucht, mich zu erinnern, sagte sie.

– Du siehst, du zögerst auch, drang Pierre weiter in sie. Oh, es sprechen eine Menge Anzeichen dafür. Was ist zum Beispiel in ihr vorgegangen, als sie ihm wiedererzählt hat, daß wir ohne ihn ausgegangen waren?

– Damals meintest du, daß das der Anfang eines stärkeren Gefühls für dich gewesen sei.

– So etwas sprach sicher mit, sie fing damals an, sich mehr für mich zu interessieren; aber es muß doch noch komplizierter gewesen sein. Vielleicht tat es ihr wirklich leid, daß sie den Abend nicht mit ihm verbracht hatte; vielleicht hat sie einen Augenblick in ihm einen Verbündeten gegen uns gesucht. Oder sie hat sich an ihm dafür rächen wollen, daß sie Lust auf ihn hatte.

– Auf alle Fälle beweist es nach keiner Seite hin etwas, sagte Françoise. Es kann einfach alles bedeuten.

Sie richtete sich ein wenig aus ihren Kissen auf; die Unterhaltung begann sie anzustrengen, der Schweiß rann ihr den Rücken hinab und netzte ihre Handflächen. Und sie hatte geglaubt, es sei nun ein für allemal aus mit diesen Deutungsversuchen und Erklärungen, die Pierre Stunden um Stunden hin und her wenden konnte . . . Sie wäre so gern in einem friedevollen, von allen Dingen losgelösten Zustand verblieben, aber Pierres fieberhafte Erregung übertrug sich nun auch auf sie.

– Eben im Augenblick, sagte sie, hatte ich nicht den Eindruck.

Von neuem schob Pierres Lippe sich vor; er machte ein komisches Gesicht, so als habe er eben eine kleine Bosheit sagen wollen, beglückwünschte sich aber nun, daß er sie für sich behalten habe.

– Du siehst nur, was du sehen willst, sagte er.

Françoise errötete.

– Ich lebe jetzt drei Wochen in völliger Zurückgezogenheit.

– Aber es sprachen schon vorher eine Menge Zeichen dafür.

– Welche denn? fragte Françoise.

– Alle, die wir aufgezählt haben.

– Das hat doch alles nichts zu bedeuten, behauptete Françoise.

Pierre machte ein verstimmtes Gesicht.

– Und ich sage dir, ich weiß, wovon ich rede, stellte er abschließend fest.

– Dann frage mich doch nicht, sagte Françoise; ihre Stimme zitterte; Pierres unerwarteter Härte gegenüber fühlte sie sich kraftlos und elend.

Pierre sah sie reuevoll an.

– Ich plage dich mit meinen Geschichten, sagte er.

– Wie kannst du das denken? widersprach Françoise. Er schien selber so gequält, sie hätte ihm helfen mögen. Aufrichtig gesagt, kommen mir deine Beweise etwas hinfällig vor.

– Bei Dominique hat sie am Eröffnungsabend einmal mit ihm getanzt: als Gerbert den Arm um sie legte, erschauerte sie von Kopf bis Fuß, und auf ihrem Gesicht erschien ein beseligtes Lächeln, das ganz untrüglich war.

– Warum hast du das damals nicht gesagt? fragte Françoise.

– Ich weiß nicht mehr.

Träumend blickte er vor sich hin.

– Ja, doch, ich weiß, es ist meine unangenehmste Erinnerung, diejenige jedenfalls, die ich am schwersten loswerden kann; ich hatte wohl so etwas wie Angst, dir meinen Eindruck mitzuteilen und ihn dadurch endgültig zu machen.

Er lächelte.

– Ich hätte nie gedacht, daß es mit mir soweit kommen würde.

Françoise sah Xavières Antlitz vor sich, während sie von Pierre sprach: ihre schwellenden Lippen und ihren weicher werdenden Blick.

– Mir kommt das nicht überzeugend vor, sagte sie.

– Ich will heute abend mal mit ihr reden, sagte Pierre.

– Sie wird sicher gleich wütend, warf sie ein.

Pierre lächelte starr.

– Aber nein, antwortete er; sie hat doch gern, wenn ich von ihr selbst mit ihr rede, sie findet, ich verstehe sie so gut; das ist sogar mein größtes Verdienst in ihren Augen.

– Sie hängt sehr an dir, meinte Françoise. Ich kann mir denken, daß sie für Gerbert im Augenblick eine flüchtige Neigung hat, tief geht es ihr aber sicherlich nicht.

Pierres Züge hellten sich etwas auf, aber er behielt doch irgend etwas Gespanntes.

– Glaubst du das sicher zu wissen?

– Ganz sicher weiß man nie etwas, sagte Françoise.

– Da siehst du, du bist nicht sicher, stellte Pierre fest. Er schaute sie beinahe drohend an; er wollte durchaus von ihr beschwichtigende Worte hören, die die Fähigkeit hatten, ihn magisch einzulullen. Françoise aber sträubte sich dagegen, ihn zu behandeln wie ein Kind.

– Ich bin kein Orakel, sagte sie.

– Wieviel Prozent Wahrscheinlichkeit besteht, meinst du, daß sie in Gerbert verliebt ist?

– Man kann das nicht in Zahlen ausdrücken, gab Françoise etwas ungeduldig zurück. Es war ihr peinlich, zu sehen, wie kindisch Pierre sich aufführte; mitmachen wollte sie das wenigstens nicht.

– Du könntest doch aber eine ungefähre Ziffer nennen, meinte Pierre.

Offenbar war das Fieber heute nachmittag angestiegen; Françoise hatte das Gefühl, daß ihr ganzer Körper schwamm.

– Ich weiß nicht; zehn Prozent, sagte sie aufs Geratewohl.

– Nicht mehr als zehn Prozent?

– Hör mal, woher soll ich das eigentlich wissen?

– Du gibst dir keine Mühe, gab ihr Pierre schroff zu verstehen.

Françoise fühlte ein Würgen in der Kehle; sie hätte am liebsten geweint; es wäre so einfach zu sagen, was er hören wollte, sich nur treiben zu lassen; aber von neuem verspürte sie in sich einen hartnäckigen Widerstand; die Dinge hatten jetzt wieder einen Sinn, einen Wert, um den es zu kämpfen lohnte; nur war der Kampf noch zuviel für sie.

– Das ist ja alles idiotisch, meinte Pierre. Du hast recht, wozu quäle ich dich damit?

Seine Züge entspannten sich.

– Du mußt dir klar sein, sagte er, daß ich von Xavière nichts will, als was ich bereits erreicht habe; aber es wäre mir unerträglich, wenn ein anderer mehr bei ihr erreichte.

– Ich verstehe, sagte Françoise.

Sie lächelte, aber der Friede kehrte nicht in ihre Seele zurück; Pierre hatte in ihre Einsamkeit und ihre Ruhe eine Bresche geschlagen, sie schaute wieder in eine Welt voller Herrlichkeiten und Hindernisse, eine Welt, in der sie zu ihm eilen und mit ihm hoffen und fürchten wollte.

– Ich werde heute abend mit ihr reden, sagte er. Morgen erzähle ich dir dann alles, aber ich quäle dich nicht mehr, das verspreche ich dir.

– Du hast mich nicht gequält, sagte Françoise. Ich selbst habe dich ja zu reden gezwungen, du wolltest anfangs nicht.

– Es war mir zu heikel, gab Pierre lächelnd zu. Ich war sicher, daß ich nicht kalten Blutes davon reden könnte. Nicht, daß ich nicht Lust gehabt hätte, mit dir darüber zu sprechen; aber als ich ankam und dein armes mageres Gesicht sah, kam mir alles andere daneben lächerlich unwichtig vor.

– Ich bin nicht mehr krank, sagte Françoise. Du brauchst mich nicht mehr zu schonen.

– Du siehst ja, sagte Pierre lächelnd, daß ich dich nicht mehr schone. Ich schäme mich sogar, wir reden ja nur von mir.

– Eins kann man nicht sagen, meinte Françoise, nämlich, daß du ein Heimlichtuer bist. Du bist im Gegenteil von einer erstaunlichen Offenheit. In der Unterhaltung mit andern kannst du ein rechter Sophist sein, aber du machst dir niemals selbst etwas vor.

– Das ist weiter kein Verdienst, sagte Pierre. Du weißt ja, ich schäme mich niemals dessen, was in mir vorgeht.

Er hob den Blick zu Françoise.

– Du hast mir neulich etwas gesagt, was mir nachgegangen ist: daß ich meine Gefühle außerhalb der Zeit und des Raumes stellte, um sie intakt zu erhalten, und daß ich darüber zu leben vergäße; das war ein bißchen ungerecht. Aber für meine eigene Person halte ich es vielleicht dennoch so: ich habe immer das Gefühl, daß ich eigentlich anderswo bin und daß der gegenwärtige Augenblick gar nicht so wichtig ist.

– Das stimmt, sagte Françoise. Du glaubst immer, über alles, was passiert, erhaben zu sein.

– Und dadurch, sagte Pierre, kann ich mir alles erlauben. Ich nehme meine Zuflucht zu der Idee, daß ich ja der Mann bin, der ein gewisses Werk zustande gebracht hat und dem eine in ihrer Art vollkommene Liebesbeziehung mit dir geglückt ist. Aber das ist zu bequem. Alles andere ist auch noch da.

– Ja, das andere ist da, bestätigte Françoise.

– Siehst du; selbst meine Aufrichtigkeit ist ein Mittel, mir etwas vorzumachen. Man kann nur staunen, wie listenreich man ist, setzte Pierre, von seiner Entdeckung erfüllt, hinzu.

– Laß nur, sagte Françoise, wir werden deinen Listen schon auf die Schliche kommen.

Sie blickte ihn lächelnd an. Warum beunruhigte er sich? Mochte er doch sich selbst erforschen, die Welt in Frage stellen. Sie wußte, daß sie nichts von der Freiheit des Willens zu fürchten hatte, die zwischen ihm und ihr stand. Niemals würde irgend etwas auf ihrer beider Liebe störend einwirken können.

Françoise drückte den Kopf in die Kissen. Zwölf Uhr. Noch eine ganze Weile würde sie einsam sein, aber es war jetzt nicht mehr die gleichförmige, unbeschriebene Einsamkeit des Morgens; eine laue Unruhe hatte sich im Zimmer eingenistet, die Blumen hatten ihre Leuchtkraft verloren, die Orangeade war nicht mehr kühl; die glatten Wände und Möbel erschienen ihr jetzt kahl. Xavière, Pierre, wohin sie auch blickte, gewahrte sie nur Abwesenheit. Françoise schloß die Augen. Zum ersten Male seit Wochen verspürte sie etwas wie Angst. Wie mochte die Nacht verlaufen sein? Pierres indiskrete Fragen hatten Xavière möglicherweise verletzt; vielleicht würden sie sich jetzt gleich an ihrem Lager versöhnen. Und dann? Sie hatte wieder das Brennen in der Kehle, das fieberhaft flatternde Gefühl im Herzen, das sie von früher her kannte. Pierre hatte sie aus dem Limbus wieder heraufgeholt, und sie wollte auch nicht wieder zurück; sie wollte hier nicht mehr bleiben. Die Klinik war für sie jetzt nur noch ein Verbannungsort. Selbst die Krankheit hatte nicht genügt, ihr ein wirkliches Eigengeschick wiederzugeben: die Zukunft, die am Horizont wieder anzubrechen begann, war ihre Zukunft mit Pierre. Unsere Zukunft. Sie lauschte. Während der verflossenen Tage hatte sie, friedlich heimisch geworden in ihrem Krankendasein, Besuche einfach als eine Abwechslung empfunden. Heute war es nicht mehr so. Pierre und Xavière kamen Schritt für Schritt näher durch die Flure, sie waren die Treppe heraufgestiegen, sie kamen vom

Bahnhof, von Paris, aus der Tiefe ihres Lebens heraus; und ein Stück dieses Lebens würde sich nun hier abspielen. Die Schritte machten Halt vor ihrer Tür.

– Dürfen wir eintreten? fragte Pierre; er öffnete die Tür. Er war da und Xavière mit ihm. Der Übergang von ihrer Abwesenheit zu ihrer Gegenwart hatte sich wie stets ganz unmerklich vollzogen.

– Die Schwester hat uns gesagt, du hättest eine sehr gute Nacht gehabt.

– Ja; sobald ich keine Spritzen mehr brauche, darf ich nach Hause, sagte Françoise.

– Unter der Bedingung, sagte Pierre, daß du sehr brav bist und dich ruhig verhältst. Ruh dich auch jetzt und sprich möglichst nicht viel. Diesmal reden wir. Er lächelte Xavière zu. Wir haben dir viel zu erzählen.

Er ließ sich auf einem Stuhl neben dem Krankenbett nieder. Xavière setzte sich auf einen großen viereckigen Hocker; offenbar hatte sie sich am Morgen die Haare waschen lassen, ein dickes goldenes Gewoge umrahmte ihr Gesicht; die Augen, der blasse Mund hatten einen Ausdruck verschwiegener Zärtlichkeit.

– Gestern im Theater ist alles sehr gut gegangen, sagte Pierre, das Publikum wurde warm und rief uns immer wieder hervor. Aber ich war, ich weiß nicht weshalb, nach der Vorstellung trotzdem fürchterlich schlecht gelaunt.

– Du warst, sagte Françoise mit einem halben Lächeln, gestern nachmittag ziemlich nervös.

– Ja, und dann habe ich auch wahrscheinlich den fehlenden Schlaf gespürt, ich weiß nicht. Jedenfalls habe ich mich gleich, als wir die Rue de la Gaieté hinuntergingen, von meiner abscheulichsten Seite gezeigt.

Xavière verzog komisch eckig den Mund.

– Er zischte und spie Gift wie eine Natter, sagte sie. Ich selbst war sehr vergnügt, als ich kam; ich hatte zwei Stunden lang brav die chinesische Prinzessin geübt und dann ein bißchen geschlafen, um ja recht frisch zu sein, setzte sie vorwurfsvoll hinzu.

– Und ich in meiner Schlechtigkeit, sagte Pierre, suchte förmlich nach einem Vorwand, um unangenehm zu werden! Als wir über den Boulevard gingen, hat sie dann auch noch meinen Arm losgelassen ...

– Wegen der Autos, fiel Xavière schnell ein, wir konnten nicht im Schritt miteinander gehen, es war zu unbequem.

– Ich aber, fuhr Pierre fort, habe das als vorbedachte Kränkung aufgefaßt und getobt, daß mir die Knochen rappelten.

Xavière warf einen hilflosen Blick auf Françoise.

– Es war schrecklich, er sprach nicht mehr mit mir, außer von Zeit zu Zeit einen Satz von schneidender Höflichkeit; ich wußte nicht mehr, was ich machen sollte, ich hatte das Gefühl, daß er mir unrecht tat.

– Ich kann mir das gut vorstellen, warf Françoise lächelnd ein.

– Wir hatten beschlossen, zum ‹Dôme› zu gehen, fuhr Pierre fort, weil wir ihn in der letzten Zeit sehr vernachlässigt hatten. Xavière war so befriedigt, endlich wieder dort zu sitzen, daß ich vermutete, sie wollte damit die Abende schlechtmachen, die wir vorher zusammen verbracht hatten auf der Suche nach Abenteuern; das hat mich erst recht in meinem Zorn bestärkt, und mindestens eine halbe Stunde lang habe ich angesichts eines dunklen Biers dumpf vor mich hin gebrütet.

– Ich habe versucht, ein Gesprächsthema aufzubringen, fiel Xavière ein.

– Sie hat eine wirklich engelhafte Geduld an den Tag gelegt, stellte Pierre zerknirscht fest. Aber alle diese Äußerungen ihres guten Willens brachten mich nur noch mehr auf. Man ist sich in einem solchen Zustand ganz klar, daß man ihn sehr wohl beenden könnte, wenn man nur ernstlich wollte, aber man sieht keinen Grund es zu wollen, eher im Gegenteil. Schließlich habe ich ihr gesagt, sie sei unbeständig wie der Wind, und man könne sicher sein, daß, wenn man einen netten Abend mit ihr verbracht hätte, der nächste um so verdrießlicher ausfallen würde.

Françoise fing zu lachen an.

– Aber was geht eigentlich in dir vor, wenn du so gegen deine Überzeugung handelst?

– Ich hatte mir allen Ernstes eingebildet, sie sei mir reserviert, ja ablehnend begegnet. Ich glaubte es, weil ich mir im voraus in meiner mißmutigen Stimmung eingeredet hatte, sie würde auf der Hut sein.

– Ja, bestätigte Xavière in klagendem Ton. Er hat mir erklärt, daß die Furcht, dieser Abend könne weniger großartig sein als der vorige, ihn in diese rosige Laune versetzt hatte.

Sie lächelten sich mit einem Ausdruck zärtlichen Einverständnisses zu. Offenbar hatten sie über Gerbert gar nicht gesprochen; wahrscheinlich hatte Pierre nicht gewagt, ihn aufs Tapet zu bringen, und sich mit Halbwahrheiten herausgeredet.

– Sie hat dann aber so jammervoll betrübt ausgesehen, fuhr Pierre fort, daß ich auf einmal die Waffen gestreckt und mich geschämt habe. Ich habe ihr erzählt, was sich von dem Augenblick an, wo ich das Theater verließ, in mir zugetragen hatte – er schaute Xavière lächelnd an –, und da hat sie die Seelengröße gehabt, mir alles zu verzeihen.

Xavière gab ihm sein Lächeln zurück. Ein kurzes Schweigen trat ein.

– Und dann sind wir übereingekommen, daß seit langem schon alle unsere gemeinsam verbrachten Abende großartig sind, sagte Pierre; Xavière hat mir liebenswürdigerweise gesagt, daß sie sich niemals mit mir langweilte, und ich habe ihr erwidert, daß die Stunden, die ich mit ihr verbrächte, zu den kostbarsten meines ganzen Lebens gehörten.

Rasch fügte er noch in scherzhaftem Ton, der aber nicht ganz echt herauskam, hinzu:

– Und dann sind wir uns darüber klargeworden, daß das auch gar kein

Wunder ist, denn wir lieben uns ja.

Trotz des leichten Tones, in dem es hingesagt war, fiel das Wort doch schwer in den Raum, und Schweigen nahm es auf. Xavière lächelte etwas verkrampft. Françoise bemühte sich auszusehen, als ob nichts geschehen wäre; es handelte sich nur um ein Wort, doch dieses Wort war entscheidend, und bevor Pierre es aussprach, hätte er mit ihr reden sollen. Sie war nicht eifersüchtig auf ihn, aber sie verlor doch nicht ohne ein inneres Aufbegehren dies kleine Mädchen aus Gold und Seide, das sie an einem grimmigkalten Morgen an sich gezogen hatte.

Mit ruhiger Gelassenheit fuhr Pierre in seiner Rede fort:

– Xavière sagte mir, sie habe bis dahin gar nicht recht begriffen, daß es Liebe sei; er lächelte; sie stellte freilich fest, daß die Stunden, die wir zusammen verbrachten, glücklich und inhaltsreich seien, aber sie kam nicht auf den Gedanken, daß das an meiner Gegenwart lag.

Françoise schaute zu Xavière hinüber, die ihrerseits den Blick mit unbeteiligter Miene auf den Fußboden heftete. Sie war ungerecht, Pierre hatte sie wohl um Rat gefragt; sie hatte als erste gesagt – Es war nun schon lange her –: ‹Du kannst dich in sie verlieben›; beim Fest in der Weihnachtsnacht hatte er sich bereit erklärt, auf Xavière zu verzichten. Er war jetzt vollkommen im Recht mit dem Gefühl eines reinen Gewissens.

– Und das kam euch wie eine magische Fügung des Schicksals vor? fragte Françoise etwas ungeschickt.

Xavière warf heftig den Kopf zurück.

– Aber nicht doch, sagte sie. Sie schaute Pierre an: Ich wußte, daß es an Ihnen lag, aber ich dachte, es sei nur, weil Sie so interessant und unterhaltend seien. Nicht wegen . . . sonst etwas.

– Und was denken Sie jetzt? Sie haben doch seit gestern, sagte Pierre mit gewinnender und etwas besorgter Miene, nicht Ihre Meinung geändert?

– Natürlich nicht, ich bin doch keine Wetterfahne, gab Xavière steif zurück.

– Sie könnten sich doch aber getäuscht haben, meinte Pierre, dessen Stimme zwischen Kühle und Liebenswürdigkeit schwankte. Vielleicht haben Sie in der gehobenen Stimmung des Augenblicks Freundschaft für Liebe gehalten.

– Habe ich gestern abend so einen besonders hochgestimmten Eindruck gemacht? forschte Xavière mit einem etwas gespannten Lächeln.

– Sie waren dem Augenblick so völlig hingegeben, sagte Pierre.

– Nicht mehr als sonst, meinte Xavière. Sie faßte nach einer Haarsträhne und schielte mit töricht-lasterhaftem Blick darauf hin. Es ist nur so, setzte sie mit schleppender Stimme hinzu, daß diese großen Worte alles gleich so gewichtig machen.

Pierres Miene wurde verschlossen.

– Wenn die Worte angemessen sind, warum dann Angst davor haben?

– Das ist auch wieder richtig, meinte Xavière und fuhr mit dem schrecklichen Schielen fort.

– Liebe, sagte Pierre, ist doch kein Geheimnis, das man schamvoll verbergen muß. Ich sehe es als Schwäche an, wenn man die Dinge, die in einem vorgehen, nicht mit dem rechten Namen nennen will.

Xavière zuckte die Achseln.

– Niemand kann aus seiner Haut, sagte sie, ich bin nun einmal so gar nicht für Publizität.

Pierre sah auf einmal derartig bestürzt und verfallen aus, daß es Françoise zu Herzen ging; er konnte etwas so Zerbrechliches haben, wenn er sich seiner Waffen begab.

– Ist es Ihnen unangenehm, fragte er, daß wir hier zu dritt darüber reden? Aber wir hatten es gestern doch so ausgemacht. Vielleicht wäre es besser gewesen, wenn jeder von uns mit Françoise allein gesprochen hätte? Er blickte unsicher auf Xavière. Sie warf ihm einen gereizten Blick zu.

– Es ist mir ganz gleich, entgegnete sie, ob wir zwei oder drei oder eine große Versammlung sind, nur kommt es mir komisch vor, daß Sie zu mir von meinen eigenen Gefühlen reden.

Sie lachte nervös.

– Es ist sogar so komisch, daß ich es kaum glauben kann. Bin ich das wirklich, von der die Rede ist? Mich wollen Sie analysieren? Und ich soll mir das gefallen lassen?

– Warum denn nicht? Es handelt sich doch um uns beide, sagte Pierre; er lächelte sie schüchtern an; heute nacht kam es Ihnen doch ganz natürlich vor.

– Heute nacht . . . sagte Xavière; ihr Lächeln war jetzt fast schmerzhaft verzerrt. Sie kamen mir endlich einmal so vor, als erlebten Sie die Dinge, anstatt nur darüber zu reden.

– Sie sind wirklich gar nicht nett, sagte Pierre.

Xavière griff sich in die Haare und preßte dann die Hände gegen die Schläfen.

– Das ist doch Wahnsinn, stieß sie heftig hervor, so von sich selber zu sprechen, als sei man ein Stück Holz.

– Sie wollen alle Dinge nur im Dunkel und im Verborgenen abmachen, hielt Pierre ihr jetzt in ergrimmtem Tone vor. Sie sind unfähig, sie am hellen Tage zu denken und zu wollen. Nicht die Worte stören Sie: worüber Sie so aufgebracht sind, ist die Zumutung, sich heute offen und freiwillig zu dem zu bekennen, was Sie gestern abend unversehens zugestanden haben.

Xavières Antlitz verlor allen Glanz; sie blickte Pierre an wie ein gehetztes Wild. Françoise hätte Pierre am liebsten zum Schweigen gebracht; seine Züge wirkten so hart bei dem scharfen, fordernden Ton, den er anschlug, daß sie gut verstand, wenn man Angst bekam und sich ihm zu entziehen versuchte; auch er war nicht glücklich in diesem Augenblick, aber bei all seiner Verwundbarkeit konnte Françoise sich doch nicht enthalten, einen Mann in ihm zu sehen, der seinen Triumph als Mann leidenschaftlich zu sichern bestrebt war.

– Sie haben mich erklären lassen, fing Pierre von neuem an, daß Sie mich lieben. Es wird jetzt Zeit, daß Sie es widerrufen. Ich wäre ganz und gar nicht erstaunt festzustellen, daß Sie eben immer nur Augenblicksregungen haben.

Böse schaute er auf Xavière.

– Kommen Sie, sagen Sie nur ganz offen, daß Sie mich nicht lieben.

Xavière warf Françoise einen verzweifelten Blick zu.

– Oh, ich wünschte, das wäre alles nicht gewesen, stieß sie klagend hervor, vorher war doch alles gut! Warum haben Sie es verdorben?

Dieser Ausbruch schien Pierre nahezugehen; er sah Xavière an, dann Françoise, und wußte nicht, was tun.

– Laß sie doch erst einmal wieder zu sich kommen, sagte Françoise, du quälst sie ja.

Lieben oder nicht lieben; wie kurz und vernunftbestimmt Pierre in seinem Durst nach Gewißheit wurde. Françoise hatte ein schwesterliches Mitgefühl für die Verwirrung Xavières; welche Worte hätte sie finden sollen, um sich selbst zu beschreiben? Alles war trübe in ihr.

– Verzeihen Sie mir, sagte Pierre; es war unrecht von mir, so heftig zu werden; ich möchte auf keinen Fall, daß Sie denken, irgend etwas zwischen uns sei zu Schaden gekommen.

– Das ist es aber doch, Sie sehen ja! rief Xavière; ihre Lippen bebten, sie war am Ende ihrer Nervenkraft; mit einem Male vergrub sie das Gesicht in den Händen.

– Was soll ich jetzt tun, was soll ich tun? hauchte sie.

Pierre beugte sich über sie.

– Aber es ist doch nichts geschehen, nichts hat sich geändert, redete er ihr zu.

Xavière ließ die Hände auf die Knie sinken.

– Es hat jetzt alles soviel Gewicht bekommen, es erdrückt mich, als sei ich zwischen schwere Steine geraten. Sie zitterte am ganzen Leib. Es ist jetzt schwer wie Stein.

– Glauben Sie doch nicht, daß ich jetzt etwa mehr von Ihnen erwarte, ich will gar nichts von Ihnen, versicherte Pierre. Es ist alles genau, wie es war.

– Sie sehen ja, sagte Xavière, wie jetzt schon alles geworden ist; sie reckte sich im Sitzen auf und warf den Kopf nach hinten, um ihre Tränen festzuhalten; ihr Hals schwoll von krampfhaftem Schluchzen an. Es ist ein Unglück, ich weiß es, und ich habe einfach nicht die Kraft dafür.

Françoise sah alles todtraurig und im Gefühl ihrer Ohnmacht mit an; es war wie damals im ‹Dôme›, nur konnte Pierre sich heute erst recht nicht irgendeine tröstende Geste gestatten; es wäre nicht nur Kühnheit, sondern geradezu eine Anmaßung gewesen. Françoise hätte am liebsten den Arm um diese zuckenden Schultern gelegt und die richtigen Worte gefunden, aber sie war ja hilflos an ihr Lager gefesselt; keine Berührung war möglich, sie hätte nur steif klingende Worte sagen können, die von vornherein einen falschen Ton hatten. Xavière versuchte sich ganz allein wie eine einsame Seherin gegen die drohenden Gefahren zu wehren, von denen sie sich rings umlauert fühlte.

– Zwischen uns dreien, sagte Françoise, kann es kein Unglück geben. Du solltest Vertrauen haben, Xavière. Wovor hast du denn Angst?

– Ich habe Angst, sagte Xavière.

– Pierre ist zwar eine Natter, wie du sagst, aber er zischt mehr, als er beißt; wir werden ihn bändigen. Nicht wahr, du läßt dich doch bändigen, Pierre?

– Ich werde nicht einmal mehr zischen, das schwöre ich, sagte Pierre.

– Nun also? fragte Françoise.

Xavière atmete tief.

– Ich habe Angst, wiederholte sie mit erlahmender Stimme.

Wie am Vortage zur gleichen Stunde ging die Tür leise auf, und mit der Spritze in der Hand trat die Schwester ein.

Xavière sprang von ihrem Sitz auf und ging zum Fenster.

– Es ist gleich geschehen, sagte die Schwester. Pierre erhob sich und machte eine Bewegung, als wolle er Xavière folgen, blieb aber dann am Kamin stehen.

– Ist das jetzt die letzte Spritze? fragte Françoise.

– Morgen bekommen Sie noch eine, sagte die Schwester.

– Und dann kann ich mich ebensogut zu Hause auskurieren?

– So eilig haben Sie es, von uns wegzukommen? Sie müssen noch etwas warten, bis Sie besser bei Kräften sind und den Transport vertragen.

– Wie lange? Acht Tage?

– Acht bis zehn Tage noch.

Die Schwester machte den Einstich.

– So, das ist geschehen, sagte sie. Sie deckte Françoise wieder zu und ging gutmütig lächelnd hinaus. Xavière fuhr auf dem Absatz herum.

– Wie ich diese Person hasse mit ihrer honigsüßen Stimme, stieß sie giftig hervor. Einen Augenblick lang stand sie still im Hintergrund des Zimmers, dann schritt sie auf den Sessel zu, auf dem ihr Regenmantel lag.

– Was machst du? fragte Françoise.

– Ich muß jetzt frische Luft schöpfen, sagte Xavière, hier ersticke ich. Pierre machte eine Bewegung. Ich habe das Bedürfnis, allein zu sein, setzte sie heftig hinzu.

– Xavière! Seien Sie doch nicht so eigensinnig! bat Pierre. Kommen Sie, setzen Sie sich, wir wollen vernünftig reden.

– Reden! Es ist schon viel zuviel geredet worden! sagte Xavière. Sie schlüpfte rasch in den Mantel und wandte sich zur Tür.

– Gehen Sie nicht so, bat Pierre mit sanfter Stimme. Er streckte seine

Hand aus und berührte leicht ihren Arm; Xavière schnellte förmlich zurück.

– Sie werden mir jetzt keine Befehle geben, sagte sie mit tonloser Stimme.

– Geh an die Luft, sagte Françoise, aber komm gegen Abend noch einmal herein zu mir, willst du?

Xavière warf ihr einen Blick zu.

– Ja, ich will gern, sagte sie gefügig.

– Sehe ich Sie heut abend um zwölf? fragte Pierre etwas kurz.

– Ich weiß nicht, brachte Xavière fast unhörbar hervor. Rasch öffnete sie die Tür und schloß sie wieder hinter sich.

Pierre trat ans Fenster und blieb, die Stirn an die Scheibe gelehnt, einen Augenblick lang unbeweglich stehen; offenbar sah er ihr nach.

– Da habe ich etwas Schönes angerichtet, sagte er und kam an das Bett zurück.

– Es war aber auch furchtbar ungeschickt von dir, sagte Françoise nervös. Was ist nur in dich gefahren? Es war wirklich das Letzte, was du tun durftest, hier mit Xavière zu erscheinen und mir brühwarm eure Unterhaltung zu wiederholen. Die Situation war peinlich für alle Beteiligten; selbst eine weniger scheue Person hätte das nicht ertragen.

– Was sollte ich denn tun? fragte Pierre. Ich hatte vorgeschlagen, sie solle allein zu dir gehen, aber natürlich fand sie, daß das über ihre Kräfte ginge und daß wir sehr viel besser täten, zusammen vor dich zu treten. Für mich kam gar nicht in Frage, daß ich dir etwas sagte, ohne daß sie dabei wäre; das hätte ja so ausgesehen, als wollten wir die Sache über ihren Kopf hinweg unter uns Erwachsenen abmachen.

– Ich weiß nicht recht, sagte Françoise, jedenfalls war es eine sehr heikle Angelegenheit.

Mit einem gewissen Behagen beharrte sie auf ihrem Standpunkt:

– Unter allen Umständen war die Lösung nicht glücklich, die du gefunden hast.

– Gestern abend, sagte Pierre, sah alles so einfach aus. Geistesabwesend starrte er vor sich hin. Wir machten die Entdeckung, daß wir uns liebten, und wollten es dir erzählen wie etwas Schönes, das uns widerfahren ist.

Das Blut stieg Françoise in die Wangen, und in ihrem Herzen war Groll; wie sie diese Rolle der gleichmütig segnenden Gottheit haßte, die sie ihr zuschieben wollten, aus Bequemlichkeit, unter dem Vorwand ihrer beiderseitigen Verehrung.

– Ja, und dadurch war das Ganze von vornherein sanktioniert, sagte Françoise. Ich verstehe schon; Xavière mußte noch mehr als dir an der Vorstellung gelegen sein, daß mir berichtet würde, was heute nacht sich zugetragen hat.

Sie sah sie wieder vor sich, die Mienen beseligten Einverständnisses, mit der sie ins Zimmer getreten waren; sie brachten ihr ihre Liebe wie ein schönes Geschenk, und sie sollte sie ihnen in Tugend umgewandelt wiedergeben.

– Nur stellt sich Xavière die Dinge nie bis ins einzelne vor; sie hatte nicht daran gedacht, daß man die Sache in Worte kleiden müsse; sobald du aber den Mund aufgetan hast, war sie einfach entsetzt; von ihrer Seite verwundert mich das nicht; aber du hättest es voraussehen müssen.

Pierre zuckte die Achseln.

– Ich war ganz frei von Berechnung, sagte er. Ich war ganz ohne Arg. Du hättest sehen sollen, wie schmelzend und hingegeben diese kleine Furie gestern abend war. Als ich das Wort Liebe gebrauchte, fuhr sie etwas zusammen, aber ihre Züge drückten sofort ihre Einwilligung aus. Ich habe sie nach Hause gebracht.

Er lächelte, aber es sah aus, als sei er sich dessen gar nicht bewußt; seine Augen blieben starr.

– Als ich mich verabschiedete, habe ich sie in die Arme genommen, und sie hat mir ihren Mund dargeboten. Es war ein ganz schwesterlicher Kuß, aber in ihrer Gebärde lag soviel Zärtlichkeit.

Die Vorstellung wirkte auf Françoise, als wenn man an eine Brandwunde rührt; sie sah Xavière in ihrem schwarzen Kostüm, mit der schottischen Bluse, in der ihr Hals so weiß erschien, Xavière geschmeidig und warm in Pierres Armen, die Augen halb geschlossen und mit geöffneten Lippen. Niemals würde sie selbst dies Gesicht so vor sich sehen können. Sie nahm sich gewaltsam zusammen; sie durfte nicht ungerecht sein, nicht diesen wachsenden Groll Macht über ihre Seele gewinnen lassen.

– Einfach ist diese Liebe nicht, sagte sie, die du ihr da bietest. Kein Wunder, daß sie Angst bekommt. Wir sind gar nicht gewohnt, sie unter diesem Gesichtspunkt zu betrachten, aber schließlich ist sie ein junges Mädchen und hat noch nicht geliebt. Das macht immerhin etwas aus.

– Daß sie nur keine Dummheiten macht, meinte Pierre.

– Was soll sie denn tun? fragte Françoise.

– Man kann nie wissen bei ihr; bedenke, in was für einer Verfassung sie war.

Er sah Françoise ängstlich an.

– Du mußt versuchen, ihr alles zu erklären. Du bist die einzige, die die Sache wieder in Ordnung bringen kann.

– Ich will es versuchen, versprach Françoise.

Sie blickte ihn sinnend an, und das Gespräch mit ihm am Vortage fiel ihr wieder ein: allzulange hatte sie ihn blindlings geliebt für alles, was sie von ihm empfing; aber sie hatte sich ja geschworen, ihn um seiner selbst willen zu lieben und noch bis in die freie Entscheidung hinein, durch die er sich ihr entzog; sie wollte doch nicht gleich beim ersten Hindernis straucheln. Lächelnd sah sie ihm in die Augen.

– Ich will versuchen, ihr klarzumachen, sagte sie, daß du nicht etwa ein Mann zwischen zwei Frauen bist, sondern daß wir drei zusammen etwas ganz Besonderes darstellen, etwas, was vielleicht schwierig ist, aber sehr schön und glücklich werden könnte.

– Ich frage mich, ob sie heute nacht nach der Vorstellung kommen wird, sagte Pierre. Sie war ja so außer sich.

– Ich will versuchen, ihr zuzureden, sagte Françoise. Im Grunde ist das alles nicht ernst.

Sie schwiegen beide einen Augenblick.

– Und Gerbert? fragte Françoise. Ist das jetzt klargestellt?

– Wir haben kaum davon gesprochen, sagte Pierre. Aber ich glaube, du hattest recht. Er übt einen Augenblick lang einen gewissen Reiz auf sie aus, aber gleich darauf denkt sie gar nicht mehr an ihn.

Er drehte eine Zigarette zwischen den Fingern hin und her.

– Aber dadurch ist vielleicht alles ins Rollen gekommen. Ich fand unsere Beziehung zueinander reizend, wie sie war; ich hätte nicht versucht, irgend etwas daran zu ändern, wenn nicht die Eifersucht meinen Besitzerinstinkt geweckt hätte. Es ist krankhaft, ich weiß, aber sobald ich auf einen Widerstand stoße, sehe ich eben rot.

Es stimmte, daß er einen bedenklichen Mechanismus in sich trug, über den er nicht Herr war. Françoise war die Kehle wie zugeschnürt.

– Schließlich wirst du doch mit ihr zu Bett gehen wollen, sagte sie.

Im selben Augenblick wurde ihr, was sie sagte, zur unerträglichen Gewißheit; diese schwarze Perle, dieser strenge Engel mit den schmeichelnden Händen eines jungen Mannes, würde durch Pierre zu einer in Hingebung zerschmelzenden Frau werden; schon hatte er seine Lippen auf ihren weichen Mund gepreßt. Mit einer Art Grauen starrte sie ihn an.

– Du weißt ja, sagte Pierre, daß die Sinnlichkeit bei mir keine so große Rolle spielt. Alles, was ich mir wünsche, ist, zu jeder Zeit ein Gesicht vor mir sehen zu können wie heute nacht, wieder und wieder einen Augenblick zu erleben, wo auf der Welt ich allein für sie existiere.

– Aber das muß ja zwangsläufig so kommen, sagte sie. Dein Besitzinstinkt kann ja nicht auf halbem Wege stehenbleiben. Um sicher zu sein, daß sie dich noch immer in gleicher Weise liebt, wirst du jedesmal mehr von ihr verlangen.

In ihrer Stimme lag eine feindselige Härte, die auch Pierre nicht entging; er verzog das Gesicht.

– Du wirst mir noch Grauen vor mir selbst einflößen, sagte er.

– Es kommt mir immer wie eine Entweihung vor, sagte Françoise in sanfterem Ton, mir Xavière als eine Frau mit sexuellen Regungen vorzustellen.

– Aber es geht mir ja genauso, sagte Pierre; entschlossen zündete er sich seine Zigarette an.

– Jedenfalls würde ich nicht ertragen, daß sie mit einem andern etwas hat.

Wiederum fühlte Françoise einen unerträglichen Schmerz in der Brust.

– Dadurch eben wirst du dazu kommen, selbst mit ihr zu schlafen, sagte sie, wenn auch nicht gleich, so doch in einem halben Jahr, einem Jahr.

Deutlich sah sie jede Etappe des Weges vor sich, der unaufhaltsam von Küssen zu Zärtlichkeiten und von Zärtlichkeiten zur letzten Hingabe führte; durch Pierres Schuld würde nun auch Xavière in diesen Ablauf hineingeraten wie irgendeine andere. Eine Minute lang flammte in ihr offener Haß gegen ihn auf.

– Weißt du, was du jetzt tun wirst? sagte sie mit möglichst beherrschter Stimme. Du wirst dich jetzt in deine Ecke setzen wie neulich und brav arbeiten. Ich aber ruhe mich ein Weilchen aus.

– Ich mache dich müde, sagte Pierre, ich vergesse zu sehr, daß du immer noch krank bist.

– Das liegt nicht an dir, sagte Françoise.

Sie schloß die Augen. In ihr wühlte ein böses, trübes Leiden. Was wollte sie denn eigentlich? Was konnte sie überhaupt wollen? Sie wußte es selber nicht; aber es war sinnlos zu glauben, wie sie eben noch getan hatte, sie könne durch Verzicht zu einer Erlösung gelangen; sie hing zu sehr an Pierre und Xavière, sie war zu sehr verstrickt; tausend schmerzhafte Bilder wirbelten in ihrem Kopf und zerrissen ihr das Herz; es kam ihr vor, als sei das Blut in ihren Adern vergiftet. Sie wendete sich nach der Wand um und begann, still vor sich hin zu weinen.

Pierre verließ Françoise um sieben Uhr. Sie hatte ihre Abendmahlzeit beendet und war zu müde zum Lesen; sie konnte nichts anderes mehr tun als Xavière erwarten. Würde sie überhaupt kommen? Es war furchtbar, von diesem launenhaften Willen abzuhängen ohne irgendeine Möglichkeit, auf ihn einzuwirken. Eine Gefangene. Françoise schaute rings die kahlen Wände an; das Zimmer hatte einen Geruch von Fieber und von Nacht; die Krankenschwester hatte die Blumen herausgenommen und die Deckenlampe abgeschaltet, nur ein trister Schleier von Licht hing noch um das Bett.

– Was will ich denn? fragte sich Françoise angstvoll ein um das andere Mal.

Es war ihr nichts Besseres eingefallen, als sich immer wieder eigensinnig an die Vergangenheit festzukrampfen; sie hatte Pierre ganz allein vorausgehen lassen, und jetzt, als sie endlich nachgab, war er schon viel zu weit, als daß sie ihn hätte einholen können; jetzt war es eben zu spät.

– Und wenn es noch nicht zu spät wäre? fragte sie sich.

Wenn sie sich doch plötzlich entschlösse, mit allen Kräften vorwärtszueilen, anstatt mit hängenden Armen und leeren Händen zurückzubleiben? Sie rückte auf ihren Kissen etwas höher hinauf. Sie mußte sich selber auch rückhaltlos einsetzen, das war die einzige Chance; dann würde vielleicht auch sie von jener neuen Zukunft miterfaßt werden, in die Pierre und Xavière ihr vorausgeeilt waren. Fieberhaft blickte sie auf die Tür. Sie wollte es tun, sie war entschlossen dazu; es gab keine andere Möglichkeit.

Wenn nur Xavière bald käme. Halb acht; es war jetzt nicht mehr Xavière, die sie erwartete, sondern ihr Leben, ihre Zukunft, die Wiederauferstehung ihres Glücks.

Es klopfte leise.

– Herein, rief Françoise.

Nichts rührte sich. Wahrscheinlich fürchtete Xavière, sie könne Pierre noch antreffen.

– Herein, rief Françoise so laut sie konnte; doch ihre Stimme war erstickt; Xavière würde fortgehen, ohne sie gehört zu haben, und dann gab es keine Möglichkeit, sie zurückzurufen.

Xavière trat ein.

– Ich störe dich doch nicht? sagte sie.

– Aber nein, ich habe schon auf dich gewartet, sagte Françoise.

Xavière setzte sich zu ihr ans Bett.

– Wo bist du die ganze Zeit gewesen? fragte Françoise mit sanfter Stimme.

– Ich bin spazierengegangen, sagte Xavière.

– Du warst ja ganz verstört, sagte Françoise. Warum quälst du dich denn so? Wovor hast du Angst? Es gibt doch gar keinen Grund.

Xavière senkte den Kopf; sie machte einen erschöpften Eindruck.

– Ich war abscheulich eben, sagte sie. Schüchtern fügte sie hinzu: war Labrousse sehr böse?

– Bestimmt nicht, sagte Françoise. Er beunruhigte sich nur.

Sie lächelte.

– Du mußt ihn wieder beruhigen.

Xavière blickte entsetzt zu Françoise auf.

– Ich wage sicher nicht, zu ihm zu gehen, sagte sie.

– Aber das ist doch Unsinn, sagte Françoise; wegen dieser Sache da eben?

– Wegen allem.

– Du bist vor einem Wort zurückgeschreckt, sagte Françoise. Aber ein Wort ändert doch schließlich nichts. Kannst du dir gar nicht vorstellen, daß er glaubt, ein gewisses Recht auf dich zu haben?

– Du hast ja gesehen, sagte Xavière, was für ein heilloses Durcheinander es jetzt schon gegeben hat.

– Das Durcheinander hast nur du gemacht, weil du gleich ganz außer dir warst, sagte Françoise. Sie lächelte. Alles, was neu ist, flößt dir immer solchen Schrecken ein. Du hattest Angst, nach Paris zu kommen, Angst vor dem Theaterspielen. Und schließlich ist dir doch bislang noch gar nichts Arges passiert?

– Nein, gab Xavière mit etwas mattem Lächeln zurück.

Ihr durch Müdigkeit und Angst verstörtes Gesicht war noch undurchdringlicher als sonst, und doch war es aus sanftem Stoff gemacht, auf den Pierre seine Lippen gedrückt hatte; eine Weile ließ Françoise die Blicke einer Liebenden auf dieser Frau ruhen, die Pierre liebte.

– Im Gegenteil, alles könnte so schön sein, sagte sie. Ein Paar, das zueinander gefunden hat, ist schon so etwas Schönes; aber drei Menschen, die einander aus allen Kräften lieben, das ist ja noch viel beglückender.

Sie hielt inne; jetzt war der Augenblick da, wo auch sie sich einsetzen und alles Wohl und Wehe auf sich nehmen mußte.

– Denn schließlich ist das, was zwischen uns beiden besteht, ja auch eine Art von Liebe?

Xavière warf ihr einen raschen Blick zu.

– Ja, sagte sie mit leiser Stimme; auf einmal rundete sich ihr Gesicht unter einem Ausdruck kindlicher Zärtlichkeit, und in plötzlicher Bewegung neigte sie sich zu Françoise und küßte sie.

– Wie warm du bist, meinte sie. Du scheinst Fieber zu haben.

– Am Abend habe ich immer ein bißchen Fieber, sagte Françoise; sie lächelte, aber ich bin so glücklich, daß du bei mir bist.

So einfach war das alles: diese Liebe, von der ihr das Herz auf einmal in Süße schwoll, war immer erreichbar gewesen, man mußte nur die Hand danach ausstrecken, diese furchtsame, in Besitzverlangen bebende Hand.

– Siehst du, wenn jetzt auch noch Liebe zwischen dir und Labrousse besteht, dann gibt das eine schöne, wohlabgestimmte Dreiheit, sagte sie. Es ist zwar keine übliche Form des Zusammenlebens, aber ich glaube, bei uns wird es doch möglich sein. Meinst du nicht?

– Doch, sagte Xavière. Sie faßte Françoise bei der Hand und drückte sie.

– Wenn ich nur erst wieder gesund bin, dann wirst du sehen, was für ein schönes Leben wir zu dreien führen werden, sagte Françoise.

– In acht Tagen kommst du nach Hause? fragte Xavière.

– Wenn alles gut geht, ja, antwortete Françoise.

Sie spürte auf einmal in ihrem ganzen Körper den schmerzlichen Widerstand; nein, sie würde nicht länger in dieser Klinik bleiben, es war jetzt aus mit der friedlichen Abgeschiedenheit; sie hatte ihr ganzes leidenschaftliches Glücksbedürfnis wiedergefunden.

– Du glaubst nicht, wie trostlos das Hotel ohne dich ist, sagte Xavière. Früher konnte ich doch, selbst wenn ich dich den ganzen Tag nicht sah, deine Schritte über mir und im Treppenhaus hören. Jetzt ist alles so leer.

– Ich komme ja wieder, sagte Françoise gerührt. Niemals hätte sie gedacht, daß Xavière auf ihre Anwesenheit so achtgegeben hätte; wie sehr hatte sie sie doch verkannt! Wie würde sie sie jetzt liebhaben, um die verlorene Zeit wieder einzuholen. Sie drückte ihre Hand und blickte sie schweigend an. Mit fieberheißen Schläfen und einem trockenen Gefühl im Hals begriff sie endlich, welch Wunder in ihr Leben getreten war. Sie war schon auf dem besten Wege gewesen, innerlich zu verdorren unter dem Druck mühseliger Konstruktionen und bleischwerer Überlegungen, als plötzlich mit einem Aufbrechen von Reinheit und von Licht diese ganze allzu erdenschwere Welt in Staub zerfallen war; der harmlose Blick Xavières hatte genügt, um diesen Kerker zu sprengen, und nun würden auf dem freigelegten Boden durch dieses jungen, streng fordernden Engels Gnade tausend Wunder erstehen. Ein düsterer Engel war Xavière, mit sanften Frauenhänden, den geröteten Händen einer jungen Bäuerin, mit Lippen, die nach Honig, blondem Tabak und grünem Tee dufteten.

– Xavière, du köstliches Geschöpf, dachte Françoise.

Zweiter Teil

Erstes Kapitel

Elisabeths Blicke streiften die stoffbespannten Wände und blieben schließlich an der kleinen roten Bühne im Hintergrund des Saales haften. Es war eine Zeit, da hatte sie stolz gedacht: Dies alles ist mein Werk. Aber eigentlich war kein Grund, so stolz darauf zu sein; irgend jemand mußte es ja gemacht haben.

– Ich muß jetzt nach Hause gehen, sagte sie; Pierre kommt mit Françoise und der kleinen Pagès zum Nachtmahl zu mir.

– Soso! Mich versetzt die Pagès, sagte Gerbert gekränkt.

Er hatte noch keine Zeit zum Abschminken gefunden; mit seinen grünen Augendeckeln und der dicken Schicht von Litera K auf den Wangen sah er schöner aus, als er war. Elisabeth war es gewesen, die ihn mit Dominique zusammengeführt und seine Marionettennummer bei ihr angebracht hatte. Bei der Gestaltung des Kabaretts hatte sie eine große Rolle gespielt. Sie lächelte bitter vor sich hin. Mit Hilfe von Alkohol und vielen Zigaretten hatte sie im Laufe aller der Vorbesprechungen wie in einem Rausch gelebt und zu handeln geglaubt, aber es war wie alles in ihrem Leben nur eine Art Trance gewesen. In diesen drei düsteren Tagen hatte sie die Erfahrung gemacht: nichts, was ihr begegnete, war echte Wirklichkeit. Manchmal hatte sie früher die nebelhaften Umrisse von irgend etwas erkannt, was wie ein Ereignis oder eine Tat ausgesehen hatte; die Leute mochten es sogar immerhin dafür halten; aber im Grunde waren es nur grobgemalte Kulissen.

– Die wird Sie noch öfter versetzen, meinte Elisabeth.

Anstatt Xavière spielte Lise jetzt wieder die Rolle und in Elisabeths Augen mindestens ebenso gut; dennoch schien Gerbert verstimmt. Elisabeth sandte ihm einen prüfenden Blick zu.

– Das Mädel scheint begabt zu sein, meinte sie, aber es fehlt ihr an Überzeugung bei allem, was sie tut, das ist schade.

– Ich kann mir gut denken, daß es ihr keinen Spaß macht, jeden Abend hierher zu kommen, bemerkte Gerbert mit einer Zurückhaltung, die Elisabeth nicht entging. Sie hatte seit langem den Argwohn, daß Gerbert wärmere Gefühle für Xavière hegte. Das war ja amüsant. Ob Françoise das wohl wußte?

– Wie wollen wir es mit Ihrem Porträt machen? fragte sie. Dienstag nachmittag? Ich mache nur ein paar Skizzen.

Man müßte in Erfahrung bringen, was Xavière von Gerbert hielt; wahrscheinlich dachte sie gar nicht über ihn nach, so engagiert wie sie war. Aber neulich, bei der Eröffnung des Kabaretts, hatten ihre Augen sonderbar geglänzt, als sie mit ihm tanzte; wie sie sich wohl verhalten mochte, wenn er sich um sie bemühte?

– Gut, wenn Sie wollen, am Dienstag, gestand Gerbert zu.

Er war so schüchtern, von sich aus würde er niemals etwas unternehmen; er ahnte sicher nicht einmal, daß er Aussichten hatte. Elisabeth streifte Dominiques Stirn flüchtig mit den Lippen.

– Gute Nacht, meine Süße.

Sie ging zur Tür hinaus; es war sehr spät, sie mußte sich beeilen, wenn sie vor ihnen zu Hause ankommen wollte. Bis zur letzten Minute hatte sie den Augenblick hinausgeschoben, wo sie wieder allein sein würde. Sie wollte es so einrichten, daß sie mit Pierre redete; es war aussichtslos, aber diesen letzten Versuch wollte sie dennoch machen. Sie preßte die Lippen zusammen. Zur Zeit triumphierte Suzanne: Nanteuil hatte «Die Teilung» für den nächsten Winter angenommen, und Claude triefte förmlich von törichter Seligkeit. Nie war er so liebevoll gewesen wie diese letzten drei Tage, und nie hatte sie ihn mehr gehaßt. Ein Streber, ein eitler Narr, ein Schwächling war er, sonst nichts; er war für alle Ewigkeit an Suzanne gekettet; nie würde Elisabeth etwas anderes sein als eine geduldete und nur in aller Verschwiegenheit aufgesuchte Mätresse. Im Verlaufe dieser Tage war ihr die Wahrheit in ihrer unerbittlichen Härte aufgegangen: nur aus Feigheit hatte sie an ihren Hoffnungen festgehalten, sie hatte nichts zu erwarten von Claude, und dennoch würde sie sich mit allem abfinden, wenn sie ihn nur behielte; sie konnte nicht ohne ihn leben. Sie konnte sich dabei nicht einmal auf eine alles überwindende Liebe herausreden, denn Leiden und Groll hatten jede Liebe in ihr ertötet. Hatte sie ihn denn jemals geliebt? War sie fähig zu lieben? Sie beschleunigte ihren Schritt. Da war Pierre gewesen. Vielleicht wenn er sein Leben ganz auf sie gestellt hätte, wären all diese Spaltungen und inneren Unwahrheiten ihr erspart geblieben. Vielleicht wäre dann auch für sie das Leben ausgefüllt und Friede in ihr gewesen. Aber das war vorbei. Jetzt eilte sie ihm nur entgegen in dem verzweifelten Wunsch, ihm weh zu tun.

Sie ging die Treppen hinauf und schaltete das Licht ein. Bevor sie fortging, hatte sie den Tisch gedeckt, das Abendessen sah gut aus. Auch sie selbst sah gut aus mit ihrem Plisseerock, der Schottenbluse und dem sorgfältig hergerichteten Gesicht. Wenn man diese ganze Aufmachung im Spiegel betrachtete, kam sie einem wie die Erfüllung eines Wunschtraumes vor. Als sie zwanzig Jahre alt war, richtete sie in ihrem kleinen Zimmer ein Abendessen aus Broten mit Schweinssülze und einer Karaffe billigem Rotwein und stellte sich dabei vor, wie schön es sein müßte, ein richtiges Souper mit Gänseleberpastete und altem Burgunder vorzubereiten. Jetzt war Gänseleber auf dem Tisch, es gab Kaviarbrötchen und Xeres und Wodka in Flaschen; sie hatte Geld, Beziehungen noch und noch und war auf dem besten Wege, so etwas wie berühmt zu werden. Und dennoch hatte sie auch weiterhin das Gefühl, nur am Rande zu leben; dies Abendessen war nur ein Talmisouper in einer Dekoration, die ein schickes Studio darstellte; sie selbst war nur eine lebende Parodie der Frau, die sie vorgab zu sein. Sie zerbröckelte einen kleinen Kuchen zwischen den Fingern. Früher hatte das Spiel noch einen Reiz gehabt, es war die Vorwegnahme einer glänzenden Zukunft gewesen; jetzt hatte sie keine Zukunft mehr; sie wußte, daß sie nirgends und nie das authentische Original erreichen würde, dessen Kopie ihr Dasein war. Niemals würde sie etwas anderes als falschen Schein kennenlernen. Es lag wie ein böser Zauber auf ihr: alles, was sie berührte, wurde zu einem Surrogat.

Die Eingangsglocke zerriß die Stille. Ob sie wohl wußten, daß alles hier unecht war? Sicher wußten sie es. Sie warf einen letzten Blick auf den Tisch und auf ihr Gesicht. Dann öffnete sie die Tür. Im Rahmen stand Françoise mit einem Busch Anemonen in der Hand; es war die Blume, die Elisabeth ganz besonders liebte; jedenfalls hatte sie es so vor zehn Jahren entschieden.

– Da schau her, die habe ich eben noch bei Banneau entdeckt, sagte Françoise.

– Wie reizend von dir, sagte Elisabeth. Sie sind wunderhübsch. Sie fühlte, wie etwas in ihr schmolz. Außerdem war ja auch nicht Françoise diejenige, die sie haßte.

– Komm schnell herein, sagte sie und ging voraus ins Atelier.

Hinter Pierres Rücken hielt sich Xavière versteckt mit ihrem schüchternen und etwas törichten Lächeln. Obwohl Elisabeth nichts anderes erwartet hatte, fühlte sie sich dadurch gereizt. Die beiden machten sich ja einfach lächerlich damit, daß sie immer und überall dies Mädel mit sich herumschleppten.

– Oh, wie hübsch ist das hier! rief Xavière.

Sie betrachtete das Zimmer und dann Elisabeth mit unverhohlenem Staunen. Es sah so aus, als wollte sie sagen:

– Das hätte ich ihr nie zugetraut.

– Nicht wahr, das ist ein bezauberndes Atelier, sagte Françoise. Sie legte den Mantel ab und setzte sich.

– Geben Sie mir auch Ihren Mantel, Sie frieren sonst beim Nachhausegehen, sagte Pierre zu Xavière.

– Ich behalte ihn lieber an, sagte sie.

– Es ist sehr warm hier, sagte Françoise.

– Du kannst sicher sein, daß mir nicht zu warm ist, gab Xavière eigensinnig zurück. Die beiden andern schauten sie mit unglücklicher Miene an und warfen sich dann einen fragenden Blick zu. Elisabeth unterdrückte ein Achselzucken. Xavière würde niemals verstehen, sich gut anzuziehen. Sie trug einen Altedamenmantel, der viel zu weit und zu düster für sie war.

– Ich hoffe, ihr habt Hunger und Durst, meinte Elisabeth mit einladender Geste. Bedient euch, tut meiner Küche Ehre an.

– Ich bin halbtot vor Hunger und Durst, sagte Pierre. Außerdem weiß ja alle Welt, wie gefräßig ich bin. Er lächelte, und die andern lächelten auch; sie trugen alle drei eine Miene heiteren Einvernehmens zur Schau, sie kamen einem vor wie leicht berauscht.

– Xeres oder Wodka? fragte Elisabeth.

– Wodka, sagten sie alle drei wie aus einem Munde.

Sie war sicher, daß Pierre und Françoise lieber Xeres tranken; zwang ihnen Xavière sogar ihre Neigungen auf? Elisabeth schenkte die Gläser voll. Pierre hatte sicher etwas mit Xavière, soviel stand fest; und die beiden Frauen? Auch das war gut möglich, dies Trio machte einen völlig symmetrischen Eindruck. Manchmal traf man nur zwei von ihnen, sie mußten eine Art Ablösungssystem eingeführt haben; meist aber waren sie zu dreien unterwegs, und man sah sie Arm in Arm in gleichem Schritt einherziehen.

– Ich habe euch am Carrefour Montparnasse gesehen, sagte Elisabeth. Sie lachte ein bißchen. Ihr saht furchtbar komisch aus.

– Wieso komisch? fragte Pierre.

– Ihr hattet euch untergefaßt und seid alle drei gleichzeitig von einem Fuß auf den andern gehüpft.

Wenn Pierre gerade von einer neuen Schwärmerei für jemand oder für etwas besessen war, schlug er immer über die Stränge, so war er von jeher gewesen. Was aber fand er nur an Xavière? Mit ihrem gelben Haar, ihrem ausdruckslosen Gesicht und den roten Händen sah sie wirklich nicht verführerisch aus.

Sie wendete sich zu ihr.

– Sie essen ja nicht.

Xavière warf einen mißtrauischen Blick auf die Schüsseln.

– Nehmen Sie doch eins von diesen Kaviarbrötchen, riet ihr Pierre. Sie sind wundervoll. Elisabeth, du bewirtest uns fürstlich.

– Sie ist auch, sagte Françoise, fürstlich angezogen. Diese schicken Sachen stehen dir fabelhaft.

– Das steht jedem, meinte Elisabeth.

Françoise hätte gut und gern die Mittel gehabt, ebenso schick zu sein, wenn sie nur wollte.

– Ich glaube, ich werde den Kaviar versuchen, erklärte Xavière mit nachdenklicher Miene. Sie nahm ein Sandwich und biß hinein. Pierre und Françoise verfolgten jede ihrer Bewegungen mit leidenschaftlichem Interesse.

– Wie findest du es? fragte Françoise.

Xavière konzentrierte sich:

– Sehr gut, entschied sie dann.

Die Mienen der beiden entspannten sich. Wenn diese Kleine sich als Gottheit fühlte, war es ja demnach nicht ihre eigene Schuld.

– Geht es dir jetzt wieder ganz gut? wandte Elisabeth sich an Françoise.

– Ich war noch nie so gut in Form, sagte Françoise. Durch diese Krankheit habe ich mich endlich einmal ausruhen müssen, das ist mir glänzend bekommen.

Sie war sogar etwas dicker geworden und sah blühend aus. Mit argwöhnisch tastendem Blick sah Elisabeth ihr zu, wie sie ein Stück Brot mit Gänseleber verzehrte. Gab es in diesem Glück, das die beiden so aufdringlich zur Schau trugen, wirklich gar keinen Riß?

– Willst du uns nicht deine letzten Bilder zeigen? fragte Pierre. Ich habe so lange nichts von dir gesehen. Françoise sagt mir, du hast jetzt einen ganz neuen Stil.

– O ja, ich trete augenblicklich in eine neue Periode ein, sagte Elisabeth mit ironischer Emphase. Was waren ihre Bilder schon: auf Leinwand verteilte Farben, die wie Bilder aussahen; sie brachte ihre Tage mit Malen zu, um sich einzubilden, sie sei eine Malerin, aber auch das war nichts weiter als ein ins Unheimliche verzerrtes Spiel.

Sie nahm eines ihrer Bilder, setzte es auf die Staffelei und schaltete die blaue Lampe ein. Das gehörte zum Ritual. Sie würde ihnen jetzt ihre unechten Bilder zeigen, und sie spendeten ihr dafür ein geheucheltes Lob. Sie aber wußten nicht, daß sie selbst es wußte. Diesmal täuschten die andern sich.

– Aber tatsächlich, sagte Pierre, das ist ja ein radikaler Wandel!

Er betrachtete das Bild mit einem Ausdruck von wirklichem Interesse: es war ein Ausschnitt aus einer spanischen Arena mit einem Stierkopf in einer Ecke und Gewehren und Leichen in der Mitte.

– Das ist ganz anders geworden als dein erster Entwurf, sagte Françoise. Du solltest ihn Pierre auch zeigen, damit er den Unterschied sieht.

Elisabeth holte ihre «Erschießung» vor.

– Das ist interessant, meinte Pierre, aber nicht so gut wie das andere. Ich glaube, du hast recht, bei solchen Sujets auf jeden Realismus zu verzichten.

Elisabeth warf ihm einen prüfenden Blick zu; aber er schien es tatsächlich so zu meinen.

– Du siehst ja, sagte sie, in welchem Sinne ich jetzt arbeite. Ich versuche, mir die Inkohärenz der Form und die souveräne Art der Surrealisten zu eigen zu machen, aber doch in einer disziplinierteren Weise.

Sie holte auch noch ihr «Konzentrationslager», die «Faschistische Landschaft» und die «Pogromnacht» hervor, die Pierre mit einer Miene ehrlicher Anerkennung prüfte. Elisabeth warf auf ihre eigenen Bilder einen erstaunten Blick. Fehlte ihr im Grunde nur das Publikum, um eine wirkliche Malerin zu sein? Muß nicht in der Einsamkeit jeder Künstler, der Ansprüche an sich stellt, sich für einen Stümper halten? Der wirkliche Künstler ist der, dessen Werk zur Wirklichkeit geworden ist. In gewisser Weise hatte Claude nicht so unrecht, wenn er darauf brannte, aufgeführt zu werden; ein Werk wird dadurch wirklich, daß auch die andern es kennen. Sie wählte eines ihrer letzten Bilder aus: es hieß «Mord als Spiel». In dem Augenblick, als sie es auf die Staffelei stellte, fing sie einen verzweifelten Blick Xavières auf, den sie Françoise zusandte.

– Sie interessieren sich wohl nicht für Malerei? fragte sie mit einem etwas kühlen Lächeln.

– Ich verstehe nichts davon, entschuldigte sich Xavière.

Pierre drehte sich auf der Stelle mit besorgtem Blick nach ihr um, und Elisabeth fühlte siedenden Zorn in sich aufsteigen. Offenbar hatten sie Xavière darauf vorbereitet, daß sie dies als unvermeidliches Übel über sich ergehen lassen müsse, nun verlor sie die Geduld; die geringste ihrer Launen aber zählte mehr als Elisabeths ganzes Geschick.

– Was meinst du dazu? fragte sie.

Es war eine kühne und komplizierte Komposition, die eines Kommentars bedurfte. Pierre warf einen flüchtigen Blick darauf.

– Auch sehr gut, sagte er.

Augenscheinlich wollte er jetzt nur rasch damit fertig werden.

Elisabeth nahm das Bild von der Staffelei.

– Genug für heute, sagte sie. Wir dürfen die Kleine nicht auf die Folter spannen.

Xavière warf ihr einen finstern Blick zu; sie begriff, daß Elisabeth sich über sie keiner Täuschung hingab.

– Du weißt doch, Françoise, sagte Elisabeth, wenn du eine Platte auflegen willst, kannst du das ruhig tun. Nur nimm eine hölzerne Nadel, bitte, wegen der Leute unter uns.

– Ach ja, drängte Xavière.

– Warum versuchst du es dies Jahr nicht mal mit einer Ausstellung? fragte Pierre, der sich seine Pfeife anzündete. Ich bin sicher, daß du auch auf ein breiteres Publikum Eindruck machen würdest.

– Der Augenblick, sagte Elisabeth, wäre schlecht gewählt. Die Weltlage ist zu unsicher, als daß man neue Talente lancieren könnte.

– Das Theater geht aber gut, sagte Pierre.

Elisabeth warf ihm einen zögernden Blick zu, dann fragte sie ihn direkt:

– Weißt du, daß Nanteuil Claudes Stück behalten hat?

– Doch, richtig, ja, sagte Pierre mit etwas unsicherer Miene. Freut sich Claude?

– Ja und nein, sagte Elisabeth. Sie sog den Rauch ihrer Zigarette tief ein. Ich selbst bin eher entsetzt. Das ist einer dieser Kompromisse, durch die sich ein Mensch für immer zugrunde richten kann.

Sie nahm ihren Mut zusammen.

– Ach, wenn du «Die Teilung» angenommen hättest! Dann wäre Claude ein gemachter Mann.

Pierre schien verlegen; er sagte nicht gern nein. Nur richtete er es gewöhnlich so ein, daß er einem zwischen den Fingern durchschlüpfte, wenn man ihn um etwas bitten wollte.

– Höre, sagte er, willst du, daß ich noch einmal mit Berger deswegen rede? Wir sind gerade zu ihnen zum Mittagessen eingeladen.

Xavière hatte den Arm um Françoise gelegt und tanzte einen Rumba mit ihr; man sah Françoise an, daß sie sich dabei die größte Mühe gab, ganz als hinge ihr Seelenheil davon ab.

– Berger hat abgelehnt und nimmt das jetzt sicher nicht zurück, sagte Elisabeth. Eine tolle Hoffnung durchzuckte sie. Er braucht nicht Berger, sondern dich. Hör zu. Du willst doch dein Stück diesen Winter bringen, aber noch nicht im Oktober? Wenn du da nur ein paar Wochen lang «Die Teilung» spielen ließest.

Mit klopfendem Herzen wartete sie. Pierre zog an seiner Pfeife, ihm war in seiner Haut offenbar nicht wohl.

– Du weißt, was am wahrscheinlichsten ist? sagte er: daß wir im nächsten Jahr diese Welttournee machen.

– Bernheims berühmtes Projekt? fragte Elisabeth ungläubig zurück. Und ich hatte geglaubt, du wolltest das auf keinen Fall.

Es war eine Niederlage, aber bestimmt würde sie Pierre so leicht nicht auskommen lassen.

– Es ist eine große Verlockung, sagte Pierre. Wir würden viel Geld verdienen und viel von der Welt zu sehen bekommen.

Er warf einen Seitenblick auf Françoise.

– Natürlich ist noch nichts entschieden.

Elisabeth überlegte. Offenbar wollten sie Xavière mitnehmen. Pierre schien für ein Lächeln von ihr zu allem fähig zu sein; vielleicht ließ er sogar seine Arbeit im Stich, um sich ein Idyll zu dritt am Mittelmeer zu leisten.

– Wenn ihr aber nicht ginget? setzte sie ihm beharrlich zu.

– Ja, wenn wir nicht gingen . . . wiederholte Pierre etwas matt.

– Ja? Würdest du «Die Teilung» dann im Oktober bringen?

Sie wollte eine klare Antwort von ihm; er nahm nicht gern ein gegebenes Wort zurück.

Pierre stieß aus seiner Pfeife ein paar Rauchwolken aus.

– Warum schließlich nicht? sagte er, ohne recht bei der Sache zu sein.

– Sprichst du im Ernst?

– Natürlich, sagte Pierre jetzt etwas entschiedener. Wenn wir hierbleiben, können wir sehr gut die Saison mit der «Teilung» anfangen.

Er hatte schnell zugesagt; er schien also sicher zu sein, daß sie die Tournee machen würden. Dennoch war es eine Unvorsichtigkeit. Für den Fall, daß sein Plan ins Wasser fiel, hatte er sich gebunden.

– Es wäre ja großartig für Claude! sagte sie. Wann weißt du das wohl bestimmt?

– In ein bis zwei Monaten, sagte Pierre.

Sie schwiegen einen Augenblick.

Wenn man diese Reise verhindern könnte! war der Gedanke, der Elisabeth leidenschaftlich beschäftigte.

Françoise, die schon seit kurzem zu ihnen hinüberschielte, trat jetzt auf sie zu.

– Jetzt mußt du tanzen, sagte sie zu Pierre. Xavière ist unermüdlich, und ich kann nicht mehr.

– Du hast sehr gut getanzt, sagte Xavière und lächelte gönnerhaft: du siehst, du brauchst dazu nichts als ein bißchen guten Willen.

– Den hast du für zwei entfaltet, gab Françoise heiter zurück.

– Wir werden es weiter treiben, sagte Xavière in einem Ton, der wie eine zärtliche Drohung war.

Es war kaum auszuhalten, diese süßliche Art, die sie sich miteinander angewöhnt hatten.

– Entschuldige mich, sagte Pierre. Er ging zusammen mit Xavière eine Platte aussuchen. Sie hatte sich endlich entschlossen, ihren Mantel abzulegen; das geübte Malerauge sah ihrer schlanken Gestalt eine leise Neigung zum Dickwerden an; sie hätte schnell zugenommen, wenn sie sich nicht an eine strikte Diät gehalten hätte.

– Sie hat recht, daß sie auf sich achtgibt, sagte Elisabeth. Sie würde bald mollig werden.

– Xavière? Françoise mußte lachen. Aber sie ist doch wie ein Strich.

– Meinst du, es ist Zufall, daß sie so wenig ißt? fragte Elisabeth.

– Sicher tut sie es nicht wegen ihrer Linie, meinte Françoise.

Sie machte ein Gesicht, als fände sie den Gedanken geradezu absurd; eine Zeitlang hatte sie die Dinge noch gesehen, wie sie waren, aber jetzt war sie von Pierres blöder Verzückung angesteckt. Als wenn Xavière nicht eine Frau wie jede andere wäre! Elisabeth durchschaute sie bis auf den Grund; sie sah, daß sie unter ihrer Maske einer Eisjungfrau allen menschlichen Schwächen zugänglich war.

– Pierre hat mir eben erzählt, daß ihr diesen Winter vielleicht auf Tournee gehen wollt, sagte sie. Ist das wirklich ernst?

– Es ist die Rede davon, antwortete Françoise. Sie war sichtlich verlegen; sie wußte nicht, was Pierre gesagt hatte, und fürchtete wahrscheinlich, etwas zu behaupten, was nicht in seinem Sinne war.

Elisabeth goß zwei Wodka ein.

– Und dies Mädchen? Was habt ihr mit ihr vor? fuhr sie kopfschüttelnd fort. Ich frage mich wirklich manchmal.

– Vorhaben? fragte Françoise zurück; sie schien nicht recht zu verstehen. Sie spielt Theater, das weißt du ja.

– Erstens tut sie das nicht, sagte Elisabeth. Und außerdem meine ich das auch nicht.

Sie trank ihr Glas halb aus.

– Soll sie denn ihr Leben lang mit euch beiden herumziehen?

– Nein, sicher nicht, sagte Françoise.

– Hat sie denn gar keine Lust, ihr eigenes Leben zu führen, Liebe, eigne Erlebnisse?

Françoise lächelte schwach.

– Ich glaube nicht, daß sie im Augenblick so sehr darauf aus ist.

– Natürlich, im Augenblick nicht, gab Elisabeth zu.

Xavière tanzte mit Pierre; sie tanzte sehr gut; auf ihrem Gesicht lag ein Ausdruck wirklich schamloser Koketterie; wie ertrug das Françoise? Sinnlich und kokett; Elisabeth hatte genau beobachtet; sicher war sie in Pierre verliebt, aber ebenso sicher war sie eine flatterhafte und hinterhältige Person; sie war imstande, alles dem Vergnügen des Augenblicks zu opfern. Hier war vielleicht der Riß, den man vergrößern konnte.

– Was macht dein Verehrer? fragte Françoise.

– Moreau? Ich habe eine schreckliche Auseinandersetzung mit ihm gehabt, sagte Elisabeth. Über den Pazifismus; ich habe ihn geneckt, und da ist er wütend geworden; zum Schluß hat er mich beinahe erwürgt.

Sie suchte etwas in ihrer Handtasche.

– Da, sieh dir das an, sein letzter Brief.

– Ich finde ihn gar nicht so dumm, sagte Françoise. Du hattest ihn mir so schlechtgemacht.

– Er wird überall sehr geschätzt, antwortete Elisabeth.

Sie hatte ihn zu Anfang interessant gefunden und spaßeshalber in seiner Liebe ermutigt; weshalb eigentlich war sie seiner so überdrüssig geworden? Sie ging jetzt der Sache auf den Grund. Nur, weil er sie liebte; das war das beste Mittel, sich in ihren Augen herabzusetzen. Der Stolz blieb ihr immer noch: sie war in der Lage, lächerliche Gefühle zu verachten, die sie selber eingeflößt hatte.

– Der Brief ist doch ganz korrekt, meinte Françoise. Was für eine Antwort hast du ihm denn gegeben?

– Es war gar nicht so einfach für mich, sagte Elisabeth. Ich mußte ihm doch erklären, daß ich selbst diese Geschichte nicht eine Minute lang ernst genommen hatte. Außerdem ...

Achselzuckend brach sie ab; kannte sie sich denn selber noch aus? Sie verlor jeden Überblick. Dieses Trugbild der Freundschaft, das sie sich in ihrem seelischen Müßiggang zurechtgelegt hatte, konnte keine größere Wirklichkeit für sich in Anspruch nehmen wie die Malerei, die Politik, ihre Zerwürfnisse mit Claude. Das alles glich sich im Grunde, alles war nur eine zwecklose Komödie.

– Er hat mich, fuhr sie schließlich fort, bis zu Dominique verfolgt, totenbleich und mit starrem Blick; es war dunkel und kein Mensch auf der Straße, ich bekam wirklich Angst.

Sie mußte lachen; erzählen konnte sie viel; im Grunde hatte sie keine Angst gehabt, und es hatte auch eigentlich keine Szene gegeben, sondern ein armseliges Menschenkind hatte die Fassung verloren und mit wilden Redensarten und Bewegungen um sich geworfen.

– Stell dir vor, er hat mich gegen einen Laternenpfahl gedrängt, mich bei der Kehle gepackt und mit theatralischer Geste gesagt: Ich bekomme

Sie doch, Elisabeth, oder ich bringe mich um.

– Hat er dich tatsächlich beinahe erwürgt? fragte Françoise; ich hatte geglaubt, du hättest das nur so gesagt.

– Aber nein, sagte Elisabeth, ich habe durchaus für möglich gehalten, daß er mich töten würde.

Es war wirklich unglaublich; wenn sie die Dinge schilderte, wie sie wirklich waren, meinten die Leute, sie hätten sich überhaupt nicht zugetragen; und wenn sie es dann schließlich doch glaubten, nahmen sie an, daß alles ganz anders gewesen sei. Sie sah wieder die glasigen Augen vor sich und die blutlosen Lippen, die sich den ihren näherten.

– Ich habe zu ihm gesagt: Erwürgen Sie mich ruhig, nur küssen Sie mich nicht, und da hat er stärker gedrückt.

– Alle Achtung, meinte Françoise, das hätte wirklich ein schönes Verbrechen aus Leidenschaft abgegeben.

– Oh! sagte Elisabeth, er hat dann gleich wieder losgelassen! Ich habe zu ihm gesagt: Das ist ja lächerlich, und schon nahm er die Hände fort.

Sie war darüber gewissermaßen enttäuscht gewesen, aber auch wenn er weitergedrückt hätte, so lange, bis sie zu Boden gefallen wäre, wäre es doch in Wirklichkeit kein Verbrechen gewesen, sondern nur ein Unfall aus Unvorsichtigkeit. Niemals, niemals würde ihr etwas Ernstliches begegnen.

– Und aus Liebe zum Pazifismus also wollte er dich erwürgen? fragte Françoise.

– Er war empört über mich, weil ich gesagt hatte, der Krieg sei das einzige Mittel, aus dem Dreck herauszukommen, in dem wir alle leben, sagte Elisabeth.

– Da bin ich eher derselben Meinung wie er, sagte Françoise. Ich würde fürchten, daß das Mittel schlimmer ist als das Leiden.

– Wieso? fragte Elisabeth.

Sie zuckte die Achseln. Der Krieg. Warum hatten alle solche Angst davor? Das wenigstens würde etwas sein, was einem nicht einfach zwischen den Händen zerränne. Etwas Wirkliches endlich einmal mit wirklichen Taten darin. Die Revolution herbeiführen. Für alle Fälle hatte sie angefangen, Russisch zu lernen. Vielleicht würde sie dann zeigen können, was eigentlich an ihr war; vielleicht waren bislang nur die Umstände allzu klein für sie.

Pierre war herangetreten.

– Bist du ganz sicher, daß der Krieg die Revolution bringen würde? fragte er. Und meinst du nicht, daß sie selbst dann noch allzu teuer erkauft wäre?

– Sie ist eben eine Fanatikerin, sagte Françoise mit einem liebevollen Lächeln. Sie würde ganz Europa mit Feuer und Schwert überziehen, um der Sache zu dienen.

Elisabeth mußte lächeln.

– Eine Fanatikerin ... wiederholte sie bescheiden; ihr Lächeln erstarrte auf einmal. Sicher ließen sie sich nicht täuschen; sie wußten ganz genau: es war alles hohl in ihr, ihre Überzeugung war einzig auf ihre Reden beschränkt, und auch die waren nichts als Lüge und Schauspielerei.

– Eine Fanatikerin? wiederholte sie und brach in schallendes Gelächter aus; das war wahrhaftig ein guter Witz.

– Was hast du denn? fragte Pierre; es schien ihm höchst unangenehm zu sein.

– Nichts, sagte Elisabeth und schwieg. Sie war zu weit gegangen. Ich bin zu weit gegangen, sagte sie zu sich selbst; zu weit; das hatte sie also auch mit Absicht zustande gebracht, diesen zynischen Widerwillen gegen ihre eigne Person? Und die Verachtung dieses Widerwillens war auch wieder nur Komödie? Und der Zweifel an der Verachtung ... aber man wurde ja verrückt dabei, wenn man erst einmal anfing, ehrlich mit sich selber zu sein; gab es da gar keine Grenze?

– Wir wollen uns jetzt verabschieden, sagte Françoise. Wir müssen gehen.

Elisabeth fuhr zusammen; alle drei standen aufgepflanzt vor ihr und schienen sich unbehaglich zu fühlen; sie mußte wohl während dieses kurzen Schweigens eine merkwürdige Figur abgegeben haben.

– Auf Wiedersehen, sagte sie und brachte sie an die Tür. Ich komme dieser Tage einmal einen Abend beim Theater vorbei. Sie kehrte ins Atelier zurück, trat an den Tisch und goß sich ein großes Glas Wodka ein, das sie auf einen Zug leerte. Wenn sie nun immer weitergelacht hätte? Wenn sie ihnen gesagt hätte: Ich weiß, ich weiß, daß ihr wißt? Da hätten sie sicher Augen gemacht. Aber wozu? Auflehnung, Tränen, das alles wäre nur eine neue, noch ermüdendere und ganz sinnlose Komödie; es gab keinen Weg aus dem Labyrinth; an keinem Punkte der Welt oder ihres Wesens war irgendeine Wahrheit für sie.

Sie blickte auf die benutzten Teller, die leeren Gläser und den Aschbecher voller Zigarettenreste. Sie würden dennoch nicht ewig über sie triumphieren; es gab eine Möglichkeit, etwas zu tun. Irgend etwas mit Gerbert. Sie setzte sich auf die Ecke des Diwans; wieder sah sie die perlmutterfarbenen Wangen und die goldenen Haare Xavières vor sich, Pierres beseligtes Lächeln, während er mit ihr tanzte; das alles wirbelte ihr durch den Kopf, morgen aber würde sie Ordnung in ihre Gedanken bringen. Sie würde handeln, eine echte Tat vollführen, bei der Tränen fließen würden, und zwar echte Tränen. Dann endlich würde sie vielleicht einmal das Gefühl haben, wirklich, ernstlich zu leben. Dann fände auch die Tournee nicht statt; Claudes Stück würde aufgeführt werden. Und dann ...

– Ich bin betrunken, murmelte sie.

Sie konnte jetzt nur schlafen gehen und den Morgen erwarten.

– Zwei Schwarze, einen Kaffee mit Sahne und zwei Croissants, bestellte Pierre. Lächelnd blickte er auf Xavière. Sind Sie auch nicht zu müde?

– Wenn ich mich amüsiere, bin ich nie müde, antwortete Xavière. Sie hatte vor sich auf dem Tisch eine Tüte mit rosigen Krabben, zwei riesige Bananen und drei rohe Artischocken liegen. Keiner von ihnen hatte nach dem Abend bei Elisabeth Lust zum Nachhausegehen gehabt; erst hatten sie in der Rue Montorgueil eine Zwiebelsuppe gegessen und dann einen Bummel durch die Markthallen gemacht, von denen Xavière ganz hingerissen war.

– Wie angenehm es im ‹Dôme› um diese Zeit ist, bemerkte Françoise. Das Café war fast leer; auf dem Boden kniete ein Mann in blauer Arbeitsbluse und schrubbte den in Lauge schwimmenden Fliesenbelag, von dem ein Geruch nach frischer Wäsche aufstieg. Als der Kellner das Bestellte auf den Tisch niedersetzte, warf ihm eine hochgewachsene Amerikanerin in Abendtoilette eine Papierkugel an den Kopf.

– Die hat gehörig was intus, erklärte der Kellner mit einem Lächeln.

– So eine betrunkene Amerikanerin, stellte Xavière im Tone tiefer Überzeugung fest, ist doch etwas Großartiges. Das ist die einzige Menschensorte, die total blau sein kann, ohne gleich vollkommen die Fassung zu verlieren.

Sie nahm zwei Stück Zucker, hielt sie einen Augenblick in der Schwebe über ihrer Tasse und ließ sie dann in ihren Kaffee fallen.

– Unglückliche, was machen Sie da, rief Pierre. Den können Sie ja nicht mehr trinken.

– Aber wieso? Ich mache das absichtlich, sagte Xavière, ich neutralisiere ihn; sie blickte Françoise und Pierre mißbilligend an; ihr ahnt ja gar nicht, wie ihr euch vergiftet mit dem vielen Kaffee.

– Ausgerechnet du sagst das, rief Françoise ihr heiter zu. Du trinkst dabei den ganzen Tag Tee, das schadet einem erst recht!

– Oh! Bei mir hat es Methode, antwortete Xavière mit einem Kopfschütteln. Ihr aber trinkt das wie Wasser herunter.

Sie sah wirklich wohlausgeruht aus; ihre Haare glänzten, ihre Augen leuchteten, als seien sie aus Email. Françoise stellte fest, daß bei ihr die lichte Iris von dunklem Blau umgeben war; man wurde nie fertig mit Entdeckungen in diesem Gesicht. Xavière bot ständig neue Überraschungen.

– Hört euch das mal an, sagte Pierre.

Ein Pärchen am Fenster flüsterte halblaut miteinander; die junge Frau faßte mit einer koketten Bewegung an ihr unter einem schwarzen Netz verborgenes Haar.

– Das ist nun einmal so, sagte sie; noch niemand hat meine Haare gesehen, sie gehören nur mir.

– Aber weshalb denn? fragte der junge Mann mit leidenschaftbebender Stimme.

– Diese Frauenzimmer, sagte Xavière mit verächtlich verzogenem Mund. Sie fühlen sich selbst so billig, daß sie sich irgendeine Kostbarkeit erfinden müssen unter dem, was sie an sich haben.

– Das stimmt, sagte Françoise. Bei der hier sind es die Haare, bei der Eloy ihre Unberührtheit, bei der Canzetti die Kunst; damit kaufen sie sich los und können dann erst recht das übrige in alle Winde zerstreuen.

Xavière lächelte überlegen, und Françoise stellte dies Lächeln mit leichtem Neide fest; es mußte eine große Macht bedeuten, sich selbst so kostbar zu fühlen.

Seit ein paar Minuten saß Pierre da und starrte in sein Glas, seine Muskeln waren schlaff geworden, seine Augen trübe, und eine schmerzliche, kindische Gleichgültigkeit lag auf seinem Gesicht.

– Geht es Ihnen noch nicht besser als vorhin? fragte Xavière.

– Nein, sagte Pierre, dem armen Pierre will es nicht besser gehen.

Sie hatten das Spiel im Taxi angefangen; Françoise hatte ihren Spaß an solchen improvisierten Szenen, übernahm aber selbst nur immer Nebenrollen darin.

– Pierre ist gar nicht arm, und Pierre fühlt sich sehr wohl, sagte Xavière mit sanfter Autorität; sie schob ihr drohendes Antlitz ganz dicht vor Pierres Gesicht.

– Nicht wahr, es geht Ihnen gut?

– Ja, sehr gut, gab Pierre rasch zu.

– Dann lächeln Sie, verlangte Xavière.

Pierres Lippen wurden ganz flach und zogen sich fast bis zu den Ohren auseinander; gleichzeitig wurde sein Blick scheu und wild, das Antlitz eines Gefolterten umgab den verzerrt lächelnden Mund. Es war unglaublich, was er mit seinen Zügen machen konnte. Dann mit einem Male, als sei eine Feder gesprungen, sank das Lächeln zu einer weinerlichen Jammermaske zusammen. Xavière unterdrückte ein Lächeln, dann strich sie mit der gesammelten Miene eines Hypnotiseurs mit der Hand von unten nach oben ganz leicht über Pierres Gesicht. Das Lächeln war sofort wieder da; mit listiger Miene fuhr Pierre dann mit dem Finger von oben nach unten über seinen Mund, und das Lächeln zerfiel. Xavière lachte Tränen.

– Welche Methode, mein Fräulein, wenden Sie eigentlich an? fragte Françoise.

– Ich habe meine eigene, sagte Xavière mit bescheidener Miene. Eine Mischung aus Suggestion, Einschüchterung und vernünftigem Zureden.

– Und Sie erzielen gute Resultate damit?

– Erstaunliche! antwortete Xavière. Wenn Sie wüßten, in was für einem Zustand ich ihn übernommen habe.

– Das ist richtig, sagte Françoise, man muß ja immer den Einlieferungsbefund berücksichtigen. Augenblicklich schien der Patient eine Art Anfall zu haben. Er kaute den Tabak, den er seiner Pfeife entnahm, so gierig wie ein Esel, der an der Krippe steht; seine Augen waren aus den Höhlen getreten, und den Tabak zerbiß er tatsächlich mit den Zähnen.

– Großer Gott! rief Xavière schaudernd aus.

Sie redete nun ernst auf ihn ein.

– Hören Sie jetzt gut zu, sagte sie. Man darf nur essen, was eßbar ist; Tabak ist nicht eßbar, also begehen Sie einen Fehler, wenn Sie Tabak essen.

Pierre hörte gelehrig zu, dann begann er von neuem, aus der Pfeife zu fressen.

– Es schmeckt gut, sagte er überzeugt.

– Man müßte es mit Psychoanalyse versuchen, warf Françoise ein. Vielleicht ist er als Kind einmal von seinem Vater mit einem Holunderzweig geschlagen worden.

– Wieso? fragte Xavière.

– Geschlagener wird Tabakfresser, sagte Françoise. Er frißt Tabak, um die Schläge zu kompensieren; der Tabak wird zum Holundermark, das er durch eine Art symbolischer Assimilation zu vernichten versucht.

Pierres Gesicht verwandelte sich in einer beängstigenden Weise; er wurde ganz rot, seine Wangen schwollen an, und seine Augen waren blutunterlaufen.

– Jetzt schmeckt es nicht mehr, stieß er wütend hervor.

– Also lassen Sie es, sagte Xavière und nahm ihm die Pfeife aus der Hand.

– Oh! sagte Pierre. Er blickte auf seine leeren Hände. Oh, oh, oh, stieß er in einem langgezogenen Wimmern hervor. Er machte die Nase kraus, und plötzlich liefen ihm die Tränen über die Wangen hinab. Oh, wie unglücklich ich bin!

– Sie machen mir ja Angst, sagte Xavière. Hören Sie jetzt auf.

– Oh, ich bin so unglücklich, wiederholte Pierre. Er weinte heiße Tränen, die über ein furchterregendes Kindergesicht rannen.

– Hören Sie auf, flehte Xavière mit angstverzerrter Miene. Pierre lachte und wischte sich die Augen.

– Was für ein poetischer Idiot du sein könntest, sagte Françoise; einen Idioten mit einem solchen Gesicht könnte man tatsächlich lieben.

– Das könnte man ja noch immer erwägen, sagte Pierre.

– Gibt es keine Idiotenrolle beim Theater? fragte Xavière.

– Ich weiß eine wunderbare in einem Stück von Valle Inclan, aber es ist eine stumme Rolle, sagte Pierre.

– Schade, meinte Xavière mit einer Mischung aus Ironie und Zärtlichkeit.

– Hat dir Elisabeth etwa wieder mit Claudes Stück in den Ohren gelegen? fragte Françoise. Soviel ich hörte, hast du dich darauf herausgeredet, daß wir im nächsten Winter eine Tournee machen wollen.

– Ja, sagte Pierre mit abwesendem Blick; mit dem Löffel rührte er in dem Kaffee herum, der noch im Glase geblieben war. Warum bist du eigentlich so sehr gegen die Idee? meinte er. Wenn wir nicht nächstes Jahr diese Reise machen, wird, fürchte ich, niemals etwas daraus.

Françoise hatte eine Regung von Unbehagen, aber so schwach, daß es sie selbst überraschte; alles in ihr war so wattiert und gedämpft, als habe eine Kokainspritze ihre Seele gefühllos gemacht.

– Dafür riskiert man andererseits, daß das Stück nie aufgeführt wird, sagte sie.

– Arbeiten wird man sicher auch dann noch können, wenn man aus Frankreich nicht mehr herauskommt, sagte Pierre gegen seine bessere Einsicht; er zuckte die Achseln. Zudem ist mein Stück kein Zweck an sich; wir haben doch in unserm Leben schon soviel gearbeitet: würde dich denn nicht auch ein bißchen Abwechslung locken?

Gerade jetzt dicht vor dem Ziel; im Laufe des nächsten Jahres würde sie ihren Roman beendet und Pierre die Früchte seines zehn Jahre langen Mühens geerntet haben. Sie erinnerte sich sehr gut, daß ein Jahr Abwesenheit eine Art von Katastrophe bedeutete; aber auch ihre Vorstellung davon war von schlaffer Indifferenz durchzogen.

– Oh, persönlich reise ich sehr gern, das weißt du ja, sagte sie.

Es lohnte sich nicht, zu kämpfen, sie gab sich von vornherein besiegt, nicht durch Pierre, sondern durch sich selbst. Jener Schatten von Widerstand, der noch in ihr vorhanden war, genügte nicht, um einen Kampf bis zum Ende zu führen.

– Scheint es dir nicht auch fabelhaft, wenn du dir vorstellst, wie wir alle drei an Bord der ‹Cairo-City› die griechische Küste näher kommen sehen, sagte Pierre. Er lächelte Xavière dabei zu. Von ferne sieht man die Akropolis wie ein kleines komisches Denkmal dastehen. Wir nehmen dann gleich ein Taxi, das uns auf der holprigen Straße bis nach Athen hineinrumpelt.

– Und in den Gärten des Zappeion essen wir zu Abend, sagte Françoise; sie schaute Xavière belustigt an. Sie sieht mir ganz danach aus, als würde sie die gerösteten Krabben und Hammeleingeweide mögen, sogar den harzig schmeckenden Wein.

– Aber bestimmt werde ich das mögen, antwortete Xavière; was ich hasse, ist diese urvernünftige Küche, wie man sie in Frankreich hat; da unten esse ich sicher wie ein Scheunendrescher, ihr werdet sehen.

– Du mußt dir vorstellen, sagte Françoise, daß es ungefähr ebenso abscheulich ist wie in dem chinesischen Restaurant, in dem du dich neulich delektiert hast.

– Wohnen wir dann in den Vierteln, wo es all die kleinen Baracken aus Holz und Wellblech gibt? wollte Xavière wissen.

– Das kann man nicht, sagte Pierre, da gibt es kein Hotel. Das sind nur Behausungen von allerlei Einwanderern. Aber wir werden uns viel dort aufhalten.

Es wäre nett, das alles mit Xavière zu sehen; ihre Augen wandelten die geringfügigsten Objekte um. Als Françoise ihr eben die Bistros in der Hallengegend, die Berge von Karotten und die Obdachlosen gezeigt hatte, hatte sie das Gefühl gehabt, sie selber neu zu entdecken. Françoise nahm eine Handvoll Krabben und begann sie auszuschälen. Unter Xavières Blikken würden die wimmelnden Hafenviertel des Piräus, die blauen Barken, die schmutzigen Kinder, die Schenken mit ihrem Geruch nach Öl und geröstetem Fleisch ungeahnte Schätze enthüllen. Sie sah erst Xavière an, dann Pierre; sie liebte sie, beide liebten sich, und beide liebten sie; seit Wochen schon lebten sie alle drei zusammen in glücklicher Verzauberung. Wie kostbar war diese Minute mit dem Frühlichtschein auf den leeren Bänken des ‹Dôme›, dem Geruch nach Seifenwasser, der von den Fliesen aufstieg, und dem leichten Duft nach allerlei Schaltieren.

– Berger hat fabelhafte Fotos aus Griechenland, sagte Pierre, ich muß sie mir sofort von ihm geben lassen.

– Ach ja, zu denen geht ihr ja heute zum Mittagessen, sagte Xavière in einem Tone zärtlichen Liebesgrolls.

– Wenn nur Paule da wäre, sagte Françoise, hätten wir dich mitgenommen. Aber mit Berger selbst wird es immer gleich sehr offiziell.

– Wir lassen die ganze Truppe in Athen, sagte Pierre, und machen eine große Tour durch den Peloponnes.

– Auf Mauleseln, ergänzte Xavière.

– Zum Teil, sagte Pierre.

– Und wir werden Abenteuer in Hülle und Fülle haben, setzte Françoise hinzu.

– Wir entführen ein schönes kleines Griechenmädchen, schlug Pierre vor. Weißt du noch, das kleine Mädchen in Tripolis, das uns so leid getan hat?

– Ich erinnere mich gut, sagte Françoise; es war entsetzlich bedrückend sich vorzustellen, daß sie sicher ihr Leben lang in diesem trostlosen Hof verbringen würde.

Xavière verzog das Gesicht.

– Dann müßten wir sie überall mitschleppen, das wird auch wieder lästig, sagte sie.

– Wir könnten sie nach Paris schicken, meinte Françoise.

– Da fänden wir sie dann wieder vor, warf Xavière ein.

– Aber wenn du wüßtest, sagte Françoise, daß in irgendeiner Ecke der Welt ein liebenswürdiges Geschöpf gefangen und unglücklich säße, würdest du da keinen Finger rühren, um es fortzuholen?

– Nein, erklärte Xavière verstockt; das wäre mir ganz egal.

Mit einem Blick auf Françoise und Pierre stellte sie plötzlich fast böse fest:

– Ich möchte nicht, daß noch jemand weiteres bei uns wäre.

Es war alles nur Kinderei, aber Françoise fühlte doch, wie sich etwas schwer auf ihre Schultern legte; nach allem Verzicht, den sie geleistet hatte, hätte sie sich frei fühlen sollen, und doch hatte sie niemals weniger als in diesen letzten Wochen das Gefühl der Freiheit gehabt. Sie hatte sogar im Augenblick den Eindruck, völlig geknebelt zu sein.

– Du hast recht, sagte Pierre, wir haben mit uns dreien schon genug zu tun. Jetzt, wo wir diese harmonische Dreiheit bilden, wollen wir uns daran freuen und uns mit nichts anderem beschäftigen.

– Wenn nun aber einer von uns eine Begegnung hätte, die ihm sehr tief ginge, fragte Françoise; das würde doch uns alle bereichern können; es ist immer ein Verlust, wenn man sich Grenzen setzt.

– Aber was wir uns da aufgebaut haben, sagte Pierre, ist ja noch so neu; wir müssen es erst einmal eine ganze Weile so lassen; danach kann dann jeder von uns auf Abenteuer ausgehen, nach Amerika reisen oder einen kleinen Chinesen adoptieren. Aber nicht eher als ... sagen wir, in fünf Jahren.

– Ja, pflichtete Xavière ihm mit Wärme bei.

– Abgemacht, sagte Pierre, das soll ein Wort sein; fünf Jahre lang muß sich jedes von uns ausschließlich dem Trio widmen.

Er legte die Hand geöffnet auf den Tisch.

– Ich habe vergessen, sagte er, daß Sie diese Geste nicht mögen.

– Doch, bestätigte Xavière ernsthaft, ich bin auch dafür.

Sie legte ihre Hand in die von Pierre.

– Gut, sagte Françoise und streckte ebenfalls die Hand aus. Fünf Jahre, welch ein gewichtiges Wort; sie hatte niemals Angst davor gehabt, sich für die Zukunft zu binden. Aber die Zukunft hatte ihren Charakter verändert, sie war kein freies Sichauswirken ihres eigenen Wesens mehr. Was war sie denn eigentlich? Françoise konnte nicht mehr denken ‹meine Zukunft›, denn sie konnte sich nicht allein denken, ohne Pierre und ohne Xavière; aber es war auch nicht mehr möglich, ‹unsere Zukunft› zu sagen. Mit Pierre hatte das einen Sinn gehabt, sie planten beide die gleichen Dinge, ein Leben, ein Werk, eine Liebe. Aber mit Xavière ging das nicht. Man konnte nicht mit ihr leben, sondern nur neben ihr. Trotz der reizvollen Atmosphäre der letzten Wochen stellte sich Françoise ohne Begeisterung vor, daß es nun lange Jahre hindurch ebenso weitergehen sollte; sie streckten sich so fremd und unabwendbar vor ihr aus wie ein schwarzer Tunnel, dessen Windungen man blindlings folgen müßte. Es war nicht wirklich eine Zukunft, sondern ein Zeitablauf ohne Gestalt und Gehalt.

– Es ist eigentlich komisch, sagte Françoise, zu dieser Zeit Pläne machen zu wollen. Man hat sich so daran gewöhnt, provisorisch zu leben.

– Dabei hast du doch nie so recht an Krieg geglaubt, meinte Pierre; er lächelte. Fang jetzt nicht damit an, daß er fast unvermeidlich kommen wird.

– Ich halte es gar nicht für sicher, sagte Françoise, aber die Zukunft ist doch völlig ungewiß.

Es war nicht eigentlich so sehr wegen des Krieges; aber das war ja gleich. Sie war ganz zufrieden, daß dieses Mißverständnis ihr weiterzureden erlaubte; sie war schon längst nicht mehr so leidenschaftlich auf Aufrichtigkeit bedacht.

– Richtig ist, sagte Pierre, daß wir uns alle ganz allmählich daran gewöhnt haben, nicht mehr an das Morgen zu denken; fast alle Leute sind soweit, glaube ich, die größten Optimisten sogar.

– Alles fällt dadurch wie verdorrt in sich zusammen, meinte Françoise. Es hat nichts mehr Bestand.

– Meinst du! Das finde ich nicht, warf Pierre plötzlich lebhafter werdend ein. Ich finde eher, daß alle Dinge dadurch kostbarer werden, daß sie von allen Seiten bedroht sind.

– Mir kommt alles eitel vor, sagte Françoise; wie soll ich es dir erklären? Früher hatte ich bei allem, was ich tat, das Gefühl, als kämen die Dinge von außen her auf mich zu; mein Roman zum Beispiel: er war da, er wollte geschrieben werden. Jetzt ist Schreiben nichts anderes als ein Bemalen von Seiten.

Mit der Hand schob sie den Haufen kleiner rosiger Schalen, die vom Fleisch geleert waren, von sich fort. Die junge Person mit den unberührbaren Haaren saß jetzt allein vor zwei leeren Gläsern; sie hatte nicht mehr ihren angeregten Gesichtsausdruck und führte nachdenklich einen Lippenstift über ihren Mund.

– Tatsächlich ist es so, meinte Pierre, daß man aus seiner eigenen Biographie herausgerissen ist, aber das empfinde ich eher als eine Bereicherung.

– Sicher, sagte Françoise mit einem Lächeln. Selbst wenn Krieg kommt, wirst du darin noch ein Mittel der Bereicherung sehen.

– Aber wie stellt ihr euch denn vor, fragte Xavière, daß so etwas passieren soll? Sie fragte barsch, mit einer Miene der Überlegenheit. Die Leute sind doch nicht so blöd, daß sie sich totschießen lassen.

– Sie werden nicht gefragt, antwortete Françoise.

– Es gibt doch aber Männer, die das zu entscheiden haben, und die sind doch auch nicht alle verrückt, sagte Xavière im Tone feindseliger Verachtung.

Unterhaltungen über Krieg und Politik reizten sie immer durch ihre müßige Oberflächlichkeit. Françoise war aber doch von neuem über ihren aggressiven Ton erstaunt.

– Sie sind nicht verrückt, aber die Ereignisse wachsen ihnen über den Kopf, sagte Pierre. Die Gesellschaft ist eine seltsame Maschinerie, über die niemand Herr ist.

– Gut! Aber ich verstehe nicht, daß man sich von dieser Maschine überfahren läßt, sagte Xavière.

– Was soll man denn tun? fragte Françoise.

– Nicht nur den Kopf hinhalten wie ein Lamm, sagte Xavière.

– Dann muß man in eine politische Partei eintreten, sagte Françoise.

– Großer Gott! fiel ihr Xavière ins Wort. Damit würde ich mir nie die

Finger beschmutzen.

– Dann bleiben Sie eben ein Lamm, sagte Pierre. Es ist immer dasselbe. Gegen die Gesellschaft kann man immer nur in Gesellschaft vorgehen.

– Auf alle Fälle, sagte Xavière, die vor Zorn einen ganz roten Kopf bekommen hatte, wenn ich ein Mannsbild wäre und man würde mich holen kommen, dann ginge ich eben nicht mit.

– Damit kämst du auch gerade weit, sagte Françoise. Du würdest zwischen zwei Gendarmen abgeführt, und wenn du dich weiter sperrtest, an die Wand gestellt und erschossen.

Xavière schob nachdenklich die Lippe vor.

– Ach ja, richtig, sagte sie, ihr wollt ja so ungern sterben.

Xavière war offenbar außer sich vor Zorn, sonst hätte sie nicht mit so ungerechten Mitteln Opposition gemacht. Françoise hatte den Eindruck, daß sich dieser Ausfall speziell gegen sie richtete; sie hatte keine Ahnung, weshalb. Bekümmert sah sie Xavière an. Was für vergiftete Regungen hatten plötzlich dies duftende, von Zärtlichkeit bebende Antlitz so zu verändern vermocht? Bösartig wucherten sie hinter dieser trotzigen Stirn, unter den seidigen Haaren, und Françoise stand dem allen wehrlos gegenüber; sie liebte Xavière und litt unter ihrem Haß.

– Eben hast du noch behauptet, sagte sie, es läge etwas Empörendes darin, sich einfach töten zu lassen.

– Aber das ist doch nicht dasselbe, wenn man freiwillig stirbt, protestierte Xavière.

– Sterben, um nicht getötet zu werden, heißt nicht freiwillig sterben, sagte Françoise.

– Auf alle Fälle würde ich es vorziehen, sagte Xavière. Mit einem müden und fernen Gesichtsausdruck setzte sie hinzu: Es gibt ja auch noch andere Möglichkeiten; man kann noch desertieren.

– Das ist nicht so einfach, sagte Pierre.

Xavières Blick wurde sanfter; mit schmeichelndem Lächeln wandte sie sich Pierre zu.

– Sie würden es aber tun, wenn es möglich wäre? sagte sie.

– Nein, sagte Pierre, aus vielen Gründen nicht. Erstens müßte ich dann darauf verzichten, jemals wieder nach Frankreich zu kommen, hier aber ist mein Theater, mein Publikum, hier hat mein Werk einen Sinn und Aussicht, eine Spur zu hinterlassen.

Xavière seufzte tief.

– Das ist richtig, meinte sie mit trauriger, enttäuschter Miene. Ihr schleppt eben alle soviel altes Eisen hinter euch her.

Françoise verspürte etwas wie einen Schlag; die Sätze, die Xavière äußerte, hatten immer einen Doppelsinn. Zählte sie wohl Françoise auch unter das alte Eisen? Warf sie Pierre etwa vor, ihr seine Liebe zu bewahren? Françoise hatte mehrmals ein plötzliches Schweigen bemerkt, wenn sie das Tête-à-tête der beiden störte, kurze Verstimmungen, wenn Pierre allzu lange mit ihr gesondert sprach; sie war einfach darüber hinweggegangen, aber heute schien es ihr klar: Xavière hätte gern gesehen, wenn Pierre ihr frei und allein gegenübergestanden hätte.

– Aber das alte Eisen, sagte Pierre, bin ja doch ich selbst. Man kann einen Menschen nicht von dem trennen wollen, was er fühlt, was er liebt, von dem Leben, das er sich aufgebaut hat.

Xavières Augen funkelten.

– Nun, ich jedenfalls, sagte sie mit einem etwas theatralisch wirkenden Beben, würde in jedem Augenblick überallhin aufbrechen; man sollte niemals von einem Land oder einem Beruf abhängen; überhaupt von niemand und nichts, setzte sie heftig hinzu.

– Sie verstehen eben nicht, sagte Pierre, daß das, was man tut, und das, was man ist, eine Einheit bilden.

– Das kommt darauf an, wer man ist, sagte Xavière; sie lächelte herausfordernd und dennoch ganz für sich selbst; sie tat gar nichts, sie war Xavière; in gewisser Weise konnte nichts ihr etwas anhaben.

Es trat ein kurzes Schweigen ein; dann sagte sie mit einer Bescheidenheit, in der etwas Gehässiges lag:

– Natürlich, ihr wißt ja das alles besser als ich.

– Aber Sie meinen, ein bißchen gesunder Menschenverstand wäre uns zuträglicher als all dies Wissen? fragte Pierre belustigt; warum sind Sie denn auf einmal so böse auf uns?

– Ich? Böse? sagte Xavière.

Sie machte ganz große Unschuldsaugen, aber ihr Mund blieb zusammengepreßt.

– Ich müßte von Sinnen sein.

– Sie haben sich sicher geärgert, weil wir wieder angefangen haben, vom Kriege zu reden, wo wir doch gerade dabei waren, so hübsche Pläne zu machen?

– Sie haben doch das Recht, sagte Xavière, zu sprechen, wovon Sie mögen.

– Sie glauben, daß wir nur zu unserm Vergnügen ab und zu einen Abstecher ins Tragische machen, sagte Pierre; aber ich kann Ihnen versichern, daß es nicht so ist. Die Lage verdient immerhin, daß wir uns Gedanken darüber machen; für Sie wie für uns kann der Lauf der Ereignisse große Bedeutung bekommen.

– Ich weiß, gab Xavière verlegen zu. Aber wozu davon reden?

– Um für alles gerüstet zu sein, sagte Pierre. Er lächelte: nicht aus bürgerlicher Vorsicht. Aber wenn es Ihnen wirklich davor graut, in der Welt wie ein Wurm zertreten zu werden, wenn Sie kein Lamm sein wollen, bleibt Ihnen nichts anderes übrig, als sich erst einmal Ihre Situation klar vor Augen zu halten.

– Aber ich verstehe doch nichts davon, gab Xavière in kläglichem Ton zu bedenken.

– Das kann man auch nicht von einem Tag auf den anderen. Zunächst müßten Sie einmal Zeitungen lesen.

Xavière preßte die Hände an die Schläfen.

– O Gott! Das ist derartig langweilig, sagte sie. Man weiß nicht, wo man anfangen soll.

– Das finde ich allerdings auch, sagte Françoise; wenn man nicht so schon Bescheid weiß, hat man überhaupt nichts davon.

Ihr Herz blieb auch weiterhin von Kummer und Schmerz zusammengepreßt; aus Eifersucht ganz offenbar haßte Xavière diese ernsthaften Erwachsenengespräche, bei denen sie nicht mitreden konnte; im Grunde drehte es sich bei dieser ganzen Geschichte um nichts anderes, als daß sie nicht ertragen konnte, wenn Pierre sich einen Augenblick lang nicht mit ihr beschäftigte.

– Gut, ich weiß, was ich tun werde, sagte Pierre; ich werde dieser Tage ein großes Exposé über die Politik verfassen und Sie dann regelmäßig auf dem laufenden halten. So kompliziert ist es auch wieder nicht.

– Das möchte ich gern, antwortete Xavière vergnügt; sie rückte näher an Françoise und Pierre heran. Habt ihr die Eloy gesehen? Sie hat sich an einen Tisch gleich am Eingang gesetzt in der Hoffnung, euch beim Hinausgehen ein paar Worte zu entreißen.

Die Eloy war gerade dabei, ein Kipfel in einen Milchkaffee zu tauchen; sie war nicht geschminkt; sie wirkte schüchtern und einsam und nicht unanziehend dadurch.

– Wenn man sie so sähe, ohne sie zu kennen, fände man sie sympathisch, meinte Françoise.

– Ich bin sicher, sagte Xavière, daß sie absichtlich hier frühstückt, um euch zu begegnen.

– Das bringt sie glatt fertig, sagte Pierre.

Das Café hatte sich jetzt wieder leidlich gefüllt. An einem Nachbartisch schrieb eine Frau Briefe, während sie mit ängstlicher Miene nach der Theke blickte; offenbar hatte sie Angst, daß ein Kellner sie entdecken und eine Bestellung von ihr erwarten könnte; aber kein Kellner zeigte sich, obwohl ein Herr an einem Fenstertisch allmählich ziemlich kräftig auf die Platte trommelte.

Pierre blickte auf die Wanduhr.

– Wir werden jetzt heimgehen müssen, meinte er; ich habe noch eine Unmenge vor dem Mittagessen bei Berger zu tun.

– Da sehen Sie, jetzt müssen Sie gehen, wo eben alles wieder gut wird, stellte Xavière vorwurfsvoll fest.

– Aber es war doch alles gut, entgegnete Pierre; ein kleiner Schatten von fünf Minuten hat doch nichts zu bedeuten im Vergleich zu dieser so wundervoll verbrachten Nacht.

Xavière lächelte reserviert, und sie verließen den ‹Dôme›, indem sie von weitem mit der Hand leicht zu der Eloy hinüberwinkten. Françoise war an sich nicht so sehr auf das Mittagessen bei Berger erpicht, aber sie war froh, Pierre ein Weilchen für sich allein zu haben, ihn jedenfalls einmal ohne Xavière zu sehen; es war wie ein kurzer Ausflug in die Außenwelt; ihr war allmählich bei dem ewigen Zusammensein zu dreien, das sie immer hermetischer gegen andere abschloß, zum Ersticken zumute.

Xavière machte gute Miene und hakte sich bei Françoise und Pierre ein, doch ihr Gesicht blieb finster. Ohne ein Wort zu sprechen überquerten sie den Carrefour und kamen ins Hotel zurück. Françoise fand in ihrem Fach einen Rohrpostbrief.

– Das sieht aus wie von Paule, sagte Françoise; sie machte den Brief auf.

– Sie sagt uns ab, erklärte sie, und lädt uns statt dessen zum Abendessen am Sechzehnten ein.

– Wie angenehm, rief Xavière mit blitzenden Augen.

– Da haben wir ja Glück, meinte Pierre.

Françoise sagte nichts; sie wendete das Papier zwischen den Händen hin und her; hätte sie den Brief doch nur nicht vor Xavière geöffnet, dann hätte sie ihr den Inhalt verbergen und den Tag allein mit Pierre verbringen können; nun war es freilich zu spät.

– Wir gehen jetzt, schlug sie vor, und machen uns ein bißchen frisch und treffen uns dann wieder im ‹Dôme›.

– Es ist Samstag, sagte Pierre. Da könnten wir doch zum Flohmarkt fahren und in dem großen blauen Kasten zu Mittag essen.

– Ach ja, das wäre nett! Wie schön! rief Xavière ein um das andere Mal. Sie war entzückt.

In ihrer Freude lag fast etwas Aufdringliches.

Sie gingen die Treppe hinauf; Xavière zog sich in ihr Zimmer zurück. Pierre folgte Françoise in das ihre.

– Bist du auch nicht zu müde? fragte er.

– Nein, wenn man spazierengeht, wie wir es getan haben, ist so eine Nacht ohne Schlaf nicht einmal so anstrengend, sagte sie.

Sie fing an, sich abzuschminken; nach einer ordentlichen kalten Abreibung würde sie sich ganz ausgeruht fühlen.

– Das Wetter ist schön, wir werden sicher einen herrlichen Tag verbringen, sagte Pierre.

– Wenn Xavière gut gelaunt ist, meinte Françoise.

– Sicher ist sie das; sie ist immer nur verstimmt, wenn sie meint, sie müsse sich bald von uns trennen.

– Das war nicht der einzige Grund.

Sie zögerte aus Angst, Pierre könne die Anschuldigung grotesk finden.

– Ich glaube, sie war böse, weil wir fünf Minuten lang eine ganz persönliche Unterhaltung geführt haben.

Sie zögerte noch einmal.

– Ich glaube, sie ist ein bißchen eifersüchtig.

– Sie ist furchtbar eifersüchtig, bestätigte Pierre; merkst du das erst jetzt?

– Ich hatte mich gefragt, sagte Françoise, ob ich mich nicht täuschte.

Es gab ihr immer einen Schlag, wenn sie feststellte, daß Pierre Gefühle mit Sympathie aufnahm, die sie in sich selbst mit aller Macht bekämpfte.

– Sie ist eifersüchtig auf mich, sagte sie.

– Sie ist auf alles und jedes eifersüchtig, meinte Pierre; auf die Eloy, auf Berger, auf das Theater, die Politik; daß wir an den Krieg denken, erscheint ihr als eine Untreue von unserer Seite, wir sollten uns eben mit nichts anderem beschäftigen als mit ihr.

– Heute war sie besonders böse auf mich, fing Françoise noch einmal an.

– Ja, weil du unseren Zukunftsplänen so zurückhaltend gegenüberstehst; sie ist auf dich eifersüchtig nicht nur meinetwegen, sondern auch wegen dir selbst.

– Ich weiß, sagte Françoise.

Wenn ihr Pierre damit ein Gewicht von der Seele nehmen wollte, so fing er es nicht sehr geschickt an; sie fühlte sich nur noch bedrückter.

– Ich finde das peinigend, sagte sie, ich meine eine Liebe, in der gar keine Freundschaft enthalten ist; man hat dabei das Gefühl, gleichsam gegen sich und nicht um seiner selbst willen geliebt zu werden.

– Das ist nun einmal ihre Art zu lieben, sagte Pierre.

Er selbst fand sich sehr gut mit dieser Liebe ab, er hatte sogar den Eindruck, er habe über Xavière einen Sieg errungen. Da Françoise sich diesem leidenschaftlichen und argwöhnischen Herzen leidvoll ausgeliefert fühlte, vollzog sich ihre Existenz einzig in den launenhaften Gefühlswallungen, die Xavière ihr entgegenbrachte; dieses hexenhafte Geschöpf hatte sich ihres Bildes bemächtigt und setzte es ganz nach Laune den ärgsten Verrenkungen aus. Zur Zeit jedenfalls war Françoise unerwünscht, eine kleinliche, jeden Aufschwunges unfähige Seele; sie mußte auf ein Lächeln Xavières warten, um ihre Person wieder akzeptiert zu sehen.

– Nun, wir werden abwarten, sagte sie, wie ihre Laune ist.

Aber es war eine wahre Angst, wenn man derart mit seinem Glück und sogar seinem ganzen Sein von diesem fremden, spröden Bewußtsein abhängen sollte.

Ohne Vergnügen biß Françoise in ein dickes Stück Schokoladekuchen; sie brachte es kaum herunter. Sie war böse auf Pierre; er wußte doch, daß Xavière, die müde war nach der durchbummelten Nacht, sicher früh schlafen gehen wollte, und er hätte erraten können, daß Françoise nach der kleinen Verstimmung des Vorabends großen Wert darauf legte, recht lange mit ihr allein zu sein. Als Françoise damals nach ihrer Krankheit sich wieder erholt hatte, hatten sie ein striktes Abkommen getroffen: einen Tag um den andern ging sie mit Xavière von sieben bis Mitternacht aus, und am nächsten sah Pierre Xavière von zwei bis sieben Uhr; die übrige Zeit verteilte sich nach dem Belieben jedes einzelnen, aber die Stunden allein mit Xavière waren und blieben tabu: Françoise jedenfalls hielt sich streng an die Abmachung; Pierre hingegen nahm es viel weniger genau damit; heute abend hatte er es nun wirklich etwas weit getrieben, als er in kläglich blödelndem Ton verlangte, sie sollten ihn nicht wegschicken, bevor er ins Theater müßte. Er schien sich gar nichts dabei zu denken; auf einem Barstuhl neben Xavière sitzend erzählte er ihr auf angeregte Art die Lebensgeschichte Rimbauds; er hatte damit schon auf dem Flohmarkt angefangen, aber es waren so viele Ablenkungen gekommen, daß Rimbaud bislang noch nicht einmal Verlaine begegnet war. Pierre sprach; die Sätze beschrieben Rimbaud, aber in seiner Stimme schienen zahllose persönliche Anspielungen mitzuschwingen, und Xavières Blicke hingen in schülerhafter Hingabe an ihm. Ihre Beziehungen zueinander waren nahezu platonisch, und dennoch war durch ein paar Küsse und leichte Liebkosungen zwischen ihnen ein Einklang der Sinne entstanden, der bei aller zur Schau getragenen Reserve dennoch fühlbar war. Françoise wandte die Augen ab; Pierre erzählte auch sonst gern und gut, aber heute abend wurde sie weder von dem Klang seiner Stimme noch den reizvollen Bildern, noch den überraschenden Einfällen in seiner Darstellung berührt; sie empfand einfach Groll gegen ihn. Er erklärte Françoise ausdrücklich beinah jeden Tag, daß Xavière ebenso an ihr hänge wie an ihm, aber in der Praxis verhielt er sich mit Vorliebe so, als ob diese Frauenfreundschaft ihm eher unwichtig schiene. Gewiß nahm er selbst unbedingt die erste Stelle ein, aber das gab ihm doch kein Recht zu diesem Sichvordrängen. Natürlich konnte keine Rede davon sein, seinem Wunsch nicht zu entsprechen; er wäre sicher empört gewesen, und Xavière vielleicht auch. Doch wenn Françoise mit allzu guter Miene Pierres Anwesenheit ertrug, so schien sie damit wieder zuwenig Wert auf Xavière zu legen. Françoise warf einen Blick in den Spiegel, der hinter der Bar die ganze Wand überzog: Xavière lächelte Pierre zu; sie war ganz offenbar von Genugtuung erfüllt, daß er sie mit Beschlag belegte, aber das war noch lange kein Grund, daß sie Françoise nicht dennoch böse war, weil sie ihn gewähren ließ.

– Ich kann mir vorstellen, rief Xavière lachend aus, was Madame Verlaine für ein Gesicht gemacht hat.

Françoise fühlte, wie ihr Herz in tiefes Elend versank. Haßte Xavière sie wohl immer noch? Den ganzen Nachmittag über war sie freundlich gewesen, aber nur so obenhin, weil schönes Wetter war und der Flohmarkt ihr ein Riesenvergnügen machte, es hatte nichts zu bedeuten.

– Und was kann ich tun, wenn sie mich haßt? dachte Françoise.

Sie setzte ihr Glas an die Lippen und merkte, daß ihr die Hände zitterten, sie hatte in diesen Tagen zuviel Kaffee getrunken und war von fieberhafter Ungeduld gepackt; sie konnte gar nichts tun; sie hatte keine Macht über diese kleine eigensinnige Seele und auch nicht über den schönen Leib, in dem sie sich verschanzte; es war ein warmer, schmiegsamer Körper, der für die Hände der Männer zugänglich war, der sich aber vor Françoise wie eine starre Rüstung gab. Sie konnte nur tatenlos ihr Urteil erwarten, das sie je nachdem freisprach oder verdammte.

– Es ist unwürdig, dachte sie.

Den ganzen Tag über hatte sie unausgesetzt jedes Brauenrunzeln, jeden Tonfall Xavières beobachtet; auch in diesem Augenblick noch war sie von jämmerlicher Angst gepackt, sie war von Pierre getrennt, getrennt von dem angenehmen Bild, das ihr der Spiegel zurückwarf, und getrennt von sich selbst.

– Und was ist schon, wenn sie mich haßt? fragte sie sich in einem Gefühl der Auflehnung. Konnte man nicht den Haß Xavières genauso gleichmütig ins Auge fassen wie die kleinen Käsekuchen da drüben auf dem Tablett? Sie waren schön hellgelb, mit rosa Ornamenten verziert, man bekam fast Lust, davon zu essen, wenn man ihren säuerlichen Geschmack nicht kannte. Xavières kleiner runder Kopf nahm nicht viel mehr Platz ein in der Welt, mit einem einzigen Blick übersah man ihn; wenn es einem gelänge, die Dünste des Hasses, die daraus hervorwirbelten, wieder in ihren Behälter einzusperren, würde man sie beherrschen. Man brauchte nur das Wort auszusprechen, dann würde mit einem Knall der Haß in sich zusammenstürzen und sich in einen Dunst auflösen, der in ihrem Körper Raum fände und ebenso unschädlich wäre wie der saure Geschmack unter der gelben Cremedecke dieser Kuchen; er würde noch da sein, aber darauf kam es nicht an, vergebens würde er sich in wütenden Windungen aufbäumen; man würde nichts davon wahrnehmen als nur auf Xavières wehrlosem Gesicht irgendeine plötzliche Brandung, die wie die Wolken am Himmel dem Naturgesetz unterständen.

– Es sind nur Gedanken in ihrem Kopf, sagte sich Françoise.

Im Augenblick hatte sie fast das Gefühl, daß ihre Worte schon gewirkt hätten, nur noch ein kleines Rankengewirr unter dem blonden Schopf war vorhanden; wenn man nicht hinsah, bemerkte man es nicht mehr.

– Schade, jetzt muß ich gehen! sagte Pierre. Nun ist es sogar schon etwas spät.

Er sprang von dem Barstuhl und zog seinen Trenchcoat an; er hatte jetzt die weichen Altmännerschals abgelegt, er wirkte jung und froh; Françoise verspürte eine Regung von Zärtlichkeit, aber diese Zärtlichkeit war so einsam wie Groll; er lächelte, doch dies Lächeln blieb einfach vor ihr liegen und vermischte sich nicht mit den Regungen ihres Herzens.

– Morgen früh um zehn im ‹Dôme›, sagte Pierre.

– Gut, bis morgen früh, sagte Françoise. Sie gab ihm gleichgültig die Hand, dann aber sah sie, wie seine Hand die Xavières fest umschloß, und an Xavières Lächeln erkannte sie, daß der Druck der Finger eine Liebkosung war.

Pierre ging; Xavière wendete sich zu Françoise. Gedanken in ihrem

Kopf ... das war leicht gesagt, aber Françoise glaubte nicht an das, was sie sich gesagt hatte, sie machte sich das selber nur vor; das Zauberwort hätte tief aus ihrer Seele kommen müssen, doch ihre Seele war wie erstarrt. Der verderbenbringende Nebel blieb über der Welt hängen und vergiftete alle Geräusche und alles Licht, er durchdrang Françoise bis ins Mark. Man mußte warten, bis er sich von selbst zerstreute, warten, aufpassen, leiden auf eine menschenunwürdige Art.

– Was wollen wir jetzt tun? fragte sie.

– Alles, was du willst, antwortete Xavière mit einem reizenden Lächeln.

– Magst du lieber, wenn wir nur so umherbummeln, oder sollen wir irgendwohin gehen?

Xavière antwortete nicht gleich, sicher hatte sie eine ganz bestimmte Idee.

– Was meinst du, sollen wir mal wieder zum ‹Bal nègre› gehen? fragte sie dann.

– Das ist eine sehr gute Idee, sagte Françoise. Wir haben ja seit Ewigkeiten keinen Fuß mehr dorthin gesetzt.

Sie verließen das Restaurant, und Françoise ergriff Xavières Arm. Der Vorschlag bedeutete eine große Auszeichnung. Immer, wenn Xavière das Bedürfnis hatte, Françoise ein besonderes Zeichen ihrer Zuneigung zu geben, schlug sie ihr vor, mit ihr tanzen zu gehen. Es konnte natürlich auch sein, daß sie ganz einfach Lust hatte, nur zu ihrem eigenen Vergnügen das Negerlokal zu besuchen.

– Wollen wir ein paar Schritte gehen? fragte sie.

– Ja, wir wollen über den Boulevard Montparnasse gehen, sagte Xavière.

Sie machte ihren Arm wieder frei.

– Ich habe lieber, wenn du dich bei mir einhängst, erklärte sie. Françoise ließ es ergeben geschehen, und als Xavières Finger sie streiften, griff sie behutsam nach ihnen; die Hand im samtigweichen Wildlederhandschuh gab sich zärtlich vertrauend der ihren hin. Eine Morgenröte von Glück erhob sich in Françoise, aber sie wußte noch nicht, ob sie wirklich daran glauben sollte.

– Da schau, da ist die schöne Brünette mit ihrem Herkules, sagte Xavière.

Sie hielten sich bei den Händen; der Kopf des Ringers wirkte ganz klein über den wuchtigen Schultern; die Frau lachte so, daß man alle ihre Zähne sah.

– Ich fange an, mich hier zu Hause zu fühlen, sagte Xavière und warf einen befriedigten Blick auf die Terrasse des ‹Dôme›.

– Du hast lange gebraucht, meinte Françoise.

Xavière stieß einen Seufzer aus:

– Ach! Wenn ich an die alten Gassen von Rouen denke, rings um die

Kathedrale am Abend, bricht mir das Herz!

– Als du noch da warst, hattest du es nicht so gern, sagte Françoise.

– Ich fahre diesen Sommer bestimmt einmal hin, sagte Xavière.

Ihre Tante schrieb ihr fast jede Woche; sie hatten dort schließlich das Ganze viel besser aufgenommen, als man erwarten konnte.

Plötzlich fielen ihre Mundwinkel herunter, und sie bekam das müde Aussehen einer Frau in mittleren Jahren.

– Damals, sagte sie, war ich noch fähig, allein zu leben; es war fabelhaft, wie stark ich die Dinge empfand.

Hinter Xavières Bedauern verbarg sich immer irgendein Vorwurf; Françoise nahm sofort Verteidigungsstellung ein.

– Und doch erinnere ich mich, daß du dich beklagt hast, du seist schon seelisch ganz verkümmert gewesen, sagte sie.

– So wie jetzt war es nicht, stieß Xavière mit dumpfer Stimme hervor.

Sie senkte den Kopf und murmelte:

– Jetzt bin ich wie ausgelaugt.

Bevor Françoise noch hatte antworten können, drückte sie vergnügt ihren Arm.

– Wenn du etwas von diesen schönen Bonbons kauftest, sagte sie und blieb vor einem Laden stehen, der so schmuck und rosig wie eine Bonbonniere aussah.

Hinter der Schaufensterscheibe kreiste langsam ein riesiges Tablett, das den lüsternen Blicken gefüllte Datteln, kandierte Nüsse und Schokoladetrüffeln darbot.

– Kauf dir doch etwas, drängte Xavière.

– Wenn man so einen Galaabend vor sich hat, sollte man sich nicht vorher den Magen verderben wie das letzte Mal, sagte Françoise.

– Oh, ein oder zwei kleine Karamelbonbons, sagte Xavière, das schadet doch nichts.

Sie lächelte.

– Der Laden hat so zauberhafte Farben, man kommt sich vor wie in einem kolorierten Trickfilm.

Françoise machte die Ladentür auf.

– Willst du nicht auch etwas? fragte sie.

– Doch, ein Lukum, sagte Xavière.

Verzückt betrachtete sie die Bonbons und Pralinen.

– Wenn wir davon noch etwas nähmen, meinte sie und zeigte auf winzige Zuckerstäbchen in Seidenpapier. Sie haben solch einen hübschen Namen.

– Zwei Karamel, ein Lukum und ein Viertel ‹Feenfinger›, sagte Françoise.

Die Verkäuferin tat die Bonbons in ein Tütchen aus gewaffeltem Papier, das durch eine rosa Schnur in einem Zugsaum geschlossen wurde.

– Ich könnte Bonbons kaufen, sagte Xavière, nur um die Tütchen zu bekommen. Sie sehen wie kleine Umhängetaschen aus. Ich habe schon ein halbes Dutzend, setzte sie stolz hinzu.

Sie hielt Françoise ein Karamel hin und biß selbst in den kleinen glibberigen Würfel.

– Wir sehen aus wie zwei alte Weiblein, die sich etwas zum Naschen gekauft haben, sagte Françoise; wir sollten uns schämen.

– Wenn wir erst mal achtzig sind, sagte Xavière, werden wir vor das Schaufenster trotten, unsere Ideen über den Duft des Lukums austauschen und uns das Wasser im Munde zusammenlaufen lassen. Die Leute auf der Straße zeigen dann mit dem Finger auf uns.

– Und wir werden kopfschüttelnd sagen: die Bonbons sind auch nicht mehr, was sie waren, sagte Françoise. Schlechter vorwärtskommen als jetzt werden wir dann auch freilich nicht.

Sie lächelten einander zu; wenn sie den Boulevard entlangbummelten, verfielen sie gern in diesen Alteleuteschritt.

– Macht es dir was aus, wenn wir noch einen Blick auf die Hüte werfen? fragte Xavière und blieb wie angewurzelt vor einem Modesalon stehen.

– Willst du dir etwa einen kaufen?

Xavière mußte lachen.

– Der Gedanke ist mir gar nicht so zuwider, aber mein Gesicht macht nicht mit. Nein, ich sehe sie mir deinetwegen an.

– Soll ich einen Hut tragen? fragte Françoise.

– Du würdest so nett aussehen mit einem von diesen kleinen Canotiers, redete Xavière ihr zu. Stell dir dein Gesicht darunter vor. Und wenn du irgendwohin gehst, wo es schick ist, bindest du einen Schleier um mit einer großen Schleife hinten.

Ihre Augen leuchteten.

– Geh, sag doch, daß du dir einen kaufst.

– Das macht mir ja Angst, sagte Françoise. Ein Schleier!

– Aber du kannst dir doch alles erlauben, sagte Xavière in flehendem Ton. Wenn ich dich nur anziehen dürfte.

– Schön, willigte Françoise heiter ein. Meine Frühjahrssachen suchst du mir diesmal aus. Ich gebe mich völlig in deine Hand.

Sie drückte Xavières Arm; wie reizend konnte sie sein! Man mußte ihr ihre wechselnde Laune zugute halten, das Leben war nicht leicht, und sie war noch so jung. Zärtlich schaute Françoise sie an; sie wünschte so sehr, daß Xavière ein schönes, glückliches Leben hätte.

– Was hast du vorhin gemeint, als du sagtest, du fühltest dich jetzt so ausgelaugt? fragte sie sanft.

– Ach, nichts Besonderes, antwortete Xavière.

– Aber etwas doch.

– Nur so.

– Ich möchte so gern, daß du zufrieden wärest mit deiner Existenz, sagte Françoise.

Xavière antwortete nicht; ihre Heiterkeit schien mit einem Male verflogen.

– Du findest sicher, daß man, wenn man so eng mit andern zusammen lebt, etwas von sich selbst aufgibt, sagte Françoise.

– Ja, meinte Xavière, man wird zu einem Polypen.

In ihrem Ton lag etwas Verletzendes; Françoise dachte, so sehr könne es ihr eigentlich nicht widerstehen, in Gesellschaft zu leben; sie war immer eher böse, wenn Françoise und Pierre einmal ohne sie ausgingen.

– Es bleibt dir doch immer noch genügend Zeit zum Alleinsein, sagte sie.

– Aber das ist nicht mehr dasselbe, meinte Xavière, es ist keine richtige Einsamkeit mehr.

– Ich verstehe, sagte Françoise, jetzt ist es nur noch ein leerer Zwischenraum, und vorher war es etwas in sich Ausgefülltes.

– Genau so, gab Xavière traurig zu.

Françoise dachte einen Augenblick nach:

– Aber glaubst du nicht, daß es viel ausmachen würde, wenn du selber etwas Richtiges tätest? Das ist doch die beste Art, sich nicht aufzugeben.

– Und was soll ich tun? sagte Xavière.

Sie sah jetzt ganz hilflos aus. Françoise wünschte sich von ganzem Herzen, sie könne ihr irgendwie helfen, aber das war bei Xavière nicht so leicht.

– Schauspielerin werden, zum Beispiel, sagte sie.

– Ach, Schauspielerin, meinte Xavière.

– Ich bin ganz sicher, du würdest eine gute Schauspielerin werden, wenn du nur arbeiten wolltest, sagte Françoise mit Wärme.

– Ach, ausgeschlossen, wehrte Xavière müde ab.

– Das kannst du doch nicht wissen.

– Eben drum, es ist doch müßig zu arbeiten, wenn man gar nicht weiß.

Xavière zuckte die Achseln.

– Jedes von diesen Frauenzimmern hier denkt, daß sie das Zeug zu einer Schauspielerin hat.

– Das beweist doch nicht, daß du es nicht hast.

– Das gibt eine Chance von einem Prozent, sagte Xavière.

Françoise preßte ihren Arm stärker an sich.

– So darf man doch nicht denken, sagte sie. Man kann nicht seine Chancen ausrechnen wollen; es gibt auf der einen Seite alles zu gewinnen, und auf der andern verliert man nichts. Man setzt eben auf Erfolg.

– Ja, das hast du mir schon einmal erklärt, sagte Xavière.

Mißtrauisch schüttelte sie den Kopf.

– Ich bin nicht für blinden Glauben.

– Das ist kein Glaube, sagte Françoise, sondern ein Risiko, bei dem man gewinnen kann.

– Das kommt ganz auf dasselbe heraus.

Sie schob die Lippe vor.
– Auf diese Weise trösten sich die Eloy und die Canzetti.
– Ja, das gibt die Kompensationsträume, das ist natürlich gräßlich, sagte Françoise. Aber wenn man nicht träumt, sondern will, ist es doch etwas anderes.
– Elisabeth will eine große Malerin werden, sagte Xavière. Du siehst, was dabei herauskommt.
– Ich frage mich, will sie? meinte Françoise; sie setzt ihre Träumerei in die Tat um, um fester daran zu glauben, aber sie ist im Grunde nicht fähig, etwas richtig zu wollen.
Sie überlegte.
– Dir kommt es so vor, als sei man von vornherein und für alle Zeiten geprägt, aber ich glaube das nicht; ich habe vielmehr den Eindruck, daß man selber wählt, was man ist. Es ist kein Zufall, daß Pierre von Jugend auf ehrgeizig war. Weißt du, was man von Victor Hugo gesagt hat? Er sei ein Narr, der sich für Victor Hugo halte.
– Ich kann Hugo nicht leiden, sagte Xavière.
Sie beschleunigte ihren Schritt.
– Könnten wir nicht etwas schneller gehen? Es ist so kalt, findest du nicht?
– Gut, gehen wir schneller, sagte Françoise.
Sie fing noch einmal an:
– Ich möchte dich so gern überzeugen. Weshalb zweifelst du an dir selbst?
– Ich mag mich nicht belügen, sagte Xavière. Ich finde es unwürdig, zu glauben; nichts ist gewiß, als was man mit Händen greifen kann.
Mit einem bitteren Lächeln starrte sie auf ihre geballte Faust. Françoise betrachtete sie mit sorgenvoll prüfendem Blick: was mochte vorgehen in ihrem Kopf? Gewiß, auch sie hatte in diesen Wochen ruhigen Glücks nicht einfach geschlafen; tausend Dinge waren vorgegangen hinter ihrer heiter gelassenen Stirn. Sie hatte nichts vergessen, alles war noch da, in irgendeinem Winkel versteckt, und nach einer Reihe von kleineren Ausbrüchen würde eines Tages die Explosion erfolgen.
Sie bogen in die Rue Blomet ein, man sah jetzt die große rote Zigarre eines Café-Tabac.
– Nimm einen von den Bonbons, schlug Françoise zur Ablenkung vor.
– Nein, ich mag sie nicht, sagte Xavière.
Françoise hielt eines der feinen durchsichtigen Stäbchen in der Hand.
– Ich finde, sagte sie, sie schmecken angenehm herb und rein.
– Ich hasse die Reinheit, sagte Xavière und verzog den Mund.
Françoise bekam von neuem ein Gefühl von Angst. Was war ihr denn zu rein? Das Leben, das Xavière mit ihnen zu führen gezwungen war? Oder die Küsse Pierres? Sie selbst? Du hast ein so reines Profil, sagte Xavière ihr oft. An einer Tür stand in großen weißen Buchstaben ‹Bal colonial›; sie tra-

ten ein; eine Menge Leute standen an der Kasse, schwarze, hellgelbe, lichtbraune Gesichter. Françoise stellte sich an, um zwei Eintrittskarten zu erstehen: sieben Francs die Damen, die Herren neun; der Rumba, der von drinnen erklang, verwirrte ihre Gedanken. Was war geschehen? Natürlich ging es nicht an, Xavières Reaktionen aus einer Laune des Augenblicks zu erklären, man müßte die Geschichte der beiden letzten Monate an sich vorüberziehen lassen, um den Schlüssel zu finden; andererseits wurden die alten begrabenen Mißhelligkeiten nur in Gestalt von solchen momentanen Unstimmigkeiten wieder lebendig. Françoise versuchte, sich zurückzuerinnern. Am Boulevard Montparnasse war die Unterhaltung noch ganz leicht und harmlos gewesen; dann aber war Françoise, anstatt es dabei zu lassen, zu gewichtigeren Themen übergegangen. Sie hatte es aus einer Regung der Zärtlichkeit getan, aber konnte sie denn immer nur mit Worten zärtlich sein, wo sie doch die weiche Hand in der ihren und die duftenden Haare Xavières an ihrer Wange spürte? War sie das vielleicht, diese Reinheit, die Xavière als ungeschickt empfand?

– Da schau, da ist die ganze Clique von Dominique, sagte Xavière, als sie den Saal betraten.

Die kleine Chanaud war da, Lise Malan, Dourdan, Chaillet, und was es sonst noch gab. Françoise nickte ihnen lächelnd zu, während Xavière nur einen schläfrigen Blick zu ihnen hinübersandte; sie hatte Françoises Arm nicht losgelassen, es machte ihr nichts aus, wenn sie in einem Lokal, das sie betraten, als Paar betrachtet wurden: es war eine Art von Herausforderung, die ihr Vergnügen machte.

– Der Tisch da drüben wäre sehr gut, sagte sie.

– Ich nehme einen Punch martiniquais, sagte Françoise.

– Ich auch einen Punch, sagte Xavière.

In wegwerfendem Tone setzte sie hinzu:

– Ich verstehe nicht, wie man jemanden derartig anstarren kann. Im übrigen ist es mir egal.

Françoise hatte geradezu ein Vergnügen daran, sich mit ihr zusammen von dem törichten Übelwollen dieser klatschsüchtigen Gesellschaft umspült zu fühlen; es war, als würden sie damit beide von der übrigen Welt abgetrennt und zu einer leidenschaftlich verbundenen Zweiheit zusammengeschlossen.

– Du bist dir doch klar, sagte Françoise, daß ich heute tanze, sobald du magst. Ich fühle mich gerade recht aufgelegt dafür.

Wenn man vom Rumba absah, tanzte sie korrekt genug, um nicht lächerlich zu wirken.

Xavière strahlte.

– Wirklich? Es langweilt dich nicht?

Xavière umfaßte sie mit sicherem Griff und tanzte völlig hingegeben, ohne um sich zu schauen; sie starrte die Leute nicht die Spur an, aber sie verstand zu sehen, ohne hinzusehen; es war dies ein Talent, auf das sie sich viel zugute tat. Offenbar machte es ihr Spaß, sich zu affichieren, nicht ohne Absicht drückte sie Françoise fester an sich als sonst und lächelte ihr ausgesucht kokett zu. Françoise erwiderte dies Lächeln. Sie war vom Tanzen benommen. Dicht an ihrem Körper fühlte sie Xavières schön geformte, warme Brüste und atmete in ihrem zärtlichen Hauch; war es Verlangen? Doch wonach verlangte sie? Diesen Körper hingegeben in ihren Armen zu fühlen? Sie verband gar keine Vorstellung damit, es war nur ein unklares Bedürfnis in ihr, immer dies zärtliche Antlitz vor sich zu sehen und leidenschaftlich überzeugt sich selber sagen zu können: sie gehört zu mir.

– Du hast sehr, sehr gut getanzt, sagte Xavière, als sie wieder an ihre Plätze zurückkehrten.

Sie blieb stehen. Das Orchester intonierte einen Rumba, und ein Mulatte verneigte sich mit konventionellem Lächeln vor ihr. Françoise setzte sich zu ihrem Punsch nieder und nahm einen Schluck von dem sirupartigen Getränk. In diesem großen, mit verblaßten Fresken dekorierten Saal, der in seiner Banalität einem Festsaal für Bankette oder Hochzeiten glich, waren fast nur farbige Gesichter zu sehen: von Ebenholzschwarz bis zum rosigen Ockergelb waren alle Hauttönungen vertreten. Diese Schwarzen tanzten mit einer Gelöstheit, die ans Obszöne grenzte, aber ihre Bewegungen hatten einen so klaren Rhythmus, daß der Rumba in seiner naiven Roheit den geheiligten Charakter eines urtümlichen Ritus behielt. Die Weißen, die sich unter sie mischten, hatten weniger Glück; die Frauen zumal wirkten entweder wie steife Puppen oder wie Hysterikerinnen, die einen Anfall hatten. Einzig Xavière entging beiden Gefahren, sie wirkte weder unanständig noch auch allzu formell.

Mit einer Bewegung des Kopfes lehnte Xavière einen weiteren Tänzer ab und setzte sich wieder neben Françoise.

– Diese Negerinnen, sagte sie ärgerlich, haben wirklich den Teufel im Leib. Niemals werde ich so tanzen können.

Sie führte das Glas an die Lippen.

– Wie süß! Das kann ich nicht trinken, sagte sie.

– Du tanzt ganz fabelhaft, weißt du, sagte Françoise.

– Ja, für eine Weiße, meinte Xavière unnachsichtig.

Sie heftete jetzt ihren Blick auf ein Paar in der Mitte der Tanzfläche.

– Jetzt tanzt sie wieder mit diesem kleinen Kreolen, sagte sie; mit den Augen wies sie auf Lise Malan hin. Seit wir hier angekommen sind, läßt sie ihn nicht los. Wehmütig setzte sie hinzu: er ist schamlos hübsch.

Er war wirklich ganz reizend, ganz schlank, und trug einen auf Taille geschnittenen, rosenholzfarbenen Rock. Ein noch weherer Laut brach aus Xavières Lippen hervor:

– Ach! sagte sie, ich gäbe ein Jahr meines Lebens, um eine Stunde lang diese Negerin zu sein.

– Sie ist schön, sagte Françoise. Sie hat gar kein negerhaftes Gesicht, ob sie nicht eher Indianerblut hat?

– Ich weiß nicht, murmelte Xavière ganz bedrückt.

Die Bewunderung in ihren Blicken war mit Haß gemischt.

– Oder man müßte reich genug sein, um sie sich zu kaufen und bei sich einzusperren, sagte Xavière. Baudelaire hat das getan, nicht wahr? Stell dir vor, man kommt nach Hause, und anstatt eines Hundes oder einer Katze findet man diese herrliche Kreatur vor, wie sie am Kamin liegt und schnurrt.

Ein schwarzer, nackter Leib vor einem offenen Feuer ... träumte Xavière von solchen Dingen? Und wie weit ging sie in ihrem Traum?

Ich hasse die Reinheit. Wie hatte Françoise die sinnliche Zeichnung dieser Nase, dieses Mundes verkennen können? Die gierigen Augen, die Hände, die spitzen Zähne, die von den halbgeöffneten Lippen bloßgelegt wurden, wollten immer etwas haben, was sie fassen könnten. Xavière wußte nur noch nicht genau, was: Töne, Farben, Düfte, ein Körper, alles war Beute für sie. Oder wußte sie es doch?

– Komm tanzen, verlangte sie herrisch von Françoise.

Ihre Hände faßten sie, aber es war weder Françoise noch ihre durch vernünftige Einsicht bestimmte Liebe, wonach sie im Grunde verlangte. Am Abend ihrer ersten Begegnung hatte Françoise in Xavières Augen eine fast irre Flamme aufzüngeln sehen, die jetzt für immer erloschen war. Wie sollte sie mich auch lieben? dachte Françoise mit einem Gefühl von Schmerz. Fein und herb wie der verachtete Geschmack des Gerstenzukkers, mit einem zu abgeklärten Gesicht, einer durchscheinend klaren Seele, olympierhaft nannte es Elisabeth; Xavière würde nicht eine Stunde ihres Lebens dafür geboten haben, diese starre Vollkommenheit in sich zu fühlen, die sie so glühend verehrte. Das bin also ich, dachte Françoise mit leisem Schaudern; diese linkische Unsicherheit in ihr hatte früher nicht einmal existiert, wenn sie gar nicht auf sich achtgegeben hatte: jetzt hatte sie von ihrer ganzen Person und allen Bewegungen Besitz ergriffen; ihre Bewegungen, ihre Gedanken sogar hatten etwas Eckiges, Steifes, Abruptes bekommen, ihr harmonisches Gleichgewicht hatte sich in unfruchtbare Leere verwandelt; dieser Block aus durchsichtiger, kahler Weiße mit den rauhen Graten, das war sie, gegen ihren Willen und ohne daß etwas dagegen half.

– Bist du auch nicht müde? fragte sie Xavière, als sie wieder an ihre Plätze gingen.

Xavière sah etwas mitgenommen um die Augen aus.

– Doch, ich bin müde, sagte sie. Ich werde alt. Sie schob die Unterlippe vor. Und du?

– Fast gar nicht, sagte Françoise. Das Tanzen, die Müdigkeit und der süße Rumgeschmack erzeugten in ihr eine leise Übelkeit.

– Gezwungenermaßen, sagte Xavière, sehen wir uns eben immer nur abends, wenn man schon nicht mehr so frisch ist.

– Das ist wahr, sagte Françoise. Zögernd setzte sie hinzu: Labrousse ist ja abends nie frei, da müssen wir ihm schon den Nachmittag gönnen.

– Ja, natürlich, gab Xavière mit verschlossener Miene zu.

Françoise schaute in einer jähen Hoffnung zu ihr hin, die schmerzhafter war als Trauer um etwas Verlorenes. Machte ihr Xavière zum Vorwurf, daß sie sich so diskret benahm? Hätte sie gewünscht, daß sie gewaltsam ihre Liebe durchzusetzen versuchte? Sie hätte gleichwohl begreifen können, daß Françoise nicht gerade freudigen Herzens sich damit abfand, daß sie Pierre den Vorzug vor ihr gab.

– Wir könnten die Sache ja aber doch etwas anders einrichten, meinte sie.

– Ach nein, fiel Xavière ihr lebhaft ins Wort, es ist sehr gut, wie es ist.

Eine Grimasse entstellte ihr Gesicht. Die Vorstellung, daß man etwas anders ‹einrichten› könne, war ihr zuwider, sie wollte, daß Françoise und Pierre ganz und gar und ohne Programm ihrer Willkür anheimgegeben wären; aber das war doch etwas zuviel verlangt. Auf einmal lächelte sie:

– Ah! Er beißt an! sagte sie.

Lise Malans Kreole kam mit schüchtern gewinnender Miene heran.

– Hast du ihn ermutigt? fragte Françoise.

– Ach, nicht etwa seinetwegen, antwortete Xavière. Ich wollte nur Lise ärgern.

Sie stand auf und folgte ihrer Eroberung bis in die Mitte der Tanzfläche. Das war diskrete Arbeit gewesen, Françoise hatte nicht den geringsten Blick, nicht das kleinste Lächeln bemerkt. Aber bei Xavière machte man immer neue Entdeckungen; sie griff nach dem Glas, das sie noch kaum angerührt hatte, und trank es zur Hälfte aus: wenn sie darin doch hätte finden können, was sich in Xavières Kopf abspielte! War sie ihr im Grunde böse, daß sie zu der Liebe zwischen ihr und Pierre ja gesagt hatte? . . . Dabei habe ja nicht ich, dachte sie mit einem Gefühl des Aufbegehrens, sie gebeten, ihn zu lieben. Xavière hatte frei gewählt. Aber was hatte sie gewählt? Was verbarg sich in Wahrheit unter ihrer Koketterie, ihren Zärtlichkeiten, ihrer Eifersucht? Gab es eine Wahrheit? Françoise fühlte sich plötzlich nahe daran, sie zu hassen; da tanzte sie, strahlend in ihrer weißen Bluse mit den weiten Ärmeln, ihre Wangen waren rosig gefärbt, sie wandte dem Kreolen ein von Vergnügen leuchtendes Antlitz zu, sie war schön. Schön, einsam, unbekümmert. Sie erlebte nur für sich selbst mit aller Süße und Grausamkeit, die ihr der Augenblick eingab, diese Geschichte, der Françoise mit ihrem gesamten Dasein verpflichtet war, und hilflos mußte man sich vor ihren Augen abzappeln, während sie selbst ein Lächeln der Verachtung oder der Billigung austeilte. Was erwartete sie wohl eigentlich? Man konnte sich nur aufs Raten verlegen; man mußte alles erraten, was Pierre fühlte, was gut, was böse war und was man selbst im Grunde seines Herzens wollte. Françoise trank ihr Glas aus. Sie sah nicht mehr klar, überhaupt nicht mehr klar. Rings um sie her waren nur unförmige Trümmer aufgehäuft, in ihr war Leere, und überall Nacht.

Das Orchester schwieg eine kurze Weile, dann ging das Tanzen wieder an; Xavière stand dem Kreolen gegenüber, ein paar Schritte von ihm entfernt, sie berührten sich nicht, und dennoch schien ein gleiches rhythmisches Beben durch ihre Körper zu gehen; in diesem Augenblick wünschte Xavière sich sicher nicht, jemand anderes zu sein, sie ruhte vollkommen in ihrem eigenen Reiz. Und mit einem Male fühlte sich auch Françoise mit aller Fülle beschenkt; sie war nichts mehr als eine Frau, die in einer Menschenmenge unterging, nur ein winziges Teilchen der Welt und ganz und gar dem blonden, schimmernden Etwas zugewandt, das sie nicht greifen konnte; aber jetzt in diesem Zustand der Selbstvernichtung, in den sie hinabgesunken war, wurde ihr zuteil, was sie vergebens seit mindestens einem halben Jahr ersehnt hatte, als sie noch im Schoße des Glückes saß: die Musik, die Gesichter, die Lichter wandelten sich in Sehnsucht, Erwartung, in Liebe, sie verschmolzen mit ihr und gaben jedem Schlag ihres Herzens einen unersetzlichen Sinn. Ihr Glück war in Flammen aufgegangen, doch in einem Regen leidenschaftssprühender Augenblicke fiel es ringsum wieder auf sie herab.

Xavière kam etwas schwankend an den Tisch zurück.

– Er tanzt wie ein Gott, sagte sie.

Sie ließ sich auf den Stuhl sinken, und ihr Gesicht verfiel mit einemmal.

– Mein Gott, bin ich müde, sagte sie.

– Wollen wir gehen? sagte Françoise.

– O ja, ich würde gern! stieß Xavière fast flehend hervor.

Sie traten auf die Straße und hielten ein Taxi an. Xavière sank auf die Bank, und Françoise schob den Arm unter den ihrigen; als ihre Hand die kleine wie tot daliegende andere umschloß, empfand sie eine beinahe schmerzhafte Freude. Ob sie es wollte oder nicht, Xavière war durch ein Band an sie gekettet, das stärker war als Liebe und Haß; Françoise war nicht einfach eines von ihren Opfern, sie war die Substanz ihres Lebens, und die Augenblicke der Leidenschaft, der Lust, der Begierde hätten nicht existieren können ohne diese feste Bindung, die sie zusammenhielt; alles, was Xavière widerfuhr, kam durch Françoise zu ihr, und selbst gegen ihren Willen gehörte Xavière ihr an.

Das Taxi hielt am Hotel, und die beiden stiegen rasch die Treppe hinauf; trotz Xavières Müdigkeit hatte ihr Schritt nichts von seiner selbstbewußten Sicherheit verloren; sie öffnete ihre Zimmertür.

– Ich komme noch einen Augenblick mit herein, sagte Françoise.

– Kaum bin ich zu Hause, sagte Xavière, so fühle ich mich auch schon weniger müde.

Sie zog ihre Jacke aus und setzte sich neben Françoise; die ganze mühsam errungene Ruhe in Françoise geriet von neuem ins Wanken. Da saß Xavière, gerade aufgerichtet, in ihrer hell leuchtenden Bluse, lächelnd und nah, und dennoch unerreichbar; keine Bindung bestand für sie, als die, die sie selber sich schuf, man konnte sie stets nur aus ihren eigenen Händen empfangen.

– Das war ein schöner Abend, sagte Françoise.

– Ja, meinte Xavière, das müssen wir wieder machen.

Françoise blickte um sich mit einem Gefühl von Angst; gleich würde die Einsamkeit Xavière wieder umhüllen, die Einsamkeit des Zimmers, des Schlafes, die Einsamkeit ihrer Träume. Es würde kein Mittel geben, sich Zugang dazu zu erzwingen.

– Du wirst schließlich noch ebenso gut tanzen wie die Negerin.

– Ach, das ist nicht möglich, sagte Xavière.

Schon trat wieder lastendes Schweigen ein, Worte vermochten nichts; Françoise fiel nichts ein, was sie tun könnte angesichts der erschreckenden Anmut dieses schönen Körpers, den sie nicht einmal zu begehren verstand.

Xavière kniff die Augen zusammen und erstickte ein kindliches Gähnen.

– Ich glaube, ich schlafe hier noch im Sitzen ein, sagte sie.

– Ich gehe schon, sagte Françoise. Sie stand auf, ihre Kehle war wie zugeschnürt, aber es blieb ihr nichts anderes; nichts anderes fiel ihr ein.

– Gute Nacht, sagte sie.

Sie stand jetzt an der Tür; in einer plötzlichen Wallung nahm sie Xavière in die Arme.

– Gute Nacht, meine liebe Xavière, sagte sie und streifte ihre Wange mit einem Kuß.

Xavière lag einen Augenblick hingegeben, regungslos, ganz weich an ihrer Schulter; was erwartete sie? Daß Françoise sie losließ oder noch fester drückte? Mit einer leichten Bewegung machte sie sich los.

– Gute Nacht, sagte sie noch einmal in ganz natürlichem Ton.

Es war aus. Françoise ging die Treppe hinauf, sie schämte sich dieser Gebärde unerbetener Zärtlichkeit, und mit schwerem Herzen sank sie auf ihr Bett.

Drittes Kapitel

– April, Mai, Juni, Juli, August, September, sechs Monate Ausbildung, und dann werde ich gerade für den Schlamassel fertig sein, dachte Gerbert.

Er stand vor dem Spiegel im Badezimmer und versuchte mit den Enden der prächtigen Krawatte zurechtzukommen, die er sich eben von Péclard ausgeliehen hatte; er hätte gern gewußt, ob er wohl Angst haben würde oder nicht – aber solche Dinge ließen sich nie voraussehen; das Grausigste würde wohl starke Kälte sein, wenn man zum Beispiel seine Schuhe auszöge und merkte, daß die Zehen darin geblieben sind.

– Diesmal ist keine Hoffnung mehr, dachte er resigniert. Es schien unvorstellbar, daß Leute so sehr auf eine Entscheidung erpicht sein konnten, durch die die Welt in Feuer und Blut ersäuft werden würde; Tatsache aber war, daß die deutschen Truppen in die Tschechei eingedrungen waren und England eher eigensinnig auf seinem Standpunkt verharrte.

Mit befriedigter Miene betrachtete Gerbert die schöne Schleife, die er zustande gebracht hatte; er war gegen Krawatten, aber man konnte nie wissen, wohin Labrousse und Françoise ihn zum Abendessen ausführen würden. Sie hatten alle beide einen lasterhaften Hang zu Rahmsoßen, und Françoise konnte sagen, was sie wollte, man fiel doch aus dem Rahmen, wenn man im Pullover in eines der Restaurants mit regionalen Spezialitäten und karierten Tischtüchern ging. Er zog sein Jackett an und ging in den Salon hinüber; niemand war in der Wohnung; von Péclards Schreibtisch entnahm er nach sorgfältiger Wahl zwei Zigarren, dann trat er in das Zimmer Jacquelines: Handschuhe, Taschentücher, Rouge confusion, ‹Arpège› von Lanvin; eine ganze Familie hätte man mit dem ernähren können, was diese eleganten Kleinigkeiten kosteten. Gerbert steckte eine Packung ‹Greys› und eine Tüte mit Pralinés in die Tasche; Françoise hatte eine einzige Schwäche: ihre Vorliebe für Süßigkeiten; die mußte man ihr schon gönnen. Gerbert war ihr dankbar dafür, daß sie so oft ohne jede Hemmung mit abgetretenen Schuhen und zerkratzten Armen erschien; in ihrem Hotelzimmer nahm der Blick an keinerlei Raffinement Anstoß; sie besaß keine netten Sächelchen, keine Stickereien, nicht einmal ein Teeservice; und man hatte auch nicht nötig, konventionell mit ihr zu sein; sie war ohne Koketterie, frei von Migräne, wartete nicht mit plötzlichen Launen auf; sie verlangte nicht, daß man besondere Rücksicht auf sie nähme; man konnte neben ihr sitzen und geruhsam schweigen. Gerbert schlug die Wohnungstür hinter sich zu und raste die drei Etagen hinunter; vierzig Sekunden, niemals wäre Labrousse so rasch die düstere und verwinkelte Stiege hinuntergelaufen, es war nur unverdientes Glück, wenn er doch hier und da im Wettbewerb gewann; vierzig Sekunden; sicher würde Labrousse behaupten, er habe gemogelt. Ich werde sagen, dreißig Sekunden, beschloß Gerbert; dann würde es richtig herauskommen. Er überschritt den Platz von Saint-Germain-des-Prés; sie hatten ihn ins ‹Café de Flore› bestellt; das Café machte ihnen Spaß, weil sie nicht oft hingingen, ihm aber hing diese ganze aufgeklärte Elite zum Halse heraus. Nächstes Jahr muß ich mal einen Luftwechsel vornehmen, entschied er in einem Anfall von Zorn. Wenn Labrousse die Tournee unternähme, wäre es natürlich fabelhaft. Er schien jetzt doch fast entschlossen zu sein. Gerbert trat ein; nächstes Jahr würde er im Schützengraben liegen, das war jetzt keine Frage mehr. Er schritt durch das Café und lächelte wahllos nach allen Seiten, dann wurde das Lächeln breiter; einzeln genommen war jedes von den dreien nur ganz diskret komisch, doch wenn man sie zusammen sah, wirkten sie unwiderstehlich.

– Warum grinst du so? fragte Labrousse.

Gerbert machte eine hilflose Bewegung.

– Nur weil ich euch sehe, sagte er.

Sie saßen nebeneinander auf der Bank, Françoise und Labrousse links und rechts von der Pagès; er setzte sich ihnen gegenüber.

– Sind wir so komisch? fragte Françoise.

– Unvorstellbar, gab Gerbert zurück.

Labrousse warf ihm von der Seite einen Blick zu.

– Nun, was hältst du von der Idee einer kleinen munteren Landpartie auf die andere Seite des Rheins?

– Blöd, sagte Gerbert. Und ihr habt dabei gesagt, es würde sich arrangieren.

– Ja, aber auf diesen Streich waren wir nicht gefaßt, sagte Labrousse.

– Diesmal kommt die Sache bestimmt zum Klappen, meinte Gerbert.

– Ich glaube, wir haben viel weniger Chancen, darum herumzukommen, als wir im September hatten. England hat sich ausdrücklich für die Tschechoslowakei verbürgt, es kann jetzt nicht nachgeben.

Sie schwiegen alle drei einen Augenblick. Gerbert war immer befangen in Gegenwart der Pagès; auch Labrousse und Françoise schienen sich unbehaglich zu fühlen. Gerbert holte die Zigarren hervor und reichte sie Labrousse.

– Hier, sagte er, es sind dicke.

Labrousse pfiff anerkennend durch die Zähne.

– Péclard strengt sich an! Ich hebe sie mir für nach dem Essen auf.

– Und das hier ist für Sie, sagte Gerbert und legte Françoise die Zigaretten und Pralinen hin.

– Oh! Danke, sagte sie.

Das Lächeln, das ihr Gesicht erhellte, glich ein wenig dem, mit dem sie Labrousse immer so zärtlich umfaßte; Gerbert wurde ganz warm im Herzen dabei; es gab Augenblicke, wo er beinahe glaubte, Françoise habe eine Zuneigung für ihn; andererseits hatte sie ihn lange nicht gesehen, sie kümmerte sich fast gar nicht um ihn, sie kümmerte sich nur um Labrousse.

– Bedient euch, sagte sie und reichte die Tüte herum.

Xavière schüttelte ablehnend den Kopf.

– Nicht vor dem Essen, sagte Pierre. Du verdirbst dir den Appetit.

Françoise biß in ein Praliné, sie würde sicher das Ganze im Handumdrehen verschlingen; es war fabelhaft, was sie an Süßigkeiten vertrug, ohne sich den Magen zu verderben.

– Was möchtest du haben? fragte Labrousse.

– Einen Pernod, sagte Gerbert.

– Warum trinkst du Pernod? Du magst ihn doch im Grunde nicht.

– Ich mag Pernod nicht gern, aber ich mag gern Pernod trinken, erklärte Gerbert.

– Das sieht Ihnen ähnlich, sagte Françoise und lachte.

Wieder trat Stille ein; Gerbert hatte seine Pfeife angezündet; er neigte sich über sein leeres Glas und hauchte langsam den Rauch hinein.

– Kannst du das auch? wendete er sich herausfordernd an Labrousse.

Das Glas füllte sich mit lockeren, gelblichweißen Ringen.

– Es sieht aus wie ein Ektoplasma, meinte Françoise.

– Man muß nur ganz vorsichtig hauchen, sagte Pierre. Er tat einen Zug aus seiner Pfeife und beugte sich eifrig über sein Glas.

– Gut, sagte Gerbert anerkennend, auf dein Wohl.

Er stieß mit Pierre an und sog den Rauch in einem Zuge ein.

– Jetzt bist du aber stolz, meinte Françoise mit einem lächelnden Blick auf Pierre, dessen Miene vor Befriedigung strahlte. Verlangend schaute sie auf das Pralinétütchen, dann ließ sie es mit raschem Entschluß in ihrer Tasche verschwinden. Seid euch klar, wenn wir in Ruhe essen wollen, müssen wir jetzt gehen, sagte sie.

Von neuem fragte sich Gerbert, wieso die Leute fänden, sie sehe hart und einschüchternd aus. Sie spielte nie das kleine Mädchen, doch ihr Gesicht war voll Heiterkeit, Leben und gesundem Appetit; sie schien sich in ihrer Haut so wohl zu fühlen, daß es einem selber in ihrer Nähe behaglich war.

Labrousse wendete sich Xavière zu und betrachtete sie nahezu ängstlich.

– Haben Sie alles richtig verstanden? Sie nehmen ein Taxi und sagen: Zum Apollotheater, Rue Blanche. Der Wagen bringt Sie genau bis an die Tür, Sie brauchen nur hineinzugehen.

– Ist es auch wirklich ein Cowboyfilm? fragte Xavière mißtrauisch.

– Cowboyiger geht überhaupt nicht, sagte Françoise. Es kommen nichts als tolle Ritte vor.

– Und Schießereien und furchtbare Raufszenen, sagte Labrousse.

Sie neigten sich über die Pagès wie zwei Versucher, und ihre Stimmen hatten einen fast beschwörenden Klang. Gerbert machte einen heroischen Versuch, die Heiterkeit zu unterdrücken, die ihn bei diesem Anblick überkam. Er trank einen Schluck Pernod; immer wieder hoffte er, daß durch ein Wunder ihm plötzlich dieser Anisgeschmack munden würde, aber jedesmal mußte er eine Art von Übelkeit überwinden.

– Ist der Hauptdarsteller auch schön? wollte Xavière noch wissen.

– Besonders sympathisch, versprach Françoise.

– Aber nicht schön, beharrte die Pagès.

– Keine klassische Schönheit, räumte Labrousse ein.

Xavière schob enttäuscht die Lippe vor.

– Ich bin skeptisch, wenn ich denke, zu was für einem Kerl ihr mich neulich hingeschleppt habt, er sah wie ein Seehund aus, es war gemein von euch.

– Sie meint William Powell, erklärte Françoise.

– Aber mit diesem hier, wendete Labrousse sanft überredend ein, ist es ganz was anderes. Er ist jung und gut gewachsen und ein Naturgenie.

– Na, ich werde ja sehen, erklärte Xavière, in ihr Schicksal ergeben.

– Kommen Sie um zwölf zu Dominique? fragte Gerbert.

– Natürlich, antwortete Xavière mit beleidigter Miene.

Gerbert nahm diese Antwort mit einigem Zweifel auf, die Pagès erschien sozusagen nie.

– Ich bleibe noch fünf Minuten, sagte sie, als Françoise sich erhob.

– Gute Nacht, sagte Françoise mit Wärme zu ihr.

– Gute Nacht, sagte auch Xavière. Sie machte ein komisches Gesicht und senkte dann den Kopf.

– Ich frage mich, sagte Françoise, als sie das Café verließen, ob sie ins Kino geht. Es wäre dumm von ihr; ich bin sicher, sie wäre entzückt von dem Film.

– Du hast ja gesehen, sagte Labrousse. Sie hat ihr Möglichstes getan, um liebenswürdig zu bleiben; aber sie hat es dann doch nicht bis zuletzt durchhalten können; im Grunde ist sie böse auf uns.

– Weshalb? fragte Gerbert.

– Daß wir nicht den Abend mit ihr verbringen, sagte Labrousse.

– Aber ihr hättet sie doch nur mitzunehmen brauchen, sagte Gerbert. Es war ihm unangenehm, daß dies gemeinsame Abendessen Labrousse und Françoise als ein Unterfangen erscheinen könnte, durch das sich die Dinge komplizierten.

– Niemals, erklärte Françoise. Das wäre dann nicht mehr dasselbe.

– Sie tyrannisiert uns, dies Mädchen, erklärte Pierre ohne Groll, Aber wir wehren uns.

Gerbert fühlte sich beruhigt, aber er hätte gern gewußt, was die Pagès ernstlich für Labrousse bedeutete; hielt er aus Zuneigung für Françoise zu ihr? Oder was war eigentlich? Nie hätte er ihn zu fragen gewagt; er hatte immer gern, wenn Labrousse einmal zufällig etwas über sich selber sagte, aber er erkannte sich nicht das Recht zu, ihn nach etwas zu fragen.

Labrousse winkte ein Taxi heran.

– Was meinen Sie, wollen wir in der ‹Grille› zu Abend essen? fragte Françoise.

– Das wäre sehr nett, meinte Gerbert. Vielleicht haben sie noch Schinken mit dicken Bohnen. Er merkte plötzlich, daß er Hunger hatte, und schlug sich an die Stirn. Ah! Ich wußte doch, daß ich etwas vergessen hatte.

– Was denn? fragte Labrousse.

– Beim Mittagessen habe ich vergessen, noch einmal von dem Ochsenfleisch zu nehmen, das war wirklich zu dumm.

Das Taxi hielt vor dem kleinen Restaurant; ein Gitter aus dichten Eisenstäben schützte die Fenster nach der Straße hin; gleich rechts hinter dem Eingang stand ein Bartisch mit einer Menge verlockender Flaschen; der Speiseraum war leer. Nur der Wirt und die Kassiererin aßen an einem der

Marmortische mit um den Hals gebundenen Servietten zu Abend.

– Ah, machte Gerbert noch einmal und schlug sich an die Stirn.

– Sie machen mir ja Angst, sagte Françoise. Was haben Sie jetzt wieder vergessen?

– Ich habe vergessen, Ihnen zu erzählen, daß ich eben die Treppe in dreißig Sekunden heruntergelaufen bin.

– Du lügst ja, sagte Labrousse.

– Das habe ich mir gedacht, daß du es wieder nicht glaubst, sagte Gerbert. Genau dreißig Sekunden.

– Du wirst es unter meiner Kontrolle noch einmal machen, antwortete Labrousse. Immerhin habe ich dich auf der Treppe von Montmartre gehörig abgehängt.

– Ich bin ausgerutscht, bemerkte Gerbert. Er griff nach der Karte: es gab Schinken mit Bohnen.

– Hier ist es heute leer, meinte Françoise.

– Es ist noch sehr früh, gab Labrousse zu bedenken, und dann ist es ja immer so: die Leute bleiben zu Hause, sobald es bedrohlich aussieht. Heute abend spielen wir sicher vor zehn Leuten. Er hatte Russische Eier bestellt und knetete jetzt wie besessen das Eigelb unter die Soße, er nannte das ‹Œufs Mimosa›.

– Mir ist lieber, es kommt endlich wirklich zum Klappen, sagte Gerbert. Das ist ja kein Leben mehr, wenn man sich jeden Tag sagen muß, morgen kommt es vielleicht.

– Immerhin gewinnt man Zeit, warf Françoise ein.

– Das hat man auch am Tage von München gesagt, meinte Labrousse, aber ich glaube, wir haben eine Dummheit gemacht. Es hat keinen Zweck, vor den Tatsachen zurückzuweichen. Er griff nach der Flasche Beaujolais, die auf dem Tisch stand, und goß die Gläser voll. Nein, man kann sich nicht ewig nur entziehen wollen.

– Warum schließlich nicht? meinte Gerbert.

Françoise zögerte:

– Ist nicht alles andere besser als Krieg? fragte sie.

Labrousse zuckte die Achseln.

– Ich weiß nicht.

– Wenn es zu dumm würde, könntest du immer noch nach Amerika ausrücken, sagte Gerbert. Du würdest da sicher gut aufgenommen, du bist schon ganz bekannt.

– Und was sollte ich da tun? fragte Labrousse.

– Ich denke, in Amerika wird doch auch viel Französisch gesprochen. Und dann würdest du eben Englisch lernen und deine Stücke in englischer Sprache aufführen, meinte Françoise.

– Das würde mich aber gar nicht interessieren, sagte Labrousse. Was für einen Sinn kann es für mich haben, im Exil zu arbeiten? Den Wunsch, eine Spur von seinen Erdentagen zurückzulassen auf der Welt, kann man nur haben, wenn man sich mit ihr solidarisch fühlt.

– Amerika, sagte Françoise, ist doch auch eine Welt.

– Aber nicht die meinige.

– Dazu wird es an dem Tage, wo du es adoptierst.

Labrousse schüttelte den Kopf.

– Du sprichst wie Xavière. Aber ich kann nicht, ich bin nun einmal zu fest mit dieser Welt hier verbunden.

– Du bist doch noch jung, sagte Françoise.

– Ja, aber siehst du, den Amerikanern ein neues Theater hinstellen, das ist eine Aufgabe, die mich eben nicht reizt. Was mich interessiert, ist, mein eigentliches Werk zu vollenden, das, was ich in meinem kleinen Stall an den Gobelins mit dem Geld angefangen habe, das ich aus Tante Christine im Schweiße meines Angesichts herausgezogen habe. Labrousse sah Françoise voll ins Gesicht: Kannst du das nicht verstehen?

– Doch, sagte Françoise.

Sie hörte Labrousse mit einer Miene so leidenschaftlicher Aufmerksamkeit zu, daß Gerbert es mit Wehmut sah. Oft hatte er gesehen, daß Frauen ihm leidenschaftlich bewegte Gesichter zuwandten, aber es war ihm eigentlich immer nur peinlich gewesen; allzu freimütig bekundete Zärtlichkeit war ihm indezent vorgekommen, oder er hatte sie als Freiheitsberaubung empfunden. Aber die Liebe, die Françoise in ihren Blicken aufstrahlen ließ, war weder hemmungslos noch vergewaltigend. Man hätte sich wünschen mögen, auch einmal ein solches Gefühl einzuflößen.

– Ich bin geformt durch meine Vergangenheit, nahm Labrousse das Thema wieder auf. Das russische Ballett, das Vieux Colombier, Picasso, der Surrealismus, ohne das alles wäre ich nichts. Natürlich wünsche ich mir, daß die Kunst von mir eine neue und originale Zukunft erhalten soll, aber es soll doch eine Zukunft sein, die aus dieser Tradition erwächst. Man kann nicht ins Leere hinein arbeiten, das führt bestimmt zu nichts.

– Natürlich, sich mit fliegenden Fahnen in den Dienst einer Geschichte stellen, die nicht zu einem gehört, kann kaum befriedigend sein, meinte Françoise.

– Persönlich ist es mir ebenso recht, irgendwo in Lothringen Drahtverhaue zu fabrizieren als fortzugehen und in New York gekochten Mais zu essen.

– Ich würde doch den Mais vorziehen, meinte Françoise, zumal man ihn auch geröstet essen kann.

– Also ich jedenfalls kann euch nur sagen, fiel ihr Gerbert ins Wort, mir wäre jedes Mittel recht, nach Venezuela oder San Domingo auszurükken ...

– Wenn es zum Kriege kommt, sagte Labrousse, möcht ich ihn nicht versäumen. Ich gebe sogar offen zu, daß eine Art von Neugierde dabei im Spiel ist.

– Du bist wirklich pervers, sagte Gerbert.

Er hatte den ganzen Tag an den Krieg gedacht, aber jetzt fröstelte ihn doch, als er Labrousse so ruhig davon sprechen hörte, als wäre er bereits da. Er war ja auch wirklich da, er saß zwischen dem prasselnden Ofen und der Theke, auf der die gelben Reflexe spielten, und dieses Abendessen hier war ein Totenmahl. Helme, Tanks, Uniformen, graugrüne Lastwagen, eine ungeheure lehmige Brandung flutete über die Welt; die Erde war von schwärzlichem Moor überzogen, in das man immer tiefer einsank, mit bleischweren Kleidungsstücken auf den Schultern, die nach nasser Wolle rochen, während unheildrohender Lichtschein den Himmel blitzend überzog.

– Ich möchte auch nicht, sagte Françoise, daß irgend etwas Bedeutungsvolles passierte, und ich hätte es versäumt.

– Dann hätte er doch in Spanien mitmachen sollen, meinte Gerbert, oder nach China gehen.

– Das ist nicht dasselbe, sagte Labrousse.

– Ich sehe nicht ein, weshalb nicht, sagte Gerbert.

– Ich glaube, das ist eine Frage der Situation, sagte Françoise. Ich erinnere mich, als ich an der Pointe du Raz war und Pierre durchaus verlangte, ich solle vor dem Sturm abreisen, war ich ganz verzweifelt. Ich hätte das Gefühl gehabt, unrecht zu tun, wenn ich nachgegeben hätte. Während jetzt im Augenblick kann es meinetwegen da unten stürmen, soviel es will.

– Ganz richtig; das meine ich auch, sagte Labrousse. Dieser Krieg hier gehört zu meiner eigenen Geschichte, und deswegen würde ich mich nie entschließen, ihn einfach auszulassen.

Sein Gesicht strahlte vor Heiterkeit. Gerbert betrachtete beide mit Neid; diese Sicherheit hatte man offenbar, wenn man sich einer für den anderen so wichtig fühlen konnte. Vielleicht hätte auch er, wenn er für irgend jemand eine große Rolle gespielt hätte, in seinen eigenen Augen mehr gegolten; so gelang es ihm nicht, seinem Leben und seinen Gedanken großen Wert beizumessen.

– Stellt euch vor, sagte Gerbert, Péclard kennt einen Arzt, der völlig schrullig geworden ist, weil er unaufhörlich an den Verwundeten herumgeschnippelt hat; immer wenn er den einen operierte, schrie daneben schon ein anderer. Und da war einer, der hat die ganze Zeit, während an seinem Inneren herumgeflickt wurde, gejammert: Ach, mein Knie tut so weh! Mein Knie! Sehr komisch muß das nicht gerade gewesen sein.

– Wenn man erst so weit ist, sagte Labrousse, hilft nichts mehr als Schreien. Aber denk dir, auch das schreckt mich nicht so sehr; auch das ist eine Art zu leben wie jede andere.

– Wenn du es so nimmst, sagte Gerbert, ist eben alles gerechtfertigt. Dann braucht man wirklich nur die Hände in den Schoß zu legen.

– Nein, so meine ich es nicht! protestierte Labrousse. Eine Sache durchmachen, erleben, bedeutet nicht, daß man sie stumpfsinnig auf sich nimmt; ich würde mich damit abfinden, schlechthin alles zu erleben, weil ich immer noch die Zuflucht hätte, es in Freiheit zu erleben.

– Eine komische Freiheit, warf Gerbert ein. Du kannst ja nichts mehr von dem tun, was dich interessiert.

Labrousse lächelte.

– Denk dir, ich habe mich verändert, ich habe es nicht mehr mit der Mystik des künstlerischen Schaffens. Ich kann mir jetzt auch sehr gut vorstellen, daß man etwas ganz anderes tut.

Gerbert leerte nachdenklich sein Glas. Es war komisch zu denken, daß Labrousse sich wandeln könnte; Gerbert hatte ihn immer als eine unveränderliche Größe angesehen. Er hatte eine Antwort auf alle Probleme bereit; man sah nicht, welche neuen Fragen er sich noch stellen könnte.

– Dann hindert dich auch nichts, sagte er, nach Amerika zu gehen.

– Im Augenblick, sagte Labrousse, scheint mir der bessere Gebrauch meiner Freiheit darin zu bestehen, daß ich eine Kultur verteidige, mit der alle Werte verbunden sind, die für mich Wichtigkeit haben.

– Gerbert hat aber doch recht, sagte Françoise. Du würdest jede Welt gerechtfertigt finden, in der es einen Platz für dich gibt. Sie lächelte: Ich habe immer den stillen Verdacht gehabt, daß du dich für Gottvater hältst.

Sie trugen alle beide heitere Mienen zur Schau. Nie konnte Gerbert begreifen, daß die beiden sich so durch Worte anregen konnten. Was änderten sie an den Dingen? Was vermochten alle Reden gegen die Wärme, mit der der Beaujolais ihn durchströmte, gegen das Gas, das seine Lungen grün färben würde, und gegen die Furcht, die ihm schon an der Kehle saß?

– Was ist denn? fragte Labrousse, was hast du denn an uns auszusetzen?

Gerbert schrak zusammen. Er hatte nicht erwartet, bei diesen Gedanken in flagranti ertappt zu werden.

– Sie hatten gerade Ihre Richtermiene aufgesetzt, sagte Françoise. Sie hielt ihm die Karte hin. Wollen Sie keinen Nachtisch?

– Ich mache mir nichts aus Nachtisch, erklärte Gerbert.

– Es gibt aber Torte, sagte Françoise, und die mögen Sie doch?

– Ja, gern, aber ich bin heute zu faul, sagte Gerbert.

Sie lachten.

– Bist du auch zu faul für einen alten Marc? fragte Labrousse.

– Nein, das geht immer noch, meinte Gerbert.

Labrousse bestellte drei Schnäpse, und die Bedienerin schleppte eine Riesenflasche herbei, die mit Staub bedeckt war. Gerbert zündete sich eine Pfeife an. Es war komisch, aber auch Labrousse hatte nötig, sich etwas zu erschaffen, woran er sich halten konnte; Gerbert konnte nicht ernstlich glauben, daß seine philosophische Ruhe aus Überzeugung stammte; er legte auf seine Ideen Wert, wie Péclard auf seine Möbel. Françoise für ihre Person stützte sich auf Labrousse; so arrangierten sich die Menschen, um eine hieb- und stichfeste Welt um sich aufzurichten, in der ihr Leben einen Sinn bekam; aber auf dem Grunde lag immer irgendein Selbstbetrug. Wenn man genau hinsah, ohne sich etwas vorzumachen, fand man hinter der imponierenden Außenseite nur eine leichte Staubwolke, die aus lauter flüchtigen kleinen Eindrücken bestand; da war das gelbe Licht auf dem Bartisch, der Geschmack nach fauligen Mispeln auf dem Grunde des Marc; man konnte es nicht in Sätze fassen, man mußte es schweigend erleben, und dann verschwand es wieder spurlos, und etwas anderes ebensowenig Greifbares nahm seine Stelle ein. Alles nur Sand und Wasser, und es war eitel Torheit, darauf bauen zu wollen. Selbst der Tod war das Getue nicht wert, das man um ihn machte; gewiß, er war etwas Furchtbares, aber doch eigentlich nur, weil man sich nicht vorstellen konnte, was man dabei empfand.

– Fallen, sagte Gerbert, das ginge ja noch an. Aber man kann auch am Leben bleiben mit einem zerschossenen Gesicht.

– Ein Bein würde ich noch opfern, sagte Labrousse.

– Ein Arm wäre mir lieber, meinte Gerbert. In Marseille habe ich einen jungen Engländer gesehen, der einen Haken hatte an Stelle der Hand; es sah ganz elegant aus, muß ich sagen.

– Aber ein künstliches Bein sieht man nicht so sehr, sagte Labrousse. Einen Arm kann man nicht wegschminken.

– Bei unserm Beruf allerdings kann man sich nicht viel leisten, stellte Gerbert fest. Ein abgerissenes Ohr ist bereits so gut wie eine verpfuschte Karriere.

– Aber das ist doch nicht möglich, ließ sich Françoise mittenhinein vernehmen. Ihre Stimme klang erstickt, ihr Gesicht war verändert, und mit einem Male stiegen ihr die Tränen in die Augen. Gerbert fand sie beinahe schön.

– Man kann ebensogut ganz ohne Verwundung wiederkommen, meinte Labrousse in beschwichtigendem Ton ... Und außerdem sind wir ja auch noch gar nicht fort. Er lächelte Françoise zu. Wir brauchen uns einstweilen noch keine schwarzen Gedanken zu machen.

Françoise lächelte etwas mühsam zurück.

– Sicher ist, daß ihr heute abend vor leeren Bänken spielen werdet, sagte sie.

– Ja, sagte Labrousse. Seine Augen irrten durch das verlassene Restaurant. Wir müssen trotzdem jetzt gehen. Es ist Zeit.

– Ich gehe nach Hause arbeiten, sagte Françoise. Sie zuckte die Achseln. Obwohl ich nicht recht weiß, wie ich die Stimmung aufbringen werde.

Sie gingen; Labrousse hielt ein Taxi an.

– Fährst du mit uns? fragte er.

– Nein, ich gehe lieber zu Fuß, sagte Françoise. Sie drückte Labrousse und Gerbert die Hand.

Er sah ihr nach, wie sie davonging, die Hände in die Taschen versenkt, mit langen, etwas ungeschickten Schritten. Jetzt würde er sie sicher wieder mindestens vier Wochen lang nicht wiedersehen.

– Steig ein, sagte Labrousse und schob ihn in das Taxi. –

Gerbert machte die Tür zu seiner Garderobe auf. Guimiot und Mercaton saßen schon mit ockerbraun gefärbten Hälsen und Armen vor ihren Ankleidetischen; er drückte ihnen zerstreut die Hand, er mochte sie nicht sehr. Ein Geruch nach Hautcreme und Brillantine, der einem Übelkeit verursachte, erfüllte den überheizten kleinen Raum. Guimiot bestand eigensinnig darauf, die Fenster geschlossen zu halten, damit er sich nicht erkältete. Mit einer entschiedenen Bewegung ging Gerbert auf das Fenster zu.

– Wenn er etwas sagt, dieser Bubi, hau ich ihm eine ins Gesicht, dachte er.

Er hätte gern mit jemand Streit angefangen, es hätte eine gewisse Entspannung bedeutet, aber Guimiot rührte sich nicht; er fuhr sich mit einer enormen graurosa Puderquaste über das Gesicht, der Puder wirbelte in der Luft umher, und Guimiot nieste zweimal mit unglücklichem Gesicht. Gerbert war so düster gestimmt, daß er nicht einmal lachte. Er begann sich auszuziehen; das Jackett, die Krawatte, Schuhe, Strümpfe; gleich darauf würde er das alles wieder anziehen. Gerbert war schon im voraus müde, und außerdem stellte er seinen bloßen Körper vor diesen Kerlen nicht gern zur Schau.

– Was ist nur mit mir los! fragte er sich auf einmal und blickte sich mit fast schmerzlichem Erstaunen um; er kannte diese Zustände schon, sie waren denkbar unangenehm; als wenn sich sein ganzes Inneres in laues Wasser verwandelte; er hatte das oft schon in seiner Kindheit gehabt, besonders wenn er seine Mutter im Wäschedampf über den Zuber gebeugt stehen sah. Noch ein paar Tage, dann würde er das Gewehr reinigen, im Schritt um den Kasernenhof herummarschieren, und schließlich in einem eisigen Loch Wache schieben; es war absurd; aber bis dahin strich er sich eine Unterlage von kräftigrotem Teint auf die Schenkel, die er fürchterlich schwer wieder herunterbringen würde, und das war nicht weniger absurd.

– Ach! Alles zum Kotzen, sagte er laut. Plötzlich erinnerte er sich, daß Elisabeth heute abend kommen und eine Skizze von ihm machen wollte. Sie hatte den Tag wirklich trefflich gewählt.

Die Tür ging auf, und Ramblin erschien.

– Hat jemand Fixativ?

– Ja, ich, rief Guimiot voller Eifer. Er sah in Ramblin jemanden, der reich und einflußreich war, und machte ihm in der Stille den Hof.

– Danke, sagte Ramblin kühl. Er nahm die Flasche mit dem wabernden rosa Gelee und wandte sich Gerbert zu. Das gibt heute abend einen kühlen Empfang! Drei verlorene Gestalten sitzen im Orchester und ebenso viele im ersten Rang. Er brach in ein Riesengelächter aus, und Gerbert lachte herzlich mit; er mochte diese privaten Heiterkeitsanfälle, die Ramblin manchmal hatte, gern, und außerdem war er ihm dankbar dafür, daß er, wiewohl Päderast, sich ihm niemals genähert hatte.

– Tedesco schlottert! sagte Ramblin. Er glaubt, man wird alle Ausländer in Konzentrationslager stecken, und die Canzetti reicht ihm schluchzend die Hand. Die Chanaud hat sie schon als lästige Zugereiste behandelt und verkündet mit lautem Geschrei, die französischen Frauen würden auf ihrem Posten sein. Das gibt was, ihr sollt mal sehen.

Er klebte sorgfältig Locken um sein Gesicht und lächelte sich im Spiegel selbstzufrieden und skeptisch zu.

– Gerbertchen, kannst du mir etwas von deinem Liderblau pumpen? fragte die Eloy.

Das Frauenzimmer brachte es doch immer fertig, in die Männergarderobe einzudringen, wenn sie nackt dastanden; sie selbst war nur mangelhaft bekleidet, ein durchsichtiger Schal verhüllte unvollkommen ihre Ammenbrüste.

– Mach, daß du rauskommst, rief Gerbert ihr zu. Wir sind nicht in korrekter Tenue.

– Und verstecke das da, sagte Ramblin und zog an ihrem Schal; mit einer Miene des Abscheus sah er ihr nach. Sie erzählt, sie wird sich gleich als Krankenpflegerin melden; man kann sich vorstellen, wie sie das genießen wird, all diese wehrlosen kleinen Poilus, die ihr da in die Hände fallen.

Er ging. Gerbert legte sein römisches Kostüm an und begann mit Schminken. Dieser Teil machte ihm eher Spaß, er hatte eine Vorliebe für akkurate Kleinarbeit; zudem hatte er eine neue Technik für die Augen erfunden, er verlängerte die Linie des Lidrandes durch eine Art von Stern, was einen sehr hübschen Effekt ergab. Nach einem befriedigten Blick in den Spiegel stieg er die Stufen hinab. Im Künstlerzimmer stieß er auf Elisabeth, die mit ihrer Zeichenmappe unter dem Arm auf einer der Bänke saß.

– Ich bin wohl zu früh dran? fragte sie in weltgewandtem Ton. Sie war heute abend sehr schick, man konnte nicht anders sagen: das mußte ein guter Schneider sein, der diese Jacke geschnitten hatte, Gerbert war Kenner auf dem Gebiet.

– Ich stehe Ihnen in zehn Minuten zur Verfügung, sagte er.

Er warf einen Blick auf die Dekoration, alles war an seinem Platz, die Requisiten griffbereit aufgestellt. Durch einen Spalt im Vorhang blickte er prüfend ins Publikum: es waren nicht mehr als zwanzig Zuschauer da, es sah ganz katastrophenmäßig aus. Mit einer Pfeife zwischen den Zähnen lief Gerbert die Flure entlang, um die Schauspieler herunterzurufen; dann setzte er sich mit ergebener Miene zu Elisabeth.

– Stört es Sie auch nicht zu sehr? fragte sie, während sie ihre Utensilien auszupacken begann.

– Aber nein, ich muß nur da sein und aufpassen, daß niemand Lärm macht, sagte Gerbert.

Die drei Gongschläge fielen mit düsterer Feierlichkeit in die Stille. Der Vorhang ging auf. Cäsars Gefolge stand an der Tür, die auf die Bühne ging. Labrousse kam in seine weiße Toga gehüllt herein.

– Schau, da bist du ja, sagte er zu seiner Schwester.

– Wie du siehst, gab Elisabeth zurück.

– Und ich dachte, du porträtiertest gar nicht mehr, meinte er, während er ihr über die Schulter blickte.

– Es wird nur eine Studie, sagte Elisabeth; wenn man nur immer Kompositionen macht, verdirbt man sich die Hand.

– Komm nachher zu mir, sagte Labrousse.

Er schritt über die Schwelle der Tür, und das Gefolge setzte sich hinter ihm in Bewegung.

– Es ist komisch, sagte Elisabeth, ein Stück von der Kulisse her zu erleben, man tut einen Blick in die Werkstatt.

Sie zuckte die Achseln. Gerbert sah sie befangen an, er fühlte sich immer unbehaglich in ihrer Gegenwart; er wußte nicht recht, was sie wollte; manchmal hatte er den Eindruck, sie sei ein bißchen verrückt.

– Bleiben Sie so, rühren Sie sich nicht, sagte Elisabeth; dann bekam sie Bedenken: Es ist doch auch nicht zu ermüdend für Sie? Sie lächelte ihn an.

– Nein, sagte Gerbert.

Es war gar nicht ermüdend, aber Tatsache war, daß er sich blöd vorkam. Ramblin ging durch das Künstlerzimmer und warf ihm einen vielsagenden Blick zu. Alles war still. Die Türen waren geschlossen, man hörte kein Geräusch. Da unten spielten die Schauspieler vor leerem Zuschauerraum. Elisabeth zeichnete hartnäckig, um eine leichte Hand zu behalten, und Gerbert saß einfältig da. Was soll das? fragte er sich selbst voller Ingrimm. Wie vorhin in seiner Garderobe hatte er in der Magengegend ein hohles Gefühl. Eine Erinnerung stieg in ihm auf, die ihm immer wieder kam, wenn er in dieser Stimmung war: eine große Spinne, die er einmal auf einer Fußwanderung durch die Provence gesehen hatte; an einem Faden hängend, schwebte sie unter einem Baum, sie kletterte in die Höhe, dann ließ sie sich mit einem Ruck wieder fallen, und stieg mit aufreizender Geduld wieder empor, man konnte nicht begreifen, woher sie den zähen Mut nahm; sie kam einem furchtbar allein auf der Welt vor.

– Wird Ihre Marionettennummer noch eine Weile laufen? fragte Elisabeth.

– Dominique hat gesagt, noch bis Ende der Woche, sagte Gerbert.

– Hat die Pagès die Rolle jetzt ganz aufgegeben? fragte Elisabeth.

– Sie hat mir versprochen, sagte Gerbert, heute abend zu kommen.

Den Stift erhoben in der Luft haltend, schaute Elisabeth Gerbert in die Augen.

– Was halten Sie von der Pagès?

– Sie ist sympathisch, sagte er.

– Weiter nichts? fragte Elisabeth; sie lächelte merkwürdig eindringlich, es sah aus, als hielte sie eine Prüfung ab.

– Ich kenne sie nicht sehr gut, erklärte Gerbert.

Elisabeth lachte unbefangen.

– Natürlich, wenn Sie ebenso schüchtern sind wie sie ...

Sie beugte sich über ihre Skizze und begann wieder emsig zu zeichnen.

– Ich bin nicht schüchtern, sagte Gerbert. Zu seinem Verdruß bemerkte er, daß er errötete; es war zu dumm, aber es war ihm gräßlich, wenn man von ihm selber sprach, und er konnte sich nicht einmal rühren, um sein Gesicht abzuwenden.

– Man muß es doch annehmen, meinte Elisabeth gut gelaunt.

– Wieso? fragte Gerbert.

– Weil es sonst für Sie nicht so schwierig gewesen wäre, sie näher kennenzulernen. Elisabeth hob die Augen von ihrer Zeichnung und schaute Gerbert mit ehrlicher Neugierde an. Haben Sie wirklich nichts gemerkt, oder tun Sie nur so?

– Ich weiß nicht, was Sie meinen, gab Gerbert ziemlich verstört zurück.

– Wie reizend, meinte Elisabeth. Solche veilchenhafte Schüchternheit findet man heute nicht mehr so leicht. Sie sprach in vertraulichem Ton ins Leere hinein. Vielleicht war sie wirklich auf dem Wege, ein bißchen verrückt zu werden.

– Aber die Pagès macht sich ja gar nichts aus mir, sagte er.

– Meinen Sie? fragte Elisabeth in ironischem Ton.

Gerbert gab keine Antwort, tatsächlich war die Pagès ja manchmal seltsam zu ihm gewesen, aber das bewies nicht eben viel; sie interessierte sich für niemand als für Françoise und Labrousse. Elisabeth machte sich lustig über ihn, sie leckte mit einem unangenehmen Gesichtsausdruck an ihrer Bleistiftmine.

– Gefällt sie Ihnen nicht? fragte sie.

Gerbert zuckte die Achseln.

– Aber Sie täuschen sich, sagte er.

Mit Unbehagen blickte er um sich. Elisabeth war schon immer indiskret gewesen, sie sprach ohne Überlegung, nur um etwas zu sagen. Diesmal aber war sie ganz offenbar auf dem Holzwege.

– Nur fünf Minuten, sagte er und stand auf. Es ist jetzt der Augenblick, wo sie Cäsar zujubeln.

Die Statisten hatten sich an der andern Seite des Künstlerzimmers niedergelassen, er machte ihnen ein Zeichen und öffnete leise die Tür zur Bühne; man hörte die Stimmen der Schauspieler nicht, aber Gerbert richtete sich nach der Musik, die gedämpft den Dialog zwischen Cassius und Casca begleitete; jeden Abend regte es ihn von neuem auf, wenn die Stelle kam, die die Szene ankündigte, wo das Volk Cäsar die Krone anbot; es war beinahe, als ob er jedesmal an die zweifelhafte, trügerische Feierlichkeit dieses Augenblicks glaubte. Er hob die Hand, und ein großes Lärmen überdeckte die letzten Klavierakkorde. Dann horchte er wieder auf das Schweigen, das von einem fernen Stimmengewirr unterstrichen wurde, und endlich tönte die kurze Tonfolge auf, und ein Schrei kam aus allen Mündern; das dritte Mal gaben nur ein paar Worte das Thema an, und gleich darauf erhoben die Stimmen sich mit verdoppelter Stärke.

– Jetzt haben wir einen Augenblick Ruhe, sagte Gerbert und nahm seine Pose wieder ein. Es beschäftigte ihn doch; er gefiel, gewiß, das wußte er, er gefiel sogar manchmal zu gut; aber die Pagès, das wäre wirklich schmeichelhaft.

– Ich habe sie vorhin gesehen, Ihre Pagès, meinte er nach einem Weilchen. Ich kann Ihnen heilig versichern, sie sah mir nicht so aus, als lege sie großen Wert auf mich.

– Wieso nicht? fragte Elisabeth.

– Sie war wütend, weil ich mit Françoise und Labrousse zu Abend essen sollte.

– Ach so, gab Elisabeth zurück; ja, sie ist eifersüchtig wie ein Tigerweibchen, die Kleine; sicher hatte sie einen wahren Haß auf Sie, aber das beweist doch nichts. Schweigend machte Elisabeth ein paar Bleistiftstriche. Gern hätte Gerbert ihr weitere Fragen gestellt, aber es fiel ihm keine ein, die nicht indiskret gewirkt hätte.

– Es ist lästig, eine kleine Person wie die Pagès in seinem Leben zu haben, meinte Elisabeth. Françoise und Labrousse mögen noch soviel für sie übrig haben, es wird ihnen doch manchmal zuviel.

Gerbert mußte an vorhin denken und an die gutmütige Bemerkung von Labrousse.

‹Das Mädel ist ein kleiner Tyrann, aber wir wehren uns.›

Er konnte sich immer gut die Mienen und den Tonfall der anderen in die Erinnerung rufen, aber er verstand nicht recht, was eigentlich in ihnen vorgegangen war; er spürte deutlich, daß es da etwas ganz Bestimmtes, Undurchdringliches gab, aber wußte nie recht, worin es bestand. Er zögerte. Hier bot sich eine unerwartete Gelegenheit, sich etwas zu informieren.

– Ich verstehe nicht recht, sagte er, was für Gefühle sie ihr eigentlich entgegenbringen.

– Sie wissen ja, wie sie sind, sagte Elisabeth, sie hängen so sehr aneinander, daß ihre Beziehungen zu Dritten immer ganz oberflächlich bleiben, nur eine Spielerei für sie sind. Dann blickte sie wieder wie gebannt auf ihre Arbeit.

– Es macht ihnen Spaß, eine Adoptivtochter zu haben; aber ich glaube, ein bißchen hängt es ihnen auch schon zum Halse heraus.

Zögernd meinte Gerbert:

– Labrousse läßt oft eine ganze Weile nicht die Augen von der Pagès. Elisabeth lachte.

– Sie glauben doch nicht ernstlich, daß Pierre verliebt in sie ist?

– Sicher nicht, sagte Gerbert. Der Zorn würgte ihn an der Kehle. Diese

Person war eine richtige Kupplerin mit ihrer Art, die ältere Schwester zu spielen.

– Beobachten Sie sie nur mal, riet ihm jetzt ernstlich Elisabeth. Ich weiß doch, was ich sage: Sie brauchen nur den kleinen Finger zu heben. Mit schwerfälliger Ironie fügte sie hinzu: Den Finger heben müßten Sie allerdings.

Dominiques Kabarett lag ebenso verödet da wie die ‹Spielbühne› von Labrousse; das Programm wurde vor sechs Stammgästen, die mit Grabesmiene dasaßen, heruntergespielt. Gerberts Herz zog sich zusammen, als er die kleine Prinzessin aus Wachstuch in den Koffer packte; dies war vielleicht der letzte Abend. Morgen würde sich ein grauer Staubregen über ganz Europa senken und die zerbrechlichen Puppen, die Dekorationen, die Theken in den Eckcafés und alle Regenbogen aus Licht an den Straßen von Montparnasse unter sich begraben. Seine Hand ruhte einen Augenblick auf dem glatten kühlen Gesicht: es ist wie eine Bestattung, dachte er.

– Wie eine Tote, sagte die Pagès.

Gerbert fuhr zusammen; die Pagès band ihr Seidentuch unter dem Kinn zusammen, während sie die erstarrten kleinen Gestalten auf dem Grunde der Kiste betrachtete.

– Das war fein, sagte er, daß Sie heut abend gekommen sind, es geht dann immer viel besser.

– Aber ich hatte doch gesagt, ich käme, äußerte sie erstaunt und würdevoll.

Sie war erst gekommen, als der Vorhang schon aufging, und sie hatten keine Zeit gehabt, auch nur zwei Worte miteinander zu wechseln. Gerbert warf ihr einen raschen Blick zu; wenn ihm nur etwas einfiele, was er zu ihr sagen könnte; er hatte große Lust, noch ein Weilchen mit ihr zusammenzubleiben. Alles in allem war sie eigentlich nicht so furchtbar einschüchternd: mit diesem Tuch um den Kopf hatte sie so ein harmloses rundes Gesicht.

– Waren Sie im Kino? fragte er.

– Nein, sagte Xavière. Sie spielte mit den Fransen ihres Kopftuchs. Es war mir zu weit.

Gerbert lachte.

– Mit dem Taxi ist es sehr viel näher.

– Ach, meinte Xavière mit erfahrener Miene, darauf verlasse ich mich nicht gern. Sie lächelte ihn freundlich an. Haben Sie gut zu Abend gegessen?

– Ja, Schinken mit dicken Bohnen, berichtete Gerbert voller Genugtuung. Dann hielt er plötzlich inne: aber Ihnen ist es ja gräßlich, wenn man vom Essen spricht.

Die Pagès hob die Brauen, sie sahen aus, wie mit dem Pinsel auf eine japanische Maske gemalt.

– Wer hat Ihnen das erzählt? Das ist auch so eine idiotische Behauptung.

Gerbert stellte befriedigt fest, daß er auf dem besten Wege sei, ein gewiegter Psychologe zu werden, denn es schien ihm klar, daß Xavière auf Françoise und Labrousse noch immer wütend war.

– Sie wollen doch nicht behaupten, daß Sie eine Schlemmerin sind? fragte er lachend zurück.

– Das kommt daher, daß ich blond bin, sagte Xavière mit gepeinigtem Gesichtsausdruck. Da hält einen jeder für so ein ätherisches Geschöpf.

– Wetten, daß Sie nicht mit mir ein Hamburger Steak essen gehen? sagte Gerbert. Er hatte es ohne Überlegung hingesagt und war jetzt selbst über seine Kühnheit erstaunt.

Xavières Augen blitzten vergnügt.

– Wetten, daß ich es tue? sagte sie.

– Also, auf, sagte Gerbert. Er ließ sie vorgehen. Was könnte ich zu ihr sagen? fragte er sich besorgt. Er war aber doch ganz stolz, jetzt konnte keiner sagen, daß er keinen Finger gerührt hätte. Es war das erste Mal, daß er wirklich die Initiative ergriff. Gewöhnlich kamen die andern ihm zuvor.

– Ach, ist das kalt, meinte die Pagès.

– Bis zur ‹Coupole›, sagte Gerbert, sind es nur fünf Minuten.

Die Pagès blickte verzweifelt um sich.

– Gibt es nichts Näheres?

– Hamburger Steak ißt man in der ‹Coupole›, entschied Gerbert.

Es war doch immer dasselbe mit den Frauen; es war ihnen entweder zu kalt oder zu warm, sie verlangten zuviel Rücksichtnahme, um gute Kameraden zu sein. Gerbert hatte immer einmal wärmere Gefühle für die eine oder andere gehabt, weil es ihm angenehm war, geliebt zu werden, aber es half alles nichts, er langweilte sich mit ihnen; hätte er das Glück gehabt, Päderast zu sein, würde er überhaupt nur den Umgang mit Männern gesucht haben. Hinterher war es auch noch eine furchtbare Angelegenheit, sie wieder loszuwerden, besonders wo er so ungern jemandem Kummer bereitete; schließlich begriffen sie ja immer, daß es zu Ende war, aber sie brauchten viel Zeit. Annie schien endlich zu begreifen, es war jetzt das dritte Mal, daß er sie bei einem Rendezvous versetzte, ohne ihr abzusagen. Zärtlich ruhten Gerberts Augen auf der Fassade der ‹Coupole›; das Spiel der Lichter dort bewegte sein Herz mit ebenso melancholischen Gefühlen wie eine Jazzmelodie.

– Sie sehen, es war nicht weit, sagte er.

– Für Sie nicht, weil Sie lange Beine haben, meinte Xavière mit einem anerkennenden Blick; ich habe die Menschen gern, die große Schritte machen.

Bevor er die Drehtür in Schwingung versetzte, wendete Gerbert sich zu ihr um.

– Haben Sie immer noch Lust auf ein Hamburger? fragte er.

Xavière zögerte.

– Wenn ich die Wahrheit sagen soll, meinte sie, habe ich nicht mehr so sehr, sehr große Lust, ich komme vor allem um vor Durst.

Sie sah ihn an, als ob sie um Entschuldigung bäte; sie sah wirklich nett aus mit den kräftigen Backenknochen und der kindlichen Ponyfranse, die unter dem Kopftuch hervorkam. Ein kühner Gedanke durchzuckte Gerbert.

– Und wenn wir in dem Falle lieber in ein Dancing gingen? fragte er. Er versuchte ein schüchternes Lächeln, das ihm manchmal gelang. Ich könnte Ihnen ein bißchen Unterricht im Steptanz geben.

– Oh, das wäre fabelhaft! rief die Pagès so begeistert aus, daß es ihn ganz überwältigte. Sie riß mit einer heftigen Bewegung das Kopftuch ab und sprang, immer zwei Stufen auf einmal nehmend, die Treppe ins Souterrain hinab. Gerbert fragte sich überrascht, ob an Elisabeths Andeutungen nicht doch etwas Wahres sein könnte. Die Pagès war sonst immer so zurückhaltend! Heute abend jedoch ging sie auf jeden Vorschlag derart bereitwillig ein.

– Hier wollen wir uns hinsetzen, sagte er mit dem Blick auf einen Tisch.

– Ach ja, das ist wirklich nett! sagte die Pagès. Entzückt schaute sie sich um; offenbar schien Tanzen in Katastrophenzeiten für eine bessere Zuflucht als das Theater angesehen zu werden, denn eine Menge Paare drängten sich auf der Tanzfläche.

– Diese Dekoration hier finde ich entzückend, sagte die Pagès. Sie zog die Nase kraus. Gerbert hatte immer Mühe, angesichts ihres Mienenspiels einigermaßen ernst zu bleiben.

– Bei Dominique ist alles so karg, erklärte sie. Das nennt man heutzutage guten Geschmack. Sie schob die Lippe etwas vor und sah Gerbert an, als seien sie Gesinnungsgenossen. Finden Sie nicht auch, daß das schäbig wirkt? Auch die Art von Geist, die sie dort verzapfen, ihre Anspielungen, alles kommt mir vor wie mit dem Lineal gezogen.

– Ja, schon, stimmte Gerbert zu. Das sind Leute, die auch im Lachen eine gewisse Strenge bewahren. Sie erinnern mich an den Philosophen, von dem mir Labrousse erzählt hat: er lachte, als er eine Tangente an einem Kreis sah, weil sie so aussähe wie ein Winkel, aber keiner sei.

– Sie machen sich lustig über mich, sagte die Pagès.

– Nein, ich schwöre Ihnen, sagte Gerbert, es kam ihm wie der Gipfel der Komik vor, dabei ist es todtraurig.

– Andrerseits kann man sagen, meinte die Pagès, daß er sich jedenfalls keine Gelegenheit zum Lachen entgehen ließ.

Gerbert lachte jetzt selbst.

– Haben Sie jemals Charpini gehört? Der ist wirklich komisch, besonders wenn er in «Carmen» singt: ‹Mutter, ich sehe sie› und Brancanto überall sucht: ‹Aber wo? Hier? Wo ist sie, die arme Frau?› Ich muß jedesmal Tränen lachen.

– Nein, sagte die Pagès, ich habe noch niemals etwas wirklich Komisches gehört. Und ich möchte doch so gern.

– Also, da müssen wir einmal hingehen, sagte Gerbert. Und Georgius? Kennen Sie den?

– Nein, sagte die Pagès mit einem wahrhaft leidenden Blick.

– Vielleicht werden Sie ihn dumm finden, sagte Gerbert zögernd. Es sind eine Menge derbe Witze in seinen Chansons, und selbst Wortspiele. Er konnte sich doch schlecht vorstellen, daß Xavière Georgius mit großem Vergnügen anhören sollte.

– Ich bin sicher, es würde mich sehr amüsieren, meinte sie begierig.

– Was wollen Sie trinken? fragte Gerbert.

– Einen Whisky, sagte die Pagès.

– Also zwei Whisky, bestellte Gerbert. Mögen Sie den denn?

– Nein, sagte die Pagès und verzog das Gesicht. Er schmeckt nach Jodtinktur.

– Aber Sie wollen ihn gern trinken, das ist wie mit mir und dem Pernod, sagte Gerbert. Aber Whisky trinke ich gern, setzte er gewissenhaft hinzu. Er lächelte kühn. Wollen wir diesen Tango tanzen?

– Gewiß, antwortete die Pagès. Sie stand auf und glättete mit der Hand ihr Kleid. Gerbert legte den Arm um sie; er erinnerte sich, daß sie gut tanzte, besser als Annie, als die Canzetti, aber heute abend kam ihm die Vollkommenheit ihrer Bewegungen geradezu märchenhaft vor; ein leichter, zärtlicher Duft stieg aus den blonden Haaren auf; einen Augenblick lang gab sich Gerbert, ohne zu denken, dem Rhythmus des Tanzes, dem Singen der Gitarren, dem orangefarbenen Stäuben des Lichts, der Süßigkeit, in seinen Armen einen schmiegsamen Körper zu fühlen, hin.

– Ich bin doch zu blöd gewesen, dachte er. Seit Wochen hätte er sie jetzt zum Ausgehen einladen können, und nun wartete schon die Kaserne auf ihn; es war zu spät, auf diesen Abend folgte kein Morgen mehr. Sein Herz zog sich zusammen. Alles in seinem Leben war immer ohne Morgen geblieben. Von ferne bewunderte er die großen Geschichten der Leidenschaft, aber mit einer großen Liebe war es ihm wie mit dem Ehrgeiz gegangen, das gab es eben nur in einer Welt, in der die Dinge ein spezifisches Gewicht hatten, wo die Worte, die man sprach, die Gesten, die man machte, auch eine Spur hinterließen; Gerbert aber hatte das Gefühl, in einem Warteraum abgestellt zu sein, dessen Tür sich niemals auf eine Zukunft öffnete. Plötzlich, als das Orchester gerade aussetzte, artete die Angst, die er den ganzen Abend schon mit sich herumgeschleppt hatte, zu einer Panik aus. Alle diese Jahre waren ihm zwischen den Fingern zerronnen und ihm immer nur als eine unnütze, vorläufige Zeit erschienen, dabei bestand aus ihnen seine einzige Existenz, eine andere würde er niemals haben. Wenn er erst steif und verdreckt auf einem Schlachtfeld läge, mit seiner Erkennungsmarke am Handgelenk, würde nichts mehr sein.

– Trinken wir einen Whisky, sagte er.

Xavière lächelte ihm gefügig zu. Als sie wieder an ihren Tisch kamen, sahen sie eine Blumenfrau, die ihnen ihren Korb entgegenhielt. Gerbert blieb stehen und wählte eine rote Rose aus. Er legte sie auf den Tisch vor Xavière, die sie aufnahm und an ihrem Kleid befestigte.

Viertes Kapitel

Françoise warf einen letzten Blick in den Spiegel; diesmal fehlte es wirklich nirgends; die Augenbrauen waren sorgfältig gezupft, das hinten hochgekämmte Haar gab einen makellosen Nacken frei, die Nägel glänzten wie Rubin. Die Aussicht auf den kommenden Abend stimmte sie vergnügt; sie mochte Paule Berger gern; wenn man mit ihr ausging, war es immer nett. Paule hatte mit ihnen verabredet, sie werde sie heute abend in ein spanisches Restaurant führen, das bis ins einzelne einem Tanzlokal in Sevilla nachgebildet sei, und Françoise freute sich darauf, für ein paar Stunden aus der gespannten, leidenschaftgeladenen, erdrückenden Atmosphäre herauszukommen, mit der Pierre und Xavière ihre Umgebung durchtränkten; sie fühlte sich frisch und lebensvoll und bereit, für ihre eigene Person die Schönheit Paules, den Reiz der Vorführungen und die Poesie von Sevilla zu genießen, die binnen kurzem Gitarrenklang und Manzanilladuft für sie hervorzaubern würden.

Fünf Minuten vor Mitternacht; sie durfte nicht länger warten; wenn der Abend nicht ein Fiasko werden sollte, mußte sie jetzt hinuntergehen und bei Xavière klopfen. Pierre erwartete sie um zwölf Uhr im Theater und wäre sicher außer sich, wenn sie nicht zur verabredeten Zeit erschienen. Sie las noch einmal den rosa Zettel durch, der mit der großen Schrift Xavières in grüner Tinte bedeckt war: «Entschuldige mich bitte für heute nachmittag, aber ich möchte mich gern ausruhen, um abends recht frisch zu sein; um halb zwölf bin ich bei dir oben in deinem Zimmer. Gruß und Kuß!»

Françoise hatte diese Botschaft am Morgen unter ihrer Tür gefunden und sich mit Pierre zusammen besorgt gefragt, was Xavière wohl die Nacht durch getrieben haben mochte, um den ganzen Tag ausschlafen zu müssen. Gruß und Kuß, das bedeutete nichts, es war eine bloße Formel. Als sie sich am Abend zuvor von Xavière getrennt hatten, um mit Gerbert zur Nacht zu essen, hatte sie ihnen gegrollt, und man konnte nicht wissen, in welcher Stimmung sie heute war. Françoise warf ein neues Cape aus leichter Wolle um ihre Schultern, nahm ihre Tasche, schöne Handschuhe, die ihre Mutter ihr geschenkt hatte, und ging die Treppe hinab. Selbst wenn Xavière schlecht gelaunt und Pierre deswegen gekränkt sein sollte, war sie fest entschlossen, dies Geplänkel nicht allzu wichtig zu nehmen. Sie klopfte. Hinter der Tür war ein Geraschel zu hören; es war, als spürte man die geheimen Gedanken, die Xavière in der Einsamkeit hegte.

– Was ist? ließ sich eine schläfrige Stimme vernehmen.

– Ich bin es, sagte Françoise. Diesmal rührte sich nichts. Trotz ihrer unbeschwerten Vorsätze stellte Françoise wiederum jene Angst bei sich fest, die sie immer hatte, wenn sie erwartete, Xavières Antlitz vor sich zu sehen. Würde sie lächelnd oder mit gerunzelter Stirn ihr vor die Augen treten? Es war nun einmal so, daß der ganze Abend, die ganze Welt an diesem Abend ihren Sinn je nachdem erhielt, ob Xavières Augen glänzten oder nicht. Eine Minute verstrich, bevor die Tür sich öffnete.

– Ich bin noch gar nicht fertig, sagte Xavière in verdrossenem Ton.

Jedesmal war es dasselbe und jedesmal ebenso verstimmend. Xavière stand im Morgenrock da, ihr Haar hing ungekämmt um ihr gelbes, verquollenes Gesicht. Das ungemachte Bett im Hintergrund schien noch warm zu sein, und man merkte, daß die Fensterläden den ganzen Tag über nicht geöffnet waren. Das Zimmer war voll von Zigarettenrauch und dem scharfen Geruch von Brennspiritus; was aber die Luft besonders stickig machte, das waren weder Tabak noch Spiritus, sondern die unerfüllten Wünsche, die Mißstimmung und der Groll, die sich im Laufe der Stunden hier in diesen gleich einer Fiebervision von bunten Linien durchzuckten Wänden angesammelt hatten.

– Ich warte auf dich, sagte Françoise in etwas unsicherem Ton.

– Aber ich bin noch gar nicht angezogen, warf Xavière ein. Sie zuckte in schmerzlicher Resignation die Achseln. Nein, sagte sie, geht nur ohne mich.

Verwirrt und willenlos blieb Françoise auf der Schwelle stehen; seit sie Eifersucht und Haß im Herzen Xavières hatte aufkommen sehen, machte diese Klause ihr Angst. Das war nicht nur ein Heiligtum, in dem Xavière ihre Riten beging, sondern auch ein überhitztes Treibhaus, in dem eine tropisch wuchernde, giftige Vegetation gedieh, es war die Zelle einer Geistesgestörten, deren Atmosphäre sich zäh und feucht auf den Körper legte.

– Hör zu, sagte sie. Ich hole jetzt Labrousse ab, und in zwanzig Minuten kommen wir wieder vorbei. In zwanzig Minuten kannst du doch fertig sein?

Auf einmal kam Leben in Xavières Gesicht.

– Aber sicher, ihr sollt einmal sehen, wie schnell ich machen kann, wenn ich will.

Françoise eilte die Treppen hinunter. Es war ärgerlich, dieser Abend fing nicht eben gut an; schon seit mehreren Tagen lag das Unwetter in der Luft, und schließlich würde es zum Ausbruch kommen. Besonders zwischen Xavière und Françoise klappte es nicht recht; der etwas mißlungene Zärtlichkeitsversuch am Samstag nach dem Besuch des ‹Bal nègre› hatte die Dinge nicht besser gemacht. Françoise schritt schneller aus. Es blieb immer alles völlig ungreifbar: ein unangebrachtes Lächeln, ein doppeldeutiger Satz genügten, um einen heiteren Abend von Grund auf zu vergiften. Heute abend plante sie, noch so zu tun, als bemerke sie nichts, aber sie wußte, daß Xavière keine Äußerung ohne Vorbedacht tun würde.

Es war knapp zwölf Uhr zehn, als Françoise in Pierres Garderobe trat; er saß bereits im Mantel auf der Kante des Diwans und rauchte seine Pfeife; er hob den Kopf und schaute Françoise mit einem argwöhnisch harten Ausdruck an.

– Allein? fragte er.

– Xavière wartet auf uns, sie war noch nicht ganz fertig, sagte Françoise. Trotz ihrer kämpferischen Stimmung zog ihr Herz sich zusammen. Pierre hatte ihr nicht einmal zugelächelt, noch niemals war sie so empfangen worden.

– Hast du sie gesehen? Wie war sie denn?

Sie ließ erstaunt ihren Blick auf ihm ruhen. Weshalb war er so mißgestimmt? Seine Geschäfte gingen sehr gut; der Streit, den Xavière manchmal mit ihm hatte, war immer nur ein Streit unter Liebenden.

– Sie sah unaufgelegt und müde aus; sie hat den ganzen Tag in ihrem Zimmer zugebracht, geraucht und Tee getrunken.

Pierre stand auf:

– Du weißt, was sie heute nacht getrieben hat?

– Was denn? fragte Françoise. Sie machte sich darauf gefaßt, daß jetzt etwas Unangenehmes kam.

– Sie hat mit Gerbert bis morgens fünf Uhr getanzt, stieß Pierre fast triumphierend hervor.

– Nun, und? sagte Françoise.

Auch sie war etwas bestürzt; es war das erste Mal, daß Gerbert und Xavière zusammen ausgingen, und in dem hektischen und komplizierten Leben, dessen Ausgewogenheit sie mühsam zu erhalten versuchte, barg jede Neuerung eine Drohung in sich.

– Gerbert schien ganz entzückt und, wie mir schien, geschmeichelt in seiner Eitelkeit, fuhr Pierre fort.

– Was hat er denn gesagt? fragte Françoise. Sie hatte keinen Namen für das zwiespältige Gefühl, das sich in ihr eingenistet hatte, aber sie war nicht erstaunt, daß es so unklar war. Auf dem Grunde aller ihrer Freuden lag jetzt ein moderiger Bodensatz, und noch ihre schlimmsten Verdrüsse bargen eine Art von ironischem Behagen in sich.

– Er findet, daß sie unerhört gut tanzt und daß sie sympathisch ist, bemerkte Pierre trocken. Er sah äußerst gereizt aus, und Françoise stellte mit einem Gefühl der Erleichterung fest, daß der unfreundliche Empfang von seiner Seite nunmehr gleichsam entschuldigt war.

– Und den ganzen Tag ist sie also auf ihrem Zimmer geblieben, fing Pierre wieder an. Das tut sie immer, wenn etwas sie tief beeindruckt hat; sie vergräbt sich dann, um darüber zu brüten.

Er schloß die Tür seiner Garderobe, und sie verließen das Theater.

– Warum sagst du Gerbert nicht lieber, daß du Wert auf sie legst? fragte Françoise nach kurzem Schweigen. Es bedarf doch nur eines Wortes von dir.

Pierres Profil trat schärfer hervor.

– Ich denke mir, er wollte eben einmal antippen bei mir, antwortete er mit einem gereizten Auflachen. Er sah dabei so befangen und unsicher aus, daß es einen gewissen Reiz hatte. Mit noch ätzenderem Ton fügte Pierre hinzu: Ich habe ihn gehörig ermutigt.

– Aber geh, rief Françoise. Wie soll er es denn da ahnen? Du hast immer vor ihm so unbeteiligt getan.

– Du willst doch nicht etwa, sagte Pierre mit schneidender Stimme, daß ich Xavière ein Schild anhänge ‹Reserviertes Jagdgebiet›? Er biß an seinen Nägeln herum. Er müßte das eben erraten.

Das Blut stieg Françoise ins Gesicht. Pierre setzte seinen Ehrgeiz darein, sich als guter Sportsmann zu beweisen, nahm aber doch nicht in loyaler Weise die Möglichkeit einer Niederlage hin; er war in diesem Augenblick eigensinnig und ungerecht, und sie schätzte ihn zu hoch, um diese Schwäche an ihm nicht hassenswert zu finden.

– Du weißt ja, sagte sie, daß er ein schlechter Psychologe ist. Und dann, fügte sie bitter hinzu, hast du mir ja selbst erklärt, daß man, wenn man jemanden wirklich hochschätzt, sich hütet, ihn ohne sein Einverständnis zu etwas zwingen zu wollen.

– Aber ich werfe ja niemandem etwas vor, sagte Pierre in eisigem Ton, alles ist ausgezeichnet, wie es ist.

Sie betrachtete ihn mit Groll im Herzen; gewiß, er quälte sich, aber in seinem Leiden war er so aggressiv, daß er kein Mitleid einflößte. Dennoch machte sie einen Versuch.

– Ich frage mich, ob Xavière nicht großenteils aus Ärger über uns so freundlich zu ihm gewesen ist, sagte sie.

– Vielleicht, meinte Pierre, aber Tatsache ist, daß sie keine Lust gehabt hat, vor Morgengrauen heimzukehren, und daß sie seinetwegen so lange ausgehalten hat. Er zuckte wütend die Achseln. Und jetzt sind wir die ganze Zeit mit dieser Paule behaftet und können nicht offen reden.

Françoise hatte das Gefühl, daß ihr das Herz versagte. Wenn Pierre gezwungen war, seine Unruhe und seinen Verdruß in sich hineinzuwürgen, verfügte er über die Kunst, aus dem normalen Zeitablauf eine langsame, wohldurchdachte Tortur zu machen; nichts mußte man mehr bei ihm fürchten als solche zurückgedrängten Aussprachen. Der Abend, auf den sie sich so gefreut hatte, versprach keine vergnügliche Unternehmung mehr zu werden; mit ein paar Worten hatte Pierre ihn zu einer lastenden Verpflichtung gemacht.

– Bleib hier, ich gehe hinauf und hole Xavière, sagte sie, als sie beim Hotel angekommen waren. Rasch stieg sie die beiden Stockwerke hinauf.

Würde sie niemals mehr in die Freiheit entrinnen können? Würde ihr auch diesmal nur erlaubt sein, einen flüchtigen Blick auf die handelnden Personen und die Kulissen zu werfen? Sie hatte Lust, den magischen Kreis zu durchbrechen, in den sie mit Pierre und Xavière eingeschlossen war und der sie völlig abtrennte von der übrigen Welt.

Françoise klopfte, die Tür ging gleich auf.

– Siehst du, ich habe mich beeilt, sagte Xavière. Man konnte kaum glauben, daß dies das gleiche stubenblasse fiebrige Wesen von vordem war. Ihr Gesicht wirkte glatt und hell, ihre Haare fielen in ebenmäßigen Wellen auf ihre Schultern, sie hatte ihr blaues Kleid angezogen und an den Ausschnitt eine Rose gesteckt, die nicht mehr ganz frisch zu sein schien.

– Es macht mir solchen Spaß, in ein spanisches Tanzlokal zu gehen, sprudelte sie lebhaft hervor. Es werden doch auch richtige Spanier sein?

– Sicherlich, sagte Françoise. Und schöne Tänzerinnen, Gitarrespiel und Kastagnettenbegleitung.

– Schnell, schnell, sagte Xavière. Mit den Fingerspitzen fuhr sie über Françoises Abendcape hin. Ich habe dies Cape so gern, sagte sie. Du bist sehr schön, setzte sie bewundernd hinzu.

Françoise lächelte verlegen. Xavière wußte offenbar gar nicht, wie die Stimmung des Abends war, beim Anblick von Pierres verschlossenem Gesicht würde sie eine peinliche Überraschung erleben; in großen Freudensprüngen eilte sie die Treppe hinab.

– Ich habe Sie warten lassen, sagte sie fröhlich und streckte Pierre die Hand hin.

– O bitte, das hat nichts zu sagen, erklärte Pierre so förmlich, daß Xavière ihn verwundert anstarrte. Er wendete sich ab und winkte ein Taxi herbei.

– Wir holen erst Paule ab, sie muß uns zeigen, wo es ist, sagte Françoise. Es ist offenbar schwer zu finden, wenn man es nicht kennt.

Xavière setzte sich neben sie in den Fond.

– Du kannst gut zwischen uns sitzen, es ist genug Platz, sagte Françoise lächelnd zu Pierre.

Pierre klappte einen der Notsitze herab.

– Danke, sagte er, ich sitze sehr gut hier.

Françoise lächelte nicht mehr; wenn er durchaus weiter böse sein wollte, konnte man nichts machen. Es würde ihm dennoch nicht gelingen, ihr diesen Abend zu verderben. Sie wendete sich zu Xavière.

– Also es scheint, du hast diese Nacht getanzt? Hast du dich gut amüsiert?

– O ja, Gerbert tanzt wundervoll, sagte Xavière in ganz natürlichem Ton. Wir sind im Sous-Sol von der ‹Coupole› gewesen; hat er es euch gesagt? Sie haben da blendende Musik.

Sie fächelte ein paarmal mit den Augenwimpern und schob die Lippen vor, als habe sie Pierre ein Lächeln zugedacht.

– Euer Kino hat mir Angst gemacht, sagte sie. Ich bin bis Mitternacht im ‹Café de Flore› geblieben.

Pierre warf ihr einen unfreundlichen Blick zu.

– Sie konnten ja tun, was Sie wollten, sagte er.

Xavière war einen Augenblick sprachlos, dann zuckte es hochmütig über ihr Gesicht, und ihre Augen ruhten von neuem auf Françoise.

– Wir müssen einmal zusammen hingehen, sagte sie. Schließlich kann man doch auch sehr gut als Frauen zusammen tanzen. Samstag beim ‹Bal nègre› war es doch auch denkbar nett.

– Gern, sagte Françoise; sie blickte fröhlich auf Xavière. Aber du wirst jetzt die reine Nachtschwärmerin! Das waren ja hintereinander zwei durchtobte Nächte.

– Deswegen eben habe ich mich ja den ganzen Tag ausgeruht, sagte Xavière. Ich wollte frisch sein, wenn ich heut abend mit euch ausginge.

Ohne mit der Wimper zu zucken, begegnete Françoise Pierres sarkastischem Blick; wirklich, er übertrieb ein bißchen, es bestand doch kein Grund, ein solches Gesicht zu machen, weil es Xavière gefallen hatte, mit Gerbert tanzen zu gehen. Offenbar wußte er auch ganz gut, daß er unrecht hatte, aber er verschanzte sich hinter einer Miene verdrossener Überlegenheit und erlaubte sich von da aus, jegliches Vertrauen, alle Lebensart und gute Sitte unter die Füße zu treten.

Françoise hatte sich dafür entschieden, ihn zu lieben, auch da, wo sie ihm nicht folgen konnte, aber ein solcher Entschluß bedeutete eine optimistische Vereinfachung. Wenn Pierre frei war, so hing es nicht mehr von ihr allein ab, ob sie ihn lieben wollte, denn er konnte seine Freiheit benutzen, um sich hassenswert zu machen. Und in diesem Augenblick war er gerade dabei.

Das Taxi hielt.

– Kommst du mit hinauf zu Paule? fragte Françoise.

– Ach ja, ihr habt doch gesagt, es sei so hübsch bei ihr, antwortete Xavière.

Françoise öffnete die Wagentür.

– Geht ihr beide nur, ich warte, sagte Pierre.

– Wie du willst, sagte Françoise. Xavière nahm ihren Arm, und sie traten durch die breite Einfahrt ins Haus.

– Ich freue mich so darauf, ihre schöne Wohnung zu sehen, sagte Xavière. Sie sah wie ein glückliches kleines Mädchen aus, und Françoise drückte ihren Arm. Selbst wenn diese Zärtlichkeit einem Groll gegen Pierre entsprang, war sie doch angenehm; außerdem hatte vielleicht Xavière in der langen Zurückgezogenheit dieses Tages ihr Herz von Schlacken befreit. An der Beschwingtheit, in die diese Hoffnung sie versetzte, konnte Françoise ermessen, wie schwer die Feindseligkeit Xavières auf ihr gelastet hatte.

Françoise schellte, ein Zimmermädchen erschien und führte sie in einen riesigen, ungewöhnlich hohen Raum.

– Ich werde Madame Bescheid sagen, sagte sie.

Xavière drehte sich langsam rundherum.

– Wie schön das ist! rief sie begeistert aus.

Ihre Augen hafteten abwechselnd auf dem vielfarbigen Lüster, auf der mit brünierten Kupferbeschlägen versehenen Seeräubertruhe, auf dem Paradebett mit der Decke aus alter roter Seide, die mit blauen Segelschiffen bestickt war, auf dem venezianischen Spiegel an der Rückwand des Alkovens; seine glänzende Fläche war von schimmernden Glasarabesken umgeben, die von einer Zufallslaune geschaffen schienen und wirkten wie eine Rauhreifvegetation. Françoise spürte in sich einen unbestimmten Neid; es war doch auch etwas sehr Schönes, wenn man sich so in Seide, gesponnenem Glas und kostbaren Hölzern ausdrücken konnte, denn auf dem Grunde dieser sinnreich verteilten Dinge, die sie mit Geschmack ausgewählt hatte, erkannte man Paule: sie war es, der Xavière voller Entzükken in den japanischen Masken, den meergrünen Glaskaraffen, den steifen Muschelpuppen unter ihren Glasglocken begegnete. Wie bei dem letzten ‹Bal nègre›, wie am Abend des Weihnachtsballs, fühlte sich Françoise im Vergleich zu den anderen glatt und nackt wie die gesichtslosen Köpfe Chiricos.

– Guten Tag, wie froh bin ich, Sie zu sehen! sagte Paule. Sie trat mit vorgestreckten Händen auf sie zu, mit einem beschwingten Schritt, der in einem gewissen Gegensatz zu der Majestät ihres langen schwarzen Gewandes stand; eine Rosette aus dunklem, an den Rändern gelb getöntem Samt betonte ihre Taille. Sie ergriff mit ausgestreckten Armen die Hände Xavières und hielt sie einen Augenblick in den ihren fest. Sie sieht mehr und mehr wie ein Fra Angelico aus, sagte sie.

Xavière senkte verwirrt den Kopf. Paule ließ ihre Hände los.

– Ich bin fix und fertig, sagte sie und legte einen kurzen Mantel aus Silberfuchs um ihre Schultern.

Sie stiegen die Treppe hinab. Beim Erscheinen Paules raffte sich Pierre zu einem Lächeln auf.

– Waren bei Ihnen Leute im Theater? fragte Paule, als das Taxi anfuhr.

– Fünfundzwanzig Personen, sagte Pierre. Wir schließen jetzt eine Weile. So oder so müssen wir mit den Proben für «Der Herr Wind» anfangen und würden also in einer Woche ohnehin aufhören.

– Wir haben weniger Glück, sagte Paule. Das Stück lief gerade erst an. Finden Sie es nicht sonderbar, wie die Leute sich in sich selbst verkriechen, sobald die Ereignisse etwas bedrohlich werden? Selbst die Veilchenverkäuferin an meiner Ecke hat mir gesagt, daß sie die letzten beiden Tage keine drei Sträuße verkauft hat.

Das Taxi hielt in einer kleinen, ansteigenden Straße; Paule und Xavière gingen ein paar Schritte voraus, während Pierre bezahlte; Xavière blickte

Paule wie fasziniert an.

– Wie das aussieht, murrte Pierre, wenn ich in diesem Laden mit drei Frauen anrücke.

Mißmutig starrte er auf den düsteren Hauseingang, in dem Paule verschwunden war. Die Häuser schienen zu schlafen. An einer kleinen Holztür im Hintergrund stand in verblichenen Lettern: Sevillana.

– Ich habe vorher angerufen, sagte Paule, damit sie uns einen guten Tisch reservieren.

Sie trat als erste ein und ging zielbewußt auf einen Mann mit bronzefarbenem Antlitz zu, offenbar war es der ‹Patron›; lächelnd wechselten sie ein paar Worte; der Gastraum war ganz klein; mitten an der Decke hing ein Scheinwerfer, der ein rosiges Licht über die Tanzfläche ergoß, auf der die Paare sich drängten: der übrige Raum war fast in Dunkel gehüllt. Paule schritt auf einen der dicht an der Wand stehenden Tische zu, die durch Zwischenwände voneinander getrennt waren.

– Wie hübsch es hier ist! sagte Françoise. Die Anordnung ist genau wie in Sevilla.

Sie wollte sich gerade zu Pierre umwenden; sie dachte an die schönen Abende, die sie vor zwei Jahren in einem Tanzlokal in der Nähe von Alameda verbracht hatten, aber Pierre war nicht in der Stimmung, um solche Erinnerungen in sich aufkommen zu lassen. Lustlos bestellte er bei dem Kellner einen Manzanilla. Françoise schaute sich um; sie liebte diese ersten Eindrücke, bei denen Raumausstattung und Gäste noch ein Ganzes bildeten, das unbestimmt im Tabakrauch schwebte; es machte ihr Vergnügen, sich vorzustellen, wie nach und nach dieses verworrene Schauspiel sich klären und in eine Menge von fesselnden Bildern und Episoden auflösen würde.

– Was mir hier besonders gefällt, sagte Paule, ist, daß es so gar keine falsche Romantik gibt.

– Ja, nüchterner kann es nicht sein, meinte Françoise.

Die Tische waren aus schlichtem Holz, ebenso wie die Hocker, auf denen man saß, und die Theke, hinter der die Fäßchen mit spanischen Weinen standen; nichts diente als Blickfang als höchstens auf der Estrade, auf der das Klavier stand, die schönen glänzenden Gitarren auf den Knien der Musikanten in hellen Sommeranzügen.

– Sie sollten Ihren Mantel ablegen, sagte Paule zu Xavière, indem sie sie leicht an der Schulter berührte.

Xavière lächelte; seitdem sie in das Taxi gestiegen waren, hatte sie die Augen nicht mehr von Paule gelassen; sie zog den Mantel mit der Gefügigkeit einer Hypnotisierten aus.

– Was für ein reizendes Kleid! sagte Paule.

Pierre warf Xavière einen durchdringenden Blick zu.

– Aber warum diese Rose? fragte er unfreundlich. Sie ist ja ganz verwelkt.

Xavière hielt seinem Blick stand, dann löste sie langsam die Rose von ihrem Kleid und tat sie in das Manzanillaglas, das der Kellner vor sie hingestellt hatte.

– Meinst du, fragte Françoise, daß sie dadurch wieder zu Kräften kommt?

– Warum nicht, meinte Xavière mit einem Blick auf die hinsiechende Blume.

– Die Gitarrespieler sind gut, nicht wahr? meinte Paule. Sie haben den richtigen Flamencostil. Sie vor allem geben dem Restaurant die richtige Atmosphäre. Sie blickte nach der Bar. Ich fürchtete schon, es würde hier auch leer sein, aber die Spanier werden durch die Ereignisse ja nicht unmittelbar berührt.

– Diese Frauen sind phantastisch, sagte Françoise. Sie haben eine dichte Schicht Schminke auf dem Gesicht und sehen doch nicht wie Puppen aus, ihre Züge bleiben lebendig und wirken ganz naturhaft dabei.

Nacheinander betrachtete sie alle diese rundlichen kleinen Spanierinnen mit ihren stark geschminkten Gesichtern und dichten schwarzen Haaren; sie alle sahen aus wie die Frauen in Sevilla, trugen aber jetzt in diesen sommerlichen Tagen schwerduftende Nardenblüten hinter dem Ohr.

– Und wie sie tanzen! bemerkte Paule. Ich komme oft her und bewundere sie. In der Ruhe wirken sie behäbig und kurzbeinig, aber sobald sie sich bewegen, werden ihre Körper edel und beschwingt.

Françoise führte das Glas prüfend an die Lippen; der Geschmack nach trockenen Nüssen ließ vor ihren Blicken den mildtätigen Schatten der Bars von Sevilla erstehen, wo sie mit Pierre Mengen von Oliven und Sardellen verzehrt hatte, während die Straßen in der Sonne glühten; sie wendete ihre Blicke zu ihm hin, gern hätte sie sich mit ihm zusammen an jene schönen Ferientage zurückerinnert. Aber Pierre schaute unverwandt mit einem bösen Schimmer in den Augen auf Xavière.

– Na, das hat nicht lange gedauert, sagte er.

Die Rose hing wie betrunken kläglich über den Rand des Glases; sie war ganz gelb geworden, und die Blütenblätter hatten einen rostroten Ton bekommen. Xavière nahm sie behutsam in die Hand.

– Ja, ich glaube, sie ist tot, sagte sie.

Sie warf sie auf den Tisch und sah Pierre dabei herausfordernd an; sie nahm ihr Glas und leerte es in einem Zuge. Paule machte große Augen.

– Wie schmeckt so eine Rosenseele? Gut? fragte Pierre.

Xavière lehnte sich zurück und zündete sich eine Zigarette an, ohne Antwort zu geben. Alle schwiegen betreten. Paule lächelte Françoise zu.

– Wollen wir nicht einen Paso doble versuchen? fragte sie offensichtlich in dem Bemühen, von der Szene abzulenken.

– Wenn ich mit Ihnen tanze, sagte Françoise, bilde ich mir beinahe ein, ich könnte ihn.

Pierre und Xavière blieben nebeneinander sitzen, ohne ein Wort zu sagen; Xavière schaute wie gebannt dem Rauch ihrer Zigarette nach.

– Wie weit ist es denn mit diesem Plan eines eigenen Tanzabends? fragte Françoise nach einer kleinen Weile.

– Wenn die Lage sich wieder bessert, sagte Paule, werde ich im Mai etwas unternehmen.

– Es wird sicher ein Erfolg, meinte Françoise.

– Vielleicht. Eine Wolke huschte über Paules Gesicht. Aber im Grunde interessiert mich das gar nicht so sehr. Was ich eigentlich möchte, wäre, den Stil meiner Tänze in das Theater einzuführen.

– Aber das tun Sie ja eigentlich schon, sagte Françoise. Sie selbst verbinden ja Tanz und Spiel.

– Das genügt nicht, sagte Paule. Ich bin sicher, daß man etwas finden würde, etwas wirklich Neues. Ihre Miene trübte sich wieder. Aber man müßte freilich Versuche machen, etwas wagen können ...

Françoise sah sie mit aufrichtigem Mitgefühl an. Als Paule allem, was vorher war, abschwor, und sich Berger in die Arme warf, hatte sie geglaubt, an seiner Seite ein abenteuerreiches, heroisches Leben führen zu können, aber Berger dachte jetzt nur noch daran, sein erworbenes Renommee als guter Geschäftsmann zu nutzen. Paule hatte ihm zuviel Opfer gebracht, um sich ihre Enttäuschung einzugestehen, Françoise jedoch konnte erraten, wo die geheimen schmerzlichen Risse in dieser Liebe und diesem Glück waren, die nach außen hin noch immer zur Schau getragen wurden. Etwas Bitteres stieg in ihr in der Kehle auf. In der Nische, wo sie sie zurückgelassen hatte, schwiegen Pierre und Xavière sich auch weiterhin aus. Pierre saß mit leicht gesenktem Kopf da und rauchte, Xavière sah ihn mit einem verstohlenen und gequälten Ausdruck von der Seite an. Wie frei sie war! In ihrem Herzen, in ihrem Denken frei! Frei zu leiden, Zweifel zu hegen und zu hassen – frei! Keine Vergangenheit, kein Schwur, keine Treue gegen sich selbst legten ihr Fesseln an.

Der Sang der Gitarren starb dahin. Paule und Françoise gingen an ihre Plätze zurück. Etwas beunruhigt stellte Françoise fest, daß die Manzanillaflasche leer war und daß Xavières Augen allzu lebhaft glänzten unter den bläulichen Lidern.

– Jetzt werden Sie die Tänzerin sehen, sagte Paule. Ich finde, daß sie wirklich große Klasse ist.

Eine reife Frau, die etwas füllig wirkte in dem spanischen Kostüm, trat in die Mitte der Tanzfläche vor; ihr Gesicht wirkte breit und rund unter dem in der Mitte gescheitelten und von einem Kamm in der Farbe ihres leuchtend roten Schals gekrönten Haar. Sie blickte lächelnd rund um sich her, während der Gitarrespieler aus seinem Instrument ein paar kurze Tonfolgen zog; er begann zu spielen; langsam straffte sich der Oberkörper der Frau, sie hob die schönen jugendlichen Arme in die Höhe, ihre Finger bewegten die Kastagnetten, und ihr Körper begann kindlich leicht zu schnellen. Der weite Rock mit dem Blumenmuster wirbelte im Schwung um ihre kräftigen Beine.

– Wie schön sie auf einmal ist, sagte Françoise, zu Xavière gewendet.

Xavière antwortete nicht. Leidenschaftlichem Schauen ergeben, nahm sie keine Gegenwart an ihrer Seite zur Kenntnis. Ihre Wangen waren gerötet, ihr Gesicht lag ganz aufgedeckt da, und ihre Blicke folgten den Bewegungen der Tänzerin in willenloser Verzückung. Françoise leerte ihr Glas. Sie wußte, daß man mit Xavière niemals eins sein konnte in einer Handlung oder einem gemeinsamen Gefühl, aber nach der Wärme, mit der kurz zuvor ihre Zuneigung sie von neuem umflutet hatte, empfand sie es doch schmerzlich, daß sie jetzt für sie gar nicht existierte. Ihre Blicke kehrten zu der Tänzerin zurück. Sie lächelte einem imaginären Liebhaber zu, sie lockte ihn an, wies ihn von sich und sank ihm endlich in die Arme; dann wurde sie zu einer Zauberin, in deren Gebärden geheimnisvoll gefährliche Kräfte webten. Gleich darauf stellte sie eine fröhliche Bäuerin dar, die sich in toller Heiterkeit mit naiv aufgerissenen Augen bei einem ländlichen Fest erging. Jugend und unbeschwerte Munterkeit, wie sie sie in ihrem Tanz auszudrücken wußte, entfalteten sich gerade aus diesem alternden Körper in einer ergreifenden Reinheit. Françoise konnte nicht anders, sie mußte noch einmal zu Xavière hinblicken; beinahe erschrocken stellte sie fest, daß Xavière nicht mehr zusah, sondern mit geneigtem Kopf dasaß und die halbaufgerauchte Zigarette in ihrer Rechten langsam ihrer linken Hand näherte. Françoise hatte Mühe, nicht aufzuschreien; Xavière preßte das glühende Ende auf ihre Haut und lächelte auf eine verzerrte Art, es war ein das Innere schamlos enthüllendes und ganz einsames Lächeln, das Lächeln einer Wahnsinnigen oder, wollüstig und gequält zugleich, das einer Frau auf der Höhe des Liebesrausches; der Anblick war kaum zu ertragen, etwas Grauenhaftes schien sich darin zu enthüllen.

Die Tänzerin hatte ihre Nummer zu Ende geführt, sie dankte unter allgemeinem Beifall. Paule hatte sich umgewandt und machte große Augen, in denen eine Frage stand. Pierre hatte seit längerem schon Xavières seltsames Gehaben bemerkt; da niemand etwas sagte, hielt auch Françoise sich zurück, obwohl sie, was da vorging, unerträglich fand. Mit kokett und geziert gerundeten Lippen blies Xavière vorsichtig die Asche fort, die auf der Brandwunde haftete; als sie diese kleine Schutzschicht entfernt hatte, preßte sie von neuem das glühende Zigarettenende auf die bloßgelegte Stelle. Françoise wandte sich entrüstet ab; nicht nur physisch empörte sie sich; auf tiefere und nachhaltigere Weise fühlte sie sich bis ins Innerste durch diesen Vorgang verletzt. Hinter dieser Grimasse drohte eine Gefahr, die sich deutlicher abzeichnete als alles, was sie sich in Gedanken ausgemalt hatte. Da war ein Etwas, das leidenschaftlich auf sich selbst bezogen nur für sich existierte; nicht einmal in Gedanken konnte man sich ihm nähern, in dem Augenblick, da man daran zu rühren glaubte, verflüchtigte sich das Denken; es war keine greifbare Sache, sondern ein unaufhörliches Quellen und eine unaufhörliche Flucht, die, nur sich selber begreiflich, für immer undurchdringbar blieb. Man konnte nur, ewig ausgeschlossen, endlos darum kreisen.

– Das ist ja Blödsinn, sagte sie, du verbrennst dich bis auf den Knochen.

Xavière hob den Kopf und blickte wie verstört um sich.

– Es tut gar nicht weh, sagte sie.

Paule faßte nach ihrem Handgelenk.

– Gleich wird es sogar sehr weh tun, sagte sie. Was für eine Kinderei!

Die Wunde war fast so groß wie ein mittleres Geldstück und schien recht tief.

– Ich schwöre Ihnen, ich fühle nichts, sagte Xavière und zog ihre Hand zurück. Sie blickte mit einer Miene befriedigten Genießens darauf hinab. Das gibt ein wundervolles Gefühl, so eine Verbrennung, sagte sie.

Die Tänzerin trat an den Tisch, sie trug in der einen Hand ein Tablett und in der anderen einen jener Krüge mit zwei Öffnungen, die die Spanier benutzen, um einander zuzutrinken.

– Wer trinkt auf mein Wohl? fragte sie.

Pierre legte einen Geldschein auf das Tablett, und Paule griff nach dem Krug; sie sagte ein paar Worte auf spanisch zu der Frau, dann lehnte sie den Kopf zurück und lenkte geschickt den Strahl des roten Weines, den sie im richtigen Augenblick kurz abbrach, in ihren Mund.

– Jetzt sind Sie dran, sagte sie zu Pierre.

Pierre nahm das Ding und schaute es mißtrauisch an, dann warf er den Kopf zurück und hielt die eine Öffnung dicht an seine Lippen.

– Nein, nicht so, sagte die Frau.

Mit fester Hand zog sie den Krug zurück. Pierre ließ einen Augenblick den Wein in seinen Mund fließen, dann machte er eine Bewegung, um Atem zu schöpfen, und sofort rann das rote Naß über seine Krawatte.

– Sauerei, infame! stieß er wütend hervor.

Die Tänzerin lachte und schimpfte auf spanisch, er selbst saß so verbissen da, daß ein riesiger Heiterkeitsausbruch Paules strenge Züge verjüngte. Françoise verzog mit Mühe das Gesicht zu einem schwachen Lächeln. Die Furcht hatte Einzug gehalten bei ihr, und nichts vermochte sie von diesem Eindruck abzulenken. Diesmal hatte sie das Gefühl, daß mehr auf dem Spiele stand als ihr eigenes Glück.

– Wir bleiben doch noch einen Augenblick, nicht wahr? fragte Pierre.

– Wenn es Sie nicht langweilt, stimmte Xavière schüchtern zu.

Paule war gegangen. Ihrer ruhigen Heiterkeit war es zu danken, wenn dieser Abend noch reizvoll verlaufen war. Sie hatte sie alle drei nacheinander in die seltensten Figuren des Paso doble und Tango eingeweiht, sie hatte die Tänzerin an ihren Tisch geholt und erreicht, daß sie ihnen die schönsten Volkslieder vorgetragen hatte, bei denen das gesamte Publikum den Refrain mitsang. Sie hatten viel Manzanilla getrunken; Pierre hatte schließlich seinen Groll aufgegeben und seine gute Laune uneingeschränkt wiedergefunden. Xavière schien unter ihrer Wunde nicht zu leiden; tausend einander widersprechende, leidenschaftliche Gefühle hatten sich nacheinander auf ihren Zügen gespiegelt. Für Françoise allein war die Zeit quälend langsam dahingegangen. Die Musik, die Lieder, der Tanz, nichts von allem hatte die Angst zurückdrängen können, die sie vollkommen lähmte; seit dem Augenblick, wo Xavière sich die Hand verbrannt hatte, konnte sie ihren gleichzeitig gefolterten und ekstatischen Gesichtsausdruck nicht aus ihrem Gedächtnis verbannen, und in der Erinnerung schauderte sie. Sie wandte sich zu Pierre in dem Bedürfnis, die Verbindung zu ihm wiederzufinden, aber sie hatte sich zu weit von ihm entfernt, um ihn jetzt zu erreichen. Sie war allein. Pierre und Xavière unterhielten sich, ihre Stimmen kamen von weit her.

– Warum haben Sie das gemacht? fragte Pierre und berührte Xavières Hand.

Xavière warf ihm einen flehenden Blick zu. Ihr ganzes Antlitz drückte nichts als zärtliche Hingegebenheit aus. Ihretwegen hatte Françoise sich derartig gegen Pierre verschlossen, daß sie ihm nicht einmal mehr hatte zulächeln können, und Xavière hatte sich inzwischen längst schweigend wieder mit ihm versöhnt, sie schien ganz bereit, ihm in die Arme zu sinken.

– Warum? wiederholte Pierre. Er betrachtete einen Augenblick die verletzte Hand.

– Ich möchte wetten, es ist eine rituelle Verwundung, sagte er.

Xavière lächelte widerstandslos.

– Selbstverwundung als Sühne, setzte er seinen Gedanken fort.

– Ja, sagte Xavière. Ich war so abscheulich sentimental mit der Rose. Ich habe mich geschämt!

– Es war die Erinnerung an den gestrigen Abend, die Sie endgültig in sich haben vernichten wollen? Pierre sprach jetzt völlig freundschaftlich zu ihr, aber er wirkte doch noch nervös gespannt.

Xavière riß bewundernd die Augen auf.

– Woher wissen Sie das? fragte sie. Sie schien überwältigt von soviel Zauberkunst.

– Die welke Rose! sagte Pierre, das war doch leicht zu erraten.

– Es war eine lächerliche Geste, meinte Xavière. Und sehr theatralisch dabei. Aber Sie hatten mich provoziert, setzte sie kokett hinzu.

Ihr Lächeln war warm wie eine Liebkosung, und Françoise fragte sich voller Unbehagen, weshalb sie eigentlich dabeisaß, weshalb sie dies zärtliche Tête-à-tête durchaus mit ansehen sollte; ihr Platz war sicher nicht hier. Aber wo war ihr Platz? Sie gehörte nirgends hin. In diesem Augenblick fühlte sie sich ausgelöscht von der Welt.

– Ich? rief Pierre aus.

– Sie hatten Ihre sarkastische Miene aufgesetzt, sagte Xavière mit einem zärtlichen Blick, und schauten mich heimlich von unten her an.

– Ja, ich war ekelhaft, gab Pierre zu. Ich bitte um Entschuldigung. Aber Sie waren auch mit allem anderen beschäftigt, nur nicht mit uns.

– Sie scheinen geheime Fühlfäden zu haben, sagte Xavière. Sie waren ja schon ganz giftig, ehe ich auch nur den Mund auftat. Sie schüttelte den Kopf. Aber die Fühlfäden taugen nichts.

– Ich habe gleich geahnt, daß Gerbert Sie völlig erobert hatte, sagte Pierre jetzt geradeheraus.

– Erobert? fragte Xavière; sie runzelte die Stirn. Was hat er Ihnen denn erzählt, dieser Mensch?

Pierre hatte es sicher nicht mit Absicht getan, kleinliche Gemeinheit lag ihm ganz fern, aber der Satz, den er eben ausgesprochen hatte, schien tatsächlich Gerbert unangenehm zu verdächtigen.

– Er hat gar nichts erzählt, sagte Pierre, aber er war so entzückt von dem Abend. Sie machen sich doch nur selten die Mühe, die Leute zu entzükken.

– Ich hätte es ahnen können, sagte Xavière wütend. Sobald man zu so einem Menschen ein bißchen höflich ist, setzt er sich sonst was in den Kopf! Der Himmel weiß, was er sich in seinem Spatzenhirn da zurechtgelegt hat!

– Und dann haben Sie sich den ganzen Tag in Ihrem Zimmer vergraben, fuhr Pierre fort, das haben Sie getan, um der Erinnerung an den romantischen Abend nachzuhängen.

– Ein schöner romantischer Abend! stellte sie ingrimmig fest.

– Im Augenblick, sagte Pierre, kam er Ihnen doch jedenfalls so vor.

– Ach wo, ich habe es gleich gemerkt, stieß Xavière ungeduldig hervor. Sie sah Pierre offen ins Gesicht. Ich wollte den Abend großartig finden, verstehen Sie das nicht?

Sie schwiegen; niemals würde man genau ermitteln können, was Gerbert vierundzwanzig Stunden lang für sie gewesen sein mochte, sie selbst vergaß es schon. Sicher aber war, daß sie ihn jetzt mit vollem Bewußtsein verleugnete.

– Es war eine Rache an uns, sagte Pierre.

– Ja, gab Xavière mit leiser Stimme zu.

– Aber wir hatten seit Ewigkeiten nicht mit Gerbert zu Abend gegessen, wir mußten ihn endlich einmal wieder einen Augenblick sehen, sagte Pierre entschuldigend.

– Ich weiß, sagte Xavière. Aber es ärgert mich immer, wenn Sie sich so von den andern auffressen lassen.

– Sie sind ein exklusives Persönchen, sagte Pierre.

– Ich kann mich nicht anders machen, als ich bin, gestand Xavière bedrückt.

– Sie versuchen es auch besser nicht, sagte Pierre liebenswürdig. Ihre Exklusivität ist ja nicht kleinliche Eifersucht, sie gehört zu Ihrer Kompromißlosigkeit und der Heftigkeit Ihrer Gefühle. Sie wären nicht mehr Sie selbst, wenn Sie sie aufgeben würden.

– Ach! Es wäre so schön, wenn nur wir drei auf der Welt wären, sagte Xavière. Ihr Blick flammte leidenschaftlich auf. Nur wir drei!

Françoise lächelte mühsam. Sie hatte schon oft unter dem Einverständnis zwischen Pierre und Xavière gelitten, aber heute abend las sie ihr eigenes Todesurteil heraus. Eifersucht und Groll, Gefühle, die sie immer von sich ferngehalten hatte, wurden von ihnen als Kostbarkeiten verherrlicht, die man mit achtungsvoller Behutsamkeit handhaben mußte; auch sie hätte diese zweifelhaften Schätze in sich finden können; warum hatte sie ihnen die alten, nicht mehr anerkannten Parolen vorgezogen, die Xavière nun mit Füßen trat? Viele Male hatte sie Regungen von Eifersucht verspürt und sich versucht gefühlt, Pierre zu hassen und Xavière Böses zu wünschen, aber unter dem eitlen Vorwand, sich selber rein zu erhalten, hatte sie in sich nichts als Leere erzeugt. Mit ruhiger Unerschrockenheit entschied sich Xavière dafür, ganz sie selber zu sein; sie ruhte daraufhin fest auf der Erde, und Pierre wendete sich ihr mit leidenschaftlichem Interesse zu. Françoise hatte nicht gewagt, sie selbst zu sein, und von Leid überwältigt begriff sie, daß diese feige Heuchelei sie dazu gebracht hatte, überhaupt nicht zu sein.

Sie hob die Augen, Xavière sprach.

– Ich mag so gern, sagte sie, wenn Sie müde sind. Sie sehen dann wie durchscheinend aus. Sie lachte Pierre auf einmal ins Gesicht. Sie wirken dann so, wie Sie als Geist gewesen sind. Sie waren richtig schön als Geist.

Françoise schaute Pierre an; er war wirklich blaß; die nervöse Zerbrechlichkeit, die sich in diesem Augenblick auf seinem Antlitz zeigte, hatte sie oft bis zu Tränen gerührt, aber sie war jetzt zu sehr von ihm abgeschnitten, um von dem Anblick betroffen zu sein; nur durch Xavières Lächeln hindurch konnte sie seine romantische Anziehungskraft erraten.

– Aber Sie wissen genau, daß ich kein Geist mehr sein will, sagte Pierre.

– Oh, ein Geist ist ja kein Leichnam, sagte Xavière. Ein Geist ist ein lebendes Wesen, nur erhält er seine Gestalt von der Seele her, er hat kein Fleisch, das ihn beschwert, er hungert und dürstet nicht, und er wird nicht müde. Ihre Blicke ruhten auf Pierres Stirn und glitten dann zu seinen Händen herab, langen, beweglichen Händen, die Françoise oft liebevoll berührt hatte, die aber zu betrachten ihr nie in den Sinn gekommen war. Und das Poetische daran ist, daß ein Geist nicht am Boden klebt; wo er auch ist, er ist immer gleichzeitig anderswo.

– Ich bin nirgend sonst als hier, sagte Pierre.

Er lächelte Xavière zärtlich zu; Françoise erinnerte sich noch, mit welchem beglückten Gefühl sie oft dies Lächeln entgegengenommen hatte, aber sie war nicht fähig zum Neid.

– Ja, sagte Xavière, aber ich weiß nicht, wie ich es sagen soll: Sie sind da, weil Sie wollen. Sie sehen nicht aus, als wären Sie nur gezwungen da.

– Sehe ich denn sonst oft so aus?

Xavière zögerte.

– Manchmal. Sie lächelte kokett. Zum Beispiel, wenn Sie mit ernst zu nehmenden Persönlichkeiten sprechen. Dann sieht es beinahe so aus, als wären Sie selber eine davon.

– Ich erinnere mich, als Sie meine Bekanntschaft machten, da hielten Sie mich für jemand, der sich furchtbar wichtig nimmt.

– Sie haben sich geändert, sagte Xavière.

Mit glücklicher, stolzer Besitzermiene schaute sie ihn an. Sie glaubte, ihn verändert zu haben; hatte sie damit recht? Françoise war nicht mehr geeignet, sich darüber ein Urteil zu bilden; heute nacht, bei der Dürre ihres Herzens, strandeten ihre kostbaren Schätze im Meer der Indifferenz; man mußte sich einfach von dem düstern Glanz leiten lassen, der mit einem ganz neuen Schein in Xavières Augen aufschimmerte.

– Du siehst so bedrückt aus, sagte Pierre.

Françoise schrak zusammen, er wendete sich an sie und schien besorgt zu sein. Sie bemühte sich, ihre Stimme in der Gewalt zu haben.

– Ich glaube, ich habe zuviel getrunken, sagte sie.

Die Worte blieben ihr fast in der Kehle stecken. Pierre blickte sie ganz zerknirscht an.

– Du hast mich sicher den ganzen Abend gräßlich gefunden, äußerte er in reuigem Ton.

Mit einer spontanen Bewegung legte er seine Hand auf die ihre. Es gelang ihr zu lächeln, sie war gerührt über seine Fürsorge, aber die Zärtlichkeit, die er wieder entfachte, konnte sie doch nicht aus ihren einsamen Ängsten reißen.

– Ein bißchen gräßlich, sagte sie und drückte ihm die Hand.

– Verzeih mir, sagte Pierre, ich wußte nicht, was ich tat. Er war so bestürzt bei dem Gedanken, er könnte ihr weh getan haben; hätte nur ihre Liebe auf dem Spiel gestanden, wäre Françoise von neuem beruhigt gewesen. Jetzt habe ich dir diesen Abend verdorben, sagte er, und du hattest dich so darauf gefreut.

– Nichts ist verdorben, sagte Françoise; sie riß sich zusammen und fügte heiter hinzu: wir haben ja noch viel Zeit vor uns, es ist hier wirklich nett. Sie wendete sich zu Xavière: Nicht wahr? Paule hat uns nicht zuviel gesagt, es ist tatsächlich ein angenehmes Lokal.

Xavière lächelte sonderbar.

– Findet ihr nicht, daß wir hier ein bißchen so wie die amerikanischen Touristen sitzen, die ‹Paris bei Nacht› sehen wollen? Wir halten uns abseits, um uns nicht unter das Volk zu mischen, wir sehen zu, wir rühren nichts an ...

Pierres Miene verdüsterte sich.

– Was denn! Sie wollen ja wohl nicht, daß wir mit den Fingern schnippen und ‹Olé› dazu rufen?

Xavière zuckte die Achseln.

– Was möchten Sie denn? fragte Pierre.

– Ich möchte gar nichts, gab Xavière kühl zurück. Ich sage nur, was ist.

Schon fing es wieder an; ätzend wie Säure stieg der Haß aus Xavière in schweren Wolken auf; es hatte gar keinen Zweck, sich vor diesem brennenden Schmerz schützen zu wollen, man konnte nur hinnehmen und abwarten, aber Françoise hatte das Gefühl, am Ende ihrer Kraft zu sein. Pierre war nicht so resigniert, er hatte keine Angst vor Xavière.

– Warum hassen Sie uns auf einmal? fragte er sie streng.

Xavière brach in schrilles Gelächter aus.

– Ach! Fangen Sie wieder an! sagte sie. Ihre Wangen glühten, ihre Lippen waren verzerrt, sie schien ganz außer sich zu sein. Ich verschwende meine Zeit nicht damit, Sie zu hassen, ich höre auf die Musik.

– Sie hassen uns, beharrte Pierre.

– Durchaus nicht, antwortete Xavière. Sie atmete wieder ruhiger: Das ist nicht das erste Mal, daß ich mich wundere, wie Sie die Dinge von außen her betrachten, als wäre alles nur eine Bühnendekoration. Sie legte die Hand auf ihre Brust und fuhr mit leidenschaftlichem Lächeln fort: Ich bin aus Fleisch und Blut, verstehen Sie das nicht?

Pierre warf Françoise einen verzweifelten Blick zu; er zögerte einen Augenblick, dann überwand er sich offenbar:

– Was ist denn eigentlich geschehen? fragte er in versöhnlicherem Ton.

– Nichts ist geschehen, sagte Xavière.

– Sie haben gefunden, daß wir uns eben wie ein Liebespaar benommen haben, sagte Pierre.

Xavière blickte ihm in die Augen.

– Genau das, gab sie hochmütig zurück.

Françoise biß die Zähne zusammen, sie war von einer wilden Lust erfüllt, Xavière zu prügeln, sie mit Füßen zu treten; stundenlang mußte sie geduldig ihren Liebesduetten mit Pierre lauschen, und wenn sie selbst auch nur das kleinste Zeichen der Freundschaft mit ihm tauschte, bestritt Xavière ihr das Recht dazu! Das ging zu weit, so konnte es nicht bleiben. Sie ertrug es einfach nicht mehr.

– Sie sind wirklich seltsam ungerecht, sagte Pierre zornig zu Xavière. Wenn Françoise niedergeschlagen war, so war es wegen meines Verhaltens Ihnen gegenüber. Ich glaubte nicht, daß man das so auslegen kann, als träten wir als Liebespaar auf.

Ohne zu antworten, beugte Xavière sich vor. An einem Nachbartisch war eine Frau aufgestanden und trug mit rauher Stimme ein spanisches Gedicht vor; alles schwieg, alle Blicke ruhten auf ihr. Selbst wenn man nicht den Sinn der Worte verstand, wurde man bis ins Innerste von dem leidenschaftlichen Tonfall und von dem durch eine innere Glut verzehrten Gesicht gepackt. Das Gedicht handelte von Haß und Tod, vielleicht auch von Hoffnung, und durch all das Sichaufbäumen und die Klage hindurch war es das zerrissene Spanien selbst, das vor einem erstand. Feuer und Blut hatten aus den Straßen die Gitarren, die Lieder, die leuchtenden Mantillen, die Nardenblüten verbannt; die Tanzhäuser waren dahingesunken, und Bomben hatten die Schläuche mit Wein zum Platzen gebracht; in der warmen Süße des Abends irrten Hunger und Furcht durch die Stadt. Die Flamencogesänge, der Duft des Weins, an dem man sich berauschte, waren nur noch düstere Beschwörung einer toten Vergangenheit. Einen Augenblick lang saß Françoise mit starr auf diesen roten, tragischen Mund gehefteten Blicken da und gab sich den trostlosen Bildern hin, die dieser rauhe Zaubergesang im Geiste erstehen ließ; sie hätte sich mit Leib und Seele an diese Klagerufe, diese Sehnsuchtslaute verlieren mögen, die unter dem geheimnisvollen Reichtum an Lauten und Tonlagen zitterten. Sie wendete den Kopf; sie konnte nicht an sich selber denken, aber auch nicht vergessen, daß Xavière an ihrer Seite saß. Xavière schaute die Frau nicht mehr an, sie starrte vor sich ins Leere; eine Zigarette verglomm zwischen ihren Fingern, und die Glut berührte schon fast ihre Haut, ohne daß sie es zu bemerken schien; sie war wie eine in Trance versenkte Hysterikerin. Françoise strich sich mit der Hand über die Stirn; sie war feucht, die Luft war drückend heiß, und in ihrem Innern brannten Gedanken wie Flammen. Die feindselige Gegenwart, die sich soeben in einem Wahnsinnslachen geoffenbart hatte, rückte immer näher heran; sie konnte sie sich mit der unverhüllten Drohung, die darin beschlossen war, nicht mehr länger verhehlen; Tag für Tag, Minute für Minute war Françoise geflüchtet vor der Gefahr; jetzt aber war es soweit, jetzt war das Unüberwindliche da, das sie in vielerlei unbestimmten Formen seit ihrer frühesten Kindheit schon hatte herannahen fühlen: in der wahnhaften Verzückung Xavières, ihrem Haß, ihrer Eifersucht brach das Ärgernis aus, ungeheuerlich wie der Tod und unwiderruflich wie er; Auge in Auge mit Françoise und dennoch außerhalb von ihr existierte etwas wie ein endgültiges Verdikt, das unabänderlich war: frei, absolut, unerschütterlich erhob ein fremdes Bewußtsein sein Haupt. Es bestand wie der Tod in völliger Verneinung und ewiger Abwesenheit, und dennoch konnte durch einen bestürzenden Widerspruch dies Nichts sich selber gegenwärtig sein und für sich selbst existieren; das Universum versank darin, und Françoise, für immer der Welt verlustig, ging unter in dieser Leere, deren unendlichen Horizont kein Bild zu umschreiben vermochte.

– Geben Sie acht, sagte Pierre.

Er beugte sich zu Xavière hinüber und streifte die rote Glut von ihren Fingern ab; sie sah ihn an, als wache sie aus einem Albtraum auf, dann blickte sie auf Françoise. Plötzlich ergriff sie beider Hände, ihre Handflächen waren glühend heiß. Françoise bebte bei der Berührung mit den fiebrigen Fingern, die sich um ihre krampften; sie hätte am liebsten ihre Hand zurückgezogen, den Kopf abgewandt, mit Pierre gesprochen, aber sie war nicht fähig, eine Bewegung zu machen; an Xavière gefesselt, betrachtete sie mit starrem Staunen diesen Körper, den man berühren konnte, und dies schöne sichtbare Antlitz, hinter dem sich eine so unheilvolle Anwesenheit verbarg. Lange war Xavière für Françoise nichts anderes als ein Stück ihres eigenen Lebens gewesen; jetzt war sie plötzlich zu einer alles beherrschenden, alleinigen Wirklichkeit geworden, und Françoise hatte nur die blasse Stofflichkeit, die ein Abbild besitzt.

– Warum sie und nicht ich? das war die Frage, die Françoise leidenschaftlich an sich selber richtete; man hätte nur ein Wort zu sagen brauchen, man brauchte nur zu sagen: ‹Ich›. Aber man hätte daran glauben müssen, man müßte die Fähigkeit haben, sich für sich selbst zu entscheiden; seit Wochen schon war Françoise nicht mehr imstande, Xavières Haß, ihre Zärtlichkeit, ihre Gedanken als harmlose Schäume anzusehen; sie hatte sich von ihnen ergreifen und verletzen lassen, sie hatte sich selbst zur Beute gemacht; aus freien Stücken hatte sie sich in Widerstand und Auflehnung als ein Werkzeug der eigenen Vernichtung betätigt; sie wohnte ihrer Geschichte als teilnahmsloser Zeuge bei, und hatte niemals gewagt, sich selber zu bestätigen, während Xavière von Kopf bis Fuß nichts als lebendige Selbstbehauptung war. Sie setzte ihre Existenz mit einer so machtvollen Sicherheit durch, daß Françoise wie gebannt dadurch so weit gekommen war, Xavière sich selber vorzuziehen und sich ihr unterzuordnen. Sie hatte sich dazu herbeigefunden, mit Xavières Augen Orte, Menschen, sogar das Lächeln Pierres zu sehen; sie war so weit, daß sie sich selbst nur noch in den Gefühlen erkannte, die Xavière ihr entgegenbrachte, und jetzt noch versuchte, sie mit ihr zu verschmelzen; aber bei diesem unmöglichen Bemühen gelang ihr nur, sich selber vollends zu vernichten.

Die Gitarren nahmen ihre einförmige Klage wieder auf, und die Luft war schirokkohaft überhitzt; Xavières Hände hatten ihre Beute nicht fahrenlassen, ihr starres Gesicht drückte gar nichts aus. Auch Pierre hatte sich nicht gerührt; man hätte meinen können, durch ein Zauberwort seien alle drei in Statuen verwandelt. Bilder gingen Françoise durch den Sinn: ein altes Herrenjackett, eine einsame Lichtung, eine Ecke im ‹Nordpol›, in der Pierre und Xavière weit von ihr entfernt geheimnisvolle Zwiesprache hielten. Es war schon vorgekommen, daß sie wie an diesem Abend das Gefühl gehabt hatte, ihr Wesen löse sich zugunsten anderer, ungreifbarer Wesen auf, aber noch niemals hatte sie mit so klarer Hellsichtigkeit ihrer eigenen Vernichtung beigewohnt. Wenn wenigstens gar nichts mehr von ihr übriggeblieben wäre. Aber so blieb eine unbestimmte Fluoreszenz an der Oberfläche der Dinge, von tausend und aber tausend zuckenden Irrlichtern überhuscht. Ihre innere Spannung wuchs ins Unerträgliche; sie brach in lautloses Schluchzen aus.

Der Bann war damit gebrochen. Xavière zog ihre Hände zurück; Pierre sprach.

– Wenn wir jetzt gingen? meinte er.

Françoise stand auf; mit einem Male schwand alles Denken aus ihr, und ihr Körper setzte sich gefügig in Bewegung. Sie nahm ihr Cape über den Arm und schritt durch den Raum dem Ausgang zu. Die kalte Luft der Straße trocknete ihre Tränen, aber das innere Beben blieb. Pierre faßte sie an der Schulter.

– Ist dir nicht gut? fragte er besorgt.

– Mir scheint, ich habe zuviel getrunken, sagte sie in einem Ton der Entschuldigung.

Steif wie ein Automat ging Xavière ein paar Schritte vor ihnen her.

– Die da, sagte Pierre, hat auch mehr in sich, als sie verträgt. Wir wollen jetzt nach Hause gehen und dann noch einen Augenblick in Ruhe miteinander reden.

– Ja, sagte Françoise.

Die Kühle der Nacht, Pierres zärtliche Aufmerksamkeit gaben ihr einigermaßen den inneren Frieden zurück. Sie holten Xavière ein und nahmen sie von beiden Seiten unter den Arm.

– Ich glaube, es täte uns gut, sagte Pierre, wenn wir ein paar Schritte gingen.

Xavière antwortete nicht. In ihrem bleichen Antlitz waren die Lippen zu einer versteinerten Grimasse verzerrt. Sie schritten schweigend die Straße hinab; es begann zu tagen. Xavière blieb auf einmal stehen.

– Wo sind wir? fragte sie.

– An der Trinité, sagte Pierre.

– Ach, sagte Xavière, ich glaube, ich war ein bißchen betrunken.

– Ich glaube auch, stimmte Pierre ihr heiter zu. Wie fühlen Sie sich jetzt?

– Ich weiß nicht, sagte Xavière, ich weiß auch nicht, was vorgefallen ist. Sie runzelte gequält die Stirn. Ich sehe vor mir eine sehr schöne Frau, die Spanisch gesprochen hat, und dann ein großes finsteres Loch.

– Sie haben ihr eine Weile zugeschaut, sagte Pierre, dann haben Sie eine Zigarette nach der andern geraucht, wir mußten Ihnen die Stummel wegnehmen, denn Sie ließen sie herunterbrennen, ohne etwas zu spüren. Dann sind Sie offenbar ein bißchen aufgewacht und faßten uns bei der Hand.

– Ach ja, erinnerte sich Xavière. Sie zog sich fröstelnd in sich zurück. Wir waren auf dem Grunde der Hölle, und ich hatte das Gefühl, wir kämen niemals wieder heraus.

– Sie haben eine ganze Weile dagesessen, als wären Sie zu Stein erstarrt, sagte Pierre, und dann hat Françoise zu weinen angefangen.

– Ich erinnere mich, sagte Xavière mit einem vagen Lächeln. Ihre Lider senkten sich, sie sagte wie aus der Ferne: Ich war so froh, daß sie weinte:

es war gerade das, was ich selber tun wollte.

Eine Sekunde lang sah Françoise mit Schaudern das süße, ungerührte Antlitz an, in dem sie niemals den Widerschein einer einzigen ihrer Freuden und Qualen hatte entdecken können. Nicht eine Minute an diesem ganzen Abend hatte Xavière sich um ihre Not gesorgt, und ihre Tränen bemerkte sie nur, um sich daran zu freuen. Françoise riß sich los von Xavières Arm, und wie von einem Wirbelsturm davongetragen lief sie vor den beiden her. Ein Schluchzen der Empörung schüttelte sie; ihre Angst, ihre Tränen, diese ganze martervolle Nacht gehörten ihr allein, und sie würde nicht dulden, daß Xavière sie ihr raubte; bis ans Ende der Welt würde sie fliehen, um den gierigen Fangarmen zu entgehen, die sie lebendig verschlingen wollten. Hinter sich hörte sie eilige Schritte, und eine feste Hand hielt sie auf.

– Was ist denn los? sagte Pierre. Ich bitte dich, beruhige dich doch.

– Ich will nicht, sagte Françoise. Als sie den Kopf wieder hob, fiel ihr Blick auf Xavière, die näher herangekommen war und sie mit ratlosem Staunen betrachtete; sie aber hatte alle Hemmung von sich abgestreift, nichts konnte sie mehr berühren. Pierre drängte sie beide in ein Taxi hinein, und sie weinte nun rückhaltlos vor sich hin.

– Da sind wir, sagte Pierre.

Françoise eilte die Treppe hinauf, ohne sich umzusehen, und sank auf ihren Diwan. Der Kopf tat ihr weh. Eine Treppe tiefer erklang noch ein Geräusch von Stimmen, fast gleichzeitig ging die Tür auch schon auf.

– Was ist denn? fragte Pierre. Rasch trat er zu ihr und legte den Arm um sie; sie drückte sich an ihn, und eine ganze Weile war nichts da als Leere und Dunkelheit und die leise streichelnde Bewegung seiner Hände auf ihrem Haar.

– Liebe, Gute, was hast du denn? Sprich doch, redete Pierres Stimme ihr zu. Im Licht des frühen Morgens wirkte das Zimmer ungewöhnlich frisch, man spürte, daß es von der Nacht ganz unberührt geblieben war; verwundert sah sich Françoise wieder unter den vertrauten Formen und Dingen, die ihr Blick in Ruhe auf sich wirken ließ. Ebensowenig wie der Gedanke an den Tod war die Idee einer Ablehnung dieser Wirklichkeit aufrechtzuerhalten: man konnte nicht anders als zurücksinken in die ganze Fülle aller Dinge und seiner selbst. Aber sie blieb verstört, als käme sie aus einem Todeskampf; nie würde sie es vergessen.

– Ich weiß nicht, sagte sie. Sie lächelte schwach: Alles war so schwer.

– Habe ich dir Kummer gemacht?

Er ergriff ihre Hände.

– Nein, sagte sie.

– Ist es wegen Xavière?

Ohnmächtig zuckte Françoise die Achseln; es war zu schwierig zu erklären, der Kopf tat ihr weh.

– Es war dir sicher grauenhaft zu sehen, daß sie eifersüchtig auf dich war, sagte Pierre; etwas wie Reue klang in seiner Stimme auf. Auch ich habe sie unerträglich gefunden, so kann es nicht weitergehen, ich werde gleich morgen mit ihr reden.

Françoise zuckte zusammen.

– Das kannst du nicht, sagte sie. Sie würde dich hassen.

– Dann soll sie mich hassen, sagte Pierre.

Er stand auf und ging ein paar Schritte durch das Zimmer, dann kehrte er zu ihr zurück.

– Ich fühle mich schuldig, sagte er. Ich habe mir ganz töricht an den freundlichen Gefühlen genügen lassen, die dies Mädchen für mich hegt, aber es hat sich doch da nicht nur um einen dummen kleinen Verführungsversuch gehandelt. Wir wollten ja eine Gemeinsamkeit zu dreien aufbauen, so harmonisch und ausgewogen, daß keiner das Gefühl hätte, irgendein Opfer zu bringen; das war vielleicht ein Wagnis, aber es hätte sich doch gelohnt! Wenn aber Xavière sich als eifersüchtiges kleines Mädel aufführt und du dich als armes Opfer fühlst, während ich als Hahn im Korbe dasitze, so fängt unsere Geschichte an, stark an Niveau zu verlieren. Seine Miene war verschlossen und hart. Ich werde mit ihr sprechen, sagte er.

Françoise blickte ihn zärtlich an. Die Schwächen, die er haben mochte, verurteilte er selbst ebenso streng wie sie; sie fand ihn wieder in seiner Kraft, seiner Klarsicht, seiner stolzen Ablehnung aller Niedrigkeit. Aber selbst diese neu entstehende vollkommene Harmonie zwischen ihnen gab ihr das Glück nicht zurück; sie fühlte sich erschöpft und feige beim Gedanken an die Möglichkeit neuer Komplikationen.

– Du willst sie doch nicht etwa zwingen zuzugeben, daß sie aus Liebe zu dir auf mich eifersüchtig ist? fragte sie matt.

– Ich werde damit sicher sehr eingebildet wirken, und sie wird rasen vor Zorn, sagte Pierre, aber ich wage es doch.

– Nein, sagte Françoise. Wenn Pierre Xavière verlöre, würde sie sich ihrerseits unsagbar schuldig fühlen. Nein, ich bitte dich. Übrigens habe ich auch gar nicht deshalb geweint.

– Weshalb denn dann?

– Du wirst lachen über mich, sagte sie mit einem schwachen Lächeln. Ein Schimmer von Hoffnung leuchtete vor ihr auf; wenn es ihr gelang, ihre Angst in Worten auszudrücken, wäre es vielleicht möglich, sich davon zu befreien. Es war, weil ich entdeckt habe, daß sie ein Bewußtsein hat wie ich selbst; ist dir das auch schon einmal passiert, daß du richtig von innen heraus das Bewußtsein eines andern erlebt hast? Sie erbebte von neuem, nein, die Worte befreiten nicht. Man findet sich nämlich nicht damit ab, setzte sie hinzu.

Pierre sah sie etwas ungläubig an.

– Du hältst mich für betrunken, sagte Françoise. Das bin ich auch; es stimmt, aber es ändert an der Sache doch nichts. Warum bist du so erstaunt? Sie erhob sich mit einem Ruck: Wenn ich dir sagte, ich hätte

Angst vor dem Tode, würdest du es verstehen; gut! Aber dies hier ist ebenso wirklich und ebenso grauenhaft. Natürlich weiß jeder, daß er nicht allein auf der Welt ist; das sind so Dinge, die man sagt, so wie man auch sagt, daß man eines Tages sterben muß. Aber wenn man es wirklich begreift . . .

Sie lehnte sich an die Wand, alles drehte sich um sie. Pierre faßte sie am Arm:

– Hör, meinst du nicht, es wäre richtiger, du ruhtest dich jetzt aus? Ich nehme es nicht leicht, was du da sagst, aber es wäre sicher besser, wir sprechen ruhig darüber, wenn du etwas geschlafen hast.

– Es gibt nichts zu sprechen, sagte Françoise. Von neuem flossen ihre Tränen, sie war sterbensmüde.

– Komm, ruh dich aus, sagte Pierre.

Er legte sie auf das Bett, zog ihr die Schuhe aus und deckte sie zu.

– Ich selbst möchte lieber noch etwas an die Luft, sagte er. Aber ich bleibe bei dir, bis du eingeschlafen bist.

Er ließ sich neben ihr nieder, und sie preßte seine Hand an ihre Wange. Heute abend genügte Pierres Liebe nicht, um ihr den Frieden zu geben; er konnte sie nicht schützen vor dem, was ihr soeben offenbar geworden war; es war etwas, was sich nicht fassen ließ, Françoise verspürte nicht einmal mehr den unheimlichen Flügelschlag, und dennoch war dies Etwas unerbittlich da. Die Müdigkeiten, Verdrüsse, die Katastrophen selbst, die Xavière bei ihrem Einzug in Paris mit sich gebracht hatte, hatte Françoise großzügig hingenommen, weil sie Elemente ihres eigenen Lebens waren; was aber heute nacht sich zugetragen hatte, gehörte einer anderen Ordnung an: sie wurde nicht fertig damit. Die Welt stand jetzt drohend vor ihr auf wie ein gewaltiger verbotener Bezirk: das Scheitern ihrer Existenz war heute nacht vollzogen.

Fünftes Kapitel

Françoise bedachte die Concierge mit einem freundlichen Blick und durchschritt den inneren Hof, in dem alte Dekorationen schimmelten; rasch stieg sie die kleine grüne Holztreppe hinauf. Seit ein paar Tagen war das Theater geschlossen, und sie freute sich darauf, einen langen Abend mit Pierre verbringen zu können; seit vierundzwanzig Stunden hatte sie ihn nicht gesehen, Unruhe mischte sich in ihre Ungeduld; niemals gelang es ihr, ruhigen Herzens seinen Bericht über seine Ausgänge mit Xavière abzuwarten; dabei verliefen sie alle ungefähr in der gleichen Weise; es gab Küsse, Meinungsverschiedenheiten, zärtliche Versöhnungen. Françoise öffnete die Tür. Pierre stand über eine Kommodenschublade gebeugt und hatte ganze Stöße von Papier in den Armen. Als er sie sah, kam er rasch auf sie zu.

– Ach, ist die Zeit mir lang vorgekommen, bis ich dich endlich sehe, sagte er. Wie habe ich diesen Bernheim verwünscht mit seinen Geschäftsdejeuners! Erst als es Zeit für die Probe war, haben sie mich laufenlassen. Er faßte Françoise bei den Schultern. Und was hast du inzwischen gemacht?

– Ich habe dir viel zu erzählen, sagte Françoise.

Sie berührte seine Haare, seinen Hals; jedesmal wenn sie ihn wiedersah, hatte sie das Bedürfnis, sich zu versichern, daß er wirklich in Fleisch und Blut vor ihr stand.

– Was machst du denn da? Ordnung?

– Ach, ich gebe es auf, es ist hoffnungslos, sagte Pierre mit einem grollenden Blick auf die Kommode. Übrigens eilt es ja auch nicht so, setzte er hinzu.

– Gestern bei der Premiere spürte man deutlich die Entspannung, meinte Françoise.

– Ja, ich glaube, wir sind noch einmal davongekommen; für wie lange, das ist eine andere Frage. Pierre rieb seine Pfeife an der Nase, um ihren Glanz zu erhöhen. War es ein gelungener Abend?

– Wir haben jedenfalls viel gelacht; ich weiß nicht, ob das die Absicht war, aber man hat sich gut amüsiert. Blanche Bouguet wollte mich zum Nachtessen dabehalten, aber ich bin mit Ramblin fort. Er hat mich durch ich weiß nicht wie viele Bars geschleppt, ich habe mich wacker gehalten. Trotzdem habe ich den ganzen Tag gut gearbeitet.

– Du mußt mir über das Stück noch genau im einzelnen berichten, sagte Pierre. Auch über die Bouguet und Ramblin. Willst du etwas trinken?

– Gib mir einen ganz kleinen Whisky, sagte Françoise. Und dann sage erst einmal, was du selber gemacht hast. War der Abend mit Xavière nett?

– O Gott! sagte Pierre; er hob die Hände zum Himmel empor: du hast keine Vorstellung, was für eine Corrida das war. Glücklicherweise ist es gut ausgegangen, aber zwei Stunden lang haben wir nebeneinander gesessen in einer Ecke im ‹Nordpol› und förmlich gebebt vor Haß. Noch niemals war es so schlimm.

Er holte eine Flasche Vat 69 aus seinem Schrank und füllte zwei Gläser zur Hälfte.

– Was war denn geschehen? fragte Françoise.

– Ach, ich habe endlich mal die Frage der Eifersucht auf dich zur Sprache gebracht.

– Das hättest du nicht tun sollen, stellte Françoise fest.

– Ich habe dir ja gesagt, daß ich wild entschlossen sei, sagte Pierre.

– Wie hast du es denn angestellt?

– Wir haben davon gesprochen, daß sie immer so exklusiv sei, und ich habe ihr gesagt, das sei an sich eine gewisse Stärke und ganz ehrenwert, aber einen Fall gäbe es eben, wo es nicht am Platze sei, nämlich innerhalb unserer Dreiergemeinschaft. Sie hat das auch zugegeben, aber als ich sagte, sie erwecke den Eindruck, auf dich eifersüchtig zu sein, lief sie rot an vor Überraschung und Wut.

– Deine Lage war auch nicht ganz angenehm, sagte Françoise.

– Nein, sagte Pierre, ich hätte ihr leicht lächerlich oder abstoßend vorkommen können. Aber kleinlich denkt sie nicht, nur der Vorwurf selbst hat sie doch sehr betroffen gemacht; sie hat sich leidenschaftlich dagegen verwahrt, aber ich habe nicht nachgelassen und ihr eine Menge Fälle aufgezählt. Sie hat vor Wut geheult, sie haßte mich derartig, daß ich geradezu Angst bekam, ich dachte, sie erstickt.

Françoise schaute ihn ängstlich an.

– Bist du auch ganz sicher, daß sie dir nicht nachhaltig böse ist?

– Ganz sicher, sagte Pierre. Auch ich geriet anfangs ziemlich in Zorn. Aber dann habe ich ihr klargemacht, daß ich ihr nur helfen wollte, weil sie auf dem besten Wege sei, sich bei dir sehr unbeliebt zu machen. Ich habe ihr auseinandergesetzt, wie schwer das sei, was wir verwirklichen wollten, und wie es von jedem den vollen Einsatz des guten Willens verlange. Als sie endlich überzeugt war, daß kein Tadel in meinen Worten läge und daß ich sie nur vor einer Gefahr warnen wollte, war sie nicht mehr böse auf mich. Ich glaube, sie hat mir nicht nur verziehen, sondern auch beschlossen, wirklich einmal mehr auf sich selbst achtzugeben.

– Wenn sie das tut, muß man sie wirklich loben, sagte Françoise in plötzlichem Vertrauen.

– Wir haben viel ehrlicher miteinander gesprochen als sonst, und ich habe den Eindruck, daß nach diesem Gespräch sich etwas gelöst hat in ihr. Du weißt, was ich meine: diese Art, die sie hat, als behielte sie immer das Beste von sich für sich selbst, war auf einmal verschwunden; sie schien einmal ganz rückhaltlos bei mir zu sein, als sähe sie kein Hindernis, mich eingestandenermaßen zu lieben.

– Als sie ihre Eifersucht klar erkannt hatte, sagte Françoise, war sie vielleicht schon davon befreit. Sie nahm eine Zigarette und streifte Pierre mit einem zärtlichen Blick.

– Warum lächelst du? fragte Pierre.

– Es amüsiert mich immer, sagte sie, wenn ich sehe, wie du die freundlichen Gefühle, die sie dir entgegenbringt, als moralische Vorzüge wertest. Auch das ist so eine Art, dich für den lieben Gott selbst zu halten.

– Das ist nicht ganz unrichtig, gab Pierre etwas verlegen zu. Er lächelte ins Leere, und sein Gesicht bekam jenen Ausdruck seliger Unschuld, den Françoise sonst nur an ihm gesehen hatte, wenn er schlief. Sie hat mich eingeladen, bei ihr Tee zu trinken, und zum ersten Male meine Küsse erwidert. Bis drei Uhr morgens hat sie mit dem Ausdruck völliger Hingegebenheit in meinen Armen gelegen.

Françoise verspürte einen unbestimmten Schmerz; auch sie würde lernen müssen, sich selbst zu überwinden. Es war ihr immer schmerzlich, daß Pierre diesen Körper umarmen konnte, den sie nicht einmal zu nehmen gewußt hatte, als er sich ihr schenken wollte.

– Ich habe dir ja gesagt, du würdest noch mit ihr schlafen. Mit einem Lächeln versuchte sie die Kraßheit ihrer Worte abzuschwächen.

Pierre machte eine ausweichende Bewegung.

– Das hängt von ihr ab, sagte er. Ich meinerseits würde sicher ... aber ich will sie zu nichts treiben, was ihr leid tun könnte.

– Sie hat ja immerhin keine Veranlagung zur Vestalin, meinte Françoise.

Kaum hatte sie die Worte ausgesprochen, als sie auch schon grausam auf sie selbst zurückfielen, so daß das Blut ihr ins Gesicht stieg; es widerstand ihr sehr, sich Xavière als eine Frau mit den Wünschen einer solchen vorzustellen, aber die Wahrheit ließ sich nicht übergehen; ich hasse die Reinheit, ich bin ein Mensch aus Fleisch und Blut; mit allen Kräften wehrte sich Xavière gegen die halbe Keuschheit, zu der sie verurteilt war; in ihrer schlechten Laune machte sich oft der unterdrückte Trieb mit aller Schärfe geltend.

– Sicherlich nicht, sagte Pierre, und ich meine sogar, sie wird nicht glücklich sein, bis sie nicht auch für ihre Sinne ein Gleichgewicht gefunden hat. Im Augenblick ist sie in einer Krise, glaubst du nicht?

– Ja, das glaube ich allerdings, sagte Françoise.

Vielleicht hatten gerade Pierres Küsse und Zärtlichkeiten Xavières Sinne geweckt; sicherlich würde es auf die Dauer nicht dabei bleiben können. Françoise schaute aufmerksam ihre Finger an; sie würde sich schließlich an diesen Gedanken gewöhnen, er war ihr schon nicht mehr ganz so unangenehm. Da sie der Liebe Pierres, der Zuneigung Xavières sicher war, gab es kein Bild mehr, das wirklich zerstörend war.

– Es ist ja nichts ganz Landläufiges, was wir von ihr verlangen, sagte Pierre. Wir haben uns einen solchen Lebensmodus nur ausdenken können, weil zwischen uns eine ganz außergewöhnliche Art von Liebe besteht, und auch sie kann sich nur dafür hergeben, weil sie eine ungewöhnliche Person ist. Aber man kann sich gut vorstellen, daß es bei ihr Augenblicke der Unsicherheit und selbst der Auflehnung gibt.

– Ja, wir müssen ihr Zeit lassen, sagte Françoise.

Sie stand auf und trat zu der Schublade, die Pierre offen gelassen hatte; sie griff mitten in den Wust der Papiere hinein. Sie selbst hatte sich versündigt durch Mißtrauen, sie hatte Pierre oft geringfügige Verfehlungen übelgenommen, sie hatte viele Gedanken für sich behalten, die sie ihm hätte mitteilen sollen, und häufig hatte sie weniger ihn zu verstehen als ihn zu bekämpfen versucht. Sie griff nach einer alten Fotografie und lächelte. In einer griechischen Tunika, mit einer Lockenperücke schaute Pierre mit jugendlich strenger Miene zum Himmel auf.

So warst du, als ich dich zum ersten Male sah, sagte sie. Du bist kaum älter geworden.

– Du auch nicht, sagte Pierre. Er kam zu ihr und beugte sich gleichfalls über die Schublade.

– Ich würde das alles gern mit dir zusammen durchsehen, sagte Françoise.

– Ja, sagte Pierre, es ist viel Amüsantes dabei. Er richtete sich auf und legte seine Hand auf Françoises Arm. Meinst du, wir haben unrecht gehabt, diese ganze Geschichte anzufangen? fragte er besorgt. Glaubst du, es wird uns gelingen, sie richtig weiterzuführen?

– Ich habe manchmal daran gezweifelt, gab Françoise zu, aber heute abend schöpfe ich wieder Hoffnung.

Sie trat von der Kommode weg und setzte sich wieder hinter ihr Whiskyglas.

– Wie steht es denn mit dir? fragte Pierre, der sich ihr gegenüber niederließ.

– Mit mir? fragte Françoise. In ruhigen Augenblicken war sie immer befangen, wenn von ihr selbst die Rede war.

– Ja, sagte Pierre. Empfindest du auch weiterhin Xavières Existenz als eine Störung deines Gleichgewichts?

– Du weißt ja, daß ich das immer nur augenblicksweise tue, sagte sie.

– Aber von Zeit zu Zeit ist es wieder da? beharrte Pierre.

– Das kann nicht anders sein, sagte Françoise.

– Ich muß mich über dich wundern, sagte Pierre. Du bist der einzige Mensch, den ich kenne, der imstande ist, Tränen bei der Entdeckung zu vergießen, daß ein anderer ein Bewußtsein hat wie er selbst.

– Du findest das natürlich dumm?

– Aber nicht doch, sagte Pierre. Es ist ganz wahr, daß jeder sein Bewußtsein als ein Absolutes erlebt. Wie aber wären mehrere Absolute miteinander vereinbar? Das ist ebenso geheimnisvoll wie Geburt und Tod. Es ist sogar ein solches Problem, daß alle Philosophen sich die Zähne daran ausbeißen.

– Worüber wunderst du dich dann? fragte Françoise.

– Was mich wundert, ist, daß du dich auf eine so konkrete Weise von einer metaphysischen Situation betroffen fühlen kannst.

– Aber das ist doch etwas Konkretes, sagte Françoise. Der ganze Sinn meines Lebens steht dabei auf dem Spiel.

– Dagegen sage ich auch nichts, meinte Pierre. Er schaute sie unverhohlen neugierig an. Aber es ist ungewöhnlich, wie du eine Idee in dieser Weise mit Leib und Seele erlebst.

– Aber für mich, sagte Françoise, ist eben eine Idee nichts Theoretisches; man erlebt sie, oder sie bleibt Theorie, und dann zählt sie nicht. Sie lächelte: wenn es nicht so wäre, hätte nicht erst Xavière kommen müssen, damit ich spürte, daß mein Bewußtsein nicht das einzige auf der Welt ist.

Pierre fuhr sich nachdenklich mit dem Finger über die Unterlippe.

– Ich verstehe sehr gut, daß du diese Entdeckung an Xavière gemacht hast.

– Ja, sagte Françoise. Mit dir hat es da nie eine Schwierigkeit gegeben, weil ich zwischen dir und mir kaum einen Unterschied mache.

– Und unter uns beiden, sagte Pierre, besteht ja da auch absolute Gegenseitigkeit.

– Wie meinst du das?

– In dem Augenblick, wo du mir ein Bewußtsein zuerkennst, weißt du, daß ich dir auch eines zuerkenne. Dadurch ist alles ganz anders.

– Vielleicht, sagte Françoise. Sie blickte ratlos auf den Grund ihres Glases. Alles in allem ist das Freundschaft: jeder verzichtet darauf, die Oberhand zu haben. Wenn aber einer von beiden nicht darauf verzichten will?

– In dem Falle ist Freundschaft unmöglich, sagte Pierre.

– Und was macht man dann?

– Ich weiß auch nicht, sagte Pierre.

Xavière gab sich niemals auf; wenn sie einen auch noch so hoch stellte, wenn sie einen selbst liebte, immer blieb man Objekt für sie.

– Da kann man nichts machen, sagte Françoise.

Sie lächelte. Man müßte Xavière töten ... Sie stand auf und trat ans Fenster. An diesem Abend lag Xavière ihr nicht so schwer auf der Seele. Sie hob den Vorhang auf; sie liebte den kleinen ruhigen Platz, auf den die Leute der umliegenden Straßen sich erholen kamen; ein alter Mann saß auf einer Bank und zog etwas zu essen aus seiner Tasche, ein Kind lief rings um einen Baum, dessen Blätter durch das Licht der Straßenlaterne klar ausgeschnitten wurden, als wären sie aus Blech. Pierre war frei. Sie selber war allein. Aber auf dem Grunde dieses Getrenntseins konnten sie dennoch eine ebenso wesentliche Einheit finden, wie es die gewesen war, von der sie früher allzu sorglos träumte.

– Woran denkst du? fragte Pierre.

Sie nahm sein Gesicht in beide Hände und bedeckte es mit Küssen, ohne ihm Antwort zu geben.

– Was für einen netten Abend haben wir heute verlebt, sagte Françoise und drückte in freudiger Stimmung Pierres Arm. Lange hatten sie zusammen die Fotografien angesehen, alte Briefe noch einmal gelesen und dann einen großen Spaziergang die Seinequais entlang, vorbei am Châtelet und den Hallen gemacht und dabei von dem Roman, an dem Françoise schrieb, ihrer Jugend, der Zukunft Europas gesprochen; das erste Mal seit Wochen hatten sie eine so lange, unbefangen sachliche Unterhaltung geführt. Endlich einmal war der Kreis von Leidenschaft und Unruhe durchbrochen gewesen, in den Xavière sie magisch bannte, und sie hatten sich zusammengehörig im Herzen dieser unendlichen Welt gefühlt. Hinter ihnen breitete sich grenzenlos die Vergangenheit aus; Kontinente und Ozeane zogen sich in riesigen Flächen über das Antlitz der Erde hin, und die ans Wunderbare grenzende Gewißheit, mitten unter diesen unzähligen Reichtümern zu existieren, griff über die engen Grenzen von Raum und Zeit hinaus.

– Schau, bei Xavière ist Licht, sagte Pierre.

Françoise zuckte zusammen: nach diesem freien Fluge landete sie nicht ohne schmerzlichen Aufprall in der kleinen düsteren Straße vor ihrem Hotel; es war zwei Uhr morgens; mit der Miene eines wachhabenden Polizisten sah Pierre zu dem beleuchteten Fenster in der schwarzen Hausfront empor.

– Was ist daran so erstaunlich? fragte Françoise.

– Nichts, sagte Pierre. Er machte die Haustür auf und eilte die Treppe hinauf; auf dem Absatz des zweiten Stockes blieb er stehen; durch die Stille vernahm man das Gemurmel von Stimmen.

– Es wird bei ihr gesprochen, sagte Pierre. Er stand unbeweglich da und lauschte; ein paar Schritte unter ihm, die Hand auf dem Treppengeländer, stand Françoise und rührte sich gleichfalls nicht. Wer mag das sein? fragte er.

– Mit wem wollte sie denn heute abend ausgehen? fragte Françoise.

– Sie hatte nichts Bestimmtes vor, sagte Pierre. Er machte einen Schritt: Ich will wissen, wer es ist.

Er machte noch einen Schritt, und die Dielen krachten.

– Sie werden dich hören, meinte Françoise.

Pierre zögerte einen Augenblick, dann beugte er sich hinunter und löste seine Schuhbänder. Verzweiflung überflutete Françoise, bitterer als alle Gefühle, die sie bisher erlebte. Pierre schlich sich an den gelben Wänden entlang und hielt das Ohr dicht an die Tür; wie mit einem Schwamm war alles ausgelöscht, der glückliche Abend, Françoise, die ganze Welt; es gab nur noch diesen schweigenden Korridor, die Holzverkleidung und die flüsternden Stimmen. Mit Trauer im Herzen sah Françoise ihm zu; in diesem besessenen und gehetzten Gesicht konnte sie nur mit Mühe die geliebten Züge wiedererkennen, die ihr noch eben zärtlich lächelnd vor Augen gestanden hatten. Sie stieg die letzten Stufen hinauf; sie hatte das Gefühl, als hätte sie sich durch die fragwürdigen lichten Augenblicke eines Wahnsinnigen täuschen lassen, der schon durch einen bloßen Anhauch in seinen Wahn zurückgestürzt werden konnte; diese Stunden der Vernunft und Entspannung waren nur ein Aufschub ohne Dauer gewesen, eine Heilung gab es nicht. Auf Zehenspitzen kam Pierre zu ihr zurück.

– Es ist Gerbert, sagte er leise. Ich habe es geahnt.

Die Schuhe in der Hand stieg er zur letzten Etage empor.

– Na also, das ist doch weiter nichts Geheimnisvolles, sagte Françoise, als sie ins Zimmer traten. Sie sind zusammen ausgegangen, und er hat sie nach Hause gebracht.

– Sie hatte mir nicht gesagt, bemerkte Pierre, daß sie ihn sehen würde. Warum hat sie es verheimlicht vor mir? Oder aber, es war ein Entschluß, den sie ganz plötzlich gefaßt hat.

Françoise hatte ihren Mantel ausgezogen, jetzt legte sie auch das Kleid ab und schlüpfte in den Morgenrock.

– Sie sind sich wahrscheinlich begegnet, sagte sie.

– Zu Dominique gehen sie nicht mehr. Nein, sie hat ihn sich offenbar expreß herbeigeholt.

– Oder er sie, meinte Françoise.

– Er würde sich nie erlaubt haben, sie in letzter Minute einzuladen.

Pierre hatte sich auf die Kante des Diwans gesetzt und betrachtete ratlos seine bestrumpften Füße.

– Sicher hatte sie Lust zu tanzen, meinte Françoise.

– Eine so unbezwingliche Lust, daß sie ihn angerufen hat, sie, die vergeht vor Angst, wenn sie telefonieren soll! Oder daß sie sich bis nach Saint-Germain-des-Prés begeben hat, wo sie doch außerstande ist, sich drei Schritt von Montparnasse zu entfernen! Pierre starrte weiter auf seine Füße; die eine Socke hatte ein Loch, und ein Stückchen Zehe schaute heraus, auf das er wie gebannt blickte.

– Dahinter steckt etwas, sagte er.

– Was soll dahinterstecken? fragte Françoise. Sie bürstete resigniert ihr Haar; wie lange ging das nun schon so mit diesen endlosen, immer neuen Diskussionen? Was hat Xavière getan? Was wird sie tun? Was denkt sie? Warum? Wieso? Abend für Abend kam diese Besessenheit von neuem auf, immer gleich quälend, gleich sinnlos, gleich fieberhaft, und immer brachte sie die gleiche Trostlosigkeit des Herzens, die gleiche Ermüdung des schlafbedürftigen Körpers mit sich. Und hatten die Fragen endgültig eine Antwort gefunden, so setzten andere, ähnliche Fragen ein: Was will Xavière? Was wird sie sagen? Wieso? Warum? Es hörte niemals auf.

– Ich verstehe es nicht, sagte Pierre; sie war so zärtlich gestern abend, so hingegeben, so vertrauensvoll.

– Aber wer sagt dir denn, meinte Françoise, daß sie sich geändert hat? Das ist doch weiter nichts Schlimmes, wenn sie einen Abend mit Gerbert verbringt.

– Niemals ist jemand anderer als du oder ich in ihr Zimmer gekommen, sagte Pierre. Wenn sie Gerbert aufgefordert hat, ist es entweder eine Art Rache an mir, dann haßt sie mich nachträglich doch; oder sie hat plötzlich Lust gehabt, ihn zu sich einzuladen, dann gefällt er ihr sehr. Mit ratloser, etwas törichter Miene baumelte er mit den Beinen. Es kann auch beides gleichzeitig sein.

– Vielleicht war es auch ganz einfach nur eine Laune, schlug Françoise vor. Die Versöhnung mit Pierre am Abend vorher war sicher ganz aufrichtig erfolgt; es gab eine Art von Heuchelei, die Xavières Art nicht war; aber man durfte sich nicht auf das Lächeln der letzten Stunde verlassen; es bedeutete weiter nichts als eine Windstille, die höchst unzuverlässig war; sobald Xavière sich von jemand getrennt hatte, ging sie im Geist die Situation noch einmal durch, und es kam häufig vor, daß man sie, wenn man sie nach einer Aussprache in beschwichtigter, vernünftiger und liebevoller Verfassung zurückgelassen hatte, von Haß entflammt wiederfand.

Pierre zuckte die Achseln.

– Du weißt, daß es das nicht ist, sagte er.

Françoise kam ihm einen Schritt entgegen.

– Du meinst, sie ist noch böse auf dich wegen des Gesprächs gestern abend. Das tut mir wirklich leid.

– Dir braucht nichts leid zu tun, sagte Pierre fast heftig. Sie müßte doch vertragen, daß man ihr die Wahrheit sagt.

Er stand auf und machte ein paar Schritte durch das Zimmer. Françoise hatte ihn schon oft so gequält gesehen, aber diesmal schien er gegen ein unerträgliches Leiden anzukämpfen; sie hätte ihn davon befreien mögen, das etwas grollende Mißtrauen, mit dem sie ihn gewöhnlich betrachtete, wenn er sich selber Sorgen und Verdrüsse schuf, war dahingeschmolzen vor der Qual in seinem Gesicht. Aber es hing ja alles gar nicht mehr von ihr ab.

– Gehst du nicht schlafen? fragte sie.

– Doch, sagte Pierre.

Sie trat hinter den Wandschirm und rieb eine nach Orange duftende Hautcreme auf ihr Gesicht. Pierres Angstgefühl ergriff nunmehr auch sie. Unter ihr, nur durch ein paar Balken und etwas Gips von ihr getrennt, hielt sich Xavière auf mit einem Antlitz, dessen Ausdruck unbekannt blieb, und bei ihr war Gerbert, der sie betrachtete; sie hatte die Nachttischlampe angezündet, eine kleine elektrische Birne unter dem blutroten Schirm, und gedämpfte Worte bahnten sich einen Weg durch das rauchgeschwängerte Halbdunkel. Was sagten sie? Saßen sie nebeneinander? Berührten sie sich wohl? Gerberts Gesicht konnte man sich vorstellen, es sah immer gleich aus, aber wie mochte es sich in Xavières Herzen spiegeln? Erweckte es ihr Verlangen, schien es ihr rührend, grausam oder indifferent? War es für sie ein schönes Ding zum Anschauen oder eine Beute, ein Feind? Die Stimmen drangen nicht bis zum oberen Zimmer hinauf. Françoise hörte nur das Rascheln von der andern Seite des Wandschirms her und das Ticktack des Weckers, das in der Stille sich verstärkte wie im Fieberwahn.

– Bist du fertig? fragte Françoise.

– Ja, sagte Pierre. Im Pyjama, mit bloßen Füßen stand er an der Tür; er machte sie einen Spaltbreit auf; man hört nichts mehr, sagte er. Ich frage mich, ob Gerbert noch da ist?

Françoise trat neben ihn.

– Nein, man hört gar nichts mehr.

– Ich werde mal nachsehen, sagte Pierre.

Françoise legte ihm die Hand auf den Arm.

– Nimm dich in acht, wenn sie dich sähen, wäre es doch schrecklich unangenehm.

– Hab keine Angst, sagte Pierre.

Durch die halboffene Tür sah Françoise ihm einen Augenblick nach, dann nahm sie einen Wattebausch und Nagellackentferner; sorgfältig rieb sie ihre Nägel ab, einen Finger, dann den nächsten; am Nagelbett blieb gern ein rosa Rändchen zurück; wenn man sich ganz in jede Minute vertiefte, könnte sich das Unglück nie einen Weg zum Herzen bahnen, es setzte immerhin eine gewisse Bereitschaft dafür voraus. Françoise zuckte zusammen, sie hörte das Tappen von zwei nackten Füßen auf dem Dielenboden.

– Nun? fragte sie.

– Es war vollkommen still, sagte Pierre. Er blieb an die Tür gelehnt stehen. Sicher küßten sie sich.

– Oder aber, was wahrscheinlicher ist, Gerbert ist gegangen.

– Nein, wenn die Tür auf- oder zugemacht worden wäre, hätte ich es gehört.

– Auf alle Fälle können sie auch schweigen, ohne sich zu küssen, sagte Françoise.

– Wenn sie ihn mit zu sich nach Hause genommen hat, meinte Pierre, hat sie es sicher getan, weil sie Lust verspürte, ihm in die Arme zu sinken.

– Das ist nicht sicher, meinte Françoise.

– Ich bin aber sicher, erklärte Pierre.

Diesen peremptorischen Ton hatte er sonst gar nicht an sich; Françoise lehnte sich dagegen auf.

– Ich sehe Xavière nicht, wie sie sich jemand mit nach Hause nimmt, um ihn zu umarmen, er müßte denn in Ohnmacht gefallen sein. Wenn Gerbert etwa im geringsten ahnte, daß er ihr gefiele, wäre sie vollkommen außer sich! Du hast ja gesehen, wie erbost sie auf ihn war, als sie glaubte, er fühle sich durch ihr Verhalten in seiner Eitelkeit geschmeichelt.

Pierre maß Françoise mit einem seltsamen Blick.

– Traust du mir gar keinen psychologischen Scharfsinn zu? Ich sage dir, sie küssen sich.

– Du bist nicht unfehlbar, meinte Françoise.

– Mag sein, antwortete Pierre, aber wenn es sich um Xavière handelt, täuschst du dich jedenfalls bestimmt.

– Das käme ja noch darauf an, meinte Françoise.

Pierre lächelte auf eine verhohlene, beinahe boshafte Weise:

– Und wenn ich dir sagte, daß ich es gesehen habe?

Françoise war wie vor den Kopf geschlagen; weshalb hatte er dann diese Komödie gespielt?

– Du hast sie gesehen?! stieß sie mit schwankender Stimme hervor.

– Ja, ich habe durch das Schlüsselloch geschaut. Sie saßen auf dem Diwan, und sie küßten sich.

Françoise wurde immer elender zumute. Irgend etwas Befangenes und Falsches lag in Pierres Mienen.

– Warum hast du das nicht gleich gesagt? fragte sie.

– Ich wollte wissen, ob ich Kredit bei dir hätte, meinte Pierre mit einem unangenehmen kleinen Auflachen.

Françoise hatte Mühe, ihre Tränen zurückzudrängen. Pierre hatte es also ausdrücklich darauf angelegt, sie irrezuführen! Dies ganze sonderbare Manöver setzte eine Feindlichkeit der Gesinnung voraus, von der sie nichts geahnt hatte; war es möglich, daß er einen geheimen Groll gegen sie hegte?

– Du hältst dich für ein Orakel, sagte sie kurz.

Sie glitt zwischen die Bettücher, während Pierre hinter dem Wandschirm verschwand; sie hatte ein brennendes Gefühl im Hals; nach einem so harmonischen Abend voll der zärtlichsten Nähe war dieser plötzliche Haßausbruch wirklich vollkommen unfaßbar, aber war dies beides tatsächlich derselbe Mensch, der eine, der eben noch voller Teilnahme mit ihr gesprochen hatte, und dieser verstohlene Spion, der sich mit der Grimasse des betrogenen Eifersüchtigen vor ein Schlüsselloch beugte? Sie konnte nichts dagegen tun, daß sie dieser eigensinnigen, fiebernden Indiskretion gegenüber wirkliches Grauen empfand. Auf dem Rücken liegend, mit unter dem Kopf gekreuzten Armen hielt sie ihre Gedanken zurück, wie man den Atem anhält, um den Augenblick des Leidens noch etwas hinauszuschieben, aber dies krampfhafte Bemühen war schlimmer als ein gesättigter, unverbrüchlicher Schmerz. Sie wendete ihre Augen zu Pierre hin, der jetzt näher kam; die Müdigkeit ließ seine Züge schlaffer erscheinen, ohne sie sanfter zu machen; unter der harten, verschlossenen Miene hatte die Weiße der Halspartie etwas fast Obszönes. Sie rückte an die Wand zurück. Pierre streckte sich neben ihr aus, sie würden Seite an Seite schlafen als zwei Feinde. Françoise lag mit offenen Augen da, sie hatte Angst, was geschehen würde, sobald sie sich nachgab und sie schloß.

– Du bist nicht müde? fragte Pierre.

Sie machte keine Bewegung.

– Nein, sagte sie.

– Was denkst du jetzt?

Sie antwortete ihm nicht; sie hätte kein Wort hervorbringen können, ohne zugleich zu weinen.

– Du findest mich abscheulich, sagte Pierre.

Sie beherrschte sich mit aller Gewalt.

– Ich denke vielmehr, daß du auf dem besten Wege bist, mich zu hassen, sagte sie.

– Ich! sagte Pierre. Sie fühlte seine Hand auf ihrer Schulter und stellte fest, daß er sie entsetzt ansah. Ich will nicht, daß du so etwas denkst, das wäre das Allerärgste.

– Du sahest aber ganz so aus, sagte sie mit erstickter Stimme.

– Wie hast du das glauben können? fragte Pierre. Daß ich dich hasse? Dich?

Sein Ton drückte herzzerreißende Verzweiflung aus, und mit einem jähen, durchdringenden, aus Freude und Schmerz gemischten Gefühl sah sie Tränen in seinen Augen; ohne ihr Schluchzen länger zurückzuhalten, warf sie sich ihm entgegen; sie hatte Pierre noch nie weinen sehen.

– Nein, ich denke es nicht, sagte sie. Es wäre zu fürchterlich.

Pierre drückte sie an seine Brust.

– Ich liebe dich, sagte er leise.

– Ich liebe dich auch, sagte Françoise.

An seine Schulter gelehnt fuhr sie zu weinen fort, doch ihre Tränen waren jetzt sanft. Niemals würde sie vergessen, wie sich Pierres Augen ihretwegen mit Tränen gefüllt hatten.

– Du weißt, sagte Pierre, ich habe dich eben belogen.

– Wieso? fragte Françoise.

– Es ist nicht wahr, daß ich dich habe auf die Probe stellen wollen; ich schämte mich, daß ich durchs Schlüsselloch geschaut hatte, und habe es deshalb nicht gleich gesagt.

– Ach, meinte Françoise, und deshalb hast du auch so komisch ausgesehen!

– Du solltest wissen, daß sie sich küßten, aber ich hoffte, du würdest mir so glauben, und dann war ich böse auf dich, weil du mich gezwungen hast, die Wahrheit zu gestehen.

– Ich glaubte, du hättest es tatsächlich aus reiner böser Absicht getan, sagte Françoise, und das war mir sehr arg. Leise strich sie über Pierres Stirn. Es ist merkwürdig, aber niemals hätte ich gedacht, daß du dich schämen könntest.

– Du kannst dir gar nicht vorstellen, wie schmutzig ich mir vorgekommen bin, als ich da im Pyjama auf dem Flur umherirrte und durchs Schlüsselloch schaute.

– Ich weiß, sagte Françoise, solche Leidenschaft ist immer etwas Erniedrigendes.

Sie hatte ihr Gleichgewicht wiedergefunden. Pierre schien ihr nicht mehr grauenhaft, seitdem feststand, daß er sich selber noch immer klar beurteilen konnte.

– Es ist erniedrigend, wiederholte Pierre; starr blickte er zur Decke. Ich kann die Idee nicht ertragen, daß sie gerade dabei ist, sich mit Gerbert zu küssen.

– Ich verstehe das, sagte Françoise. Sie preßte ihre Wange an die seine. Bis zu dieser Nacht hatte sie sich immer bemüht, Pierres Unbehagen von sich fernzuhalten, wahrscheinlich aus instinktiver Klugheit, denn jetzt, wo sie versuchte, seine Verwirrung zu teilen, war das Leiden, das auf sie eindrang, geradezu fürchterlich.

– Wir sollten zu schlafen versuchen, sagte Pierre.

– Ja, meinte sie. Sie schloß die Augen. Sie wußte, daß Pierre zum Schlafen keine Lust verspürte. Auch sie konnte ihre Gedanken nicht von dem

Diwan da unten losreißen, wo Gerbert und Xavière Mund an Mund lagen und sich küßten. Was suchte Xavière wohl in Gerberts Armen? Eine Art Rache an Pierre? Die Befriedigung ihrer Sinne? War es Zufall, daß sie Gerbert als Opfer erwählt hatte statt eines anderen? Oder hatte sie schon ausdrücklich nach ihm verlangt, als sie so leidenschaftlich etwas Greifbares forderte? Die Lider wurden Françoise allmählich schwer; wie in einem blitzartigen Aufzucken sah sie Gerberts Antlitz vor sich, seine braunen Wangen, die langen, frauenhaften Wimpern. Liebte er Xavière? War er fähig zu lieben? Hätte er auch sie geliebt, wenn sie es gewollt hätte? Warum hatte sie nicht gewollt? Wie hohl ihr jetzt alle ihre früheren Gründe erschienen! Oder lag es an ihr, daß sie nur ihren komplizierten Sinn nicht mehr entdecken konnte? Jedenfalls umarmte er Xavière. Ihre Augen wurden hart wie Stein; einen Augenblick lang hörte sie noch einen gleichmäßigen Atemzug neben sich, dann hörte sie gar nichts mehr.

Mit einem Ruck kehrte Françoise das Bewußtsein zurück; wie eine dichte Nebelschicht lag es hinter ihr, sie hatte wohl lange geschlafen; sie schlug die Augen auf; die Nacht hatte sich gelichtet; Pierre saß auf seinem Bett, er schien vollkommen wach.

– Wie spät ist es jetzt? fragte sie.

– Fünf Uhr, sagte Pierre.

– Hast du nicht geschlafen?

– Doch, ein Weilchen. Er sah nach der Tür. Ich möchte wissen, ob Gerbert fort ist.

– Er wird ja schließlich, sagte Françoise, nicht die ganze Nacht dageblieben sein.

– Ich werde nachsehen, sagte Pierre.

Er warf die Decken zurück und stand auf. Diesmal versuchte Françoise ihn nicht zurückzuhalten, auch sie hätte gern Bescheid gewußt. Sie stand auf und folgte ihm auf den Treppenflur; graues Tageslicht stand im Vorraum, das ganze Haus schien noch in tiefem Schlaf zu liegen. Mit klopfendem Herzen schaute sie über das Geländer hinab. Was würde jetzt geschehen?

Gleich darauf erschien Pierre wieder unten an der Treppe und machte ihr ein Zeichen. Auch sie stieg hinunter.

– Der Schlüssel steckt von innen, man sieht nichts mehr, aber ich glaube, sie ist allein. Es hört sich an, als ob sie weint.

Françoise trat näher an die Tür, sie hörte ein leises Klirren, so als stellte Xavière eine Tasse auf die Untertasse zurück; dann folgte ein dumpfes Geräusch, dann ein Schluchzen, dann heftigeres Schluchzen, und schließlich schluchzte sie verzweifelt und fassungslos. Offenbar war Xavière vor ihrem Diwan auf die Knie gesunken, oder sie hatte sich lang auf den Boden geworfen; sie bewahrte sonst immer soviel Haltung auch im größten Kummer; man konnte sich kaum vorstellen, daß diese tierhafte Klage aus ihrem Munde kam.

– Meinst du nicht, sagte Françoise, daß sie betrunken ist?

Nur Trinken konnte bewirken, daß Xavière derart die Herrschaft über sich selbst verlor.

– Ich glaube eher ja, meinte Pierre.

Geängstigt, machtlos standen sie vor der Tür. Kein Vorwand gestattete ihnen, zu dieser Stunde der Nacht bei ihr anzuklopfen, und dennoch war es qualvoll, sich Xavière schluchzend auf dem Boden vorzustellen, allen Dämonen der Trunkenheit und Einsamkeit preisgegeben.

– Hier können wir nicht bleiben, sagte Françoise endlich. Das Schluchzen hatte nachgelassen, es war in ein gedämpftes, klagendes Röcheln übergegangen. In ein paar Stunden werden wir klarsehen, sagte sie.

Langsam gingen sie in das Zimmer hinauf; keiner von beiden hatte die Kraft, neue Möglichkeiten auszusinnen; nicht mit Worten konnte man sich von dieser unklaren Furcht befreien, in der unaufhörlich das Stöhnen Xavières sich klagend erhob. Worunter litt sie so sehr? Konnte man sie heilen? Françoise warf sich auf das Bett und ließ sich widerstandslos in einen Abgrund von Müdigkeit, von Furcht und Leiden versinken.

Als Françoise erwachte, drang helles Tageslicht durch die Fensterläden, es war zehn Uhr vormittags. Pierre schlief mit über dem Kopf verschränkten Armen und einem wehrlos preisgegebenen, unschuldigen Gesicht. Françoise richtete sich auf dem Ellbogen auf; unter der Tür bemerkte sie ein Stück rosa Papier, von dem eine Ecke vorschaute. Mit einem Schlage war ihr die ganze Nacht wieder gegenwärtig mit ihren fieberhaften Wanderungen und den quälenden Bildern; rasch sprang sie aus dem Bett. Das Blatt war in der Mitte durchgeschnitten; auf dem zerknitterten Fetzen bildeten große Buchstaben sich zu formlosen Wörtern, die ineinanderflossen. Françoise entzifferte die Eingangszeile der Botschaft: ‹Es graut mir so sehr vor mir selbst, ich hätte mich aus dem Fenster stürzen sollen, aber ich habe nicht den Mut. Verzeiht mir nicht, ihr solltet mich morgen früh umbringen, wenn ich selbst zu feige gewesen bin.› Die letzten Sätze waren vollkommen unleserlich; unten auf dem Blatt stand in großen zittrigen Buchstaben: ‹Keine Verzeihung.›

– Was ist das? fragte Pierre.

Er saß auf dem Bettrand, sein Haar war zerwühlt, seine Augen noch verschlafen, aber aus diesem unklaren Zustand formte sich bereits eine ganz bestimmte Angst.

Françoise reichte ihm das Papier.

– Sie ist ganz einfach betrunken gewesen, sagte sie. Schau dir nur die Schrift an.

– ‹Keine Verzeihung›, las Pierre. Rasch überflog er die grünen Schriftzeichen. Sieh schnell nach, was mit ihr ist, sagte er. Klopfe an ihre Tür.

In seinen Augen stand panische Furcht.

– Ich gehe schon, sagte Françoise. Sie schlüpfte in ihre Pantoffel und eilte mit zitternden Knien die Treppe hinab. Und wenn Xavière auf einmal verrückt geworden war? Würde sie etwa leblos hinter ihrer Tür ausgestreckt liegen? Oder mit irrem Blick in einer Ecke hocken? Ein rosa Fleck zeigte sich auf der Tür. Françoise trat näher heran und erkannte auf dem Holz ein weiteres Stück Papier, das mit einer Reißzwecke angeheftet war. Es war die andere Hälfte des zerrissenen Blattes.

In großen Lettern hatte Xavière darauf geschrieben: ‹Keine Verzeihung›, und darunter folgte ein völlig unleserliches Geschmier. Françoise beugte sich zum Schlüsselloch herunter, aber der Schlüssel steckte; sie klopfte an. Man hörte ein leises Knacken, aber niemand antwortete. Xavière schien eingeschlafen zu sein.

Françoise zögerte einen Augenblick, dann riß sie den Papierfetzen ab und kehrte in ihr Zimmer zurück.

– Ich habe nicht gewagt, stärker zu klopfen, sagte sie. Ich glaube aber, sie schläft. Schau, was sie an ihre Tür geheftet hatte.

– Es ist vollkommen unleserlich, sagte Pierre. Einen Augenblick sah er sich die geheimnisvollen Zeichen an. Hier steht das Wort ‹unwürdig›. Auf alle Fälle muß sie vollkommen von Sinnen gewesen sein. Er dachte nach. Ob sie schon betrunken war, als sie Gerbert küßte? Hatte sie es eigens getan, um sich Mut zu machen, weil sie mir irgendeinen häßlichen Streich spielen wollte? Oder haben sie sich zusammen mehr aus Zufall betrunken?

– Sie hat geweint, dann hat sie diese Botschaft verfaßt, und dann muß sie eingeschlafen sein, sagte Françoise. Sie wäre so gern ganz sicher gewesen, daß Xavière friedlich auf ihrem Lager ruhte.

Sie öffnete die Läden, und das Tageslicht flutete in den Raum; erstaunt ließ sie ihre Augen ein paar Minuten lang auf dem Bild der geschäftigen Straße ruhen, in der alles klar und vernünftig war. Dann wendete sie sich wieder in das Zimmer zurück, in dem noch die dumpfe Angst zu hängen schien und quälende Gedanken ohne Unterlaß kreisten.

– Ich werde doch noch mal klopfen gehen, sagte sie. Wir können doch nicht länger so warten, ohne zu wissen, was los ist. Wenn sie nun irgend etwas geschluckt hat! Gott weiß, in welchem Zustand sie ist.

– Ja, klopfe, bis sie Antwort gibt, riet Pierre.

Françoise ging die Treppe hinunter; seit Stunden waren sie nun schon unaufhörlich hinab- und hinaufgegangen, teils in Wirklichkeit, teils in der Phantasie; das Schluchzen Xavières hallte noch in ihr nach; sicher war sie lange am Boden liegengeblieben und hatte sich dann aus dem Fenster gebeugt; der rauschhafte Ekel, der ihr Herz erfüllt haben mochte, war schauerlich auszudenken. Françoise klopfte an die Tür, ihr Herz pochte zum Zerspringen; niemand antwortete. Sie klopfte stärker. Eine dumpfe Stimme fragte murrend:

– Wer ist da?

– Ich bin es, sagte Françoise.

– Was ist denn? fragte die Stimme.

– Ich wollte nachsehen, ob du auch nicht krank bist, antwortete Françoise.

– Nein, sagte Xavière. Ich schlief noch.

Françoise wußte nicht, was sie denken sollte. Es war heller Tag. Xavière lag in ihrem Zimmer und sprach mit ganz normaler Stimme zu ihr. Es war ein Morgen wie alle anderen, und der tragische Ton dieser Nacht schien völlig fehl am Ort.

– Es ist nur wegen heut nacht, sagte Françoise. Geht es dir wirklich gut?

– Aber ja, es geht mir gut, ich will schlafen, murmelte Xavière verstimmt.

Françoise wartete noch einen Augenblick; in ihrem Herzen tat sich immer noch ein Abgrund von Katastrophen auf, den diese mürrischen Antworten bei weitem nicht ausfüllen konnten; nur eine schale Enttäuschung machte sich darin breit. Unmöglich konnte sie noch weiter in Xavière dringen; sie trat den Rückzug in ihr Zimmer an. Nach dem röchelnden Wehklagen und den pathetischen Anrufen dieser Nacht wurde es ihr nicht leicht, sich wieder in einen alltäglichen, trübselig grauen Tageslauf hineinzufinden.

– Sie schlief noch, erklärte sie Pierre. Sie schien es höchst unangebracht zu finden, daß ich sie aufwecken kam.

– Hat sie dir nicht aufgemacht? fragte Pierre.

– Nein, sagte Françoise.

– Ich frage mich, ob sie wie gewöhnlich um zwölf erscheinen wird. Ich glaube nicht.

– Ich glaube es auch nicht, meinte Françoise.

Schweigend machten sie ihre Toilette. Es hatte keinen Zweck, mit Worten und Gedanken, die zu gar nichts führten, in die Dinge Ordnung bringen zu wollen. Als sie fertig waren, verließen sie das Hotel und begaben sich in schweigender Übereinkunft zum ‹Dôme›.

– Weißt du, was wir tun sollten, sagte Pierre, wir sollten Gerbert anrufen und ihn bitten zu kommen. Er kann uns Auskunft geben.

– Aber wie sollen wir das motivieren? fragte Françoise.

– Sage ihm die Wahrheit: daß Xavière uns etwas ganz Planloses geschrieben hat und sich in ihrem Zimmer verschanzt, daß wir unruhig sind und gern wüßten, was geschehen ist.

– Gut, ich gehe, sagte Françoise, als sie das Café betraten. Bestelle mir einen schwarzen Kaffee.

Sie ging die Treppe zum Telefon hinunter und gab der Telefonistin Gerberts Nummer; sie war ebenso nervös wie Pierre. Was war heute nacht geschehen? War es bei Küssen geblieben? Was versprachen sich die beiden voneinander? Was würde daraus werden?

– Hallo, rief die Telefonistin, bleiben Sie am Apparat, es will Sie jemand sprechen.

Françoise trat in die Kabine.

– Hallo, ich möchte Herrn Gerbert sprechen.

– Am Apparat, sagte Gerbert. Wer ist dort?

– Françoise. Sagen Sie, könnten Sie zu uns in den ‹Dôme› kommen? Wir werden Ihnen dann sagen, warum.

– Gut, sagte Gerbert. In zehn Minuten bin ich da.

– Gut, sagte Françoise. Sie legte ein paar Münzen in die Untertasse und stieg in das Café hinauf. An einem Tisch im Hintergrund saß hinter einem Stapel Zeitungen und mit einer Zigarette im Mund Elisabeth. Pierre saß zornbebend neben ihr.

– Schau! Da bist du ja, sagte Françoise. Elisabeth wußte ganz genau, daß sie jeden Tag hierher gingen, sicher hatte sie sich an ihrem Tisch installiert, um ihnen aufzulauern. Wußte sie vielleicht etwas?

– Ich war hereingekommen, um Zeitungen zu lesen und ein paar Briefe zu schreiben, sagte Elisabeth. Mit einem Ausdruck von Genugtuung fügte sie hinzu: Erfreulich sieht es gerade nicht aus.

– Nein, sagte Françoise. Sie bemerkte, daß Pierre nichts bestellt hatte; offenbar wollte er so schnell wie möglich wieder fort.

Elisabeth lachte amüsiert.

– Was habt ihr zwei denn heute morgen? Ihr seht ja wie die Leichenbitter aus.

Françoise zögerte.

– Xavière hat sich heute nacht betrunken, sagte Pierre. Uns hat sie eine verworrene Botschaft geschickt, daß sie sich umbringen wolle, und jetzt schließt sie sich vor uns ein. Er zuckte die Achseln. Sie ist imstande und macht uns irgendeine Schweinerei.

– Wir müssen deshalb, sagte Françoise, so schnell es geht, ins Hotel zurück. Mir gefällt die Sache gar nicht.

– Ach geh, die bringt sich doch nicht um, meinte Elisabeth. Sie hielt die Augen fest auf das Ende ihrer Zigarette geheftet. Ich habe sie heute nacht auf dem Boulevard Raspail getroffen, sie machte gerade mit Gerbert ein paar Tanzschritte auf der Straße. Ich lege meine Hand dafür ins Feuer, daß sie nicht an Selbstmord denkt.

– Sah sie heute nacht schon aus, als ob sie betrunken wäre? wollte Françoise wissen.

– Sie sieht ja immer mehr oder weniger rauschgiftsüchtig aus, meinte Elisabeth. Da kann man das nicht genau sagen. Sie schüttelte den Kopf. Ihr nehmt das Mädel viel zu ernst. Wißt ihr, was ihr guttun würde? Ihr solltet sie in eine Gymnastikschule stecken, wo sie jeden Tag acht Stunden Sport treiben und tüchtig Beefsteak essen muß; ihr könnt mir glauben, das wäre das richtige für sie.

– Wir wollen jetzt sehen, sagte Pierre und stand auf, wie es mit ihr steht.

Sie gaben Elisabeth die Hand und verließen das Café.

– Ich habe gleich gesagt, wir seien nur gekommen, um zu telefonieren, erklärte Pierre.

– Ja, aber ich habe Gerbert hierher bestellt, sagte Françoise.

– Wir warten draußen auf ihn, sagte Pierre, wir werden ihn schon erwischen.

Schweigend gingen sie auf der Straße auf und ab.

– Wenn Elisabeth herauskommt und uns hier entdeckt, wie sieht das dann aus? meinte Françoise.

– Ach, das ist mir ganz gleich, gab Pierre gereizt zur Antwort.

– Sie ist ihnen heute nacht begegnet und ist sicher jetzt gekommen, um herumzuschnüffeln, meinte Françoise. Diese gehässige Person.

Pierre antwortete nicht, seine Blicke hafteten wie gebannt auf dem Metroausgang. Françoise behielt das Café im Auge, es wäre ihr unangenehm gewesen, in diesem Moment der Verwirrung von Elisabeth getroffen zu werden.

– Da ist er, sagte Pierre.

Gerbert kam lächelnd näher; unter den Augen hatte er große dunkle Ringe, die bis zur Hälfte der Wangen reichten. Pierres Miene hellte sich auf.

– Grüß dich, wir müssen schnell fort, sagte er mit einem freundlichen Lächeln. Elisabeth beobachtet uns vom ‹Dôme› aus. Wir gehen da drüben in das Café.

– Hat es Ihnen auch gepaßt, jetzt hierherzukommen? fragte Françoise.

Sie war befangen. Gerbert würde ihr Verhalten sicher merkwürdig finden, er sah schon jetzt ganz betreten aus.

– Ja, freilich, sagte er.

Sie setzten sich an einen Tisch, und Pierre bestellte drei Kaffee. Er wirkte als einziger leidlich unbefangen.

– Da schau, was wir heute morgen unter unserer Tür gefunden haben, sagte er und zog Xavières Brief aus der Tasche. Françoise hat bei ihr geklopft, aber sie hat nicht aufgemacht. Vielleicht kannst du uns sagen, was mit ihr ist, wir haben deine Stimme in ihrem Zimmer gehört. War sie betrunken, oder was sonst? In welchem Zustand war sie, als du gegangen bist?

– Sie war nicht betrunken, sagte Gerbert. Aber wir hatten eine Flasche Whisky mit hinaufgenommen, vielleicht hat sie nachher noch davon getrunken. Er hielt inne und warf mit einem verlegenen Ausdruck die Haarsträhne aus seiner Stirn zurück. Ich muß euch nämlich sagen, ich bin heute nacht bei ihr geblieben, sagte er.

Sie schwiegen alle einen Augenblick.

– Das ist ja auch noch kein Grund, sagte Pierre rundheraus, sich aus dem Fenster zu stürzen.

Françoise blickte ihn bewundernd an. Wie gut er sich verstellte! Um ein

Haar wäre sie selbst darauf hereingefallen.

– Man kann sich aber vorstellen, meinte sie, daß das für sie etwas Hochdramatisches ist. Sicher war die Mitteilung für Pierre nicht überraschend gekommen. Er hatte sich offenbar vorgenommen, gute Miene zu machen. Aber auf welche Ausbrüche des Zornes und des Leidens würde sie sich gefaßt machen müssen, wenn Gerbert gegangen war?

– Sie hat mich in den ‹Deux Magots› getroffen, sagte Gerbert. Wir haben uns ein Weilchen unterhalten, und dann hat sie mich eingeladen, mit auf ihr Zimmer zu kommen. Da ist sie mir, ich weiß nicht, wie es kam, in die Arme gesunken, und dann sind wir zusammen geblieben.

Mit betretener und gereizter Miene blickte er hartnäckig auf sein Glas.

– Lag das schon lange in der Luft? fragte Pierre.

– Und Sie meinen, daß sie sich, nachdem Sie gegangen waren, auf den Whisky gestürzt hat? meinte Françoise.

– Wahrscheinlich, gab Gerbert zurück. Er hob den Kopf. Sie hat mich hinausgeworfen, und dabei kann ich schwören, daß nicht ich es war, der ihr zugesetzt hat, sagte er mit einem Versuch, sich zu rechtfertigen. Sein Gesicht entspannte sich. Wie sie auf mich geschimpft hat! Ich war einfach starr. Man hätte meinen können, ich hätte ihr die Unschuld geraubt.

– Das sieht ihr ganz ähnlich, sagte Françoise.

Gerbert blickte schüchtern zu Pierre hinüber.

– Bist du mir böse?

– Wieso denn, sagte Pierre.

– Ich weiß nicht, brachte Gerbert verlegen hervor. Sie ist noch so jung. Ich weiß nicht, wiederholte er und errötete leicht.

– Mach ihr wenigstens kein Kind, das ist das einzige, was wir uns ausbitten, sagte Pierre.

Mit Unbehagen drückte Françoise ihre Zigarette in der Untertasse aus. Pierres Falschheit war ihr unangenehm, die Komödie ging etwas zu weit. In diesem Augenblick schien er sich selbst zu verspotten und dazu alles, was ihm am Herzen lag; aber diese erzwungene Ruhe war nur um den Preis einer unausdenklichen Anspannung zu erreichen.

– Oh, da könnt ihr unbesorgt sein, erklärte Gerbert. Nachdenklich fügte er hinzu: Neugierig bin ich, ob sie wiederkommt.

– Wohin wiederkommt? forschte Françoise.

– Ich habe ihr beim Weggehen gesagt, sie wisse ja, wo sie mich finden könne, ich selber würde keinesfalls sie aufsuchen, erklärte Gerbert voller Würde.

– Oh, Sie werden schon, sagte Françoise.

– Bestimmt nicht, stieß Gerbert gereizt hervor. Sie soll sich nur nicht einbilden, daß ich springe, wenn es ihr gefällt.

– Täuscht euch nicht, sie kommt selbst, sagte Pierre. Sie ist zu Zeiten hochmütig, hat aber keine Linie dabei; sicher bekommt sie Lust, dich zu sehen, und Gründe findet sie dann schon. Er zog an seiner Pfeife.

– Du hast doch den Eindruck, daß sie verliebt ist in dich, oder nicht? fragte Pierre.

– Ich weiß nicht recht, sagte Gerbert. Ich habe sie vorher manchmal geküßt, aber es schien mir gar nicht, daß ihr sehr viel daran lag.

– Du solltest nach ihr sehen, sagte Pierre zu Françoise.

– Aber sie hat mich ja gerade eben fortgeschickt.

– Tut nichts, besteh darauf, daß sie die Tür aufmacht. Man darf sie nicht sich selbst überlassen. Gott weiß, was sie sich zurechtgelegt hat. Pierre lächelte: Ich würde ja selber gehen, aber das ist sicher nicht das richtige.

– Sagen Sie ihr nicht, daß Sie mich gesehen haben, warf Gerbert beunruhigt ein.

– Haben Sie keine Angst, sagte Françoise.

– Und erinnere sie daran, daß wir sie um zwölf erwarten, setzte Pierre hinzu.

Françoise verließ das Café und verschwand in der Rue Delambre. Diese Vermittlerrolle, die Pierre ihr allzu oft zuwies und durch die sie sich abwechselnd bei dem einen oder anderen unbeliebt machte, war ihr im Grunde verhaßt; heute aber war sie entschlossen, sie möglichst gut durchzuführen; sie hatte für alle Beteiligten Angst.

Sie ging die Treppe hinauf und klopfte. Xavière öffnete. Ihre Haut sah gelb aus, ihre Lider geschwollen, aber sie hatte sich sorgfältig angezogen, sogar Rouge auf die Lippen getan und ihre Wimpern geschwärzt.

– Ich wollte mal nach dir sehen, erklärte Françoise in aller Heiterkeit.

Xavière warf ihr einen finstern Blick zu.

– Warum? Ich bin nicht krank.

– Du hast mir aber ein Briefchen geschickt, das mir Angst gemacht hat, sagte Françoise.

– Ich soll dir geschrieben haben? fragte Xavière.

– Da schau selbst, sagte Françoise und hielt den rosa Zettel hin.

– Ach, jetzt erinnere ich mich dunkel, sagte Xavière. Sie setzte sich neben Françoise auf den Diwan. Ich war nämlich furchtbar betrunken, sagte sie.

– Und ich habe gedacht, sagte Françoise, du wolltest dir wirklich was antun. Deswegen habe ich heute früh bei dir angeklopft.

Xavière blickte angewidert auf das rosa Papier.

– Ich war noch betrunkener, als ich dachte, sagte sie. Sie fuhr sich mit der Hand über die Stirn. Ich habe Gerbert in den ‹Deux Magots› getroffen, und wir sind dann – ich weiß selbst nicht mehr recht, wie es kam – mit einer Flasche Whisky zu mir heraufgegangen; wir haben zusammen davon getrunken, und als er fort war, habe ich die Flasche leer gemacht. Sie starrte vor sich hin, ihr Mund war von einem grimmigen Lächeln verzerrt. Ja, ich erinnere mich jetzt, daß ich lange am Fenster gestanden und gedacht habe, ich solle mich hinunterstürzen. Dann ist mir kalt geworden.

– Na, ich danke! sagte Françoise. Das wäre ja eine schöne Bescherung gewesen, wenn sie dich als schöne Leiche zu uns heraufgebracht hätten.

Xavière erschauerte.

– Jedenfalls werde ich mich nie auf diese Weise umbringen, erklärte sie.

Ihre Miene verfiel; niemals hatte Françoise sie in einem so jammervollen Zustand gesehen; sie fühlte sich leidenschaftlich zu ihr hingezogen, sie hätte ihr so gern irgendwelchen Beistand gebracht! Aber dazu mußte Xavière bereit sein, sich helfen zu lassen.

– Wieso hast du denn überhaupt daran gedacht, dir etwas antun zu wollen? fragte Françoise leise. Bist du denn so unglücklich?

Xavières Blick wurde unsicher, und ein Rausch des Leidens überflutete ihr Gesicht. Françoise fühlte sich völlig über sich selbst hinausgetragen und ganz ergriffen von diesem Schmerz. Sie umschlang Xavière und drückte sie an ihre Brust.

– Meine liebe kleine Xavière, sagte sie. Was ist denn? Sage es mir doch.

Xavière ließ sich schwer gegen Françoises Schulter sinken und brach in Schluchzen aus.

– Was ist denn? wiederholte Françoise.

– Ich schäme mich, sagte Xavière.

– Aber warum denn? Weil du betrunken warst?

Xavière schluckte und sagte mit einer weinerlichen Kinderstimme:

– Deswegen, und überhaupt, ich weiß mich nicht zu benehmen. Ich habe mich mit Gerbert gezankt und ihn vor die Tür gesetzt, ich bin abscheulich gewesen. Und dann habe ich auch noch diesen idiotischen Brief verfaßt. Und dann . . . Sie seufzte tief und begann von neuem zu weinen.

– Und dann was? fragte Françoise.

– Nichts. Genügt dir das noch nicht? Ich komme mir beschmutzt vor, sagte Xavière. Mit jammervoller Miene putzte sie sich die Nase.

– Das ist doch alles nicht so schlimm, meinte Françoise. Das schöne, großmütige Mitleid, von dem sie eben noch erfüllt gewesen war, schwand und machte einer gewissen Bitterkeit Platz; auch noch mitten in ihrer Verzweiflung behielt Xavière sich völlig in der Hand . . . Mit welcher Wonne sie log.

– Du darfst dich nicht aufregen, sagte sie.

– Verzeih mir, sagte Xavière. Sie wischte sich die Augen und setzte wütend hinzu: Niemals wieder betrinke ich mich.

Es war Torheit gewesen, einen Augenblick zu hoffen, daß Xavière sich freundschaftlich Françoise zuwenden und ihr Herz ausschütten würde; sie besaß dafür zuviel Hochmut und zuwenig Courage. Sie schwiegen jetzt. Françoise empfand Mitleid und Angst, wenn sie an Xavières Zukunft dachte, die sie nicht abwenden konnte. Sicher würde Xavière Pierre für immer verlieren, und auch ihre Beziehungen zu Françoise würden durch einen solchen Bruch aufs schwerste betroffen sein. Auch Françoise würde nichts mehr retten können, wenn Xavière sich jedem Bemühen widersetzte.

– Labrousse erwartet uns zum Essen, sagte sie.

Xavière lehnte sich schroff zurück.

– Oh, ich komme nicht.

– Warum nicht?

– Ich bin ganz verkatert und müde, sagte Xavière.

– Das ist doch kein Grund.

– Ich will aber nicht, erklärte Xavière. Sie wies Françoise mit gequälter Miene zurück. Ich will Labrousse jetzt nicht sehen.

Françoise schlang ihren Arm um sie. Wie gerne hätte sie ihr die Wahrheit entlockt! Xavière ahnte ja gar nicht, wie nötig sie Hilfe brauchte.

– Wovor hast du denn Angst? fragte sie.

– Er wird denken, ich habe mich mit Absicht betrunken, wegen der Nacht vorher, weil ich mich so gut mit ihm vertragen hatte, sagte Xavière. Und dann soll ich wieder Erklärungen geben, und ich kann, kann, kann nicht mehr! Sie brach in Tränen aus.

Françoise drückte sie stärker an sich und sagte aufs Geratewohl:

– Da ist doch nichts zu erklären.

– Doch, alles ist zu erklären, rief Xavière. Ihre Tränen rannen jetzt hemmungslos über ihre Wangen, und ihr Gesicht war nur noch eine verfließende Maske des Schmerzes.

– Jedesmal, wenn ich Gerbert gesehen habe, glaubt Labrousse, ich habe etwas gegen ihn, und ist mir böse deswegen. Ich ertrage es nicht mehr, ich will ihn nicht mehr sehen, schrie sie in einem Paroxysmus der Verzweiflung.

– Ich glaube im Gegenteil, meinte Françoise, wenn du selber zu ihm gingest und offen mit ihm redetest, würde sich alles von selber klären.

– Nein, man kann gar nichts tun, rief Xavière, es ist aus, er wird mich sicher hassen. Sie sank mit dem Kopf Françoise auf die Knie, krampfhaftes Schluchzen schüttelte sie. Wie unglücklich würde sie noch sein! Und wie Pierre wohl schon inzwischen leiden mochte!

Françoise fühlte sich selbst ganz aufgewühlt, Tränen traten ihr in die Augen. Warum diente ihrer aller Liebe nur dazu, daß sie sich gegenseitig marterten? Jetzt wartete nichts als eine finstere Hölle auf sie.

Xavière hob den Kopf und blickte Françoise verstört an.

– Du weinst um mich? fragte sie. Du weinst! Oh, aber das will ich nicht.

In einer Aufwallung des Gefühls nahm sie Françoises Gesicht zwischen ihre Hände und fing sie mit leidenschaftlicher Inbrunst zu küssen an; es waren Küsse andächtiger Verehrung, in denen Xavière sich von aller Beschmutzung reinigte und ihre Selbstachtung wiederfand. Unter dem sanften Druck ihrer Lippen fühlte Françoise sich so edel, so überirdisch, so göttlich, daß das Herz ihr schwoll: aber sie wünschte sich eine Freundschaft unter Menschen, nicht diesen fanatischen und gleichzeitig herrischen Kult, dessen wehrloses Idol sie war.

– Ich verdiene nicht, daß du meinetwegen weinst, sagte Xavière. Wenn ich denke, was du bist und was ich bin! Wenn du wüßtest, was ich bin! Und um mich willst du weinen!

Françoise erwiderte ihre Küsse; immerhin galt ja dieser heftige Ausbruch von Zärtlichkeit und Demut doch ihr! Auf Xavières Wangen fand sie, untermischt mit dem Salzgeschmack der Tränen, die Erinnerung an jene Stunden wieder, da sie sich in einem kleinen verschlafenen Café gelobt hatte, Xavière glücklich zu machen. Es war ihr schlecht gelungen, doch wenn Xavière nur selber einwilligte, würde sie, um welchen Preis es auch sei, sie gegen die ganze Welt zu beschützen wissen.

– Ich will nicht, sagte sie, daß dir etwas Böses geschieht.

Xavière schüttelte den Kopf:

– Du kennst mich nicht, du solltest mich nicht lieben.

– Ich liebe dich aber, ich kann nichts dafür, antwortete ihr lächelnd Françoise.

– Du hast unrecht, beharrte Xavière mit einem neuen Aufschluchzen.

– Das Leben wird dir so schwer, sagte Françoise. Laß mich dir dabei helfen.

Sie hätte so gern zu Xavière gesagt: Ich weiß alles, aber das ändert zwischen uns nichts; doch konnte sie ja nicht sprechen, ohne Gerbert preiszugeben, und so mußte sie ihr überflüssiges verstehendes Mitleid für sich selbst behalten, da keine Verfehlung da war, an die sie es wenden konnte. Hätte Xavière sich zu einem Geständnis entschlossen, so hätte sie sie trösten, sie beruhigen können; sie würde sie sogar gegen Pierre in Schutz genommen haben.

– Sag mir doch, weshalb du dich so aufregst, redete sie ihr zu. Bitte, sage es mir doch.

In Xavières Miene gab etwas nach. An ihren Lippen hängend wartete Françoise; mit einem einzigen Satze hätte Xavière das schaffen können, was Françoise seit so langem ersehnte: ein völliges Verschmelzen ihrer Freuden, Sorgen und Beängstigungen.

– Ich kann es dir nicht sagen, stieß Xavière verzweifelt hervor. Dann atmete sie tief und setzte ruhiger hinzu: Es gibt auch gar nichts zu sagen.

In einem Anfall ohnmächtiger Wut wünschte sich Françoise, sie könnte diesen kleinen eigensinnigen Kopf so lange zusammendrücken, bis er sich öffnete; gab es denn kein Mittel, Xavière zum Nachgeben zu zwingen? Eigensinnig der Güte sowohl wie heftigem Drängen widerstrebend, hielt sie sich in ihrer feindseligen Reserve verschanzt. Sie ging einer Katastrophe entgegen, und Françoise war verurteilt, abseits zu stehen und keinen Finger zu rühren.

– Ich bin sicher, ich könnte dir helfen, sagte sie mit einer Stimme, die vor Zorn bebte.

– Niemand kann mir helfen, erwiderte Xavière. Sie warf den Kopf zurück und fuhr sich mit den Fingerspitzen durchs Haar. Ich habe dir schon gesagt, ich tauge nichts, ich habe euch vorher gewarnt, setzte sie ungeduldig hinzu. Sie sah jetzt wieder so scheu und so fern aus wie je.

Françoise konnte, ohne indiskret zu sein, nicht länger in sie dringen. Sie war bereit gewesen, Xavière vorbehaltlos zur Verfügung zu stehen, und wäre dies Geschenk angenommen worden, so wäre sie von sich selber frei geworden und auch von dieser fremden Gegenwart, die ihr fortwährend den Weg versperrte; Xavière aber hatte es abgelehnt. Sie wollte sich zwar vor Françoise ausweinen, aber ihr nicht erlauben, ihren Kummer zu teilen. Françoise stand allein einem einsamen und in sich verkrochenen Bewußtsein gegenüber. Mit dem Finger strich sie über einen großen Auswuchs, der Xavières Hand entstellte.

– Ist die Brandwunde jetzt wieder vollkommen geheilt? fragte sie.

– Vollkommen, sagte Xavière; sie betrachtete ihre Hand. Ich hätte nie geglaubt, daß es so weh tun könnte.

– Du hast dir aber auch eine merkwürdige Behandlung verschrieben, sagte Françoise. Entmutigt schwieg sie still. Ich muß gehen. Kommst du wirklich nicht mit?

– Nein, sagte Xavière.

– Was soll ich Labrousse denn sagen?

Xavière zuckte die Achseln, als ginge die Frage sie nichts an.

– Sage ihm, was du willst.

Françoise stand auf.

– Ich werde versuchen, es ihm irgendwie zu erklären, sagte sie. Auf Wiedersehen.

– Auf Wiedersehen, sagte Xavière.

Françoise hielt ihre Hand noch fest.

– Es ist mir sehr arg, sagte sie, dich so müde und traurig hier zurückzulassen.

Xavière lächelte schwach.

– Nach einem Rausch, sagte sie, ist das immer so. Sie blieb wie erstarrt auf der Diwanecke sitzen, und Françoise ging hinaus.

Trotz alldem würde sie versuchen, Xavière in Schutz zu nehmen; es würde ein einsamer Kampf, ein Sieg ohne Freude sein, da Xavière selbst sich weigerte, an ihrer Seite zu bleiben; nicht ohne schlechte Vorgefühle sah sie zudem der Regung von Feindseligkeit entgegen, auf die sie bei Pierre stoßen würde, wenn sie Xavière gegen ihn vertrat. Aber sie fühlte sich an Xavière durch eine Bindung gefesselt, die sie nicht selber bestimmte. Langsam stieg sie hinunter auf die Straße; sie hätte am liebsten die Stirn an eine Laterne gelehnt und geweint.

Pierre saß noch an demselben Platz, an dem sie ihn zurückgelassen hatte, nur war er allein.

– Nun? Hast du sie gesehen? fragte er.

– Ich habe sie gesehen, sie hat unaufhörlich geschluchzt, sie ist völlig verstört.

– Kommt sie?

– Nein, sie hat furchtbare Angst vor dir. Françoise sah Pierre ins Gesicht und wählte ihre Worte mit Vorbedacht. Ich glaube, sie fürchtet, du könntest dir denken, was geschehen ist, und nun ist sie verzweifelt bei dem Gedanken, sie könne dich verlieren.

Pierre lachte höhnisch auf:

– Jedenfalls verliert sie mich nicht, ohne daß wir vorher eine nette kleine Aussprache haben. Ich habe ihr verschiedenes zu erzählen. Natürlich hat sie dir nichts gesagt?

– Nein, nichts. Sie gibt nur zu, daß Gerbert mit zu ihr hinaufgegangen ist, sie habe ihn dann fortgeschickt und hinterher sinnlos Whisky getrunken. Françoise hob mutlos die Achseln.

– Einen Augenblick lang hatte ich das Gefühl, daß sie sprechen würde.

– Ich werde die Wahrheit schon aus ihr herausholen, sagte Pierre.

– Nimm dich in acht, warnte Françoise. Sie mag dich zwar für einen Zauberkünstler halten, aber schließlich wird sie doch erraten, daß du etwas weißt, wenn du zu sehr in sie dringst.

Pierres Gesicht verschloß sich noch mehr:

– Laß mich nur machen, sagte er. Im Notfall behaupte ich, ich hätte durchs Schlüsselloch geschaut.

Françoise zündete sich eine Zigarette an, um die Haltung zu bewahren; ihre Hand zitterte. Nicht ohne Grauen stellte sie sich vor, wie gedemütigt sich Xavière bei dem Gedanken fühlen mußte, Pierre habe sie gesehen; er würde vielleicht Worte wählen, die nicht wiedergutzumachen waren.

– Treibe sie nicht zum Äußersten, riet sie. Sie tut sich sonst doch noch etwas an.

– Ach, die ist zu feige dazu, sagte Pierre.

– Wenn sie sich auch nicht umbringt, meinte Françoise, so geht sie doch vielleicht nach Rouen zurück, und ihr Leben ist verpatzt.

– Sie soll tun, was sie will, stieß Pierre zornig hervor. Aber jedenfalls schwöre ich, daß ich es ihr heimzahlen werde.

Françoise senkte den Kopf. Xavière hatte sich gegen Pierre vergangen, sie hatte ihn tödlich verletzt. Françoise spürte diese Wunde heftig in sich selbst; hätte sie sich ganz darauf konzentrieren können, so wäre alles ganz einfach gewesen. Aber sie sah auch Xavières verstörte Miene vor sich.

– Du kannst dir nicht vorstellen, fuhr Pierre jetzt sanfter fort, wie reizend sie neulich zu mir war. Sie war ja gar nicht verpflichtet zu dieser Komödie der Leidenschaft. Seine Stimme wurde hart. Sie besteht nur aus Koketterie, aus Launen und aus Treulosigkeit. Sie hat sich nur aus nachträglichem Haß mit Gerbert eingelassen, nur um der Versöhnung zwischen uns jeden Wert zu rauben, um mich zum besten zu haben, um sich an mir zu rächen. Und es ist ihr sogar geglückt, aber sie soll dafür büßen!

– Höre, sagte Françoise. Ich will dich nicht hindern, zu tun, was du für richtig hältst. Aber versprich mir eins: sage ihr nicht, daß ich alles weiß. Sie könnte sonst nicht mehr ertragen, mit mir zusammenzukommen.

Pierre sah sie an.

– Gut, sagte er. Ich werde behaupten, ich hätte dir nichts gesagt.

Françoise legte ihre Hand auf seinen Arm, ein bitterer Kummer durchflutete sie. Sie liebte ihn, aber um Xavière zu retten, mit der keine Liebe möglich war, trat sie ihm entgegen wie eine Fremde; morgen vielleicht würde er ihr erklärter Feind sein. Er würde leiden, sich rächen, hassen, ohne sie und selbst gegen sie; sie selber stürzte ihn in seine Einsamkeit zurück, sie, die sich nur immer gewünscht hatte, eins mit ihm zu sein! Sie zog ihre Hand zurück; er blickte in weite Ferne; er war bereits verloren für sie.

Sechstes Kapitel

Françoise warf einen letzten Blick auf Tedesco und die Eloy, die auf der Bühne in einen leidenschaftlichen Dialog verwickelt waren.

– Ich gehe jetzt, flüsterte sie.

– Sprichst du mit Xavière? fragte Pierre.

– Ja, ich habe es dir ja versprochen, sagte Françoise.

Pierres Anblick jammerte sie. Xavière ging ihm auch weiterhin hartnäkkig aus dem Wege, und er versteifte sich auf eine Aussprache mit ihr; seine Nervosität war in den letzten drei Tagen immer größer geworden. Soweit er nicht Betrachtungen über Xavières Gefühle anstellte, verfiel er in schweigendes Brüten; die Stunden an seiner Seite lasteten derart auf Françoise, daß sie die Probe für heute nachmittag mit einer Art von Erleichterung als kleine Ablenkung begrüßt hatte.

– Und wie erfahre ich, ob sie einverstanden ist? fragte Pierre.

– Du siehst ja um acht Uhr, ob sie da ist oder nicht.

– Aber es ist doch unerträglich, so lange zu warten und nicht zu wissen, woran man ist, meinte er.

Françoise zuckte ratlos die Achseln; sie war beinahe sicher, daß ihr Versuch vergeblich sein würde, aber wenn sie es Pierre von vornherein sagte, zweifelte er bestimmt an ihrem guten Willen.

– Wo triffst du sie? fragte Pierre.

– In den ‹Deux Magots›.

– Gut! Ich rufe in einer Stunde an, und dann sagst du mir, was sie beschlossen hat.

Françoise schluckte mit Mühe einen Protest herunter. Sie hatte jetzt schon bei zu vielen Gelegenheiten Pierre widersprechen müssen, und in ihren geringfügigsten Auseinandersetzungen schon lag jetzt immer etwas Scharfes und Mißtrauisches, das ihr im Innersten weh tat.

– Gut, abgemacht, sagte sie.

Sie stand auf und ging durch den Mittelgang. Übermorgen war die Erstaufführung; sie kümmerte sich gar nicht darum, ebensowenig wie Pierre. Acht Monate zuvor hatten sie an dieser gleichen Stelle «Julius Cäsar» geprobt; im Halbdunkel waren die gleichen braunen und blonden Köpfe zu sehen gewesen; Pierre hatte in dem gleichen Orchestersessel gesessen, die Augen auf die Bühne gerichtet, auf der das Licht der gleichen Projektoren spielte. Wie anders war alles geworden! Damals war ein Lächeln der Canzetti, eine Bewegung Paules, die Falte in einem Kleide die Folge oder der Anlaß einer spannenden Geschichte gewesen; die Betonung in einem Satz, die Farbe eines Gebüsches hoben sich in fieberhaftem Glanz von einem weitgespannten Horizont großer Hoffnungen ab; im Dunkel der roten Sessel des Zuschauerraums lag die Zukunft verborgen. Françoise verließ das Theater. Die Leidenschaft hatte die Schätze der Vergangenheit entwertet, und in der dürren Gegenwart gab es nichts zu lieben, nichts zu denken mehr; die Straßen waren nicht mehr von den Erinnerungen und Versprechungen beglänzt, die sie früher so unendlich hatten erscheinen lassen; sie waren nur noch unter einem ungewissen, von spärlichem Blau durchschossenen Himmel Entfernungen, die man durchmaß.

Françoise setzte sich im Freien vor dem Café nieder; in der Luft lag ein feuchter Duft wie von grünen Nüssen; es war die Zeit, wo sie in anderen Jahren von glühendheißen Straßen und schattigen Gipfeln zu träumen begonnen hatten. Françoise dachte an Gerberts gebräuntes Gesicht, seine lange, unter dem Rucksack gebeugte Gestalt. Wie stand er wohl jetzt mit Xavière? Françoise wußte, daß sie ihn gleich an dem Abend nach jener tragischen Nacht wieder aufgesucht hatte und daß es zwischen ihnen zu einer Art von Friedensschluß gekommen war; Xavière tat zwar völlig gleichgültig Gerbert gegenüber, gab aber zu, daß sie ihn häufig sah. Welche Gefühle mochte sie in Wahrheit für ihn hegen?

– Guten Tag, rief Xavière vergnügt. Sie setzte sich und legte Françoise einen kleinen Maiglöckchenstrauß hin. Das ist für dich, sagte sie.

– Wie lieb von dir, sagte Françoise.

– Du mußt ihn anstecken, sagte Xavière.

Lächelnd gehorchte Françoise. Sie wußte genau, daß die fröhliche Zuneigung, die aus Xavières Augen leuchtete, durchaus trügerisch war. Xavière legte gar keinen Wert mehr auf sie und machte sich nichts daraus, sie anzulügen; hinter ihrem einschmeichelnden Lächeln mochte sich etwas wie schlechtes Gewissen verbergen, sicherlich aber auch eine große Befriedigung darüber, daß sich Françoise so leicht düpieren ließ. Gewiß wollte Xavière sie sich auch als Verbündete gegen Pierre gewinnen. Doch mochte ihr Herz auch noch so unrein sein, die Verführung ihres trügerisch schönen Gesichts übte dennoch auf Françoise ihre Wirkung aus. In ihrer

Schottenbluse mit den frischen Farben sah Xavière entzückend frühlingshaft aus, leuchtend klare Heiterkeit erhellte ihre Züge, die nichts zu verbergen schienen.

– Welch herrliches Wetter, sagte sie. Ich bin heute ganz stolz: denk dir, ich bin zwei Stunden marschiert und nicht einmal müde geworden.

– Ich muß leider sagen, erklärte Françoise, daß ich den schönen Sonnenschein gar nicht ausgenutzt habe. Ich habe den ganzen Nachmittag im Theater gesessen.

Ihr Herz zog sich zusammen; wie gern hätte sie sich der Illusion überlassen, die Xavière mit soviel Anmut zu erzeugen verstand; sie hätten einander Geschichten erzählt, wären langsam zur Seine hinunter gebummelt und hätten sich dabei kleine, liebevoll aufmerksame Dinge gesagt. Doch auch dieser flüchtige Reiz war ihr nicht vergönnt, sie mußte auf der Stelle eine bedenkliche Diskussion herbeiführen, die Xavières Lächeln vertreiben und lauter verborgene Giftstoffe zum Ausbruch bringen würde.

– Wird es gut? fragte Xavière übertrieben interessiert.

– Nicht schlecht jedenfalls, ich denke schon, es wird drei bis vier Wochen halten, das heißt bis zum Ende der Saison.

Françoise nahm sich eine Zigarette und drehte sie zwischen den Fingern hin und her.

– Warum kommst du nicht zu den Proben? Labrousse hat mich heute wieder gefragt, ob du endgültig entschlossen seist, ihn nicht mehr zu sehen.

Xavières Miene wurde sofort reserviert. Sie zuckte mit den Achseln.

– Warum meint er das? So etwas Dummes!

– Seit drei Tagen schon gehst du ihm aus dem Wege, sagte Françoise.

– Ich gehe ihm nicht aus dem Wege, ich habe ihn einmal verfehlt, weil ich mich in der Zeit geirrt hatte.

– Und ein anderes Mal, weil du müde warst, sagte Françoise. Er hat mich gebeten, bei dir anzufragen, ob du ihn heute um acht am Theater abholen willst.

Xavière wendete den Kopf zur Seite.

– Um acht? Da kann ich nicht, sagte sie.

Françoise warf einen besorgten Blick auf das weggewandte mürrische Profil, das hinter dem schweren blonden Haar verschwand.

– Bist du ganz sicher? fragte sie.

Gerbert ging heute abend nicht mit Xavière aus. Pierre hatte sich erkundigt, bevor er sich für den Zeitpunkt entschied.

– Also ja, ich bin frei, sagte Xavière. Aber ich möchte früh schlafen gehen.

– Du kannst doch sehr wohl Labrousse um acht Uhr treffen und doch früh schlafen gehen.

Xavière hob den Kopf, und ein kurzes wütendes Blitzen huschte durch ihren Blick.

– Du weißt genau, daß das nicht stimmt. Es gibt dann wieder eine Aussprache, die bis vier Uhr morgens dauert.

Françoise zuckte die Achseln.

– Gib lieber offen zu, daß du ihn nicht mehr sehen willst, sagte sie. Aber dann solltest du ihm auch deine Gründe sagen.

– Ich bekomme nur Vorwürfe von ihm zu hören, brachte Xavière klagend hervor. Ich bin sicher, er haßt mich im Augenblick.

Es stimmte, daß Pierre diese Begegnung nur suchte, um mit Xavière in aller Form zu brechen; vielleicht aber würde es ihr, wenn sie sich ihm stellte, doch gelingen, seinen Zorn zu entwaffnen. Entzog sie sich aber jetzt wieder, so würde seine Geduld ganz sicher am Ende sein.

– Ich glaube tatsächlich nicht, sagte sie, daß er sehr gut auf dich zu sprechen ist. Aber auf alle Fälle gewinnst du nichts dabei, wenn du dich jetzt versteckst; er wird dich zu finden wissen, und das Beste wäre, du sprächest noch heute abend mit ihm.

Sie schaute Xavière ungeduldig an.

– Raffe dich doch auf, sagte sie.

– Ich habe Angst vor ihm, sagte sie.

– Hör mal, sagte Françoise und legte ihre Hand auf Xavières Arm. Du möchtest doch nicht, daß Labrousse endgültig jedes Wiedersehen mit dir ablehnt?

– Du meinst, er wird es ablehnen? fragte Xavière.

– Sicherlich, wenn du weiterhin so eigensinnig bist.

Xavière senkte niedergeschlagen den Kopf. Wie viele Male schon hatte Françoise mutlos ihre Blicke auf diesem goldenen Scheitel ruhen lassen, unter dem man so schwer nur vernünftigen Gedanken Eingang verschaffen konnte.

– Er wird gleich anrufen, drängte sie. Geh doch heut abend hin.

Xavière antwortete nicht.

– Wenn du willst, spreche ich vorher mit ihm und versuche, ihm alles zu erklären.

– Nein, stieß Xavière heftig hervor. Ich habe genug von euren Geschichten, und ich gehe nicht hin.

– Du läßt es also lieber auf einen Bruch ankommen, sagte Françoise. Überlege es dir gut, denn darauf kommt es bestimmt heraus.

– Dann kann man es eben nicht ändern, meinte Xavière resigniert.

Zwischen ihren Fingern zerrupfte Françoise einen Maiglöckchenstengel. Es war unmöglich, aus Xavière einen Entschluß herauszuziehen; ihre Feigheit machte ihren Verrat noch schlimmer. Aber sie täuschte sich, wenn sie glaubte, sie könne Pierre entgehen; er wäre imstande, mitten in der Nacht an ihrer Tür zu erscheinen.

– Du sagst, man kann nichts ändern, weil du niemals ernstlich an die Zukunft denkst.

– Ach, meinte Xavière, mit Labrousse und mir konnte es doch niemals etwas Richtiges werden.

Sie vergrub ihre Hände in ihrem Haar und legte dabei die fliehenden Schläfen frei; eine Woge von Haß und Leiden lief über ihre Züge hin; der Mund stand krampfhaft offen und wirkte wie ein Riß in einer überreifen Frucht, deren giftiges, zuvor den Augen verborgenes Mark auf einmal in der Sonne leuchtete. Man konnte bei ihr nichts erreichen. Xavière hatte Pierre ganz und ausschließlich für sich haben wollen, und da sie nicht ohne Teilung über ihn verfügen konnte, gab sie ihn nun auf in einem leidenschaftlichen Groll, in den auch Françoise mit einbezogen war.

Françoise sagte nichts mehr. Xavière machte ihr den Kampf wirklich schwer, den sie für sie hatte führen wollen; in ihrer Ohnmacht bloßgestellt, hatte Xavières Eifersucht nichts von ihrer Heftigkeit verloren; sie hätte für Françoise etwas aufrichtige Zärtlichkeit nur übrig gehabt, wenn es ihr gelungen wäre, ihr Pierre mit Leib und Seele abspenstig zu machen.

– Fräulein Miquel ans Telefon, rief eine Stimme.

Françoise stand auf.

– Sag, daß du kommst, drängte sie.

Xavière warf ihr einen flehenden Blick zu und schüttelte den Kopf.

Françoise ging die Stufen hinab, trat in die Kabine und nahm den Hörer ab.

– Hallo, hier ist Françoise, sagte sie.

– Nun? fragte Pierre. Kommt sie, oder kommt sie nicht?

– Es ist immer dasselbe, sagte Françoise, sie hat einfach Angst. Es ist mir nicht gelungen, sie zu überzeugen. Aber es schien ihr sehr nahezugehen, als ich sagte, du würdest noch völlig mit ihr brechen.

– Schon gut, sagte Pierre. Sie verliert dabei weiter nichts.

– Ich habe getan, was ich konnte, sagte Françoise.

– Ich weiß, du bist sehr lieb, sagte Pierre. Es klang eher kurz.

Er hängte ein. Françoise kam zurück und setzte sich wieder neben Xavière, die sie mit befreitem Lächeln empfing.

– Weißt du, sagte sie, noch nie hat dir ein Hut so gut gestanden wie dieser kleine Canotier.

Françoise lächelte mechanisch zurück.

– Du solltest immer meine Hüte aussuchen, sagte sie.

– Greta hat dir ganz wütend nachgeschaut. Sie kränkt sich immer fürchterlich, wenn sie sieht, daß eine andere Frau ebenso elegant ist wie sie.

– Sie hat ein sehr hübsches Kostüm an, meinte Françoise.

Sie selbst fühlte sich beinahe erleichtert; die Würfel waren gefallen; dadurch, daß Xavière eigensinnig ihre Hilfe und ihren Rat zurückgewiesen hatte, nahm sie ihr die schwere Sorge für ihr Glück in der Zukunft ab. Ihre Blicke schweiften über die Terrasse hin, wo helle Frühjahrsmäntel, leichte Jacken und Strohhüte sich schüchtern hervorgewagt hatten. Und auf einmal verspürte sie wie in den vergangenen Jahren ein lebendiges Verlangen nach Sonne, nach Grün, nach unermüdlichem Wandern an Berghängen entlang.

Xavière schaute sie von unten her mit suchendem Lächeln an.

– Hast du die Erstkommunikantin gesehen? fragte sie. Die Mädels in dem Alter sehen doch zu kümmerlich aus mit ihrer platten Brust.

Es schien, als ob sie Françoise irgendwelchen traurigen Gedanken entreißen wollte, die mit ihr selbst nichts zu tun hatten; in ihrer ganzen Haltung drückte sich sorglose Heiterkeit und gute Laune aus; Françoise warf folgsam einen Blick auf die Familie im Sonntagsstaat, die den Platz überquerte.

– Bist du auch zur ersten Kommunion gegangen? fragte sie.

– Das will ich meinen, sagte Xavière. Sie lachte übertrieben angeregt. Ich hatte verlangt, daß mein Kleid von oben bis unten mit Rosen bestickt würde. Mein armer Vater gab schließlich nach.

Sie brach kurz ab. Françoise folgte der Richtung ihres Blickes und erkannte Pierre, der gerade die Tür eines Taxis zuschlug. Das Blut schloß ihr ins Gesicht. Hatte Pierre vergessen, was er versprochen hatte? Wenn er in ihrer Gegenwart mit Xavière sprach, so konnte er kaum so tun, als habe er ihr, Françoise, gegenüber seine beschämende Entdeckung verschwiegen.

– Guten Tag, sagte Pierre. Er zog einen Stuhl herbei und setzte sich zwanglos nieder. Offenbar, wendete er sich zu Xavière, sind Sie heute abend nicht frei?

Xavière starrte ihn auch jetzt noch wie gebannt an.

– Ich habe mir gesagt, man muß doch einmal etwas gegen diesen Unstern tun, der über unseren Verabredungen schwebt. Pierre lächelte äußerst liebenswürdig. Warum laufen Sie seit drei Tagen vor mir davon?

Françoise stand auf; sie wollte vermeiden, daß Pierre in ihrer Gegenwart Xavière heruntermachte, und sie spürte unter seiner Höflichkeit einen unbeugsamen Entschluß.

– Ich glaube, es ist besser, ihr sprecht euch ohne mich aus, sagte sie.

Xavière klammerte sich an sie.

– Nein, bleib, sagte sie mit erloschener Stimme.

– Laß mich los, sagte Françoise sehr sanft. Was Pierre dir zu sagen hat, geht mich nichts an.

– Bleibe, oder ich gehe auch, erklärte Xavière mit zusammengebissenen Zähnen.

– Bleib, mischte sich Pierre ungeduldig ein. Du siehst ja, daß sie sonst einen hysterischen Anfall bekommt.

Dann wendete er sich wieder zu Xavière um. Auf seinem Gesicht war keine Spur von Freundlichkeit mehr zu erkennen.

– Ich möchte gern wissen, weshalb ich Ihnen solche Angst einflöße?

Françoise setzte sich wieder, und Xavière ließ ihren Arm los; sie schluckte und nahm eine würdevolle Haltung an.

– Sie flößen mir keine Angst ein, sagte sie.

– Es scheint aber doch so, meinte Pierre. Er blickte Xavière tief in die Augen. Übrigens kann ich Ihnen sagen, warum.

– Dann fragen Sie mich doch nicht erst, antwortete Xavière.

– Ich hätte es gern von Ihnen gehört, sagte Pierre. Er machte eine etwas theatralische Pause und fuhr dann, ohne sie aus den Augen zu lassen, fort: Sie haben Angst, daß ich in Ihrem Herzen lese und Ihnen laut verkünde, was ich darin sehe.

Xavières Gesicht verkrampfte sich:

– Ich weiß, was Sie für schmutzige Gedanken im Kopf haben; es graut mir davor, und ich will sie nicht kennenlernen, erklärte sie voller Abscheu.

– Ich kann nichts dafür, sagte Pierre, wenn die Gedanken, die mir bei Ihrem Anblick kommen, eher unsauber sind.

– Auf alle Fälle, sagte Xavière, behalten Sie sie besser für sich.

– Es tut mir leid, entgegnete Pierre, aber ich bin eigens hergekommen, um sie Ihnen zu unterbreiten.

Er nahm sich Zeit. Jetzt, wo er Xavière in seiner Gewalt hatte, schien er bei dem Gedanken, die Szene nach seinem Belieben zu gestalten, vollkommen ruhig und gutgelaunt. Seine Stimme, sein Lächeln, die Pausen, die er machte, alles war so wohl berechnet, daß Françoise darin einen Schimmer von Hoffnung sah. Was er wünschte, war, Xavière völlig in der Hand zu haben; wenn ihm das aber ohne Mühe gelang, würde er ihr vielleicht allzu viele harte Wahrheiten ersparen und sich dafür gewinnen lassen, daß es zu keinem Bruch zwischen ihnen kam.

– Es scheint, Sie wollen mich nicht mehr sehen, fing er wieder an. Sie werden sicher mit Befriedigung hören, daß auch mir nichts daran liegt, unsere Beziehungen aufrechtzuerhalten! Nur habe ich für meine Person nicht die Gewohnheit, die Leute fallenzulassen, ohne ihnen zu sagen, weshalb.

Mit einem Schlage war es mit Xavières mühsam behaupteter Fassung vorbei; mit aufgerissenen Augen und halboffenem Munde wurde sie zu einem Bild ungläubiger Ratlosigkeit. Es war unmöglich, daß diese ungeheuchelte Angst nicht auf Pierre Eindruck machte.

– Was habe ich Ihnen denn getan? fragte Xavière.

– Sie haben mir nichts getan, sagte Pierre. Im übrigen haben Sie keine Verpflichtung gegen mich, ich habe mir niemals irgendein Recht über Sie angemaßt. Er sah jetzt nüchtern und gleichgültig aus. Nein, ich habe nur einfach endlich begriffen, wer Sie eigentlich sind, und da hat diese Geschichte für mich jedes Interesse verloren.

Xavière blickte wie hilfesuchend um sich; ihre Hände waren verkrampft, sie schien leidenschaftlich zum Kampf, zur Verteidigung entschlossen, aber offenbar fiel ihr keine Wendung ein, die nicht bedenklich war. Françoise hätte ihr gern ihre Rolle souffliert; sie war jetzt ganz sicher, daß Pierre nicht darauf ausging, alle Brücken abzubrechen, sondern er hoffte wohl vielmehr, daß gerade seine Härte Xavière zu irgendwelchen Tönen veranlaßte, die ihn seinerseits rührten.

– Meinen Sie wegen dieser Verabredungen, die nicht geklappt haben? fragte Xavière in jämmerlichem Ton.

– Nein, sondern wegen der Gründe, weshalb sie nicht klappten, sagte Pierre. Er wartete einen Augenblick; Xavière fügte nichts hinzu. Sie schämten sich vor sich selbst, fuhr er fort.

Xavière bäumte sich auf.

– Ich habe mich nicht geschämt. Ich war nur sicher, daß Sie wütend auf mich wären. Sie sind immer wütend, sobald ich mich mit Gerbert treffe, und da ich mich neulich mit ihm betrunken habe ... Sie zuckte verächtlich die Achseln.

– Aber ich würde es ganz ausgezeichnet finden, wenn Sie Freundschaft für Gerbert empfänden, oder sogar Liebe, sagte Pierre. Sie könnten nicht besser wählen. Diesmal war der Zorn, der in seiner Stimme grollte, schon nahezu unbeherrscht. Aber Sie sind ja zu einem reinen Gefühl überhaupt nicht imstande: Sie haben niemals etwas anderes in ihm gesehen, als ein Werkzeug zur Befriedigung Ihres Hochmuts und zur Dämpfung Ihres Zorns. Mit einer Bewegung hielt er Xavières Einwände auf. Sie haben selbst gestanden, daß, als Sie sich auf eine Romanze mit ihm eingelassen haben, es nur aus Eifersucht geschehen sei, und Sie haben ihn auch nicht seiner schönen Augen wegen neulich nacht mit in Ihr Zimmer genommen.

– Ich wußte genau, daß Sie das denken würden, sagte Xavière. Ich war ganz sicher. Sie biß die Zähne zusammen, und zwei Tränen ohnmächtiger Wut liefen ihr über die Wangen.

– Weil Sie wußten, daß es stimmt, sagte Pierre. Ich werde Ihnen genau sagen, was sich zugetragen hat. Als ich Sie gezwungen habe, Ihre höllische Eifersucht einzugestehen, haben Sie gebebt vor Zorn; Sie finden sich mit jeder Niedrigkeit in Ihrem Innern ab, vorausgesetzt, daß sie im Dunkel bleibt; Sie waren empört, weil es Ihrer Koketterie nicht gelungen ist, mir die Untergründe Ihrer kleinen Seele zu verschleiern. Was Sie von den Leuten verlangen, ist anhimmelnde Bewunderung; jede Wahrheit verletzt Sie.

Françoise sah ihn mit Besorgnis an, sie hätte ihn gern zum Einhalten gebracht; der Strom seiner Worte riß ihn hin, er verlor die Ruhe, und die Härte seines Gesichts war jetzt nicht mehr gespielt.

– Das ist wirklich zu ungerecht! rief Xavière. Ich war sofort nicht mehr böse auf Sie!

– Unsinn, sagte Pierre. Wenn man das glauben wollte, müßte man sehr naiv sein. Sie haben nicht aufgehört, mir zu zürnen; nur müßte man, um sich einem solchen Haß ganz hinzugeben, weniger schlapp sein als Sie; es ist ermüdend, jemand zu hassen, und da haben Sie eine kleine Ruhepause eingelegt. Sie waren ganz ruhig, denn Sie wußten, daß Sie, sobald es besser für Sie wäre, auf diesen Haß zurückgreifen könnten, und da haben Sie ein paar Stunden pausiert, weil Ihnen der Sinn gerade nach Zärtlichkeiten stand.

Xavières Miene verfinsterte sich.

– Mir stand nicht der Sinn nach Zärtlichkeiten von *Ihnen*, sagte sie mit Schärfe.

– Möglich, sagte Pierre. Er grinste. Aber Sie hatten Lust auf Zärtlichkeiten, und ich war gerade da. Er maß sie von Kopf bis Fuß mit dem Blick und setzte in unverschämtem Ton hinzu: Bitte schön, ich beklage mich nicht, es ist ganz angenehm, mit Ihnen Zärtlichkeiten auszutauschen, ich bin dabei ebensogut auf meine Rechnung gekommen wie Sie.

Xavière rang nach Luft, sie schaute jetzt Pierre mit so unverhohlenem Abscheu an, daß es fast wie eine Befreiung für sie schien, aber die Tränen, die sie schweigend vergoß, widerlegten die hysterische Ruhe in ihren Zügen.

– Das ist gemein, was Sie da sagen, murmelte sie.

– Was ist gemein, donnerte Pierre, wenn nicht Ihr eignes Betragen? Ihre Beziehungen zu mir haben einzig in Eifersucht, Hochmut und Treulosigkeit bestanden. Sie haben nicht Ruhe gegeben, bis Sie mich zu Ihren Füßen sahen; Sie hegten noch keinerlei freundschaftliche Gefühle für mich, da haben Sie schon in Ihrem infantilen Ausschließlichkeitsbedürfnis versucht, mich mit Gerbert auseinanderzubringen; dann sind Sie auf Françoise derartig eifersüchtig gewesen, daß Sie Ihre Freundschaft mit ihr aufs Spiel gesetzt haben; als ich Sie beschworen habe, doch einmal einen Versuch zu machen, mit uns einfach menschliche Beziehungen ohne Ichsucht und Launenhaftigkeit herzustellen, haben Sie eben mich gehaßt. Und schließlich sind Sie mit diesem Haß im Herzen in meine Arme gesunken, weil Sie das Bedürfnis nach Zärtlichkeiten hatten.

– Sie lügen, sagte Xavière. Sie denken sich das alles aus.

– Weshalb haben Sie mich denn umarmt? fragte Pierre. Nicht um mir Vergnügen zu machen, das würde eine Großherzigkeit voraussetzen, von der bei Ihnen noch niemand eine Spur entdeckt hat, und außerdem hätte ich das auch gar nicht verlangt.

– Es tut mir leid, daß ich Sie geküßt habe, sagte Xavière.

– Das kann ich mir denken, bemerkte Pierre mit einem giftigen Lächeln. Nur haben Sie es sich im Augenblick nicht versagt, weil Sie sich überhaupt niemals etwas haben versagen können. Sie wollten mich hassen in jener Nacht, aber meine Liebe behielt in Ihren Augen doch einen gewissen Wert. Er zuckte die Achseln. Und wenn ich denke, daß ich diese Planlosigkeiten für Seelenreichtum hielt!

– Ich wollte höflich zu Ihnen sein, sagte Xavière.

Sie hatte vorgehabt, beleidigend zu werden, aber sie hatte ihre Stimme, die von Schluchzen bebte, nicht mehr in der Gewalt. Françoise hätte dieser Folter jetzt gern ein Ende gemacht; es genügte; Xavière würde ihr Haupt vor Pierre nicht mehr erheben können. Aber Pierre hatte sich festgebissen und war entschlossen, bis ans Ende zu gehen.

– Das heißt die Höflichkeit übertreiben, sagte er. Die Wahrheit ist, daß Sie hemmungslos kokett gewesen sind; unsere Beziehungen gefielen Ihnen auch weiter, da hatten Sie eben vor, sie auch weiterhin beizubehalten und mich insgeheim im tiefsten Grunde zu hassen. Ich kenne Sie, Sie sind nicht einmal imstande, solch Doppelmanöver durchzuführen, und fallen auf Ihre eigene Hinterhältigkeit herein.

Xavière lachte amüsiert.

– Solche Luftkonstruktionen sind leicht. Ich war in jener Nacht weder so leidenschaftlich aufgelegt, wie Sie glauben, noch habe ich Sie gehaßt. Sie betrachtete Pierre mit etwas mehr Sicherheit, offenbar redete sie sich ein, daß seine Behauptungen auf keinerlei Tatsachen beruhten. Sie erfinden, daß ich Sie haßte, weil Sie immer die übelste Deutung für die richtige halten.

– Ich sage das nicht so aufs Geratewohl, sagte Pierre in einem Ton, in dem eine Drohung enthalten war. Ich weiß sehr wohl, was ich sage. Sie hassen mich und haben doch nicht den Mut, es in meiner Gegenwart zu denken; sobald Sie mich verlassen hatten, haben Sie aus Wut gegen Ihre eigene Schwäche nach einer Möglichkeit gesucht, sich zu rächen, aber in Ihrer Feigheit waren Sie nur zu einer heimlichen Rache fähig.

– Was wollen Sie damit sagen? fragte Xavière.

– Es war gut eingefädelt. Ich hätte Sie weiter gutgläubig angebetet, und Sie hätten meine Huldigungen angenommen, während Sie sich im Grunde darüber lustig machten; das ist genau die Art von Triumph, an der Sie sich weiden können. Das Pech ist nur, daß Sie zu kraftlos sind, um auch nur eine schöne Lüge aufrechtzuerhalten; Sie halten sich für gewitzt, aber Ihre Täuschungsmanöver sind allzu durchsichtig, man kann in Ihnen lesen wie in einem offenen Buch; Sie verstehen sich nicht einmal auf die primitivsten Vorsichtsmaßregeln, um Ihren Verrat zu bemänteln.

Grenzenloser Schrecken malte sich auf Xavières Gesicht.

– Ich verstehe nicht, murmelte sie.

– Sie verstehen nicht? fragte Pierre.

Niemand sagte ein Wort. Françoise warf Pierre einen flehenden Blick zu, aber in diesem Augenblick hatte er keine freundschaftlichen Gefühle für sie; selbst wenn er an sein Versprechen dachte, machte es ihm sicher nichts aus, darüber hinwegzugehen.

– Wollen Sie mir einreden, sagte Pierre, Sie hätten Gerbert aus purem Zufall zu sich heraufgenommen? Sie haben ihn kalten Blutes betrunken gemacht, weil Sie beschlossen hatten, mit ihm zu Bett zu gehen, um sich an mir zu rächen.

– Ah! Das ist doch die Höhe! rief Xavière. Nur Sie können sich solche unglaublichen Dinge ausdenken!

– Geben Sie sich keine Mühe, es abzustreiten, sagte Pierre. Ich denke mir gar nichts aus, ich weiß.

Xavière sah ihn mit der gleichzeitig listigen und triumphierenden Miene einer Wahnsinnigen an.

– Wollen Sie etwa behaupten, daß Gerbert diese Gemeinheit aufgebracht hat?

Von neuem versuchte Françoise, Pierre einen schweigenden, verzweifelten Appell zuzusenden; er durfte Xavière nicht so furchtbar bezichtigen und Gerberts naives Vertrauen enttäuschen. Pierre schwankte einen Augenblick.

– Natürlich hat Gerbert überhaupt nichts gesagt, erklärte er endlich.

– Nun also? sagte Xavière. Sie sehen ja ...

– Ich habe aber Augen und Ohren, sagte Pierre. Und ich benutze sie, wenn es sich so macht. Es ist nicht schwer, durch ein Schlüsselloch zu schauen.

– Sie ... Xavière preßte die Hand an ihren Hals, ihre Kehle schwoll an, als müßte sie ersticken. Sie haben das ernstlich getan? sagte sie.

– Nein, ich hätte mich geniert! gab Pierre höhnisch lachend zurück. Aber bei einer, wie Sie es sind, ist einfach alles erlaubt.

Xavière starrte Pierre, dann Françoise fassungslos an; sie röchelte in ohnmächtiger Wut. Vergebens suchte Françoise nach einer Gebärde, einem Wort, sie hatte Angst, Xavière könnte plötzlich laut schreien oder vor allen Leuten die Gläser zerschlagen.

– Ich habe Sie gesehen, sagte Pierre.

– Das ist genug, Pierre, sagte Françoise. Jetzt schweig!

Xavière war aufgestanden. Sie preßte die Hände an die Schläfen, Tränen strömten über ihr Gesicht. Sie taumelte hinaus.

– Ich werde sie begleiten, sagte Françoise.

– Wenn du willst, meinte Pierre.

Er lehnte sich in affektiertem Gleichmut zurück und zog seine Pfeife aus der Tasche.

Françoise überquerte laufend den Platz. Xavière ging mit schnellen Schritten steif davon, den Kopf nach oben gewandt. Françoise holte sie ein, und sie gingen schweigend ein Stück die Rue de Rennes hinauf. Auf einmal drehte sich Xavière zu Françoise um.

– Laß mich doch, sagte sie mit erstickter Stimme.

– Nein, sagte Françoise, ich bleibe bei dir.

– Ich will nach Hause, sagte Xavière.

– Ich komme mit, erklärte Françoise. Sie winkte einem Taxi. Steig ein, sagte sie in entschiedenem Ton.

Xavière gehorchte. Sie lehnte den Kopf an die Kissen und starrte zur Decke empor; sie zog die Oberlippe hoch.

– Diesem Menschen, erklärte sie, tränke ich es noch einmal ganz gehörig ein.

Françoise berührte sie am Arm.

– Xavière, murmelte sie.

Xavière fuhr zusammen und schnellte zurück.

– Rühre mich nicht an, stieß sie heftig hervor.

Sie betrachtete Françoise mit einem so verstörten Blick, als sei ihr ein ganz neuer Gedanke gekommen.

– Du wußtest es, sagte sie. Du hast alles gewußt.

Françoise gab keine Antwort. Das Taxi hielt. Sie bezahlte und stieg rasch hinter Xavière die Treppe hinauf. Xavière hatte ihre Zimmertür halb aufstehen lassen, sie selbst stand ans Waschbecken gelehnt mit geschwollenen Augenlidern, verwirrtem Haar und rosa Flecken im Gesicht; ein Dämon schien in ihrem Innern zu rasen, ihr zerbrechlicher Körper wurde von Schauern durchtobt.

– Tagelang hast du mich reden lassen und wußtest genau, daß ich log, sagte sie.

– Ich konnte nichts dafür, daß mir Pierre alles gesagt hat; ich wollte es gar nicht wissen, sagte Françoise.

– Wie du mich ausgelacht haben mußt, sagte Xavière.

– Xavière! Ich habe niemals daran gedacht, zu lachen, sagte Françoise und machte einen Schritt auf sie zu.

– Komm mir nicht näher, schrie Xavière. Ich will dich nicht mehr sehen. Ich gehe für immer fort.

– Beruhige dich doch, sagte Françoise. Das ist alles ganz dumm. Zwischen uns ist ja gar nichts vorgefallen; an diesen Geschichten mit Labrousse bin doch ich nicht schuld.

Xavière hatte ein Handtuch ergriffen, an dessen Fransen sie mit aller Macht zerrte.

– Ich lebe von eurem Geld, sagte sie. Ich lasse mich von euch aushalten! Stelle dir das einmal vor.

– Du bist ja wahnsinnig, sagte Françoise. Ich komme wieder, wenn du dich etwas beruhigt hast.

Xavière ließ das Handtuch los.

– Ja, sagte sie, geh jetzt fort.

Sie ging zum Diwan und sank in ihrer ganzen Länge schluchzend darauf nieder.

Françoise stand einen Augenblick unschlüssig da, dann ging sie leise aus dem Zimmer, schloß hinter sich die Tür und stieg die Treppe hinauf. Sie machte sich keine allzu großen Sorgen; Xavières Entschlußlosigkeit war sicherlich größer als ihr Stolz, sie würde nicht den sinnlosen Mut aufbringen, nach Rouen zurückzukehren. Aber sicherlich würde sie Françoise niemals die unleugbare Überlegenheit verzeihen, die sie jetzt über sie hatte; es würde ein weiterer Grund des Grollens sein neben so vielen anderen.

Françoise nahm den Hut ab und sah sich im Spiegel an. Sie hatte nicht einmal mehr die Kraft, sich niedergeschlagen zu fühlen, sie trauerte einer Freundschaft nicht nach, die doch unmöglich war, und sie fand auch in sich keinen Groll gegen Pierre. Alles, was ihr zu tun blieb, war, in Geduld und Trauer die armseligen Reste eines Lebens zusammenzulesen, auf das sie so stolz gewesen war; sie würde Xavière überreden, in Paris zu bleiben, sie würde versuchen, Pierres Vertrauen wiederzuerlangen. Sie sandte ihrem Bild ein schwaches Lächeln zu. Würde sie nun, nach all diesen Jahren leidenschaftlichen Strebens, sieghafter Heiterkeit und rasenden Glücksverlangens eine in ihr Geschick ergebene Frau wie so viele andere sein?

Siebtes Kapitel

Françoise drückte das Ende ihrer Zigarette in der Untertasse aus.

– Bringst du es fertig, bei dieser Hitze zu arbeiten?

– Das macht mir nichts aus, sagte Pierre. Und was hast du heute nachmittag vor?

Sie saßen auf der Terrasse vor Pierres Garderobe, wo sie zu Mittag gegessen hatten. Der kleine Theaterplatz zu ihren Füßen schien unter dem schweren blauen Himmel wie unter einer drückenden Last zu ruhen.

– Ich gehe in die ‹Ursulines› mit Xavière. Es ist da eine Charlie Chaplin-Woche.

Pierre schob die Lippe vor.

– Du weichst nicht mehr von ihrer Seite, sagte er.

– Sie ist so herunter, meinte Françoise.

Xavière war nicht nach Rouen zurückgekehrt, aber obwohl Françoise sich viel um sie kümmerte und sie sich häufig mit Gerbert traf, schleppte sie sich seit vier Wochen wie ein seelenloser Körper im strahlenden Sommerwetter umher.

– Ich hole dich um sechs Uhr ab, sagte Françoise. Ist es dir recht?

– Aber sehr, sagte Pierre. Mit etwas gezwungenem Lächeln setzte er hinzu: Amüsiere dich gut.

Françoise gab ihm sein Lächeln zurück, aber sobald sie das Zimmer verlassen hatte, war alle ihre ohnehin fragwürdige Heiterkeit dahin. Immer wenn sie jetzt allein war, malte sich in ihrem Herzen alles grau in grau. Gewiß machte ihr Pierre nicht einmal in Gedanken einen Vorwurf daraus, daß sie Xavière bei sich behalten hatte, aber es konnte nicht ausbleiben, daß sie jetzt in seinen Augen immer ganz von einer verhaßten Gegenwart durchdrungen schien; immer sah Pierre hinter ihr im Geiste das Bild Xavières.

Die Uhr an der Kreuzung der Rue Vavin zeigte halb drei Uhr. Françoise beeilte sich; sie sah Xavière in einer blendend weißen Bluse auf der Terrasse des ‹Dôme› sitzen; ihre Haare leuchteten. Von weitem wirkte sie strahlend. Aber ihre Miene war trübe und ihr Blick erloschen.

– Ich habe mich etwas verspätet, sagte Françoise.

– Ich bin auch erst gerade gekommen, sagte Xavière.

– Wie geht es dir?

– Heiß, seufzte Xavière.

Françoise setzte sich neben sie. Verwundert stellte sie unter dem Duft nach Virginiatabak und Tee, der Xavière ständig umgab, einen sonderbaren Krankenhausgeruch fest.

– Hast du gut geschlafen heut nacht? fragte Françoise.

– Wir waren nicht tanzen, sagte Xavière. Ich hatte noch genug vom letztenmal. Und Gerbert hatte Kopfweh, fügte sie mit einer Grimasse hinzu.

Sie sprach gern von Gerbert, aber Françoise ließ sich dadurch nicht täuschen; es war nicht aus Freundschaft, daß ihr Xavière kleine Geständnisse machte, sondern um jede ausschließliche Gemeinsamkeit mit Gerbert abzulehnen. Wahrscheinlich war sie rein körperlich stark auf ihn bezogen, aber sie rächte sich gern dafür, indem sie streng über ihn urteilte.

– Ich habe einen großen Spaziergang mit Labrousse gemacht. Am Seineufer war der Abend herrlich. Sie stockte. Xavière heuchelte nicht einmal Interesse, sie blickte gequält ins Weite.

– Wenn wir ins Kino wollen, müssen wir jetzt gehen, sagte Françoise.

– Ja, sagte Xavière.

Sie stand auf und hängte sich bei Françoise ein. Es war eine ganz mechanische Bewegung, sie schien gar nicht zu bemerken, daß jemand bei ihr war. Françoise paßte sich ihren Schritten an. In diesem Augenblick war Pierre trotz der Sommerhitze in seiner Garderobe an der Arbeit. Auch sie hätte sich friedlich in ihr Zimmer zurückziehen und schreiben können; früher hätte sie sich mit Gier auf diese langen leeren Stunden gestürzt; das Theater war geschlossen, sie hatte Muße, und was fing sie nun damit an? Sie hatte nicht einmal das Gefühl, sich einen Urlaub zu gönnen, und hatte doch vollkommen ihre frühere disziplinierte Lebensführung aufgegeben.

– Hast du auch noch Lust, ins Kino zu gehen? fragte sie.

– Ich weiß nicht, sagte Xavière. Ich glaube, lieber ginge ich spazieren.

Françoise schrak vor der Öde brutwarmer Langeweile zurück, die sich vor ihr erstreckte; ohne Hilfe sollte sie diesen endlosen Raum durchschreiten! Xavière war nicht in Plauderstimmung, aber ihre Gegenwart machte doch jedes wirkliche Schweigen unmöglich, in dem man sich mit sich selbst hätte unterhalten können.

– Gut, gehen wir spazieren, sagte Françoise.

Die Straße roch nach Teer, sie klebte unter den Sohlen; diese erste gewittrige Schwüle war überraschend gekommen. Françoise fühlte sich in eine laue, wattige Masse verwandelt.

– Bist du heute noch müde? fragte sie liebevoll.

– Ich bin immer müde, sagte Xavière. Ich werde eine alte Frau. Sie warf Françoise einen schläfrigen Blick zu. Sei mir nicht böse, ich bin heute keine gute Gesellschaft für dich.

– Aber geh! Du weißt genau, daß ich mich immer freue, wenn wir zusammen sind, sagte Françoise.

Xavière erwiderte ihr Lächeln nicht, sie hatte sich schon wieder ganz in sich zurückgezogen. Niemals würde Françoise ihr klarmachen können, daß sie gar nicht von ihr irgendwelche Entfaltung von körperlichen oder geistigen Reizen erwartete, sondern daß es ihr genügte, an ihrem, Xavières, Leben teilnehmen zu können. Diese ganzen vier Wochen hindurch hatte sie beharrlich versucht, an sie heranzukommen, aber Xavière bestand darauf, das fremde Wesen zu bleiben, dessen stets sich vorenthaltende Gegenwart für Françoise einen drohenden Schatten bedeutete. Es gab Augenblicke, in denen Françoise sich ganz auf sich selbst konzentrierte, und andere, wo sie sich Xavière vollkommen widmete, aber oft spürte sie mit einem Gefühl der Angst die Doppelnatur, die ihr Xavières irres Lächeln eines Abends geoffenbart hatte. Das einzige Mittel, dieser störenden Wirklichkeit Herr zu werden, hätte darin bestanden, sich mit Xavière in einer ausschließlichen Freundschaft völlig zu verlieren; im Laufe dieser langen Wochen hatte Françoise immer heftiger das Bedürfnis danach verspürt. Aber Xavière verlor sich nie.

Ein langgezogener schluchzender Singsang durchschnitt die dicke, glutheiße Luft; an einer stillen Straßenecke hielt ein Mann, der auf einem Klappstuhl saß, eine Säge zwischen den Knien; in das Wimmern des Instruments mischten sich klagende Worte:

‹Il pleut sur la route
Dans la nuit j'écou-ou-te
Le cœur en dérou-ou-te
Le bruit de tes pas.›

Françoise drückte Xavières Arm an sich; die schlaffe Melodie in dieser glühenden Einsamkeit kam ihr wie ein Abbild ihres Herzens vor. Der Arm blieb gleichgültig, fühllos, dicht an dem ihren liegen; selbst in Gestalt dieses schönen, greifbaren Körpers war Xavière nicht zu erreichen. Françoise hatte Lust, sich einfach an den Straßenrand zu setzen und da zu bleiben.

– Wenn wir doch irgendwohin gingen? schlug sie vor. Es ist zu heiß zum Gehen. Sie hatte nicht mehr die Kraft, unter diesem gleichförmigen Himmel immer weiter dahinzuirren.

– O ja! Ich würde auch gern sitzen, sagte Xavière. Aber wohin gehen wir?

– Wollen wir vielleicht mal wieder in das maurische Café gehen, das uns einmal so sehr gefallen hat? Es ist hier ganz in der Nähe.

– Ja, gehen wir doch dahin, sagte Xavière.

Sie bogen um die Ecke; es lag schon etwas Tröstliches darin, ein Ziel vor sich zu haben.

– Das war damals das erste Mal, daß wir einen schönen langen Tag gemeinsam vor uns hatten, sagte Françoise. Erinnerst du dich noch?

– Es kommt mir vor, sagte Xavière, als läge es weit zurück. Wie jung ich damals war!

– Es ist erst ein Jahr her, sagte Françoise.

Auch sie war älter geworden seit jenem Winteranfang. Damals lebte sie dahin, ohne sich Fragen zu stellen, die Welt rings um sie her war weit und reich und gehörte ihr; sie liebte Pierre, und Pierre liebte sie, und manchmal hatte sie sich sogar den Luxus geleistet, ihr Glück etwas einförmig zu finden. Sie machte die Tür auf und sah auch schon die wollenen Teppiche, die Kupfertabletts, die vielfarbigen Lampen vor sich; hier war alles gleich geblieben. Die Tänzerin und die Musikanten hockten in einer Nische im Hintergrund und schwatzten miteinander.

– Wie trist es hier jetzt ist, meinte Xavière.

– Das kommt daher, daß es noch so früh ist, sicher füllt es sich bald, sagte Françoise. Möchtest du lieber anderswohin?

– Ach nein, bleiben wir, sagte Xavière.

Sie setzten sich an den gleichen Platz wie damals, auf die rauhen Kissen, und bestellten Tee mit Pfefferminzblättern. Wieder, als Françoise sich an Xavières Seite niederließ, spürte sie den ungewohnten Geruch, der ihr schon am ‹Dôme› aufgefallen war.

– Womit hast du dir heute das Haar gewaschen? fragte sie.

Xavière fuhr mit dem Finger über eine ihrer seidigen Haarsträhnen.

– Ich habe mir nicht das Haar gewaschen, gab sie erstaunt zurück.

– Es riecht nach Apotheke, meinte Françoise.

Xavière lächelte verstehend, unterdrückte die Regung aber gleich wieder.

– Ich habe nichts damit gemacht, wiederholte sie.

Ihre Miene verdüsterte sich, und mit einem etwas mysteriösen Ausdruck zündete sie sich eine Zigarette an. Françoise legte ihr sanft die Hand auf den Arm.

– Wie trüb du gestimmt bist, sagte sie. Du darfst dich dem nicht so überlassen!

– Was soll ich machen? sagte Xavière. Ich habe nun einmal kein heiteres Naturell.

– Aber du gibst dir auch gar keine Mühe. Weshalb hast du dir nicht die Bücher geholt, die ich für dich bereitgelegt hatte?

– Ich kann nicht lesen, wenn ich melancholisch bin, erklärte Xavière.

– Warum arbeitest du nicht mit Gerbert? Das wäre das beste Heilmittel, wenn ihr euch bemühtet, eine hübsche kleine Sache auf die Beine zu bringen.

Xavière hob die Achseln.

– Man kann mit Gerbert nicht arbeiten! Er spielt nur für sich, er ist außerstande, einem eine Anleitung zu geben; ebensogut kann man einfach an die Wand hinspielen. Mit Schärfe fügte sie hinzu: Und dann mag ich auch nicht, was er macht. Das ist alles so klein.

– Du bist ungerecht, sagte Françoise. Es fehlt ihm etwas an Schwung, aber er ist gescheit und feinfühlig.

– Das genügt nicht, sagte Xavière. Es zuckte in ihrem Gesicht: Ich hasse die Mittelmäßigkeit, erklärte sie voller Ingrimm.

– Er ist jung, er hat noch keine große Erfahrung. Aber ich glaube doch, daß er etwas erreichen wird, meinte Françoise.

Xavière schüttelte den Kopf.

– Wenn er noch wenigstens richtig schlecht wäre, dann bestände vielleicht Hoffnung, aber er ist platt. Er ist gerade nur imstande, gewissenhaft nachzumachen, was Labrousse ihm sagt.

Xavière hatte viele Einwände gegen Gerbert, aber einer der schärfsten galt seiner Bewunderung für Labrousse. Gerbert behauptete, nie sei sie so wutentbrannt gegen ihn, als wenn er gerade von Pierre oder sogar von Françoise käme.

– Schade, sagte Françoise. Du würdest alles ganz anders ansehen, wenn du etwas tätest.

Müde schaute sie auf Xavière. Sie sah wirklich nicht, was sich für sie tun ließ. Auf einmal wurde ihr klar, was das für ein Geruch war, der von Xavières ganzer Person ausging.

– Aber du riechst ja nach Äther, rief sie erstaunt.

Xavière wandte das Gesicht ab, ohne eine Antwort zu geben.

– Was machst du denn mit Äther? forschte Françoise.

– Nichts, sagte Xavière.

– Aber höre mal!

– Ich habe ein bißchen eingeatmet, sagte Xavière. Das ist sehr angenehm.

– Hast du das zum erstenmal getan, oder etwa schon öfter?

– Oh, ein paarmal, sagte Xavière mit gespielter Verstimmung.

Françoise hatte den Eindruck, daß es ihr gar nicht unangenehm war, ihr Geheimnis entdeckt zu sehen.

– Gib acht, sagte Françoise. Du wirst ganz abgestumpft werden oder dir ernstlich schaden.

– Was verliere ich schon, sagte Xavière.

– Warum tust du das?

– Ich kann mich nicht mehr betrinken, mir wird schlecht davon, sagte Xavière.

– Hiervon wird dir noch viel schlechter werden, meinte Françoise.

– Meinst du, sagte Xavière. Man braucht nur einen Wattebausch an die Nase zu führen, und dann spürt man stundenlang gar nicht mehr, daß man lebt.

Françoise faßte sie bei der Hand.

– Bist du denn so unglücklich? fragte sie. Wo fehlt es denn? Sag es mir doch.

Sie wußte recht gut, worunter Xavière litt, aber sie konnte es ihr doch nicht ins Gesicht sagen.

– Abgesehen von der Arbeit verträgst du dich gut mit Gerbert, nicht wahr? sagte sie.

Sie erwartete die Antwort Xavières mit einem Interesse, das nicht allein durch Fürsorge für die andere zu erklären war.

– Ach Gerbert, ja schon, sagte Xavière mit einem Achselzucken. Er zählt nicht so sehr, das weißt du ja.

– Aber du hängst doch ganz an ihm, sagte Françoise.

– Ich hänge an allem, was mir gehört, sagte Xavière. Herausfordernd setzte sie hinzu: Es hat etwas so Ausruhendes, wenn man jemand für sich hat. Ihre Stimme schwankte. Aber schließlich ist er nur eine nette Zugabe in meinem Leben, sonst nichts.

Françoise zog sich kühl in sich zurück, sie fühlte sich persönlich durch den verächtlichen Ton verletzt, den Xavière anschlug.

– Also wenn du traurig bist, ist es nicht seinetwegen?

– Nein, sagte Xavière.

Sie wirkte jetzt so hilflos und jammervoll, daß die Regung von Feindseligkeit in Françoise schon wieder erlosch.

– Und ich bin auch nicht schuld? fragte sie. Bist du mit allem zufrieden, wie es zwischen uns ist?

– O ja, sagte Xavière mit einem freundlichen Lächeln, das gleich wieder erstarb. Plötzlich belebte sich ihr Gesicht. Ich langweile mich, stieß sie leidenschaftlich hervor. Ich langweile mich grauenhaft.

Françoise antwortete nicht; dadurch, daß Pierre fehlte, war diese Leere in Xavières Dasein entstanden. Man hätte ihn ihr wiedergeben müssen, doch Françoise fürchtete, daß das unmöglich sei; sie trank ihr Glas Tee aus; das Café hatte sich jetzt etwas mehr gefüllt, seit kurzem bliesen auch die Musikanten in ihre näselnden Flöten; die Tänzerin trat in die Mitte des Raumes vor; ein Zittern durchlief ihren Leib.

– Was für dicke Hüften sie hat, stellte Xavière angewidert fest; sie ist fett geworden.

– Sie war schon immer fett, meinte Françoise.

– Möglich, gab Xavière zu. Früher genügte halt wenig, mich in Entzükken zu versetzen. Ihr Blick glitt langsam über die Wände hin. Ich habe mich sehr verändert.

– Im Grunde ist das natürlich hier alles Kitsch, meinte Françoise. Du magst nur noch, was wirklich schön ist, das ist ja an sich nicht bedauerlich.

– Ach nein, entgegnete Xavière, es macht überhaupt nichts mehr Eindruck auf mich! Sie schloß halb die Augen, öffnete sie dann wieder und setzte hinzu: Ich bin verbraucht.

– Das redest du dir nur ein, antwortete Françoise empört, das sind ja Redensarten. Du bist nicht verbraucht, du bist schlecht aufgelegt.

Xavière sandte einen leidenden Blick zu ihr hin.

– Du gibst dir zu sehr nach, fuhr Françoise etwas sanfter fort. Du darfst so nicht weitermachen. Höre: vor allem versprich mir, daß du keinen Äther mehr nimmst.

– Aber du kannst dir gar nicht vorstellen, sagte Xavière, wie das ist: diese Tage, die nie zu Ende gehen.

– Ich meine es ernst, das weißt du. Du richtest dich völlig zugrunde, wenn du nicht Schluß machst damit.

– Niemand, wandte Xavière ein, hätte Schaden davon.

– Auf alle Fälle ich, hielt Françoise ihr liebevoll vor.

– Oh! machte Xavière in ungläubigem Ton.

– Was willst du damit sagen? fragte Françoise.

– Du kannst unmöglich noch solchen Wert auf mich legen, meinte Xavière.

Françoise war unangenehm überrascht. Xavière schien oft von ihrer Zuneigung nicht sonderlich berührt, aber sie hatte sie doch bislang nicht in Frage gestellt.

– Wie denn? sagte Françoise. Du weißt, wie großen Wert ich immer auf dich gelegt habe.

– Früher ja, sagte Xavière; da hast du auch noch eine gute Meinung von mir gehabt.

– Und warum soll ich die jetzt nicht mehr haben?

– Es ist nur mein Eindruck, gab Xavière matt zurück.

– Dabei haben wir uns nie so häufig gesehen wie eben jetzt, sagte Françoise aufs tiefste befremdet, niemals habe ich mich so um ein Verstehen zwischen uns bemüht.

– Weil ich dir leid tue, sagte Xavière mit einem schmerzlichen Auflachen. So weit habe ich es jetzt gebracht: ich bin jemand, mit dem man Mitleid hat.

– Das ist ja ganz falsch, sagte Françoise. Wie kommst du denn darauf?

Xavière starrte eigensinnig auf das glühende Ende ihrer Zigarette.

– Sprich dich doch aus, drängte Françoise. Man sagt doch so etwas nicht ohne Grund.

Xavière zögerte, und wieder hatte Françoise das unbehagliche Gefühl, daß mit all ihrem Stocken und Schweigen Xavière die Unterhaltung in die ihr erwünschte Bahn gelenkt hatte.

– Es wäre doch ganz natürlich, wenn du genug von mir hättest, sagte Xavière. Du hast guten Grund, mich zu verachten.

– Immer diese alte Geschichte, sagte Françoise. Aber wir hatten uns darüber doch längst schon ausgesprochen! Ich habe vollkommen verstanden, daß du nicht gleich von deinen Beziehungen zu Gerbert hast sprechen wollen, und du hast zugegeben, daß du in meinem Falle auch geschwiegen hättest.

– Ja, sagte Xavière.

Françoise wußte es ja, es gab mit ihr keine endgültige Bereinigung. Wahrscheinlich wachte auch jetzt noch Xavière nachts wütend auf, wenn sie daran dachte, wie Françoise sie drei Tage lang getäuscht hatte.

– Labrousse und du, ihr denkt doch immer dasselbe, fing Xavière wieder an. Und er macht sich von mir ein so abscheuliches Bild.

– Das ist seine Sache, sagte Françoise.

Diese Worte fielen ihr nicht ganz leicht, Pierre gegenüber bedeuteten sie ein gewisses Verleugnen, und doch entsprachen sie der Wahrheit, sie hatte ein für allemal aufgegeben, seine Partei zu ergreifen.

– Du hältst mich doch für gar zu beeinflußbar, sagte sie. Übrigens spricht er fast niemals von dir.

– Er muß mich ja sehr hassen, bemerkte Xavière bekümmert.

Sie schwiegen.

– Und du? Haßt du ihn auch? fragte Françoise.

Sie verspürte einen unangenehmen Druck im Herzen; das ganze Gespräch hatte offenbar keinen anderen Zweck gehabt, als ihr diese Frage zu suggerieren; allmählich ahnte sie, wohin die Dinge trieben.

– Ich? fragte Xavière. Sie warf Françoise einen gequälten Blick zu. Ich hasse ihn nicht, sagte sie.

– Er ist vom Gegenteil überzeugt, sagte Françoise. Dem Wunsche Xavières nachgebend, setzte sie hinzu:

– Würdest du bereit sein, ihn wiederzusehen?

Xavière zuckte die Achseln.

– Er mag ja nicht.

– Ich weiß nicht, sagte Françoise. Wenn er wüßte, daß du ihn vermißt, würde das vieles ändern.

– Natürlich vermisse ich ihn, brachte Xavière langsam hervor. Mit etwas mißglückter Munterkeit setzte sie hinzu: Du kannst dir ja vorstellen, daß Labrousse nicht jemand ist, auf dessen Umgang man so einfach ohne Bedauern verzichtet.

Françoise ließ ihre Blicke einen Augenblick auf dem großen blassen Gesicht ruhen, von dem dieser Apothekengeruch ausging; der Stolz, den Xavière noch in ihrer Not vorzutäuschen versuchte, war so jammervoll, daß Françoise fast gegen ihren Willen sagte:

– Ich könnte ja versuchen, einmal mit ihm zu reden.

– Ach, das führt sicher zu nichts, meinte Xavière.

– Das müßte man sehen, sagte Françoise.

Es war geschehen, der Entschluß war von selbst zustande gekommen, und Françoise wußte, daß ihr jetzt gar nichts anderes übrigblieb, als ihn auszuführen. Pierre würde sie mit finsterer Miene anhören, er würde ihr schonungslos antworten, und seine verletzenden Reden würden ihm selbst erst offenbaren, wieviel Feindschaft gegen sie in ihm angesammelt war. Bedrückt senkte sie den Kopf.

– Was wirst du ihm sagen? forschte Xavière in einschmeichelndem Ton.

– Daß wir von ihm gesprochen haben, sagte Françoise. Daß du keinen Haß gegen ihn bekundet hast, eher im Gegenteil. Daß du deinerseits, wenn er seine Bedenken aufgäbe, dich freuen würdest, seine Freundschaft wieder zurückzugewinnen.

Sie heftete einen leeren Blick auf die bunte Wandbespannung. Pierre tat so, als habe er keinerlei Interesse an Xavière, aber sobald ihr Name fiel, merkte man, wie er aufhorchte; er war ihr einmal in der Rue Delambre begegnet, und sofort hatte Françoise in seinen Augen ein unklares Verlangen bemerkt, hinter ihr herzulaufen. Vielleicht würde er in ein Zusammentreffen mit ihr einwilligen, um sie erneut quälen zu können, vielleicht aber würde er dann wieder von ihr gefangen sein. Aber weder die Befriedigung seines Grolls noch das Wiedererstehen seiner ruhelosen Neigung würde ihn Françoise wieder näherbringen. Die einzig mögliche Wiederannäherung würde voraussetzen, daß sie Xavière nach Rouen zurückschickten und ihr Leben neu und ohne sie begännen.

Xavière schüttelte den Kopf.

– Es hat keinen Zweck, meinte sie in schmerzlicher Resignation.

– Ich kann es doch aber versuchen.

Xavière zuckte die Achseln, als lehne sie jede Verantwortung ab.

– Tu, was du willst, sagte sie.

In Françoise regte sich der Zorn. Xavière hatte sie soweit gebracht mit ihrem Äthergeruch und ihrer herzzerreißenden Miene, und nun zog sie sich wie gewöhnlich in hochmütige Indifferenz zurück und ersparte sich auf diese Weise die Beschämung der Niederlage oder die Verpflichtung zum Dank.

– Ich will es versuchen, sagte Françoise.

Sie hegte nicht die geringste Hoffnung mehr, es mit Xavière zu jener Freundschaft zu bringen, die allein sie hätte retten können, aber so hatte sie jedenfalls alles getan, um sie zu verdienen.

– Ich werde gleich mit Pierre reden, sagte sie.

Als Françoise in Pierres Garderobe trat, saß er noch mit der Pfeife zwischen den Zähnen, wirrem Haar und vergnügter Miene an seinem Arbeitstisch.

– Wie fleißig du bist, sagte sie. Warst du die ganze Zeit nicht fort?

– Du wirst sehen, ich glaube, ich habe gut gearbeitet, sagte er, indem er sich auf dem Stuhl zu ihr herumdrehte.

– Und du? Hat es dir gefallen? War es ein gutes Programm?

– Ach, wir sind gar nicht im Kino gewesen, ich hätte es mir ja denken können. Wir sind durch die Straßen gebummelt, aber es war so schauderhaft warm. Françoise setzte sich auf ein Kissen am Rande der Terrasse; es war jetzt etwas kühler geworden, die Platanen bewegten sich leicht. Ich freue mich wirklich auf die Tour mit Gerbert, ich habe genug von Paris.

– Und ich werde meine Tage mit Zittern zubringen, sagte Pierre. Du wirst mir ganz brav jeden Abend ein Telegramm schicken müssen: Bin noch am Leben!

Françoise lächelte. Pierre war zufrieden mit seinem Tag, seine Miene war heiter und freundlich; es gab immer wieder solche Augenblicke, in denen man meinen konnte, es habe sich nichts seit dem letzten Sommer geändert.

– Du brauchst keine Angst zu haben, sagte Françoise. Es ist noch zu früh für richtige Hochtouren. Wir gehen in die Cevennen oder ins Cantal.

– Ihr werdet doch heute nicht den ganzen Abend mit Plänemachen verbringen, erkundigte Pierre sich ängstlich.

– Nur keine Bange, wir werden dich damit verschonen, sagte Françoise. Sie lächelte wieder, diesmal etwas zaghaft. Auch wir beide werden bald unsere Pläne machen müssen.

– Richtig, keine vier Wochen mehr, und wir brechen auf, sagte Pierre.

– Und müssen uns schließlich entscheiden, wohin, sagte Françoise.

– Ich meine, wir bleiben auf alle Fälle in Frankreich, sagte Pierre. Gegen Mitte August wird es noch wieder eine Periode der Spannung geben, und auch wenn nichts passiert, wäre es doch nicht angenehm, dann gerade wer weiß wo zu sein.

– Wir hatten von Cordes oder dem Süden gesprochen, sagte Françoise. Lachend fügte sie hinzu: ein bißchen Landschaft müßtest du natürlich mit in Kauf nehmen, aber wir würden auch eine Menge kleiner Städte ansehen können. Du magst doch kleine Städte gern?

Während sie Pierre anblickte, fühlte sie sich ganz hoffnungsvoll; wenn sie erst einmal fern von Paris zu zweien zusammen wären, würde er vielleicht diese freundschaftlich entspannte Miene überhaupt nicht mehr ablegen. Es war ihr eilig damit, ihn für lange Wochen mit sich hinwegzuführen.

– Es wäre reizend, sagte Pierre, mit dir in Albi, in Cordes, in Toulouse umherzulaufen. Und du wirst sehen, von Zeit zu Zeit mache ich auch einen rechtschaffenen Ausflug mit dir.

– Und ich werde ohne Murren in Cafés hocken bleiben, solange es dir gefällt, gestand Françoise lachend zu.

– Was machst du mit Xavière inzwischen? fragte Pierre.

– Ihre Leute wollen sie gern die Ferien über bei sich haben; sie geht nach Rouen, es wird ihr auch nichts schaden, wenn sie einmal wieder an ihre Gesundheit denkt.

Françoise blickte scheu zur Seite; was würde aus ihren schönen Plänen werden, wenn es Pierre gefiel, sich mit Xavière zu versöhnen? Seine Leidenschaft für sie würde vielleicht wiederaufleben und damit auch das Trio, das sie zuvor gebildet hatten; sie würden dann nicht anders können als sie mit auf die Reise nehmen. Françoise atmete schwer: niemals hatte sie etwas so dringend ersehnt wie dieses lange Beisammensein zu zweien.

– Ist sie leidend? fragte Pierre scheinbar uninteressiert.

– In keinem guten Zustand jedenfalls, antwortete Françoise.

Es war nicht richtig zu sprechen, richtig war, Pierres Haß langsam in Gleichgültigkeit versinken zu lassen, er war schon auf dem Wege der Besserung. Noch vier Wochen, und dann würde unter dem Himmel Südfrankreichs dieses hektische Jahr nichts mehr als eine Erinnerung sein. Sie brauchte nur weiter nichts zu sagen und das Thema zu wechseln. Schon öffnete Pierre den Mund, um von etwas anderem zu reden, da kam Françoise ihm doch zuvor.

– Weißt du, was sie sich ausgedacht hat? Sie berauscht sich mit Äther.

– Genial, meinte Pierre. Und wozu?

– Sie ist todunglücklich, sagte Françoise. Sie konnte einfach nicht anders, obwohl sie dabei vor der Gefahr zitterte, die sie selbst unwiderstehlich auf sich zog; niemals hatte sie verstanden, ihr Verhalten nach Maßgabe der gebotenen Vorsicht zu regeln.

– Die arme Kleine, sagte Pierre mit betonter Ironie. Was ist ihr denn passiert?

Françoise rollte ihr Taschentuch in ihren feuchten Handflächen hin und her.

– Du hast eine Lücke in ihrem Dasein hinterlassen, sagte sie in halb scherzendem Ton, der ihr schlecht gelang.

Pierres Miene wurde hart.

– Ich bin erschüttert, sagte er. Aber was soll ich tun?

Françoise zerrte noch stärker an ihrem Taschentuch; wie frisch die Wunde noch war! Schon bei den ersten Worten hatte Pierre sich irgendwie verschanzt, es war kein Freund mehr, der zu ihr sprach. Sie nahm ihren Mut zusammen.

– Du kannst dir nicht vorstellen, daß du dich doch eines Tages wieder mit ihr triffst?

Pierre streifte sie mit einem kalten Blick.

– Aha! sagte er, sie hat dich wohl beauftragt, bei mir vorzufühlen?

Jetzt sprach auch Françoise mit hartem Ton.

– Ich habe es ihr angeboten, sagte sie, als ich merkte, wie sehr sie unter der Trennung von dir leidet.

– Ich verstehe, sagte Pierre. Sie hat dir das Herz gebrochen mit dieser Komödie der Äthersüchtigen.

Françoise errötete. Sie wußte, daß bei Xavières tragischem Auftreten eine gewisse Selbstgefälligkeit im Spiel gewesen war und daß sie sich von Xavière nach deren Belieben hatte dirigieren lassen, aber Pierres schneidender Ton bewirkte, daß sie sich auf ihren Standpunkt versteifte.

– Du machst es dir zu leicht, sagte sie. Du kannst dich natürlich an Xavières Geschick desinteressieren, aber jedenfalls ist sie vollkommen herunter, und zwar deinetwegen!

– Meinetwegen! sagte Pierre. Du bist wirklich gut! Er erhob sich und pflanzte sich vor Françoise mit höhnischem Lachen auf: Soll ich sie vielleicht jeden Abend bei der Hand nehmen und Gerbert zuführen? Ist es das, was sie verlangt, damit die liebe Seele Ruhe hat?

Françoise beherrschte sich mit aller Macht, es hatte keinen Zweck, daß sie ihrem Zorn die Zügel schießen ließ.

– Du weißt sehr wohl, daß du ihr das letzte Mal so grausame Dinge gesagt hast, daß selbst eine weniger stolze Person es nicht überwunden hätte. Nur du kannst das wiedergutmachen.

– Da mußt du mich schon entschuldigen, sagte Pierre. Ich hindere dich nicht, denen zu verzeihen, die dich beleidigen, ich selbst aber habe keine Veranlagung zur barmherzigen Schwester.

Françoise fühlte sich aufs tiefste durch diesen verächtlichen Ton verletzt.

– Schließlich, sagte sie, war es ja kein Verbrechen, daß sie sich mit Gerbert eingelassen hat, sie war frei, sie hatte dir nichts versprochen. Es war natürlich arg für dich, aber du weißt, daß du dich damit abfinden würdest, wenn du nur ernstlich wolltest. Sie warf sich in einen Sessel. Ich finde es kleinlich und rein sexuell bedingt, wenn du ihr deswegen grollst. Du spielst den Mann, der jeder Frau böse ist, die er nicht gehabt hat. Mir scheint, daß das deiner nicht würdig ist.

Ängstlich wartete sie die Wirkung ihrer Worte ab. Diesmal hatte der Hieb gesessen. Haß blitzte in Pierres Augen auf.

– Ich bin ihr böse, weil sie kokett und treulos gewesen ist. Warum hat sie sich von mir küssen lassen? Warum dies zärtliche Lächeln? Warum hat sie so getan, als sei sie in mich verliebt?

– Aber sie ist ganz aufrichtig gewesen, sie hängt an dir, sagte Françoise. Grausame Erinnerungen stiegen in ihr auf. Und du selbst hast ja verlangt, daß sie dich liebte, setzte sie hinzu. Du wirst ja noch wissen, wie bestürzt sie war, als du das Wort zum erstenmal ausgesprochen hast.

– Du willst damit sagen, daß sie mich nicht geliebt hat? fragte Pierre.

Noch niemals hatte er Françoise so ausgesprochen feindselig angesehen.

– Das will ich nicht sagen, entgegnete Françoise. Ich sage nur, daß etwas Gezwungenes in ihrer Liebe war, in dem Sinne, wie man künstlich eine Pflanze zum Blühen zwingt; du fordertest unaufhörlich mehr, an Verinnerlichung, an Intensität.

– Du hast wirklich, sagte Pierre, deine eigene Art, die Dinge darzustellen. Sie war es, die allmählich derartige Ansprüche stellte, daß ich ein Veto einlegen mußte; sie verlangte nichts Geringeres, als daß ich ihretwegen auf dich verzichtete.

Mit einem Schlage verlor Françoise alle Sicherheit. Es stimmte, daß Pierre aus Loyalität gegen sie selbst Xavière verloren hatte. Tat es ihm nachträglich vielleicht leid? Machte er ihr vielleicht nunmehr einen Vorwurf aus einer Handlung, die er spontan vollzogen hatte?

– Wenn sie mich ganz für sich allein gehabt hätte, war sie sehr wohl bereit, sich mir mit aller Leidenschaft in die Arme zu werfen, fing Pierre wieder an. Sie hat sich mit Gerbert eingelassen, um mich dafür zu strafen, daß ich nicht einfach über deine Leiche gegangen bin. Gib zu, daß das alles ziemlich schäbig ist. Es wundert mich, daß du auch noch eintrittst für sie.

– Ich trete nicht für sie ein, gab Françoise kraftlos zurück. Sie fühlte, daß ihre Lippen zu zittern begannen. Mit einem Wort hatte Pierre in ihr den schwelenden Groll geschürt; weshalb bestand sie denn so darauf, Xavière zur Seite zu stehen? Sie ist so unglücklich, murmelte sie.

Sie preßte die Finger an die Augenlider, sie wollte nicht weinen, doch sie fühlte sich in abgrundtiefe Verzweiflung gestürzt; sie sah überhaupt nicht mehr klar, war es jedoch auch entsetzlich leid, nach einer Orientierung zu suchen. Alles, was sie wußte, war, daß sie Pierre liebte, nur ihn allein.

– Glaubst du denn, daß ich so besonders glücklich bin? meinte Pierre.

Françoise fühlte ein so schmerzhaftes Zerreißen in sich, daß ihr ein Schrei auf die Lippen stieg; sie preßte die Zähne zusammen, aber die Tränen schossen ihr in die Augen. Alles Leiden Pierres strömte in ihr eigenes Herz zurück; nichts anderes auf Erden zählte als seine Liebe, und diesen ganzen Monat schon, in dem er sie nötig gebraucht hätte, hatte sie ihn in seiner Not sich selber überlassen; es war zu spät, ihn um Verzeihung zu bitten, sie hatte sich zu weit von ihm entfernt, als daß er noch nach ihrer Hilfe verlangt hätte.

– Weine nicht, sagte Pierre mit leiser Ungeduld im Ton. Er schaute sie ohne Mitgefühl an; sie wußte wohl, daß sie, nachdem sie gegen ihn aufgetreten war, kein Recht besaß, ihm mit ihren Tränen zu kommen, aber in ihr war nur eine chaotische Wirrnis aus Schmerz und Reue. Ich bitte dich, beruhige dich doch, sagte Pierre.

Sie konnte sich nicht beruhigen, sie hatte ihn verloren, durch ihre eigene Schuld; ihr ganzes Leben würde nicht reichen, um ihn zu beweinen. Sie vergrub das Gesicht in den Händen, Pierre ging im Zimmer auf und ab, aber sie kümmerte sich gar nicht mehr um ihn, sie besaß keine Herrschaft mehr über ihren Körper, und ihre Gedanken liefen ihr davon; sie kam sich wie eine alte Maschine vor, die nicht mehr richtig funktioniert.

Plötzlich fühlte sie Pierres Hand auf ihrer Schulter, sie hob den Blick zu ihm empor.

– Jetzt haßt du mich, sagte sie.

– Nein, ich hasse dich nicht, sagte er mit einem gezwungenen Lächeln.

Sie hängte sich an seine Hand.

– Weißt du, sagte sie mit von Schluchzen unterbrochener Stimme, ich bin nicht so befreundet mit Xavière, aber ich fühle mich doch verantwortlich für sie; vor zehn Monaten noch war sie jung, leidenschaftlich, voller Hoffnung, und jetzt ist sie nur ein armes Häuflein Mensch.

– In Rouen, sagte Pierre, war sie auch schon sehr herunter; sie sprach dauernd davon, daß sie sich das Leben nehmen wollte.

– Das war nicht dasselbe, meinte Françoise.

Wieder fing sie zu schluchzen an; es war quälend, sobald sie an Xavières bleiches Antlitz dachte, konnte sie sich nicht entschließen, sie preiszugeben, und wäre es für Pierres Glück. Einen Augenblick lang saß sie unbeweglich da und umklammerte die Hand, die auf ihrer Schulter lag. Pierre schaute sie an. Endlich sagte er:

– Was willst du, daß ich tun soll? Seine Miene war gequält.

Françoise ließ seine Hand los und trocknete ihre Augen.

– Ich will nichts mehr, sagte sie.

– Und was wolltest du vorher? fragte er, mit Mühe seine Ungeduld beherrschend.

Sie stand auf und trat auf die Terrasse; sie hatte Angst, ihn um irgend etwas zu bitten; wenn er ihr gegen seinen Willen etwas zugestände, würde es sie nur noch mehr voneinander trennen; sie ging wieder auf ihn zu.

– Ich dachte, wenn du sie wiedersähest, würdest du doch vielleicht von neuem etwas wie Freundschaft für sie empfinden, sie hängt doch so an dir.

Pierre ließ sie nicht ausreden.

– Es ist gut, sagte er, ich bin bereit, sie zu sehen.

Er ging und lehnte sich an die Balustrade; Françoise stellte sich neben ihn. Mit gesenktem Kopf blickte er hinunter auf das kleine Rasenstück; ein paar Tauben trippelten darauf hin und her. Françoise heftete ihren Blick auf seinen runden Nacken; wieder war sie von Reue gepackt; während er redlich bemüht war, den Frieden wiederzufinden, warf sie selbst ihn in den Aufruhr der Gefühle zurück. Sie sah noch das frohe Lächeln, mit dem er sie empfangen hatte; jetzt hatte sie einen Menschen voller Bitternis vor sich, der sich anschickte, mit widerwilliger Bereitschaft eine Forderung zu erfüllen, die er nicht bejahte. Oft hatte sie Pierre um etwas gebeten, aber zu der Zeit, als sie innig verbunden waren, hatte weder der eine noch der andere, was er zugestand, als ein Opfer empfunden; diesmal hatte sie Pierre in die Lage gebracht, ihr grollend nachzugeben. Sie faßte sich an die Schläfen. Der Kopf tat ihr weh, und ihre Augen brannten.

– Was hat sie heute abend vor? fragte Pierre abrupt.

Françoise fuhr zusammen.

– Nichts, soviel ich weiß.

– Gut! Dann rufe sie an. Wenn ich es schon mache, möchte ich diese Sache so schnell wie möglich ins reine bringen.

Pierre biß nervös an seinem Nagel herum. Françoise ging ans Telefon.

– Und Gerbert?

– Den triffst du halt ohne mich.

Françoise wählte die Nummer des Hotels; sie spürte schon wieder deutlich den altbekannten harten Druck in der Magengegend; jetzt würden alle früheren Ängste wieder neu erstehen. Niemals würde Pierre mit Xavière zu einer ruhigen Freundschaft kommen; schon kündigte sein Übereifer wieder die künftigen Stürme an.

– Hallo, können Sie mir Mademoiselle Pagès geben? fragte sie.

– Einen Augenblick, bleiben Sie bitte am Apparat.

Sie hörte das Klappern der Absätze auf den Dielen, dann Lärm: Xavières Name wurde laut ins Treppenhaus gerufen. Françoise fühlte, wie ihr Herz klopfte; Pierre steckte sie mit seiner Nervosität an.

– Hallo, erklang Xavières von Unruhe gefärbte Stimme. Pierre nahm den zweiten Hörer auf.

– Hier ist Françoise. Bist du heut abend frei?

– Ja, warum?

– Labrousse läßt fragen, ob er zu dir kommen kann.

Keine Antwort.

– Hallo, rief Françoise in den Apparat.

– Will er jetzt gleich kommen? fragte Xavière.

– Paßt es dir nicht?

– Doch, es paßt mir.

Françoise stand einen Augenblick und wußte nicht, was sie noch sagen sollte.

– Also gut, abgemacht. Er kommt gleich, sagte sie.

Sie hängte ein.

– Du hast mir etwas Schönes eingebrockt, bemerkte Pierre unzufrieden. Sie hatte gar keine Lust, mich wiederzusehen.

– Ich glaube eher, sagte Françoise, sie war recht bewegt.

Sie sagten beide nichts, und ihr Schweigen hielt eine Weile an.

– Ich gehe also, sagte Pierre.

– Komm hierher zurück und erzähle mir, wie es ausgegangen ist, meinte Françoise.

– Gut, bis heut nacht also, sagte Pierre. Ich nehme an, es wird nicht sehr spät.

Françoise trat ans Fenster und sah ihm nach, wie er den Platz überquerte, dann ging sie zu dem Sessel zurück und ließ sich darin nieder; sie hatte das Gefühl, eine Wahl getroffen zu haben, und zwar hatte sie das Unglück gewählt. Sie zuckte zusammen; es hatte geklopft.

– Herein, sagte sie.

Gerbert trat ein. Staunend blickte Françoise in das frische Antlitz, das von Haaren umgeben war, die glatt und schwarz am Kopf lagen wie das Haar einer Chinesin. Angesichts der Unschuld dieses Lächelns zerteilten sich die düsteren Wolkenmassen, die ihr Herz durchwogten. Sie erinnerte sich mit einemmal, daß es in der Welt viele liebenswerte Dinge gab, die weder Xavière noch Pierre waren; es gab schneeige Gipfel, besonnte Fichten, Herbergen, Wanderwege, Menschen und Geschichten. Und es gab diese lachenden Augen, die freundschaftlich auf ihr ruhten.

Françoise machte die Augen auf und schloß sie gleich darauf wieder, es wurde draußen schon hell. Sie war sicher, nicht lange geschlafen zu haben, sie hatte jeden Stundenschlag gehört, und dennoch schien es ihr, als habe sie sich erst vor ganz kurzem zur Ruhe gelegt. Als sie Mitternacht heimgekommen war, nachdem sie mit Gerbert einen detaillierten Reiseplan festgelegt hatte, war Pierre noch nicht zurück; sie hatte ein paar Minuten gelesen, dann das Licht ausgemacht und zu schlafen versucht. Es war natürlich, daß die Aussprache mit Xavière sich in die Länge zog, sie wollte sich nicht fragen, wie sie ausgegangen sein mochte, nicht wieder dies würgende Gefühl in der Kehle verspüren, und sie wollte nicht warten. Es war ihr nicht gelungen, einzuschlafen, aber sie war doch in eine gewisse Lethargie versunken, in der die Töne und Bilder sich im Unendlichen wiederholten wie in den Fiebernächten ihrer Krankheitszeit; die Stunden waren ihr kurz vorgekommen. Vielleicht würde es ihr möglich sein, auch das Ende der Nacht ohne Angst zu durchleben.

Sie fuhr zusammen, auf der Treppe erklangen Schritte; aber die Stufen krachten zu stark, das war nicht Pierre; und schon hörte sie auch, wie sie ins obere Stockwerk hinauftappten. Sie drehte sich zur Wand; wenn sie erst anfing, auf jedes Geräusch zu lauschen und die Minuten zu zählen, würde es die Hölle sein, sie mußte Ruhe bewahren. Es war doch schon viel, wenn man in seinem warmen Bett liegen konnte. In diesem gleichen Augenblick gab es Obdachlose auf den harten Fliesen der Markthallen, geplagte Reisende standen auf dem Gang des D-Zugs, Soldaten mußten vor Kasernentoren wachen.

Sie wickelte sich fester in ihre Decke ein. Sicherlich hatten Pierre und Xavière in diesen langen Stunden sich mehr als einmal gehaßt und dann wieder ausgesöhnt, aber wie sollte man wissen, ob jetzt beim grauenden Morgen Liebe oder Groll die Oberhand behielt? Sie sah einen roten Tisch in einem großen, fast leeren Gastraum, leere Gläser darauf und dahinter zwei bald beseligte, bald zornentflammte Gesichter. Sie versuchte sich jedes Bild nacheinander einzeln vorzustellen; keines enthielt eine Drohung: so, wie die Dinge jetzt lagen, gab es nichts mehr, was bedroht werden könnte. Nur müßte man eines von ihnen als endgültig festhalten können. Diese leere Ungewißheit versetzte das Herz in eine rasende Angst.

Das Zimmer war jetzt von schwacher Helle durchwebt. Gleich würde Pierre da sein, aber man konnte sich nicht im voraus in der Minute heimisch machen, die seine Gegenwart ausfüllen würde, man konnte sich nicht einmal auf sie zutragen lassen, denn ihr Platz lag ja noch nicht fest.

Françoise hatte Formen der Erwartung gekannt, die einer sinnlosen Flucht geglichen hatten, hier aber trat sie am Ort hin und her. Warten, Fliehen, das ganze Jahr war damit hingegangen. Und was sollte man jetzt noch erhoffen? Eine glückliche Harmonie in der alten Dreiheit? Oder ihren endgültigen Zerfall? Weder das eine noch andere würde jemals möglich sein, denn es gab keine Chance für ein Bündnis mit Xavière, und es gab auch keine Befreiung von ihr. Selbst eine Verbannung würde diese Existenz, die man sich nicht assimilieren konnte, nie und nimmer vernichten. Françoise mußte daran denken, wie sie sie zunächst durch Gleichgültigkeit hatte negieren wollen; aber die Gleichgültigkeit hatte weichen müssen; die Freundschaft hatte Schiffbruch erlitten. Es gab keine Hoffnung auf Heil. Man konnte fliehen, aber man würde bald wiederkommen müssen, und es würde ein neues Warten ohne Unterlaß und neue Fluchten geben.

Françoise griff nach ihrem Wecker. Sieben Uhr. Draußen war es taghell, ihr Körper war schon ganz wach, und aus der Unbeweglichkeit wurde Langeweile. Sie warf die Decken zurück und begann mit der Morgentoilette; staunend stellte sie fest, daß sie wach, beim Licht des Tages und mit klarem Kopf am liebsten Tränen vergossen hätte. Sie wusch sich, machte ihr Gesicht zurecht und zog sich langsam an. Sie fühlte sich nicht nervös, aber sie wußte auch nicht, was sie mit sich anfangen sollte. Als sie fertig war, streckte sie sich wieder auf dem Bett aus; in diesem Augenblick gab es nirgendwo auf der Welt einen Platz für sie; nichts zog sie hinaus, aber auch hier hielt sie keine Erwartung fest, sie war nichts als ein verhallender Ruf, der von jeder Erfüllung und jeder Gegenwart derart fern war, daß sogar die Wände des Zimmers ihr fremd vorkamen. Françoise richtete sich auf. Diesmal erkannte sie den Schritt. Sie faßte sich und sprang zur Tür. Pierre stand lächelnd da.

– Du bist schon auf? sagte er. Hoffentlich hast du dir keine Sorgen gemacht?

– Nein, sagte Françoise. Ich habe mir gedacht, daß ihr euch viel zu sagen hättet. Sie maß ihn mit dem Blick. Ihm sah man an, daß er nicht aus dem Nichts zu ihr kam. An seiner frischen Farbe, seinem belebten Blick, seinen Bewegungen spürte man, welche erfüllten Stunden er hinter sich hatte. Nun? fragte sie.

Pierre bekam jenen verlegenen und vergnügten Ausdruck im Gesicht, den Françoise so gut kannte.

– Nun, alles geht wieder von vorn los, sagte er. Er berührte Françoise am Arm. Ich werde dir noch alles im einzelnen erzählen, jetzt erwartet uns Xavière zum Frühstück, ich habe ihr gesagt, wir kämen gleich.

Françoise zog die Jacke an. Sie hatte nun jede Möglichkeit verloren, mit Pierre zu einer friedlichen und ungetrübten Intimität zu gelangen, aber sie hatte an diese Möglichkeit auch nur ein paar Minuten geglaubt; sie war jetzt für beides, für Furcht wie für Reue zu müde. Sie ging die Treppe hinab; der Gedanke, sich gleich wieder zu dreien zusammenzufinden, erzeugte in ihr nichts als resignierte Angst.

– Sag mir nur in ein paar Worten, was vorgefallen ist, sagte sie.

– Gut. Ich bin also gestern abend zu ihr ins Hotel getrottet, sagte Pierre. Ich habe gleich bemerkt, daß es ihr sehr naheging, und war dadurch selbst gerührt. Wir haben eine Weile dagesessen und ganz dumm vom Wetter geredet, und dann sind wir zum ‹Nordpol› gegangen und haben uns uferlos ausgesprochen. Pierre schwieg einen Augenblick und fuhr dann in dem etwas selbstgefälligen, nervösen Ton, der Françoise schon immer fatal gewesen war, zu reden fort: Ich habe den Eindruck, ich brauchte nur mit dem Finger zu winken, damit sie Gerbert fallenläßt.

– Hast du von ihr verlangt, daß sie mit ihm brechen soll? fragte Françoise.

– Ich möchte nicht das fünfte Rad am Wagen sein, sagte Pierre.

Gerbert hatte von dem Bruch zwischen Pierre und Xavière nicht viel Notiz genommen; die ganze Freundschaft der beiden hatte er immer nur als Laune aufgefaßt; er würde sicher schwer betroffen sein, wenn er die Wahrheit erführe. Im Grunde hätte Pierre besser daran getan, ihn von Anfang an über die Lage zu unterrichten; Gerbert hätte dann ohne jede Mühe darauf verzichtet, Xavière erobern zu wollen; jetzt ging seine Beziehung zu ihr zwar nicht sehr tief, aber sie zu verlieren würde ihm sicher unangenehm sein.

– Wenn du abgereist bist, sagte Pierre, werde ich mich gründlich um Xavière bekümmern, und nach acht Tagen werde ich sie, wenn sich die Frage inzwischen nicht von selbst geregelt hat, vor die Tatsache stellen, daß sie sich entscheiden muß.

– Ja, sagte Françoise. Sie zögerte: Du mußt Gerbert die ganze Sache erklären, wenn du nicht eine sehr schlechte Rolle spielen willst.

– Ich werde es ihm schon erklären, fiel Pierre ihr lebhaft ins Wort. Ich werde ihm sagen, daß ich kein Machtwort habe sprechen wollen, daß ich aber doch das Recht für mich in Anspruch nehme, mit gleichen Waffen zu kämpfen. Er schaute Françoise etwas unsicher an. Bist du nicht der Meinung?

– Man kann es so und so sehen, meinte sie.

Einerseits stimmte es, daß für Pierre kein Grund bestand, sich für Gerbert aufzuopfern, aber ebensowenig hatte Gerbert die harte Enttäuschung verdient, die ihn erwartete. Françoise stieß mit dem Fuß einen kleinen runden Stein vor sich her. Offenbar mußte man darauf verzichten, für irgendein Problem eine Lösung zu finden; seit einiger Zeit schien es so, als habe man, was für einen Entschluß man auch faßte, auf alle Fälle unrecht. Im übrigen kümmerte sich niemand sehr um die Frage, was gut oder böse sei; sie selbst fing an, das Interesse daran zu verlieren.

– Sie traten in den ‹Dôme›. Xavière saß mit gesenktem Kopf an einem Tisch. Françoise berührte sie leicht an der Schulter.

– Guten Tag, sagte sie und lächelte.

Xavière fuhr zusammen und blickte verstört zu Françoise empor. Auch sie lächelte, aber recht gezwungen.

– Ich glaubte nicht, daß ihr es schon wäret, sagte sie.

Françoise setzte sich neben sie. Etwas an dieser Begrüßung kam ihr schmerzlich bekannt vor.

– Wie frisch Sie aussehen, sagte Pierre.

Xavière hatte offenbar die Zwischenzeit benutzt, ihr Gesicht sorgfältig wieder aufzufrischen; ihre Farbe war gleichmäßig klar, ihre Lippen leuchteten, und ihre Haare glänzten.

– Ich bin aber doch sehr müde, sagte Xavière. Ihre Augen ruhten abwechselnd auf Françoise und Pierre; sie hielt die Hand vor den Mund und unterdrückte ein Gähnen. Ich glaube sogar, ich möchte jetzt schlafen gehen, setzte sie mit einer weichen, verwirrten Miene hinzu, die nicht für Françoise bestimmt war.

– Jetzt? sagte Pierre. Aber Sie haben doch noch den ganzen Tag vor sich.

Xavières Miene bekam etwas Verschlossenes.

– Aber ich fühle mich unbehaglich in meiner Haut, sagte sie. Mit einer Armbewegung warf sie die weiten Ärmel ihrer Bluse zurück. Es ist unangenehm, wenn man so lange nicht aus seinen Sachen kommt.

– Trinken Sie doch wenigstens einen Kaffee mit uns, schlug Pierre mit enttäuschter Miene vor.

– Wenn Sie wollen, sagte Xavière.

Pierre bestellte drei Kaffee. Françoise nahm einen Croissant und begann ihn langsam in kleinen Bissen zu verzehren; sie brachte es nicht fertig, irgend etwas Liebenswürdiges zu sagen; sie hatte diese Szene schon zwanzigmal durchlebt und war schon im voraus von dem gewinnenden Ton, dem munteren Lächeln degoutiert, das sie auf ihren Lippen, und der trotzigen Gereiztheit, die sie in ihrem Herzen aufsteigen fühlte; Xavière blickte schläfrig auf ihre Fingerspitzen. Eine ganze Weile sagte niemand ein Wort.

– Was hast du mit Gerbert gemacht? fragte Pierre.

– Wir haben in der ‹Grille› zu Abend gegessen und unsere Fahrt besprochen, sagte Françoise. Ich denke, wir reisen übermorgen ab.

– Wollt ihr wieder klettern? fragte Xavière gelangweilt.

– Ja, gab Françoise kurz zur Antwort. Findest du das so dumm?

Xavière hob die Augenbrauen.

– Wenn es euch Spaß macht, sagte sie.

Wieder trat Schweigen ein. Pierre schaute besorgt von der einen zur anderen.

– Ihr seht alle beide ganz verschlafen aus, meinte er vorwurfsvoll.

– Es ist keine glückliche Stunde, um andere Menschen zu sehen, bemerkte Xavière.

– Und doch erinnere ich mich an einen sehr netten Morgen, den wir hier an dieser gleichen Stelle verbracht haben, sagte Pierre.

– Oh! So nett war das gar nicht, sagte Xavière.

Françoise erinnerte sich gut an den Morgen, als es nach Seifenwasser gerochen hatte; damals war Xavières Eifersucht zum erstenmal offen ausgebrochen; nach allen ihren Versuchen, sie zu entwaffnen, fand sie sie heute noch unvermindert vor. In diesem Augenblick hätte Xavière nicht nur ihre Gegenwart, sondern geradezu ihre Existenz gern auslöschen mögen.

Xavière schob ihr Glas von sich fort.

– Ich gehe jetzt, erklärte sie mit Entschiedenheit.

– Ruh dich nur vor allem gut aus, sagte Françoise nicht ohne Ironie.

Xavière hielt ihr wortlos die Hand hin. Pierre schenkte sie ein schwebendes Lächeln und verließ das Café.

– Das war ein Rückzug, meinte Françoise.

– Ja, sagte Pierre. Dabei schien sie äußerst einverstanden, als ich sie bat, hier auf uns zu warten.

– Zweifellos hatte sie keine Lust, von dir fortzugehen, sagte Françoise. Sie lachte kurz auf. Aber was für einen Schock es ihr gegeben hat, als ich auf einmal vor ihr stand.

– Es wird wieder die Hölle sein, meinte Pierre. Mit düsterem Blick betrachtete er die Tür, durch die Xavière entschwunden war. Ich frage mich, ob es dafür steht, wieder von vorn anzufangen. Es wird doch immer dasselbe sein.

– Wie hat sie von mir gesprochen? fragte Françoise.

Pierre zögerte.

– Sie schien soweit gut mit dir zu sein, sagte er.

– Aber? Gereizt schaute sie Pierre an, dessen Miene etwas betroffen war. Jetzt glaubte er offenbar, daß er sie schonen müsse. Ein paar kleine Vorbehalte hat sie doch gemacht?

– Sie scheint ein bißchen was gegen dich zu haben, meinte Pierre. Ich denke mir, sie spürt, daß du nicht leidenschaftlich an ihr hängst.

Françoise war jetzt gespannt.

– Was hat sie denn genau gesagt?

– Sie hat mir gesagt, ich sei der einzige Mensch, der ihre Launen nicht mit kalten Duschen behandelt, sagte Pierre. Unter der Indifferenz seines Tones spürte man deutlich die Befriedigung, sich derart unersetzlich zu fühlen. Und dann hat sie mir auf einmal ganz verzückt erklärt: Sie und ich, wir sind keine moralischen Geschöpfe, wir sind sogar imstande, schmutzige Handlungen zu begehen. Und als ich protestierte, fügte sie hinzu: Sie legen nur Françoises wegen solchen Wert darauf, für moralisch zu gelten, aber im Grunde sind Sie ebenso treulos wie ich, und Ihre Seele ist wie meine so schwarz.

Françoise errötete. Auch sie selbst fing allmählich an, diese sagenhafte Moralität als lächerlichen Makel zu empfinden, über den man insgeheim nachsichtig lächelte; es würde vielleicht nicht mehr lange dauern, daß sie sich davon frei machte. Sie sah in Pierres Gesicht, das einen unsicheren Ausdruck trug. Ein nicht ganz reines Gewissen spiegelte sich darin; man konnte gut erkennen, daß die Worte Xavières ihm auf eine undefinierbare Art geschmeichelt hatten.

– Und diesen Wiederversöhnungsversuch, sagte Françoise, legt sie mir vermutlich als ein Zeichen von Lauheit zur Last?

– Ich weiß nicht, antwortete Pierre.

– Und weiter? forschte Françoise. Packe nur endlich aus, fügte sie ungeduldig hinzu.

– Also gut, sie hat noch eine bittere Anspielung auf etwas gemacht, was sie ‹aufopfernde Liebe› nennt.

– Wieso?

– Sie hat mir ihren Charakter erklärt und mit falscher Bescheidenheit gesagt: Ich weiß, ich bin für andere oft unbequem, aber was wollen Sie? Für aufopfernde Liebe bin ich nun einmal nicht gemacht.

Françoise war sprachlos; dies war eine Perfidie nach zwei Seiten hin: Xavière machte Pierre zum Vorwurf, daß er eine so traurige Liebe immer weiter pflegte, und für ihre eigene Person wies sie dergleichen von sich. Françoise hatte nicht entfernt das Ausmaß dieser feindlichen Haltung ermessen, unter die sich Eifersucht und Trotz mischten.

– Ist das alles? fragte sie.

– Ich glaube, ja, sagte Pierre.

Es war nicht alles, aber Françoise war auf einmal müde, weiterzuforschen; sie wußte jetzt genug, um auf den Lippen den bitteren Geschmack von dieser Nacht zu haben, in der Xavières triumphierender Groll Pierre zu tausend kleinen Formen des Verrats vermocht hatte.

– Im übrigen muß ich dir sagen, setzte sie hinzu, daß mir ihre Gefühle vollkommen gleichgültig sind.

Und so war es. An diesem äußersten Punkte des Ungemachs schien nichts mehr wichtig zu sein. Um Xavières willen hatte sie Pierre beinahe verloren, und Xavière lohnte es ihr mit Verachtung und Eifersucht. Kaum wieder ausgesöhnt mit Pierre, hatte Xavière versucht, zwischen ihnen eine versteckte Komplicenschaft herzustellen, gegen welche Pierre sich nur ungenügend verwahrte. Daß Françoise von den beiden in dieser Weise preisgegeben wurde, bedeutete für sie einen solchen Abgrund von Trostlosigkeit, daß weder für Zorn noch für Tränen Raum darin war. Françoise erhoffte sich nichts mehr von Pierre, und seine Gleichgültigkeit berührte sie nicht einmal. Xavière gegenüber aber fühlte sie mit einer Art von Freude in sich etwas Schwarzes, Bitteres aufkeimen, das sie noch nicht kannte und das für sie fast wie eine Befreiung war: machtvoll frei entfaltete sich in ihr endlich ohne Hemmung der Haß.

– Ich glaube, wir sind endlich da, sagte Gerbert.

– Ja, da oben sieht man ein Haus, bestätigte Françoise.

Sie waren an diesem Tage schon tüchtig gewandert, und seit zwei Stunden ging es steil bergan; es dunkelte und fing an, kalt zu werden; Françoise umfaßte Gerbert mit einem zärtlichen Blick, wie er auf einem schmalen Pfad vor ihr in die Höhe klomm; sie gingen beide im gleichen Schritt, und eine gleiche wohlige Müdigkeit durchflutete sie beide; sie träumten schweigend von rotem Wein, einer Abendsuppe, dem warmen Feuer, das sie dort oben zu finden hofften; eine solche Ankunft in einem einsamen Dorf war jedesmal ein Abenteuer. Sie konnten nicht ahnen, ob sie sich am Ende einer lärmenden Tafel in einer Bauernküche niederlassen, ob sie allein in einem leeren Gasthaus speisen oder aber in einem kleinen bürgerlichen Hotel landen würden, das bereits von Sommerfrischlern bevölkert war. In jedem Falle würden sie ihre Rucksäcke in eine Ecke werfen und mit entspannten Muskeln und zufriedenem Herzen nebeneinander sitzend behagliche Stunden verbringen im Gespräch über den Tag, den sie zusammen verlebt hatten, und über Plänen für den morgigen. Zu dieser Behaglichkeit des Zusammenseins strebte Françoise noch mehr hin als zu einem derben Pfannkuchen und den etwas rauhen ländlichen Schnäpsen. Ein Windstoß fuhr ihr ins Gesicht. Sie erreichten einen Gebirgsgrat, von dem aus man strahlenförmig auseinanderlaufende Täler überblickte, die sich in vager Dämmerung verloren.

– Das Zelt können wir nicht aufschlagen, sagte sie. Der Boden ist zu feucht.

– Wir werden sicher eine Scheune finden, meinte Gerbert.

Eine Scheune. Françoise spürte in sich eine an Übelkeit grenzende Leere. Vor drei Tagen hatten sie in einer Scheune übernachtet. Sie waren ein paar Schritte voneinander entfernt eingeschlafen, aber im Schlafe war Gerbert dicht an sie herangerollt und hatte den Arm um sie geschlungen. Mit unbestimmtem Bedauern hatte sie gedacht: er hält mich für eine andere, und hatte den Atem angehalten, um ihn nicht zu wecken. Dann hatte sie geträumt. Sie befand sich im Traum in dieser gleichen Scheune, und Gerbert lag mit weitoffenen Augen da und schloß sie in die Arme; mit einem süßen, sichern Gefühl im Herzen gab sie sich der Umarmung hin, aber dann erwuchs aus diesem zärtlich-wohligen Zustand ein Angstgefühl. Es ist ein Traum, sagte sie sich, es ist alles nicht wahr. Gerbert aber hatte sie stärker an sich gedrückt und fröhlich gesagt: Es ist ganz wahr, und es wäre auch zu dumm, wenn es nicht wahr wäre. Etwas später war Lichtschein durch ihre Lider gedrungen; sie hatte sich wieder im Heu gefunden, dicht an Gerbert gerückt, aber nichts war wahr.

– Sie haben mich die ganze Nacht mit Ihrem Haar im Gesicht gekitzelt, sagte sie lachend.

– Und Sie haben mir die ganze Zeit Püffe mit dem Ellbogen versetzt, hatte Gerbert beleidigt erklärt.

Sie stellte sich nicht ohne Unbehagen vor, daß sie womöglich morgen wieder in dieser Weise aufwachen würde. Im Zelt, auf einen engen Raum beschränkt, fühlte sie sich durch die Härte des Bodens, die unbequeme Situation und den hölzernen Pflock beschützt, der sie von Gerbert trennte. Aber sie wußte, daß sie jetzt nicht das Herz haben würde, ihr Lager weit von dem seinen entfernt zu suchen. Die unbestimmte Sehnsucht, die sie all diese Tage hindurch mit sich herumgeschleppt hatte, ließ sich beim besten Willen nicht mehr ganz leichtnehmen; während der zwei Stunden schweigenden Aufwärtssteigens war sie nur immer gewachsen und zu einem überwältigenden Verlangen geworden. Heute nacht würde sie, während Gerbert schliefe, träumen, sich sehnen und leiden, und das alles umsonst.

– Meinen Sie nicht, daß dies ein Gasthaus ist? fragte Gerbert.

An der Seitenwand des Hauses stand in großen roten Lettern: BYRRH, und über der Tür hing eine Handvoll trockener Zweige.

– Es sieht so aus, meinte Françoise.

Sie stiegen drei Stufen hinauf und traten in einen großen warmen Gastraum, in dem es nach Suppe und trockenem Holz roch. Auf einer Bank saßen zwei kartoffelschälende Frauen und drei Bauern am Tisch hinter ihren Gläsern mit Rotwein.

– Guten Abend, sagte Gerbert.

Aller Blicke wendeten sich ihm zu. Er ging auf die beiden Frauen zu:

– Könnten wir hier wohl bitte etwas zu essen bekommen?

Die Frauen blickten mißtrauisch zu ihm auf.

– Kommen Sie schon von weit her? fragte die ältere.

– Wir sind von Burzet her aufgestiegen, sagte Françoise.

– Das ist ein tüchtiger Weg, sagte die andere Frau.

– Ja, und deswegen gerade sind wir so hungrig, warf Gerbert ein.

– Aber Sie sind nicht von Burzet, stellte die Alte tadelnd fest.

– Nein, von Paris, erklärte Gerbert.

Schweigen. Die beiden Frauen verständigten sich durch einen zweifelnden Blick.

– Wir haben nämlich nicht viel im Haus, sagte die ältere.

– Haben Sie keine Eier? Oder ein Ende Wurst? Es ist ganz gleich, was ... versicherte Françoise.

Die Alte zuckte die Achseln.

– Eier, ja, Eier haben wir schon. Sie stand auf und wischte die Hand an ihrer blauen Schürze ab. Wenn Sie dort hineingehen wollen, sagte sie etwas widerwillig.

Sie folgten ihr in ein Zimmer mit niederer Decke, in dem ein Holzfeuer brannte; es sah aus wie ein Eßzimmer in einem bürgerlichen Provinzhaushalt; ein runder Tisch und eine mit Nippsachen beladene Truhe standen darin, und auf den Sesseln lagen Kissen aus orangefarbenem Satin mit Applikationen aus schwarzem Samt.

– Bringen Sie uns gleich eine Flasche Rotwein, bitte, sagte Gerbert. Er half Françoise den Rucksack ablegen und stellte den seinen daneben.

– Wir sind hier fürstlich aufgehoben, stellte er befriedigt fest.

– Ja, es ist urgemütlich, sagte Françoise.

Sie trat näher ans Feuer; sie wußte, was ihr fehlte bei dieser traulichen Einkehr; wenn sie nur Gerberts Hand hätte berühren, ihm mit offener Zärtlichkeit hätte zulächeln dürfen, so wären die Flammen im Kamin, der Geruch des Abendessens, die Katzen und Pierrots aus schwarzem Samt geradezu herzerfreuend gewesen; aber alles das war um sie ausgebreitet ohne Beziehung zu ihr, es kam ihr ganz sinnlos vor, mitten darin zu sein.

Die Wirtin kam mit einer großen Flasche kräftigen dunklen Weins zurück.

– Haben Sie hier nicht eine Scheune, fragte Gerbert, in der wir übernachten könnten?

Die Frau legte das Besteck auf die Wachstuchdecke, dann hob sie den Kopf.

– Sie werden doch nicht in einer Scheune schlafen? fragte sie mit ungläubiger Miene. Sie dachte nach. Es ist schade, sagte sie, ich hätte Ihnen ein Zimmer geben können, aber da ist mein Sohn, er war fort als Briefträger, aber jetzt gerade ist er wieder im Dorf.

– Wir könnten sehr gut im Heu schlafen, wenn es Sie nicht stört, sagte Françoise. Wir haben Decken bei uns. Sie zeigte auf die Rucksäcke: Es ist nur zu kalt, um das Zelt aufzuschlagen.

– Mich stört es nicht, sagte die Frau. Sie ging aus dem Zimmer und kam mit einer dampfenden Suppenschüssel zurück. Das wird Sie ein bißchen aufwärmen, bemerkte sie in gutmütig freundlichem Ton.

Gerbert tat die Suppe auf, und Françoise nahm ihm gegenüber Platz.

– Wir zähmen sie schon noch, sagte Gerbert, als sie wieder allein waren. Es klappt alles sehr gut.

– Sehr gut, wiederholte Françoise, aber sie war nicht so überzeugt.

Heimlich spähte sie zu Gerbert hinüber; die Heiterkeit auf seinem Gesicht konnte Zärtlichkeit sein; war er wirklich so unerreichbar für sie? Oder lag es nur daran, daß sie niemals gewagt hatte, die Hand nach ihm auszustrecken? Was hielt sie zurück? Weder Pierre noch Xavière jedenfalls; sie hatte keine Verpflichtung gegen Xavière, die zudem auf dem besten Wege war, Gerbert zu verraten. Sie waren allein, oben auf einem sturmgepeitschten Gipfel, von der übrigen Welt getrennt, und was sie taten und ließen, ging außer ihnen niemanden etwas an.

– Jetzt werde ich etwas tun, wovor Ihnen grausen wird, sagte Gerbert in drohendem Ton.

– Was denn? fragte sie.

– Ich gieße diesen Wein in meine Fleischbrühe, sagte er und ließ die Tat seinen Worten folgen.

– Das muß ja abscheulich schmecken, sagte Françoise.

Gerbert führte einen Löffel mit der durchscheinend roten Flüssigkeit an seine Lippen.

– Köstlich, sagte er. Versuchen Sie es doch auch.

– Um nichts in der Welt, gab sie zurück.

Sie trank einen Schluck Wein; ihre Handflächen waren feucht. Sie war immer über ihre Träume, ihre Wünsche hinweggegangen, aber jetzt graute ihr vor ihrer farblosen Tugendhaftigkeit; warum entschloß sie sich nicht, zu wollen, was sie wünschte?

– Die Aussicht oben vom Gipfel war wirklich fabelhaft, sagte sie. Ich glaube, wir bekommen morgen einen schönen Tag.

Gerbert warf ihr einen abgründigen Blick zu:

– Verlangen Sie etwa wieder, daß wir im Morgengrauen aufstehen?

– Beschweren Sie sich bitte nicht; der zünftige Bergsteiger ist überhaupt um fünf Uhr schon auf dem Gipfel.

– Der zünftige Bergsteiger ist ein Narr, gab Gerbert zurück. Um acht Uhr bin ich erst halbwach.

– Ich weiß, sagte Françoise. Sie lächelte. Ich kann Ihnen nur sagen, wenn Sie in Griechenland reisen, müssen Sie auf der Landstraße sein, bevor die Sonne aufgeht.

– Ja, aber da hält man dann auch eine Siesta, sagte Gerbert. Er dachte nach. Ich wünschte, diese Tournee käme wirklich zustande.

– Wenn die Lage weiter so gespannt bleibt, meinte Françoise, fürchte ich, daß unser Plan ins Wasser fällt.

Gerbert schnitt sich energisch ein großes Stück Brot ab.

– Auf alle Fälle werde ich selbst einen Ausweg finden. Ich habe nicht vor, nächstes Jahr in Frankreich zu bleiben. Sein Gesicht belebte sich. Es scheint, daß man auf der Insel Mauritius Schätze sammeln kann.

– Wieso auf der Insel Mauritius? fragte Françoise.

– Ramblin hat es mir gesagt; es gebe da einen Haufen Millionäre, die es sich wer weiß was kosten ließen, wenn man sie unterhielte.

Die Tür ging auf, und die Wirtin trat mit einem großen Bauernomelett ein.

– Aber das ist ja fabelhaft, meinte Françoise. Sie bediente sich und reichte Gerbert die Schüssel. Da sehen Sie, ich lasse Ihnen die größere Hälfte.

– Das ist alles für mich? fragte er.

– Alles für Sie.

– Sie meinen es wirklich gut mit mir, sagte Gerbert.

Sie warf ihm einen raschen Blick zu.

– Meine ich es nicht immer gut mit Ihnen? sagte sie. In ihrer Stimme war ein kühner Klang, der ihr fast peinlich war.

– Doch, alles was recht ist, sagte Gerbert, ohne mit der Wimper zu zucken.

Françoise knetete mit den Fingern ein Brotkügelchen. Jetzt hieß es mit aller Macht an dem Entschluß festhalten, der ihr so plötzlich gekommen war; sie wußte noch nicht wie, aber irgend etwas mußte geschehen, noch vor dem morgigen Tag.

– Möchten Sie für lange fort? fragte sie.

– Ein oder zwei Jahre, sagte Gerbert.

– Xavière wird tödlich gekränkt sein, meinte Françoise mit einem unguten Gefühl. Sie ließ die kleine graue Kugel auf den Tisch rollen und fügte leichthin hinzu: Wird es Ihnen nicht schwer, von ihr fortzugehen?

– Im Gegenteil, fiel Gerbert lebhaft ein.

Françoise senkte den Kopf; es hatte wie ein Blitz bei ihr eingeschlagen, so daß sie fast fürchtete, man sähe es ihr an.

– Warum denn das? Fällt sie Ihnen lästig? Ich hatte immer geglaubt, Sie hingen doch in gewisser Weise an ihr?

Es war ihr angenehm, zu denken, daß Gerbert, wenn Xavière bei seiner Rückkehr mit ihm bräche, kaum betrübt sein würde; aber das war doch nicht der eigentliche Grund für die hemmungslose Freude, von der sie überflutet war.

– Sie ist mir nicht lästig, wenn ich mir vorstellen kann, daß es bald vorbei ist. Aber von Zeit zu Zeit frage ich mich, ob es so nicht anfängt, wenn man an jemandem hängenbleibt; das wäre mir fürchterlich.

– Auch wenn Sie die Betreffende liebten? fragte Françoise.

Sie hielt ihm ihr Glas hin, das er bis oben hin füllte, sie hatte jetzt Angst. Da saß er ihr gegenüber, allein, anhanglos, vollkommen frei. Seine Jugend und der Respekt, den er immer vor Pierre gehabt hatte, ließen unmöglich erscheinen, daß von ihm der Anstoß kam. Wenn sie wollte, daß etwas geschähe, konnte Françoise nur auf sich selber zählen.

– Ich glaube nicht, sagte Gerbert, daß ich jemals eine Frau lieben werde.

– Weshalb nicht? fragte Françoise. Sie war so aufgeregt, daß ihr die Hände zitterten; sie beugte sich vor und trank einen Schluck, ohne das Glas mit den Fingern zu berühren.

– Ich weiß nicht, sagte Gerbert. Er zögerte. Man weiß nicht, was man mit so einem Mädel anfangen soll: man kann nicht mit ihr spazierengehen, sich nicht mit ihr betrinken, nichts; Spaß versteht sie auch nicht, man muß ewig Spesen machen ihretwegen und hat die ganze Zeit noch das Gefühl, daß man es irgendwo fehlen läßt. Mit voller Überzeugung setzte er hinzu: Ich mag die Leute gern, mit denen man genauso sein kann, wie man ist.

– Vor mir müssen Sie sich nicht genieren, sagte Françoise.

Gerbert lachte freimütig.

– Ach Sie! Sie sind wie ein Kamerad! sagte er herzlich zu ihr.

– Das stimmt! Sie haben mich niemals als Frau betrachtet, meinte Françoise.

Sie fühlte, wie ihr ein merkwürdiges Lächeln auf die Lippen kam. Gerbert schaute sie neugierig an. Sie wendete das Gesicht ab und leerte ihr Glas. Das war ein schlechter Start; sie sollte sich wirklich schämen, bei Gerbert Töne falscher Koketterie anzuschlagen; sie hätte lieber auch weiterhin vollkommen offen sein sollen: Was würden Sie dazu sagen, wenn ich Ihnen vorschlüge, daß wir beide es mit einander versuchen? Oder irgend etwas Derartiges. Aber ihre Lippen wollten diese Worte nicht formen. Sie zeigte auf die leere Schüssel.

– Meinen Sie, sie bringen uns noch etwas anderes? sagte sie. Ihre Stimme gehorchte ihr nicht ganz.

– Ich vermute nein, gab Gerbert zurück.

Das Schweigen hatte schon zu lange gedauert, etwas Bedenkliches lag in der Luft.

– Auf alle Fälle könnte man Wein nachbestellen, schlug sie vor.

Gerbert blickte sie wieder etwas beunruhigt an.

– Eine halbe Flasche, meinte er und lächelte. Er hatte Sinn für klare Situationen. Ob er wohl erriet, weshalb sie zur Betäubung ihre Zuflucht nahm?

– Madame, bitte schön! rief Gerbert.

Die Alte trat ein und trug ein Stück gekochtes Rindfleisch mit Gemüse auf.

– Was möchten Sie zum Nachtisch? Käse? Kompott?

– Ich glaube, wir sind dann satt, meinte Gerbert. Bringen Sie uns aber bitte noch etwas Wein.

– Warum hat die alte Närrin anfangs gesagt, sie habe nichts zu essen? fragte Françoise.

– Die Leute hier sind oft so, sagte Gerbert. Ich denke mir, es liegt ihnen nicht soviel daran, zwanzig Franken zu verdienen, und sie sagen sich, daß man irgendwie lästig werden könnte.

– So etwas muß es wohl sein, meinte Françoise.

Die Frau kam mit einer Flasche zurück. Françoise hatte es sich jetzt doch überlegt und beschlossen, nur noch ein oder zwei Glas zu trinken. Sie wollte nicht, daß Gerbert ihr Verhalten auf eine flüchtige Verwirrung schob.

– Eigentlich also, fing sie noch einmal an, haben Sie an der Liebe auszusetzen, daß man sich nicht recht wohl dabei fühlt. Aber meinen Sie nicht, daß das Leben sehr viel ärmer ist, wenn man jede tiefere Beziehung zu anderen Menschen ablehnt?

– Aber es gibt doch, fiel Gerbert lebhaft ein, andere tiefe Beziehungen als Liebe. Ich zum Beispiel stelle die Freundschaft höher. Ich würde mich sehr wohl mit einem Leben abfinden, in dem es nur Freundschaft gäbe.

Er blickte Françoise fast beschwörend an. Wollte er ihr ebenfalls etwas zu verstehen geben? Daß er wahre Freundschaft für sie empfand und daß sie ihm kostbar sei! Er sprach selten soviel von sich selbst: er war heute abend besonders aufgeschlossen.

– Ich könnte tatsächlich niemals jemanden lieben, für den ich nicht vorher schon freundschaftliche Gefühle gehabt hätte, meinte Françoise.

Sie sprach den Satz wie eine Hypothese aus, aber in dem gleichgültigen Ton, in dem man eine Feststellung macht; sie hätte gern noch etwas hinzugefügt, aber keinen der Sätze, die ihr einfielen, brachte sie über die Lippen. Schließlich meinte sie: Bloße Freundschaft kommt mir leicht etwas langweilig vor.

– Das kann ich nicht finden, entgegnete Gerbert.

Etwas sträubte sich offenbar in ihm; er dachte an Pierre; er dachte, daß man an niemand mehr hängen konnte, als er an Pierre hing.

– Ja, im Grunde haben Sie recht, meinte Françoise.

Sie legte ihre Gabel hin und setzte sich ans Feuer; Gerbert stand ebenfalls auf und legte geschickt einen Holzkloben im Kamin nach.

– Und jetzt müssen Sie gemütlich eine Pfeife rauchen, meinte Françoise. Einer Wallung von Zärtlichkeit nachgebend, setzte sie hinzu: Ich sehe Sie so gern Ihre Pfeife rauchen.

Sie streckte die Hände nach den Flammen aus; sie fühlte sich so wohl, zwischen ihr und Gerbert bestand heute abend eine ausdrücklich konstatierte Freundschaft, weshalb sollte sie nicht noch etwas mehr verlangen? Er saß mit etwas geneigtem Kopf da und zog vorsichtig an seiner Pfeife; das Feuer vergoldete sein Gesicht. Sie zerbrach einen trockenen Zweig und warf ihn in die Flamme. Nichts würde ihr Verlangen mehr zum Schweigen bringen können, das Verlangen, seinen Kopf in ihren Händen zu halten.

– Was tun wir morgen? fragte Gerbert.

– Wir steigen auf den Gerbier des Jonas, und dann auf den Mézenc. Sie stand auf und suchte etwas in ihrem Rucksack. Ich weiß nicht genau, wo der beste Abstieg ist. Sie breitete eine Karte auf dem Boden aus, suchte eine Stelle im Führer und streckte sich selbst davor hin.

– Wollen Sie selber sehen?

– Nein, ich verlasse mich ganz auf Sie, sagte Gerbert.

Zerstreut blickte sie auf das Netz von kleinen Straßen, die mit grünen Linien bezeichnet und mit blauen Punkten versehen waren, welche die Aussichtspunkte markierten; was würde morgen sein? Die Antwort stand nicht auf der Karte. Sie wollte nicht, daß diese Reise in Trauer um Versäumtes endigte, die sich, so wie jetzt alles war, in Reue und Selbsthaß verwandeln müßte: sie war entschlossen, zu reden. Aber wußte sie überhaupt, ob Gerbert Lust haben würde, sie in die Arme zu schließen? Wahrscheinlich hatte er niemals daran gedacht; sie würde es nicht ertragen, daß er ihr etwa nur aus Gefälligkeit nachgab. Das Blut stieg ihr ins Gesicht; sie dachte an Elisabeth: eine Frau, die sich nimmt, was sie will; der Gedanke flößte ihr Grauen ein. Sie hob den Blick zu Gerbert empor und wurde ihrer Sache etwas sicherer. Er hatte zu warme Gefühle für sie und zuviel Achtung vor ihr, um über sie zu lächeln; sie mußte es nur so einrichten, daß ihm der Weg einer Ablehnung offenblieb. Aber wie machte man das?

Sie schrak zusammen. Die jüngere der beiden Frauen stand vor ihr und schwenkte eine große Laterne.

– Wenn Sie jetzt schlafen gehen wollen, sagte sie. Ich zeige Ihnen den Weg.

– Ja, danke, sagte Françoise.

Gerbert nahm die beiden Rucksäcke, und sie gingen aus dem Haus. Es war pechschwarze Nacht, und der Wind tobte wie ein Orkan; das schwankende Licht vor ihnen erhellte von Zeit zu Zeit den aufgeweichten Boden.

– Ich weiß nicht, ob Sie es hier allzu gut haben werden, sagte die Frau. Ein Fenster ist zerbrochen, und nebenan im Stall machen die Kühe Lärm.

– Oh, das macht uns nichts aus, sagte Françoise.

Die Frau blieb stehen und stieß eine schwere Holztür auf; mit Behagen atmete Françoise den Heuduft ein; es war eine sehr große Scheune, zwischen den Heuhaufen sah man aufgestapeltes Holz, Kisten, einen Karren.

– Sie haben doch keine Streichhölzer? sagte die Frau.

– Nein, ich habe eine elektrische Taschenlampe, sagte Gerbert.

– Alsdann gute Nacht, sagte sie.

Gerbert schob die Tür wieder zu und drehte den Schlüssel um.

– Wo legen wir uns hin? fragte Françoise.

Gerbert ließ den dünnen Lichtstrahl über die Wände gleiten.

– In die Ecke dahinten, meinen Sie nicht? Dort ist viel Heu, und wir sind weit von der Tür.

Vorsichtig schritten sie vorwärts. Françoise fühlte sich ganz trocken im Mund. Jetzt war der Augenblick oder nie; sie hatte nur noch etwa zehn Minuten Zeit, denn Gerbert schlief immer gleich fest ein; und sie wußte absolut nicht, auf welchem Umweg sie sich der Frage nähern sollte.

– Hören Sie, was für ein Wind, sagte Gerbert; wir haben es hier viel besser als im Zelt. Die Wände der Scheune zitterten von dem Sturm; eine Kuh im Nebenraum trat mit dem Fuß an die Zwischenwand und schüttelte ihre Kette.

– Sie werden staunen, wie behaglich ich es uns machen werde, sagte Gerbert.

Er stellte die elektrische Lampe auf ein Brett, auf dem er sorgfältig nebeneinander seine Pfeife, seine Uhr und seine Brieftasche ablegte. Françoise nahm aus ihrem Rucksack ihr Daunenkissen und einen Schlafanzug aus Flanell. Sie ging ein paar Schritte zur Seite und zog sich im Dunkeln aus. Sie hatte keinen Gedanken mehr im Kopf, nur diesen festen Entschluß, der auf ihr lastete. Sie hatte keine Zeit mehr, sich eine lange Einleitung auszudenken, aber sie gab nicht auf; wenn die Lampe ausginge, bevor sie gesprochen hatte, würde sie rufen: ‹Gerbert› und dann ohne Stocken fortfahren: ‹Haben Sie nie daran gedacht, daß wir miteinander schlafen könnten?› Was dann käme, würde nicht mehr so wichtig sein; sie hatte nur noch das eine Bedürfnis, sich von diesem Zwang zu befreien.

– Wie tüchtig Sie sind, sagte sie und trat in den Lichtkreis zurück.

Gerbert hatte die Decken nebeneinander gelegt und Kopfkissen fabriziert, indem er zwei Pullover mit Heu füllte. Er ging auf die Seite und Françoise ließ sich in ihren Schlafsack gleiten. Das Herz schlug ihr zum Zerspringen. Einen Augenblick lang hatte sie Lust, lieber alles aufzugeben und sich in den Schlaf zu flüchten.

– Wie gut es hier im Heu ist, meinte Gerbert, als er sich neben ihr ausstreckte. Er stellte die elektrische Lampe auf einen Balken, der hinter ihnen entlanglief. Françoise sah ihm zu, und wieder spürte sie ein beinahe quälendes Verlangen, seinen Mund auf ihren Lippen zu fühlen.

– Es war ein herrlicher Tag, fing er noch einmal an. Was für ein schönes Land.

Er lag lächelnd auf dem Rücken, es schien ihm mit dem Schlafen nicht so eilig zu sein.

– Ach ja, meinte Françoise, und das Abendessen war so nett und das Kaminfeuer, an dem wir gehockt und geredet haben wie zwei Alte.

– Warum wie Alte? fragte Gerbert.

– Wir haben von Liebe und Freundschaft gesprochen wie Leute, für die das alles nicht mehr in Frage kommt.

In ihrer Stimme lag ein Ton bitterer Ironie, der Gerbert nicht entging; er warf ihr einen verlegenen Blick zu.

– Haben Sie sich etwas Schönes für morgen ausgedacht? fragte er nach einer kurzen Stille.

– Ja, das war nicht so schwierig, sagte Françoise.

Sie ließ das Gespräch wieder fallen; ohne Mißvergnügen stellte sie fest, daß die Atmosphäre immer lastender wurde. Gerbert machte noch einmal einen Versuch.

– Sie sprachen doch von einem See; es wäre nett, wenn man da baden könnte.

– Das kann man sicher, sagte Françoise.

Sie verschanzte sich in eigensinnigem Schweigen. Sonst versiegte die Unterhaltung zwischen ihnen beiden nie. Gerbert müßte schließlich doch etwas merken.

– Schauen Sie, was ich kann, sagte er auf einmal.

Er hob die Hände über den Kopf und bewegte die Finger; die Lampe warf auf die gegenüberliegende Wand ein etwas unscharfes Tierprofil.

– Wie geschickt Sie sind! meinte Françoise.

– Ich kann auch einen Richter machen, sagte Gerbert.

Sie war jetzt sicher, daß er es aus Verlegenheit tat; mit zusammengeschnürter Kehle sah sie zu, wie er hingebungsvoll Schatten von Kaninchen, Kamelen, Giraffen auf der Mauer erstehen ließ. Als er sein Repertoire endgültig erschöpft hatte, ließ er die Hände sinken.

– Chinesische Schattenbilder sind etwas Nettes, fuhr er eifrig fort. Fast so hübsch wie Marionetten. Haben Sie nie die Silhouetten gesehen, die Begramian gezeichnet hat? Es hat uns nur an einem Libretto gefehlt; nächstes Jahr wollen wir die Sache noch einmal aufgreifen.

Er brach plötzlich ab, er konnte nicht länger so tun, als bemerke er nicht, daß Françoise nicht zuhörte. Sie hatte sich umgedreht und starrte auf die Taschenlampe, deren Licht immer schwächer wurde.

– Die Batterie ist verbraucht, sagte er. Sie geht sicher gleich aus.

Françoise antwortete nicht; trotz des kalten Luftzugs, der durch das zerbrochene Fenster drang, war sie in Schweiß gebadet; sie hatte das Gefühl, über einem Abgrund zu hängen ohne die Möglichkeit, sich vorwärts oder rückwärts zu bewegen; in ihr war kein Gedanke, kein Wunsch, und auf einmal erschien ihr die ganze Sache vollkommen absurd. Sie lächelte nervös.

– Weshalb lächeln Sie? fragte Gerbert.

– Wegen nichts, sagte Françoise.

Ihre Lippen zitterten; aus ganzer Seele hatte sie diese Frage herbeigesehnt, und jetzt machte sie ihr Angst.

– Haben Sie etwas gedacht? wollte Gerbert wissen.

– Nein, sagte sie, es war nichts.

Auf einmal stiegen ihr Tränen in die Augen, sie war mit ihrer Nervenkraft am Ende. Aber sie war jetzt zu weit gegangen; Gerbert würde sie zum Reden zwingen, und die schöne Freundschaft, die zwischen ihnen bestand, würde vielleicht für immer verdorben sein.

– Im übrigen weiß ich, was Sie gedacht haben, stieß Gerbert trotzig hervor.

– Und was war es? fragte Françoise.

Gerbert setzte eine hochmütige Miene auf:

– Das sage ich nicht.

– Sagen Sie es doch, bat Françoise. Ich sage Ihnen dann auch, ob es stimmt.

– Nein, Sie müssen es zuerst sagen, beharrte Gerbert.

Einen Augenblick maßen sie sich mit dem Blick wie zwei Feinde. Françoise warf alle Bedenken über Bord, und endlich kamen die Worte frei über ihre Lippen.

– Ich lachte, weil ich mir vorstellte, was Sie, der Sie doch alle Komplikationen hassen, wohl für ein Gesicht machen würden, wenn ich Ihnen vorschlüge, Sie sollten mich umarmen.

– Und ich habe geglaubt, Sie dächten, ich hätte Lust Sie zu küssen und wagte es nur nicht, sagte Gerbert.

– Ich habe mir niemals vorgestellt, daß *Sie* Lust hätten mich zu küssen, gab Françoise hochmütig zurück. Sie schwieg, ihre Schläfen dröhnten. Jetzt war es geschehen, sie hatte es gesagt. Nun also, antworten Sie: was würden Sie dazu sagen?

Gerbert zog sich ganz in sich zusammen; er ließ keinen Blick von Françoise; sein ganzes Gesicht drückte Abwehr aus.

– Es ist nicht, daß ich nicht möchte, sagte er. Aber ich hätte Angst.

Françoise atmete wieder normal; es gelang ihr, freundlich dazu zu lächeln.

– Eine geschickte Antwort, sagte sie; ihre Stimme festigte sich. Sie haben recht, es würde irgendwie künstlich und peinlich sein.

Sie streckte die Hand nach der Lampe aus; man mußte jetzt so schnell wie möglich Dunkelheit um sich haben und sich in die Nacht flüchten; sie würde sich ordentlich ausweinen, aber wenigstens war sie jetzt diese Besessenheit los. Sie fürchtete nur noch, daß sie morgen in sehr schlechter Verfassung aufwachen würde.

– Gute Nacht, sagte sie.

Gerbert starrte sie eigensinnig mit einem scheuen und unentschiedenen Ausdruck an.

– Ich hatte mir gedacht, daß Sie vor dem Antritt der Reise mit Labrousse gewettet hätten, ob ich versuchen würde, Sie zu küssen.

Françoise ließ die Hand wieder sinken.

– So eingebildet bin ich nicht, sagte sie. Ich weiß ja sehr wohl, daß ich für Sie so etwas bin wie ein Mann.

– Das ist nicht wahr, widersprach Gerbert. Dann hielt er in seinem Ausfall jäh inne, und ein Zug des Mißtrauens huschte über sein Gesicht. Es wäre mir schrecklich leid, in Ihrem Leben so etwas zu sein, wie die Canzetti für Labrousse.

Françoise zögerte:

– Sie meinen, mit mir etwas zu haben, was ich leichtnehmen würde?

– Ja, sagte Gerbert.

– Aber ich nehme nie etwas leicht, sagte Françoise.

Gerbert sah sie unsicher an.

– Ich glaubte, Sie hätten es bemerkt und amüsierten sich darüber, sagte er.

– Worüber?

– Daß ich Lust hatte, Sie zu küssen; neulich nachts in der Scheune, und gestern am Bach. Er zog sich noch mehr in sich zurück und stieß fast zornig hervor: ich hatte mir vorgenommen, Sie bei der Ankunft in Paris auf dem Bahnhof zu küssen. Nur stellte ich mir vor, Sie würden mir ins Gesicht lachen.

– Ich! sagte Françoise. Jetzt war es vor Freude, daß sie errötete.

– Wenn das nicht wäre, hätte ich schon viele Male gemocht. Ich würde Sie sehr gern küssen.

Er lag in seiner Decke zusammengeknäuelt da, unbeweglich, mit gehetztem Blick. Françoise maß die Entfernung zwischen ihnen ab und gab sich einen Ruck.

– Also gut, tun Sie es, dummer kleiner Gerbert, sagte sie und bot ihm ihren Mund.

Ein paar Augenblicke darauf strich Françoise staunend und behutsam über den jungen, glatten, harten Körper hin, der ihr so lange unberührbar vorgekommen war; diesmal träumte sie nicht; sie hielt ihn wirklich und wach an ihre Brust gepreßt. Gerberts Hand glitt liebkosend über ihren Rükken und Nacken, legte sich sanft an ihren Kopf und verharrte dort.

– Ich mag deine Kopfform so gern, murmelte Gerbert; mit einer Stimme, die sie an ihm noch nicht kannte, setzte er hinzu: Es kommt mir so seltsam vor, daß ich dich küssen darf.

Die Lampe war verloschen, der Wind tobte weiter, und die zerbrochene Fensterscheibe ließ einen eisigen Hauch herein. Françoise lehnte die Wange an Gerberts Schulter; an ihn geschmiegt, entspannt, machte es ihr nichts mehr aus, offen mit ihm zu sprechen.

– Es war nicht bloße Lust darauf, in deinen Armen zu liegen; es war Zärtlichkeit.

– Ist das wahr? fragte Gerbert mit froher Stimme.

– Aber sicher ist es wahr. Hast du nie gemerkt, daß ich voller Zärtlichkeit für dich war?

Gerberts Finger griffen fester ihre Schulter.

– Das . . . macht mir Freude, sagte er. Das macht mir wirklich Freude.

– Ja, sah man denn das nicht ganz deutlich? meinte Françoise.

– Bewahre, sagte Gerbert. Du warst steif wie ein Stock. Es war mir unangenehm, wenn du Labrousse oder Xavière auf eine bestimmte Weise angesehen hast; ich sagte mir dann immer, daß du mir ein solches Gesicht niemals zeigen würdest.

– Du warst immer sehr streng mit mir, sagte Françoise.

Gerbert schmiegte sich an sie.

– Ich habe dich aber doch immer schon sehr geliebt, sagte er. Sehr, sehr, sehr sogar.

– Das hast du gut zu verbergen gewußt, sagte Françoise. Sie drückte ihre Lippen auf die Lider mit den langen Wimpern. Das erste Mal hatte ich Lust, deinen Kopf in meine Hände zu nehmen, als du an dem Tage vor Pierres Rückkehr bei mir im Studio warst, weißt du noch? Du schliefst an meiner Schulter ein und kümmertest dich nicht um mich, aber ich war doch froh, dich da zu wissen.

– Ach, ein bißchen wach war ich aber doch, sagte Gerbert. Auch ich fühlte dich gern so dicht bei mir, aber ich dachte, du hieltest mir deine Schulter nur als Kissen hin, fügte er nachträglich verwundert hinzu.

– Da hast du dich getäuscht, sagte Françoise. Sie griff mit der Hand in sein weiches schwarzes Haar. Und weißt du, der Traum, den ich dir neulich in der Scheune erzählt habe, wo du zu mir sagtest: aber nein, es ist kein Traum, es wäre doch zu dumm, wenn es nicht wahr wäre . . . Da habe ich gelogen, nicht weil wir in New York spazierengingen, hatte ich Angst aufzuwachen, sondern weil ich in deinen Armen lag, gerade so wie jetzt.

– Ist das möglich, fragte Gerbert. Er sprach jetzt ganz leise. Ich hatte am Morgen solche Angst, du könntest denken, ich hätte nicht wirklich geschlafen; ich hätte nur so getan, um dich an mich drücken zu können. Es war nicht recht, ich weiß, aber ich hatte solche Lust.

– Nun, ich hatte keine Ahnung, sagte Françoise. Sie fing zu lachen an. Da hätten wir lange Verstecken spielen können. Ich habe recht gehabt, daß ich mich dir einfach an den Hals geworfen habe.

– Du mir? sagte Gerbert. Das hast du gar nicht getan. Du wolltest ja nichts sagen.

– Willst du etwa sagen, daß wir es dir zu verdanken haben, wenn wir so weit gekommen sind?

– Ich habe ebensoviel dazu getan wie du. Ich habe die Lampe brennen lassen und dich unterhalten, um dich am Einschlafen zu hindern.

– So eine Frechheit! sagte Françoise. Wenn du wüßtest, wie du mich bei Tisch angeschaut hast, als ich ganz bescheidene Avancen unternommen habe.

– Ich dachte, du fingest an, ein bißchen betrunken zu werden, sagte Gerbert.

Françoise schmiegte sich an seine Wange.

– Ich bin froh, daß ich mich nicht habe entmutigen lassen, sagte sie.

– Ich, sagte Gerbert, bin auch sehr froh.

Er preßte heiß seine Lippen auf ihren Mund, und sie fühlte, wie sein Leib sich fest an den ihren drängte.

Das Taxi fuhr unter den Kastanienbäumen des Boulevard Arago dahin. Über den hohen Häusern war der Himmel blau und rein wie in den Bergen. Mit schüchternem Lächeln legte Gerbert Françoise seinen Arm um die Schultern; sie lehnte sich an ihn.

– Bist du noch immer froh? fragte sie.

– Ja, ich bin froh, sagte Gerbert. Er blickte sie voller Vertrauen an. Was mich froh macht, ist vor allem, daß du mich wirklich magst. Es wäre mir jetzt fast gleichgültig, wenn wir uns eine Weile nicht sähen. Was ich da sage, klingt nicht liebenswürdig, aber es ist doch so gemeint.

– Ich verstehe, sagte Françoise.

Wie eine Flut stieg die Rührung in ihrer Kehle auf. Sie dachte noch einmal an das Morgenfrühstück in dem Gasthaus nach ihrer ersten Nacht; sie hatten sich lächelnd in die Augen geblickt mit einem entzückten Staunen und ein klein wenig Befangenheit; sie waren auf der Landstraße weitergewandert mit ineinander verschlungenen Fingern wie die Brautpaare in der Schweiz. Auf einer Wiese zu Füßen des Gerbier des Joncs hatte Gerbert eine kleine dunkelblaue Blume gepflückt und sie Françoise geschenkt.

– Es ist dumm, sagte sie. Es sollte nicht sein, aber ich stelle mir nicht gern vor, daß heute abend jemand anderes neben dir schlafen wird.

– Ich auch nicht, gab Gerbert leise zu. Mit einer Art von Verzweiflung setzte er hinzu: Ich wünschte, du wärest die einzige, die mich liebt.

– Ich liebe dich sehr, sagte Françoise.

– Niemals habe ich eine Frau geliebt, wie ich dich liebe, sagte Gerbert. Ach, nicht annähernd so.

Françoises Augen verschleierten sich. Gerbert würde nie Wurzeln schlagen, niemals jemandem gehören. Aber er gab ihr rückhaltlos, was er zu geben hatte.

– Lieber, lieber kleiner Gerbert, sagte sie und küßte ihn.

Das Taxi hielt. Einen Augenblick noch stand sie vor ihm mit verschwimmendem Blick; sie konnte sich nicht entschließen, seine Finger loszulassen. Sie hatte eine physische Angst, als müsse sie einen Sprung in tiefes Wasser tun.

– Auf Wiedersehen, sagte sie fast schroff. Bis morgen.

– Bis morgen, sagte Gerbert.

Sie ging durch die kleine Pforte ins Theater.

– Ist Herr Labrousse oben?

– Bestimmt. Er hat noch nicht einmal geschellt, sagte die Hausmeisterin.

– Bringen Sie zwei Kaffee mit Milch herauf, bitte, sagte Françoise. Und Toast.

Sie schritt über den Hof. Ihr Herz pochte in ungläubiger Hoffnung. Der Brief war zwei Tage alt; Pierre hätte seine Meinung ändern können; aber es sah ihm ganz ähnlich, wenn er eine Sache einmal aufgegeben hatte, völlig davon frei zu sein. Sie klopfte an.

– Du scheinst noch zu schlafen, rief sie fröhlich aus.

Sie setzte sich auf den Rand seines Bettes und gab ihm einen Kuß.

– Wie warm du bist. Ich bekomme Lust, mich noch einmal hinzulegen.

Sie hatte auf einer Abteilbank ausgestreckt gut geschlafen, aber die weißen Bettücher kamen ihr so behaglich vor.

– Ach, bin ich froh, daß du da bist, sagte Pierre. Er rieb sich die Augen. Warte, ich stehe auf.

Sie ging ans Fenster und zog die Vorhänge auseinander, während er einen prächtigen Schlafrock aus rotem Samt anzog, der aus einem Theaterkostüm hervorgegangen war.

– Du siehst glänzend aus, meinte Pierre.

– Ich bin gut ausgeruht, sagte Françoise. Sie lächelte. Hast du meinen Brief bekommen?

– Ja, sagte Pierre. Er lächelte auch. Ich muß dir offen sagen, ich war nicht einmal so sehr erstaunt.

– Mich selbst wundert auch weniger, daß ich mit Gerbert geschlafen habe. Es ist mehr die Art, wie er an mir zu hängen scheint.

– Und du? fragte Pierre in zärtlichem Ton.

– Ich hänge auch an ihm, sagte Françoise, ja, sehr sogar. Und dann bin ich entzückt darüber, daß unsere Beziehungen zueinander so tief reichen und doch eine so schöne Leichtigkeit bewahrt haben.

– Ja, das ist sehr gut, sagte Pierre. Es ist ein Glück für ihn wie für dich.

Er lächelte, aber in seiner Stimme hatte ein Schatten von Zurückhaltung gelegen.

– Du findest doch nichts dabei? fragte Françoise.

– Aber gar nicht, sagte Pierre.

Es klopfte.

– Hier ist das Frühstück, sagte die Concierge.

Sie stellte das Tablett auf den Tisch. Françoise griff nach einem Stück Toast; es war knusprig an der Oberfläche und im Innern weich; sie bestrich es mit Butter und goß zwei Tassen Milchkaffee ein.

– Ein richtiger Milchkaffee, sagte sie. Und richtiger Toast dazu. Das ist angenehm. Wenn du das schwarze Gebräu gesehen hättest, das Gerbert uns vorgesetzt hat.

– Gott behüte mich, sagte Pierre. Er sah aus, als ob ihn etwas beschäftigte.

– Woran denkst du? fragte Françoise mit leiser Unruhe.

– Ach! Nichts, sagte Pierre. Er zögerte. Wenn ich etwas bedenklich bin, so ist es wegen Xavière. Für sie ist wirklich dumm, was da geschehen ist!

Françoise gerann das Blut in den Adern.

– Xavière! rief sie aus. Aber ich würde mir nicht verzeihen, wenn ich ihr noch irgendein Opfer brächte.

– Oh, denke nur nicht, daß ich mir erlaube, dir einen Vorwurf zu machen, fiel Pierre ihr lebhaft ins Wort. Aber was mich beschäftigt, ist, daß ich sie gerade dazu bestimmt hatte, mit Gerbert zu einer soliden und geordneten Beziehung zu kommen.

– Ja, das paßt allerdings schlecht, gab Françoise mit einem versteckten Lachen zu. Sie maß ihn mit dem Blick: Wie stehst du denn jetzt mit ihr? Was ist inzwischen passiert?

– Oh, das ist ganz einfach, sagte Pierre. Er dachte eine Sekunde nach. Als ich mich von dir trennte, du erinnerst dich, wollte ich sie zwingen, mit Gerbert zu brechen. Aber als ich von ihm sprach, merkte ich, daß ich auf einen viel stärkeren Widerstand stieß, als ich vermutet hatte; sie mag sagen, was sie will, sie hängt eben doch sehr an ihm. Das hat mich zurückgehalten. Hätte ich darauf bestanden, wäre es mir, glaube ich, trotz alledem gelungen. So aber habe ich mich gefragt, ob es mir wirklich so wichtig ist.

– Ja, sagte Françoise.

Sie wagte noch nicht an die Versprechungen zu glauben, die seine vernünftige Stimme, das offene Antlitz ihr machten.

– Als ich sie das erste Mal wiedersah, ging es mir durch und durch. Pierre zuckte die Achseln: dann aber, als ich sie von morgens bis abends reuig, voll guten Willens, verliebt beinahe, zu meiner Verfügung hatte, verlor sie auf einmal in meinen Augen jede Wichtigkeit.

– Du hast eben doch einen schwierigen Charakter, meinte Françoise erheitert.

– Nein, sagte Pierre, aber du verstehst: wäre sie mir vorbehaltlos in die Arme gesunken, wäre ich sicher tief bewegt gewesen; vielleicht hätte mich auch sonst das Spiel gereizt, wenn sie in der Defensive geblieben wäre. Aber ich fand sie einerseits so versessen darauf, mich zurückzuerobern, und so ängstlich darauf bedacht, mir ja kein Opfer zu bringen, daß ich nichts als ein etwas angewidertes Mitleid verspürt habe.

– Und weiter? forschte Françoise.

– Einen Augenblick habe ich mich dennoch versucht gefühlt, eigensinnig darauf zu bestehen. Aber ich fühlte mich so desinteressiert an ihr, daß es mir unredlich vorgekommen wäre, sowohl ihr wie dir, auch Gerbert gegenüber. Er schwieg einen Augenblick. Und dann, wenn eine Sache zu Ende ist, ist sie zu Ende, da kann man eben nichts machen. Ihre Geschichte mit Gerbert, die Szene, die wir hatten, was ich von ihr und von mir selbst gedacht hatte, das alles läßt sich nicht ungeschehen machen. Schon neulich, den ersten Morgen am ‹Dôme›, als sie sofort wieder in ihre Eifersucht zurückfiel, war mir der Gedanke gräßlich, daß nun alles wieder von vorn losgehen sollte.

Françoise nahm ohne Beschämung von der hämischen Freude Kenntnis, die ihr Herz erfüllte. Es war sie vordem zu teuer zu stehen gekommen, daß sie ihre Seele hatte rein erhalten wollen.

– Aber du siehst sie doch weiter? fragte sie.

– Sicher, sagte Pierre. Es ist sogar ausgemacht, daß jetzt zwischen uns eine ganz einmalige Freundschaft besteht.

– War sie dir denn nicht böse, als sie bemerkt hat, daß deine Leidenschaft für sie erloschen ist?

– Oh! Ich war da klug, sagte Pierre. Ich habe so getan, als träte ich nur widerwillig beiseite, gleichzeitig aber redete ich ihr zu, sich der Liebe zu Gerbert, da sie ihn ja offenbar keineswegs aufgeben wollte, wirklich zu überlassen. Er sah Françoise ins Gesicht. Ich wünsche ihr nichts Böses mehr, mußt du wissen. Wie du selber einmal sagtest, es steht mir nicht zu, den Stab über sie zu brechen. Wenn sie unrecht getan hat, so habe ich es ja auch getan.

– Wir haben uns alle etwas vorzuwerfen, sagte Françoise.

– Du und ich, sagte Pierre, wir sind aus dieser Erfahrung hervorgegangen, ohne Schaden zu nehmen. Ich möchte, daß es ihr ebenso geht. Nachdenklich biß er sich auf den Nagel. Du hast allerdings meine Pläne etwas durchkreuzt.

– Das hilft nun nichts, meinte Françoise gleichmütig. Sie brauchte ja nur Gerbert vor uns nicht mit soviel Nichtachtung zu behandeln.

– Hätte dich das zurückgehalten? war Pierres freundliche Frage.

– Er selbst hätte mehr an ihr festgehalten, wenn sie aufrichtiger gewesen wäre, sagte Françoise. Es wäre schon anders gekommen.

– Kurz und gut, was geschehen ist, ist geschehen, sagte Pierre. Wir müssen nur achtgeben, daß sie nichts merkt. Du bist dir doch klar darüber? Es bleibt ihr sonst nichts übrig, als ins Wasser zu gehen.

– Sie merkt bestimmt nichts, versicherte Françoise.

Sie hatte nicht die geringste Lust, Xavière zur Verzweiflung zu treiben; sie sollte ruhig ihre Tagesration an beschwichtigenden Lügen haben. Verachtet und getäuscht, würde sie jedenfalls nicht mehr diejenige sein, die Françoise ihren Platz in der Welt streitig machen konnte.

Françoise betrachtete ihr Bild im Spiegel. Auf die Dauer hatten Laune, Unversöhnlichkeit, hochmütiger Egoismus, alle diese künstlich aufgebauschten Werte ihre Schwäche enthüllt, und die alten verschmähten Tugenden trugen den Sieg davon.

– Ich habe gewonnen, dachte Françoise mit einem Gefühl des Triumphes.

Wieder war es nun so, daß sie allein und ungehindert im Herzen ihres Geschickes wohnte. Eingekapselt in ihrer trügerischen und leeren Welt, war Xavière nichts mehr als ein planlos zuckendes Stück Leben.

Neuntes Kapitel

Elisabeth ging durch das verlassene Hotel in den Garten. Im Schatten einer Muschelgrotte sitzend traf sie die beiden an. Pierre schrieb, Françoise ruhte halb sitzend in einem Liegestuhl; keiner von beiden machte eine Bewegung, sie wirkten wie ein lebendes Bild. Elisabeth blieb einen Augenblick wie angewurzelt stehen. Sobald sie sie bemerkten, würden sie ein anderes Gesicht machen; sie durfte sich nicht zeigen, bevor sie nicht ihr Geheimnis enträtselt hätte. Pierre hob den Kopf und sagte lächelnd ein paar Worte zu Françoise. Was hatte er gesagt? Es führte zu nichts, wenn man nur sein weißes Buschhemd und seine bronzebraun gebrannte Haut betrachtete. Jenseits ihrer Gebärden und Mienen verbarg sich die Wirklichkeit ihres Glücks. Diese Woche täglicher Gemeinsamkeit ließ im Herzen Elisabeths einen ebenso enttäuschenden Geschmack zurück wie die flüchtigen Begegnungen in Paris.

– Sind eure Koffer gepackt? fragte sie.

– Ja, ich habe zwei Plätze im Autobus bestellt, sagte Pierre. Wir haben noch eine Stunde Zeit.

Elisabeth berührte mit dem Finger die Papiere, die vor ihm ausgebreitet lagen:

– Was wird das? Schreibst du einen Roman?

– Es ist ein Brief an Xavière, erklärte lächelnd Françoise.

– Nun, da wird sie sich ja nicht vergessen fühlen, sagte Elisabeth. Es ging ihr nicht in den Kopf, daß Gerberts Dazwischentreten an der Harmonie des Trios nichts geändert haben sollte. Läßt du sie in diesem Jahr nach Paris zurückkommen?

– Natürlich, sagte Françoise. Wenn es nicht wirklich zu Fliegerangriffen kommt.

Elisabeth sah sich um; der Garten schob sich terrassenförmig in eine weite Ebene in grünen und rosigen Tönen vor. Er war ganz klein. Um die Beete hatte eine spielerische Hand Muscheln und grobe spitzige Kiesel gesteckt; ausgestopfte Vögel hockten in Muschelgebilden, und zwischen den Blumen gleißten Metallkugeln, Glasknöpfe und Figuren aus Papiermaché. Der Krieg schien so weit entfernt. Man mußte sich förmlich anstrengen, um ihn nicht zu vergessen.

– Euer Zug wird gut voll sein, sagte sie.

– Ja, alles reist fluchtartig ab, sagte Pierre. Wir sind die letzten Gäste.

– Ach! sagte Françoise. Und ich hatte unser kleines Hotel so gern.

Pierre legte seine Hand auf die ihre:

– Wir kommen wieder hierher. Auch wenn es Krieg gibt, auch wenn er lange dauert, einmal ist er zu Ende.

– Aber wie? gab Elisabeth zu bedenken.

Es wurde Abend. Da saßen sie, drei französische Intellektuelle, überlegten und tauschten ihre Meinungen aus in dem bedrohten Frieden eines französischen Dorfes angesichts des Krieges, der am Ausbrechen war. Unter ihrer täuschenden Schlichtheit hatte diese Stunde die Größe eines historischen Augenblicks.

– Ah! Da kommt das Vesper, sagte Françoise.

Ein Zimmermädchen kam mit einem Tablett, auf dem sich Bier, Limonade, Zwieback und Konfitüre befanden.

– Willst du Konfitüre oder Honig? fragte Françoise in einladendem Ton.

– Das ist mir ganz gleich, gab Elisabeth schlechtgelaunt zurück.

Man hatte den Eindruck, daß sie mit Absicht jede ernsthafte Unterhaltung vermieden. Auf die Dauer bekam diese Art von Eleganz etwas Aufreizendes. Sie warf einen Blick auf Françoise. In ihrem Leinenkleid und mit dem flatternden Haar wirkte sie sehr jung. Elisabeth fragte sich, ob der heitere Gleichmut, den man an ihr bewunderte, nicht zum Teil aus Unvernunft bestand.

– Das wird ein komisches Leben jetzt werden, sagte sie.

– Ich fürchte vor allem, meinte Françoise, daß man sich tödlich langweilen wird.

– Es wird im Gegenteil passionierend sein, entgegnete Elisabeth.

Sie wußte noch nicht so recht, was sie tun würde; der deutsch-sowjetische Pakt hatte ihr einen schweren Schlag versetzt. Aber sie war sicher, daß ihr Bemühen nicht vergeblich sein würde.

Pierre biß in ein Honigbrot und wandte sich lächelnd an Françoise:

– Komisch zu denken, daß wir morgen früh schon wieder in Paris sind, sagte er.

– Ich frage mich, ob viele Leute schon wieder zurück sein werden, meinte Françoise.

– Auf alle Fälle Gerbert. Pierres Gesicht wurde von einem Lächeln erhellt. Morgen abend gehen wir bestimmt ins Kino. Zur Zeit laufen eine Menge von neuen amerikanischen Filmen.

Paris. Vor den Cafés von Saint-Germain-des-Prés tranken Frauen in leichten Kleidern geeiste Orangeade; große verlockende Fotografien zogen sich von den Champs-Elysées bis zum Étoile. Bald würde diese ganze lässige Süße vorbei und ausgelöscht sein. Elisabeths Herz zog sich zusammen; sie hatte sie nicht genug zu genießen gewußt. Pierre hatte ihr diesen Abscheu vor allem Leichtfertigen eingeflößt. Aber für sich selbst war er bei weitem nicht so rigoros. Mit Verdruß hatte sie es bereits diese ganze Woche hindurch festgestellt; während sie mit gespanntem Blick auf die beiden als ihre schwer zu erreichenden Vorbilder starrte, gaben sie selbst sich ruhig ihren Launen hin.

– Du solltest die Rechnung bezahlen, sagte Françoise.

– Ich gehe schon, sagte Pierre. Er stand auf. Au, sagte er. Diese verdammten Steinchen. Er bückte sich nach seinen Sandalen.

– Warum gehst du immer barfuß? fragte Elisabeth.

– Er behauptet, seine Blasen seien noch nicht geheilt, antwortete Françoise.

– Das stimmt auch, sagte Pierre. Du hast von mir verlangt, daß ich soviel gehe.

– Es war aber doch eine schöne Reise, stellte Françoise mit einem Seufzer fest.

Pierre ging. Noch ein paar Tage, dann waren sie getrennt. Pierre würde unter seiner Segeltuchplane nur noch ein anonymer, einsamer Soldat sein. Françoise würde mit ansehen müssen, wie das Theater geschlossen blieb und ihre Freunde sich in alle Winde zerstreuten. Claude würde fern von Suzanne fröstelnd in Limoges sitzen. Elisabeth heftete ihre Blicke auf den Horizont, an dem das Rosa und Grün der Ebene langsam verschwamm. Im tragischen Licht der Geschichte standen die Menschen ihres beunruhigenden Mysteriums entkleidet da. Alles war ruhig, die ganze Welt war in der Schwebe; in dieser alles umfassenden Erwartung fühlte sich Elisabeth ohne Furcht und Verlangen in die Unbeweglichkeit des Abends einbezogen. Sie hatte das Gefühl, daß ihr endlich ein langer Aufschub zuteil wurde, während dessen niemand etwas von ihr verlangte.

– So, das wäre in Ordnung, sagte Pierre. Die Koffer sind schon im Wagen.

Er setzte sich. Auch er wirkte mit seinen von Luft und Sonne gestrafften Wangen und dem weißen Buschhemd vollkommen verjüngt. Auf einmal durchzog etwas Unbekanntes oder längst Vergessenes Elisabeths Herz. Er ging. Bald würde er weit fort sein, mitten in einer unerreichbaren, einer gefährlichen Region; sie würde ihn lange nicht wiedersehen. Wie nur hatte sie seine Gegenwart nicht viel besser genutzt?

– Nimm doch noch Zwieback, sagte Françoise. Sie sind gut.

– Danke, sagte Elisabeth. Ich habe keinen Hunger.

Das Leiden in ihrem Innern glich dem anderen nicht, das ihr zur Gewohnheit geworden war; es war etwas Gnadenloses, Unwiederbringliches darin. Und wenn ich ihn niemals wiedersehe? dachte sie. Sie fühlte, wie das Blut aus ihrem Antlitz wich.

– Du mußt dich in Nancy melden? fragte sie.

– Ja, sagte Pierre. Das ist noch kein sehr gefährlicher Ort.

– Aber da wirst du ja auch nicht ewig bleiben. Hast du auch nicht vor, entsetzlich heroisch zu sein?

– Da verlaß dich auf mich, gab Pierre lachend zurück.

Elisabeth sah ihn angstvoll an. Er konnte fallen. Pierre. Mein Bruder. Ich darf ihn nicht gehen lassen, ohne ihm zu sagen ... Aber was? Dieser immer ironische Mensch, der ihr da gegenübersaß, brauchte ihre Zärtlichkeit nicht.

– Ich werde dir schöne Pakete schicken, sagte sie.

– Richtig, man bekommt ja Pakete, sagte Pierre. Das ist sehr angenehm.

Er lächelte auf eine gewinnende Art und ohne Hintergedanken; oft hatte sein Gesicht in der letzten Woche diesen Ausdruck gehabt. Warum sie nur so mißtrauisch war? Warum hatte sie für immer die Freuden der Freundschaft eingebüßt? Wonach hatte sie getrachtet? Wozu immer nur Kampf und Haß? Pierre ging fort.

– Ich glaube, sagte Françoise, wir tun jetzt gut zu gehen.

– Gehen wir, sagte Pierre.

Sie standen auf. Elisabeth begleitete sie mit einem Würgen im Hals. Ich will nicht, daß er mir totgeschossen wird, dachte sie verzweifelt. Sie ging neben ihm her und wagte doch nicht einmal, ihn am Arm zu fassen. Warum war für sie jedes aufrichtige Wort, jede ehrlich gemeinte Geste unmöglich geworden? Jetzt kamen die spontanen Regungen ihres Herzens ihr ungewöhnlich vor. Und dabei hätte sie ihr Leben gegeben, um ihn zu retten.

– Wie viele Menschen! sagte Françoise.

Eine Menschenmenge umgab den kleinen leuchtenden Autobus. Der Fahrer stand auf dem Dach zwischen den Koffern, Handtaschen und Kisten; ein Mann, der auf der Leiter an der Rückseite des Wagens stand, reichte ihm ein Fahrrad hinauf. Françoise preßte das Gesicht an die Scheiben.

– Unsere Plätze sind reserviert, stellte sie mit Befriedigung fest.

– Eure Reise selbst werdet ihr wohl stehend im Gang machen müssen, fürchte ich, meinte Elisabeth.

– Wir haben auf Vorrat geschlafen, sagte Pierre.

Sie gingen rings um den kleinen Autobus herum. Nur noch ein paar Minuten. Man sollte ein einziges Wort sagen, eine Bewegung machen, damit er weiß ... Elisabeth warf einen verzweifelten Blick auf Pierre. Hätte nicht alles anders sein können! Hätte sie nicht alle diese Jahre hindurch in Vertrauen und Freude mit beiden leben können, anstatt sich unaufhörlich gegen eine eingebildete Gefahr zu wappnen?

– Alles einsteigen, rief der Chauffeur.

– Es ist zu spät, dachte Elisabeth verstört. Sie hätte ihre ganze Vergangenheit und ihr ganzes Wesen vernichten müssen, um auf Pierre zuzueilen und ihm in die Arme zu sinken. Zu spät. Dieser Augenblick gehörte ihr nicht mehr. Selbst ihr Gesicht gehorchte ihr nicht.

– Auf recht bald, sagte Françoise.

Sie küßte Elisabeth und nahm ihren Platz ein.

– Auf Wiedersehen, sagte Pierre.

Er drückte seiner Schwester eilig die Hand und schaute sie lächelnd an. Sie fühlte, wie ihr die Tränen in die Augen kamen; sie faßte ihn bei den Schultern und preßte ihre Lippen auf seine Wange.

– Gib recht gut auf dich acht, sagte sie.

– Hab keine Angst, sagte Pierre.

Er gab ihr einen flüchtigen Kuß und stieg ein; einen Augenblick noch erschien sein Gesicht im Rahmen des offenen Fensters. Der Wagen fuhr an. Er bewegte die Hand. Elisabeth winkte mit dem Taschentuch, und als der Wagen hinter der Mauer verschwunden war, drehte sie sich auf dem Absatz um.

– Wegen nichts, murmelte sie. Alles das wegen nichts.

Sie drückte das Taschentuch an die Lippen und kehrte mit raschen Schritten in das Hotel zurück.

Mit weit offenen Augen starrte Françoise zur Decke empor. Neben ihr schlief Pierre nur halb ausgezogen. Françoise war in leichten Schlummer verfallen, aber dann hatte auf der Straße ein lauter Schrei die Nacht durchschnitten, und sie war aufgewacht; sie hatte solche Angst vor einem Albtraum, daß sie die Augen nicht mehr zu schließen wagte. Die Vorhänge waren nicht zugezogen, der Mondschein fiel hell ins Zimmer hinein. Sie empfand keinen Schmerz, sie dachte nichts, sie war nur erstaunt, mit welcher Leichtigkeit die Katastrophe sich in den normalen Lauf ihres Lebens einfügte. Sie beugte sich über Pierre.

– Es ist gleich drei Uhr, sagte sie.

Pierre seufzte und streckte sich. Sie machte Licht. Leere Koffer, halb gefüllte Taschen, Konservenbüchsen, Socken lagen unordentlich auf dem Boden umher. Françoise starrte auf die roten Chrysanthemen auf der Tapete, und Angst packte sie an der Kehle. Morgen würden sie noch an der gleichen Stelle sein mit derselben leblosen Starre; die Dekoration für Pierres Abwesenheit war schon aufgestellt. Bislang war die erwartete Trennung eine leere Drohung geblieben, aber dies Zimmer war bereits eine verwirklichte Zukunft; es war da, vollkommen gegenwärtig in seiner unaufhaltsamen Verlassenheit.

– Hast du auch alles, was du brauchst? fragte sie.

– Ich glaube, ja, sagte Pierre. Er hatte seinen ältesten Anzug an und stopfte gerade die Brieftasche, den Füllfederhalter, den Tabaksbeutel in die Taschen.

– Zu dumm, daß wir dir nicht schließlich doch noch Marschstiefel gekauft haben, sagte sie. Weißt du, was wir tun? Ich gebe dir meine Skistiefel. Sie haben dir sehr gut gepaßt.

– Ich möchte dir aber deine armen Schuhe nicht wegnehmen, sagte Pierre.

– Du kaufst mir eben neue, wenn wir wieder zum Wintersport fahren, meinte sie traurig.

Sie holte sie tief aus dem Wandschrank hervor und reichte sie ihm, dann füllte sie einen Rucksack mit Wäsche und Proviant.

– Nimmst du deine Meerschaumpfeife nicht mit?

– Nein, die lasse ich mir für den Urlaub, sagte Pierre. Paß mir gut darauf auf.

– Da brauchst du keine Sorge zu haben, sagte Françoise.

Die Pfeife mit ihrer schönen blonden Färbung ruhte in ihrem Etui wie in einem Miniatursarg. Françoise klappte den Deckel zu und schloß das Ganze in eine Schublade ein. Sie drehte sich nach Pierre um. Er hatte ihre Stiefel angezogen; jetzt saß er auf dem Bettrand und kaute an seinen Nägeln, seine Lider waren noch vom Schlaf gerötet, und sein Gesicht hatte den stumpfsinnigen Ausdruck, den er ihm früher manchmal zum Spaß in den gewissen Spielen mit Xavière gegeben hatte. Den ganzen Tag hatten sie gesprochen, aber jetzt gab es nichts mehr zu sagen. Er hatte den Fingernagel am Mund, und sie schaute ihn gereizt, resigniert und mit einem Gefühl völliger Leere an.

– Gehen wir? brachte sie schließlich hervor.

– Ja, gehen wir, sagte Pierre.

Er hängte sich seine beiden Rucksäcke kreuzweis über die Brust und ging aus dem Zimmer. Françoise schloß hinter ihnen die Tür, deren Schwelle er erst nach Monaten wieder überschreiten würde, und die Knie wurden ihr weich, als sie die Treppe hinunterging.

– Wir haben noch Zeit, am ‹Dôme› etwas zu trinken, sagte Pierre. Aber wir müssen aufpassen; ein Taxi zu finden wird nicht so einfach sein.

Sie ließen das Hotel hinter sich und schlugen zum letzten Male den altvertrauten Weg ein. Der Mond war untergegangen, es war finster. Seit ein paar Nächten schon war der Himmel von Paris dunkel geworden, in den Straßen waren nur ein paar gelbe Leuchten übriggeblieben, deren Schein eben den Boden erhellte. Der rosige Schimmer, der früher von weit her schon die Straßenkreuzung am Boulevard Montparnasse kennzeichnete, war nicht mehr zu erkennen; nur vor den Cafés herrschte noch eine schwache Helligkeit.

– Von morgen an wird um elf geschlossen, sagte Françoise. Dies ist der letzte Vorkriegsabend.

Sie setzten sich ins Freie vor das Café, das voller Menschen war, voller Lärm und Rauch; eine Gruppe ganz junger Leute hatte zu singen angefangen; eine ganze Flut von Offizieren in Uniform war über Nacht aus dem Boden gequollen, sie hatten sich in Gruppen an die Tische verteilt; die Frauen setzten ihnen mit einem Lachen zu, das ohne Echo blieb. Die letzte Nacht, die letzten Stunden noch. Die nervös übersteigerten Stimmen standen im Widerspruch zu der Gedrücktheit der Mienen.

– Das Leben wird hier merkwürdig sein, meinte Pierre.

– Ja, sagte Françoise. Ich werde dir alles erzählen.

– Wenn nur Xavière nicht gar zu lästig wird. Wir hätten sie doch vielleicht nicht so rasch sollen zurückkommen lassen.

– Nein, es ist besser, daß du sie wiedergesehen hast, sagte Françoise. Es hätte sich wirklich nicht gelohnt, die vielen langen Briefe zu schreiben und dann den Eindruck mit einem Schlag zu zerstören. Und dann muß sie auch diese letzten Tage bei Gerbert sein. Sie konnte nicht in Rouen bleiben.

Xavière. Sie war nur noch eine Erinnerung, eine Adresse auf einem Briefumschlag, ein bedeutungsloser Bestandteil des Zukünftigen; sie konnte sich nur mit Mühe vorstellen, daß sie sie in wenigen Stunden leibhaftig vor sich sehen sollte.

– Solange Gerbert in Versailles ist, wirst du sie sicher von Zeit zu Zeit einen Augenblick sehen können, meinte Pierre.

– Mach dir keine Sorge um mich, sagte Françoise. Ich komme immer irgendwie durch.

Sie legte ihre Hand auf die seine. Er mußte fort. Nichts anderes mehr besaß noch Wichtigkeit. Eine lange Weile saßen sie, ohne ein Wort zu sagen, und sahen zu, wie der Friede starb.

– Ich frage mich, ob eine Menge Leute da sein werden, sagte Françoise, als sie sich erhob.

– Ich glaube nicht, die meisten sind schon einberufen, sagte Pierre.

Einen Augenblick gingen sie noch auf dem Boulevard hin und her, bis Pierre ein Taxi fand.

– Gare de la Villette, sagte er dem Chauffeur.

Schweigend fuhren sie durch Paris. Die letzten Sterne verblaßten. Pierre hatte ein leichtes Lächeln auf den Lippen, er war nicht nervös gespannt, sondern eher eifrig wie ein Kind. Françoise verspürte eine Art von Fieberruhe in sich.

– Sind wir schon da? fragte sie erstaunt.

Das Taxi hielt am Rande eines ganz runden, öden Platzes. Ein Pfahl erhob sich mitten in der Grasanlage und rechts und links davon standen zwei Gendarmen mit silberverzierten Képis. Pierre zahlte das Taxi und trat auf sie zu.

– Ist hier nicht die Hauptsammelstelle? fragte er und hielt ihnen seinen Militärpaß hin.

Einer der Gendarmen zeigte auf einen kleinen Anschlag an dem Pfahl.

– Sie müssen zum Ostbahnhof, sagte er.

Pierre schien ratlos; dann wandte er dem Gendarmen ein naives Gesicht zu, dessen unerwartete Harmlosigkeit Françoise immer im tiefsten rührte.

– Habe ich noch Zeit, zu Fuß zu gehen?

Der Gendarm lachte.

– Die werden sicher nicht Ihretwegen einen Zug extra anheizen; Sie brauchen sich nicht zu beeilen.

Pierre kam zu Françoise zurück. Er sah klein und töricht aus auf diesem verlassenen Platz mit seinen beiden umgehängten Rucksäcken und den Skistiefeln an den Füßen. Es kam Françoise so vor, als hätten diese ganzen zehn Jahre nicht genügt, um ihn wissen zu lassen, wie sehr sie ihn liebte.

– Wir haben noch einen kleinen Aufschub, sagte er. Und sie sah an seinem Lächeln, daß er alles wußte, was es zu wissen gab.

Sie machten sich auf und gingen durch kleine Straßen, in denen der Morgen graute. Die Luft war milde, und die Wolken am Himmel begannen sich rosig zu färben. Man hätte das Ganze für einen Spaziergang halten können, wie sie so oft einen nach durcharbeiteten Nächten gemacht hatten. Oben an den Treppen, die zum Bahnhof hinaufführten, blieben sie stehen; leuchtende Schienen, die sich an ihrem Ausgangspunkt noch ganz in die Asphaltierung einpaßten, brachen plötzlich auf, verwirrten sich in ihrem Lauf und stürzten ins Unendliche; einen Augenblick schauten sie die flachen Dächer der Züge an, die am Rande der Bahnsteige aufgereiht standen, wo zwölf schwarze Zifferblätter mit weißen Zeigern sämtlich halb sechs Uhr zeigten.

– Hier aber wird es sicher voll sein, sagte Françoise besorgt.

Sie stellte sich Gendarmen vor, Offiziere und eine endlose Schar von Männern in Zivil, so wie sie es auf Bildern in den Zeitungen gesehen hatte. Aber die Bahnhofshalle war fast leer, nirgends eine Uniform zu sehen. Ein paar Familien saßen zwischen einem Haufen von Bündeln, und ein paar vereinzelte Gestalten hatten Rucksäcke übergehängt.

Pierre trat an den Schalter, dann kam er zu Françoise zurück.

– Der erste Zug fährt sechs Uhr neunzehn. Ich werde um sechs Uhr da sein, damit ich einen Sitzplatz bekomme. Er faßte sie am Arm. Wir können noch etwas hin und her gehen, sagte er.

– Ein sonderbarer Aufbruch, sagte Françoise. Ich hatte es mir ganz anders vorgestellt. Es kommt einem alles so zufällig vor.

– Ja, man spürt nirgends einen Zwang, sagte Pierre. Ich habe nicht einmal einen Einberufungsbefehl bekommen, niemand hat mich abgeholt; ich frage, wann der Zug geht, wie eine Zivilperson und komme mir beinahe vor, als ob ich mich aus eigenem Antrieb auf die Reise begäbe.

– Und doch weiß man, daß du nicht bleiben kannst, es ist so eine Art von innerem Schicksal, das dich treibt, sagte Françoise.

Sie gingen ein paar Schritte aus dem Bahnhof hinaus, der Himmel war hell und zart über den verlassenen Avenuen.

– Man sieht kein Taxi mehr, sagte Pierre, und die Metro steht still. Wie wirst du nach Hause kommen?

– Zu Fuß, sagte Françoise. Ich werde Xavière besuchen und dann dein Büro aufräumen. Ihre Stimme brach. Schreibst du mir auch gleich?

– Noch im Zuge, sagte Pierre. Aber sicher werden die Briefe eine ganze Weile brauchen, bis sie ankommen. Wirst du auch Geduld haben?

– Geduld in Hülle und Fülle, sagte sie.

Sie gingen ein Stückchen den Boulevard entlang. In dieser frühen Morgenstunde kam einem die Ruhe in den Straßen ganz natürlich vor, es war noch nirgends Krieg. Da waren nur die Plakate an den Mauern: ein ganz großes, von der Trikolore umrahmtes mit einem Aufruf an das französische Volk, und ein kleines bescheidenes, mit schwarz und weißen Fahnen auf weißem Hintergrund: der allgemeine Mobilmachungsbefehl.

– Ich gehe jetzt, sagte Pierre.

Sie kehrten zum Bahnhof zurück. Über den Drehtüren besagte ein Anschlag, daß der Zutritt zu den Bahnsteigen nur den Reisenden gestattet sei. Mehrere Paare umarmten sich über die Barriere hinweg, und auf einmal, bei ihrem Anblick, stiegen Françoise die Tränen in die Augen. In dieser Anonymität wurde das Ereignis, das sie miterlebte, greifbar für sie: auf den fremden Gesichtern, in ihrem wehen Lächeln enthüllte sich die Trennung in ihrer ganzen Traurigkeit. Sie wandte sich zu Pierre um, sie wollte sich nicht rühren lassen; sie versank in einen unklaren Zustand, dessen flüchtige Bitternis kaum Schmerz genannt werden konnte.

– Auf Wiedersehen, sagte Pierre. Er drückte sie sanft an sich, sah sie ein letztes Mal an und wandte ihr den Rücken.

Er ging durch die Schranke. Sie sah ihn verschwinden, mit einem raschen, allzu entschiedenen Schritt, aus dem sie die schmerzliche Gespanntheit seiner Züge erraten konnte. Da wandte auch sie sich ab. Zwei Frauen taten das gleiche zu gleicher Zeit; mit einem Schlage verfielen ihre Gesichter, die eine fing zu weinen an. Françoise nahm sich zusammen und schritt dem Ausgang zu. Es hatte keinen Zweck, zu weinen, sie hätte Stunden um Stunden schluchzen können, ohne je fertig zu werden. Sie ging mit langen Schritten davon, mit ihrem Reiseschritt durch die ungewohnte Stille von Paris. Das Unglück war noch nirgends sichtbar geworden, weder in der lauen Luft, noch in den gelben Blättern an den Bäumen oder dem frischen Gemüsegeruch, der von den Hallen kam; solange sie ging, würde es ungreifbar bleiben, aber sie hatte das Gefühl, daß, sobald sie haltmachte, seine heimlich-unheimliche Gegenwart, die sie dicht neben sich spürte, auf einmal in ihr Herz zurückfluten und es sprengen würde.

Sie ging über die Place du Châtelet und den Boulevard Saint-Michel hinauf. Das Bassin im Luxembourg war abgelassen, und sein von schlammiger Lepra zerfressener Grund trat hervor. In der Rue Vavin kaufte Françoise eine Zeitung. Sie mußte noch eine ganze Weile warten, bis sie bei Xavière anklopfen konnte, und Françoise beschloß, sich in den ‹Dôme› zu setzen. Sie machte sich nicht viel daraus, Xavière zu sehen, aber es war ihr angenehm, an diesem Morgen etwas Bestimmtes vorzuhaben.

Sie trat in das Café, und auf einmal stieg ihr das Blut in die Schläfen. An einem Tisch nahe beim Fenster sah sie ein blondes und ein braunes Haupt; sie zögerte, aber es war zu spät zum Zurückweichen. Gerbert und Xavière hatten sie schon bemerkt; sie fühlte sich so weich und so zerschlagen, daß ein nervöses Zittern sie befiel, als sie an den Tisch trat.

– Wie geht es dir? sagte sie zu Xavière und behielt ihre Hand in der ihren.

– Gut, sagte Xavière ganz zutulich. Sie betrachtete Françoise mit einem langen Blick. Aber du siehst recht müde aus.

– Ich habe eben Labrousse an seinen Zug gebracht, sagte Françoise. Ich habe wenig geschlafen.

Das Herz klopfte ihr. Seit Wochen war Xavière nur ein verschwimmendes Bild gewesen, das man aus sich selber wieder erschuf. Und da erstand sie nun auf einmal wieder vor ihr, in einem unbekannten blauen Kleid mit eingestickten Blumen, blonder, als man sich je ihrer erinnerte; ihre Lippen, deren Zeichnung man vergessen hatte, öffneten sich in einem Lächeln, das einem ganz neu vorkam; sie hatte sich nicht in ein gefügiges Traumbild verwandelt, sondern mit ihrer leibhaften Gegenwart würde man sich jetzt von neuem auseinandersetzen müssen.

– Ich bin die ganze Nacht spazierengegangen, sagte Xavière. Diese ganz schwarzen Straßen sind schön. Man meint, der Weltuntergang sei nah.

Sie hatte die ganzen Stunden mit Gerbert verbracht. Auch für ihn war sie wiederum zu einer greifbaren Gegenwart geworden; mit welchen Gefühlen mochte er ihr wieder begegnet sein? Sein Gesicht verriet nichts.

– Es wird noch schlimmer werden, wenn die Cafés geschlossen sind, sagte Françoise.

– Ja, das hat etwas Trübseliges, sagte Xavière. Dann blitzten ihre Augen: Meinst du, daß wirklich Bomben fallen werden?

– Vielleicht, sagte Françoise.

– Das muß fabelhaft sein, wenn man nachts die Sirenen hört und die Leute wie Ratten nach allen Seiten davonlaufen sieht.

Françoise lächelte gezwungen, Xavières gewollt kindische Art fiel ihr auf die Nerven.

– Man wird dich zwingen, sagte sie, in den Keller zu gehen.

– Oh, ich gehe nicht, sagte Xavière.

– Bis nachher, sagte Françoise. Ihr findet mich hier, ich setze mich dahinten hin.

– Bis nachher, sagte Xavière.

Françoise setzte sich an einen Tisch und zündete sich eine Zigarette an. Ihre Hand zitterte, sie war erstaunt über das Ausmaß ihrer Verstörtheit. Sicher sprach die Spannung der letzten Stunden dabei mit, daß sie so wehrlos war. Sie fühlte sich in einen unbegrenzten Raum geschleudert, entwurzelt, geknebelt und ohne allen Widerstand in sich selbst. Sie hätte mit heiterer Gelassenheit ein von allen Reizen entleertes, beunruhigtes Leben hingenommen. Aber Xavières Existenz hatte sie immer über die Grenzen ihres eigenen Lebens hinaus bedroht, und diese alte Angst fand sie nun mit Grauen in sich wieder.

Zehntes Kapitel

– Schade, ich habe kein Öl mehr, sagte Xavière.

Ratlos starrte sie auf das Fenster, das bis zu halber Höhe mit einer blauen Farbschicht bedeckt war.

– Du hast schon viel geschafft, meinte Françoise.

– Das allerdings! Ich glaube nicht, daß Ines ihre Fensterscheiben jemals wieder benutzen kann.

Ines war auf den ersten falschen Alarm hin auf der Stelle abgereist, und Françoise hatte ihre Wohnung in Untermiete. In ihrem Zimmer im Hotel Bayard war die Erinnerung an Pierre allzu gegenwärtig, und in diesen tragischen Nächten, in denen Paris kein Licht und keine Zuflucht mehr bot, hatte man ein Heim nötig.

– Ich brauche Öl, beharrte Xavière.

– Das gibt es nirgends mehr, sagte Françoise.

Sie war gerade dabei, in großen Buchstaben die Adresse auf ein Paket mit Büchern und Tabak zu malen, das für Pierre bestimmt war.

– Es gibt auch gar nichts mehr, ereiferte sich Xavière. Sie warf sich in einen Sessel. Es ist, als hätte man nichts erreicht, setzte sie mit düsterer Stimme hinzu.

Sie trug einen langen Morgenrock aus rauher Wolle, der mit einer Schnur gegürtet war; ihre Hände steckten in den großen Taschen; mit ihrem gerade geschnittenen Haar, das ganz glatt an ihren Schläfen niederfiel, sah sie aus wie ein junger Mönch.

Françoise legte die Feder fort. Die mit einem Seidenschal umwickelte elektrische Birne goß ein schwaches violettes Licht über den Raum.

– Ich sollte arbeiten gehen, dachte Françoise. Aber sie fühlte sich gar nicht dazu aufgelegt. Ihr Leben hatte jeden Halt verloren, es kam ihr vor wie eine lockere Substanz, in die man bei jedem Schritt einzusinken glaubte; dann gab man sich einen Ruck, gerade soviel, um kurz darauf wieder einzusinken, wobei man jede Sekunde fast hoffte, endgültig unterzugehen, jede Sekunde aber auch andererseits, daß man doch plötzlich wieder festen Boden unter den Füßen fühlen würde. Es gab keine Zukunft mehr. Nur die Vergangenheit war etwas Wirkliches, und diese Vergangenheit verkörperte sich in Xavière.

– Hast du Nachricht von Gerbert? fragte Françoise. Wie findet er sich mit dem Kasernenleben ab?

Sie hatte Gerbert erst vor zehn Tagen wiedergesehen, an einem Sonntagnachmittag. Aber es hätte unnatürlich gewirkt, wenn sie niemals nach ihm gefragt hätte.

– Es scheint, daß er sich nicht langweilt, sagte Xavière. Sie lächelte vertraulich vor sich hin. Außerdem ärgert er sich gern.

Auf ihrem Antlitz spiegelte sich die zärtliche Gewißheit des ausschließlichen Besitzes.

– Dazu wird er genug Gelegenheit haben, meinte Françoise.

– Was ihn beschäftigt, sagte Xavière mit einem liebevoll nachsichtigen Lächeln, ist, ob er Furcht haben wird.

– Es ist schwer, sich die Dinge im voraus vorzustellen.

– Oh, da ist er wie ich, meinte Xavière. Er hat Phantasie.

Sie schwiegen beide.

– Weißt du, daß sie Bergmann in ein Konzentrationslager gesteckt haben? fragte Françoise. Es ist empörend, was man mit den politischen Flüchtlingen macht.

– Ach was! warf Xavière geringschätzig hin. Das sind doch alles Spione.

– Nicht alle, meinte Françoise. Es gibt viele echte Antifaschisten unter ihnen, die nun im Namen eines antifaschistischen Krieges gefangengesetzt werden.

Xavière schob verächtlich die Lippe vor.

– Was die uns schon angehen, meinte sie. Das ist doch nicht weiter schlimm, wenn man denen ein bißchen auf die Füße tritt.

Françoise blickte mit einer Art Abneigung auf das grausame junge Gesicht.

– Wenn man sich nicht für die Menschen interessiert, sagte sie, frage ich mich, was überhaupt übrigbleibt.

– Ach, rief Xavière, wir sind eben nicht aus dem gleichen Holz geschnitzt! Sie betrachtete Françoise dabei mit einem nichtachtenden und boshaften Blick.

Françoise schwieg. Die Unterhaltungen mit Xavière hatten eine Tendenz, sich in gehässigen Auseinandersetzungen zu verlieren. Was jetzt in

Xavières Reden und in ihrem hinterhältigen Lachen aufklang, war etwas ganz anderes als eine kindliche launenhafte Feindseligkeit, es war ein richtiger Haß von einer Frau zur anderen. Niemals würde sie Françoise verzeihen, daß Pierres Liebe ihr erhalten geblieben war.

– Wie ist es? Wollen wir eine Platte auflegen? fragte Françoise.

– Wenn du willst, antwortete Xavière.

Françoise legte den ersten Teil von «Petruschka» auf das Grammophon.

– Immer dasselbe, höhnte Xavière.

– Wir haben keine Auswahl, sagte Françoise.

Xavière stampfte mit dem Fuß auf den Boden.

– Soll das lange so weitergehen? fragte sie zwischen den Zähnen.

– Was? fragte Françoise.

– Die dunklen Straßen, die leeren Geschäfte, die Cafés, die um elf geschlossen sind. Dieser ganze Rummel, fügte sie in einem Wutanfall hinzu.

– Es sieht beinahe so aus, meinte Françoise.

Xavière faßte sich in die Haare.

– Ich werde verrückt dabei, sagte sie.

– So schnell wird man nicht verrückt, meinte Françoise.

– Ich für meine Person bin eben nicht geduldig, rief Xavière in einem Ton haßerfüllter Verzweiflung. Mir genügt es nicht, die Dinge aus der Tiefe eines Grabes heraus mit anzusehen! Es genügt mir nicht, mir zu sagen, daß die Menschen am andern Ende der Welt weiterexistieren, wenn ich sie nicht berühren kann.

Françoise wurde rot. Sie hätte Xavière niemals etwas sagen sollen. Alles, was man Xavière sagte, wendete sie gleich gegen einen. Xavière sah Françoise ins Gesicht.

– Du kannst von Glück sagen, meinte sie mit gespielter Unterwürfigkeit, daß du so vernünftig bist.

– Es kommt nur darauf an, daß man sich selbst nicht tragisch nimmt, gab Françoise trocken zurück.

– Dazu, meinte Xavière, ist man eben mehr oder weniger veranlagt.

Françoise ließ ihre Augen über die kahlen Wände und über die blauen Fensterscheiben gleiten, die das Innere eines Grabes zu behüten schienen. Es müßte mir gleichgültig sein, dachte sie bekümmert. Aber was wollte sie tun; seit drei Wochen schon war sie kaum von Xavières Seite gewichen, und sie würde sicher weiter mit ihr zusammen leben, bis der Krieg zu Ende war; sie konnte die feindliche Gegenwart nicht mehr verleugnen, von der sie selbst und die ganze Welt überschattet war wie von einem gefahrvollen Dunkel.

Die Schelle an der Eingangstür zerriß die Stille. Françoise eilte durch den langen Korridor.

– Was ist?

Die Concierge hielt ihr einen von unbekannter Hand adressierten Brief ohne Marke hin.

– Ein Herr hat das abgegeben.

– Danke, sagte Françoise.

Sie öffnete den Brief, es war Gerberts Schrift.

‹Ich bin in Paris und erwarte dich im Café Rey. Ich bin den ganzen Abend frei.›

Françoise verbarg den Zettel in ihrer Handtasche. Sie trat in ihr Zimmer und holte ihren Mantel und die Handschuhe. Ihr Herz war von Freude geschwellt. Sie versuchte, ein Gesicht zu machen, als ob nichts geschehen sei, und ging in Xavières Zimmer zurück.

– Meine Mutter bittet mich, zu einer Bridgepartie zu kommen, sagte sie.

– Ach, du gehst fort, sagte Xavière mit tadelnder Miene.

– Bis Mitternacht bin ich wieder da. Und du? Bleibst du ganz zu Hause?

– Wohin soll ich denn gehen? fragte Xavière.

– Also dann bis nachher, sagte Françoise.

Sie stieg die unbeleuchtete Treppe hinab und eilte auf die Straße. Frauen, die Gasmaske in einer grauen, zylinderförmigen Büchse an einem Schulterriemen umgehängt, promenierten in der Rue Montparnasse. Hinter der Friedhofsmauer schrie ein Käuzchen. Françoise blieb atemlos an der Ecke der Rue de la Gaité stehen. Ein großes düsterrotes Kohlenbecken glühte an der Avenue du Maine. Dort war das Café Rey. Mit ihren geschlossenen Vorhängen und den gedämpften Lichtern hatten alle Gaststätten das fragwürdige Aussehen zweifelhafter Lokale bekommen. Françoise schob die Portieren beiseite, die den Eingang verdunkelten. Gerbert saß bei einem Glas Marc neben der Kinoorgel. Seine Mütze hatte er vor sich auf den Tisch gelegt. Seine Haare waren kurz geschnitten. Er sah lächerlich jung aus in seiner Khakiuniform.

– Wie schön, daß du kommen konntest, sagte Françoise.

Sie ergriff seine Hand, und ihre Finger schlangen sich ineinander.

– Es hat also geklappt?

– Ja, sagte Gerbert. Aber ich konnte dir nicht mehr vorher Nachricht geben. Ich wußte ja auch nicht genau, ob ich wirklich freikommen würde. Er lächelte. Ich bin so froh. Es ist gar nicht schwer. Ich kann das immer von Zeit zu Zeit mal machen.

– So kann man sich doch auf die Sonntage freuen, sagte Françoise. Schade, daß der Monat so wenig Sonntage hat. Sie blickte ihn mit Bedauern an. Besonders, wo du doch auch Xavière sehen mußt.

– Muß ich wohl, meinte Gerbert ohne Begeisterung.

– Denk dir, ich habe ganz neue Nachricht von Labrousse. Er führt ein ganz idyllisches Dasein im Quartier bei einem lothringischen Pfarrer, der ihn mit Mirabellentorte und Poulet à la Crème regaliert.

– Zu blöd, sagte Gerbert. Wenn er seinen ersten Urlaub hat, bin ich weit fort. Man wird sich ewig nicht sehen.

– Ja. Wenn es nur so weiterginge, daß nicht gekämpft wird.

Sie schaute auf die abgenutzten Bänke, auf denen sie so oft neben Pierre gesessen hatte. Es waren eine Menge Leute an der Theke und an den Tischen; aber die schweren blauen Draperien, mit denen die Fenster verhängt waren, gaben der von Menschen wimmelnden Brasserie etwas Intimes und Heimliches.

– Ich fände nicht so schlimm, wenn man wirklich kämpfte. Man kommt sich sicher weniger dumm dabei vor als bei diesem Kasernendasein.

– Du langweilst dich fürchterlich, du Armer? fragte Françoise.

– Es ist kaum zu glauben, sagte Gerbert, was man sich alles gefallen läßt. Er lachte: Gestern läßt mich der Hauptmann rufen. Er möchte wissen, weshalb ich nicht Offiziersaspirant bin. Er hatte gehört, ich äße alle Abend in der Brasserie Chanteclerc. Er hat mir so ungefähr gesagt: Sie haben Geld, Ihr Platz ist bei den Offizieren.

– Und was hast du geantwortet?

– Ich habe gesagt, ich machte mir nichts aus den Offizieren, erklärte Gerbert mit Würde.

– Da wirst du sicher schlecht angeschrieben sein.

– Vermutlich, meinte Gerbert. Als ich den Hauptmann verließ, war er grün vor Wut. Er schüttelte den Kopf. Xavière darf ich das nicht erzählen.

– Möchte sie, daß du Offizier wärest?

– Ja. Sie meint, man könnte sich dann öfter sehen. Frauen sind etwas zu Blödes, meinte er in überzeugtem Ton. Sie denken, außer ihren Liebesgeschichten gäbe es nichts von Wichtigkeit.

– Xavière hat nur noch dich, sagte Françoise.

– Ich weiß, sagte Gerbert. Gerade das drückt mich so. Er lächelte: Ich bin eben der geborene Junggeselle.

– Dafür hast du aber einen schlechten Start gemacht, meinte Françoise lächelnd.

– Ach du! sagte Gerbert und gab ihr einen kameradschaftlichen Puff. Mit dir ist das alles ganz anders. Er umfing sie mit einem warmen Blick. Bei uns ist doch das Fabelhafte, daß wir uns so freundschaftlich stehen. Ich geniere mich niemals vor dir, ich kann dir alles sagen, und ich fühle mich frei.

– Ja, das ist gut, sagte Françoise, wenn man sich so liebt und doch frei bleibt dabei.

Sie drückte seine Hand; mehr noch als an dem Glück, ihn zu sehen und zu berühren, lag ihr an dem leidenschaftlichen Vertrauen, das er ihr entgegenbrachte.

– Und was hast du für heute abend vor? fragte sie heiter.

– Irgendwohin, wo es schick ist, meinte er, kann ich in diesem Aufzug ja nicht gehen.

– Nein. Aber was würdest du zum Beispiel davon halten, wenn wir zu Fuß zu den Hallen gingen, dort ein Steak bei Benjamin äßen und dann zum ‹Dôme› zurückbummelten!

– Schön, meinte Gerbert. Und unterwegs trinken wir einen Pernod. Es ist ganz fabelhaft, wie gut ich jetzt Pernod vertrage.

Er stand auf und hielt für Françoise die blauen Portieren zurück.

– Du ahnst nicht, wie beim Regiment getrunken wird. Ich bin jeden Abend voll.

Der Mond war aufgegangen, er badete Bäume und Dächer in seinem Licht: es war wie ein Dorf bei Mondschein. Durch die lange einsame Avenue fuhr ein Auto, seine abgeblendeten Scheinwerfer leuchteten wie ungeheure Saphire.

– Das ist großartig, sagte Gerbert, als er in die Nacht hineinschaute.

– Ja, Mondscheinnächte sind wunderbar, sagte Françoise. Aber wenn es dunkel ist, sieht es doch trübselig aus. Man kann dann nichts Besseres tun, als sich zu Hause vergraben. Sie stieß Gerbert mit dem Ellbogen an: Hast du gesehen, was für schöne neue Helme die Polizisten haben?

– Das ist der Krieg, meinte Gerbert. Er faßte Françoise beim Arm. Du armes Tier, dies Leben wird nicht gerade heiter sein. Ist niemand mehr in Paris?

– Nur Elisabeth. Sie würde mir gern erlauben, mich an ihrer Schulter auszuweinen, aber ich gehe ihr nach Möglichkeit aus dem Wege, sagte Françoise. Es ist komisch, nie hat sie zufriedener ausgesehen. Claude ist in Bordeaux. Aber ich habe das Gefühl, jetzt, wo er allein ist, ohne Suzanne, kommt sie sehr gut ohne ihn aus.

– Was machst du denn den ganzen Tag? fragte Gerbert. Hast du wieder mit Arbeiten angefangen?

– Noch nicht. Nein. Von morgens bis abends hocke ich mit Xavière herum. Wir kochen selbst, wir erfinden neue Frisuren oder hören uns alte Schallplatten an. Niemals sind wir so intim gewesen. Françoise zuckte die Achseln. Und dabei bin ich sicher, daß sie mich mehr haßt als je.

– Meinst du? fragte Gerbert.

– Ich bin sicher, sagte Françoise. Spricht sie niemals zu dir darüber, wie wir uns stehen?

– Nicht oft, sagte Gerbert. Sie ist mißtrauisch. Sie meint, ich bin auf deiner Seite.

– Wie kommt sie darauf? fragte Françoise. Weil du mich in Schutz nimmst, wenn sie etwas gegen mich vorbringt?

– Ja, sagte Gerbert. Wir streiten uns immer, wenn sie von dir spricht.

Françoise hatte ein Gefühl von Bitterkeit. Was mochte Xavière von ihr sagen?

– Was sagt sie denn? fragte sie.

– Ach, alles mögliche, gab Gerbert zurück.

– Du weißt ja, mir kannst du es ruhig sagen, drängte Françoise. So wie wir uns stehen, brauchen wir doch nichts voreinander zu verbergen.

– Ich meinte nur so ganz allgemein, sagte Gerbert.

Sie gingen schweigend ein paar Schritte weiter. Ein scharfer Pfiff schreckte sie auf. Ein bärtiger Polizist schwenkte seine Lampe nach einem Fenster hinauf, durch das ein winziger Lichtschein drang.

– Für diese Greise ist das jetzt ein Fest, bemerkte Gerbert.

– Das kann ich mir denken, sagte Françoise. In den ersten Tagen hat man uns gedroht, man würde mit dem Revolver in die Fenster schießen. Wir haben alle Lampen verdunkelt, und jetzt streicht Xavière die Fensterscheiben mit blauer Farbe an.

Xavière. Natürlich. Sie sprach über Françoise. Und vielleicht auch über Pierre. Man konnte sich ärgern, wenn man sich vorstellte, wie sie behaglich inmitten ihrer kleinen wohlorganisierten Welt thronte.

– Hat Xavière jemals zu dir etwas über Labrousse gesagt? fragte sie.

– Sie hat von ihm gesprochen, gab Gerbert ohne besondere Betonung zurück.

– Sie hat dir die ganze Geschichte erzählt, behauptete Françoise aufs Geratewohl.

– Ja, gab Gerbert zu.

Das Blut stieg Françoise ins Gesicht. Meine Geschichte. Unter Xavières blondem Schopf hatte alles, was Françoise dachte, eine endgültige, fremde Form angenommen, die an Gerbert vertraulich weitergegeben wurde.

– Dann weißt du also, daß Labrousse sich eine Zeitlang viel aus ihr gemacht hat? fragte Françoise.

Gerbert schwieg.

– Es tut mir schrecklich leid, sagte er. Warum hatte Labrousse es mir nicht gesagt?

– Er wollte es nicht, aus Hochmut, sagte Françoise. Sie drückte Gerberts Arm an sich. Und ich habe es dir nicht erzählt, weil ich fürchtete, du würdest dir zuviel dabei denken, setzte sie hinzu. Aber hab keine Angst. Labrousse war niemals böse auf dich. Und schließlich war er sogar sehr froh, daß alles so ausgegangen ist.

Gerbert blickte sie argwöhnisch an:

– Er war froh?

– Aber ja doch, sagte Françoise. Sie bedeutet ihm nichts mehr, mußt du wissen.

– Wirklich? fragte Gerbert. Er schien es nicht recht zu glauben. Was glaubte er eigentlich? Françoise schaute sorgenvoll zu dem Turm von Saint-Germain-des-Prés empor, der rein und ruhig vor dem metallenen Himmel stand wie ein Kirchturm im Dorf.

– Was behauptet sie denn? fragte sie. Daß Labrousse sie noch leidenschaftlich liebt?

– So ungefähr, gab Gerbert verwirrt zurück.

– Da täuscht sie sich aber gehörig, meinte Françoise.

Ihre Stimme zitterte. Wäre Pierre dagewesen, so hätte er spöttisch gelacht, aber sie war weit von ihm entfernt, sie konnte sich nur selber sagen: ‹Er liebt nur mich.› Es war unerträglich zu denken, daß irgendwo auf der Welt eine entgegengesetzte Meinung existierte.

– Ich wünschte, sie hörte mit an, wie er von ihr in seinen Briefen spricht, sagte sie. Sie wäre sehr erbaut. Nur aus Mitleid erhält er den Anschein einer Freundschaft aufrecht. Sie blickte Gerbert herausfordernd an. Wie erklärt sie denn, daß er auf sie verzichtet hat?

– Sie sagt, sie selbst habe keine engeren Beziehungen mehr gewollt.

– Ah! Ich verstehe, sagte Françoise. Und warum?

Gerbert warf einen verlegenen Blick auf Françoise.

– Sie behauptet, sie liebte ihn nicht? fragte sie.

Sie preßte ihr Taschentuch in den feuchten Händen.

– Nein, sagte Gerbert.

– Sondern?

– Sie sagt, es sei dir unangenehm gewesen, brachte er etwas unsicher hervor.

– Das hat sie gesagt? fragte Françoise zurück.

Vor Erregung versagte ihr die Stimme. Zornige Tränen stiegen in ihren Augen auf.

– So ein kleines Mistvieh!

Gerbert antwortete nicht. Er schien aufs höchste bestürzt. Françoise lachte höhnisch auf:

– Also das Fazit ist, Pierre liebt sie über alles, und sie weist diese Liebe aus zarter Rücksicht auf mich zurück, weil ich von Eifersucht verzehrt werde?

– Ich habe mir natürlich gedacht, sagte Gerbert tröstend, daß sie die Dinge auf ihre Weise darstellt.

Sie überquerten die Seine. Françoise beugte sich über das Brückengeländer und schaute in das schwarzglänzende Wasser, in dem sich der Vollmond spiegelte. Da drüben, in dem wie ein Sterbezimmer verhängten Raum, saß Xavière in ihren dunklen Morgenrock gehüllt, düster und unheilvoll; Pierres verzweifelte Liebe umspielte ihre Füße. Françoise aber irrte in den Straßen umher, verschmäht, zufrieden mit den abgelegten Resten einer müde gewordenen Zärtlichkeit. Sie hätte ihr Haupt verhüllen mögen.

– Sie hat gelogen, sagte sie.

Gerbert drückte sie an sich.

– Das kann ich mir denken, sagte er.

Er schien besorgt. Sie preßte die Lippen zusammen. Sie hätte sprechen, ihm die Wahrheit sagen können. Er würde ihr sicher glauben. Doch was erreichte sie damit? Die junge Heldin da drüben, die süße aufopfernde Gestalt würde auch weiterhin in ihrem Leib das berauschende Hochgefühl ihres Edelmuts hegen.

– Mit der, dachte Françoise, werde ich auch ein Wort reden. Sie soll die Wahrheit hören.

– Ich werde mit ihr reden.

Françoise überquerte die Place de Rennes. Der Mond schien über der verlassenen Straße und den blindgewordenen Häusern, er schien über nackten Ebenen und den Wäldern, in denen behelmte Männer wachten. In dieser unpersönlichen, tragischen Nacht war der Zorn, der ihr Herz durchtobte, für Françoise die einzige Form des Anteils an der Welt. Die schwarze Perle, die Kostbare, die Zauberin, die Edelmütige. Ein Weibchen, dachte sie in leidenschaftlichem Haß. Sie stieg die Treppe empor. Da war sie, hinter jener Tür, behaglich eingesponnen in ihrem Lügennetz; von neuem würde sie die Hand nach Françoise ausstrecken und sie gewaltsam in ihre eigene Geschichte einfügen. Die verlassene Frau, mit säuerlicher Geduld gewappnet, das wird meine Rolle sein. Françoise klopfte bei Xavière an.

– Herein.

Ein fader, süßlicher Geruch durchzog den Raum. Xavière stand auf einem Schemel und strich die Fenster mit blauer Farbe an. Bei Françoises Anblick stieg sie von ihrem erhöhten Posten herab.

– Schau, was ich gefunden habe, sagte sie.

In der Hand hielt sie eine Flasche mit goldgelber Flüssigkeit. Mit theatralischer Geste reichte sie sie Françoise. Auf dem Etikett stand ‹Sonnenbrandöl›.

– Die war im Badezimmer. Man kann es sehr gut wie anderes Öl verwenden, sagte sie. Zweifelnd blickte sie auf das Fenster. Meinst du, man müßte es noch einmal überstreichen?

– Oh! Für eine Aufbahrung genügt es schon vollkommen, meinte Françoise.

Sie zog den Mantel aus. Sprechen. Aber wie? Sie durfte Gerberts vertrauliche Mitteilungen nicht verwenden; und doch konnte sie nicht leben in dieser vergifteten Atmosphäre. Zwischen den glänzend blauen Fensterscheiben, in dem Fettgeruch des Sonnenbrandöls nahmen Pierres verschmähte Leidenschaft, Françoises niedrige Eifersucht beinahe körperliche Gestalt an. Man mußte diese Phantome vernichten. Nur Xavière konnte das tun.

– Ich werde uns Tee machen, sagte Xavière.

Sie hatte einen Gaskocher im Zimmer. Sie setzte einen Kessel mit Wasser auf und nahm Françoise gegenüber Platz.

– Nun, war die Bridgepartie amüsant? fragte sie in wegwerfendem Ton.

– Ich bin nicht hingegangen, um mich zu amüsieren, sagte Françoise.

Sie schwiegen. Xavières Blick fiel auf ein Paket, das Françoise für Pierre gerichtet hatte.

– Du hast so ein schönes Paket gemacht, sagte sie mit dem Anflug eines Lächelns.

– Ich denke mir, Labrousse wird froh sein, wenn er Bücher bekommt, meinte Françoise.

Xavières Lächeln blieb auf eine törichte Art in ihrem Gesicht stehen, während sie an dem Bindfaden herumspielte.

– Meinst du, daß er zum Lesen kommt? fragte sie.

– Er arbeitet, er liest, warum nicht?

– Ja, du hast mir ja gesagt, er sei in guter Verfassung und treibe sogar Gymnastik für sich. Xavière hob die Augenbrauen. Ich hatte ein ganz anderes Bild von ihm.

– Immerhin schreibt er so, sagte Françoise.

– Ja natürlich, sagte Xavière.

Sie zupfte an der Schnur und ließ sie mit einem weich anschlagenden Geräusch zurückschnellen. Einen Augenblick träumte sie vor sich hin, dann sah sie Françoise unschuldig an.

– Glaubst du nicht, daß man in Briefen die Dinge nie so schildert, wie sie sind? Selbst wenn man gar nicht die Unwahrheit sagen will, setzte sie höflich hinzu. Nur eben, weil man sie jemand erzählt?

Françoise konnte kaum sprechen vor Zorn.

– Ich glaube, daß Pierre genau das sagt, was er sagen will, erklärte sie mit einiger Schärfe.

– O ja! Natürlich, ich denke mir auch, daß er nicht in der Ecke steht und weint wie ein Kind.

Sie hatte ihre Hand auf das Bücherpaket gelegt.

– Ich sehe das vielleicht alles zu schwierig, meinte sie nachdenklich. Aber wenn die Leute fort sind, kommt es mir vergeblich vor, daß man sich bemüht, die Beziehung zu ihnen aufrechtzuerhalten. Man kann an sie denken, ja. Aber Briefe schreiben, Pakete schicken . . . Sie schob schmollend die Lippe vor: Da könnte man es ebensogut mit Tischrücken versuchen.

Françoise betrachtete sie in ohnmächtiger Wut. Gab es denn gar kein Mittel, diese unverschämte Einbildung zu vernichten? In Xavières Vorstellung gruppierten sie sich um Pierres Bild wie Maria und Martha. Martha übernahm die Kriegspatenschaft und empfing dafür ergebene Dankesbezeigungen, an Maria aber dachte der Abwesende, wenn er aus der Tiefe seiner Einsamkeit sein ernstes, blasses Antlitz in Sehnsucht zum herbstlichen Himmel erhob. Wenn Xavière den lebendigen Leib Pierres leidenschaftlich in die Arme geschlossen hätte, so hätte es Françoise weniger ausgemacht als diese geheimnisvolle Liebkosung, die sie einer Wahnvorstellung von ihm andichtete.

– Man müßte nur wissen, sagte Françoise, ob die in Frage kommenden Personen auch dieser Meinung sind.

Xavière lächelte sanft.

– Ja, natürlich, sagte sie.

– Du willst damit sagen, daß der Gesichtspunkt der anderen dir eigentlich gleichgültig ist, fragte Françoise.

– Sie legen nicht soviel Wert aufs Briefeschreiben, behauptete Xavière.

Sie stand auf:

– Möchtest du Tee? fragte sie.

Sie goß zwei Tassen ein. Françoise setzte die Tasse an die Lippen. Ihre Hände zitterten. Sie sah wieder Pierre vor sich, wie er gepanzert mit den beiden Rucksäcken auf dem Bahnsteig der Gare de l'Est verschwand, sie sah sein Gesicht wieder, so wie er es ihr einen Augenblick vorher zugewandt hatte. Sie hätte in sich dies reine Bild erhalten mögen, aber es war ein Bild, das seine Kraft allein aus ihrem eigenen Innern zog, gegen diese Frau, die da leibhaftig ihr gegenüberstand, ließ es sich nicht verwenden. In den lebendigen Augen vor ihr malte sich Françoises ermüdetes Gesicht, ihr Profil ohne Weichheit. Eine Stimme flüsterte: Er liebt sie nicht mehr, er kann sie nicht mehr lieben.

– Ich glaube, du machst dir von Labrousse eine zu romantische Vorstellung, stieß Françoise unvermittelt hervor. Du mußt wissen, er leidet unter den Dingen nur in dem Maße, wie er es sich selbst gestattet. Er beachtet sie nur, soweit es ihm paßt.

Xavière machte wieder ihren trotzigen Kindermund:

– Das glaubst du.

Ihr Ton war unverschämter als brutales Abstreiten.

– Ich weiß es, sagte Françoise. Ich kenne Labrousse.

– Man kennt die Menschen nie richtig, sagte Xavière.

Françoise blickte wütend zu ihr hin. Konnte man mit dieser starrköpfigen Person denn niemals fertig werden?

– Mit mir und ihm ist das etwas anderes, sagte sie. Wir haben immer alles geteilt. Absolut alles.

– Warum sagst du mir das? fuhr Xavière hochmütig auf.

– Du glaubst die einzige zu sein, die Labrousse versteht, sagte Françoise. Ihre Wangen glühten: du denkst, ich mache mir von ihm ein vergröbertes und vereinfachtes Bild.

Xavière saß erstarrt da. Niemals hatte Françoise zu ihr in diesem Ton gesprochen.

– Du hast eben deine Ideen über ihn, und ich die meinen, sagte sie trokken.

– Du suchst dir die Idee aus, die dir am bequemsten ist, sagte Françoise.

Sie hatte so zuversichtlich gesprochen, daß Xavière eine Art Rückzug antrat:

– Was willst du damit sagen? fragte sie.

Françoise preßte die Lippen zusammen. Wie gern hätte sie Xavière ins Gesicht geschrien: ‹Du glaubst, daß er dich liebt, aber er hat nur Mitleid mit dir.› Aber Xavières anmaßendes Lächeln war schon verflogen. Ein paar Worte, und ihre Augen würden sich mit Tränen füllen. Dieser schöne, stolze Körper würde zusammenbrechen. Xavière schaute wie gebannt auf sie hin, sie hatte Angst.

– Ich will nichts Besonderes sagen, erklärte Françoise in müdem Ton. Im allgemeinen glaubst du, was dir zu glauben bequem ist.

– Wieso? fragte Xavière.

– Nun gut, zum Beispiel, sagte Françoise mit ruhigerer Stimme, hat Labrousse dir geschrieben, er brauche keine Briefe, um an die andern zu denken, aber das war nur eine liebenswürdige Art, über dein Schweigen hinwegzugehen. Du aber bist überzeugt, daß er an eine Kommunion der Seelen jenseits aller Worte glaubt.

Xavières Oberlippe schob sich über ihre weißen Zähne zurück.

– Woher weißt du, was er mir schreibt?

– Er hat es mir in einem seiner Briefe erzählt, sagte Françoise.

Xavière blickte sinnend auf Françoises Handtasche.

– Ach, er spricht von mir in den Briefen, die er an dich schreibt? fragte sie.

– Gelegentlich, sagte Françoise. Ihre Hand faßte fester die schwarze Ledertasche. Man sollte einfach Xavière die Briefe in den Schoß werfen! Dann würde sie in Abscheu und Wut selbst ihre Niederlage zugeben müssen; aber ohne ihr Eingeständnis gab es keinen Sieg. Dann freilich würde Françoise wieder einsam, selbstherrlich, befreit für immer sein.

Xavière zog sich mit einem Frösteln tiefer in ihren Sessel zurück:

– Es ist mir grauenhaft zu denken, daß ihr von mir sprecht.

Sie saß zusammengesunken mit etwas stierem Blick da. Françoise war auf einmal sehr müde. Die anmaßende Diva, die sie so leidenschaftlich gern hatte besiegen wollen, war auf einmal nicht mehr da, es gab nur ein armes, in die Enge getriebenes Opfer, das kein Gegenstand für eine Rache war. Sie stand auf.

– Ich gehe jetzt schlafen, sagte sie. Vergiß nicht, den Gashahn abzustellen.

– Gute Nacht, sagte Xavière, ohne den Kopf zu heben.

Françoise kehrte in ihr Zimmer zurück. Sie schloß ihren Sekretär auf, nahm die Briefe Pierres aus der Handtasche und legte sie in ein Fach neben Gerberts Briefe. Nein, es gab keinen Sieg, und es würde auch niemals eine Befreiung geben. Sie schloß den Sekretär wieder ab und ließ den Schlüssel in ihre Handtasche gleiten.

– Zahlen, bitte, sagte Françoise.

Es war ein strahlender Tag. Das Mittagessen war in noch gespannterer Stimmung als sonst verlaufen, und gleich am frühen Nachmittag hatte sich Françoise mit einem Buch vor dem ‹Dôme› niedergelassen. Jetzt fing es an kühl zu werden.

– Acht Francs, sagte der Kellner.

Françoise zog ihr Portemonnaie und nahm einen Schein heraus. Mit Verwunderung blickte sie in das kleine Täschchen. Sie hatte gestern abend den Schlüssel ihres Sekretärs hineingesteckt.

Nervös leerte sie die Handtasche aus. Puderdose, Lippenstift, Kamm. Irgendwo mußte der Schlüssel doch sein. Sie hatte sich von ihrer Tasche nicht einen Augenblick getrennt. Sie schüttelte sie, kehrte sie nochmals um. Ihr Herz begann heftig zu schlagen. Doch, eine Minute etwa, gerade so lange, wie man brauchte, um das Tablett mit dem Mittagessen aus der Küche in Xavières Zimmer zu tragen. Xavière war in der Küche geblieben.

Mit dem Handrücken schob sie wahllos die verstreuten Gegenstände vom Tisch in die Tasche und stürzte davon. Sechs Uhr. Wenn Xavière den Schlüssel hatte, war keine Hoffnung mehr.

– Es ist unmöglich.

Sie lief. In ihrem Körper brauste es. Sie fühlte ihr Herz an die Rippen pochen, sie fühlte es unter der Schädeldecke und bis in die Fingerspitzen. Das Haus lag schweigend da, die Haustür sah aus wie immer. Im Eingangsflur haftete noch ein Geruch nach Sonnenbrandöl. Françoise atmete tief. Gewiß hatte sie den Schlüssel verloren, ohne es zu bemerken. Wenn es passiert wäre, so hätte sie es doch bereits an irgendwelchen Zeichen gemerkt. Sie stieß die Tür ihres Zimmers auf. Der Sekretär war geöffnet. Pierres und Gerberts Briefe lagen auf dem Boden verstreut.

‹Xavière weiß.› Die Wände des Zimmers schienen sich zu drehen. Beißende, brennende Dunkelheit schien die Welt zu bedecken. Françoise sank in einen Sessel, von einer tödlichen Last erdrückt. Ihre Liebe zu Gerbert kam ihr als nachtschwarzer Verrat zum Bewußtsein.

‹Sie weiß.› Sie war in das Zimmer eingedrungen, um Pierres Briefe zu lesen. Sicher hatte sie vorgehabt, den Schlüssel wieder in die Handtasche zu schmuggeln oder unter das Bett fallen zu lassen. Und dann hatte sie Gerberts Handschrift erkannt: ‹Liebe, liebe Françoise.› Sie hatte alles bis zur letzten Zeile durchflogen: ‹Ich liebe dich.› Zeile für Zeile hatte sie alles gelesen.

Françoise stand auf und ging durch den langen Korridor. Sie dachte nichts. Vor und in ihr stand Dunkelheit wie eine schwarze Wand. Sie trat an Xavières Zimmertür und klopfte an. Niemand antwortete. Der Schlüssel steckte innen. Xavière war nicht ausgegangen. Es herrschte Totenstille. Sie hat sich umgebracht, dachte sie. Sie lehnte sich an die Wand. Xavière hatte vielleicht ein Schlafmittel eingenommen oder den Gashahn geöffnet. Sie horchte. Noch war nichts zu hören. Françoise preßte das Ohr dicht an die Tür. Mitten in ihrem Schrecken kam eine Art Hoffnung auf. Das war eine Lösung, die einzige Lösung sogar. Aber nein: Xavière verwendete immer nur harmlose Beruhigungsmittel; das Gas hätte man gerochen. Auf alle Fälle würde sie höchstens eingeschlafen sein. Françoise tat einen heftigen Schlag an die Tür.

– Mach, daß du fortkommst, ließ sich eine dumpfe Stimme vernehmen.

Françoise fuhr sich über die feuchte Stirn. Xavière war also am Leben, und ihr, Françoises, Verrat lebte auch.

– Mach auf! rief Françoise.

Sie wußte nicht, was sie sagen wollte. Aber auf alle Fälle wollte sie Xavière sofort sehen.

– Mach auf! wiederholte sie und rüttelte an der Tür.

Die Tür öffnete sich. Xavière stand im Morgenrock da. Ihre Augen waren trocken.

– Was willst du von mir? fragte sie.

Françoise ging an ihr vorbei und setzte sich an den Tisch. Nichts hatte sich geändert seit dem Mittagessen. Und dennoch lauerte etwas Schreckliches hinter den vertrauten Möbeln.

– Ich möchte mich mit dir aussprechen, sagte Françoise.

– Ich will von dir nichts wissen, sagte Xavière.

Sie starrte Françoise mit brennenden Augen an, ihre Wangen glühten, sie war schön.

– Hör mich an, ich beschwöre dich, sagte Françoise.

Xavières Lippen fingen zu zittern an.

– Warum kommst du mich quälen? Bist du noch nicht zufrieden, so wie alles ist? Hast du mir noch nicht genug angetan?

Sie warf sich auf das Bett und verbarg ihr Antlitz in den Händen:

– Es ist dir gelungen! sagte sie.

– Xavière, murmelte Françoise. Gequält blickte sie um sich. Würde denn nichts ihr zu Hilfe kommen?

– Xavière! stieß sie noch einmal mit flehender Stimme hervor. Als diese Sache angefangen hat, wußte ich noch nicht, daß du Gerbert liebtest, und er selber ahnte es nicht.

Xavière nahm die Hände vom Gesicht. Ein starres Lächeln entstellte ihre Züge.

– Dieser elende Wurm, brachte sie langsam hervor. Von ihm wundert es mich weiter nicht, er ist ein schäbiger kleiner Kerl.

Sie blickte Françoise voll ins Gesicht:

– Aber du! sagte sie. Du! Wie mußt du gelacht haben über mich.

Ein fürchterliches Lächeln legte ihre weißen Zähne bloß.

– Ich habe nicht gelacht, sagte Françoise. Ich habe nur mehr an mich gedacht als an dich. Aber du hattest mir auch wenig Grund gegeben, dich zu lieben.

– Ich weiß, sagte Xavière. Du warst eifersüchtig auf mich, weil Labrousse mich liebte. Du hast mich ihm verleidet, und um dich noch gründlicher zu rächen, nahmst du mir Gerbert fort. Behalte ihn nur für dich, du kannst ihn gern haben. Das ist ein Schatz, den ich dir bestimmt nicht streitig machen werde.

Die Worte quollen ihr mit solcher Hast aus dem Munde hervor, daß sie daran zu ersticken drohte. Françoise dachte mit Grauen an die Frau, der die funkelnden Augen Xavières ihre Blitze zuschleuderten: diese Frau war sie selbst.

– Das ist nicht wahr, sagte sie.

Sie atmete schwer. Es hatte keinen Zweck, sich verteidigen zu wollen. Nichts mehr konnte sie retten.

– Gerbert liebt dich, sagte sie mit ruhiger Stimme. Er hat sich vergangen gegen dich. Aber damals hatte er dir so viele berechtigte Vorwürfe zu machen! Hinterher aber etwas sagen, das war nicht so leicht, er hat ja noch gar keine Zeit gehabt, mit dir ins reine zu kommen.

Sie beugte sich zu Xavière vor und sagte in dringendem Ton:

– Versuche ihm zu verzeihen. Ich werde dir niemals mehr ins Gehege kommen.

Sie preßte ihre Hände aneinander; ein stilles Gebet stieg in ihr auf: – Wenn alles gut vorübergeht, gebe ich Gerbert auf! Ich liebe Gerbert nicht mehr, ich habe ihn niemals geliebt, es war kein Verrat.

Xavières Augen blitzten sie an.

– Behalte deine Geschenke, schleuderte sie ihr ins Gesicht. Und geh jetzt, geh auf der Stelle.

Françoise zögerte noch.

– Geh, um Gottes willen geh! sagte Xavière.

– Ich gehe schon, sagte Françoise.

Wie eine Blinde wankte sie durch den Korridor, Tränen brannten in ihren Augen: ‹Ich war eifersüchtig auf sie. Ich habe ihr Gerbert genommen.› Ihre Tränen brannten, die Worte brannten wie ein glühendes Eisen. Sie setzte sich auf den Rand des Diwans und sprach sich stumpfsinnig wieder und wieder vor: ‹Ich habe das getan. Ich.› In der Finsternis sah sie Gerberts Antlitz vor sich, es brannte von düsterem Feuer, und die Briefe auf dem Teppich waren schwarz wie ein Höllenpakt. Sie führte das Taschentuch an die Lippen. Schwarze, glühende Lava rann durch ihren Leib. Sie hätte sterben mögen.

‹Ich, das bin ich für alle Ewigkeit.› Es würde Tag werden. Ein Morgen würde sein. Xavière würde nach Rouen gehen. Jeden Morgen würde sie in einem düsteren Provinzhaus aufwachen mit Verzweiflung im Herzen. Jeden Morgen würde von neuem diese verhaßte Frau erstehen, die Françoise war. Sie sah wieder Xavières von Schmerz entstelltes Gesicht vor sich. Mein Verbrechen. Es war für immer da.

Sie schloß die Augen. Ihre Tränen flossen, die glühende Lava strömte und verzehrte ihr Herz. Es verging eine lange Zeit. Weit weg, auf einem andern Stern, erkannte sie auf einmal ein zärtliches, lichtes Lächeln: ‹Gut, dann küsse mich doch, du dummer kleiner Gerbert.› Der Wind ächzte, die Kühe rasselten mit der Kette im Stall, ein junges, vertrauendes Gesicht lehnte an ihrer Schulter und eine Stimme sagte: ‹Ich bin froh, so froh.› Er hatte ihr eine kleine Blume geschenkt. Sie schlug die Augen auf. Auch diese Geschichte war wahr. Leicht und zart wie der Morgenwind auf den feuchten Wiesen. Wie hatte aus dieser unschuldigen Liebe schwarzer Verrat werden können?

– Nein, sagte sie, nein. Sie stand auf und trat ans Fenster. Die Laterne unten war mit einem Eisenschirm verkleidet, der schwarz und ausgezackt war wie eine venezianische Maske. Ihr gelber Schein war wie ein menschlicher Blick. Sie wendete sich ab und machte Licht. Ihr Bild trat ihr aus der Tiefe des Spiegels entgegen. Sie schaute es an:

– Nein, diese Frau bin ich nicht, sagte sie.

Es war eine lange Geschichte. Sie faßte das Bild fester ins Auge. Lange schon hatte man es ihr zu rauben versucht. Unverrückbar wie ein gegebenes Wort. Streng und rein wie ein Gletscher. Ergeben, verschmäht, in hohle moralische Begriffe hartnäckig verkrampft. Und sie hatte gesagt: ‹Nein›, aber sie hatte es ganz leise gesagt; im geheimen hatte sie Gerbert geküßt. ‹Bin ich es nicht?› Oft zögerte sie, aber sie war wie gebannt. Und jetzt war sie in die Falle gegangen, sie war ganz in den Händen jenes räuberischen Bewußtseins, das im Schatten den Augenblick erspäht hatte, wo es sie verschlingen könnte. Eifersüchtig, eine Verräterin, eine Verbrecherin. Man konnte sich nicht gegen verhalten gesprochene Worte und heimliche Taten schützen. Xavière existierte, der Verrat war da. Und auch sie ist leibhaft da, meine Rolle als Verbrecherin.

Sie wird nicht mehr existieren.

Plötzlich kam eine große Ruhe über Françoise. Die Zeit war stehengeblieben. Françoise war allein in einem eisigen Himmel. Es war eine so feierliche und endgültige Einsamkeit, daß sie dem Tode glich.

Sie oder ich. Ich.

Es war ein Geräusch auf dem Korridor, im Badezimmer lief Wasser. Xavière ging in ihr Zimmer zurück. Françoise ging zur Küche und stellte den Gashahn ab. Sie klopfte. Vielleicht gäbe es doch noch ein Mittel, dem allen zu entgehen ...

– Weshalb kommst du noch einmal? fragte Xavière.

Sie lag mit dem Ellbogen auf das Kopfkissen gestützt im Bett; die Bettlampe brannte: auf dem Nachttisch lag neben einem Glas Wasser ein Röhrchen Belladenal.

– Ich möchte mit dir reden, sagte Françoise. Sie machte einen Schritt ins Zimmer und stellte sich mit dem Rücken an die Kommode, auf der der Gaskocher stand.

– Was willst du jetzt tun? fragte sie.

– Was geht dich das an? fragte Xavière.

– Ich stehe dir gegenüber schuldig da, sagte Françoise. Ich bitte dich nicht um Verzeihung. Aber höre mich an, laß mein Vergehen nicht unsühnbar sein. Ihre Stimme bebte vor Leidenschaft. Wenn es ihr gelänge,

Xavière zu überzeugen... Lange Zeit habe ich einzig an dein Glück gedacht, aber du niemals an meines. Du weißt genau, daß es für mich Entschuldigungsgründe gibt. Gib dir Mühe, denk an die alte Zeit. Gib mir eine Möglichkeit, mich nicht so grauenhaft schuldig zu fühlen.

Xavière blickte sie mit leeren Augen an.

– Lebe weiter in Paris, bat Françoise. Nimm deine Arbeit beim Theater wieder auf. Du kannst ja wohnen, wo du willst, du wirst mich nie wiedersehen...

– Und ich soll weiter dein Geld annehmen? fragte Xavière. Lieber sterben.

Ihre Stimme, ihr Blick ließen nichts mehr erhoffen.

– Sei großmütig, nimm es an, sagte Françoise. Erspare mir das Bewußtsein, deine Zukunft ruiniert zu haben.

– Lieber sterben, stieß Xavière heftig hervor.

– Sieh wenigstens Gerbert wieder, sagte Françoise. Verdamme ihn nicht, ohne ihn gesprochen zu haben.

– Du willst mir auch noch Ratschläge geben? sagte Xavière.

Françoise legte die Hand auf den Gaskocher und öffnete den Hahn.

– Es sind keine Ratschläge, sagte sie, es sind Bitten.

– Bitten! Xavière lachte laut: Du verlierst deine Zeit. Ich bin keine schöne Seele.

– Gut, sagte Françoise. Adieu.

Sie machte einen Schritt zur Tür und betrachtete schweigend das blasse, kindliche Gesicht, das sie nicht mehr lebend wiedersehen würde.

– Adieu, wiederholte sie.

Und komm nicht noch einmal zurück, rief Xavière ihr wütend nach.

Françoise hörte, wie sie aus dem Bett sprang und den Riegel zuschob. Der Lichtstrahl unter der Tür verschwand.

– Und nun? fragte sich Françoise.

Mit dem Blick auf Xavières Tür blieb sie stehen. Allein. Ohne Stütze. Nur auf sich selbst gestellt. Sie wartete eine lange Weile, dann ging sie in die Küche und legte die Hand auf den Hebel der Gasuhr. Ihre Finger verkrampften sich. Es kam ihr unmöglich vor. Ihrem eigenen Sein jenseits von Zeit und Raum stand diese feindliche Gegenwart gegenüber, die sie so lange schon mit ihrem blinden Schatten erdrückte; da war sie, nur für sich selbst existierend, ganz in sich selbst reflektiert, alles verneinend, was nicht sie selber war; sie schloß die ganze Welt in ihre eigene triumphierende Einsamkeit ein, sie breitete sich grenzenlos, unendlich, einzig aus; was sie war, sog sie aus sich selbst; jeglichem Zugriff entzogen war sie Trennung schlechthin. Und doch genügte ein Druck auf diesen Hebel, um sie zu vernichten. Ein Bewußtsein vernichten. Wie kann ich das? dachte Françoise. Aber wie war es möglich, daß ein Bewußtsein existierte, das nicht ihr eigenes war? Dann existierte sie selbst eben nicht. Sie wiederholte: ‹Sie oder ich›, und drückte den Hebel herab.

Sie kehrte in ihr Zimmer zurück, hob die zerstreuten Blätter vom Boden auf und warf sie in den Kamin. Sie strich ein Streichholz an und sah zu, wie die Briefe verbrannten. Xavières Tür war von innen verschlossen. Man würde es für einen Unfall halten oder an Selbstmord glauben. ‹Auf alle Fälle kann mir niemand etwas beweisen›, dachte sie.

Sie legte ihre Kleider ab und zog den Pyjama an. ‹Morgen früh ist sie tot.› Sie setzte sich mit dem Blick auf den düsteren Korridor hin. Xavière schlief. In jeder Minute verdichtete sich ihr Schlaf. Auf dem Bett lag noch eine lebendige Gestalt, aber sie war schon niemand mehr. Es gab niemand mehr. Françoise war allein.

Allein. Sie hatte allein gehandelt. Allein wie der Tod. Eines Tages würde Pierre es erfahren. Aber auch er würde von ihrer Tat nur die Außenseite kennen. Niemand konnte sie verurteilen oder ihr vergeben. Ihre Tat gehörte nur ihr. ‹*Ich* will es.› Ihr Wille vollzog sich in diesem Augenblick, nichts trennte sie mehr von sich selbst. Sie hatte endlich gewählt. Sie hatte sich gewählt.

Frauen erzählen über Frauen:

Wilde Weiber, ernsthafte Damen

A. L. Kennedy
HAT NICHTS ZU TUN MIT LIEBE
Erzählungen
Neun Erzählungen von Frauen und ihren existentiellen Erfahrungen: Liebe, Sehnsucht, Einsamkeit, Leidenschaft und Tod, die Angst vor Nähe und die Angst vor Gewalt und Verletzungen.
»Gerade auf die kürzere Form versteht sich A. L. Kennedy meisterhaft: Ohne Sentimentalität beobachtet sie Liebende, die sie in der ganzen rührenden Absurdität ihres Daseins schildert.« Felicitas von Lovenberg, FAZ
Aus dem Englischen von Ingo Herzke
WAT 463. 144 Seiten

Elsa Triolet
DIE FRAU IM NERZ
Zwei Romane
Elsa Triolet, die Lebensgefährtin von Louis Aragon, erzählt von Frauen, die es sich auch unter widrigen Umständen nicht nehmen lassen, ihr Schicksal selbst in die Hand zu nehmen.
»Eine Perle psychologischer Charakterisierungskunst.«
Franziska Maier (Frankfurter Rundschau)
Aus dem Französischen von Lydia Babilas
WAT 464. 96 Seiten

Djuna Barnes
LADIES' ALMANACH
Verfaßt und illustriert von einer Lady of Fashion
Der berühmte Almanach über »Sternzeichen, Monde und Jahreszeiten« eines nicht minder berühmten lesbischen Zirkels, samt einem »vollständigen Bericht über tägliche und nächtliche Verwirrungen«.
»Alles was man schon immer über die besonderen Damen wissen wollte, erfährt man aus diesem ebenso tiefsinnigen wie witzigen 12-Monats-Buch.«
Manuela Reichart, Die Zeit

Aus dem Amerikanischen von Karin Kersten
WAT 465. 144 Seiten

Doris Lessing
DAS LEBEN MEINER MUTTER
Das wohl persönlichste Erinnerungsbuch der großen englischen Erzählerin: Die nachdenkliche Auseinandersetzung mit zwei eigenwilligen Frauen – ihrer Mutter und sich selbst.
»Ein besonderes Buch, weil es sich schon von den üblichen Vereinfachungen fernhält, weil es nicht losgelöst, sondern konkret und historisch geschrieben ist.«
Almut Engelin im SFB

Aus dem Englischen von Adelheid Dormagen
WAT 467. 80 Seiten

GUTEN MORGEN, IHR SCHÖNEN!
Deutschsprachige Autorinnen erzählen
Frauen schreiben über Frauen: starke, durchtriebene, gelassene, selbstbewußte, scharfe, verwegene Frauen, die alle das eine wissen: Sie wollen ihr Leben selbst in die Hand nehmen.
Sehr unterschiedlich – literarisch wie ihrer Herkunft nach – sind die Stimmen, die hier erzählen, und doch kreisen sie immer wieder um die gleichen Themen.
Gesammelt von Susanne Schüssler
WAT 468. 144 Seiten

Nina Berberova
DER LAKAI UND DIE HURE
Roman
Die Geschichte einer trotzigen und wütenden jungen Frau, die nicht nur überzeugt ist von ihrem Recht auf Glück und Reichtum, sondern notfalls mit allen Mitteln dafür kämpfen will.
Deutsch von Anna Kamp
WAT 469. 96 Seiten

Natalia Ginzburg
SO IST ES GEWESEN
Roman

Die lakonisch erzählte Geschichte einer klassischen Dreiecksbeziehung: Liebe, Leidenschaft, Verzweiflung, Eifersucht – und am Ende ein tödlicher Schuß.
»Intensiver, bedingungsloser und konsequenter hat Natalia Ginzburg ihr Lebensthema der seelischen Isolation des modernen Menschen nie mehr ausgeführt.«

Michael Köhler, Süddeutsche Zeitung

Aus dem Italienischen von Maja Pflug
WAT 470. 96 Seiten

Elena Garro
ERINNERUNGEN AN DIE ZUKUNFT
Roman

Ein Klassiker der südamerikanischen Literatur, ein Roman über seltsame Frauen, über Gewalt, Liebe und Erinnerungen in den Zeiten der mexikanischen Revolution. Als eine der ersten Schriftstellerinnen Mexikos beschreibt Elena Garro das Leben und den stummen Widerstand ungewöhnlicher Frauen in einer Welt voller Gewalt.
Aus dem mexikanischen Spanisch von Konrad Schrögendorfer
WAT 471. 336 Seiten

Sylvia Plath
DIE GLASGLOCKE
Roman

Der einzige Roman der großen Lyrikerin: Was macht eine hochbegabte Studentin aus ihrem Leben, wenn sie nach New York kommt, wo es auch noch andere Verlokkungen gibt als gute Zensuren?
»Masken sind heutzutage an der Tagesordnung, und das mindeste, was ich tun kann, ist die Illusion zu pflegen, daß ich fröhlich, ausgeglichen und nicht ängstlich bin.«

Sylvia Plath

Aus dem Englischen von Reinhard Kaiser
WAT 472. 192 Seiten

und noch mehr Frauen…

Djuna Barnes
EINE NACHT MIT DEN PFERDEN
Gesammelte Erzählungen
Ein Lesegenuß allererster Art:
Die Erzählungen erstmals in einem Band. In feinster Ausstattung.
»In Zukunft wird man Djuna Barnes zu den ganz wenigen rechnen müssen, die die Welt mit Weltliteratur zu erhalten suchen.« Peter Hamm
Aus dem Amerikanischen von Karin Kersten
Quart*buch*. Halbleinen. 352 Seiten

Djuna Barnes
IM DUNKELN GEHN
Briefe an Emily Coleman
Bisher erschien nicht ein einziger Briefe von Djuna Barnes:
Diese Auswahl zeigt zum erstenmal höchstpersönliche Äußerungen dieser Extravaganten, die selbst immer an ihrer Stilisierung zur unnahbaren Kultfigur mitgearbeitet hat.
»Die Sprache dieser Dichterin umfaßt eine Skala von zartester Nachtigallen-Idylle bis zum Grauen der elisabethanischen Tragödie.« Wolfgang Hildesheimer
Ausgewählt, mit einem Nachwort und Anmerkungen versehen von Mary Lynn Broe
Aus dem Amerikanischen von Robin Cackett
Bibliophile Sonderausgabe
Quart*buch*. Gebunden. 96 Seiten

Michèle Desbordes
DIE BITTE
Die Geschichte einer merkwürdigen Beziehung zwischen einer einfachen Frau und einem berühmten Mann, am Ende ihres Lebens, am Ufer der Loire. Eine von der Kritik als Meisterwerk gelobte Neuentdeckung in der französischen Literatur.
Aus dem Französischen von Barbara Heber-Schärer
Quart*buch*. Gebunden. 128 Seiten

Michèle Desbordes
DAS GEBOT
Roman

Wie schon in ihrem vielgelobten Debüt *Die Bitte* schreibt Michèle Desbordes auch hier auf wenig Raum einen großen poetischen Roman über ein Stück Vergangenheit. Zwischen Nantes und Haiti vollzieht sich diese Geschichte der Unterwerfung eines verlorenen Sohnes unter den mütterlichen Willen zum Glück.

»Die kunstvoll verschlungenen Sätze, die Musik des Textes, seine Klänge und Bedeutungen machen aus diesem Roman einen nostalgischen Gesang.«

Nicolas d'Estienne d'Orves, Le Figaro Litteraire

Aus dem Französischen von Barbara Heber-Schärer

Quart*buch*. Leinen. 160 Seiten

Natalia Ginzburg
ALLE UNSERE GESTERN
Roman

Die Geschichte, wie aus dem pummeligen Mädchen Anna eine starke, selbständige Frau wird – und das anrührende Portrait des alten Italien. Oder: wie die Menschen miteinander umgehen in schwierigen Zeiten.

»Das Buch wirkt, als sei es in einem Atemzug geschrieben, und ist einer der sehr wenigen schönen Romane, die in Italien in der Nachkriegszeit erschienen sind.«

Luciano Foài

Von Maja Pflug neu durchgesehene Übersetzung

Quart*buch*. Leinen. 336 Seiten

Natalia Ginzburg
DIE KLEINEN TUGENDEN
Erzählungen

Wie es zugeht unter Leuten, die sich gernhaben, aber in schwierigen Zeiten leben. Und warum man die großen Tugenden (wie Großzügigkeit) den kleinen Tugenden (wie Sparsamkeit) vorziehen soll.

Aus dem Italienischen von Maja Pflug, Alice Vollenweider und Hedwig Kehrli

Quart*buch*. Leinen. 144 Seiten

Domnul meu, tatal nostru din
Ceruri roagă-te binecuvântează
fratele meu cu toate cele
ce azi fericit îl vor face!
Umple-i sufletul cu bucurie
și pace iar viața cu ~~ce~~
succes și putere ~~îți~~ astfel
încât cu ajutorul lor să fie
mai aproape de semenii
săi și totodată de tine!
Amin!